한국고전문학사 강의

한국고전문학사 강의 2

박희병 지음

2023년 10월 16일 초판 1쇄 발행
2023년 11월 13일 초판 2쇄 발행

펴낸이 한철희, 펴낸곳 돌베개, 등록 1979년 8월 25일 제406-2003-000018호, 주소 10881
경기도 파주시 회동길 77-20 (문발동), 전화 031-955-5020, 팩스 031-955-5050, 홈페이지
www.dolbegae.co.kr, 전자우편 book@dolbegae.co.kr, 블로그 blog.naver.com/imdol79, 인스
타그램 @Dolbegae79, 페이스북 /dolbegae
편집 이경아, 표지디자인 김민해, 본문디자인 이은정·이연경, 마케 심찬식·고운성·김영수·한광
재, 제작·관리 윤국중·이수민·한누리, 인쇄·제본 영신사

ISBN 979-11-92836-32-4 (04810), 979-11-92836-30-0 세트
책값은 뒤표지에 있습니다.

한국고전문학사 강의

2

박희병

돌베개

차 례

제12강

조선 전기 문학을
보는 시각—
훈구파와 사림파

13

제13강

세조의 왕위 찬탈에 대한 문학적 대응들

67

제20강

중인문학

393

일러두기

- 이 책의 月月, 일日은 음력 표기이다.
- 인물의 나이는 한국식 나이로 표기했다.
- 국문시가를 인용할 때 이해하기 쉽게 하기 위해 꼭 원전 그대로 인용하지는 않았으며, 가급적 현재의 표기법에 가깝게 했다. 단 자수율이나 어감 등을 고려해 원표기대로 하는 것이 좋다고 판단되는 경우 원표기를 따랐다.
- 국문시가 인용시 어려운 말의 뜻풀이를 아래첨자 형태로 해 주었으며, 산문의 경우에는 해당 단어 옆에 괄호를 해서 뜻풀이를 해 주었다.
- 한시를 인용할 때는 번역문을 먼저 제시하고 원문을 병기했으나, 한문 산문의 경우 대체로 번역문만 제시했다.
- 인용된 한시문의 번역은 대부분 필자가 한 것이다. 특정한 사람의 번역을 인용한 경우 번역자 이름을 밝혔으며, 필자가 번역을 조금 고치기도 했다.
- 책이나 신문은 『 』작품은 「 」그림이나 영화 제목은 〈 〉로 표시했다.

조선 전기 문학을 보는 시각
─ 훈구파와 사림파

조선 초의 두 문인, 정도전과 권근

고려 말 신흥사대부에는 온건파와 강경파가 있었습니다. 온건파로
는 이색李穡이나 정몽주鄭夢周 같은 인물을 꼽을 수 있고, 강경파로
는 정도전鄭道傳(1342~1398)이나 조준趙浚 같은 인물을 꼽을 수 있습
니다. 결국 강경파가 무인 세력인 이성계李成桂와 손잡고 역성혁명
을 이룹니다. 조선 왕조의 창업이죠. 건국 초의 문인으로는 삼봉三
峯 정도전과 양촌陽村 권근權近(1352~1409) 두 사람이 주목됩니다.

정도전은 공민왕恭愍王 때 급제했으며, 이색의 문생입니다. 조
선 태조太祖 3년인 1394년 『조선경국전』朝鮮經國典이라는 법전法典
을 저술해 조선 통치 체제의 근간을 설계했습니다. 이 책을 토대로
성종成宗 때 『경국대전』經國大典이 편찬됩니다. 『경국대전』은 조선의
기본 법전으로, 조선이 망할 때까지 통용되었습니다. 정도전은 『조
선경국전』을 저술한 지 1년 뒤에 『경제문감』經濟文鑑이라는 책을 저
술했는데, 이 책은 재상·대관臺官·간관諫官·감사監司·수령·무관
의 책무가 무엇인지를 밝힘으로써 조선의 통치 조직과 통치 이념

의 개요를 제시했습니다. 이 두 책은 정도전이 조선의 건국을 주도했으며, 그 제도적 기초를 마련했음을 보여 줍니다.

정도전은 조선 왕조의 문물제도뿐만 아니라 그 이념도 정초定礎했습니다. 「심기리」心氣理 3편과 『불씨잡변』佛氏雜辨은 이를 위한 저술입니다. 「심기리」 3편은 『조선경국전』과 같은 해에 집필되었는데, 불교와 도가道家를 비판하고 유교를 옹호하고 있습니다. '심'心은 '불교'를 표상하고, '기'氣는 도가를 표상하며, '리'理는 유교를 표상합니다. 이치를 강조하는 유교만이 진리이며, 불교와 도가는 진리일 수 없다는 주장을 펼쳤습니다. 성리학으로 무장한 사상적 투사의 면모가 잘 드러난다 하겠습니다. 정도전의 사상적 동지인 권근이 이 글에 주석을 붙였습니다.

『불씨잡변』은 불교를 비판한 책으로, 태조 7년(1398)에 집필되었는데, 정도전이 이해 8월 제1차 왕자의 난에 목숨을 잃는 바람에 세상에 알려지지 못했습니다. 그러다 뒤에 유고가 발견됨으로써 세상에 알려졌습니다. 이 책은 아주 체계적으로 불교의 교리와 폐해를 비판하고 있습니다. 먼저 불교의 인과설, 윤회설, 화복설禍福說의 잘못을 조목조목 비판한 뒤, 역사적으로 불교가 국가에 끼친 폐해를 지적하고 있습니다. 뿐만 아니라 성리학의 이기론理氣論에 근거해 불교 교리를 철학적으로 비판하고 있습니다. 정도전은 이 책을 통해 불교는 국가에 유해하며 인륜적 질서를 무너뜨린다는 사실을 천명하고 있습니다. 이처럼 이 책은 유교 국가 조선의 사상적 기초를 공고히 하기 위해 지어졌다고 할 것입니다. 숭유억불崇儒抑佛의 이론적 기초가 놓인 거죠.

여기서 잠시 정도전의 문학관을 살펴보기로 하겠습니다. 다음은 정도전이 이숭인李崇仁의 문집에 써 준 서문에 나오는 말입니다.

일월성신日月星辰은 하늘의 문文이고, 산천초목은 땅의 문이며, 시서예악詩書禮樂은 사람의 문이다. 그러나 하늘의 문은 기氣로써 되고 땅의 문은 형形으로써 되지만 사람의 문은 도道로써 되는 까닭에 '문은 도를 싣는 그릇이다'라고 하니, 이는 사람의 문을 말한다. 그 도를 얻는다면 시서예악의 가르침이 천하에 밝아 해와 달과 별이 순조롭게 행하고 만물이 골고루 다스려지니, 문의 성대함이 이에 이르러 지극하다. 선비가 천지의 사이에 나서 그 빼어난 기운을 받아 문장으로 그것을 드러내는데, 혹은 천자의 뜰에서 드날리고 혹은 제후의 나라에서 벼슬한다.

'문학은 도를 실어야 한다'는 담론을 '재도론'載道論이라고 합니다. 송宋의 성리학자인 주돈이周敦頤의 주장인데요, 정도전은 바로 이 재도론을 펼치고 있습니다. 여기서 '도'는 유교의 도를 말합니다. 도를 실은 문학은 하늘의 운행을 돕고 만물이 잘 다스려지게 하는 공용功用이 있다고 말하고 있습니다. 문학의 역할, 문학의 책무가 막중하다는 거죠. 그래서 문학을 담당하는 사람인 선비를 적극적으로 긍정하고 있습니다. 재도론적 '사대부 문학'의 선언이라고 할 만합니다.

권근은 이제현李齊賢의 장인인 권부權溥의 증손이며, 서거정徐居正의 외조부입니다. 조선 시대에 '대제학'大提學은 일국의 문자 행위를 관장하는 벼슬입니다. 그래서 아무나 시키지 않고 대개 문학적 명망이 있는 사람에게 맡겼습니다. 권근은 조선 왕조 최초의 대제학입니다. 거기다가 외손인 서거정도 대제학 벼슬을 했습니다. 그러니 조선 초에 권근의 집안은 문학으로 큰 성세聲勢가 있었다

할 것입니다.

권근은 정도전과 마찬가지로 공민왕 때 급제를 했고 이색의 문생입니다. 조선 개국 후에는 하륜河崙과 함께 『동국사략』東國史略이라는 역사서를 편찬했습니다. 하륜은 문인이면서 성리학자였습니다. 권근은 또한 『입학도설』入學圖說과 『오경천견록』五經淺見錄이라는 책을 썼는데, 모두 성리학적 저술입니다. 『입학도설』은 성리학의 원리를 도식圖式으로 밝힌 책입니다. 조선 시대 학자들 중에는 성리학의 원리를 도설圖說로 설명한 사람들이 적지 않은데, 권근의 『입학도설』이 그 효시입니다. 이 책은 16세기에 활동한 퇴계退溪 이황李滉의 『성학십도』聖學十圖와도 연결됩니다. 『오경천견록』은 1405년에 완성되었는데, 유교 경전인 5경에 대한 주석서입니다. 유교 경전을 연구하는 학문을 '경학'經學이라고 하는데, 『오경천견록』은 현재 전하는 우리나라의 경학서로서는 제일 오래된 것에 해당합니다.

지금까지 살핀 것처럼 정도전과 권근에 의해 고려 말의 사대부 문학은 조선으로 이월됩니다.

훈구파/사림파라는 용어

세조世祖 이래 성종成宗과 중종中宗 때까지 몇 차례의 정변이 있었습니다. 그때마다 많은 공신功臣이 책봉되는데요, 공신들에게는 공신전功臣田과 함께 많은 노비가 하사되었습니다. 이들 공신을 중심으로 집권 세력이 형성되는데, 이를 훈구 세력 혹은 훈구파勳舊派라고 부릅니다.

'훈구'는 『조선왕조실록』朝鮮王朝實錄에 빈번히 나오는 용어로,

대대로 훈공勳功이 있는 신하를 일컫는 말입니다. 종종 '대신'大臣이나 '중신'重臣이라는 말과 결합해 '훈구대신'이나 '훈구중신'이라는 말로 사용되죠. 『중종실록』中宗實錄 중종 27년 3월 1일 기사에 이종익李宗翼이라는 생원이 올린 상소가 언급되어 있는데 그중에 "훈구대신은 국가의 기둥이요 임금의 팔다리"라는 말이 보입니다. 여기서 알 수 있듯 '훈구'는 본래 아주 긍정적인 뉘앙스를 갖는 용어입니다.

'사림'士林이라는 용어는 『태조실록』太祖實錄에 이미 보입니다. 가령 "사림이 애석히 여겼다", 이런 용례가 발견됩니다. 이 용어는 원래 '선비 집단'을 의미하는데, 조선 초에는 대체로 조정의 선비들을 가리키다가 성종 때 와서 재야의 선비들, 특히 성리학적 도덕을 중시하는 지방 선비들을 가리키는 말로 의미가 바뀝니다.

이처럼 훈구나 사림이라는 말은 옛날부터 써 온 말입니다만 '훈구파'나 '사림파'라는 말은 옛날에 쓰지 않은 말입니다. 이 말은 국사학자 이병도가 1956년에 처음 쓴 말입니다. 그러니까 근대에 만들어진 용어라고 할 수 있습니다.

'사림파'는 김종직金宗直이 선산 부사로 있다가 경직京職, 즉 서울의 관직에 복귀한 성종 13년(1482) 이후에 성립된 세력을 이릅니다. 김종직이 그 영수領袖이고, 김종직의 문생들 및 김종직을 지지하는 부류들로 이루어져 있었습니다.

김종직은 세조 때 문과에 급제하고 벼슬을 했습니다. 그 부친은 김숙자金叔滋인데, 길재吉再에게 수학했습니다. 길재는 정몽주에게 수학했는데, 고려가 망할 기미를 보이자 고향 선산으로 낙향합니다. 16세기에 사림에서 '도통'道統이라는 개념이 생겨나는데, 정몽주─길재─김숙자─김종직─김굉필金宏弼─조광조趙光祖로 도통이 이어진다고 봤습니다. 김굉필은 김종직의 제자이고, 조광조는 김굉필의 제자입니다. 집안의 적통嫡統이 쭉 이어지듯 도학道學, 즉 성리학의 도맥이 하나의 계보로 이어진다고 본 거죠.

김종직 밑에서는 훌륭한 문생이 많이 배출되었는데, 문학을 전공한 인물로는 김일손金馹孫, 유호인俞好仁, 남효온南孝溫 같은 사람을 꼽을 수 있고, 도학道學을 전공한 인물로는 김굉필, 정여창鄭汝昌 같은 사람을 꼽을 수 있습니다. 이들은 대개 영남 사람들입니다. 그래서 당시 김종직 일파를 '경상도 선배의 무리'라고 조롱하기도 했던 듯합니다. 다음 기록에서 그 점이 확인됩니다.

> 김종직은 경상도 사람이다. 문헌에 통달하고 문장을 잘 지
> 으며 가르치기를 즐겼는데, 앞뒤로 그에게서 배운 자 중에
> 과거科擧에 급제한 사람이 많았다. 그러므로 경상도의 선비
> 로서 조정에서 벼슬하는 자들이 종장宗匠으로 높여, 스승은
> 제 제자를 칭찬하고, 제자는 제 스승을 칭찬하는 것이 사실
> 보다 지나쳤는데, 조정에 새로 진출한 무리들도 그 그른 것
> 을 깨닫지 못하고 붙좇는 자가 많았다. 당시 사람들이 이를
> 조롱해 '경상도 선배의 무리'(慶尙先輩黨)라고 했다.

『성종실록』成宗實錄 성종 15년(1484) 8월 6일 기사에 보이는 사관史官의 논평입니다.

훈구파의 문학

훈구파에 속하는 주요 문인으로는 이석형李石亨, 신숙주申叔舟, 서

거정, 강희안姜希顔·강희맹姜希孟 형제, 성임成任·성간成侃·성현成俔 형제, 채수蔡壽 등을 꼽을 수 있습니다. 이들은 대개 세종, 세조, 성종 연간에 활동했습니다.

성종 10년(1479)에 간행된 『한도십영』漢都十詠이라는 시집이 있는데요, '한도'는 도성 한양을 말하고, '십영'은 10개의 노래를 말합니다. 그러니 '한도십영'은 한양을 노래한 10개의 노래라는 뜻이죠. 이 시집에는 '양화나루에서 눈을 밟다', '남산에서 꽃을 감상하다', '마포에 배를 띄우다' 등 10개의 시제詩題에 대해 9인의 문인이 각각 10편씩 지은 시가 수록되어 있습니다. 9인의 문인은 대개 훈구파에 속하는 인물들인데, 그중에는 서거정·강희맹·성임·성현이 포함되어 있습니다. 이들의 시에는 자신들이 이룩한 조선 초의 문화적 성세盛世를 자랑스러워하며 이를 구가謳歌하는 훈구파 문인들의 심회가 잘 표출되어 있습니다.

그러면 훈구파 문인들에 대해 좀 살펴보기로 하겠습니다.

—— 이석형

이석형(1415~1477)은 성종 때 공신에 책봉된 인물로, 「호야가」呼耶歌라는 애민시를 남겼습니다. '호야'는 인부들이 일을 할 때 서로 '어허야 어허야' 하면서 맞추는 소리에 해당됩니다. 이를 취해 시 제목으로 삼은 게 특이합니다. 이 시는 궁궐을 짓느라 각지의 백성들을 동원하여 삼각산의 돌과 백운대의 나무를 채취하는 바람에 백성들이 고통을 겪고 있는 것을 고발한 시입니다. 첫 부분을 보이면 다음과 같습니다.

남에서도 어허야 북에서도 어허야

어허야 소리 어느 때나 그치리.

천 사람이 나무 하나 나르고

만 사람이 돌 하나 굴리네.

삼각산 돌을 거진 다 뽑아내고

백운대 나무를 거진 다 베어 냈네.

구덩이에 가득하고 골짜기에 쓰러진 백성들 불쌍하건만

백성들 불쌍한 줄 그 누가 알리.

呼耶呼耶在南北, 呼耶之聲何時息.

千人輪一木, 萬人轉一石,

華山之石拔幾盡, 白雲之木斫幾禿.

塡坑仆谷民可惜, 民可惜誰能識.

—— 신숙주

신숙주(1417~1475)는 일본에 사신으로 다녀온 경험을 토대로 『해동제국기』海東諸國記라는 책을 편찬했습니다. 이 책에는 일본의 지도가 여럿 실려 있고, 역대 천황이 간략히 언급되어 있으며, 일본의 풍속과 지리가 소개되어 있습니다. 신숙주는 서문에서 일본과의 선린 우호를 강조했습니다.

이 책은 우리나라 최초의 일본에 대한 저술이라는 점에서 주목됩니다. 이 책은 일본에 관심을 둔 조선 후기의 문인들에게 매우 중요한 참고 문헌이 되었습니다. 가령 18세기 후반 원중거元重擧의 『화국지』和國志라든가 이덕무李德懋의 『청령국지』蜻蛉國志 같은 일본 소개서들은 모두 『해동제국기』를 참조해 저술되었습니다. 조선 후기에는 비록 초보적이지만 일본학 연구가 성립되는데, 『해동제국기』가 그 밑돌이 되었다 할 만합니다.

—— 서거정

서거정(1420~1488)은 오랜 기간 대제학을 하면서 세조·성종 연간에 문학 권력을 쥐고 있었습니다. 자기 스스로도 "30여 년간 사문斯文의 맹주"였다고 말하고 있습니다. 서거정은 특히 시에 능했는데, 시풍이 '부려'富麗하다는 평을 받았습니다. '부려'는 풍성하고 화려하다는 뜻입니다. 시는 시인의 실존을 반영합니다. 가난한 시인의 시에는 괴로운 읊조림이 많고, 부귀한 시인의 시에는 여유로움이 많습니다. 서거정은 평생 부귀했기에 여유롭고 화려한 시를 쓴 거죠.

조선 초에는 국가적인 편찬 사업이 대대적으로 이루어졌습니다. 새 왕조의 문화적 기틀을 다지기 위한 작업이죠. 서거정은 여기에 큰 기여를 했습니다. 『경국대전』의 편찬을 위시해 『삼국사절요』三國史節要, 『동국여지승람』東國輿地勝覽, 『동문선』東文選, 『동국통감』東國通鑑 등의 편찬에 중심적 역할을 했습니다. 『경국대전』, 『동국여지승람』, 『동문선』에는 그가 쓴 서문이 실려 있습니다. 이들 서적은 이 시기 우리 문화의 융성함을 잘 보여 줍니다.

서거정은 『태평한화골계전』太平閑話滑稽傳이라는 책을 쓰기도 했습니다. '태평한화골계전'은 '태평한 시대의 한가로운 이야기와 웃기는 이야기'라는 뜻입니다. 조야朝野의 사대부들에게서 들은 소화笑話를 채록해 놓은 책이죠. '소화'는 하나의 장르로서, 웃기는 이야기를 말합니다. 이 책은 우리 문학사상 최초의 소화집에 해당합니다.

서거정은 이 밖에 『필원잡기』筆苑雜記와 『동인시화』東人詩話라는 책도 썼습니다. 『필원잡기』는 필기류筆記類에 해당하는 책으로, 이제현의 『역옹패설』櫟翁稗說을 잇고 있습니다. 『동인시화』는 '시화집' 詩話集에 해당하며 이인로李仁老의 『파한집』破閑集과 최자崔滋의 『보

한집』補閑集을 잇고 있습니다. 다만『파한집』,『보한집』과 비교해 시
화집으로서 좀 더 본격적인 면모를 보여 준다는 차이가 있습니다.

── 강희안

강희안·강희맹 형제는 모두 세조 즉위 때 공신으로 책봉되었습니
다. 강희안(1419~1464)은 시, 그림, 글씨에 모두 능했습니다. 시, 그
림, 글씨에 모두 빼어난 사람을 '시서화 삼절三絕'이라고 일컫는데
요, 조선 후기의 능호관凌壺館 이인상李麟祥, 표암豹菴 강세황姜世晃,
자하紫霞 신위申緯 같은 인물이 특히 유명하죠. 강희안은 우리 문학
사에서 시서화 삼절의 원조로 기억되어야 할 인물입니다. 현재 전
하는 강희안의 문인화〈고사관수도〉高士觀水圖는 수묵화인데 한 선
비가 바위에 엎드려 물을 바라보는 모습을 그렸습니다. 높은 격조
를 보여 줘 강희안의 정신성이 퍽 높았음을 알 수 있습니다. 강희안
은 원예 취미가 있어『양화소록』養花小錄이라는 책을 남기기도 했습
니다. '양화소록'은 '꽃 기르는 데 대한 작은 기록'이라는 뜻인데, 이
전에 없던 책으로 새로운 창안에 해당합니다. 우리는 문학사에서,
누구에 의해 어떤 '창안'이 이루어지는지를 계속 주시해야 합니다.

　『양화소록』을 이어 조선 후기인 17~18세기에 허목許穆의『석록
초목지』石鹿草木誌, 이만부李萬敷의『노곡초목지』魯谷草木誌, 유박柳璞
의『화암수록』花菴隨錄 같은 원예서들이 나왔습니다.『노곡초목지』
나『화암수록』은『양화소록』의 영향을 받았습니다. 이외에 홍만선
洪萬選의『산림경제』山林經濟나 서유구徐有榘의『임원경제지』林園經濟
志에도『양화소록』에 대한 언급이 보입니다.

── 강희맹

강희맹(1424~1483)은 『촌담해이』村談解頤라는 책을 썼는데, 책 제목은 '시골 이야기에 웃는다'라는 뜻입니다. 농촌에 전하는 소화를 채록한 책이죠. 『태평한화골계전』이 조정과 재야의 사대부들에게서 들은 소화를 채록한 것이라면, 강희맹의 이 책은 농촌에 거주하는 농민들에게서 들은 이야기를 채록했다는 점에서 차이가 있습니다.

강희맹은 이 책 외에 『금양잡록』衿陽雜錄이라는 농서農書를 집필하기도 했습니다. 강희맹은 벼슬에서 물러난 뒤 지금의 경기도 시흥 부근인 금양衿陽이라는 곳에 살면서 직접 농사를 지었습니다. 『금양잡록』은 강희맹이 자신의 농사 체험을 바탕으로 집필한 농서라는 점에서 눈길을 끕니다. 농서가 다 그렇지는 않거든요. 중국의 문헌을 참조해 편찬한 게 대부분이죠. 이 점에서 『금양잡록』은 아주 독특한 농서라고 할 만합니다.

흥미로운 점은, 이 농서에는 곡물 이름을 적을 때 먼저 이두 표기를 하고 이어서 한글 표기를 했다는 사실입니다. 예를 들면 '黑沙老里 검은 사노리', '火太 불콩' 이런 식입니다. '검은 사노리'는 늦벼의 한 품종이고, '불콩'은 검은콩의 한 품종입니다. 이런 기술 방식은 후대의 농서에 영향을 미쳤습니다. 가령 18세기 후반 박지원朴趾源이 편찬한 『과농소초』課農小抄도 이 방식에 따라 곡물 이름에 한글 표기를 부기附記해 놓고 있음을 볼 수 있습니다.

『금양잡록』에는 「농담」農談이라는 글과 「농자대」農者對라는 글이 실려 있어 주목됩니다. '농담'은 농부와 농사일에 대해 주고받은 말을 기록해 놓은 글이고, '농자대'는, 벼슬을 하는 것도 마뜩잖으니 농사나 지을까 한다는 '나'의 말에 대한 농부의 대답을 기록해 놓은 글입니다. 『금양잡록』에는 또 「농구」農謳 14수가 실려 있습니다. '농구'는 '농민의 노래'라는 뜻으로, 농요農謠를 한시화한 것입니다. 다음은 「농구」의 제9수인 「고복」扣腹입니다.

> 향기로운 보리밥 소쿠리에 가득하고
> 명아줏국 꿀맛 같아 숟가락질 바쁘네.
> 아이 어른 차례대로 자리에 앉아
> 모두들 맛있다고 떠들썩하네.
> 밥을 실컷 먹어 배가 부르면
> 배 두드리고 다니며 좋아들 하네.
> 麥飯香饞在筥, 藜羹眡滑流匕.
> 少長集次第止, 四座喧誇香美.
> 得一胞撑肛裏, 行扣腹便欣喜.

시 제목 '고복'은 배를 두드린다는 뜻입니다. 1행이 여섯 자인 6언시로, 별로 꾸미거나 다듬은 흔적이 없으며, 우리말을 거의 그대로 번역해 놓은 듯한 느낌이 듭니다.

—— 성임

성임(1421~1484)은 수양대군이 왕위 찬탈을 위해 일으킨 정변政變인 계유정난癸酉靖難 때 공신에 책봉됩니다. 그의 두 동생 성간과 성현은 공신에 책봉된 적은 없지만, 훈구 집안 인물이므로 훈구파로 다뤄도 무방할 것입니다.

성임은 송나라 때 편찬된 방대한 저술인 『태평광기』太平廣記를 본떠서 중국과 우리나라의 서적에 실린 이야기들을 광범하게 수집해 『태평통재』太平通載라는 책을 편찬해 간행했습니다. 전체가 80책

240권 이상의 거질巨帙이었으리라 추정되는데, 현재 남아 있는 것은 2책 5권에 불과합니다.

이 책은 수록된 작품 끝에 그 출처를 밝혀 놓고 있습니다. 우리나라의 책으로는 『신라수이전』, 『삼국유사』, 『고려사』가 눈에 띕니다. 나말여초의 소설들을 검토할 때 살핀 「최치원」이 바로 이 책에 실려 있는데, 출처를 『신라수이전』이라 밝혀 놓았습니다. 여기서 말한 '신라수이전'은 박인량의 『증보수이전』을 가리키는 것으로 보입니다. 이외에 『신라수이전』에서 가져온 작품으로 「보개」寶開가 있습니다.

중국 문헌으로는 동진東晉 때 편찬된 『수신기』搜神記와 송초에 편찬된 『태평광기』 같은 책 이름이 보이고, 원말에 구우瞿佑가 창작한 전기소설집傳奇小說集인 『전등신화』剪燈新話, 명초에 조필趙弼이 창작한 전기소설집인 『효빈집』效顰集과 이정李禎이 창작한 『전등여화』剪燈餘話, 소화집인 『소해총주』笑海叢珠 같은 책 이름도 보입니다. 이처럼 『태평통재』는 최신 중국 서적까지 검토해서 엮은, 야심 찬 기획에 의한 책이라고 할 수 있습니다. 이 책을 통해 성종 연간 우리나라 사대부들의 동아시아 서사문학에 대한 이해 수준이 어느 정도였는지 짐작할 수 있습니다. 이런 분위기 속에서 이 무렵 김시습金時習이 『금오신화』金鰲新話를 창작할 수 있었으리라 봅니다.

—— 성간

성간(1427~1456)은 자전自傳에 해당하는 「용부전」慵夫傳을 남겨 주목됩니다. '용부'는 게으른 사내라는 뜻인데, 작자 자신을 가리킵니다. 이 작품은 '게으름'의 가치를 크게 부각했습니다. 게으름이라는 것이 대단히 큰 미덕이라는 거죠. 오늘날의 관점에서는 잘 이해가 되지 않죠. 오늘날 우리는 부지런함이 미덕이고 게으름은 악덕이라고 생각하니까요. 이 작품은 맹목적인 부지런함을 비판하며 무엇을 위한 부지런함인가라는 물음을 제기하고 있습니다. 다음은 용부의 말입니다.

> 사람이 한평생 살면서 몸과 마음이 다 피곤하다오. 낮에는 바쁘게 일을 해 아침에서 저녁까지 분주하게 계속 무엇을 하고, 밤에는 푹 잠들지 못해 잠꼬대를 하다가 깨어나니, 부지런함을 대체 어디다 쓰겠소?

부지런함의 미덕을 중시하는 '근수자'勤須子가 용부의 게으름을 깨우쳐 주려고 부지런함은 하늘의 뜻이라며 설교하자 그에 대꾸한 말입니다. '근수자'는 '부지런한 사람'이라는 뜻이니 이름 자체가 일종의 알레고리라 하겠습니다.

이 작품에서는 명리名利, 즉 명예와 이익을 부지런히 좇는 사람이 조롱되고 있습니다. 요컨대 게으름이 미덕이고 부지런함이 악덕이라는 거죠. 이를 통해 이 작품이 권귀화權貴化되고 있던 당시 훈구 세력의 탐욕 추구를 비판하고 있음을 알 수 있습니다. 이 점에서 용부의 말은 훈구파 내부에서 제기된 자기반성의 의미를 갖는다고 할 수 있습니다.

성간은 고려 말에 성행한 애민적 기속악부 창작의 전통을 계승해 「노인행」老人行이라든가 「악풍행」惡風行 같은 기속악부를 여러 편 창작했습니다. 「노인행」이나 「악풍행」이라는 제목에서 '행'은 시체詩體의 하나입니다. 「노인행」은 '노인을 노래하다'라는 뜻인데, 당시의 과중한 군역軍役이 제기하는 문제를 한 노인의 삶을 통해 고

발하고 있습니다. 「악풍행」은 '모진 바람을 노래하다'라는 뜻인데, 어려운 삶을 영위하는 농민에 대한 시인의 깊은 애정이 표현되어 있습니다. 이 시는 이렇게 종결됩니다.

> 백성이 굶주림을 면할 수만 있다면
> 나는 굶주려 죽어도 좋겠네.
> 아아! 나는 굶주려 죽어도 좋겠네.
> 若使萬姓免飢寒,
> 吾受飢寒死亦足.
> 嗚呼吾受飢寒死亦足.

이건 단순히 입에 발린 말이 아닙니다. 시인의 진정眞情의 토로입니다. 이 작가는 마음에 없는 말을 하는 그런 작가가 아니거든요. 그래서 이 마지막 말을 통해 이 작가가 얼마나 농민에 대한 깊은 애정을 갖고 있었는지를 알 수 있습니다. 이규보도 애민시를 여러 편 썼습니다만 이런 투의 말을 하지는 않았습니다. 아무나 하기 어려운 말이죠. 이처럼 성간은 문학사에서, 작지만 아주 맑게 빛나는 별과 같은 존재입니다. 성간은 서른 살에 요절했습니다. 일제강점기의 시인인 이상李箱이 스물여덟, 윤동주尹東柱가 스물아홉에 죽었습니다. 한국고전문학사에는 빼어난 재능이 있었지만 안타깝게도 일찍 요절한 시인이 몇 있습니다. 갑자사화甲子士禍 때 죽은 박은朴誾, 선조宣祖 때의 허난설헌許蘭雪軒, 영조 때의 이언진李彦瑱 같은 시인이 그러합니다.

성간에 대해 조금 더 들여다보겠습니다. 성간은 단종 원년인 1453년에 문과에 급제해 집현전 박사가 됩니다. 그런데 급제한 이

해에, 계유정난이 일어납니다. 계유정난은 수양대군이 자기가 왕이 되기 위해서 방해가 되는 세력들을 다 죽인 정치적인 사건입니다. 「용부전」은 계유정난이 일어난 직후 지은 게 아닌가 합니다. 이 작품에 보면 용부는 머리도 빗지 않는다고 했습니다. 양반이 머리를 안 빗으면 양반이 아닙니다. 양반은 자고 일어나면 늘 단정하게 머리를 빗어야 하는데, 머리도 빗지 않고 늘 멍하니 있어 나무로 만든 인형 같았다고 했습니다. 그래서 집안사람들이 하도 걱정이 되어 무당을 불러 푸닥거리를 했지만 아무 소용이 없었다고 했어요. 이 부분은 계유정난으로 받은 성간의 정신적 충격을 서술해 놓은 게 아닌가, 이 무렵 성간은 우울증 상태에 있었던 게 아닌가, 저는 그렇게 생각하고 있습니다.

그리고 3년 후인 1456년 성삼문成三問 등 여섯 신하—이른바 사육신死六臣이죠—가 단종 복위를 꾀하다 발각되어 처형되고, 집현전이 철폐됩니다. 사육신의 근거지가 집현전이거든요. 성간은 집현전이 철폐된 뒤 세조의 명령을 받아서 「하주반신전」賀誅叛臣 箋—반란을 일으킨 신하를 처형한 것을 축하하는 글이라는 뜻입니다—이라는 글을 올립니다. 그리고 얼마 안 있어 그해 7월에 병으로 사망합니다. 아마 내적 고통이 굉장히 컸던 것 같습니다. 성간은 원래 좀 병약하긴 했지만 일련의 정치적 변고를 겪으면서 내적 번뇌 때문에 죽지 않았나 합니다.

이처럼 성간은 훈구파 내부의 문제적 인물로서 그 내적 분열을 보여 준다는 점이 주목됩니다. 그의 자전인 「용부전」은 너무 교과서적으로 읽을 것이 아니라 사회적·역사적 배경, 정치적 배경에 유의해 읽을 필요가 있습니다. 성간의 실존과 내면이 투사되어 있으니까요.

—— 성현

성현(1439~1504)은 호가 용재慵齋 혹은 허백당虛白堂입니다. '용재'라는 호의 '용'은 게으르다는 뜻입니다. 「용부전」의 '용' 자와 같습니다. 그래서 성간과 성현이 '게으름'이라는 가치 태도를 공유했다는 사실을 알 수 있습니다. 훈구파 같으면 이런 가치 태도를 가지면 안될 것 같은데 좀 이상하죠. 그러니 '훈구파는 으레 이런 거다'라는 고정관념을 좀 벗어날 필요가 있음이 이 두 사람을 통해 확인된다 하겠습니다. '허백당'이라는 호의 '허백'은 『장자』莊子에서 유래하는 말입니다. '욕심을 비우면 마음이 허백하게 된다, 즉 텅 비어 빈방처럼 된다'라는 비유가 『장자』에 나옵니다. 이처럼 '용'도 그렇고 '허백'도 그렇고 모두 『장자』와 관련됩니다. 가치 의식에서 본다면 도가적 지향을 보여 주는 거죠.

성현도 성간처럼 애민적 기속악부를 창작했습니다. 「예맥행」刈麥行, 「벌목행」伐木行 같은 작품을 들 수 있습니다. '예맥행'은 '보리 베기를 노래하다'라는 뜻인데, 다음에서 보듯 노동하는 농민의 모습을 생동감 있게 그리고 있습니다.

> 메김 소리 받는 소리 높낮이가 잘도 맞군
> 보릿단 멘 두 어깨 붉기도 해라.
> 하루 종일 타작 소리 요란도 하지
> 옹헤야 옹헤야 남북으로 들려오네.
> 長歌短謳相低仰, 將穗成束雙肩槙.
> 登場盡日聲彭彭, 彭彭魄魄應南北.

「벌목행」은 '벌목을 노래하다'라는 뜻인데, 다음에서 보듯 관官

의 명령으로 산촌에서 벌목하며 고생하는 사람들의 모습을 노래했습니다.

> 아전들 내모는 게 어찌도 심한지
> 남정네와 아낙네 서로 부축해 산에 오르네.
> 누덕누덕 기운 옷은 무릎도 못 가리는데
> 동상 입어 손가락 터지고 얼굴은 창백하네.
> 吏胥驅出星火催, 男扶女挽登崔嵬.
> 懸鶉百結不掩脛, 手龜指落顏如灰.

성현은 음악에 조예가 깊어 『악학궤범』樂學軌範이라는 책을 편찬하기도 했습니다. 이 책에는 고려속요가 여러 편 실려 있습니다. 그러니 성현은 고려속요가 문학사에 전해지게 한 공이 있죠.

성현의 대표 저서는 『용재총화』慵齋叢話입니다. '용재총화'라는 책 이름에서 '총화'叢話는 여러 이야기를 모아 놓았다는 뜻이 아니고 자질구레한 이야기라는 뜻입니다. '총'叢에는 '모으다'라는 뜻도 있지만 '자질구레하다'라는 뜻도 있습니다. '총서'叢書라는 말의 '총'은 전자에 해당하지만 '총화'라는 말의 '총'은 후자에 해당합니다. 그러므로 『용재총화』는, '용재가 저술한 자질구레한 이야기'라는 뜻입니다. 이 책에는 본국의 민간 풍속, 설화, 문물제도라든가 학술, 문학, 역사, 지리, 종교, 음악, 서화 등에 대한 기록이 폭넓게 담겨 있습니다.

이 가운데 문학적으로 주목되는 점은 두 가지입니다. 하나는 사대부 일화逸話가 풍부하게 담겨 있다는 점입니다. 이는 대체로 상층 문학에 속합니다. 사대부 인물들 자기들끼리의 이야기니까요. 다른 하나는 소화나 설화에 해당하는 이야기들을 다채롭게 실어 놓고 있다는 점입니다. 이는 대체로 하층 문학에 속합니다. 이렇게 본다면 『용재총화』는 상하층 문학을 포괄하고 있다고 말할 수 있습니다. 『용재총화』는 15세기에 이루어진 이런 종류의 글쓰기를 대표하며, 그 최고의 성취라 할 것입니다.

『용재총화』는 양식적으로 본다면 필기筆記와 패설稗說의 복합체라 할 만합니다. 지난 강의(제11강)에서 말했듯 '필기'는 사대부들의 신변사身邊事라든가 관심거리, 견문을 자유로운 형식으로 기록한 글을 이릅니다. 그러므로 사대부의 생활 의식이나 생활 정형情形이 잘 드러나죠. '패설'은 '자잘한 이야기'라는 뜻인데, 민간이나 사대부 세계의 '이야기'를 기록한 글을 말합니다. 필기는 꼭 내러티브narrative, 즉 서사는 아니지만, 패설은 서사에 해당합니다. 아까 말한 『태평한화골계전』이나 『촌담해이』는 패설집稗說集에 해당합니다. 그렇기는 하지만 필기서筆記書 속에 더러 패설이 들어 있기도 합니다. 이처럼 필기와 패설은 친근한 관계입니다. 그래서 흔히 '필기패설'이라고 통칭하곤 하는데, 다른 말로는 '잡록'雜錄 혹은 '잡기'雜記라고도 합니다.

신라 때 최치원崔致遠이 쓴 지괴서志怪書 『수이전』은 우리 문학사 최초의 패설집입니다. 고려 말 이제현의 『역옹패설』櫟翁稗說은, 책 이름은 '패설'이라고 했지만 실제로는 패설이 아니고 필기서입니다. 그리고 이인로가 쓴 『파한집』이나 최자가 쓴 『보한집』도 크게 보면 필기서라고 할 수 있지만, 좁혀서 보면 시화집詩話集이라고 할 수 있습니다. 시와 관련된 이야기, 즉, 시화를 다룬 글의 비중이 높기 때문이죠. 조선 시대가 되면 시화집은 필기에서 분리되어 따로 독자적으로 존재합니다. 앞서 말했지만 서거정의 『동인시화』가 그

효시에 해당합니다. 조선 시대에는 시화집이 많이 나옵니다. 17세기 후반에 성립된 홍만종洪萬宗의 『시화총림』詩話叢林 같은 책은 당대까지의 시화들을 집성해 놓은 것입니다.

요컨대 『용재총화』는 필기패설서에 해당하며, 15세기에 나온 이런 종류의 책을 대표한다고 말할 수 있습니다.

—— 채수

채수(1449~1515)는 중종반정中宗反正의 공신입니다. 채수는 성현과 아주 절친한 사이였으며, 『촌중비어』村中鄙語라는 책을 저술했는데, '촌중비어'는 '시골의 비루한 말'이라는 뜻인데요, 성현이 그 책 서문을 썼습니다. 서문 중에 이런 말이 보입니다.

> 내 친구 채기지蔡耆之가 벼슬에서 물러나 한가롭게 지낼 때 평소 들었던 것과 동료들과 나눈 농담을, 비록 말이 저속할지라도 모두 빠짐없이 기록하였다.

'기지'는 채수의 자字입니다. 옛날 사대부들은 이름을 부르지 않고 자로 불렀습니다. 성현의 이 말을 통해 『촌중비어』가 채수가 벼슬에서 물러나 한가롭게 지낼 때 지은 패설집임을 알 수 있습니다.

채수는 중종 6년인 1511년 「설공찬전」薛公瓚傳이라는 소설을 짓기도 했습니다. 이 작품은 일명 '설공찬환혼전'薛公瓚還魂傳이라고도 하는데, '설공찬의 혼이 돌아온 이야기'라는 뜻입니다. 그 내용은, 설공찬이라는 사람이 죽은 후에 혼이 남의 몸속에 들어가 몇 달을 머물면서 자신의 원한과 저승에서 들은 일을 말한다는 것입니다. 애초 한문으로 창작되었는데 나중에 한글로 번역되어 경향京鄉

에 널리 유포되었습니다. 급기야 사헌부의 대간이 이 소설이 풍속을 문란케 한다며 채수를 탄핵하는 바람에 작품이 모두 수거되어 불태워집니다. 일종의 필화筆禍 사건인데요.

이런 필화가 야기된 이유는 중종반정中宗反正 이후 공신 세력과 비공신 세력의 알력이 존재했고, 또 연산군 때 무오사화戊午士禍와 갑자사화甲子士禍가 일어나서 사림 세력이 위축되었다가 중종반정이 일어나 중종 원년 이후 훈구파와는 체질을 달리하는 사림파의 정계 진출이 재개되었기 때문입니다. 게다가 반정의 명분으로 풍속 교화가 강조되었습니다. 이렇게 본다면 이 필화 사건은 중종반정 이후 새롭게 정계에 진출하기 시작한 사림 세력이 소설을 문제 삼아 훈구파에 속하는 채수를 공격한 것으로 이해할 수 있습니다. 채수는 이 일 때문에 벼슬에서 물러납니다.

사림파의 문학

사림파는 성종 때 지배층 내에 하나의 분파를 형성하는데, 지도자는 김종직입니다. 김종직은 문생들을 많이 배출했습니다. 그의 문생은 크게 두 부류로 나뉩니다. 한 부류는 문학을 전공한 인물들이고, 또 한 부류는 도학을 전공한 인물들입니다. 전자에 속하는 이로는 유호인俞好仁·남효온·조위曺偉·김일손金馹孫을 꼽을 수 있고, 후자에 속하는 이로는 정여창鄭汝昌·김굉필金宏弼을 꼽을 수 있습니다.

—— 김종직
김종직(1431~1492)은 밀양 출신으로 본관은 선산입니다. 단종 1년인 1453년 진사가 되고, 세조 5년인 1459년 문과에 급제했으며, 세조 치세에 승문원 박사·예문관 봉교·감찰 등의 벼슬을 했고, 성종 초년에 함양 군수·선산 부사 등을 지냈으며, 성종 13년인 1482년 홍문관 응교에 제수되었습니다. 이후 홍문관 직제학·좌부승지·도승지·이조참판을 지냈으며, 잠시 전라도 관찰사에 제수되어 외직으로 나갔다가 다시 서울로 돌아와 공조참판·형조판서를 지냈습니다.

김종직은 주목할 만한 애민시를 남겼습니다. 「가흥참」可興站이라든가 「낙동요」洛東謠 같은 작품이 그것입니다. 다음은 「가흥참」입니다.

우뚝한 저 계립령鷄立嶺
예로부터 남과 북의 경계가 되었네.
북쪽 사람들은 다투어 호화로운 생활하며
남쪽 사람들의 고혈膏血을 빠네.
우마차로 험난한 산길을 지나는데
들판에는 건장한 사내가 없네.
밤이면 강가에서 서로 베고 자나니
아전들은 어찌 그리도 탐학한지.
(…)
백성들은 심장을 도려내는 듯 괴로운데
아전들은 방자하게 취해서 떠들어 대네.
조금 남은 곡식까지 수탈해 가니
조사漕司는 의당 부끄러워해야 하리.
관에서 매긴 세금은 10분의 1인데

어찌해 2분 3분을 바치게 하나?

강물은 절로 도도히 흘러

밤낮으로 구름 기운 일으키는데

조운선漕運船들 협곡 어귀를 가득 메워

북쪽에서 내려와 다투어 실어 가니

남쪽 사람들 찡그리고 보는 것을

북쪽 사람들 그 누가 알리.

嵯峨鷄立嶺, 終古限北南.

北人鬪豪華, 南人脂血甘.

牛車歷鳥道, 農野無丁男.

江干夜枕藉, 吏胥何𤉡𤉡.

(…)

民苦剜心肉, 吏恣喧醉談.

斗斛又討嬴, 漕司宜發慚.

官賦什之一, 胡令輸二三.

江水自滔滔, 日夜噓雲嵐.

帆檣蔽峽口, 北下爭驂𩢷.

南人蹙頞看, 北人誰能諳.

　　'계립령'은 충청북도 충주시 수안보면과 경상북도 문경시 문경읍 사이에 있는 고개이고, '조사'는 세금으로 거둔 쌀을 조운漕運하는 일을 맡은 관원을 말합니다.

　　경상도에서 세금으로 거둔 쌀, 즉 세미稅米는 문경에서 계립령을 넘어 충주의 가흥으로 옮겨집니다. 가흥은 남한강 가의 포구인데요, 세미는 이곳에서 배에 선적되어 남한강을 통해 서울로 보내집니다. 당시 가흥에는 역참驛站이 있었습니다. 그래서 이 시 제목을 '가흥참'이라고 한 것입니다.

이 시는 가혹한 세금 징수로 고통을 받는 영남 백성들의 참상을 그리고 있습니다. 주목되는 점은 '남'과 '북'의 대립적 인식이 보인다는 사실입니다. 지리적으로 본다면, 남은 영남이고 북은 서울입니다. 사회적 관계로 본다면, 남은 피지배층인 백성이고 북은 지배층인 위정자입니다. 이처럼 이 시에서 제시된 남과 북의 대립은 이중적二重的 의미를 갖습니다. 이 시만이 아니라 다음에서 보듯 「낙동요」에서도 비슷한 양상이 확인됩니다.

아침에 월파정月波亭을 출발해
저녁에 관수루觀水樓에서 자네.
관수루 아래 가득한 관선官船에 천만 꿰미 돈 실렸나니
남쪽 백성들 그 가렴주구 어찌 견디리.
쌀 단지 이미 텅 비고 도토리마저 떨어졌는데
강가에서는 풍악 울리고 살진 소를 잡네.
서울에서 온 사신들 유성流星처럼 지나가는데
길가에 나뒹구는 해골들, 누가 이름이나 물어보랴.
朝發月波亭, 暮宿觀水樓.
樓下綱船千萬緡, 南民何以堪誅求.
缿甀已罄橡栗空, 江干歌吹椎肥牛.
皇華使者如流星, 道傍髑髏誰問名.

'월파정'은 선산의 낙동강 가에 건립된 정자이고, '관수루'는 의성의 낙동강 변에 건립된 누각입니다. 이 시 역시 가렴주구에 시달리는 경상도 농민의 참상을 읊고 있습니다. 우리 문학사에서 낙동강을 노래하며 그 주변 백성들의 삶을 조망한 것은 이 작품이 처음입니다.

「가흥참」과 「낙동요」를 통해 김종직이 영남이라는 공간에 각별한 애정을 가졌던 것을 알 수 있습니다. 이전의 문인들은 애민시를 짓더라도 표 나게 특정 공간에 대한 애착을 표시하지는 않았습니다. 대개 민의 질고를 동정하면서 지배층의 잘못된 정치나 탐관오리의 가렴주구를 비판했을 뿐입니다. 그래서 공간에 대한 대립적 인식 같은 건 표출된 적이 없습니다. 김종직의 이 두 시가 특이한 것은 백성의 질고에 대한 동정과 가렴주구에 대한 비판이 공간적 대립 의식과 결합되어 있어서죠. 이처럼 이 시들은 '로컬리티'를 보여 준다는 점이 주목됩니다. 로컬리티는 공간에 대한 자각, 공간에 대한 주체성과 관련됩니다. 그렇다면 이런 로컬리티는 어디서 유래하는 걸까요? 김종직의 영남인으로서의 자의식에 말미암는다고 봐야겠죠. 이 자의식은 자신이 정몽주에서 길재로 이어지는 도통의 계승자라는 자부심과 무관하지 않다고 여겨집니다.

김종직은 애민시 외에 「동도악부」東都樂府라는 영사악부詠史樂府를 남기기도 했습니다. 이 작품은 우리나라 최초의 영사악부에 해당합니다. 칠언고시七言古詩의 형식이며 「회소곡」會蘇曲, 「우식곡」憂息曲, 「치술령」鵄述嶺, 「달도가」怛忉歌, 「양산가」陽山歌, 「대악」碓樂, 「황창랑」黃昌郎 등 총 7수입니다. 이들 시는 모두 신라의 고사나 풍속을 소재로 삼고 있습니다. 가령 「치술령」은 박제상朴堤上과 관련된 시이고, 「달도가」는 『삼국유사』에 나오는 사금갑射琴匣 이야기를 소재로 삼았습니다. 「양산가」는 화랑 김흠운金歆運이 백제와 싸우다가 전사하자 당시 사람들이 「양산가」를 지어 슬퍼했다는 기록이 보이는데 이를 소재로 한 것입니다. 「대악」은 백결百結 선생과 관련된 시입니다.

「동도악부」 역시 김종직이 지녔던 공간적 자의식으로 인해 창작되었다고 보입니다. 공간적 자의식이 역사적 자의식으로 확장된 것입니다.

「동도악부」를 이어 조선 후기에 많은 문인이 영사악부를 창작했습니다. 이를테면 17세기 초에 심광세沈光世가 「해동악부」海東樂府를 지었고, 18세기에 이익李瀷도 「해동악부」를 지었으며, 19세기 초에 이학규李學逵는 「영남악부」嶺南樂府를 지었습니다. 영사악부는 본국의 고사나 풍속을 노래한다는 공통점이 있습니다. 우리나라 역사를 노래한 것이죠.

김종직은 『청구풍아』靑丘風雅라는 시선집과 『동문수』東文粹라는 산문 선집을 편찬하기도 했습니다. 『청구풍아』에는 신라 말에서 조선 초까지의 시들이 실려 있고, 『동문수』에는 신라 말에서 조선 초까지의 산문들이 실려 있습니다. 이들 시문 선집에는 도덕을 중시한 김종직의 문학관이 반영되어 있습니다. 훈구파 문인인 성현은 김종직이 화려한 문장을 싫어해 『동문수』에 온화한 문장만을 실었다고 비판한 바 있습니다.

끝으로, 「조의제문」弔義帝文에 대해 조금 언급하겠습니다. 중국 진秦나라 말에 전국 각지에서 봉기가 일어나는데 초楚나라 항우項羽도 봉기를 일으킵니다. 항우는 초나라의 왕족을 회왕懷王으로 옹립한 뒤 나중에 '의제'義帝로 추대합니다. 그 뒤 자신의 세력이 커지자 의제를 살해하고 스스로 초나라 왕이 됩니다. 「조의제문」은 바로 이 의제를 조상弔喪한 글입니다. 김종직은 세조 3년인 1457년, 스물일곱 살 때 꿈에 의제를 보고 느낀 바가 있어 이 글을 지었다고 했습니다.

동아시아의 오랜 글쓰기 방식 중의 하나로, '차고유금'借古喩今
이라는 게 있습니다. 옛일을 빌려 지금을 풍유하는 거죠.「조의제
문」은 바로 이 수법의 글쓰기입니다. 즉 천 몇 백 년 전 의제의 일을
빌려 수양대군이 왕위를 찬탈한 뒤 단종을 살해한 일을 풍자한 것
입니다. 이 글의 끝에는 '주자의 필법에 의거해 썼다'라는 말이 보
입니다. 이를 통해 김종직이 주자학적 의리관에 따라 자신의 충분
忠憤을 드러냈음을 알 수 있습니다.

—— 유호인

유호인(1445~1494)은 성종 5년인 1474년 문과에 급제해 공조좌랑,
홍문관 교리, 거창 현감, 의성 현령 등을 지냈으며 합천 군수로 재
직 중 죽었습니다. 고향은 함양입니다. 그가 남긴 작품으로는「동
도잡영」東都雜詠 25수와「함양 남뇌 죽지곡」咸陽灆㵢竹枝曲 10수,「화
산 10가」花山十歌 등이 주목됩니다.「동도잡영」은 동도, 즉 경주의
고사를 읊은 시입니다. 김종직이 지은「동도악부」의 영향이 느껴집
니다. 다음은「동도잡영」제9수로, 박제상과 그 아내의 고사를 소재
로 지었습니다.

외로운 신하 한번 죽어 임금의 은혜에 보답하니
만 리 밖 일본에 절의가 높네.
치술령의 세 길 바위 위
수심에 잠긴 구름은 아직도 망부望夫의 혼을 띠고 있네.
孤臣一死答君恩, 萬里扶桑漢節尊.
邱述峯頭三丈石, 雲愁猶帶望夫魂.

신라 눌지왕訥祗王 때 박제상은 임금의 부탁으로 일본에 가, 볼모로 잡혀 있던 눌지왕의 동생 미사흔未斯欣을 탈출시킨 뒤 죽임을 당합니다. 박제상의 아내는 경주의 치술령에 올라 동해를 바라보며 남편을 하염없이 기다리다가 그만 망부석望夫石이 되었다고 합니다. 이 시는 이 고사를 읊은 것입니다.

「함양 남뇌 죽지곡」은 함양 지방의 고사와 풍속을 읊은 시입니다. '죽지곡'은 '죽지사'竹枝詞라고도 하는데 칠언절구의 형식을 취하죠. 당나라 시인 유우석劉禹錫이, 사천泗川 동쪽 지역인 파유巴渝 지방의 여인들이 부르던 「죽지」라는 민요를 토대로 지은 「죽지사」에서 유래하는 악부시의 일종입니다. 이후 '죽지사'는 부녀의 정이나 특정 지역의 토속을 노래하는 양식으로 자리 잡았습니다. 유우석의 「죽지사」는 고려 말 이제현의 소악부 창작에도 영향을 미쳤습니다.

우리 문학사에서 시의 제목에 '죽지곡' 혹은 '죽지사'라는 명칭이 등장하는 것은 성종 연간입니다. 유호인 외에도 성현이 「죽지사」 10수를 지었으며, 김종직도 「응천 죽지곡」凝川竹枝曲 9장을 지었습니다. '응천'은 밀양의 옛 이름으로, 김종직의 고향이 밀양이죠.

유호인은 김종직의 영향을 받아 「함양 남뇌 죽지곡」을 지은 것으로 여겨집니다. 함양에 대고대大孤臺, 소고대小孤臺라는 곳이 있는데, 대고대 앞을 지나는 물이 남계이고, 소고대 앞을 지나는 물이 뇌계입니다. '남뇌'는 남계와 뇌계를 말하는데, 유호인의 시골집이 뇌계 부근에 있었습니다. 「함양 남뇌 죽지곡」의 제6수는 다음과 같습니다.

두류산에 상서로운 구름 일어나니

붉은 깃발 앞세워 신모神母가 내려오네.

제단의 산초山椒 잎 엄숙하고, 젓대소리 북소리 요란한데

배교环珓에 의지해 영험을 점치네.

頭流山上起靄雲, 神母霏霏絳彩旒.

蕭莫椒茱簫鼓沸, 顧憑环珓卜靈威.

두류산은 지리산을 말합니다. '신모'는 두류산 성모聖母를 말하는데, 당시 두류산 천왕봉에는 성모를 모신 사당인 성모사聖母祠가 있었습니다. 두류산 일대에 '성모 신앙'이 있었던 거죠. '산초 잎'은 산초나무의 잎을 말하는데, 독특한 향이 있어 강신降神의 의식에 사용합니다. '배교'는 대나무나 나무를 조개 모양으로 깎은, 점칠 때 쓰는 도구입니다. 이 시는 성모사에서 굿을 하던 풍경을 노래했습니다. 자기 고향의 토속을 읊은 거죠.

'화산'은 안동의 별호입니다. 「화산 10가」는 안동 농민들에게 훈계하는 내용으로, 훈민가적 성격을 갖는 시입니다. 가령 제7가를 보면 다음과 같습니다.

저기 청량산을 바라보게나

산중에 도토리나무 많지 않은가.

올해도 작년 못지않아

가득 달려 열매를 주울 만하네.

온 집안사람들 지고이고 돌아와

찧어 가루 만들어 독에 보관하세.

흉년이 어찌 나를 죽이리

도토리로 곡식을 대신할 수 있으니.

瞻彼清涼山, 山中多橡木.

今年似去年, 離離實可拾.

擧家負戴歸, 春屑甕中積.

凶年豈殺余, 猶可代粟粒.

　　이처럼 김종직과 마찬가지로 유호인에게도 영남이라는 공간에 대한 특별한 자의식이 있음을 볼 수 있습니다.

―― 남효온

남효온(1454~1492)은 벼슬길에 나아가는 걸 단념하고 방외方外에 노닐었습니다. 그는 세조의 왕위 찬탈에 몹시 비판적이었습니다. 앞서 말했듯 김종직도 젊은 시절 세조의 왕위 찬탈을 비판하는 「조의제문」을 지은 바 있습니다. 김종직은 정몽주―길재의 도통을 이어받아 절의와 명분을 중시했기에 이 글을 통해 자신의 충분忠憤을 드러냈던 것입니다. 남효온은 이런 스승의 영향을 받았다고 할 수 있겠죠.

　　남효온은 시속을 벗어나 방달하게 살면서 불온하고 과격한 말을 거리낌 없이 했습니다. 체제의 안과 밖 '사이'에서 일종의 '경계인'으로 산 거죠. 이는 절의를 지키는 하나의 방식이었습니다. 이 점에서 세조의 왕위 찬탈에 대해 같은 태도를 취했던 김시습과도 통한다 하겠습니다. 실제로 남효온은 김시습을 따르며 존경했습니다. 두 사람은 다 '생육신'生六臣에 속합니다.

　　남효온은 성종 9년인 1478년, 스물다섯 살 때 성종에게 상소를 올립니다. 이 글에는 문종文宗의 비인 현덕왕후顯德王后의 능인 소릉昭陵을 복위復位할 것을 건의하는 말이 들어 있습니다. 단종의 어머니인 현덕왕후는 세자빈일 때 사망했습니다. 문종은 즉위하자 현덕왕후의 무덤을 소릉으로 격상했습니다. 그런데 단종 복위 사건으로 단종이 폐위廢位되자 현덕왕후 역시 서인庶人으로 강등되면서 소릉은 폐위되어 개장改葬됩니다. 남효온의 건의는 이를 원래대로 되돌리라는 것이죠. 대단히 위험한 주장입니다. 당시 계유정난의 공신들이 권력을 잡고 있었으니까요. 훈구파가 이 상소 내용에 반발해 하마터면 남효온은 국문을 당할 뻔했습니다.

　서른두 살 때 — 죽기 7년 전입니다 — 쓴 「수향기」睡鄕記를 보면 그가 현실로부터 얼마나 고통을 받았는지 알 수 있습니다. '수향'睡鄕은 '잠의 세계'라는 뜻입니다. 그러니 '수향기'는 '잠의 세계에 대한 기록' 정도로 번역할 수 있습니다. 이 글에서 작자는, 수향에 들어가면 정신이 아득하고 황홀해져 온갖 근심을 모두 잊어버리게 된다고 했습니다. '잠에 대한 예찬'이라고 할 수 있습니다. 남효온은 가치가 훼손된 세계와 타협이 불가능했습니다. 그러니 깨어 있으면 번뇌를 벗어날 수 없었습니다. 그래서 잠을 예찬한 거죠.

　남효온의 대표작은 사육신의 전기인 「육신전」六臣傳입니다. 남효온은 위험을 무릅쓰고 이 작품을 썼습니다. 목숨 걸고 썼다고 할 수 있죠. 사림파의 기개와 절의의 정신을 아주 잘 보여 줍니다. 이 작품은 다음 강의에서 살펴보기로 하겠습니다.

── 조위

조위(1454~1503)는 김종직의 처남이자 문생이며, 고향이 김천입니다. 성종 5년 문과에 급제해 도승지, 호조참판, 함양 군수, 충청도 관찰사 등을 지냈습니다. 조위의 작품으로는 한시 「계림팔관」雞林八觀과 가사 「만분가」萬憤歌가 주목됩니다.

「계림팔관」은 '계림의 여덟 가지 구경거리'라는 뜻인데요, 경주의 반월성半月城·포석정鮑石亭·첨성대瞻星臺·옥적玉笛 등 여덟 군데 사적史蹟을 읊은 시입니다. 김종직의 「동도악부」, 유호인의 「동도잡영」과 통하는 작품이라 하겠습니다. 이 작품을 통해 조위에게도 로컬리티가 문제가 되고 있음을 알 수 있습니다.

조위는 연산군 4년인 1498년 성절사聖節使로 명나라에 갔다가 돌아오던 중 무오사화를 맞습니다. 무오사화는 훈구파 대신인 유자광柳子光과 이극돈李克墩이 김종직의 「조의제문」을 문제 삼음으로써 일어났습니다. 조위는 김종직의 시고詩稿를 엮었다는 죄명으로 의주에 유배되었다가 몇 년 뒤 순천으로 옮겨져 이곳에서 죽었습니다. 「만분가」는 순천에 있을 때 지은 작품입니다. 제목 한자의 '분'憤에는 분노·분개·원망이라는 뜻도 있지만, 울적함·울분·번민이라는 뜻도 있습니다. '만분가'라는 제목에서 '분'은 후자의 뜻으로 쓰였다고 여겨집니다. 그러므로 '만분가'는 '1만 번민의 노래' 정도로 번역될 수 있습니다. 이 작품에는, 임금에 대한 충정, 울분의 토로, 비탄과 상심, 하소연, 체념 등 작자의 복잡한 심회가 표현되어 있습니다. 한마디로 번민과 비탄의 노래라고 할 만합니다. 이 작품은 우리 문학사상 최초의 유배가사流配歌辭에 해당합니다.

── 김일손

김일손(1464~1498)은 경상도 청도 사람입니다. 성종 17년인 1486년 문과에 급제했으며, 홍문관 수찬·교리·이조정랑 등을 지냈습니다. 그는 언관言官에 재직할 때 소릉의 복위를 주장했으며 훈구대신의 부정부패를 공격했습니다. 남긴 작품으로는 「속두류록」續頭流錄이라는 산수유기가 주목됩니다. 제목에 '속'이라는 말을 붙인 것은 스승인 김종직의 「유두류록」遊頭流錄을 의식해서입니다. 즉 「유두류록」을 이어서 지었다는 뜻으로 '속'이라는 말을 붙인 것입니다.

'유두류록'은 '두류산에 노닌 기록'이라는 뜻으로, 두류산 유기에 해당합니다. 김종직은 함양 군수로 있던 1472년 가을에 문생인 유호인, 조위와 함께 며칠간 두류산을 유람했습니다. 이때의 일을 적은 글이 「유두류록」입니다. 이 글은 "나는 영남에서 나고 자랐는데, 두류산은 우리 고을의 산이다"라는 말로 시작됩니다. 이 말에서 김종직의 두류산에 대한 애착이 그의 향토 의식에서 비롯됨을 알 수 있습니다.

김일손은 성종 20년인 1489년 4월 벗 정여창과 함께 두류산에 올랐습니다. 이때의 일을 적은 것이 「속두류록」입니다. 이 글에는 스승인 김종직에 대한 언급이 여러 번 보입니다. 이 글은 「유두류록」과 마찬가지로 산에서 목도한 백성의 질고를 기록하고 있으며, 불교를 이단시하는 유자의 엄정한 태도를 보여 줍니다. 이 점에서 산수에 대한 흥취를 보여 주는 것이 주가 되는 여느 산수유기와는 차이가 있습니다. 사림파 사대부의 면모를 잘 보여 주는 글이라 할 만합니다.

명종·선조 연간의 인물인 남명南冥 조식曹植도 「유두류록」遊頭流錄이라는 산수유기를 창작했습니다. 두류산에 대한 영남 사림파의 애정이 계속 이어지는 것을 볼 수 있죠. 일찍이 조식은 두류산을 "높다란 산이 큰 기둥과 같아/한쪽 하늘을 떠받치고 있네"(高山如大柱, 撑却一邊天)라고 읊어, 선비의 높은 기개를 두류산에 비유한 바 있습니다. 조식의 다음 시 역시 선비의 올곧음과 꼿꼿함을 두류산에 비기고 있어 흥미롭습니다.

한번 천석千石의 종을 보라

크게 치지 않으면 소리가 없는.

두류산과 비교하면 어떠한가

하늘이 울어도 오히려 울지 않는.

請看千石鍾, 非大扣無聲.

爭似頭流山, 天鳴猶不鳴.

「덕산에 있는 시냇가 정자의 기둥에 적다」(題德山溪亭柱)라는 시
입니다. '덕산'은 지금의 경상도 산청의 지명입니다. '천석의 종'은
큰 종을 말합니다. 두류산은 하늘이 울어도 울지 않는데, 선비의 기
상은 모름지기 이와 같아야 한다고 했습니다. 조식의 기개는 이리
높았습니다. 선비로서의 자부가 대단하지 않습니까? 조식의 이 시
만큼 사림파가 가졌던 자기의식을 잘 보여 주는 시도 없다 할 것입
니다.

다시 김일손으로 돌아갑시다. 연산군 4년인 1498년 『성종실
록』이 편찬됩니다. 이 일의 책임을 맡은 사람은 훈구파 대신 이극
돈입니다. 이극돈은, 김일손이 김종직이 지은 「조의제문」을 사초史
草에 넣은 걸 발견하고는 이 글이 세조를 비방한 글이라고 유자광
에게 알렸으며 유자광은 연산군에게 상소를 올렸습니다. 이리하여
무오사화가 일어나, 이미 죽은 김종직은 부관참시되고 김일손은
능지처참됩니다. 그리고 조위, 정여창, 김굉필은 귀양 갑니다. 이들
외에도 피해를 입은 선비가 아주 많습니다.

── 정여창, 김굉필

김종직의 제자 가운데 정여창과 김굉필은 문학에 힘쓰지 않고 도

학에 힘을 썼습니다. 정여창(1450~1504)은 문과에 급제해 예문관 검열, 시강원 설서, 안음 현감을 지냈습니다. 무오사화 때 유배되었으며, 1504년 갑자사화 때 부관참시되었습니다. 남효온도 이때 부관참시되었습니다.

김굉필(1454~1504)은 젊을 때『소학』小學을 하도 중시해 '소학동자'小學童子로 불렸습니다.『소학』은 주자학에서 아주 중시되는 책입니다.『소학』은 아동 학습서로 간주되어 대개 8세부터 14세까지 배웠는데, 김굉필이『소학』을 중시한 것은 다른 이유가 있었습니다. 즉『소학』에 담겨 있는 유학의 실천성을 주목해서였습니다.『소학』은, '쇄소응대'灑掃應對, 즉 집을 청소하는 일과 어른께 응대하는 일 등을 비롯해 일상생활 속에서 선비가 실천해야 할 윤리적 덕목을 자세히 제시해 놓았습니다.

김굉필은 41세 때 경상도 관찰사가 초야의 인재로 천거해 사헌부 감찰, 형조좌랑 등을 지냈으며, 무오사화 때 김종직의 문생이라는 이유로 평안도 희천에 유배되었습니다. 당시 조광조의 아버지가 어천도魚川道 찰방에 제수되어 영변의 어천역魚川驛에 근무하고 있었는데, 영변은 희천과 가깝습니다. 아버지를 따라와 이곳에 머물고 있던 조광조는 희천의 김굉필을 찾아뵙고 그 문생이 되어『소학』을 배웁니다. 이리하여 도통이 조광조로 이어집니다. 역사에는 때로 우연이 크게 작용합니다만 김굉필과 조광조의 만남은 정말 놀라운 우연이라 할 수 있습니다. 김굉필은 갑자사화 때 목숨을 잃습니다.

김굉필은 김종직의 문생이었지만 나중에 관계가 틀어졌습니다. 남효온이 남긴『사우명행록』師友名行錄이라는 책이 있는데, 이 책은 김종직 문하생들에 대한 기록입니다. 여기에 이런 말이 나옵니다.

점필재佔畢齋 선생이 이조참판이 되었으나 또한 국사國事를 건의하는 일이 없자, 대유大猷가 이런 시를 지어 올렸다.

도道는 겨울에 갖옷 입고 여름에 얼음 마심에 있거늘
비 개면 가고 비 오면 멈춤이 어찌 능사겠소.
난초도 만약 세속을 따른다면 변할 터인데
소는 밭을 갈고 말은 사람을 태운다는 이치를 누가 믿
　　겠소.
道在冬裘夏飲氷, 霽行潦止豈全能.
蘭如從俗終當變, 誰信牛耕馬可乘.

선생이 이리 화답했다.

분에 넘치게 관직이 경대부卿大夫에 이르렀으나
임금 바로잡고 세속 구제함을 내 어찌 능히 하리.
후배로 하여금 못남을 비웃게 했으니
구구한 권세와 이익은 취할 게 못 되네.
分外官聯到伐氷, 匡君救俗我何能.
從教後輩嘲迂拙, 勢利區區不足乘.

대유가 간하는 말을 싫어한 것이다. 대유는 이로부터 점필재와 틀어졌다.

'점필재'는 김종직의 호이고, '대유'는 김굉필의 자입니다. 김굉필이 지은 시에는 스승이 구차하게 자리보전이나 하려 하고 임금에게 직언을 하지 않는 데 대한 비판이 담겨 있습니다. 『성종실록』의 김종직 졸기卒記를 보면 "김종직은 동지경연사同知經筵事로 있은지 오래였으나 건의하는 일이 없었으므로 명망이 조금 감소되었다"라고 되어 있습니다. 그러니 남효온의 말은 사실로 보입니다.

허균의 김종직 비판

네 차례의 사화를 겪은 후 선조 때가 되면 사림파가 정계의 주류가 됩니다. 드디어 훈구 세력을 밀어내고 사림파가 최종 승자가 된 거죠. 하지만 선조, 광해조 연간의 인물인 허균許筠은 「김종직론」金宗直論이라는 글을 써서 김종직의 위선적인 면모를 통렬히 공격합니다.

허균에 대해서는 나중에 따로 살펴보겠습니다만 이 인물은 자기 하고 싶은 일을 거리낌 없이 하고 자신의 생각을 거리낌 없이 말하는 유형의 인간입니다. 이 글도 세상 눈치를 전혀 보지 않고 쓴 것 같습니다. 그 내용을 간단히 정리하면 이렇습니다: '김종직은 위선자다. 겉으로 좋은 말 하고 대의大義를 말했지만, 실제로는 이익이나 챙긴 아주 표리부동한 인간이다. 「조의제문」을 쓴 것도 잘못되었다. 자신이 세조 때 벼슬을 안 했으면 이런 글을 쓰는 게 문제될 게 없지만 벼슬까지 해 놓고 뒤로 몰래 자기가 섬긴 임금을 이렇게 비방하는 것은 잘못된 것이다.'

허균의 이 글은 그 논조가 신랄하기 짝이 없습니다. 글 끝에는 이런 말이 덧붙여져 있습니다.

나는 세상 사람들이 그의 형적形迹은 살펴보지 않고, 괜스레 그의 명성만 숭상하여 지금까지 치켜올려 대유大儒(큰 유학자)로 여기는 것을 안타까워한다. 때문에 특별히 나타내어 기록한다.

허균은 한 인간의 명성이 아니라 그의 형적을 잘 보라고 말하고 있습니다.

훈구파와 사림파의 문학론

훈구파 중 이론가라 할 만한 인물은 성현이고, 사림파 중 이론가라 할 만한 인물은 김종직입니다. 이 두 사람은 각각 자신이 속한 집단의 글쓰기를 정당화하는 문학론을 전개했습니다. 김종직은 성현보다 여덟 살 많으며 12년 일찍 죽었습니다. 그럼 김종직의 문학론부터 보기로 하겠습니다. 김종직의 다음 글에 그의 문학적인 입장이 잘 표명되어 있습니다.

경술經術을 하는 선비는 문장에 약하고 문장을 하는 선비는 경술에 어둡다고 세상 사람들이 말하는데, 내가 보기에는 그렇지 않다. 문장이라는 것은 경술에서 나오니, 경술은 바로 문장의 뿌리다. 초목에 비유컨대, 뿌리가 없으면서 가지와 잎이 무성하고 꽃과 열매가 풍성할 리가 있겠는가. 『시경』·『서경』 등의 육경六經은 모두 경술이며 『시경』·『서경』 등 육경의 글은 곧 문장이니, 그 글로 말미암아 그 이치를 궁구해서 정밀하게 살피고 넉넉히 음미하여 이치가 글과 함께 나의 가슴속에 융회融會된다면, 그것이 입이나 붓에서 나와 언어와 사부詞賦가 됨으로써 스스로 좋은 문장을 쓰려고 하지 않아도 절로 좋은 문장이 된다. 예로부터 문장으로 한 시대를 울리고 후세에까지 이름이 전한 이들은 모두 이와 같을 뿐이다.

동시대 문인인 윤상尹祥(1373~1455)의 시집에 써 준 서문에 나오는 말입니다. '육경'은 유교의 경전을 말합니다.

이 글에는 '도본문말'道本文末, 즉 '도가 근본이고 문은 말단이다'라는 문학관이 피력되어 있습니다. 경술에 힘쓰면 문장은 저절로 된다는 거죠. 일종의 근본주의적 입장이라고 할 수 있겠는데요, 도덕을 강조하고 있다는 점에서 도덕주의적 문학론이라고도 할 수 있습니다. 그렇기는 하지만 김종직 자신은 '도학자'는 아니었습니다. 그는 경술의 중요성을 강조하고 있음에도 불구하고 어디까지나 문학가였습니다. 그래서 이황 같은 후대의 도학자는 '김종직이 평생 한 일은 문학일 뿐이다'라는 취지의 말을 했습니다. 도학자의 입장에서 김종직을 평가절하한 것입니다.

성현은 다음 글에서 김종직의 문학론을 정면으로 반박하고 있습니다.

문장을 정원의 나무에 비유한다면 나무의 가지와 줄기와 잎과 꽃이 번성해야 그 뿌리가 비호庇護되어 나무가 크게 잘 자라는 것과 같고, 음식을 조리하는 일에 비유한다면 다섯 가지 맛으로 알맞게 조리하는 법을 잘 살핀 뒤에야 그 조화를 얻게 되는 것과 같다. 이제 가지와 잎을 쳐 없애고서 나무

가 무성해지기를 바라고, 다섯 가지 맛을 물리치고서 음식
맛의 조화를 얻으려 하니, 어찌 이런 이치가 있겠는가.

성현의 문집인 『허백당집』虛白堂集에 실려 있는 「문변」文變이라
는 글의 한 대목입니다.

성현은 김종직이 초목의 뿌리를 중시한 것과 달리 가지와 잎
과 꽃을 중시하고 있습니다. 가지와 잎이 무성하면 뿌리도 튼튼해
져 나무가 멋지게 된다는 거죠. 뿌리는 도학에 해당하고, 가지라든
가 꽃은 문학에 해당합니다. 김종직이 도학 우선주의적 입장을 취
한 반면, 성현은 문학 우선주의적 입장을 취하고 있음이 확인됩니
다. 서로 정반대의 입장을 취하고 있는 거죠.

성현의 생각은 『용재총화』의 다음 글에서 좀 더 구체적으로 알
수 있습니다.

> 성근보成謹甫가 살아 있을 때 우리나라 사람의 글을 엮어
> 『동인문보』東人文寶라 이름했는데, 완성하지 못한 채 죽어 김
> 계온金季醞이 뒤를 좇아 완성하여 『동문수』라 하였다. 그러
> 나 김계온은 번화한 글을 싫어해 단지 온후醞厚한 글만 취했
> 으니, 비록 규범에 뜻을 두기는 했으나 메마르고 기세가 없
> 어 볼만한 것이 못 된다. 그가 엮은 『청구풍아』는, 비록 시는
> 문과 다른 것이기는 하나, 시가 조금 호방하다 싶으면 버리
> 고 싶지 않았으니 얼마나 편협하고 융통성이 없는지.

'성근보'는 성삼문을 말합니다. '근보'는 그의 자입니다. '김계
온'은 김종직을 말합니다. '계온'은 그의 자입니다.

성현은 김종직의 편협한 관점을 비판하고 있습니다. 문학은 다양하므로 이런 것도 허용되고 저런 것도 허용되어야 하는데 김종직은 특정한 성향의 문학만 옹호했다며 불만을 토로하고 있습니다. 사실 김종직은 도학에 근거한 도덕적 문학론을 견지했으므로 번화하거나 호방한 시문을 배격하고 평온하거나 담담하거나 단정한 시문을 선호했습니다. 문예의 독자성을 긍정했던 성현이 보기에 이는 영 재미가 없었던 거죠.

하지만 성현 역시 '도본문말' 자체를 부정하지는 않았습니다. 도가 근본이고 문학은 말단이다, 이 대전제를 일단 긍정하고 있다는 점에서는 김종직과 같습니다. 문제는 도와 문의 관계에 대한 구체적인 이해 방식이 달랐다는 점입니다. 도를 열심히 공부하면 문은 절로 이루어진다는 생각에 동의하지 않고, 문은 문대로의 상대적 자율성을 갖는다고 생각했습니다. 그래서 도에만 힘쓸 것이 아니라 문에도 힘쓰지 않으면 안 된다고 봤습니다. 이처럼 도와 문의 관계를 종속적인 것으로 보지 않고 유연하게 파악했기에 도덕주의적 관점에 사로잡히지 않고 다양한 문학을 긍정했습니다.

김종직과 성현 둘 다 기본적으로는 재도론적載道論的 문학론의 틀 속에 있다고 여겨집니다. 다만 한쪽이 보다 엄격한 관철을 주장했다면, 다른 한쪽은 보다 느슨한 관철을 주장했다는 차이가 있다고 해야겠죠. 김종직이 이념과 명분을 중시했다면, 성현은 현실과 실제를 중시했다고 말할 수도 있습니다. 이 점에서 인간에 대한 이해라든가 인간에 대한 감수성의 면에서 김종직은 상당히 편협하고 관념적이었던 데 반해, 성현은 좀 더 융통성이 있고 현실적이지 않았나 합니다. 성현은 비교적 인간을 있는 그대로 보았으며 이를 자신의 문학에 반영했다고 여겨집니다. 있는 그대로의 인간은 꼭 도덕적이지만은 않으며, 추하기도 하고 우스꽝스럽기도 하고 비천하기도 하고 위선적이기도 하죠.『용재총화』에는 인간의 이런 다면적 얼굴이 그려져 있습니다. 하지만 김종직의 문학은 진지하고 근엄하기는 해도 이런 면모는 없습니다. 왜 그럴까요? 김종직은 자신이 내세운 이념에 따라, 그 이념의 틀에 따라 인간을 보고 있기 때문입니다.

무릇 이념은 주체를 정치적 올바름으로 이끌기도 하지만 동시에 주체의 인식론적 시야를 제한하기도 합니다. 이는 비단 정치적 영역에서만이 아니라 문학적 영역에서도 문제가 됩니다. 문학은 본질상 인간과 그 삶에 대한 탐구니까요. 인간을 얼마나 다면적으로 깊이 있게 들여다보는가가 문학의 핵심 과제거든요. 그래서 문학에서는 인간의 욕망이 늘 문제시되죠. 성현은 사대부의 욕망은 물론 백성의 욕망까지도 직시하고 있습니다. 이런 인식론에서는 김종직의 도덕주의적 문학론은 지나치게 편협한 것으로 여겨질 수 있겠죠. 반대로 만일 김종직의 편에서 본다면 성현의 문학론은 일탈되고 도덕적으로 바르지 못한 것으로 여겨질 수 있겠죠. 아무튼 생에 대한 말랑말랑한 촉수가 성현에게서 더 작동되고 있는 것은 분명한 듯합니다.

훈구파 문학은 보수적이고 사림파 문학은 진보적인가

우리는 흔히 훈구파는 보수적이고 사림파는 진보적이라는 통념을 갖고 있는데요, 일종의 이분법이죠. 그런데 과연 그럴까요? 만일 성리학, 즉 도학에 좀 더 철저한 쪽을 진보라고 하고 덜 철저한 쪽을 보수라고 한다면 그렇게 볼 수 있을 것입니다. 하지만 성리학에 더 철저한 쪽이 왜 진보인가, 왜 더 이념적인 쪽이 덜 이념적인 쪽보다 진보인가? 그 근거가 뭔가? 이렇게 캐물으면 그렇게 간단한 문제가 아닙니다. 특히 정치의 영역이 아닌 문학의 영역에서는 더욱 그렇습니다. 그렇다면 사림파의 문학은 좀 더 애민적인 입장을 취했으므로 훈구파보다 진보적이다, 이렇게 보는 것은 어떨까요? 그런데 앞에서 살펴봤듯이 사림파만 애민적인 게 아니고 훈구파 내부에도 애민적인 지향이 확인됩니다. 게다가 사림파의 애민적 지향에는 그 특유의 도덕주의에서 유래하는 준엄함 — 일종의 엄숙주의죠 — 이 느껴지지만 훈구파에서는 그와 달리 백성에 대한 친근함, 백성과 섞이고자 하는 태도 같은 것이 느껴지기도 합니다. 앞에서 거론한 강희맹의 「농구」라든가 「농자대」나 「농담」을 생각해 보면 좋겠습니다. 또 『촌담해이』나 『용재총화』 같은 패설에서 확인되는 하층의 상상력과 하층 목소리의 수용도 좋은 예가 될 줄 압니다. 하지만 사림파의 문학에서는 설사 백성에 대한 애정이 표현되어 있다고 할지라도 백성과의 엄정한 거리가 유지되고 있는 것으로 보입니다. 그러므로 적어도 문학에 국한해서 본다면 애민적 지향을 기준으로 사림파가 더 진보적이라고 말하기는 어렵지 않은가 해요.

사림파는 영남이라는 공간에 대한 강한 자의식을 보여 주지만 훈구파에게는 로컬리티라 할 만한 것이 발견되지 않습니다. 혹 이것이 사림파 문학의 진보성을 담보하지는 않을까요? 사림파가 그 향토 의식을 문학에 반영한 것은 물론 의의가 있다고 할 것입니다. 변방으로 간주된 지역의 문화와 풍속이 호출될 수 있었으니까요. 성종조의 사림파는 대체로 영남에 근거를 두었습니다. 이 점에서 사림파의 향토 의식은 자연스러운 것이라 할 수 있습니다. 그렇기는 하지만 정치적으로 볼 때 그것은 정파政派 의식과 연결되어 있습니다. 서울의 훈구 세력과 맞서기 위한 대립자로서의 의식이라는 측면을 갖는 거죠. 그래서 당파적 성격을 갖는다는 사실을 부인하기 어려우며, 이 점에서 그 의의가 제한적입니다. 게다가 사림파는 향토 의식을 넘어 국토 전체에 대한 공간 의식을 보여 주지는 못했습니다. 이 점에서 특수성에 고착되었으며 보편성으로 나아가지는 못했다고 보입니다. 이렇게 본다면 사림파가 보여 준 향토 의식으로 진보성의 여부를 따지는 것은 좀 곤란하지 않나 합니다.

영남 사림파는 훈구파의 대립자로서 15세기 후반 역사에 등장했습니다. 이들은 훈구파와 경제적 기반이 달랐고 체질이 달랐으며 이 때문에 정치적으로 충돌하며 각축을 벌였습니다. 이 과정에서 문학적·이념적 대립 역시 야기되었습니다. 그렇기는 하지만 훈구파와 사림파는 서로 이어져 있는 면도 있습니다. 이들은 사대부 지배계급에 속한다는 점, 민을 통치의 대상으로 간주했다는 점에서는 일치합니다. 그러므로 훈구파와 사림파의 문학적 대립은 크게 보아 지배계급 내부의 주도권 싸움과 관련되어 있다는 점에 유의할 필요가 있습니다. 그러니 양쪽의 문학을 지나치게 선악 구도나 진보/보수 프레임으로 재단하는 것은 실상을 왜곡할 가능성이 있으므로 그 지양이 필요하다고 봅니다. 훈구파 문학에도 훌륭한 점과 한계가 있고, 사림파 문학에도 훌륭한 점과 한계가 있습니다. 훌륭한 점을 평가하는 데 인색할 이유는 없지만, 한계는 한계대로 냉철하게 직시할 필요가 있습니다.

훈구파·사림파 문학론의 행방

이번 강의에서 살핀 사림파는 주로 15세기 후반 성종조에 중앙 정계에 진출한 영남 사림파에 해당합니다. 정확히 말한다면 이들은 '초기 사림파'라 할 수 있습니다. 16세기로 넘어와서도 훈구파와 사림파의 대립은 지속됩니다.

16세기 전기는 사화士禍의 시대로 규정할 수 있습니다. 사림파는 사화로 인해 거듭 수난을 겪었습니다. 이런 속에서 서경덕徐敬德, 이황, 조식 같은 큰 학자들이 나올 수 있었습니다. 사화를 피해서 학문 연구에 몰두한 거죠. 조선 성리학의 심화와 내면화가 이 시기에 이들에 의해서 이루어집니다. 특히 존재론과 심성론의 심화가 주목됩니다.

일진일퇴를 거듭하던 사림파는 선조조에 이르러 정계의 주류로 자리 잡게 되며, 이후 사림파의 시대가 열립니다. 이 시기를 대표하는 학자가 율곡栗谷 이이李珥입니다. 이이의 다음 글은 김종직의 문학론이 16세기 후반에 어떻게 계승되고 있는지를 보여 줍니다.

> 옛날 사람들은 도로써 문을 삼았다(以道爲文). 도로써 문을 삼았기 때문에 문을 잘하려고 하지 않아도 문이 되었다.

송인宋寅에게 보낸 편지 중에 나오는 말입니다. '도로써 문을 삼는다'고 했습니다. 도에 힘쓰면 문은 저절로 공교해진다는 입장이죠. 도학이 우위이며 문은 예속적 지위에 있음을 천명하고 있습니다. 사림파 문학론의 승리 선언처럼 보이는데요, 근본주의적이고 교조주의적 입장이라 아니할 수 없습니다.

그렇다면 이후의 문학사는 이 교조주의적 문학론의 관철을 보여 줄까요? 꼭 그렇지는 않습니다. 도학자들이야 이런 문학론을 받아들였다 하더라도 문학가라면 이런 문학론은 받아들이기 어렵습니다. 문학 창작의 실제와 동떨어진 관념적인 주장이니까요.

그러므로 사림파의 문학론에 의해 훈구파의 문학론이 지양되었다고 말할 수는 없습니다. 도본문말을 강조한 사림파의 문학론은 조선이 망할 때까지 지속됩니다. 주로 성리학자들이 이 담론을 고집했죠. 그렇다고 문학의 상대적 자율성을 승인한 훈구파의 문학론이 없어진 건 아닙니다. 일반적으로 문인들의 창작 활동은 오히려 훈구파의 문학론에 근거하고 있다고 보입니다. 조선은 성리학을 국시國是로 삼는 국가였습니다. 이 때문에 문인들은 명목상으로는 도본문말에 동의하면서도 실제로는 문학의 자율성을 추구했습니다.

마무리

오늘 강의에서는 훈구파와 사림파를 비교하며 이념과 문학의 관계에 대해 생각해 보았습니다. 이념은 생의 촉수에 도움이 될 수도 있지만, 생의 촉수를 제한하거나 무디게 할 수도 있습니다.

훈구파와 사림파의 문학에 대한 공부는 조선 시대 사대부 문학을 보는 기본 관점의 정립에 큰 도움이 됩니다. 사림파가 강조한 '도본문말' 테제에서 도道는 유학의 도, 특히 성리학의 도를 말합니다. 그런데 성리학의 도와는 다른 도를 모색하는 문학적 영위營爲가 조선 시대에 과연 가능할까요? 이 물음이 앞으로의 강의에서 하나의 화두가 되었으면 합니다.

질문과 답변

*   사림파는 도통이나 학연으로 규정하는데, 훈구파는 특별히 그런
      것이 없어 개념이 정확하게 잡히지 않는 듯합니다. 이것에 대해
      설명해 주십시오.

오늘 공부한 성종조의 초기 사림파는 김종직과 그 문생들, 그리고
김종직에 동조한 조정의 선비들에 해당합니다. 대개 성종 때 새로
중앙 정계에 진출한 사류士類들에 해당합니다. 이와 달리 훈구파는
공신 세력이 중심이 된 기득권층입니다. 이들은 대개 서울에 근거를
두고 있었습니다.

훈구파는 하나의 학파도 아니고 정파로서 뚜렷한 구심점이 있
지도 않았지만 그럼에도 정치적으로든 문학적으로든 생활상의 취
미에 있어서든 일정한 동질성이 있습니다. 이들은 대개 관각문인館
閣文人으로서 홍문관이나 예문관이나 집현전에 보임補任되어 문장
작성을 관장한 경우가 많습니다.

오늘 강의에서 거론한 훈구파 문인들은 대부분 세조·성종 연간
에 활동한 인물들입니다. 이와 달리 연산군·중종·명종 연간에 활동
한 훈구파도 있습니다. 앞의 훈구파를 '전기 훈구파'라 하고 뒤의 훈
구파를 '후기 훈구파'라 한다면, 전기 훈구파는 여러 가지 국가적 사
업에 적극적으로 관여했으며 민족적 문화 의식이라고 할 만한 것을
갖고 있었다고 보입니다. 이 점에서 진취성이 없지 않습니다. 하지
만 후기 훈구파는 성격이 다릅니다. 이들은 대개 권귀화權貴化했으

며, 권력 유지에 힘을 쏟았을 뿐입니다.

15~16세기의 훈구파는 조선 후기의 경화세족京華世族을 떠올리게 합니다. 하지만 훈구파는 강고한 자기네의 카르텔 같은 것을 형성하지는 않았다는 점에서 경화세족과는 성격이 다릅니다.

조선 전기에 사림파가 수난을 겪으면서도 계속 중앙 정계에 진출해 결국 권력을 쟁취하는 과정을 보면 이 시기는 확실히 조선 후기와는 다르다는 사실을 깨닫게 됩니다. 조선 후기에는 시간이 흐르면 흐를수록 지방의 한미한 집안 출신 선비들이 중앙 정계에 진출하는 게 힘들어집니다. 대개 서울의 유력한 집안 자제들이 과거 합격자가 되어 요직을 차지했습니다. 17세 후반에 박두세朴斗世라는 문인이 쓴 「요로원야화기」要路院夜話記라는 소설을 보면 이 무렵 이미 서울 출신 선비와 지방 출신 선비의 과거 합격에 확연한 차이가 생긴 것이 확인됩니다. 개천에서 용 나는 게 어려워진 거죠. 계층적 사다리가 막혀 버린 겁니다. 하지만 조선 전기까지는 계층적 사다리가 잘 작동되고 있었다고 보입니다. 이 점에서 훈구파는 경화세족과는 확실히 다르다고 봐야죠.

＊＊ 사림파의 문학에 엄숙주의적 면모가 있다고 했는데, 사림파가 권력을 잡으면서 문학사에 어떤 변화가 나타나는지요?

사림파는 선조 때인 16세기 후반에 정치적 주도권을 장악합니다. 조선 후기로 넘어가기 직전입니다.

사림파가 승리했으니 이제부터 사림파의 문학론이 관철된다, 꼭 이렇게 생각할 수는 없습니다. 정치와 문학은 서로 연결되기도 하지만 근본적으로 다른 영역입니다. 사림파의 문학론은 관념적 도식에 가깝습니다. 도에 힘쓰면 문은 저절로 잘된다고 했는데, 경전을 아무리 열심히 읽어도 좋은 글이 절로 줄줄 써지지는 않습니다. 좋은 시문을 쓰기 위해서는 별도의 문학적 노력을 기울이지 않으면 안 됩니다. 그러니 문인에게 있어 사림파의 문학론은 별 쓸모가 없습니다. 하지만 사림파의 도덕주의적 문학론은 문인들을 규제하는 일종의 강령 역할은 할 수 있었습니다.

하지만 이 논리에 따라 꼭 작가들이 움직이고 작품의 창작이 이루어진 것은 아닙니다. 담론과 창작 사이에는 큰 괴리가 존재했다고 보입니다. 가령 선조 때의 임제林悌 같은 작가를 생각해 봅시다. 임제는 성향이 사림파에 속하며 사림파가 권력을 잡은 시기에 활동했지만 사림파의 문학론에 따라 문학을 하지는 않았습니다. 예교禮敎에 구속되지 않고 호방한 시를 썼으며, 엄숙주의라든가 도덕주의와는 거리가 멀었습니다. 16세기 후반에서 17세기 초반 사이에 활동한 권필權韠, 허균, 유몽인柳夢寅 같은 문인도 마찬가지입니다.

사림파의 도본문말론이 후대의 사대부 문학에 끼친 영향으로는 세 가지를 생각해 볼 수 있습니다. 첫째, 성리학적인 도덕의식을 강요함으로써 문학적 상상력의 자유로운 발휘를 저해하거나 억압했다는 점입니다. 이 때문에 문학에서 명분이 중시되었습니다. 둘째, 문학이라는 것 속에는 도가 담겨야 한다, 문학은 단순한 유희가 되어서는 안 되며 세교世敎, 즉 세상의 가르침에 도움이 되어야 한다는 사고를 강하게 견인했다는 점입니다. 이른바 도문일치론道文一致論입니다. 셋째, 수기적修己的 지향, 즉 자기 수양적 지향의 강화를 낳았다는 점입니다.

강의에서, 우리가 갖고 있는 통념과 달리 적어도 문학의 측면에서 본다면 사림파가 꼭 진보적이고 훈구파가 꼭 보수적이라고 재단할 수는 없다고 했습니다. 하지만 사림파가 보여 준 정치적 올바름에 대해서는 그 진보적 의의가 평가되어야 하지 않을까요?

국사학 쪽에서는 대개 훈구파를 부정적으로 보고 사림파를 긍정적으로 봅니다. 사림파의 승리가 역사의 발전이라고 보는 거죠. 하지만 이런 관점은 주로 사림파의 편에서 역사를 본 게 아닌가 하는 의구심이 듭니다. 특히 후기 훈구파와 달리 전기 훈구파는 조선이라는 국가의 문물을 갖추는 데 아주 긴요한 역할을 했습니다.

사림파의 정치적 올바름은 훈구대신들의 불의와 부패를 공격할 때 잘 확인됩니다. 가령 김일손은 성종 말년 홍문관의 간관諫官으로 있을 때 훈구대신의 불의와 부패를 공격했습니다. 사림파의 이런 면모에는 진보성이 인정될 수 있습니다.

이처럼 사안별로 훈구파와 사림파의 옳고 그름이라든가 진보·보수를 따지는 것은 합당하지만, 훈구파는 무조건 악이고 사림파는 무조건 선이라는 관점을 취한다든가 훈구파는 무조건 보수이고 사림파는 무조건 진보라는 관점을 취하는 것은 역사를 너무 이분법적으로 도식화하고 단순화하는 혐의가 있습니다.

기득권 세력과 싸워 권력을 획득하기 위해서는 도덕성을 강조할 수밖에 없습니다. 정당성을 확보해야 하니까요. 그래서 정치적 올바름이 부각되죠. 이는 역사에서 늘 되풀이되는 현상입니다.

하지만 정치적으로 본다면 훈구파와 사림파의 싸움은 결국 지배층 내부의 권력투쟁이었습니다. 조광조는 개혁을 추진했습니다. 그는 숨어 있는 우수한 인재를 선발하기 위해서라며 현량과賢良科를 신설해 28명을 선발했습니다. 하지만 뽑힌 사람은 대부분 서울의 유력한 집안 출신으로서 조광조 일파와 가까운 이들이고 정작 지방 출신은 얼마 되지 않습니다. 조광조가 표방한 개혁 역시 권력투쟁과 관련이 없지 않음이 여기에서 드러납니다. 문제는 이 권력투쟁 과정에서 사림파가 붕당朋黨을 형성했다는 사실입니다. 이는 후대의 역사에 큰 업보가 됩니다. 사림파가 권력을 획득한 직후인 16세기 말에 일어난 동서분당東西分黨을 보면 그 점을 알 수 있습니다. 조선의 당쟁은 선조 때의 동서분당에서 기인한다고들 하지만 멀리 소급해 올라가면 사림파의 붕당 형성에 이미 당쟁의 싹이 있었다고 할 만합니다. 성종 연간에 이미 김종직 일파는 붕당을 짓는다는 비난을 받았습니다. '경상도 선배의 무리'라는 조롱이 그것입니다. 사림 내부의 붕당 지향성이 이미 이때부터 확인되는 거죠.

붕당적 사고방식은 상대 정파를 소인당小人黨으로 몰아붙이고 자기 정파를 군자당君子黨으로 간주합니다. 군자당은 선, 소인당은 악이라 치부하며 상대를 박살 낼 때까지 싸웁니다. 이는 조선 후기 정치 구조의 기본 패턴을 이룹니다. 이런 패턴의 싹이 조선 전기 사림파와 훈구파의 투쟁 시기에 사림 내부에서 배태된다는 점에 주목할 필요가 있습니다.

조의제문弔義帝文

정축년(1457) 10월 어느 날 나는 밀양에서 경산京山으로 가던 중 답계
역踏溪驛에서 묵었는데, 꿈에 칠장복七章服(임금이 입는 옷)을 입은 신령
이 애처로운 모습으로 나타나서 말하기를, "나는 초楚 회왕懷王의 손
자 심心(의제義帝)인데, 서초패왕西楚霸王(항우)에게 시해되어 침강郴江
에 빠뜨려졌소"라고 하고는 홀연 보이지 않았다. 나는 꿈에서 깨어
깜짝 놀라 이리 생각했다. '회왕은 남쪽 초나라 사람이고 나는 동이
東夷 사람으로, 땅이 서로 떨어져 있는 것이 만여 리이고 세대의 선
후 역시 천 년이 더 되거늘 나의 꿈에 감응하다니 이는 무슨 징조일
까? 또 역사를 상고해 봐도 의제가 강에 빠뜨려졌다는 말은 없으니,
혹 항우가 사람을 시켜 몰래 쳐 죽인 뒤 그 시신을 강에 던진 것일
까? 이는 알 수 없는 일이다.' 마침내 글을 지어 조문한다.

하늘이 도리를 내어 사람에게 주었으니
누가 효제충신孝弟忠信과 인의예지신仁義禮智信을 따를 줄
    모르리.
이는 중화와 오랑캐에 차이가 없고
옛날과 지금이 마찬가지네.
그러므로 나는 동이의 사람이고 천 년 뒤에 났지만
초나라 회왕을 조문하노라.
옛날 진秦나라 왕(뒤의 진시황)이 야욕을 드러내매
사해四海의 파도가 피로 붉게 물들었네.

큰 물고기든 작은 물고기든 어찌 스스로를 보전하리
그물을 벗어나기에 급급했을 뿐.
당시 육국六國의 후손들은 몸을 숨기거나 도망가
근근이 백성들과 함께 살았네.
항량項梁(항우의 숙부)은 남쪽 초나라 무장武將의 후예로
진승陳勝과 오광吳廣에 이어 봉기하였네.
왕을 찾아 옹립해 백성의 여망 따르니
끊어졌던 초나라 선왕先王의 제사 다시 지내게 됐네.
천자의 위의威儀로 다스리니
천하에 의제義帝보다 높은 이 없네.
유방劉邦을 보내 관중關中에 들게 했으니
그 인의仁義를 족히 엿볼 수 있지.
포악한 항우가 상장군上將軍 송의宋義를 제멋대로 죽였거늘
어찌 붙잡아 응징하지 못했나?
아! 형세가 그렇지 못해서니
나는 왕이 어찌 될지 더욱 두렵네.
마침내 시해弑害되어 젓 담가지니
하늘의 운수가 정상이 아니네.
침郴의 산은 높아 하늘에 닿고
해는 어둑어둑해 날이 저물었네.
침강郴江은 주야로 흘러
물결 넘실거려 돌아오지 않네.
무궁한 천지에 한이 다하랴
원혼은 지금도 떠돌고 있네.
내 마음 금석金石을 꿰뚫듯 굳고 단단해

왕이 홀연 꿈에 나타나셨네.

주자朱子의 노숙한 필법을 따라

두려워하며 공경하는 마음으로 글을 짓노라.

술잔을 들어 땅에 부으니

영령은 오셔서 흠향하소서.

ㅡ 김종직, 『점필재집』佔畢齋集

제13강

세조의 왕위 찬탈에 대한 문학적 대응들

세조의 왕위 찬탈

단종端宗 원년인 1453년 10월에 수양대군首陽大君이 원로대신 황보인皇甫仁, 김종서金宗瑞 등 수십 명을 살해하고 정권을 잡습니다. 이일이 계유년에 일어났다고 해서 계유정난癸酉靖難이라고 부릅니다. '정난'靖難은 변란을 평정했다는 뜻입니다. 수양대군은 친동생 안평대군安平大君이 황보인·김종서 등과 모의해 왕위를 찬탈하려 해서이들을 죽였다고 했습니다. 적반하장이죠. 그러니 '계유정난'은 수양대군 측의 용어라 할 것입니다.

이 사건으로 정인지鄭麟趾, 신숙주, 한명회韓明澮 등이 공신으로책봉됩니다. 그리고 2년 후인 1455년에 수양대군은 단종을 내쫓고즉위합니다. 명목상으로는 왕위를 선양禪讓받고 단종을 상왕上王으로 추대하는 형식을 취했습니다만 실제로는 내쫓은 거죠. 다음 해인 1456년 성삼문成三問 등이 단종 복위를 꾀하다가 발각되어 처형됩니다. 이 일을 '병자사화'丙子士禍라 이르고, 당시 죽은 성삼문 등여섯 신하를 '사육신'死六臣이라 부릅니다. '병자사화'는 '병자년에 선비들이 당한 화'라는 뜻입니다. 이 일로 단종은 강원도 영월에 유배되어 이듬해인 1457년 죽임을 당합니다.

수양대군은 세종의 둘째 아들이며 단종의 숙부였습니다. 그는 권력욕 때문에 살육을 일삼고 친동생들과 어린 조카를 죽였습니다. 조선은 유교 국가입니다. 그것도 명분을 유난히 중시하는 성리학을 국시로 삼는 국가죠. 그래서 수양대군, 즉 세조의 왕위 찬탈은 당대는 말할 것도 없고 조선 전기 내내 양심적인 지식인·문인들을 짓누르는 트라우마가 되었습니다. 성리학적인 윤리 도덕을 신봉한 그들에게 이 일은 하늘이 무너지는 것 같은 충격이었을 법합니다. 왕조의 도덕적 정당성이 상실되었으니까요. 게다가 수양대군 측에 붙은 신하들은 공신으로 책봉되어 한껏 부귀를 누렸지만, 왕위 찬탈의 부당함에 맞서거나 그에 동조하지 않은 사람들은 목숨을 잃거나 세상을 배회하다 생을 마감했습니다. 사육신과 생육신生六臣 같은 존재가 대표적이죠.

수양대군의 왕위 찬탈은 유자儒者들에게 다시 '절의'節義의 문제를 심각하게 생각해 보도록 만들었습니다. 절의는 의리와 명분에 해당하며, 선비의 근본적인 도덕 감정을 이루기 때문입니다. 수양대군의 왕위 찬탈은 비단 절의의 문제만이 아니라 천도天道에 대한 회의까지도 낳았습니다. 유학의 궁극적인 근거는 '천도'라고 말할 수 있죠. 삼강오륜三綱五倫이라는 유교적인 인륜은 천도에 의해 떠받쳐집니다. 인간의 삶과 세계의 질서는 바로 이 천도에 의해 지지됩니다. 현실적 어려움에도 불구하고 인간이 선하게 살아야 하는 이유도 천도에 대한 믿음 때문이죠. 천도가 선인과 악인에게 각각 그 행위에 상응하는 보상을 내릴 것이라는 믿음입니다. 수양대군의 왕위 찬탈과 그에 이어지는 현실은 이런 천도에 대한 믿음에 심각한 균열을 낳고 큰 회의를 야기한 것으로 보입니다. 천도는 옳은가 그른가? 천도는 과연 존재하는가? 이런 회의죠. 이는 유교의 도에 대한, 특히 유교의 정치철학에 대한 근본적인 물음에 해당합니다. 한국 사상사에서 처음 제기되는 물음입니다. 이는 이때 와서 유교가 비로소 '대자적'對自的으로 인식되는 기회를 갖게 되었음을 의미합니다. 그리하여 일부 지식인에 의해 유교적 정치철학에 대한 재숙고, 재성찰이 이루어집니다.

유교에서 탕湯임금이나 무왕武王은 다 성인으로 간주됩니다. 탕임금이 무력으로 하夏나라의 걸왕桀王을 정벌한 일이라든가 무왕이 은殷나라의 주왕紂王을 무력으로 몰아낸 일을 유교에서는 '방벌'放伐이라 부르며 도덕적으로 정당한 일로 보고 있습니다. 즉 성인이 억압받는 백성들을 구해 준 것으로 미화하고 있죠. 하지만 세조의 왕위 찬탈을 겪으면서 이 유교적 통념의 해체 작업이 이루어집니다. 나아가 국가는 과연 누구의 것인가 하는 정치사상적인 근본 물음까지 제기됩니다. 이로부터 민民에 대한 인식의 심화가 이루어지죠.

이처럼 15세기 중반에 일어난 수양대군의 왕위 찬탈 사건은 단지 정치사적 문제이지만 않고 사상사적으로 대단히 중요한 화두가 됩니다. 이 화두는 16세기는 물론이고 17세기 초반까지도 문제가 된다는 점에서 주목을 요합니다.

김시습의 생애

김시습은 『금오신화』를 창작해 수양대군의 왕위 찬탈에 맞섰습니다.

김시습은 세종 17년인 1435년 서울에서 태어났습니다. 한미한 집안 출신이지만 어린 나이에 대궐에 불려 들어가 한시를 지어 칭찬을 받았습니다. 세종대왕이 김시습이 시를 잘 짓는 신동神童이라는 소문을 듣고 부른 거죠. 하지만 김시습이 세종대왕을 직접 만난 건 아닙니다. 세종은 승정원 승지 박이창朴以昌에게 김시습을 만나게 해 사실 여부를 확인케 했습니다. 훗날 김시습은 이 일을 이렇게 회상합니다.

> 임금께서는 말씀하시기를, "친히 인견引見하고 싶지만 남들이 듣고 해괴하게 여길까 걱정된다. 부모에게 돌려보내 아이의 재주를 밖으로 드러내지 말고 가르치기를 몹시 부지런히 하게 하라. 장성하여 학업이 성취되기를 기다려 장차 이 아이를 크게 쓰겠노라"라고 하셨으며, 물품을 하사한 뒤 집으로 돌아가게 했습니다.

김시습이 만년에 양양 부사襄陽府使 유자한柳自漢에게 보낸 편지 중에 나오는 말입니다. 어릴 때 김시습은 '5세 신동'으로 불렸습니다. 다섯 살 때부터 글을 지었기에 그런 칭호가 생겼죠. 문헌에 따라서는 김시습이 다섯 살 때 대궐에 갔다고 되어 있는 데도 있습니다만 이는 잘못입니다. 김시습이 대궐에 간 것은 여덟아홉 살 때였습니다.

어린 시절의 이 체험은 김시습의 삶에 크나큰 영향을 미칩니다. 신동이라는 말을 들으며 세종으로부터 큰 격려를 받았건만 그의 삶은 평생 불우했습니다. 신동이라는 칭호를 얻었을 때, 그리고 세종의 큰 기대를 받았을 때, 그때부터 그의 삶은 꼬이기 시작한 것으로 보입니다. 왜냐하면 김시습은 평생 그 자의식에서 벗어날 수 없었기 때문이죠. 이 자의식을 잘 보여 주는 작품이 『금오신화』의 1편인 「용궁부연록」龍宮赴宴錄입니다.

김시습의 인생은 스물한 살 때 완전히 바뀝니다. 스물한 살 때 그는 삼각산 중흥사中興寺에서 친구들과 과거 공부를 하고 있던 중 수양대군의 왕위 찬탈 소식을 접합니다. 그는 3일 동안 방 안에 틀어박혀 나오지 않다가 문득 통곡을 하고 책을 불살라 버립니다. 그러고는 외마디 소리를 지르며 방에서 뛰쳐나와 측간厠間의 똥통에 빠집니다. 이른바 '양광'佯狂입니다. '양광'은 거짓으로 미친 척 행동하는 것을 이르는 말입니다. 양광은 동아시아의 지식인이 현실과 극단적으로 대립하는 상황에서 택하는 행위 양식의 하나입니다. 중국 은나라 말의 기자箕子, 공자와 동시대 사람 초광접여楚狂接輿, 청나라 초의 팔대산인八大山人이 모두 양광을 일삼았습니다. 양광은 일종의 자해 행위 같은 것으로서 사회적 존재로서의 자기를 버리는 행위입니다. 그러니 비장감과 비극성을 보여 주죠.

김시습은 당시 벼슬에 있었던 것도 아니고, 일개 포의布衣에 불과했습니다. 그러므로 단종을 위해 꼭 절의를 지킬 필요는 없었습니다. 그럼에도 그는 평생토록 절의를 지켰습니다. 왜 그랬을까요? 어린 시절 세종으로부터 받은 큰 격려가 작용한 것으로 여겨집니다.

양광은 은둔과는 다른 행위 방식입니다. 이전 강의(제4강)에서 공부했습니다만, 최치원은 신라가 망해 가는 상황에서 '은둔'의 길을 택하지 않았습니까. 은둔은 현실로부터 벗어나는, 현실을 초극하는 길입니다. 이와 달리 양광은 현실을 벗어나는 것도 아니고 초극하는 것도 아닙니다. 현실 속에 있으면서 현실을 거부하겠다는 태도죠. 그러니 은둔보다 더 복잡한 심리 구조를 내포하고 있으며,

보기에 따라서는 더 문제적인 행위라고 할 수 있습니다. 김시습은 3일 밤낮을 번민하다 자신의 삶을 양광 쪽으로 가져가기로 결심했을 것입니다. 양광이라는 행위 양식을 택함으로써 수양대군의 왕위 찬탈에 맞선 인물은 김시습이 유일합니다.

김시습의 행동을 양광으로 보는 관점은 조선 시대부터 있어 왔으며, 지금도 그리 보고 있습니다. 타당한 관점이라고 생각됩니다. 그렇긴 하지만 김시습이 받은 충격을 감안한다면 김시습은 당시 실제 일시적으로 미쳤을 수도 있지 않나 합니다. 인간에게 있어 '미친 것'과 '안 미친 것'의 경계는 사실 모호합니다. 특히 감당하기 어려운 비상한 사태에 마주했을 때 이 경계는 그리 확정적이지 않습니다. 자신이 믿던 진리가 송두리째 무너져 내리는 극한 상황을 맞을 때 인간은 누구나 미칠 수 있습니다. 섬세한 기질의 인간이라면 더욱 그러합니다. 인간의 심리 구조는 생각보다 취약하거든요.

어쨌든 이 일이 있은 후 9년 가까이 김시습은 승복僧服을 입은 채 전국 각지를 방랑합니다. 김시습은 왜 이리 긴 시간을 방랑했을까요? 도무지 번뇌를 풀 수 없고 마음을 다잡을 수 없었기 때문일 것입니다. 그만큼 왕위 찬탈은 그에게 크나큰 실존의 문제였으며, 도덕적·사상적 연관을 갖는 문제였다고 말할 수 있습니다. 이 무렵 김시습은 민民의 현실과 처지를 절절히 목도할 수 있었습니다. 그가 평생 사상적으로 견결한 애민적 입장을 취한 것은 이 방랑기의 체험과 무관하지 않습니다. 또한 이 시기에 불교 공부와 도교 공부를 함으로써 그의 사상적 스케일을 확장할 수 있었습니다.

김시습이 9년의 방랑을 끝내고 경주 금오산金鰲山(남산의 다른 이름)에 정착한 것은 29세 때인 1463년입니다. 김시습은 이후 1471년 봄까지 약 8년 가까이 금오산에 우거합니다. 이 시기에『금오신화』

가 저술되었습니다.

김시습은 37세 때인 1471년 봄 금오산 생활을 청산하고 상경합니다. 세조가 죽은 지 3년 뒤인, 성종 2년 때입니다. 김시습은 세조도 죽고 해서 새 임금 아래에서 벼슬을 할 뜻이 있어 상경했던 게 아닌가 합니다. 이후 김시습은 서울 인근인 수락산에 1480년까지 우거합니다.

김시습은 47세 때인 1481년(성종 12) 승복을 벗고 환속했으며 안씨의 딸과 혼인했습니다. 김시습은 18세 때 남효례의 딸과 혼인했으나 일찍 사별한 듯합니다. 안씨 역시 혼인 뒤 곧 사별한 것으로 보입니다. 김시습은 이듬해 8월 성종의 계비인 윤씨(연산군의 어머니)가 부덕하다는 이유로 폐비된 후 사사되자 이에 큰 충격을 받아 다시 미치광이처럼 행세했습니다.

김시습은 이듬해인 1483년 3월, 다시 승복을 입고 서울을 떠나 관동으로 향합니다. 이후 57세 때인 1491년까지 강원도에서 농사를 지으며 살았습니다.

김시습은 1492년 가을, 서해의 명산을 유람하다가 옛 벗인 화엄 승려 지희智熙가 있는 충청도 부여군 홍산현鴻山縣의 무량사無量寺로 왔습니다. 이 사실은 근년에 밝혀졌죠. 1998년 전남 영광군에 있는 불갑사佛甲寺 명부전冥府殿의 지장시왕상地藏十王像과 팔상전八相殿의 나한상羅漢像 복장腹藏 유물(불상을 만들 때 불상 안에 넣는 불경 등의 유물)이 쏟아져 나왔습니다. 총 124종 160책의 불경과 불서佛書 중에『능엄경』이 포함되어 있었는데, 이 책 말미의 김시습의 발문에 이 사실이 언급되어 있습니다. 김시습은 이 절에 머물며 이듬해 2월에 대승大乘 경전의 하나인『법화경』法華經과『능엄경』楞嚴經에 발문을 썼습니다. 자화상에 쓴 글인「자사진찬」自寫眞贊('자화상에

붙인 찬'이라는 뜻)을 쓴 것도 이 무렵입니다. 찌푸린 얼굴의 이 자화상
은 현재 무량사에 보관되어 있습니다. 「자사진찬」에 대해서는 나중
에 따로 살피기로 하겠습니다. 이달 김시습은 59세를 일기로 생을
하직합니다.

김시습의 작품들

—— 『금오신화』

원나라 말에 구우瞿佑라는 문인이 『전등신화』라는 소설책을 썼습
니다. 지난 강의(제12강)에서 언급했듯 성종 때 성임이 『태평통재』
를 엮을 때 『전등신화』를 참조한 바 있습니다. 이로 보아 성종 연간
이전부터 이 책이 조선에서 읽혔던 것을 알 수 있습니다. 김시습은
『전등신화』를 읽고 그에 자극을 받아 『금오신화』를 썼습니다. 현재
전하는 『금오신화』에는 모두 다섯 편의 작품이 실려 있는데, 「만복
사저포기」萬福寺樗蒲記, 「이생규장전」李生窺墻傳, 「취유부벽정기」醉遊
浮碧亭記, 「남염부주지」南炎浮洲志, 「용궁부연록」이 그것입니다. 주목
할 점은 『금오신화』가 수양대군의 왕위 찬탈에 대한 문학적 대응으
로서의 성격을 갖는다는 사실입니다.

'만복사저포기'는 '만복사에서 저포로 내기를 한 이야기'라는
뜻입니다. '저포'는 윷 비슷한, 나무로 만든 주사위로 승부를 다투
는 놀이를 말합니다. 남원의 만복사 동쪽에 거주하는 노총각 양생
梁生은 어느 봄날 만복사의 부처님과 저포로 내기를 해서 이깁니
다. 자신이 지면 부처님을 위해 법연法筵을 열어 주고 자신이 이기
면 부처님이 미녀를 얻어 준다는 조건의 내기였습니다. 과연 양생

은 만복사에서 아리따운 여인을 만나 사랑을 나눈 후 함께 그녀의 집으로 갑니다. 이 여인은 고려 말에 왜구가 침략해 노략질할 때 정절을 지키다가 죽은 처녀인데, 양생과 하룻밤 인연을 맺은 후 떠나가 버립니다. 이후 양생은 혼인하지 않고 지리산에 들어가 약초를 캐고 살았는데 어떻게 생을 마쳤는지는 알 수 없다고 했습니다. 대략 이런 줄거리의 작품입니다.

'이생규장전'은 '이생이 담장을 엿본 이야기'라는 뜻입니다. '담장을 엿본다'는 것은 금지된 사랑의 행위를 의미합니다. 송도松都에 사는 이생이라는 성균관 학생이 성균관을 오가다 양반집 딸 최씨를 연모하게 됩니다. 최씨 역시 이생에게 마음이 끌려 두 사람은 몰래 사랑을 나눕니다. 우여곡절 끝에 둘은 부부가 되어 화목하게 삽니다. 공민왕 10년인 1361년 홍건적이 고려를 침략해 송도를 점령하는데, 이때 적군 하나가 피난 중인 최씨를 붙잡아 겁탈하려 합니다. 최씨가 저항하며 적군을 꾸짖자 적군은 최씨를 살해합니다. 최씨는 귀신이 되어 이생 앞에 나타나고, 두 사람은 다시 몇 년을 함께 잘 삽니다. 그러던 어느 날 최씨는 이별을 고하고 떠나갑니다. 그 후 이생은 최씨에 대한 그리움으로 병을 얻어 몇 달 만에 세상을 뜹니다. 대략 이런 줄거리의 작품입니다.

이 두 소설은 외관상으로는 남녀의 사랑 이야기입니다. 그런데 주목해야 할 점은 두 작품 모두 남녀 주인공이 절의를 지킨다는 사실입니다. 특히 여성 주인공은 감당할 수 없는 폭력에 맞서 정절을 지킵니다. 이는 여성은 정절을 지켜야 한다는 열녀 이데올로기를 부추기기 위해서가 아닙니다. 무릇 인간 일반에게 요청되는 지조라는 덕목을 부각하기 위해서입니다. 남자 주인공 역시 동일한 면모를 보여 주는 데서 그 점이 확인됩니다.

이렇게 본다면 이 두 소설은 인간의 삶에서 절의란 무엇인가를 묻고 탐색하는 데 초점을 맞추고 있다고 할 것입니다. 사랑 이야기는 외피外皮에 지나지 않습니다. 작가는 절의야말로 인간의 삶에서 가장 가치 있고 종요로운 것이며, 인간을 인간답게 만드는 것이라고 보고 있습니다. 이 경우 절의 내지 지조는 단순히 유교적 덕목에 그치지 않고 존재의 내적 순수성을 지키려는 행위로 해석될 수 있습니다. 그러니 이 점에서 생에 대한 작가의 지향과 가치 의식이 잘 드러납니다.

하지만 두 여성 주인공은 세계의 폭력 앞에 무참히 희생됩니다. 남성 주인공들도 그 연장선상에 있다고 볼 수 있습니다. 그렇다면 절의가 과연 무슨 의미가 있는가, 이들 작품의 남녀 주인공은 결국 모두 패배한 인간들 아닌가, 이렇게 물을 수 있겠는데요. 그렇습니다, 패배한 인간들이라고 할 수 있죠. 하지만 이들은 패배했음에도 불구하고 끝내 폭력 앞에, 세계의 마성적魔性的인 무지막지한 힘 앞에 무릎을 꿇지는 않았습니다. 즉 패배했음에도 굴복하지 않은 것입니다. 바로 여기에 작가의 중요한 메시지가 있습니다. 인간은 어떤 감당할 수 없는 힘에 의해 부서질 수 있지만, 그럼에도 굴복하지 않을 수 있다는 거죠. 이것이 바로 절의입니다. 이처럼 작가는 절의를 인간 주체성의 문제로 인식하고 있습니다. 즉 인간을 인간답게 만드는 최후의 보루로 본 것입니다. 이 점에서 절의는 김시습에게 있어 단지 윤리적이기만 한 것이 아니고 존재론적인 것이며 미학적인 것으로까지 고양되고 있다고 할 것입니다. 인간은 끝내 지조를 지키기에 도덕적이고, 인간적이며, 아름다울 수 있습니다. 이처럼 작가는 윤리학과 존재론과 미학의 통일을 이뤄 내고 있습니다. 그런데 이 작품에 담긴 이런 메시지는 작가의 세계 경험,

작가 실존의 반영이라는 점이 주목됩니다. 즉, 세조의 왕위 찬탈 이후 작가가 겪은 삶, 그의 고뇌와 사유와 깨달음이 이 작품에 고스란히 반영되어 있습니다.

「만복사저포기」와 「이생규장전」이 세조의 왕위 찬탈에 대한 김시습의 감정을 사랑의 이야기를 통해 은유적으로 드러냈다면, 「취유부벽정기」는 옛날 역사를 끌어와 세조의 왕위 찬탈을 비판하고 있습니다. '취유부벽정기'는 '술에 취해 부벽정에서 노닌 이야기'라는 뜻인데요. 송도에 사는 홍생洪生이라는 청년이 어느 날 밤 평양의 부벽정浮碧亭에서 옛날 기자조선箕子朝鮮의 마지막 왕인 기준箕準의 딸을 만납니다. 그녀는 위만衛滿이 왕위를 찬탈했을 때 굳게 절개를 지켜 죽기만을 기다리다가 요행히 단군신인檀君神人을 만나 하늘로 올라가 선녀가 되었는데 이날 밤 옛 생각이 나서 부벽정에 내려온 것입니다. 여인은 홍생과 시를 주고받으며 자신의 사연을 말합니다. 새벽녘이 되자 그녀는 갑자기 하늘로 올라가 버립니다. 홍생은 그 뒤 이 여인을 잊지 못해 병들어 세상을 뜹니다. 대략 이런 줄거리의 작품인데요.

이 작품 역시 절의를 부각하고 있습니다. 또한 왕위 찬탈을 거론하고 있다는 점이 주목됩니다. 준왕準王이 중국에서 망명한 위만에게 서쪽 땅을 내주어 정착하게 했으므로, 위만은 준왕의 신하라고 할 수 있습니다. 하지만 그는 나중에 반란을 일으켜서 준왕을 내쫓고 스스로 왕이 됩니다. 이 작품에서는 바로 이 사실이 언급되고 있습니다. 위만의 왕위 찬탈을 거론한 것은 세조의 왕위 찬탈을 비판하기 위해서죠. 이와 관련해 작가는 홍생이 준왕의 딸을 만난 시점을 세조 10년 8월 보름으로 설정해 놓고 있습니다. 세조 당대의 일로 서술함으로써 옛날과 지금의 왕위 찬탈을 오버랩시키고 있는 거죠. 아주 위험한 글쓰기라고 할 수 있습니다. 연산군 4년인 1498년 유자광이 김종직이 쓴 「조의제문」을 문제 삼아 무오사화를 일으켰음은 지난 강의(제12강)에서 언급했습니다만, 만일 당시 유자광이 이 작품을 봤더라면 김시습도 필시 부관참시당하지 않았을까 합니다.

「남염부주지」에서는 더 직접적으로 세조의 왕위 찬탈을 비판하고 있습니다. '남염부주지'는 '남쪽 염부주 이야기'라는 뜻입니다. '남염부주'는 불교에서 수미산須彌山 남쪽에 있는 대륙을 이릅니다.

이 작품 역시 「취유부벽정기」와 마찬가지로 작가가 살았던 세조 당대가 시간적 배경으로 설정되어 있습니다. 세조 11년 경주에 사는 박생朴生이라는 선비가 어느 날 염부주에 가서 염라대왕을 만나 긴 대화를 나눕니다. 대화를 마치자 박생은 염라대왕의 전송을 받고 집으로 돌아옵니다. 그리고 몇 달 있다 죽어 염부주의 왕이 됩니다. 대략 이런 줄거리의 작품입니다. 시대 배경이 세조 때로 되어 있는 것이라든가 주인공이 거주하는 공간이 경주라고 되어 있는 건 의미심장한 설정입니다. 작가의 실존이 투사되어 있다고 여겨지기 때문입니다. 앞에서 말했듯 『금오신화』는 경주의 금오산에서 집필되었거든요.

주목되는 점은 이 작품에 김시습의 정치사상이 피력되어 있다는 사실입니다. 두 가지를 지적할 수 있습니다. 하나는 전제군주에 대한 반대가 뚜렷이 표명되어 있다는 점입니다. 다음 대목에서 그 점이 확인됩니다.

나라를 소유한 자는 폭력으로 인민을 겁박해서는 안 되오. 인민이 비록 두려워하며 따르는 듯 보이지만 속으로는 반역할 마음을 품어 시간이 흐르면 큰 재앙이 일어날 것이오.

염라대왕이 박생에게 한 말입니다. 군주는 인민을 폭력으로 위협해서는 안 된다고 했습니다.

다른 하나는 국가는 인민의 것이라는 생각이 뚜렷이 표명되어 있다는 점입니다. 다음 대목에서 그 점이 확인됩니다.

> 덕 있는 자는 힘으로 군주의 자리에 나아가서는 안 되오. 하늘이 비록 자상히 말을 해 사람을 깨우치지는 않지만, 처음부터 끝까지 일로써 보여 주거늘, 상제上帝의 명命은 지엄하다오. 대개 나라란 인민의 나라요, 명命이란 하늘의 명이라오. 천명이 이미 떠나고 민심이 이미 떠나면, 비록 몸을 보전하고자 한들 어찌하겠소?

이 역시 염라대왕이 박생에게 한 말입니다. 국가의 주인은 군주가 아닌 인민임을 말했습니다.

이상에서 알 수 있듯 『금오신화』에는 수양대군의 왕위 찬탈에 대한 비판이 담겨 있습니다. 그리고 이런 상황에서 선비는 어떤 가치를 추구해야 옳은가, 즉 선비는 어떻게 살아야 하는가를 묻고 답하고 있습니다. 이를 통해 작가는 국가·인민·군주, 이 3자의 관계에 대한 정치사상적 인식의 진전을 보여 주고 있으며, 선비에게 가장 중요한 가치가 절의임을 확인하고 있습니다.

여기서 드러나듯 『금오신화』에는 세조의 왕위 찬탈에 대한 김시습의 입장이 표명되어 있습니다. 유의해야 할 것은 그것이 어디까지나 '미학적 방식'을 취하고 있다는 사실입니다. 즉 단순히 정론政論을 개진하는 방식이 아니라 허구를 통한 문학적 형상화의 방식을 취하고 있다는 거죠. 이로써 한국문학은 정치적 현실과의 대결에서 새로운 높이를 확보하게 되었습니다. 높은 예술적 긴장감, 폭력적 세계에 맞서는 인간의 주체성에 대한 뜨거운 옹호, 삶의 밑바닥으로부터 길어 올린 국가와 민에 대한 깊은 통찰 등이 그 점을 말해 주고 있습니다. 이 점에서 『금오신화』는 미증유의 문학사적 성취를 보여 준다고 할 만합니다. 우리는 그것이 양광에서 비롯되는 작가 김시습의 비극적 삶에서 이루어졌다는 사실을 기억해야 할 것입니다. 20세기 시인 김수영의 '온몸으로 시를 쓴다'라는 말을 흉내 낸다면, 김시습은 온몸으로 소설을 썼다고 여겨집니다.

흔히 『금오신화』는 『전등신화』의 영향을 받았다고들 말합니다. 김시습이 『전등신화』를 읽고 영감을 받아 『금오신화』를 창작한 것은 맞습니다. 그렇지만 『전등신화』를 모방해 이 작품을 썼다고 말한다면 그건 맞지 않습니다. 『금오신화』는 『전등신화』와는 다른 주제 의식에서 출발하고 있거든요. 둘은 전기소설傳奇小說이라는 점에서는 일치하지만 그 문제의식은 전연 다릅니다. 한편, 베트남에서는 16세기 전기에 완서阮嶼라는 작가가 『전기만록』傳奇漫錄이라는 소설을 창작했는데, 이 역시 『전등신화』의 영향을 받았습니다.

『금오신화』가 왕위 찬탈이라는 정치적 사건에 대한 음미에 초점을 맞추고 있다면, 『전등신화』는 전란이 인간의 운명에 어떤 어두운 그늘을 드리우는가를 탐구하는 데 관심을 쏟고 있습니다. 이와 달리 『전기만록』은 이민족 중국에 맞서는 베트남 인민에 주목하고 있어 저항적 민족주의의 면모가 확인됩니다. 동아시아 문학사에서 본다면 원나라 말기인 14세기 후반에 『전등신화』가 창작되고, 그 영향을 받아 15세기 후반에 조선에서 『금오신화』가 창작되고,

그보다 조금 뒤인 16세기 전반에 베트남에서 『전기만록』이 창작됩니다. 세 작품은 장르적으로는 모두 전기소설이지만 주제 의식은 다 다릅니다. 『금오신화』는 왜 다른 두 작품과 다른 지향을 갖게 되었을까요? 작가가 속한 시공간이 다르기 때문이죠. 시공간이 다르므로 실존도 달라집니다. 김시습은 세조의 왕위 찬탈 사건을 겪고 거기에 대응하는 사고의 모색 과정에서 인간의 절의가 갖는 의미를 재발견하게 되었으며 아울러 인민과 군주의 관계에 대한 혁신적 사고에 도달할 수 있었던 것입니다.

── 「애민의」, 「방본잠」

김시습은 「남염부주지」 외에도 「애민의」愛民義라든가 「방본잠」邦本箴 같은 글을 통해 정치사상을 펼쳤습니다. 정치에 대한 생각을 담은 이런 글은 '정론 산문'政論散文이라고 부르는데요, 김시습은 이런 정론 산문을 통해 자신의 '민본적'民本的 사고를 적극적으로 개진했습니다.

'애민의'는 '인민에 대한 사랑을 논함'이라는 뜻입니다. 이 글에는 다음과 같은 말이 보입니다.

> 창고와 곳간은 인민의 몸이요, 옷과 모자와 신발은 인민의 살갗이요, 술과 음식은 인민의 기름이요, 궁궐과 거마車馬는 인민의 힘이요, 세금과 기물器物은 인민의 피다.

임금이 사용하는 모든 것, 국가의 모든 것은 인민에게서 나온다는 생각이 피력되어 있습니다. 그러니 인민을 학대하거나 괴롭혀서는 안 되며 사랑하지 않으면 안 된다는 거죠. 민본적 사고는 유교 경전의 하나인 『맹자』孟子에 두드러지게 나타납니다. 하지만 무엇은 인민의 몸이고, 무엇은 인민의 살갗이고, 무엇은 인민의 기름이고, 무엇은 인민의 힘에서 나온 거고, 무엇은 인민의 피에 해당한다는 말은 중국이나 한국의 이전의 어떤 책에도 나오지 않은 말입니다. 김시습은 인민의 '육체성'에 근거해 사고하고 있음이 주목됩니다. 군주와 국가의 모든 재용財用은 인민의 몸의 일부라는 거죠. 그래서 인민의 몸과 노동의 산물은 동일시됩니다. 이를 통해 김시습이 얼마나 인민적 관점에 투철한지 알 수 있습니다. 이런 민본적인 철저함은 세조의 왕위 찬탈 이래 김시습의 실존에서 기인합니다. 김시습은 세조의 왕위 찬탈 이후 체제 안으로 들어가지도 못하고 체제 밖으로 나가지도 못한 채, 체제의 안과 밖 사이의 경계 지점에서 체제를 비판적으로 조망했습니다. 그 사고의 결과가 인민과 군주와 국가에 대한 이런 통찰로 나타난 것이죠.

'방본잠'은 '국가의 근본에 대한 잠언'이라는 뜻입니다. 이 글에는 국가의 근본은 임금이 아니라 백성이라는 생각이 제시되어 있습니다. 다음은 이 글의 한 부분입니다.

> 조금이라도 인민의 원망이 있게 되면
> 임금 당신의 잘못이니
> 하늘이 죄를 내리시어
> 당신의 나라를 빼앗아
> 훌륭하고 어진 이에게 주리니
> 당신이 필부로 떨어져
> 하루아침에 권력을 잃는다면
> 뉘우친들 소용없네.

그래서 인민을 나라의 근본이라 하니
근본이 굳건해야 당신이 편안하지.
당신이 먹는 건 백성의 곡식이고
당신이 입는 건 백성의 비단이며
궁실과 거마車馬는 백성의 노동이네.

여기서는 혁명에 대한 적극적인 긍정이 보인다는 점이 주목됩니다. 국가의 근본은 군주가 아니라 인민이다, 그러니 만일 군주가 인민을 편안하게 해 주지 못하면 천명天命이 그를 떠나 다른 어진 이에게로 가게 된다, 그러면 그는 일개 필부가 되고 만다, 이런 사고가 전개되고 있습니다. 천명이 인민에게서 나옴을 생각하면 나쁜 군주를 교체하는 것은 결국 인민이라고 할 수 있죠. 김시습은 이점을 명시적으로 말하고 있지는 않지만 그의 심중에는 이런 생각이 자리하고 있다고 여겨집니다.

「애민의」나 「방본잠」에서 확인되는 김시습의 이런 사유는 아직 근대의 민주주의 사상과는 거리가 멀지만, 인민이 나라의 실질적인 주인이며 군주는 인민을 위해 존재할 뿐이라는 인식에 이르고 있다는 점은 자못 주목을 요합니다. 그래서 김시습의 사유 속에서는 역성혁명易姓革命이 긍정됩니다. '역성혁명'이라는 개념은 『맹자』에서 유래합니다. 맹자 이후 동아시아의 지식인 가운데에는 이 개념을 자신의 사유 속으로 끌어들인 지식인이 있는가 하면 그렇지 못한 지식인도 있습니다. 가령 일본 에도시대에는 맹자의 역성혁명 사상이 금기시되었으므로 이런 사유를 전개한 인물을 발견할 수 없습니다. 그런데 15세기 후반에 김시습은 맹자의 역성혁명 사상을 굉장히 적극적으로 사유해 내고 있습니다.

김시습의 이런 철저한 민본주의 사상은 수양대군의 왕위 찬탈이 없었으면 양성釀成되지 않았을지도 모릅니다. 김시습은 이 사건을 계기로 정치철학적 사유를 심화시켜 갔기 때문입니다. 그리하여 권력의 폭력에 대한 사유, 국가의 근거에 대한 사유, 군주의 통치권에 대한 사유, 인민의 사회정치적 위상에 대한 사유, 혁명에 대한 사유로 자신의 사유를 발전시켜 갔다고 보입니다. 김시습의 정치사상은 15세기 후반 한중일 동아시아에서 최고 수준의 사유를 보여 주는 것으로 평가할 수 있습니다. 당시 중국이나 일본의 지식인 가운데 김시습이 감행한 것과 같은 사유 수준을 보여 준 인물은 아무도 없습니다.

중국의 경우 명말明末청초淸初인 17세기에 이르러서야 김시습이 사유의 의제로 삼은 이런 사안들에 대한 문제 제기가 나타납니다. 이를테면 당견唐甄 같은 인물이 주목됩니다. 당견은 1630년에 태어나서 1704년에 세상을 떴는데, 『잠서』潛書라는 저술에서 군주의 전제專制를 맹렬히 비판하고 인간의 평등을 긍정했습니다. 그가 주장한 인간의 평등은 신분 차별에 대한 부정만이 아니라 남녀의 평등까지 포함되어 있습니다. 동아시아 사상사에서 본다면 당견은 15세기 후반에 김시습에 의해 제기된 의제를 17세기 후반에 와서 좀 더 깊이 있게 논구했다고 말할 수 있을 것입니다.

명말청초에 주목되는 또 한 명은 황종희黃宗羲(1610~1695)입니다. 그는 『명이대방록』明夷待訪錄을 썼는데 그중에 「원군」原君이라는 글이 있습니다. '원군'은 '군주를 탐구하다'라는 뜻인데, 일종의 '군주론'에 해당합니다. 황종희는 이 글에서 '민주군객'民主君客, 즉 '인민이 주인이고 군주는 손님'이라는 말을 쓰고 있습니다. 인민과 군주를 주객 관계로 파악하고 있는 거죠. 황종희는 이 개념을 토대로 군주가 제대로 역할을 못 하면 축출되어 마땅하다는 사상을 개진하고 있습니다. 황종희의 이런 사유는 김시습의 '방본론'邦本論, 즉 '인민이 나라의 근본이다'라는 담론이나 혁명론과 통하지만 김시습보다 좀 더 나아간 지점이 있다고 여겨집니다. 17세기 중반에 한족漢族의 나라인 명나라가 망하고 여진족의 나라인 청나라가 들어섭니다. 당견이나 황종희 같은 한족 지식인들은 이 사태에 엄청난 충격을 받았습니다. 이 때문에 군주, 인민, 국가에 대한 새로운 성찰을 하게 된 거죠. 요컨대 중국 지식인들은 김시습보다 200년쯤 뒤 왕조 교체라는 역사의 격변을 겪으면서 좀 더 대담한 사유를 감행한 것입니다.

—— 『청한잡저 2』

김시습의 문집인 『매월당집』梅月堂集에는 '잡저'雜著라는 제목의 저술이 둘 실려 있습니다. 하나는 불교를 논한 것이고, 다른 하나는 도교를 논한 글인데, 모두 10개의 주제로 구성되어 있으며, 객客과 청한자淸寒子의 문답 형식을 취하고 있습니다. 김시습은 매월당이라는 호로 널리 알려져 있습니다만, '청한자'는 김시습의 또 다른 호입니다. 문답 형식으로 저자의 사상을 펼치고 있다는 점에서 이 저술들은 18세기에 홍대용洪大容이 쓴 『의산문답』毉山問答을 떠올리게 합니다. 그 형식적 세련도로 볼 때 두 글 중 도교를 논한 글이 먼저 쓰이고 불교를 논한 글이 나중에 쓰인 것으로 판단됩니다. 둘 모두 금오산 시절에 쓰인 것으로 보입니다. '잡저'라는 제목의 글은 다른 문인들의 문집에도 많이 실려 있어 구별이 되지 않으니, 도교를 논한 김시습의 저술을 '청한잡저淸寒雜著 1'이라 부르고, 불교를 논한 저술을 '청한잡저 2'라고 부르기로 합니다.

김시습은 유학자이기만 한 것이 아니라 불교학자이기도 했습니다. 이 책 외에도 김시습은 불교에 관한 몇 권의 책을 남깁니다만, 유교를 의식해 불교를 논하면서 불교의 의의를 적극 긍정하고 있는 책으로는 이 책만 한 것이 없습니다. 게다가 이 책은 일목요연한 체계를 갖추고 있습니다.

다음 말에서 알 수 있듯 김시습은 불교의 가르침이 비단 출세간出世間만이 아니라 세간世間에도 도움이 된다고 보고 있습니다.

> 부처의 법은 청정淸淨과 과욕寡慾에 있으므로 만물과 다투지 않으니, 산속에 있으면 그 도가 높고, 인간 세상에 행해지면 그 법이 엄합니다. (「3. 삼청三請」)

> 이른바 부처의 도란 굳건한 마음을 발發하고 과단성 있고 매서운 뜻을 일으켜, 지극한 자비심으로 몸을 닦아 실상實相으로써 만물을 대하니, 비록 영원히 생사生死를 끊었으나 항상 생사의 마당에 처해 있고, 이미 번뇌를 버렸으나 항상 번뇌의 지경에 머물러 있거늘, 혹은 전륜성왕轉輪聖王(제왕)이 되고 혹은 장자長子(덕을 갖춘 사람)가 되어 인연에 따라 만물을 제도濟度하므로 그 광대한 이로움이 무궁합니다. 그러므로 그 행함은 질박하고 곧아서 거짓이 없고, 그 덕은 광대하고 넓어서 용납함이 있으니, 이를 일러 '불승'佛乘(부처의 교법)이라고 합니다. (「6. 양무제梁武帝」)

한편, 김시습은 불교에서 강조하는 '자비'를 유교의 '인애'仁愛 쪽으로 가져와 그 사회적·정치적 효용을 부각시키고 있습니다. 다음 말에서 그 점을 알 수 있습니다.

> 석가의 근본 뜻은 자애慈愛를 우선으로 삼으니, 임금 된 자
> 로 하여금 백성을 사랑할 바를 알게 하고, 아비 된 자로 하여
> 금 자식을 사랑할 바를 알게 하며, 남편 된 자로 하여금 아내
> 를 사랑할 바를 알게 해, 위로는 그릇되고 어긋난 정치가 없
> 게 하고, 아래로는 시해弑害하고 반역하는 생각을 끊게 함으
> 로써 천하의 사람들로 하여금 모두 평온하게 살면서 농사와
> 누에치기에 힘쓰고, 처자를 기르며, 어른을 공경하고 어린
> 이를 보살피게 하는 것입니다. 그러므로 비록 인仁이니 의義
> 니 하는 말은 없으나 죽이지 말고 도둑질하지 말라는 깨우
> 침이 이미 인의仁義의 자취를 드러내고 있다 할 것이니, 임
> 금을 복되게 도와주고 백성을 길이 편안하게 하는 공功이
> 또한 더할 나위 없다 할 것입니다. (「4. 송계松桂」)

이를 통해 김시습이 불교와 유교를 적극적으로 회통會通시키
고 있음이 확인됩니다. 김시습은 불교를 통해 유교에 대한 이해를
갱신하거나 유교에 대한 성찰을 심화시키며, 거꾸로 유교를 통해
불교에 대한 새로운 이해를 꾀하고 있습니다. 그러므로 김시습의
회통은 어느 일방을 중심으로 하고 있기보다 '상호적'입니다.

김시습은 특히 사회적·정치적 측면에서 불교의 가치를 논하
고 있음이 주목됩니다. 석가로 인해 "억세고 용맹한 자가 전쟁을
그치고, 패역悖逆한 자가 찬탈簒奪을 그치며, 꾀 많은 자가 자신의
분수에 만족하고, 어진 자가 상도常道를 지켜"(「5. 부세扶世」) 인도가
성인의 땅이 되었으니, 석가는 유교의 성인인 은나라 탕왕湯王이나

주나라 무왕武王과 대등하다고 했습니다. 김시습은「남염부주지」에
서도, 석가의 말은 주공周公과 공자의 가르침과 마찬가지로 궁극적
으로 군자와 소인을 올바른 도리로 돌아가게 하며, 세상을 어지럽
히고 사람을 속여 이단異端의 도리로 사람을 그르치게 한 적이 없
다고 했습니다.

　김시습은 이처럼 불교의 사회적·정치적 의의를 크게 긍정하
는데, 이는 아주 독특한 점이라 할 것입니다. 김시습 이전에도 김시
습 이후에도 김시습처럼 불교의 사회정치적 효용을 이처럼 강조하
며 적극적으로 긍정한 인물은 달리 찾기 어렵습니다. 그렇다면 어
떻게 김시습은 불교에 대한 이런 특이한 해석을 할 수 있었을까요?
그 비밀은 역시 수양대군에 있습니다.

　수양대군은 호불好佛의 군주였습니다. 그는 왕이 되자 많은 불
사佛事를 일으켰습니다. 간경도감刊經都監을 설치해『능엄경』·『법화
경』法華經·『금강경』金剛經·『원각경』圓覺經 등 수많은 불경을 국문으
로 번역해 간행했으며, 도성 한가운데에 원각사圓覺寺를 창건했습
니다. 원각사는 아주 화려하게 지어졌습니다. 법당은 청기와와 금
칠로 꾸며졌으며, 10층 석탑은 대리석으로 건립되었습니다. 절의
대종大鐘은 전국에서 거두어들인 동銅 5만 근으로 주조되었습니다.

　김시습은 불교를 긍정했지만 세조의 불교 숭배에 대해서는 아
주 부정적인 태도를 취한 것으로 보입니다.『청한잡저 2』에서 김시
습은 중국 남조南朝 양梁나라 무제武帝의 호불好佛 행위를 신랄하게
비판하고 있습니다. 양무제는 '황제보살'이라 불릴 정도로 불심이
지극했습니다. 또한 그는 세조처럼 선위禪位를 받아 제왕이 되었
습니다. 말이 선위지 실은 권력 찬탈이었습니다. 김시습은 양무제
의 부처 숭배는 부처의 가르침과는 어긋나며 "거짓된 마음으로 선

善을 한다는 이름을 낚으려"(「6. 양무제」) 한 것에 불과하다고 보고 있습니다. 이 양무제 비판은 기실 세조에 대한 비판입니다. 다음은 객과 청한자가 주고받은 문답의 한 대목입니다.

> "그렇다면 후세의 임금이 양무제처럼 부처에 귀의해 정성을 다하고 부처의 자비를 본받되 당세의 폐가 되지 않고 뒷사람의 조롱을 받지 않으려면 어찌해야 합니까?"
> 청한자가 말했다.
> "부처를 섬김은 인애仁愛를 다하여 백성을 편안히 하고 중생을 제도함을 근본으로 삼아야 하며, 불법을 구함은 지혜를 배워 일의 기틀을 꿰뚫어 봄을 우선으로 삼아야 합니다. ……." (「6. 양무제」)

김시습은 큰돈을 들여 화려한 절을 짓는 등 불사佛事를 일삼는 것은 사람들의 이목을 현란하게 하는 것으로 부처가 바라는 바가 아니라고 했습니다. 그리고 재물과 비단, 돈과 곡식은 백성의 기름을 긁어낸 것이고, 창고와 곳간은 백성의 피를 짜낸 것이니, 윗사람이 축적하고 거둔 것이 많으면 아랫사람의 소쿠리와 동이는 텅 비고, 윗사람의 사치와 화려함이 심하면 아랫사람의 옷이 온전하지 못하다, 그러니 임금이 복을 닦아서 좋은 나라를 만들려면 다만 만백성 사랑하기를 어린 자식처럼 해야 한다고 말하고 있습니다. '백성의 기름', '백성의 피'라는 사고방식은 앞에서 살펴본 「애민의」, 「방본잠」과 동일합니다. 이렇게 본다면 『청한잡저 2』는 「애민의」, 「방본잠」 등의 유교적 텍스트가 보여 주는 애민적·반전제적反專制的 입장과 동일한 기초 위에 있으며, 권력을 찬탈해 전제적 통치를 한 세조에 대한 비판적 시각이 개재되어 있다고 할 것입니다.

이처럼 김시습은 세조에 대한 비판적 시각으로 인해 사회적·정치적·인민적 맥락에서 불교를 새롭게 해석해 낼 수 있었습니다. 『청한잡저 2』는 불교적 텍스트지만 김시습이 남긴 유교적 텍스트와 마찬가지로 '애민적' 입장이 관철되고 있습니다. 김시습은 바로 이 애민적 입장으로 인해 유교와 불교를 회통시킬 수 있었으며, 유교에 비추어 불교를 새롭게 이해하고, 불교에 비추어 유교에 대한 좀 더 심화된 이해나 성찰적 인식에 이를 수 있었습니다. 가령 김시습의 다음 말은, 불교가 유교와는 다른 진리 체계임을 승인하면서도 불교가 유교에 큰 도움이 된다는 점을 분명히 하고 있다는 점에서 주목을 요합니다.

> 그러니 (고승을) 스승으로 섬긴다는 것은 비단 예禮를 묻거나 정치를 물어 그때의 시무時務를 결단하거나 수업을 받아 의혹을 해소해 일시의 소용所用에 이바지하는 것일 뿐만 아니라, 실로 받아서 써도 다함이 없는 보배를 얻어 만세에 무궁토록 보배로 전하는 것이지요. 이 보배를 갖고 위에 있으면 높아도 위태롭지 않고, 이 보배를 갖고 아래에 있으면 순順하여 거스르지 않습니다. 이것을 오륜五倫에 베풀면 오륜이 지극히 질서가 있고, 이것으로 오전五典을 다스리면 오전이 지극히 질서가 있으니, 만사萬事를 다스리고 만인萬人을 거느리는 데 이르기까지 어느 것인들 이 보배의 묘용妙用이 아니겠습니까. (「3. 삼청」)

인용문 중 '오전'五典은 '부의'父義(아버지의 도리), '모자'母慈(어머

니의 자애로움), '형우'兄友(형의 우애), '제공'弟恭(아우의 공손함), '자효'子孝
(아들의 효성스러움)를 말합니다. 즉 유교적 인륜을 이릅니다.

— 「자사진찬」

앞에서 말했듯 김시습은 최만년에 충청도 홍산현(지금의 부여군 홍산
면)의 무량사에 거처했습니다. 그는 이 절에 있을 때인 1493년 1, 2월
무렵 자화상에 찬贊을 붙였습니다. 「자사진찬」自寫眞贊이 그것입니
다. 김시습은 이해 2월 세상을 떴습니다. 김시습은 자신의 죽음을
예감하고 이 글을 쓴 듯합니다. 그러니 이 글은 김시습 스스로 자신
이 어떤 인간인지를 세상에 남기는 말로 볼 수 있습니다.

'자사진찬'은 '스스로 그린 초상화에 찬을 쓰다'라는 뜻입니다.
'찬'은 인물을 찬양하는 운문체의 글입니다. 문인들 중에는 '자찬'自
贊을 남긴 이들이 더러 있습니다. 김시습의 이 글은 자찬에 해당합
니다. '자찬'은 스스로를 찬미한 글인데, 김시습의 이 글은 스스로
를 찬미한 글로만 보기 어렵습니다. 그보다는 한 많은 자신의 삶에
대한 스스로의 평가로 봐야 하지 않을까 합니다. 이 점에서 이 자찬
은 인간 김시습을 이해하는 데 대단히 중요한 글이라 여겨집니다.
그 전문을 보이면 다음과 같습니다.

> 이하李賀를 내려 봤고
> 해동에서 뛰어났네.
> 높은 명성과 부질없는 칭찬
> 네게 어이 해당하리.
> 네 몸은 지극히 작고
> 네 말은 크게 어리석다.

立窒之中
宜爾置之
爾言大侗
爾形至眇
於爾孰逢
騰名謜譽
優於海東
俯視李賀
自寫真賛

김시습의 「자사진찬」自寫眞贊 17세기 초반에 간행된 『매월당시사유록』梅月堂詩四遊錄 권수卷首에 실려 있다. 마지막 구에 '구학'의 한자가 '丘壑'으로 되어 있다. 고려대학교 도서관 만송문고 소장

너를(너의 시신을) 내버려야 할 곳은

구렁이라네.

俯視李賀, 優於海東.

騰名謾譽, 於爾孰逢.

爾形至眇, 爾言大侗.

宜爾置之, 溝壑之中.

'이하'李賀는 당나라의 뛰어난 시인으로, 일곱 살 때 시를 지은 것으로 유명합니다. 김시습은 다섯 살 때 시를 지었습니다. 그래서 제1구에서 '이하를 내려 봤다'고 한 거죠. 자신의 시재詩才에 대한 자부입니다.

제3, 4, 5, 6구는 자신에 대한 냉철한 직시입니다. 약간의 자괴가 느껴지기도 합니다. 고려 말 최해의 자전에 냉철한 자기 직시와 함께 자조가 담겨 있던 걸 떠올리게 합니다.

문제는 마지막 두 구입니다. '죽은 후에 너를 내버려야 할 곳은 구렁이다'라는 뜻인데요, '구렁'의 원문은 "溝壑"입니다. '구학'은 구렁, 즉 땅이 움쑥하게 팬 곳을 말합니다. 옛날에 기근이 들면 백성들의 시체가 구학에 나뒹굴곤 했습니다.

그런데 지금 전하는 김시습의 문집인 『매월당집』에는 "溝壑"이 "丘壑"으로 되어 있습니다. 즉 도랑 '구'溝 자가 언덕 '구'丘 자로 바뀌어 있습니다. '구학'丘壑은 언덕과 골짜기라는 뜻으로, 그윽한 산수를 가리킵니다. 그러므로 문집대로 하면 마지막 두 구절은 "너를 내버려야 할 곳은/산수 간이라네"로 번역되어야 합니다. 이는 '죽은 뒤 네가 있어야 할 곳은 산수 간이다'라는 말이 되니, 앞뒤도 맞지 않거니와 싱겁기 짝이 없는 말이라 하겠습니다.

김시습은 원래 언덕 '구'라고 쓰지 않고 도랑 '구'라고 썼습니다. 김시습이 무량사에서 죽은 뒤 제자인 승려 조희祚熙가 무덤에 표석表石을 세웠는데 거기에 「자사진찬」이 새겨져 있습니다. 여기에는 도랑 '구'로 되어 있습니다. 18년 전 제가 답사해 직접 확인한 사실입니다. 뿐만 아니라 율곡 이이가 쓴 「김시습전」金時習傳에도 도랑 '구'로 되어 있습니다. 이를 통해 김시습이 애초 어떻게 썼는지를 알 수 있습니다. 「자사진찬」의 마지막 두 구절에는 김시습의 평생 뜻과 정신이 응축되어 있습니다. 그러니 문집의 글자 변경은 김시습에 대한 중대한 왜곡이라 할 것입니다. 왜 이런 왜곡이 일어난 걸까요? 김시습의 불온성을 완화하거나 없애기 위해서라고 생각됩니다. 비단 글에만 왜곡이 가해진 것은 아닙니다. 김시습의 자화상에도 사후 왜곡이 가해졌습니다. 원래 김시습의 자화상에는 목에 염주 목걸이가 있었습니다. 하지만 17세기 초반에 간행된 『매월당시사유록』梅月堂詩四遊錄에 실린 김시습 자화상에는 염주 목걸이가 보이지 않습니다. 슬쩍 없애 버린 것입니다. 염주 목걸이는 승려의 표징입니다. 그러니 이를 없앤 것은 김시습의 승려로서의 정체성을 지우기 위해서죠. 가급적 유자로 만들고자 한 것입니다.

　　"너를 내버려야 할 곳은/구렁이라네"는 대체 무슨 뜻일까요? 이는 『맹자』의 "志士不忘在溝壑"(지사불망재구학)에 근거를 두고 있는 말입니다. 『맹자』의 이 말은, 지사志士는 아무리 어려운 상황에서도 자신의 뜻을 지키므로 설사 죽어 구렁에 시체가 버려질지라도 자신의 뜻을 바꾸지 않는다는 뜻입니다. 이를 통해 김시습이 젊은 시절 이래 그리도 중시한 절의를 죽을 때까지 견지했음을 알 수 있습니다. 지식인 본연의 모습을 보여 주고 있는 거죠. 그래서 우리로 하여금 경외감을 느끼게 합니다. 평생 신산한 삶을 살면서도 세상에 투항하지 않고 자신의 뜻을, 스스로 의미 있다고 생각한 가치를, 끝까지 놓지 않았으니까요.

「자사진찬」에 묘사된 김시습의 모습은 단순히 유교적 의미의 충신만은 아니며 홀로 불의한 세계와 맞서며 결코 타협하지 않는 저항적 지식인의 원형을 보여 준다는 점에 주목해야 하리라 봅니다. 김시습과 같은 인간은 어느 시대, 어느 나라에나 있는 게 아닙니다. 그러니 김시습은 우리 문학사에서 독특하고 휘황한 광채를 발하는 인물이라 아니할 수 없죠.

김시습이 죽기 직전 남긴 「자사진찬」은 글로 쓴 자신의 자화상이라 할 만합니다. 이 글은 대단히 짧지만 김시습의 본질, 즉 김시습이 어떤 인간인지를 아주 잘 보여 줍니다. 이 글만큼 김시습의 정신을 잘 보여 주는 글은 없다 할 것입니다. 하지만 이 글은 현재 김시습의 본의本意대로 이해되고 있지 못한 듯합니다. 이 글이 제대로 이해되지 못한다는 것은 김시습의 본질이 아직 제대로 이해되지 못하고 있다는 증거 아닐까요.

남효온의 「육신전」

왕위 찬탈에 맞선 또 다른 작가로 남효온이 있습니다. 남효온은 김종직의 문생입니다. 남효온은 1454년에 태어나서 1492년에 세상을 떴으니 김시습보다 열아홉 살 아래입니다.

남효온은 「육신전」六臣傳을 써서 세조의 왕위 찬탈을 정면에서 비판했습니다. 이것은 아주 대담하고 위험한 일이었습니다. 강개척당慷慨倜儻한 기질과 불의에 굽히지 않는 치열한 작가 정신에서 이런 글쓰기가 가능했습니다. 목숨을 걸고 글을 쓴 거죠. 남효온의 문생들이 이 글 때문에 자기들이 화를 입을까 두려워 스승에게 집필을 중단할 것을 요청했는데 남효온은 "내 어찌 죽는 것을 애석히 여겨 어진 이들의 충의忠義의 이름을 역사에서 사라지게 하겠는가"라고 대꾸했다고 합니다. 잘 알다시피 이 작품은 사육신死六臣, 즉 박팽년朴彭年·성삼문成三問·이개李塏·하위지河緯地·유성원柳誠源·유응부兪應孚 여섯 사람의 전기입니다. 이 작품을 통해 남효온은 극한 상황 속에서도 의연하게 지조를 지킨 인물들의 최후를 장엄하게 그려 보이고 있습니다.

특히 주목되는 부분은 성삼문과 유응부에 대한 서술입니다. 성삼문에 대한 서술을 보기로 합니다.

> 세조는 몹시 화가 나 무사에게 명하여 쇠를 달구어 성삼문의 다리를 꿰뚫고 그 팔을 자르게 했다. 그러나 성삼문은 안색에 변함이 없이 천천히 말했다. "나리의 형벌이 지독하군요." (…)
> 성삼문은 수레에 실려 문밖으로 나왔는데 안색이 태연했다. 좌우에 있는 이들을 돌아보며 말했다. "너희들은 임금을 도와 태평을 이루도록 해라. 나는 지하에 돌아가 옛 임금을 뵙겠다."
> 또 형의 집행을 감독하는 관리인 김명중을 보고 웃으며 말했다. "이 무슨 일이람!"

성삼문의 의연한 모습이 그려져 있습니다. 혹독한 고문을 당하면서도 '안색에 변함이 없었다'는 것과 죽음 앞에서도 '안색이 태연했다'는 것이 부각되고 있습니다. 성삼문은 거열형車裂刑을 당했습니다. 거열형은 팔과 다리를 각각 다른 수레에 맨 뒤 수레를 끌어서 죄인을 찢어 죽이는 악독한 형벌입니다.

다음은 유응부에 대한 서술입니다.

세조가 국문하면서 물었다.

"네가 무슨 짓을 했느냐?"

유응부는 이리 말했다.

"중국 사신을 청해 연회를 베풀던 날 칼로 그대를 없애 버리고 옛 임금을 복위시키려 했소. 하지만 불행히도 간사한 자가 발설해 버렸으니 내가 다시 무얼 하겠소. 그대는 속히 나를 죽이시오."

세조는 발끈하여 꾸짖었다.

"너는 옛 임금을 위한다는 명분을 핑계로 나라를 빼앗으려 한 게지."

이에 무사에게 명해 살가죽을 벗기게 하고는 사실대로 아뢰게 했다.

유응부는 굴복하지 않으며 성삼문 등을 돌아보며 말했다.

"사람들이 서생과는 더불어 일을 꾀할 바가 못 된다 하더니 과연 그렇구나. (…) 너희들은 사람으로서 꾀가 없으니 축생 畜生과 뭐가 다르리."

그러고는 세조에게 말했다.

"그 밖의 일을 듣고 싶으면 저 좀스런 선비들에게 물어보시오."

그러고는 입을 다물고 대답하지 않았다.

세조는 더욱 분노하여 달군 쇠를 가져다가 배 아래에 놓게 하였다. 기름과 불이 함께 일어났지만 유응부는 안색이 변하지 않았다. 그는 쇠가 식기를 천천히 기다렸다가 그걸 땅에 던져 버리고는 말했다.

"이 쇠는 식었다. 다시 달군 쇠를 가져오너라."

끝끝내 굴복하지 않고 죽었다.

끔찍한 대목입니다. '안색이 변하지 않았다'라는 말이 여기에도 똑같이 나옵니다. 원문은 '안색불변'顏色不變입니다. 사육신 중 유응부는 유일하게 무인武人입니다. 작가는 무인 유응부의 늠름한 모습을 부각시키고 있습니다.

사육신의 사건이 있었을 때 남효온은 고작 세 살이었습니다. 그러므로 「육신전」은 남효온이 직접 본 것을 기록한 것이 아니라 훗날 전해 들은 사실에다 자신의 상상력을 가미한 것으로 보입니다. 그래서 상당한 극화劇化가 있는 듯합니다. 이 극화 속에는 작가의 태도와 가치 의식이 투사되어 있다고 여겨집니다.

이 작품은 고문 과정을 아주 생생히 보여 줍니다. 고문은 권력에 의한 폭력입니다. 이 작품은 권력에 의해 자행되는 폭력에 대한 높은 감수성을 보여 준다는 점이 우선 주목됩니다. 이 점에서 「육신전」은 아주 특별한 작품입니다. 이런 작품은 우리 문학사에 달리 없습니다. 다른 한편으로는, 참혹한 폭력으로 몸이 산산조각 나면서도 끝내 폭력에 굴복하지 않는 인간의 모습을 그림으로써 인간의 존엄을 말하고 있다는 점이 주목됩니다. 이 두 가지만으로도 이 작품은 우리 문학사에서 불후의 위업이라고 평가할 만합니다. 앞에서도 말했지만 작가는 목숨을 걸고 이 작품을 썼다고 할 것입니다. 이 작가의 용기와 기백은 우리 문학사에서 길이 기억되어야 합니다.

김시습이 『금오신화』에서 은유적 방식으로 자신의 인간학, 생에 대한 자신의 가치 태도와 현실에 대한 엄중한 비판 의식을 드러냈다면, 남효온은 「육신전」에서 거사직서據事直書, 즉 사실을 직필直筆로 기술하는 방식으로 자신의 인간학, 생에 대한 자신의 가치 태도와 현실에 대한 엄중한 비판 의식을 드러냈습니다. 이처럼 비록 그 미적 방식은 다르지만 두 작품의 지향은 서로 통합니다. 두 사람은 나이 차이가 있지만 서로 교유했습니다. 「육신전」의 창작에는 『금오신화』의 영향이 있지 않을까 합니다.

임제의 「수성지」, 「원생몽유록」

세 번째로 살펴볼 인물은 임제입니다. 임제는 1549년에 태어나서 1587년에 세상을 떴습니다. 김시습 사후 50년, 남효온 사후 57년에 출생했죠. 아버지가 절도사節度使였으니 무인 집안 출신이라고 하겠습니다. 그래서인지 기질이 아주 호방했습니다. 스물아홉 살 때인 1577년 선조 10년에 문과에 급제해 서북도 병마평사西北道兵馬評事, 예조정랑 등을 지냈습니다.

임제의 작품으로는 「수성지」愁城志와 「원생몽유록」元生夢遊錄이 전합니다. 흔히 『화사』花史도 임제의 작으로 말하나 이는 잘못된 것입니다. 이 작품은 서얼 문인인 남성중南聖重이 숙종 28년인 1702년에 창작했습니다. 이 작품에서는 숙종 연간의 당파 싸움이 비판되고 있는데, 임제에게는 아직 당쟁에 대한 문제의식은 없었습니다. 임제만이 아니라 16세기에는 그 누구도 『화사』 정도의 수준으로 당쟁을 문학적으로(알레고리적으로) 형상화하는 것이 불가능했습니다. 이는 시간이 많이 지나야 가능한 일이었습니다.

'수성'은 근심의 성城, 즉 근심으로 가득 찬 성을 말하니, '수성지'는 근심의 성에 대한 기록이라는 뜻입니다. 이 작품은 임제의 내면세계를 잘 보여 줍니다. 수심愁心과 분한憤恨이 가득한 마음입니다. 그래서 오직 술로 이 수심을 풀 수 있다고 했습니다. 이 작품에 보면 이런 구절이 나옵니다.

> 초楚나라 의제義帝는 강에서 죽었으니, 나라를 빼앗는 것만으로도 족하거늘 어찌 차마 죽인단 말인가. 충신의 눈물 다하지 않고, 열사의 한恨 다함이 없다.

항우는 의제를 침현郴縣으로 내쫓은 뒤 부하들을 보내 침현 부근의 침강郴江에서 살해했습니다. 이 일은, 지난 시간(제12강)에 살펴보았듯 김종직의 「조의제문」에 언급되고 있습니다. 그런데 이 사실이 다시 「수성지」에서 언급됩니다. 세조의 왕위 찬탈 후 100년이 더 지났건만 임제는 이 일을 비판하며 비분강개하고 있습니다.

「수성지」에는 중국 역대의 충성스러운 인물들이 차례로 서술되는 대목이 있습니다. 그 끝부분에 이런 말이 보입니다.

> 그 맨 뒤에는 중국의 제도와는 다른 의관을 갖춘 이들이 있었다. 500년 강상綱常의 무게를 제 한 몸에 짊어진 한림학사翰林學士와 호두장군虎頭將軍 대여섯 사람이 무리 지어 당당하게 들어왔다.

'강상'은 인륜 도덕, 즉 사람이 지켜야 할 도리를 말합니다. '한

림학사'는 집현전에 근무했던 성삼문 등을 가리키고, '호두장군'은
유응부를 가리킵니다. 그러니 이 대목은 사육신에 대한 서술이라
고 할 수 있습니다.

이처럼 「수성지」를 자세히 들여다보면 수양대군의 왕위 찬탈
에 대한 비판과 사육신에 대한 추모의 마음이 담겨 있음을 알 수
있습니다.

「수성지」는 고려 후기에 등장한 가전假傳의 전통을 계승하고
있습니다. 가전은 강의에서 따로 살피진 않았지만, 술을 의인화한
「국선생전」麴先生傳이나 「국순전」麴醇傳, 거북을 의인화한 「청강사자
현부전」淸江使者玄夫傳 같은 작품을 말합니다. 문인들이 유희적遊戲
的 기분으로 지은 일종의 희작戲作이죠. 가전은 수많은 고사故事와
전거典據가 구사된다는 특징이 있습니다. 「수성지」역시 이런 전통
을 이어받아 많은 고사와 전거를 구사했는데, 특이하게도 마음을
의인화한 '천군'天君이 주인공으로 등장합니다. 고려 후기의 가전에
는 마음을 의인화한 작품은 없습니다.

천군을 주인공으로 한 가전인 「천군전」은 남명 조식의 제자인
김우옹金宇顒이 1566년에 처음 창작했습니다. 「수성지」는 임제가
나이 서른두 살 때인 1580년에 창작되었습니다. 「천군전」을 잇는
작품이라 할 수 있죠. 하지만 「천군전」이 가전인 것과 달리 「수성지」
는 소설에 해당합니다. 가전은 산문의 일종이지 소설은 아닙니다.

「수성지」는 동아시아 문학사에서 오직 우리 문학사에만 보이
는 '천군소설'天君小說의 출발점을 이룹니다. 「수성지」에 이어 17세기
전반기에 황중윤黃中允에 의해 천군소설의 기념비적인 작품인 장
회체章回體 장편소설 『천군기』天君紀가 창작됩니다. 이 작품은 17세
기 후반에 정태제鄭泰齊에 의해 보수적인 방향으로 수정되는데 『천

군연의』天君衍義가 그것입니다. 개악이라고 할 수 있죠.

「원생몽유록」元生夢遊錄은 '원생이 꿈에 노닌 기록'이라는 뜻입니다. 이 작품은 우리 문학사에서 '몽유록'夢遊錄이라는 이름이 붙은 최초의 소설입니다. 단 임제보다 한 세대 앞의 문인인 심의沈義가 「기몽」記夢이라는 작품을 남겼는데, 제목은 '꿈을 기록하다'라는 뜻이지만 실제적으로는 꿈에 문인文人의 왕국에 가서 노닌 일을 기록한 몽유록에 해당합니다. 「기몽」은 별 문제의식이 없는 희필적戱筆的 성격의 글이지만 「원생몽유록」은 대단히 심각한 주제 의식을 담고 있습니다.

당나라 전기소설 중에 「침중기」枕中記라는 작품이 있습니다. 주인공이 나무 아래에서 베개를 베고 잠을 자다가 꿈을 꾸는데, 그 꿈속에서 서사가 전개되는 작품이죠. 그런데 이 작품도 몽중夢中의 일을 적고 있습니다. 한국의 몽유록과 유사합니다. 그렇긴 하나 중국문학사에서는 몽유록이라는 하나의 독자적인 양식이 존재하지 않습니다. 이와 달리 한국문학사에서는 몽유록이 여럿 창작되어 독자적인 소설 양식으로 간주됩니다.

「원생몽유록」은 원생元生이라는 인물이 꿈에서 단종과 사육신과 남효온을 만난다는 이야기입니다. 작중의 복건을 쓴 인물이 바로 남효온입니다. 꿈에서 단종과 사육신은 저마다 시를 한 수씩 읊으며 비감을 토로합니다. 다음은 남효온이 한 말입니다.

요임금과 순임금과 탕왕과 무왕은 만고의 죄인입니다. 후세에 음흉한 농간을 부려 왕위를 찬탈한 자들이 선양禪讓받았다며 요순을 빙자하고, 신하로서 임금을 공격한 자들이 탕왕과 무왕을 명분으로 삼았습니다. 천년의 세월이 흘러 끝

내 이를 막을 수 없게 되었으니, 아아 이 네 임금이 도적의
효시입니다.

요임금은 순임금에게 왕위를 선양했습니다. '선양'은 자식이
아닌 덕이 높은 신하에게 왕위를 물려주는 것을 말합니다. 탕왕은
자신이 섬기던 하나라의 군주 걸桀을 쫓아내고 은殷나라를 세웠고,
무왕은 은나라의 군주 주紂를 몰아내고 주周나라를 세웠습니다.
『맹자』에서는 이를 역성혁명으로 긍정했습니다. 하지만 남효온은
좀 다른 각도에서 봅니다. 즉 후세의 간악한 자들이 중국 고대의 이
일을 빙자해 왕위 찬탈을 정당화하고 있다는 겁니다. 그러니 요임
금과 순임금의 왕위 선양이나 탕왕과 무왕의 방벌放伐은 나라를 도
적질하는 행위의 효시라는 거죠.

남효온의 이 말은 기실 작자의 말입니다. 그러면 작자는 왜 이
리 말했을까요? 수양대군은 계유정난 후 단종에게 왕위를 선양받
았습니다. 그래서 "후세에 음흉한 농간을 부려 왕위를 찬탈한 자들
이 선양받았다며 요순을 빙자하고"라고 말한 것입니다. 그러니 이
는 수양대군의 왕위 찬탈을 비판한 말이죠.

요임금, 순임금, 탕왕, 무왕은 모두 유교에서 성인聖人으로 받
드는 사람들입니다. 그런데 「원생몽유록」에서는 이들을 '만고의 죄
인'이라고 성토합니다. 대단한 불경不敬으로, 아주 위험한 말이 아
닐 수 없습니다. 이처럼 이 작품에는 유가의 정치사상과 크게 어긋
난 생각이 피력되어 있습니다. 유교의 도에 대한 근본적인 회의이
며, 유교의 성인에 대한 전복적인 사고라 할 만합니다. 수양대군의
왕위 찬탈로 인해 이런 놀라운 사유가 빚어질 수 있었습니다. 그런
데 김시습도 「백이·숙제를 찬미하다」라는 글에서,

무왕이 장사도 지내지 않은 채 군사를 일으킨 것은 후세에 불효하는 자의 근원이 되었고, 신하로서 임금을 시해한 것은 후세에 왕위를 찬탈하는 자의 근본이 되었다.

라고 하여 임제와 동일한 사유를 보여 줍니다. 김시습 역시 수양대 군의 왕위 찬탈이 계기가 되어 유교 경전을 재해석하면서 유교의 일반적인 성인관聖人觀과는 다른 사유에 도달할 수 있었습니다.

「원생몽유록」에서 요임금, 순임금, 탕왕, 무왕을 만고의 죄인이라 성토한 말은 16세기 후반 명말明末의 반항적 사상가인 이탁오李卓吾가 유교 경전의 진리성에 대해 회의하고 성인에 대해서도 회의한 것을 떠올리게 합니다.

「원생몽유록」은 「육신전」의 '속편'이라고 할 만합니다. 남효온은 15세기 후반의 인물이고 임제는 16세기 후반의 인물입니다만, 임제는 남효온의 「육신전」을 읽고 감발을 받아 이 작품을 쓴 것으로 보입니다. 이후 「원생몽유록」을 계승해 「수성궁몽유록」壽聖宮夢遊錄(일명 「운영전」雲英傳), 「달천몽유록」達川夢遊錄, 「강도몽유록」江都夢遊錄 같은 작품이 나옵니다. 이 중 「수성궁몽유록」은 「원생몽유록」의 영향을 많이 받았습니다. 이에 대한 논의는 뒤의 강의로 미룹니다.

임제는 임종할 때 자식들이 울면서 슬피 부르짖자 이렇게 말하면서 곡하지 말라고 했다고 전합니다.

사해四海 안의 모든 나라가 다 황제를 칭했는데 유독 우리나라만이 예부터 그렇지 못했으니 이처럼 비루한 나라에 사는 신세로서 그 죽음을 애석히 여길 게 뭐 있겠느냐!

그런가 하면 또 늘 이런 말을 했다고도 합니다.

내가 만약 중국의 오대五代나 육조六朝 같은 시대를 만났다
면 돌아가면서 하는 천자(윤체천자輪遞天子)쯤은 의당 하고
도 남았을 것이다.

출처는 모두 『성호사설』星湖僿說입니다. 중국의 오대나 육조는
역사적 과도기로서 왕조 교체가 잦았습니다. 몇 십 년 만에 왕조가
교체되곤 했으니까요. 그래서 "돌아가면서 하는 천자" 운운한 것입
니다.

임제가 한 말은 아무나 할 수 있는 말이 아닙니다. 이런 일화를
통해 임제가 체제의 틀 속에 안주한 사람이 아니었음을 알 수 있습
니다. 임제는 그 내면에 어떤 심각한 문제의식이 있어서 이런 말을
한 것으로 보입니다.

임제가 소중화小中華 의식을 탈피해 이런 주체적 의식을 가질
수 있었던 것은 「원생몽유록」에서 확인되는 유교에 대한 과감한 전
복적 사고와 무관하지 않다고 여겨집니다. 유교 내부에 머무르는
한 임제가 죽을 때 한 말과 같은 중화주의적 질서를 벗어나는 상상
력은 불가능하거든요. 세조의 왕위 찬탈에 대한 문인·지식인의 집
요한 지적 대응 과정에서 급기야 이런 주체적 세계 인식까지 나올
수 있었다는 것은 놀라운 일이 아닐 수 없습니다.

임제가 우리나라가 한 번도 칭제稱帝하지 못한 걸 한탄한 것
은 고려 시대에 묘청妙淸, 정지상鄭知常, 윤언이尹彦頤 등이 칭제건원
稱帝建元을 꾀한 일을 다시 떠올리게 합니다. 이들은 당시 금金나라,
요遼나라 이런 나라들이 다 칭제건원하는데 동방의 우리나라만 그

렇게 하지 못할 이유가 어디 있나, 우리도 칭제건원해서 이들과 대등한 나라임을 보이자, 이리 생각했죠. 임제의 사고는 이들의 사고 방식과 연결된다고 여겨집니다. 이런 사고방식이 뚝 끊겼다가 몇백 년 뒤 임제 때 와서 다시 고개를 내민 겁니다. 하지만 당시 사람들은, 그리고 후대의 사람들은 임제의 이 진지한 문제 제기를 농담으로 여기며 우스갯거리로 삼았을 뿐입니다. 하지만 임제는 죽을 때 남긴 이 한마디만으로도 역사에 길이 기억될 인물이라 할 것입니다.

경계인 문학의 출현

자, 그러면 이제 이야기를 모아 봅시다. 김시습, 남효온, 임제 이 세 사람은 흔히 방외인方外人으로 지목됩니다. '방외'方外라는 말은 『장자』「대종사」大宗師에서 비롯되는 말입니다. '방외'가 있고 '방내'方內가 있습니다. 방方의 바깥이 있고 방의 안이 있다는 말이죠. '방'은 세상을 뜻합니다. 그러니 방의 바깥은 세상 밖을 가리키고, 방의 안은 세상 안을 가리킵니다. 이처럼 방외와 방내는 짝이 되는 개념입니다.

'방외인'은 '세상 밖 인간', 즉 세상을 벗어나 이른바 물외物外에서 초연히 노니는 사람을 이르는 말입니다. 그래서 승려나 도사道士나 은자隱者를 일컬을 때 이 말을 씁니다.

그렇지만 지금까지 보아 왔듯 김시습, 남효온, 임제는 세상을 벗어나 초연히 물외에서 노닌 인간들이 아닙니다. 즉 요새 TV에 나오는 '자연인' 같은 존재가 아닙니다. 김시습은 늘 '신세 모순'身世矛盾을 느꼈습니다. '신세 모순'은 자신과 세상 사이의 모순을 뜻합니다. 자신과 세상이 심각한 불화不和 상태에 있었던 겁니다. 그럴 수밖에 없었죠. 다른 생각, 다른 정신, 다른 의식을 가지고 있었으니까요. 그래서 평생 늘 신세 모순을 느꼈습니다. 불교에 귀의해도 이를 떨쳐 버릴 수 없었습니다.

방외인이라면 이럴 수 없습니다. 방외인은 물외에서 초연히 노니므로 신세 모순 같은 것이 성립될 수가 없습니다. 만일 그런 게 있으면 방외인이 아니죠. 방외인이 아니라면 김시습은 뭘까요? 그는 방내와 방외의 '경계'에 있었다고 보입니다. 그러니까 완전히 방내도 아니고 완전히 방외도 아니고 그 경계 지점에 있었다는 말입니다. 그리하여 늘 방내에 관심을 기울였지만 방내로 들어올 수 없었습니다. 그렇다고 방내에 관심을 끊고 방외로 나가 버릴 수도 없었습니다. 이 점에서 그는 방외인이라고 부르기보다는 '경계인'이라고 부르는 게 적당하지 않을까 합니다. 체제 속에 안주하지도 못하고 체제 밖으로 훌쩍 나가 버리지도 못하고, 그 경계선상에서 고뇌하고 동요하는 존재입니다. 그래서 방외인과 달리 체제 비판 의식이라든가 강렬한 정치의식을 표출하게 됩니다. 이런 존재론적 위상에서 참신한 문학적 성취가 이루어지거나 주목되는 사상적 언술言述이 나올 수 있었습니다.

김시습만이 아니라 남효온, 임제도 마찬가지입니다. 김시습과 남효온은 평생 벼슬을 한 적이 없지만 임제는 문과에도 급제하고 벼슬도 좀 했습니다. 하지만 이런 차이는 그다지 중요하지 않습니다. 보다 중요한 것은 어떤 정신적 지향을 취했으며 어떤 존재 상황에 있었던가 하는 점입니다. 즉 그가 서 있는 지점이 어딘가가 중요한 거죠. 이리 본다면 임제는, 특히 만년의 임제는 세계의 경계 지점에 서 있었다고 할 만합니다. 수양대군의 왕위 찬탈에 대한 이들의 문학적 대응이 '경계인 문학'이라는 하나의 새로운 문학 범주를 문학사에 선보였다고 할 것입니다.

이전 강의(제12강)에서 사림파 문학을 논할 때 남효온을 언급한 바 있습니다. 남효온은 사림파에서 출발했으나 종내 경계인이 된 경우라고 해야겠죠. 이처럼 조선 전기에 김시습, 남효온, 임제에 의해 구축된 경계인 문학은 조선 전기의 훈구파 문학이나 사림파 문학과는 성격을 달리하는 '제3의 문학'으로서의 성격을 가집니다. 경계인 문학은 사림파 문학보다 훨씬 래디컬하며, 예교禮敎에 얽매이지 않고 자유분방하게 체제를 비판하는 특징을 보여 줍니다. 사상적으로도 아주 대담하고 활달하며 창조적인 면모를 보여 줍니다.

그럼, 오늘 강의는 여기서 마치도록 하겠습니다.

질문과 답변

*　　　　김시습은 세조의 왕위 찬탈이 유교적 인륜에 위배된 것이라는 비
　　　　판 의식에서 평생 절의를 지켰지만 불교로 들어가 승려 행세를 했
　　　　습니다. 그렇다면 이는 유교적 가치의 훼손을 비판한다면서 그 자
　　　　신도 유교적 가치를 훼손한 것은 아닌지요?

김시습은 유불儒佛 모두에 관심을 가졌는데, 그렇다면 이 사람의 사
상적 정체성은 무엇인가, 이런 의문을 한번 가져 봄 직합니다. 일찍
이 16세기 후반의 사상가인 율곡 이이가 이 의문에 답한 바 있습니
다. 그는 김시습이 세조의 왕위 찬탈이라는 미증유의 사태에 직면해
서 짐짓 승려 행세를 했지만 본색은 유자儒者라고 정리했습니다. 이
를 테제화한 것이 '심유적불'心儒跡佛, 즉 '본심은 유교이고 행적은 불
교다'라는 말입니다. 그러니까 겉으로 드러난 행적은 불교이지만 그
내심은 유교라는 거죠. 이렇게 함으로써 이이는 김시습을 변호했습
니다. 아니, 좀 더 정확히 말하면 이이는 김시습을 유교 쪽으로 끌어
넣었습니다. 김시습은 절의의 아이콘이라 유교에 필요한 인물이었
으니까요.

　　이이는 워낙 영향력이 큰 학자니 사람들은 이이의 이 견해를 받
아들여 김시습이 어쩔 수 없이 불교에 드나든 것으로 보게 되었습니
다. 지금까지도 이 설을 따르는 학자들이 적지 않은 듯합니다. 하지
만 이이보다 한 세대 위의 학자인 이황은 이이와는 달리 김시습의
행위를 '색은행괴'索隱行怪로 봤습니다. '색은행괴'는 은미한 이치를

탐구하고 기괴한 짓을 하는 것을 말합니다. 흔히 불교나 도가를 믿는 사람을 유교에서는 이리 말합니다. 유교적 기준에서 볼 때 정상이 아니라는 거죠. 이리 본다면 이황은, 김시습이 방외로 가 불교를 신봉한 것이 짐짓 한 행동만은 아니며 그것에 의미를 부여했기 때문이라고 생각한 거죠. 한 사람은 김시습을 옹호하고 다른 한 사람은 김시습을 비판하고 있습니다만 둘 모두 유교와 불교를 '이분법'적으로 보고 있으며 불교를 이단으로 밀어내고 있다는 점에서는 동일합니다. 그래서 김시습 사상 행위의 실체에 다가가기 위해서는 좀 다른 관점의 모색이 필요합니다.

김시습은 15세 때 어머니를 여의었습니다. 어머니가 죽자 김시습은 무상감으로 18세 때 잠시 불문佛門에 기탁한 적이 있습니다. 그러니까 김시습이 꼭 세조의 왕위 찬탈 이후 불문에 출입한 것이 아니고 그 전부터 불교에 대한 관심이 있었다는 말입니다.

주목해야 할 점은, 김시습이 그저 승려 복장을 하고 승려 행세만 한 것이 아니라 불교에 아주 깊이 들어갔다는 사실입니다. 당시 불교 학자 중 김시습만 한 사람은 없습니다. 강의 중에 김시습이 그 당시 동아시아의 정치철학이나 정치사상에 있어서 최고의 의식 형태를 보여 준다고 말했는데, 김시습은 이처럼 비단 유교에서만이 아니라 불교에 있어서도 당시 최고의 학식을 지닌 인물이었습니다. 그러면 유교에서 출발한 김시습이 왜 그처럼 불교에 깊이 들어갔을까요?

유교에서 온전한 답을 구할 수 없었기 때문일 것입니다. 세조의 왕위 찬탈 이후 김시습은 자신이 갖고 있던 것을 다 내려놓았다고 봐야 하지 않을까 해요. 그는 유교에서 성인聖人의 행위로 미화되는 선위禪位와 방벌放伐에 의문을 품지 않을 수 없었습니다. 그래서 유교와 다른 진리 체계인 불교 연구를 통해 한편으로는 마음을 붙이고 다른 한편으로는 삶과 세계에 대한 확장된 인식을 모색했다고 여겨집니다. 하지만 김시습은 불교 연구와 동시에 유교에 대한 심화된 성찰도 꾀했습니다. 그러니까 불교를 연구할 때에는 유교를 접고, 유교를 연구할 때는 불교를 접은 게 아니라, 불교를 연구할 때 유교도 연구하고, 유교를 연구할 때 불교도 연구한 것입니다. 세조 연간 이래 김시습은 평생 불교와 유교를 함께 붙들고 있었다고 봐야 마땅합니다. 그러므로 이이의 말처럼 그냥 겉모습만, 딱히 마음을 붙일 데가 없어서 불교에 의탁했다고만 보기는 어렵습니다. 또 이황의 말처럼 유교를 벗어나 불교로 들어가 색은행괴했다고 말하기도 어렵습니다. 이처럼 김시습의 사상 행위는 예전에는 물론이고 지금도 오해되거나 견강부회된 측면이 많습니다. 어떤 의미에서는 김시습 사상의 규모가 그만큼 컸기 때문에 초래된 결과라고 말할 수도 있습니다.

그러므로 우리는 김시습의 사상 행위에서 불교는 외적 계기가 아니라 내적 계기에 해당한다는 점을 인정하는 데서 논의를 시작해야 할 것입니다. 다시 말해 불교가 그의 사상 행위에서 유교와 마찬가지로 본질적 의의를 갖는다는 거죠.

유교는 세간世間에 전념하는 사상 체계입니다. 이와 달리 불교는 출세간出世間의 사상 체계입니다. 김시습은 출세간에 있으면서도 세간에서 벗어날 수가 없었습니다. 그러니 불교와 유교를 넘나들고, 둘을 회통할 수밖에 없었습니다. 그래서 불교를 해석하는 데 유교가 들어오고, 유교를 해석하는 데 불교가 들어오죠. 이게 회통입니다.

불교만큼은 아니지만 도가도 일정하게 수용했습니다. 잘 알려져 있지 않은 사실이지만 「남염부주지」에는 『도덕경道德經』 제16장이 언급되고 있죠. 이처럼 김시습은 사상이 아주 광박廣博합니다. 그러니 '심유적불'이라는 유교적 해석은 김시습 사상의 폭을 좁히고, 그 사상 행위의 본질을 크게 왜곡한다는 점에서 심각한 문제를 내포하고 있습니다. 지금도 연구자 중에는 이 설을 따르는 사람이 많은 듯합니다. 김시습의 사상적 정체성은 유교만이라고도 할 수 없고 불교만이라고도 할 수 없으며, 유교가 아니라고도 할 수 없고 불교가 아니라고도 할 수 없습니다. 그러니 심유적불이라는 말은 '심유불적불'心儒佛跡佛로 수정되어야 하지 않을까 해요.

김시습 스스로가 유교의 가치를 훼손하지 않았는가라는 질문은 너무 유교 본위적인 관점이 아닌가 합니다. 생각을 바꾸면 김시습은 유교를 훼손했다기보다 유교, 특히 성리학을 자기대로 한층 심화시켰다고 볼 수 있죠. 거기에는 불교가 큰 도움이 됐죠. 살생을 금하는 불교의 '자비' 정신은 유교보다 훨씬 근본적이고 심오한데, 김시습은 이를 통해 유교의 '인애'仁愛를 조망함으로써 유교의 애민적 지향을 최대한 이끌어 낼 수 있었으니까요. 그 결과 인민적 입장에서 군주의 전제성專制性을 비판할 수 있었습니다. 종전에 『청한잡저 2』는 그다지 주목된 것 같지 않은데, 김시습 사상의 이런 면모를 보여 준다는 점에서 문학사에서만이 아니라 사상사에서도 아주 중요한 텍스트라고 생각해요.

덧붙여 한 가지 더 말한다면, '절의'는 보통 유교의 덕목으로만 알고 있는데, 김시습은 불교적 관점에서도 절의가 중요하다고 말하고 있어요. 『청한잡저 2』에서 청한자는 "사람이 이 세상을 살아가매 궁할수록 더욱 굳건하고, 위태로워도 절개를 지켜야 하거늘, 어찌 허둥지둥하며 요랬다 저랬다 하겠습니까. 세상에 나와 승복僧服을 벗는 자는 지인至人이 아니라 할 것입니다"라고 말하고 있습니다. 흥미롭게도 여기서도 회통이 발견됩니다.

이렇게 본다면, 유교다, 유교가 아니다, 이런 틀 속에 김시습을 가두어서는 안 되지 않나 합니다. 정작 김시습은 이분법을 벗어났기 때문입니다. 좁은 유교적 틀을 벗어난 김시습의 사상 행위는 진리에 대한 개방적인 태도에서 기인함을 유의해야 할 것입니다. '경계인'으로서의 면모가 사상 행위에서도 확인되는 거죠.

김시습의 시대는 아직 조선 후기처럼 정통과 이단의 준별峻別, 성리학의 절대화가 대두되지 않았습니다. 크게 보면 조선의 성리학은 여전히 수용기에 있었다고 할 것입니다. 김시습이 사상의 경계를 뛰어넘어 자유롭게 사상 행위를 할 수 있었던 데에는 이런 배경이 있습니다. 김시습이 불교나 도교에 관심을 가진 것은 유교 쪽에서 보면 일탈이겠지만, 유교가 최종적 진리는 아니므로 그렇게 보기보다는 열려 있는 진리 추구의 자세로 보아야 하지 않을까 합니다. 지식인으로서 자기 사유의 확장 과정이라고도 할 수 있죠. 이는 경계인이 곧잘 보여 주는 특징에 해당합니다.

김시습은 불교와 도교에 출입하면서도 유자로서의 문제의식을 잃지 않았습니다. 아니, 유자로서의 문제의식을 더욱 확장하고 심화해 갔다고 할 것입니다. 이 점은 적극적으로 평가되어야 하겠죠.

그렇긴 하지만 여기에서 김시습의 한계도 발견된다고 여겨집니다. 그는 평생 유교적 공명 의식을 떨쳐 버리지 못했습니다. 선비로서의 자의식이죠. 하긴 조선 시대의 거의 모든 선비가 여기에서 자유롭지 못했습니다. 김시습은 어릴 때 대궐에 불려 가 시를 짓고 격려를 받은 일을 평생 잊지 못했습니다. 그러니 회한이 늘 따라다닐 수밖에요. 「용궁부연록」을 보면 그가 이 일을 얼마나 자랑스럽게 여겼는지 알 수 있죠. 김시습의 공명 의식은 여기에 근원을 두고 있습니다. 하지만 유교에 머물지 않고 불교에 깊이 들어갔던 사상가였던 만큼 공명 의식을 떨쳐 버리고 좀 더 자유로운 풍모를 보여 주었더라면 하는 아쉬움이 없지 않습니다.

＊
『청한잡저 2』 외에 김시습의 불교 관련 저술은 어떤 것이 있는지요? 아울러 김시습의 도교에 대한 관심도 설명해 주십시오.

현재 전하는 김시습의 불교 관련 저술로는 『청한잡저 2』 외에도 『대화엄일승법계도주』大華嚴一乘法界圖註, 『화엄석제』華嚴釋題, 『연경별찬』蓮經別讚, 『십현담요해』十玄談要解가 있습니다. 최근에는 그간 이름만 전하던 『임천가화』林泉佳話도 세상에 나왔습니다.

이 책들 외에 『조동오위요해』曹洞五位要解도 김시습의 저술이라고 주장하는 연구자들이 있습니다만, 제가 보기에 이 책은 김시습의 저술이 아닙니다. 필치나 글 쓰는 법이 김시습의 것이 아니거든요. 유교적인 글이든 불교적인 글이든 김시습의 글은 모두 활달하고 생기가 넘치는데, 이 책은 무미건조한 편입니다. 주석을 다는 방식도 김시습의 다른 불교 관련 저술들이 보여 주는 것과는 많이 다릅니다. 그리고 김시습은 교敎와 선禪을 회통했기에 선을 말할 때 곧잘 『법화경』이나 『화엄경』에 대한 언급을 하곤 했는데, 이 책에는 이런 게 일절 보이지 않아요.

『대화엄일승법계도주』는 의상義湘대사의 〈대화엄일승법계도〉에 주해를 붙인 것이고, 『화엄석제』는 『화엄경』에 대한 풀이입니다. 『대화엄일승법계도주』는 42세 때인 성종 7년(1476), 수락산에 거주할 무렵 쓴 책입니다. 이 두 책을 통해 김시습의 『화엄경』에 대한 이해를 엿볼 수 있습니다. 김시습은 『화엄경』이 방편方便을 쓰지 않고 부처님의 정각正覺을 바로 설說한 경전으로서 최상승의 불법을 담고 있으며, 실상實相을 바로 가리키고 있다는 점에서 선과 통한다고 봤습니다.

『연경별찬』은 『법화경』에 대한 해석입니다. 『법화경』은 모두 28품品으로 구성되어 있죠. '품'이란 요새 식으로 말하면 장章에 해당하는 말인데요, 김시습은 이 품 하나하나를 찬讚한 다음 그 말미에 7언절구의 송頌을 붙였습니다. 『법화경』은 천태종天台宗에서 떠받드는 경전입니다. 김시습은 화엄학華嚴學과 천태학天台學에 모두 조예가 있었는데, 『화엄경』과 마찬가지로 『법화경』도 조사선祖師禪의 입장에서 해석하고 있음이 특징적입니다.

『십현담요해』는 『십현담』의 요점을 해명한 책으로, 『대화엄일승법계도주』보다 1년 먼저인 성종 6년(1475)에 쓰였습니다. 역시 수락산에 있을 때입니다. 『십현담』은 중국 오대五代의 조동종曹洞宗 선승인 동안상찰同安常察이 선의 원리를 10개의 주제하에 7언율시 10수로 읊은 것인데, 김시습은 두 시구마다 총괄적 해설을 붙였습니다. 이를 통해 김시습의 선승으로서의 면모를 엿볼 수 있습니다. 흥미로운 점은 20세기 일제강점기의 시인인 만해 한용운이 1925년 설악산 오세암五歲庵에서 우연히 김시습의 『십현담요해』를 읽고 『십현담주해』十玄談註解를 썼다는 사실입니다. 만해는 이 책을 쓴 뒤 그 힘으로 백담사에서 이해 8월 시집 『님의 침묵』을 탈고합니다.

『임천가화』는 수락산 시절에 쓴 책으로, 총 70조목으로 되어 있으며, 불교에 대한 김시습의 이런저런 생각을 잡기雜記 형식으로 기록해 놓았습니다. 당시 조선 불교계의 타락상에 대한 비판도 여기저기 보입니다. 주목되는 것은 그 서른일곱 번째 조목에 "부처의 도가 항구하고 장구한 것은 그것이 이치에 맞기 때문이다"라는 말이 보인다는 사실입니다. 불교가 진리임이 적극적으로 긍정되고 있습니다.

김시습은 도교에도 관심을 가져 『도덕경』, 『장자』, 『열자』列子, 『주역참동계발휘』周易參同契發揮, 『황정경』黃庭經, 『진무경』眞武經, 『양성결』養性訣 같은 책을 읽었습니다. 김시습은 도교의 양생술과 내관법內觀法에 조예가 있었던 것으로 보입니다.

김시습은 신선술을 닦아 신선이 되는 일이 비록 지극한 이치는 아니나 있을 수 있는 일이라고 했지만 신선술을 부정적으로 보고 있습니다. 오래 살거나 일찍 죽는 것은 천명天命에 매였는데, 삶을 훔치는 일이 옳지 않다고 여겨서입니다. 게다가 신선은 자기 몸만 보전할 뿐 세상의 도에 아무런 보탬이 안 되니 문제라고 했습니다. 사회적·정치적 관점에서 보고 있는 거죠. 김시습이 노자와 장자를 평가절하한 것도 이들에게 세상을 경륜하는 기강紀綱이나 도를 닦는 가르침을 들을 수 없다는 이유에서입니다.

이처럼 김시습은 불교는 적극적으로 긍정했지만 도교에 대해서는 대체로 비판적 태도를 취했습니다. 김시습은 유교와 불교는 적극적으로 회통시키고 있지만, 유교와 도교의 회통은 좀 약한 편입니다. 비록 도가의 사유를 일정하게 수용하고는 있지만 말입니다.

김시습은 합리적 정신의 소유자였습니다. 그래서 불교든 도교든 미신적인 부분은 극력 배척했습니다. 불교에서 재齋를 올리는 일이나 도교의 방술方術을 비판한 것이 그것입니다.

**   김시습, 남효온, 임제와 동시대의 문인 중에는 세조의 왕위 찬탈에 별로 관심을 갖지 않은 이들도 많았으리라 생각합니다. 가령 서거정 같은 인물이 그러할 텐데요. 그렇다면 이런 인물들은 문학

15세기 후반인 김시습과 남효온의 시대에 세조의 왕위 찬탈을 '의식'하지 않은 문인, 지식인은 없었으리라 여겨집니다. 임제는 16세기 후반에 살았으니 조금 뒤의 인물이라 하겠는데, 김시습과 남효온의 시대만은 못할지라도 그럼에도 여전히 세조의 왕위 찬탈은 지배층 내에서 현재진행형의 문제였다고 생각됩니다. 김종직의 「조의제문」에서 발단된 무오사화가 일어난 게 1498년인데, 김종직의 재전再傳 제자인 조광조가 도학 정치를 꾀하다가 기묘사화로 인해 죽은 것이 1519년입니다. 사림 세력은 말할 것도 없고 훈구 세력에게도 '찬탈의 추억'은 여전히 이어지고 있었다고 보는 것이 합당할 듯합니다. 다만 그 일을 어떻게 기억하는가만 다를 뿐이죠. 이렇게 본다면 세조의 왕위 찬탈은 조선 전기 내내, 그리고 17세기 전반까지도 어느 정도, 조선 사대부들의 뇌리에 각인되어 있었던 사건이 아닌가 해요.

서거정, 신숙주 같은 훈구파의 문학에 대해서는 지난 강의(제12강)에서 이야기한 바 있습니다. 성삼문은 단종 복위를 모의할 때 신숙주를 처형 명단에 넣어야 한다고 주장했습니다. 신숙주가 수양대군의 왕위 찬탈에 적극적으로 가담했기 때문입니다. 그러므로 신숙주에 대한 정치적 평가는 그것대로 필요하겠죠. 하지만 문학적 평가는 좀 다른 차원의 문제라 할 것입니다. 가령 신숙주가 남긴 『해동제국기』는 후대에 많은 영향을 끼쳤으며 문학사에 큰 의의가 있음을 부정할 수 없습니다.

그렇기는 하지만 당시 훈구 공신들은 부귀를 누렸으니 그 존재 여건이 김시습이나 남효온과 같은 경계인들과 판이했습니다. 작가의 작품 세계는 그 존재 여건에 의해 결정됩니다. 문학사에서는 이점을 잘 들여다볼 필요가 있습니다. 훈구파의 문학적 업적을 평가할때 이들의 존재 여건이 그들의 의식과 문학에 어떻게 반영되고 있는지 잘 관찰할 필요가 있죠. 지난 강의(제12강)에서 말했듯 서거정의시 세계는 넉넉하고 화려한 특징을 보이는데, 이런 미적 지향은 훈구파로서의 그의 존재 여건과 밀접한 관련이 있습니다.

이 점에서 특이한 면모를 보여 주어 흥미를 끄는 두 인물이 성간과 이석형입니다. 성간은 훈구 가문에 속한 인물이지만 계유정난과 세조의 왕위 찬탈로 인해 굉장히 심한 번뇌를 겪었고 그 때문에요절했습니다. 여기서 문인으로서의 '양심'의 문제가 대두됩니다. 훈구파 문인들에게 이런 게 있는가, 있다면 왜 있고 없다면 왜 없는가,적어도 이런 물음은 물을 수 있지 않을까요? 사육신이나 생육신과는 다른 길을 갔지만 그럼에도 일말의 가책을 느끼고 번뇌한 훈구파문인들이 그래서 주목되는 거죠.

백성의 질고를 그린 「호야가」라는 시를 쓴 이석형도 훈구파에속하는 인물입니다. 이석형은 사육신 사건을 전해 듣고 사육신의 절의를 기리는 시를 지어 문제가 되기도 했습니다. 문인으로서의 양심을 보여 준 행위라고 할 수 있겠죠.

✲✲
✲✲ 　　김시습이 죽기 직전에 지은 「자사진찬」의 한 구절인 "네 말은 크게
　　　어리석다"에 어떤 중의적重義的인 뜻이 있는지 설명해 주십시오.

이 자찬은, '자신의 문학적 재능은 중국의 뛰어난 시인인 이하보다낫다'는 말로 시작됩니다. 이어 명성은 다 부질없는 것이라고 말한

다음, 자신은 작고 볼품없는 인간이며 어리석은 말만 했을 뿐이라고 읊조리고 있습니다. 이처럼 이 자찬은 뒤로 갈수록 자아감이 쪼그라들고 있는 것처럼 보입니다. 급기야 이 자찬은 '죽은 뒤 너를 내버려야 할 곳은 구렁이다'라는 말로 마감됩니다. 처음에는 중국 시인 이하보다 낫다고 했는데 끝에 가서는 죽은 뒤 자신의 시신이 구렁에 있어야 마땅하다고 했습니다. 높은 데서 낮은 데로 점점 내려와 마지막엔 급전직하急轉直下하는 느낌입니다. 자괴 속에 아이러니가 느껴지고, 세상과의 불화不和가 느껴집니다.

「자사진찬」의 '어리석다'라는 말을 통해 우리는 김시습이 타인의 시선으로 자기를 객관화하고 있음을 보게 됩니다. 비록 나 스스로는 나의 신념을 견지하지만 타인의 시선으로 볼 때 그 신념은 한낱 어리석은 행위에 불과하다는 것을 직시하고 있는 것입니다. 그러니 이 단어 속에는 냉철한 자기 객관화와 함께 일말의 자괴감이 담겨 있다고 봐야겠죠.

김시습은 평생 세상과 어긋나는 삶을 살았습니다. 그러니 그의 말은 남들에게 어리석은 말로 치부되었을 것입니다. 하지만 그는 자신이 소중히 해 온 '뜻'을 끝까지 고수하겠노라고 말하고 있습니다. 세상의 눈으로 보면 나는 패배한 인간일지 모른다, 하지만 나는 죽어도 굴복하지 않겠다라는 의지가 이 자찬의 끝부분에 표명되어 있지 않나 합니다. 이는 「만복사저포기」, 「이생규장전」, 「취유부벽정기」의 여성 주인공들이 죽음 앞에서 보여 준 태도와 동일합니다.

***
***   예전에는 선생님 강의에서 김시습 문학을 '방외인 문학'이라 했는데, 이번 강의에서는 '경계인 문학'이라는 개념으로 새로 정의했

습니다. 그러면 이제 방외인 문학이라는 개념은 어떻게 되는 건지요? 경계인 문학과 방외인 문학이 같이 존재하는 건지요? 아울러 조선 후기 경계인 문학이라고 할 수 있는 문학 작품이나 작가를 소개해 주십시오.

종래에는 저도 다른 연구자들처럼 '방외인 문학'이라는 개념을 써왔는데, 10여 년 전부터 이 개념이 김시습이나 남효온과 같은 작가의 문학 세계와 그들의 정신세계를 설명하는 데 좀 난점이 있다는 생각을 하게 되었습니다.

'경계인'이나 '경계인 문학'이라는 말은 근현대문학 연구에서는 더러 쓰기도 합니다만 고전문학 연구에서는 생소한 말입니다. 경계인이라는 개념은 어떤 맥락에서 쓰는가에 따라 그 내포가 달라집니다. 사회학에서는 두 개의 문화 사이에서 갈등하면서 자신의 정체성을 찾고자 하는 개인을 경계인으로 규정하죠. 제가 말한 경계인은 이와 달리 체제의 경계에 위치해 기존 질서나 기존의 지배적 사상이나 이념에 회의하거나 저항하면서 새로운 사유나 모색을 꾀하는 인간을 가리킵니다. 이 점에서 이 개념은 문학사나 사상사 방면에 유효합니다.

우선, 방외인 문학이라는 개념은 폐기되는가라는 질문에 대한 답인데요. 폐기되지는 않습니다. 다만 방외인 문학의 재정의는 필요하다고 봐요. 강의에서 말했듯 '방외인'이란 물외物外에서 노닌 사람이니, 현실에 대한 긴장감이나 체제와의 불화 같은 게 별로 없다고 봐야 되겠죠. 이를테면 승려는 대표적인 방외인입니다. 이들의 시문은 대부분 세속에서 벗어난 초연한 마음이나 종교적 깨달음을 표현하고 있습니다. 이런 것을 '방외인 문학'이라 해야 하지 않을까 합니다. 하지만 김시습은 승려였음에도 방외인은 아니었습니다. 이 점에서 그는 여느 승려와는 달랐습니다. 그는 늘 '신세 모순'身世矛盾, 즉 나와 세상 간의 모순 때문에 괴로워했습니다. '신세 모순'身世矛盾을 담고 있는 문학은 방외인 문학이라고 할 수 없습니다. 그건 방외인 문학이 아니라 '경계인 문학'이라고 해야 합당합니다. 경계인 문학은 강렬한 비판 정신이나 정치의식을 갖고 있다는 점에서 방외인 문학과 구별됩니다.

방외인의 존재론적 위치가 방외라면, 경계인의 존재론적 위치는 방외도 방내도 아닌 그 경계 지점입니다. 미묘한 지점이지요. 그러므로 경계인은 존재론적으로 특이한 존재입니다. 여기서 이들의 고뇌와 불온성과 창조성이 생겨나죠. 이런 존재를 방외인이라고 부르는 것은 사실 좀 미안한 일입니다. 설사 본인들이 스스로를 경계인으로 인식하지 못하고 방외인으로 치부했다 할지라도 그런 건 그다지 중요하지 않아요. 중요한 것은 이들의 미묘한 존재 상황을 정당하게 드러내 주고 이들의 고민과 실천과 삶과 문학을 잘 설명해 주는 개념이 무엇인가 하는 점이죠.

18세기에 박지원이 쓴 「김신선전」金神仙傳이라는 작품이 있습니다. 주인공 김신선은 그 실체가 뚜렷하게 잡히지 않습니다만 그럼에도 불구하고 세상을 벗어나 물외에 노니는 인물임을 감지할 수 있습니다. 이런 인물은 방외인이라고 할 수 있겠죠. 산중에 있다고 반드시 방외인은 아니며, 세상 속에 있다고 꼭 방외인이 아닌 것도 아닙니다. 삶의 태도와 지향이 어떤가에 달렸죠. 만일 김신선이 '신세 모순'을 강하게 드러냈다면 방외인이라고 하기 어렵겠죠.

경계인 문학은 조선 전기에만 한정될까요? 그렇지는 않습니다. 조선 후기에도 이 개념은 유효합니다. 가령 18세기의 역관譯官 시인

이언진이나 만년의 홍대용은 경계인으로 간주할 수 있습니다. 이언진은 『호동거실』衚衕居室이라는 시집에서 조선의 차별적 지배 질서를 부정했습니다. 초년과 중년의 홍대용과 달리 만년에 『의산문답』을 쓸 무렵의 홍대용은 기존의 이념이나 기존의 사상 안에 있지 않았습니다. 그러므로 이 두 사람은 체제의 경계선상에 그 존재 위치를 두고 있다고 보입니다.

홍대용의 경우에서 알 수 있듯 한 작가가 꼭 그 전全 생애에 걸쳐 경계인이 되는 것은 아니며, 생애의 어떤 국면에서 경계인이 되기도 하고, 또 경계인이었다가 다시 경계 안쪽으로 들어오는 경우도 있을 수 있습니다. 후자의 예로 김려金鑢를 들 수 있습니다. 김려가 유배기에 쓴 『사유악부』思牖樂府라든가 「장원경의 처 심씨를 위해 지은 고시」(古詩爲張遠卿妻沈氏作) 같은 작품은 놀라운 평등의 감수성을 보여 주며, 심지어 계급 부정을 주장하고 있기까지 하죠. 이런 작품을 쓴 시기의 김려는 분명 경계인이었다고 여겨집니다. 하지만 초년에는 그렇지 않았습니다. 서울에서 벗들과 분방하게 지내며 옥대체玉臺體라는 여성 취향의 한시를 즐겨 지었습니다. 그러다가 천주교로 인한 옥사獄事로 변방에 유배 가 하층민들과 접촉하면서 이런 변화가 생겨났습니다. 하지만 10년의 유배에서 풀려난 뒤에 쓴 『황성이곡』黃城俚曲 같은 작품에서는 경계인 문학의 면모가 보이지 않습니다. 다시 경계 안으로 들어온 거죠. 이렇게 본다면 경계인이라든지 경계인 문학이라는 개념은 신중하게 적용될 필요가 있습니다.

남염부주지 南炎浮洲志

왕이 삼한三韓(우리나라)의 역대 왕조가 흥하고 망한 자취를 물었으므로 박생은 일일이 아뢰었는데, 고려 창업의 연유를 말한 대목에 이르자 왕은 두어 번 탄식하더니 이렇게 말했다.

"나라를 소유한 자는 폭력으로 인민을 겁박해서는 안 되오. 인민이 비록 두려워하며 따르는 듯 보이지만 속으로는 반역할 마음을 품어 시간이 흐르면 큰 재앙이 일어날 것이오. 덕 있는 자는 힘으로 군주의 자리에 나아가서는 안 되오. 하늘이 비록 자상히 말을 해 사람을 깨우치지는 않지만, 처음부터 끝까지 일로써 보여 주거늘, 상제上帝의 명命은 지엄하다오. 대개 나라란 인민의 나라요, 명命이란 하늘의 명이라오. 천명이 이미 떠나고 민심이 이미 떠나면, 비록 몸을 보전하고자 한들 어찌하겠소?"

또 박생이 역대 제왕들이 이도異道를 숭상하다가 재앙을 초래한 일을 말하자, 왕은 이마를 찌푸리며 이렇게 말했다.

"인민이 태평가를 부르는데도 홍수가 나고 가뭄이 드는 것은 하늘이 임금에게 근신하라고 거듭 경고하는 것이요, 인민들이 원망하는데도 상서로운 징조가 나타나는 것은 요괴가 임금에게 아첨해 임금을 더욱 교만하고 방종하게 만드는 것이라오. 역대 제왕들에게 상서로운 징조가 나타난 때 인민들이 편안했소, 원망을 했소?"

박생이 말했다.

"간신들이 벌 떼처럼 일어나고 큰 난리가 거듭 생기는데, 위에 있는 사람(임금)이 위협이나 위선으로 훌륭한 임금이라는 이름을 구한들 인민이 편안하겠습니까?"

　　왕이 한참 탄식하고 말했다.

　　"그대 말씀이 옳소."

　　　－김시습, 『금오신화』

제14강

국문시가와 우리말 표현의 경계
― 정철, 박인로, 윤선도의 시조와 가사

조선이 건국된 지 50여 년 후 훈민정음訓民正音이 창제됨으로써 우리 문학사는 새로운 단계로 접어듭니다. 이전에는 우리말을 표기하는 독자적인 문자가 없어서 한자로 우리말을 표기하는 차자표기법借字表記法이 사용되었습니다. 향가를 기록하는 데 쓰인 향찰을 예로 들 수 있죠. 향찰은 한자의 음과 훈을 이용해 우리말을 표기하는 방식인데, 제약이 많고 궁색했습니다. 이 때문이겠지만 고려 시대에 와서는 향찰 표기가 쇠퇴하고 한자·한문 표기 위주가 되었습니다. 이는 고려 시대에 토풍土風이 위축되고 화풍華風이 강해진 것과 궤를 같이합니다.

이렇게 본다면 세종 때 우리말을 표기하는 독자적 문자가 만들어진 것은 문학사에서 획기적인 사건이라고 할 수 있습니다. 그러므로 우리 문학사는 훈민정음 창제 이전과 이후로 나뉜다고까지 말할 수 있지 않을까 합니다.

오늘은 국문 문학에 해당하는 정철鄭澈, 박인로朴仁老, 윤선도尹善道의 시조와 가사를 공부하고자 합니다. 단 그 전에 잠시 훈민정음 창제의 문학사적 의의를 짚어 보기로 하겠습니다.

세종의 훈민정음 창제

훈민정음은 세종 28년인 1446년에 반포되었습니다. 훈민정음 창제創制의 실무자들은 신숙주, 박팽년, 성삼문, 이개 등 집현전 학사들이었지만 총지휘자는 세종이었습니다. 세종 스스로 훈민정음 창제의 취지를 이렇게 밝히고 있습니다.

> 우리나라 말이 중국과 달라 한문과 서로 통하지 않는다. 그래서 백성이 말하고 싶은 게 있어도 끝내 그 마음을 펴지 못하는 자들이 많다. 내가 이를 딱하게 여겨 새로 스물여덟 자를 만들었으니 모든 사람들이 쉽게 익혀 날마다 편하게 사용하게 하고자 해서다.

세종의 이 선언문에는 두 가지가 주목됩니다. 하나는 자국 언어에 대한 자각이고, 다른 하나는 백성에 대한 고려입니다. 우리말은 중국어와 다르다는 것, 한문은 중국어를 토대로 하고 있으니 우리말과는 괴리가 있다는 것, 그러니 한문을 모르는 백성들은 자신의 생각을 글로 적고자 해도 적을 수 없다는 것이 명시되어 있습니다. 언어에 대한 주체적 인식과 애민 의식의 결합이라고 말할 수 있습니다.

최만리崔萬理는 다음 상소문에서 보듯 세종의 국문 창제에 극력 반대하고 있습니다.

> 우리 왕조는 태조 이래 지극한 정성으로 사대事大하여 하나같이 중국의 제도를 따랐습니다. 지금 천하가 통일되어 같

은 문자를 쓰고 같은 제도를 시행하는데, 언문諺文(국문)을 만들면 보거나 듣는 이들이 해괴하게 여길 것입니다. (…) 예로부터 중국 내부도 비록 풍토가 다르긴 하나 방언으로 인해 따로 문자를 만든 경우는 없습니다. 오직 몽골·서하西夏·여진·일본에 각각 문자가 있으나, 이는 이적夷狄이나 하는 짓이니 논할 가치도 없습니다.

최만리의 이 말은 꼭 그 개인의 견해만은 아니며 당시 한문으로 글을 쓰던 문인·지식인층을 위시한 지배층의 일반적인 생각을 대변하고 있다고 보입니다. 주목되는 점은 훈민정음 창제를 '사대'를 거스르는 일로 파악하고 있다는 사실입니다. 조선은 중국에 사대하는 나라이니, 말이 다르다고 해서 독자적인 문자를 만드는 일은 부당하며 중국의 문자를 쓰는 게 옳다, 중국의 문자를 쓰지 않고 따로 문자를 만드는 일은 이적, 즉 야만족이나 하는 짓이니 조선 같은 문명국가가 할 일이 아니라고 했습니다. 이를 통해 훈민정음 창제는 단순히 어문 생활의 문제에 그치지 않고 정치적·이념적·문명론적 문제와 연관되어 있음을 알 수 있습니다. 그래서 최만리는 격렬히 반대한 거죠.

'서하'는 11세기 전기에서 13세기 전기 사이에 중국 서북부의 오르도스와 감숙성甘肅省 일대에 존재했던 나라인데 칭기즈칸의 군대에 의해 멸망했습니다. 서하의 초대 황제 경종景宗은 한자를 본떠 서하 문자를 창제했습니다.

'몽골' 문자는 13세기 초에 칭기즈칸이 명하여 만들었습니다. 위구르 문자를 모체로 하는 표음문자죠. 한편 원나라 세조 쿠빌라이 칸은 라마승 파스파에게 명해 새로운 문자를 만들게 해 1269년 반포합니다. 티베트 문자를 개량해 만든 표음문자입니다. 최만리가 말한 몽골 문자는 바로 이 파스파 문자를 가리킬 것입니다.

'여진' 문자에는 두 가지가 있습니다. 1119년 금나라 태조太祖의 명으로 완안희윤完顏希尹이 만든 대자大字가 있고, 제3대 황제 희종熙宗이 만든 소자小字가 있습니다. 모두 한자를 이용해 만든 글자입니다.

'일본' 문자인 가타카나와 히라가나는 9세기경에 성립된 것으로 보고 있습니다. 한자의 일부분을 취하거나 변형해 만든 문자입니다.

최만리의 상소에는 언급되고 있지 않지만 동아시아의 언어에는 거란 문자도 존재했습니다. 거란 문자에는 두 가지가 있었는데, 하나는 태조 야율아보기耶律阿保機가 920년에 만든 대자大字이고 다른 하나는 태조의 동생인 야율질라耶律迭剌가 만든 소자小字입니다. 대자는 한자를 변형해서 만든 표의문자이고, 소자는 위구르 문자를 참조해 만든 표의문자입니다.

서하·몽골·여진·일본·거란 문자는 모두 스스로 황제임을 표방한 나라에서 만들어진 문자입니다. 이들 문자는 모두 자국어 및 자국 문화에 대한 민족적 자각의 산물입니다. 하지만 최만리는 이들 나라가 독자적 문자를 만들어 쓴 것을 이적의 야만적 행위로 치부하고 있습니다. 사대주의적·중화주의적 관념에 사로잡혀서죠. 이 때문에 최만리는 오로지 중화 문명만을 문명으로 간주했습니다. 그래서 우리가 문명국가이기 위해서는 중화 문명을 좇아야 한다고 본 것입니다. 따로 문자를 만들어서는 안 되며 한자 한문을 써야 한다고 주장한 것도 이 때문입니다.

동아시아에서 황제를 표방하지 않은 나라이면서 독자적으로 문자를 만든 나라는 조선밖에 없습니다. 이처럼 동아시아적 맥락에서 본다면 세종이 15세기 중엽에 훈민정음을 반포한 것은 아주 대담하고 놀라운 일이라 하지 않을 수 없습니다. 이는 중국 문물을 수용하면서도 우리 고유문화를 적극적으로 긍정하는 문명론적 태도의 반영이라 할 것입니다. 그러니 훈민정음 창제에는 자주성과 주체성이 내재해 있다고 할 만합니다.

훈민정음이 창제된 후 한문으로 된 책을 국문으로 번역하는 작업이 많이 이루어졌습니다. 불경의 번역은 물론이고, 두보의 시도 번역되었습니다. 이들 번역 작업은 우리말의 가능성을 확장하는 계기가 되었습니다. 번역 작업만이 아니라 국문에 의한 창작도 이루어졌습니다. 권제權踶, 정인지 등에 의해 「용비어천가」龍飛御天歌가 지어졌고, 세종에 의해 『월인천강지곡』月印千江之曲이 지어졌습니다. 이런 시도들을 통해 한국어 글말의 형태가 갖추어져 갔습니다. 이는 새로운 국문 글쓰기의 밑거름이 되었으며, 문학사의 새로운 전개를 가능하게 하는 원동력이 되었습니다.

훈민정음으로 인해 이제 모든 우리말을 소리 나는 그대로 문자로 적을 수 있게 되었습니다. 한문과는 달리 구두 언어와 문자 언어의 합치입니다. 이 점, 문학사적 혁명이라 할 만합니다. 훈민정음은 소리의 모든 것을 형태로 정착시킬 수 있게 해 주었으며, 고유어의 모든 것을 형상화할 수 있게 했습니다. 정인지鄭麟趾가 말했듯, 바람 소리, 학의 울음소리, 닭의 울음소리, 개 짖는 소리, 이 모든 소리를 들리는 그대로 적을 수 있게 되었죠.

그러므로 국문 글쓰기를 통해 우리 문학은 언어적 리얼리티, 언어적 실감을 제고提高할 수 있게 되었습니다. 즉 우리말 고유어의 가락, 우리말 고유어의 뉘앙스가 문자 체계 속으로 들어옴으로써 우리 문학은 감각성, 생생한 이미지, 생기를 더 높일 수 있게 되었습니다. 우리말에는 의성어나 의태어가 아주 풍부한데요, 자연이나 사물의 소리나 모습을 흉내 낸 이런 말들은 특히 시가에서 놀라운 힘을 발휘합니다.

훈민정음 창제는 말하기, 쓰기, 읽기, 이 셋을 합치시킴으로써 한국 고전문학에서 '낭송'朗誦의 길을 활짝 열었습니다. 낭송은 특히 국문소설의 창작과 향유에 지대한 역할을 했습니다.

한국어의 글말에는 우리말 고유의 맥락과 한자어적 맥락이 혼재합니다. 이 둘이 섞임으로써 국문은 그 어휘력과 형상력이 확대될 수 있었습니다.

훈민정음이 창제된 후 조선에는 이중의 문자 체계가 존재하게 됩니다. 하나는 한문이고, 다른 하나는 국문이죠. 이 두 문자 체계는 신분적·젠더적 연관성을 갖습니다. 한문이 남성/지배층의 문자로서의 성격이 강했다면, 국문은 여성/피지배층의 문자로서의 성격이 강했습니다. 하지만 이는 대체로 그렇다는 것이지 도식적으로 이해되어서는 곤란합니다. 조선 후기로 오면 여성 중에도 한문을 읽고 쓸 수 있는 이들이 점점 생겨났고, 지배층 남성 중에도 국문으로 글쓰기를 하는 이들이 적지 않았기 때문입니다.

조선 후기가 되면 이중의 문자 체계 내에서 국문의 위상이 점점 더 커집니다. 그래서 18세기 후반에 활동한 문인인 이규상李奎象은 앞으로 언문諺文의 세상이 될 것이라는 전망을 내놓기도 합니다. 최만리는 화풍을 재삼 강조하면서 훈민정음 창제를 반대했는데, 근대로 다가갈수록 토풍은 점점 더 커져 갔던 것입니다.

정철 이전의 가사

'가사'라는 장르는 고려 말의 승려인 나옹懶翁이 창작한 「서왕가」西往歌에서 비롯됩니다. '서왕'은 서쪽으로 간다는 말인데 극락왕생을 뜻합니다. 불교에서는 극락정토極樂淨土가 서쪽에 있다고 보거든요. 그러므로 '서왕가'는 불교를 믿어 극락왕생하기를 바라는 노래라는 뜻입니다. 불교 포교를 목적으로 하는 노래죠. 다음은 「서왕가」의 서두 부분입니다.

> 나도 이럴망정 세상에 인자人子러니
> 사람의 자식
> 무상無常을 생각하니 다 거짓 것이로세
> 부모의 끼친 얼굴 죽은 후에 속절없다
> 저근덧 생각하야 세사世事를 후리치고
> 팽개치고
> 부모께 하직하고 단표자單瓢子 일납의一衲衣로
> 한 개의 표주박   한 벌의 승려 옷
> 청려장靑藜杖을 비껴 들고 명산을 찾아 들어
> 선지식善知識을 친견親見하야 이 마음을 밝히리라
> 덕이 높은 스승

부모를 하직하고 출가하는 장면입니다. 3·4조 4·4조 중심의 4음보 형식입니다. 가사의 일반적인 형식이죠.

조선 시대에 창작된 가사로는 불우헌不憂軒 정극인丁克仁의 「상춘곡」賞春曲이 최초의 작품입니다. 정극인은 태종太宗 1년(1401)에 태어나서 성종 12년(1481)에 세상을 떴습니다. 성균관에서 10여 년을 공부했으나 과거에 급제하지 못한 게 참작되어 문종 2년(1451) 광흥창 부승廣興倉副丞에 제수되었으며, 단종 1년(1453) 문과에 급제했습니다. 예종 1년(1469) 사간원 정언司諫院正言으로 제수되지만 이 해에 벼슬을 그만둡니다. 벼슬에서 물러난 지 3년째 되는 해에 성종이 정극인의 품계를 3품 산관三品散官으로 올려 주라고 유시諭示합니다. 다음이 『성종실록』에 나오는 유시 내용입니다.

> 내가 들으니, 그대는 청렴결백을 스스로 지켜서 현달顯達을 구하지 아니하고, 향리의 자제들을 모아서 열심히 가르친다고 하니, 내가 심히 아름답게 여겨 불러서 쓰려고 하나, 그대가 연로하여 일을 맡기기에 어려우므로, 특별히 품계를 3품의 산관散官으로 올려 주노라.

정극인은 이에 감격하여 경기체가인 「불우헌곡」不憂軒曲을 지어 임금의 은덕을 기렸습니다. 그리고 성종 11년(1480) 대궐에 나아가 임금에게 상소를 했는데 이때 장가長歌 1장과 단가短歌 2장을 함께 올립니다. 장가는 예전에 지은 경기체가 「불우헌곡」이고, 단가는 시조를 말합니다.

정극인은 일흔 살 때 벼슬에서 물러난 후 충청도 태인에서 유유자적한 삶을 살았습니다. 가사 「상춘곡」은 이때 지어진 작품입니다. 앞부분을 보기로 합니다.

> 홍진紅塵에 묻힌 분네 이내 생애 어떠한고
> 옛사람 풍류랄 미칠가 못 미칠가
> 천지간 남자 몸이 날만한 이 하건마는
> 　　　　　　　　　　　　많건마는
> 산림에 묻혀 있어 지락至樂을 모랄 것가
> 　　　　　　　　　　　모르는가

수간數間 모옥茅屋을 벽계수碧溪水 앞에 두고
초가집

송죽울울리松竹鬱鬱裏에 풍월주인風月主人 되었어라
송죽이 무성한 속에

엊그제 겨울 지나 새봄이 돌아오니

도리행화桃李杏花는 석양리夕陽裏에 피어 있고
석양 속에

녹음방초綠楊芳草는 세우중細雨中에 푸르도다
가랑비 속에

산수에 은거해서 봄을 즐기며 유유자적하는 마음을 읊었습니다. 사대부의 한가로운 마음을 단아하고 품격 있는 언어로 잘 표현했습니다.

그런데 사대부층에는 경기체가나 시조 같은 노래 장르가 있는데 왜 또 가사를 창작한 것일까요? 흥미롭게도 정극인은 경기체가, 시조, 가사 이 셋을 모두 창작했습니다. 시조는 인간의 내면을 지극히 간결한 형식으로 표현하는 데 적절한 장르입니다. 경기체가는 정해진 자수율에 맞춰 단어를 나열함으로써 자아의 지향성을 드러냅니다. 이 때문에 우리말의 서술적 구사가 어려우며, 대체로 한자어의 제시로 일관합니다. 시조와 경기체가는 이런 장점과 제약이 있기 때문에 자아의 심회를 우리말로 자유롭게 길게 늘여 노래할 수 있는 형식이 요청됩니다. 이런 요청에 가사라는 장르가 잘 부합합니다. 그래서, 가사는 본래 승려에게서 비롯되었지만 사대부층이 적극적으로 전유專有하게 되었다고 여겨집니다.

정극인 다음으로 주목되는 가사 작가로는 면앙정俛仰亭 송순宋純을 들 수 있습니다. '면앙정'은 송순의 호입니다. 송순은 성종 24년(1493)에 태어나서 선조 16년(1583)에 세상을 떠났으며, 전라도 담양 출신입니다. 문과에 급제해서 홍문관 부제학, 한성부 판윤 등의 벼슬을 역임했습니다. 중종 22년(1527) 김안로金安老가 권력을 잡자 귀향해서 10년간 은거합니다. 은거 중이던 1533년 담양의 제월봉霽月峯 아래에 면앙정이라는 정자를 건립합니다. '면앙'은 내려다보고 올려다본다는 뜻이죠. 이 정자에 임제, 김인후金麟厚, 임억령林億齡, 고경명高敬命 같은 호남의 유수한 문인들이 출입합니다. 이에 '호남가단'湖南歌壇이 형성되죠. 중종 32년(1537) 김안로가 사사賜死되자 송순은 다시 벼슬길에 나섭니다.

「면앙정가」俛仰亭歌는 송순이 은거 중이던 1533년경에 창작된 것으로 보고 있습니다. 다음은 그 서두 부분입니다.

무등산 한 활기 뫼가 동다히로 뻗어 있어
　　　　　　줄기　　산이　　동쪽으로
멀리 떼쳐 와 제월봉霽月峰이 되었거늘
　　　떨어져 나와
무변대야無邊大野에 무슨 짐작하노라
가없는 큰 들판에　　　　　　요량하느라고
일곱 굽이는 한데 움쳐 문득문득 벌여논 듯
　　　　　　　움츠려
가운데 굽이는 구멍에 든 늙은 용이
선잠을 갓 깨어 머리를 앉혔으니
너럭바위 위에 송죽松竹을 헤치고
정자를 앉혔으니 구름 탄 청학이
천리를 가리라 두 나래 벌렸는 듯
옥천산玉泉山 용천산龍泉山 나린 물이
정자 앞 넓은 들에 올올兀兀히 펼친 듯이
　　　　　　　　쭉
넓고도 기노라 푸르거든 희지 말고
쌍룡이 뒤트는 듯 긴 깁을 채 폈는 듯
　　　　　　　　　　가득히 펼친 듯

134

생동감 있게 풍경이 묘사되고 있습니다. 흘러가는 산세山勢와 물의 묘사에서 흥겨운 리듬감이 느껴집니다. 4음보 율격 때문이죠. 예전의 문학에는 없던 흥치입니다. "넓고도 기노라 푸르거든 희지 말고"는 특히 재미있는 표현입니다. '강물은 참 넓고도 길구나, 푸르거든 희지나 말지'라는 뜻인데요. "푸르거든 희지 말고"는 푸른 것만 해도 좋은데 희기까지 하다는 말입니다. '푸르면서 희다'를 이렇게 표현한 거죠. '넓고도 기노라 푸르면서 희다'라고 하면 말이 좀 밋밋하지 않습니까. 그래서 말을 돌려 이렇게 만들어 놓았습니다. 우리말의 묘미를 잘 살린 거죠. 한시로는 우리말의 이런 가락과 뉘앙스를 표현할 수 없습니다. 이처럼 이 작품은 곡절과 흥취가 유여裕餘한 우리말 구사를 보여 줍니다. 다음 대목에서는 특히나 맛깔스러운 우리말 구사를 볼 수 있습니다.

> 인간을 떠나와도 내 몸이 겨를 없다
> 인간 세상을
> 이것도 보려 하고 저것도 들으려고
> 바람도 쐬려 하고 달도 맞으려고
> 밤으란 언제 줍고 고기란 언제 낚고
> 시비柴扉란 뉘 닫으며 진 꽃으란 뉘 쓸려뇨
> 사립문은

우리말 구사가 정말 맛깔납니다. "이것도 보려 하고 저것도 들으려고/바람도 쐬려 하고 달도 맞으려고"는 '이것도 보려 하고 저것도 들으려고 하고/바람도 쐬려 하고 달도 맞으려고 하니'라는 뜻입니다. 그러니 '떨어진 밤은 언제 줍고 물고기는 언제 낚으며 사립문은 누가 닫으며 꽃은 누가 쓸겠느냐'는 거지요. 산문적 언어 질서로 본다면 '하고'와 '하니'가 두 행의 끝에 각각 들어가야 하지만 여기서는 생략해 버렸습니다. 바로 앞에 '하고'라는 말이 나왔으므로 중복을 피한다는 기분으로 말을 줄여 버린 거죠. 이 과감한 생략이 이 노래에 묘한 함축성을 부여하고 있습니다. 이 점에서 우리말의 문학적 구사가 아주 세련되게 이루어지고 있음이 확인됩니다.

"밤으란 언제 줍고 고기란 언제 낚고 / 시비柴扉란 뉘 닫으며 진 꽃으란 뉘 쓸려뇨"도 마찬가지입니다. 앞 행에서는 '언제'라는 말을 썼는데, 뒤 행에서는 '뉘'라는 말을 썼습니다. 의미상으로 보면 뒤 행에서도 '언제'라는 말을 쓰는 게 무난합니다. 하지만 그렇게 하지 않고 '누구'라는 뜻의 '뉘'로 바꿔 놓았습니다. 놀라운 '변화 주기'입니다. 우리말을 능란하게 구사하며 리듬감을 살리고 있음을 볼 수 있습니다.

이런 생략과 변화에서 우리말의 맛깔스러움이 더 느껴집니다. 정말 이 구절은 절창이라고 할 만한데요, 한국고전문학사에서 처음 만나는 광경이라고 아니할 수 없습니다.

정철의 가사

송순의 제자이자 호남가단의 계승자가 바로 정철입니다. 정철은 중종 31년(1536) 서울 장의동藏義洞 — 지금의 종로구 청운동에 해당합니다 — 에서 태어나 선조 26년(1593)에 세상을 떴습니다. 10세 때인 1545년 부친이 을사사화乙巳士禍에 연루되어 함경도 정평定平으로 유배되는데, 정철은 부친을 따라갔습니다. 12세 때 부친은 다시 경상도 영일迎日에 유배됩니다. 정철은 이번에도 부친을 따라갔습니다. 그리고 16세 때 유배에서 풀려난 부친을 따라 조부의 산소가 있는 전라도 담양 창평昌平으로 이주했습니다. 이후 27세 때 벼슬길에 나가기 전까지 10여 년 동안 이곳에서 송순·임억령·김인후·기대승奇大升 등에게 수학하고, 김성원金成遠·고경명 등과 교유했습니다.

25세 때(1560) 「성산별곡」星山別曲을 창작했으며, 45세 때(1580) 강원도 관찰사로 나가 가사 「관동별곡」關東別曲과 시조 「훈민가」訓民歌 16수를 지었습니다. 50세 때(1585) 대사간을 했는데, 이때 동인東人의 탄핵을 받아 사직했습니다. 이 무렵 동서분당東西分黨으로 당쟁이 아주 격렬했습니다. 정철은 다시 창평으로 귀향해 4년간 은거했는데, 이때 가사 「사미인곡」思美人曲과 「속미인곡」續美人曲을 창작습니다. 54세 때(1589) 기축옥사己丑獄事가 일어납니다. 이해가 기축년이기 때문에 '기축옥사'라고 하는데요, 이른바 정여립鄭汝立 모반 사건입니다. 정철은 이때 우의정으로 발탁되어 서인西人의 영수로서 동인 숙청에 앞장섭니다. 당시 동인이 천 명 가까이 희생되었는데, 전 시대의 사화와 비교가 안 되는 대참사였습니다.

이제 「성산별곡」을 살펴보기로 하겠습니다. '성산'星山은 전라남도 창평의 땅 이름입니다. 우리말로는 '별뫼'라고 하는데요, 지금의 행정 구역으로는 담양군 창평면에 해당합니다. 김성원은 정철의 처외조부인 김윤제金允悌의 종질從姪인데, 그의 장인인 임억령을 위해 '식영정'息影亭이라는 정자를 지었으며 또 자신의 별서別墅로 '서하당'棲霞堂을 지었습니다. 「성산별곡」은 식영정과 서하당의 주인인 김성원이 성산의 자연 속에서 유유자적하게 살아가는 모습을 노래하고 있습니다.

이 작품은 우리말 구사, 특히 고유어의 구사에 있어 이전 가사 작가들의 작품을 능가하는 면모를 보여 줍니다. 송순을 계승했지만 송순보다 진일보한 경지에 도달했다고 이를 만합니다. 물론 한

자어도 꽤 있지만 우리말화한 한자어가 대부분입니다. 한문 어구
는 보이지 않습니다. 「상춘곡」에 "송죽울울리"松竹鬱鬱裏(송죽이 무성
한 속)라든가 "석양리"夕陽裏(석양 속) 같은 한문 어구가 쓰인 것과 대
조적입니다. 「면앙정가」에도 "무변대야"無邊大野(가없는 큰 들판)라든
가 "악양루상"岳陽樓上(악양루 위)이라든가 "역군은"亦君恩(또한 임금의
은혜) 같은 한문 어구가 있습니다. 그런데 정철의 「성산별곡」에 와
서는 이런 한문 어구가 사라졌습니다.

그리고 또 하나 주목되는 점은 서술자와는 다른 작중 인물의
말이 나온다는 사실입니다. 이 작품은 다음과 같이 시작됩니다.

어떤 지나는 손이 성산에 머물면서
서하당 식영정 주인아 내 말 듣소

"어떤 지나는 손"은 작자인 정철 자신의 분신이고, "서하당 식
영정 주인"은 김성원을 가리킵니다. 이 구절 뒤로는 손의 말이 작
품 끝까지 쭉 이어집니다. 종전의 가사에서는 볼 수 없던 형식입니
다. 「관동별곡」과 「속미인곡」에서도 이런 면모가 보입니다. 이 점에
서 이런 형식은 정철이 창작한 가사의 한 특징을 이룬다고 할 만합
니다.

「관동별곡」은 「성산별곡」보다 20년 뒤에 지어졌습니다. 이 작
품은 더욱 원숙한 기량을 보여 줍니다. 작자는 우리말을 다채롭고
풍부하게 구사하면서 자신의 시상을 종횡무진 펼쳐 보이고 있습니
다. 한 대목을 예로 들어 보죠.

소향로 대향로 눈 아래 굽어보며

정양사 진헐대 고쳐 올라 안잔말이
다시 올라 앉으니

여산廬山 진면목이 여기야 다 뵈나다
여기서 다 보인다

어와 조화옹이 헌사도 헌사할샤
조물주가   야단스럽기도 야단스럽구나

날거든 뛰지 마나 섰거든 솟지 마나
뛰지 말거나

부용을 꽂았난닷 백옥을 묶었난닷
꽂은 듯

동명東溟을 박차난닷 북극北極을 괴왔난닷
동해를   괴었는 듯

높흘시고 망고대 외로울샤 혈망봉

하늘에 치밀어 무슨 일을 사로리리
사뢰려고

천만겁千萬劫 지나도록 굽힐 줄을 모르난다

어와 너여이고 너 같은 이 또 있난가
너로구나

개심대 고쳐 올라 중향성 바라보며

만이천봉을 역역히 헤여 하니
세어 보니

봉마다 맺혀 있고 끝마다 서린 기운

맑거든 좋지 마나 좋거든 맑지 마나

저 기운 흩어내야 인걸人傑을 만들고자
만들려 하네

형용形容도 그지없고 체세體勢도 하도 할샤
형세도   다양하기도 다양해라

천지 삼기실제 자연히 되었마난
천지가 생기게 할 때   되었건만

이제 와 보게 되니 유정有情도 유정할샤

"부용을 꽂았난닷 백옥을 묶었난닷/동명東溟을 박차난닷 북극
北極을 괴왔난닷"이라는 구절에는 수사법상 나열법이 구사되고 있
습니다. "높흘시고 망고대 외로울샤 혈망봉"이라는 구절 중의 '높
흘시고 망고대'와 '외로울샤 혈망봉'은 수사법상 대구법에 해당합

니다. "어와 너여이고 너 같은 이 또 있난가"라는 구절에서는 영탄 법과 의문법이 구사되고 있습니다. 이처럼 이 작품은 다양한 수사 법을 구사함으로써 우리말의 문학 언어로서의 경계를 확장합니다.

더욱 주목되는 것은 "날거든 뛰지 마나 섰거든 솟지 마나"라는 구절입니다. 이는 산봉우리를 형용한 말인데요, '날거든 뛰지나 말 든지, 서 있거든 솟지나 말든지'라는 뜻입니다. 나는 듯한 모습에다 뛰는 모습을 보여 주고 있으며, 산이 서 있을 뿐 아니라 우뚝 솟아 있음을 이리 표현했습니다. 희한한 표현이지 않습니까.

"맑거든 좋지 마나 좋거든 맑지 마나"도 마찬가지입니다. 이는 산의 기운을 묘사한 말인데, '맑거든 좋지 말든지 좋거든 맑지 말든 지'라는 뜻입니다. 여기서 '좋다'라는 말은 '깨끗하다'의 고어古語입 니다. 기운이 맑을 뿐만 아니라 깨끗하기까지 한 것을 이렇게 표현 했습니다. 참 특이하고 재미있는 표현입니다. 정철이라는, 언어 감 각이 몹시 빼어난 한 작가 덕분에 우리말의 표현력이 비약적으로 높아지고 있음을 목도합니다.

이런 표현법은 수사법 교과서에도 나오지 않을 듯한데, 이를 뭐라고 명명해야 할까요? 주목되는 점은 낢과 뜀, 서 있음과 솟음, 맑음과 좋음이 서로 대비되면서도 병치되고 있다는 사실입니다. 이 점에 유의해 이를 '대비적 병치법'이라고 부를 수 있지 않을까 합니다. 대비적 병치법은 송순의 「면앙정가」에 그 단초가 나타나고 있습니다. "넓고도 기노라 푸르거든 희지 말고"라는 구절에서 '푸 르거든 희지 말고'가 그것입니다. 이처럼 대비적 병치법은 송순에 게서 처음 나타난 단초를 정철이 더욱 발전시켰다고 말할 수 있을 것입니다.

이 작품을 읽으면 저도 모르게 흥취가 이는데요, 이는 우선 정겨운 우리말이 천의무봉으로 이어지는 데서 기인하겠지만, 우리 말 서술 어미의 능란한 활용도 한몫하고 있다고 보입니다. 가령 '헌사할샤', '높흘시고', '외로울샤', '하도 할샤', '유정할샤' 같은 단어에서 '-시고', '-ㄹ샤'는 감탄형 어미에 해당합니다. 이 서술 어미는 흥취를 불러일으키거나 고조하는 데 기여하고 있는 것으로 여겨집니다. 게다가 '헌사도 헌사할샤', '유정도 유정할샤'에서 보듯 동일한 말의 반복도 리듬감과 흥취를 낳는 데 기여하고 있는 듯합니다.

이처럼 「관동별곡」은 우리말 문학의 표현 경계를 크게 확장시키고 있습니다. 17세기 후반에 활동한 인물인 홍만종은 『순오지』旬五志에서 「관동별곡」을 이렇게 극찬했습니다.

> 강원도 산수의 아름다움을 일일이 열거했으며, 멀고 궁벽하며 기괴한 경치를 다 말했다. 물상物象을 형용한 묘함과 언어 표현의 기이함은 참으로 노래 가운데 절조絶調이다.

'언어 표현의 기이함'을 언급하고 있음이 주목됩니다.

「관동별곡」이 정철이 득의得意한 때 지은 작품이라면 「사미인곡」과 「속미인곡」은 실의失意한 때 지은 작품입니다. 그래서 「관동별곡」이 양양揚揚하고 쾌활한 데 반해서 「사미인곡」과 「속미인곡」은 아주 비측悲惻합니다. '비측'은 슬퍼하고 마음 아파한다는 뜻입니다. 하지만 '애이불상'哀而不傷(슬퍼하되 과도하게 슬퍼하지는 않음)과 '애이불원'哀而不怨(슬퍼하되 원망하지는 않음)의 정조를 보여 줍니다. 그러므로 두 작품은 성리학적 문학론에서 특별히 강조하는 '온유돈후'溫柔敦厚의 미학을 구현하고 있다고 할 것입니다.

「사미인곡」과 「속미인곡」은 연주지정戀主之情, 즉 임금에 대한 사모의 감정을 노래합니다. 여성 화자를 내세워서 연주지정을 노래한 작품으로는 고려 때 정서가 지은 「정과정」이 있습니다. 동아시아에서 남성 문인이 여성 화자를 내세워 자신의 소외된 혹은 불우한 처지를 노래한 것은 그 연원이 오래됩니다. 특히 악부시樂府詩에서 흔한데요, 가령 이백李白의 「장상사」長相思, 「원가행」怨歌行, 「대제곡」大堤曲 같은 악부시를 예로 들 수 있습니다. 이런 시들 중에는 여성의 처지를 대변한 것도 있지만, 작자 자신의 처지를 우의寓意한 것도 있습니다. 이런 종류의 악부시들 중에 '규원시'閨怨詩 혹은 '규정시'閨情詩라고 하는 것이 주목됩니다. '규원'閨怨은 규방閨房의 원망이라는 뜻이고, '규정'閨情은 규방 여인의 마음이라는 뜻이죠. 규원시나 규정시는 떠난 님을 그리워하거나 원망하는 마음을 읊거나 홀로 있는 자신의 외로운 처지를 읊은 한시에 해당합니다.

「사미인곡」이나 「속미인곡」은 한시의 이런 전통을 잘 활용하여 긴 우리말 노래를 만들어 낸 것이라 할 것입니다. 「사미인곡」은 다음과 같이 시작됩니다.

이 몸 삼기실 제 님을 좇아 삼기시니
　　　생기게 할 때
한생 연분緣分이며 하늘 모를 일이런가
　한평생
나 하나 젊어 있고 님 하나 날 괴시니
　　　　　　　사랑하시니
이 마음 이 사랑 견줄 데 노여 없다
　　　　　　　다시
평생에 원하요대 한데 네자 하였더니
　　　　　　함께 지내자
늙어야 무슨 일로 외오 두고 그리난고
　　　　멀리　　　그리워하는고
엊그제 님을 뫼셔 광한전廣寒殿에 올랐더니
그 덧에 어찌하여 하계下界에 나려오니
　　그새

142

올 적에 빗은 머리 얽히언 지 삼 년이라
얼크러진 지

'광한전'은 옥황상제가 사는 궁궐이고, '하계'는 인간 세상을 말합니다.

작품 서두에서부터 사랑하던 님과의 이별을 노래하고 있습니다. 님과 나는 천생연분이며 님에 대한 나의 사랑의 마음은 무엇과도 견줄 수 없건만 왜 내가 님을 여의게 되어 님을 이리도 그리워하는지 모르겠다고 말합니다. 이어지는 말은 더 서글픕니다.

연지분 있네마는 눌 위하여 고이 할꼬
있지만   누구를   곱게
마음에 맺힌 시름 첩첩이 쌓여 있어

짓나니 한숨이오 지나니 눈물이라
떨어지는 것이
인생은 유한한데 시름도 그지없다

독수공방하며 상심에 잠겨 눈물과 시름으로 보내고 있음을 노래하고 있습니다.

「속미인곡」은 서정 자아인 '나'와 어떤 여인의 대화로 구성되어 있습니다. 서두에서 어떤 여인은 이렇게 말합니다.

저 가는 저 각시 본 듯도 한저이고
한지고
천상天上 백옥경白玉京을 어찌하여 이별하고

해 다 저 저문 날에 눌을 보러 가시는고

'백옥경'은 옥황상제가 사는 곳을 이릅니다. 이 구절 바로 뒤에 "어와 네여이고 내 사설 들어 보오"라는 말로 시작되는 '나'의 긴 사설이 나옵니다. 그중에 이런 말이 보입니다.

　　　　춘한고열春寒苦熱은 어찌하야 지내시며
　　　　　　봄추위와 여름 더위는　어떻게

　　　　추일동천秋日冬天은 뉘라서 뫼셨난고
　　　　　　가을과 겨울에는　　　누가

　　　　죽 조반朝飯 조석 뫼 예와 같이 세시난가
　　　　　아침 죽　　　　진지　　　　시중 들게 하시는가

　　　　기나긴 밤에 잠은 어찌 자시난고
　　　　　　　　　　주무시는고

　　봄추위와 여름 더위에 어찌 지내시는지, 가을과 겨울엔 누가
모시고 있는지, 죽이나 아침저녁 식사는 예전처럼 잘 드시고 계신
지, 기나긴 밤에 잠은 잘 주무시는지, 이런 점을 걱정하고 있습니
다. 정말 님에 대한 극진한 마음이 느껴집니다.

　　「사미인곡」이나 「속미인곡」에 나오는 '광한전'이나 '백옥경'은
임금이 있는 궁궐을 암시하는 말입니다. 두 작품은 우리말의 유려
하고 곡진한 구사를 보여 줍니다. 그렇기는 하지만 「관동별곡」만큼
실감나고 핍진한 표현미를 보여 주지는 못한다고 여겨집니다. 「관
동별곡」은 45세 때 작품이고, 전후前後 미인곡美人曲은 50세 때 작
품입니다. 두 작품은 「관동별곡」보다 5년 후에 쓴 작품이니 더 노성
한 경지를 보여 줄 법한데 왜 그렇지 못할까요? 정철이 늙어서 표
현력이 쇠해진 걸까요?

　　「관동별곡」은 진정眞情, 즉 진실한 마음이 느껴지며 흥취가 있
습니다. 하지만 두 미인곡에서는 진정이 느껴지지 않습니다. 이 작
품들에 표현된 작자의 임금에 대한 마음은 일종의 아유阿諛, 즉 아
첨에 가까운 것이 아닌가 합니다. 아유에도 여러 종류가 있지만 여
기서의 아유는 문학적으로 분식粉飾되어 있으므로 알아보기가 좀

어렵습니다. 하지만 어떤 아유든 아유는 '작위적'이라는 점에서 진정성을 담보하기 어렵습니다. 진정이라는 것은 무심無心의 경지에서 나오거나, 꼭 무심은 아니라 할지라도 작위적이지 않은 마음과 깊은 연관을 맺고 있습니다. 17세기 후반의 인물인 서포西浦 김만중金萬重은 정철의 전후 미인곡을 중국 작가 굴원屈原의「이소」離騷에 비견했습니다. 김만중처럼 당색黨色이 서인에 속하는 문인들은 정철의 작품에 이런 평가를 내리곤 했습니다만, 이 말은 꼭 맞는 말은 아닙니다.「이소」에는 군주에게 충성하는 마음만이 아니라 군주에 대한 원망이 담겨 있고, 또 군주에게서 느낀 실망으로 인한 깊은 번뇌가 담겨 있습니다. 하지만 전후 미인곡에는 이런 게 전연 없습니다.「이소」는 아유 문학이 아닙니다. 이 때문에 진정성과 감동이 느껴집니다. 이와 달리「사미인곡」과「속미인곡」은 아유 문학을 벗어나지 못했습니다. 그래서 사랑의 감정, 님에 대한 그리움을 노래하고 있기는 하나, 생동감이 부족하고, 관념적이며, 다분히 박제된 여성을 그려 놓는 쪽으로 귀결되었습니다. 두 미인곡이「관동별곡」과 달리 실감과 핍진이 부족한 이유가 여기에 있지 않나 합니다.

가람본『청구영언』靑丘永言에「상사별곡」相思別曲이라는 가사가 실려 있는데요, 조선 후기에 창작된 작품이죠.「사미인곡」과「속미인곡」을 이 작품과 비교해 보면 그 점이 잘 드러납니다.

인간이별 만사중萬事中에 독수공방 더욱 설워
만 가지 일 중에

상사불견相思不見 이내 진정眞情 제 뉘 알리 맺힌 시름
그리워하나 보지 못하니

이렁저렁 허튼 근심 다 후르쳐 던져 두고
팽개쳐

자나깨나 깨나자나 먹고 입고 입고 먹고

벗고 입고 입고 먹고 님 못 보아 가슴 답답

어린 양자樣姿 고운 얼굴 눈에 암암 귀에 쟁쟁
　　　눈부신 모습

듣고지고 님의 소리 보고지고 님의 얼굴

(…)

바람 불어 구름 되야 구름 껴 저문 날에

나며들며 빈방으로 오락가락 혼자 앉아

님 계신 데 바라보니 이내 상사相思 허사로다

공방미인空房美人 독상사獨相思는 예로부터 이러한가
　　　　　　　홀로 그리워함은

내 사랑하는 같이 님도 날을 생각는가
내가 사랑하는 것같이

날 사랑하는 같이 남 사랑하려는가
나를 사랑하는 것같이

무정하여 잊었는가 유정하여 생각는가

(…)

　"눈에 암암"은 잊히지 않고 가물가물 눈에 보이는 듯한 것을
이르는 말입니다.

　님을 이별한 감정을 노래하고 있지만 「사미인곡」, 「속미인곡」
과 사뭇 다릅니다. 무엇보다 사랑의 실감이 느껴집니다. 문학에서
는 '실감'이라는 게 중요합니다. 시든, 소설이든, 노래든, 실감이 중
요하죠. 실감은 사실적인 감정입니다. 작위적으로 꾸민 것이 아니
라 인간의 내면으로부터 우러나오는 그런 감정이 사실적인 감정입
니다. 「사미인곡」, 「속미인곡」은 사대부 여성의 사랑을 그렸고, 「상
사별곡」은 시정市井 여성의 사랑을 그린 작품이라서 이런 차이가
생긴 게 아닌가, 이런 생각을 한번 해볼 수 있겠습니다. 그런 면도
혹 있을지 모르지만, 보다 근본적으로는 '진정'眞情의 문제를 사유
할 필요가 있지 않은가 합니다. 그러니까 정철이 이런 작품을 창작

한 것은, 요컨대 권력에 대한 그의 과도한 집착과 무관하지 않다고 생각됩니다. 작자의 이런 의식 내지 무의식이 부작위와 아유를 낳고 있는 거죠.

정철의 시조

정철은 가사만이 아니라 시조도 창작했습니다. 여기서는 「훈민가」를 보도록 하겠습니다. '훈민가'는 '백성을 가르치는 노래'라는 뜻입니다. 이 제목을 통해 이 시조가 백성 교화를 위해 창작되었음을 알 수 있습니다.

이 작품은 모두 16수입니다. 다음은 그 제13수입니다.

> 오늘도 다 새거다 호미 메고 가자스라
> 내 논 다 매어든 네 논 좀 매어 주마
> 올 길에 뽕 따다가 누에 먹여 보자스라

우리말이 청산유수입니다. 백성들을 가르치려는 의도가 담긴 작품이기는 하지만, 우리말 구사를 보면 정말 놀랍습니다. 교화를 위해 지은 작품이다 보니 어려운 말이 하나도 없고 쉬운 우리말 일색입니다. 평이한 우리말을 구사해 이리 정감 있고 잘 짜인 시조를 지은 데 탄복하게 됩니다.

다음은 제15수입니다.

> 쌍륙 장기 하지 마라 송사訟事 글월 하지 마라
> 집 배야 무삼 하며 남의 원수 될 줄 어찌

'쌍륙'은 두 개의 주사위로 승부를 겨루는 놀이입니다. '송사 글월'은 소송하는 글을 말합니다. '배다'는 '망하다'라는 뜻입니다.

'쌍륙이나 장기 같은 잡기雜技로 노름을 하거나 송사를 일삼지 마라, 노름하다 가산을 탕진해 집이 망하면 어찌할 것이며 송사를 일삼다가 남과 원수가 되면 어찌할 건가, 나라에 법이 있는데 그런 일이 죄가 되는 줄 모르는가', 이렇게 노래했습니다.

「훈민가」는 이처럼 유교적 윤리관에 따라 백성을 훈도訓導하고 자 하는 면모가 두드러집니다. 그 점에서 이데올로기적 성향이 강한 노래라고 할 수 있죠. 그런데 주목되는 점은 유교 관념이나 이념을 생경하게 노출하지 않고 백성의 일상생활을 통해 자연스럽게 윤리 의식을 고취시키고 있다는 점입니다. 그람시Gramsci(1891~1937)의 말을 빌리면, 헤게모니의 부드러운 관철입니다.

이 시조의 우리말 구사에서 눈길을 끄는 것은 중장 맨 끝의 '어찌'라는 단어입니다. 이 단어 뒤에는 의당 서술어가 나와야 하는데 작자는 의도적으로 서술어를 생략해 버렸습니다. 그래서 말이 뚝 끊어져 버려 갑자기 낭떠러지 앞에 선 기분이 됩니다. 작자는 이런 미적 효과를 노렸는지도 모르죠. 그러면 '어찌' 뒤에 무슨 말이 나와야 할까요? '모르는가' 정도의 말이 나와야 할 것입니다. 그런데 이 말은 종장 맨 끝에 보입니다. 그러니 종장까지 다 노래하고 나면 '어찌' 뒤의 괄호가 의미론적으로 채워지게 됩니다. 어떻습니까? 절묘한 언어 구사라고 할 만하지 않습니까? 정철이라는 언어적 감수성이 비상한 한 작가로 인해 우리말로 문학 하기가 이런 수준에까지 이르렀습니다.

정철 시조의 언어적 묘미에 발이 잘 떨어지지 않으니 한 수만 더 보고 가기로 합니다. 다음은 제16수입니다.

　　이고진 저 늙은이 짐 풀어 나를 주오
　　나는 젊었거니 돌이라 무거울까
　　늙기도 설워라커든 짐을 조차 지실까

종장에서, "늙기도 설워라커든"이라고 한 다음 "짐을 조차 지실까" 이렇게 넘어가는 것이 정말 놀랍습니다. 이 시조를 읽으면 힘들게 짐을 지고 가는 노인의 모습이 생생히 떠오릅니다. 그러니 노인에게 별로 관심이 없는 젊은이조차도 '아, 정말 앞으로 노인의 짐을 좀 들어 드려야겠네' 하는 마음이 생기지 않을까 합니다.

박인로의 「누항사」

노계蘆溪 박인로朴仁老는 명종 16년(1561)에 태어나서 인조 20년 (1642)에 세상을 떴습니다. 무인 출신으로, 임진란 때 참전했습니다. 여러 편의 가사를 남겼는데,「누항사」陋巷詞가 특히 주목됩니다. '누항'은 원래 가난한 사람이 사는 좁고 너절한 골목을 뜻하는 말인데, 여기서는 빈한한 작자가 거주하는 공간을 가리킵니다. '누항사'는 '누항의 노래'라고 번역할 수 있습니다.

　　박인로는 51세 때(1611) 이 작품을 창작했습니다. 박인로의 문집인『노계집』蘆溪集에 다음과 같이 이 작품의 창작 배경이 밝혀져 있습니다.

공은 한음漢陰 상공相公을 좇아 노닐었는데, 상공이 공에게
산에서 거주하는 곤궁한 형편이 어떤가 묻자 공이 자신의
심회를 서술하여 이 곡을 지었다.

'한음'은 이덕형李德馨을 말합니다. 이덕형은 광해군 때인 1609년
과 1612년에 영의정을 지냈습니다. 이 작품에는 '빈이무원'貧而無怨,
즉 '가난하지만 원망하지 않는다'는 삶의 태도가 표명되어 있습니
다. '안빈낙도'安貧樂道의 가치관이죠. 작품의 한 대목을 보기로 하
겠습니다.

한기태심旱旣太甚하야 시절이 다 늦은 제
　　가뭄이 이미 몹시 심하여
서주西疇 높은 논에 잠깐 갠 녈비에
　서쪽 두둑　　　　　금방 개는 지나가는 비에
도상道上 무원수無源水를 반만깐 대어 두고
　　길 위의 근원 없는 물　　절반만
소 한 적 주마 하고 엄섬이 하는 말삼
　소를 잠시 빌려주마　　　건성으로
친절親切호라 여긴 집에 달 없는 황혼에
허위허위 달려가서 굳이 닫은 문 밖에
어득히 혼자 서서 큰기침 아함이를
　아득히　　　　　　　　　어흠을
양구良久토록 하온 후에 어와 긔 뉘신고
　한참 동안
염치없는 내옵노라 초경初更도 거읜대
긔 어찌 와 계신고 연연年年에 이러하기
구차한 줄 알건마는 소 없는 궁가窮家에
헤염 많아 왔삽노라 공하니나 값이나
　근심　　　　　　　　공짜로든 값을 받든
주엄 직도 하다마는 다만 어젯밤에
건넌집 저 사람이 목 붉은 수기 치雉를
　　　　　　　　　　　　　　　수꿩

옥지읍玉脂泣게 구워 내고 갓 익은 삼해주三亥酒를
기름이 자르르 나오게

취토록 권하거든 이러한 은혜를

어이 아니 갚을런가 내일로 주마 하고

큰 언약 하얐거든 실약失約이 미편未便하니
약속을 어김이 편치 않으니

사설이 어려워라 실위實爲 그러하면
진실로

혈마 어이할고 헌 멍덕 숙여 쓰고
설마

축 없는 짚신에 설피설피 물러오니

풍채 적은 형용形容에 개 짖을 뿐이로다

'나'는 봄에 논을 갈아야 되는데 집이 가난해 소가 없습니다. 그래서 소가 있는 집에 가서 소를 좀 빌리려고 하나 상황이 여의치 않습니다. 뜻을 이루지 못하고 낙담해 돌아오는 '나'의 형색이 딱하고 초라합니다.

이 작품은 정철의 가사와는 달리 한문 어구가 보입니다. '한기태심'旱旣太甚, '도상 무원수'道上無源水, '옥지읍'玉脂泣, '실약失約이 미편未便'과 같은 말은 모두 한자어가 아니라 한문 어구에 해당합니다. 우리말 노래에 한문 어구가 많이 나오면 작품성이 떨어질 수 있습니다. 우리말의 표현력이 위축되기 때문이죠.

이런 점이 있기는 하지만 「누항사」는 정철의 가사와는 또 다른 우리말 구사를 보여 줍니다. '허위허위', '어득히', '설피설피' 같은 부사어가 그것입니다. '허위허위'는 힘에 겨운 걸음걸이로 애써 걷는 모습을 형용하는 의태어입니다. '어득히'는 '막막하게'라는 뜻입니다. '설피설피'는 '어설프다'라는 말과 관련이 있는데요, 언행이 덜렁덜렁하고 거친 모습을 형용하는 말입니다. '나'가 한미한 지체의 양반이기에 이런 고유어들이 구사될 수 있었습니다. 언어의 계

충성을 보여 주는 거죠. 정철은 지체 높은 양반이니 그가 지은 가사에 이런 말이 쓰일 리는 없습니다.

부사어만이 아니라 명사어에서도 계층성이 확인됩니다. '아함', '멍덕', '축' 같은 단어가 그렇죠. '아함'은 '어흠'을 말합니다. 짐짓 위엄을 내어 기침하는 소리입니다. 이 단어는 뭣도 없으면서 위엄을 부리는 서정 자아의 태도를 잘 드러내 보여 줍니다. '멍덕'은 짚으로 만든 삿갓을 이르는 말입니다. '축'은 신발 뒤축을 뜻합니다.

이들 부사어나 명사어는 다 우리 고유어에 해당하는 말입니다. 정철의 가사에는 보이지 않는, 다른 생활권의 국어들입니다. 박인로가 정철처럼 상층 양반이 아니라 하층 양반이기에 이런 어휘를 구사한 것입니다. 다른 층위의 우리말이 가사 속으로 들어온 거죠. 그러므로 박인로는 정철과는 다른 존재 위치에서 우리말의 문학적 경계를 확장하는 데 기여했다고 할 것입니다.

「누항사」는 곤궁한 하층 양반의 현실을 가사에 담아 놓고 있습니다. 구체적 생활 세계, 삶의 절박한 모습을 담은 가사는 이전에는 발견되지 않습니다. 박인로의 「누항사」는 이 점에서 새로운 성취를 보여 준다고 하겠습니다.

윤선도의 「어부사시사」

윤선도의 대표작은 「어부사시사」漁父四時詞입니다. 윤선도는 선조 20년(1587)에 태어나 현종 12년(1671)에 세상을 떴습니다. 호가 고산孤山이고, 본관은 전라도 해남입니다. 정철보다 51년 뒤, 박인로보다 26년 뒤에 태어났습니다. 정철은 당색이 서인이고, 윤선도는 남인南人입니다.

윤선도는 1628년 문과에 급제해서 이후 봉림대군鳳林大君의 사부師傅가 됩니다. 봉림대군은 뒤에 왕이 되는데, 곧 효종孝宗입니다. 윤선도는 병자호란 때 임금이 항복했다는 말을 듣고 이를 수치스럽게 생각해 제주도에 은거하려고 배를 타고 가던 중 태풍을 만나서 완도의 보길도에 들렀다가 그 빼어난 풍광에 반해 그만 이곳에 은거하게 됩니다. 은거지 일대를 '부용동'芙蓉洞이라고 명명하고, 거기에 여러 채의 집과 정자를 지어 놓고 풍류를 즐깁니다. 윤선도는 굉장한 부자였는데요, 집안의 노비만 해도 6백 명이 넘었습니다. 선대로부터 물려받은 재산이 엄청났습니다. 윤선도 풍류의 배경에 이런 경제력이 자리하고 있음을 간과해서는 안 됩니다. 효종 2년(1651), 그의 나이 65세 때 보길도에서 「어부사시사」를 창작합니다. 윤선도는 서인과 대립해 정치적 부침浮沈을 많이 겪습니다. 여러 차례 유배되어, 유배된 기간만 도합 20여 년이나 되고 은거 기간도 19년이나 됩니다.

「어부사시사」는 장르에 대한 논란이 있습니다. 대체로 '연시조'聯詩調라고 보고 있지만 그리 보는 데는 난점이 있으며, 시조가 아니라 어부가漁父歌 계열의 독자적인 노래로 봐야 하지 않을까 합니다. 우선 율격이 시조와는 좀 차이가 있고, 거기다가 시조와는 달리 여음餘音이 있습니다. 어부의 삶을 춘하추동 사계절로 나누어 노래하고 있는데, 계절별로 10수씩 총 40수입니다.

윤선도의 「어부사시사」는 농암聾巖 이현보李賢輔(1467~1555)의 「어부가」漁父歌에 영향을 받아 창작되었습니다. 이현보는 본관은 영천이고, 안동에서 태어났으며, 문과에 급제해 형조참판과 호조참판을 역임했고 퇴계 이황과 교류가 있었습니다.

이현보는 「어부가」 장가長歌 9장과 단가短歌 5장을 지었습니다.

두 종류의 어부가를 지은 거죠. 장가는 좀 긴 노래고, 단가는 짧은 노래입니다. 다음은 장가 제8장입니다.

夜靜水寒魚不食거늘
야 정 수 한 어 불 식

滿船空載月明歸라
만 선 공 재 월 명 귀

닻 디여라 닻 디여라

罷釣歸來繫短蓬호리라
파 조 귀 래 계 단 봉

지국총 지국총 어사와

風流未必載西施라
풍 류 미 필 재 서 시

뜻을 새기면 다음과 같습니다: "밤이 고요한데 물이 차 고기가 안 물어/부질없이 밝은 달을 배 가득 싣고 돌아오네/닻 놓아라 닻 놓아라/낚시 파하고 돌아와 조각배 매어 두리라/지국총 지국총 어사와/풍류를 즐긴다고 꼭 서시西施를 태울 건 없지." '서시'는 중국 춘추시대 월나라의 미인인데, 여기서는 미녀를 가리킵니다.

여음구에 해당하는 "닻 디여라 닻 디여라"와 "지국총 지국총 어사와" 두 구를 제외한 네 구는 우리말 토만 붙였을 뿐 한시의 칠언절구에 해당합니다.

다음은 단가 제3장입니다.

청하靑荷에 밥을 싸고 녹류綠柳에 고기 꿰어

노적화총蘆荻花叢에 배 매어 두고

일반청의미一般淸意味를 어느 분이 알아실고

뜻을 새기면 다음과 같습니다: "푸른 연잎에 밥을 싸고 녹색 버드나무 가지에 물고기를 꿰고는/갈대와 물억새 꽃 속에 배를 매어 두나니/이 맑은 뜻을 뉘가 알리오." '청하' '녹류' '노적화총' '일반청의미'는 모두 한자어로, 사대부야 쉽게 이해할 수 있지만 일반 백성들은 알기 어려운 말입니다.

이현보가 지은 장가 9장은 『악장가사』樂章歌詞에 실려 전하는 고려 말의 「어부가」 12장을 개작한 것입니다. 『악장가사』에 실려 있는 「어부가」의 제1장은 다음과 같습니다.

雪鬢漁翁이 住浦間하야서
설 빈 어 옹   주 포 간

自言居水이 勝居山하난다
자 언 거 수   승 거 산

배 떠라 배 떠라

早潮纔落滿潮來하난다
조 조 재 락 만 조 래

지곡총 지곡총 어사와

一竿明月이 亦君恩이샷다
일 간 명 월   역 군 은

뜻을 새기면 다음과 같습니다: "흰머리의 어옹漁翁이 물가에 사는데/스스로 말하길 물가에 사는 게 산에 사는 거보다 낫다고 하네/배 띄워라 배 띄워라/아침 조수潮水 빠지자 만조滿潮가 밀려온다/지곡총 지곡총 어사와/자연 속에서 낚시나 하며 사는 것 또한 임금의 은덕이로다."

이현보의 장가 제8장과 똑같이, 여음구에 해당하는 "배 떠라 배 떠라"와 "지곡총 지곡총 어사와" 두 구를 제외한 네 구는 우리말 토만 달았을 뿐 한시의 칠언절구에 해당합니다.

『악장가사』의 「어부가」는 집구集句, 즉 기존 한시의 시구를 편집하는 방식으로 창작되었습니다. 이현보의 장가 역시 7언의 한시구를 점철點綴해 놓았습니다. 이현보의 단가에는 장가처럼 한시구가 통째로 제시되고 있지는 않습니다만 그럼에도 한문 어투가 농후합니다.

윤선도의 「어부사시사」는 이와 달리 우리말 고유어가 풍부하게 구사됩니다. 예를 들어 보겠습니다. 다음은 봄을 읊은 첫 번째 노래입니다.

> 앞내에 안개 걷히고 뒷뫼에 해 비친다
> 배 떠라 배 떠라
> 밤물은 거의 지고 낮물이 밀려온다
> 지국총 지국총 어사와
> 강촌江村 온갖 꽃이 먼 빛이 더욱 좋다

한자어는 '강촌' 하나밖에 없습니다. 그런데 이조차도 이미 우리말화한 한자어에 해당합니다. '먼 빛'이라는 우리말은 다른 나라말로 번역되기 어려운 독특한 뉘앙스의 고유어입니다. 이 우리말 단어로 인해 꽃들이 피어 있는 먼 강가의 풍경이 더욱 정취 있게 우리 눈앞에 현전現前합니다. 다음은 봄을 읊은 네 번째 노래입니다.

> 우는 것이 뻐꾸긴가 푸른 것이 버들숲가
> 이어라 이어라
> 어촌 두어 집이 내 속에 나락들락
> 지국총 지국총 어사와

말가한 깊은 소沼에 온갖 고기 뛰노난다

'내'는 안개를 뜻하고, '말가한'은 '말간'입니다. 한자어는 '어촌', '소' 둘밖에 없습니다. 그렇지만 이 역시 이미 우리말화한 한자어입니다.

푸른 숲에서 뻐꾸기가 우는 광경을 "우는 것이 뻐꾸긴가 푸른 것이 버들숲가"라고 표현했습니다. 아주 묘미가 있는 표현인데요, 익히 알고 있는 사실을 의문형으로 표현함으로써 풍경을 창조적으로 전유專有하고 있습니다. 이 때문에 청자聽者의 시각과 청각은 더욱 자극을 받습니다. "나락들락"이라는 표현도 눈길을 끕니다. 이말은 '나왔다 들어갔다 한다'는 뜻인데요, 바닷가의 두어 채 집이 안개 속에 나타났다 사라졌다 하는 모습을 이리 표현했습니다. '나락'은 나타난 것을 말하고, '들락'은 사라진 것을 말합니다. 이 우리말 단어는 '상태'를 '동작'으로 바꿔 놓고 있습니다. '보이고 안 보이고'는 상태이고, '나고 들고'는 동작이거든요. 그리 생각하면 이 표현도 참 묘하다 하겠습니다.

윤선도는 「어부사시사」를 통해 자연 속에서 노니는 사대부의 한정閒情, 즉 한가로운 정취를 곡진하게 노래했습니다. 그렇기는 하나 여름을 읊은 네 번째 노래의 종장에 이런 말이 보입니다: "두어라 초강楚江에 가자 하니 어복충혼魚腹忠魂 낚을세라." '초강'은 초나라의 충신 굴원이 참소를 입어 조정에서 쫓겨난 뒤 몸을 던진 멱라수汨羅水를 말합니다. '어복충혼'은 '물고기 배 속의 충성스런 혼'이라는 뜻인데, 굴원이 물에 빠져 죽어 물고기 밥이 됐으므로 굴원의 충성된 넋을 가리킵니다. 여기서 주목할 것은 굴원이 소환되고 있다는 사실입니다. 이를 통해 「어부사시사」를 세상을 벗어나 낚시나 하며 한가롭게 사는 선비의 삶을 노래한 것으로만 이해해서는 안 된다는 것을 알 수 있습니다. 윤선도는 정치에 대한 관심, 바깥 세상에 대한 근심을 떨쳐 버리지 못하고 있으니까요.

이 점에서 이 노래는 어쩔 수 없이 은거하게 된 자의 '자기소견적'自己消遣的 문학, 즉 스스로를 위로하고 어루만지는 문학으로서의 성격을 갖고 있다고 할 것입니다. 이렇게 보면 이 노래에서의 '어부'가 순전한 관념이고, 실제의 어부와는 아무 관련이 없다는 점이 잘 이해가 됩니다.

마무리

오늘은 16세기의 정철, 17세기의 박인로와 윤선도가 지은 국문시가들에 의해 우리말의 표현 경계가 어떻게 확장되어 갔는가를 살펴보았습니다.

그럼, 이만 오늘 강의를 마칩니다.

질문과 답변

*　　　　‘俛仰亭歌’의 독음은 ‘면앙정가’가 아니라 ‘부앙정가’라는 주장도
　　　　있습니다. 어떻게 읽어야 할까요?

한자에는 한 글자에 두 개 이상의 음이 있는 것들이 있습니다. 의미
와 음은 서로 연동되어 있는 경우가 많습니다. ‘俛’에도 두 개의 음이
있습니다. 하나는 ‘부’이고 다른 하나는 ‘면’입니다. ‘부’로 읽을 경우
‘굽어보다’라는 뜻입니다. 이 경우 ‘俯’(음 부)와 뜻이 같습니다. ‘면’으
로 읽을 경우 두 가지 뜻이 있는데, 하나는 ‘굽어보다’이고, 다른 하
나는 ‘힘쓰다’입니다. 송순은 굽어보고 올려다보는 경치가 아름답다
고 해서 정자 이름을 ‘俛仰亭’이라고 지었습니다. 그러므로 ‘俛’의 독
음은 ‘부’로 읽어도 안 될 것은 없지만, 지금까지 통용되어 왔듯 ‘면’
으로 읽는 게 좋지 않나 합니다.

**　　　흔히 정극인의 「상춘곡」, 송순의 「면앙정가」, 이현보의 「어부가」,
　　　　윤선도의 「어부사시사」 같은 작품은 강호가도江湖歌道를 구현한
　　　　대표적인 작품들로 꼽습니다. 그렇다면 강호가도와 우리말 표현
　　　　경계의 확장 사이에 어떤 관계가 있다고 보아야 할까요?

‘강호가도’는 국문학 연구의 개척자인 도남陶南 조윤제趙潤濟가 창안
한 개념으로, 사대부가 강호, 즉 전원에 거주하면서 창작한 시조나

가사 같은 노래들에 구현된 미학을 가리킵니다. 강호가도는 사대부의 시가를 다 포괄하는 개념은 아니지만, 사대부 시가의 본령을 잘 드러내는 용어라 할 만하죠.

　강호가도가 구현된 이른 시기의 시가로는 맹사성孟思誠의 「강호사시가」江湖四時歌가 있습니다. 이 시조에는 강호에서 생활하는 사대부의 미의식과 한정閑靜이 잘 표현되어 있습니다. 오늘 강의에서 살펴본 정극인의 「상춘곡」, 송순의 「면앙정가」, 이현보의 「어부가」, 윤선도의 「어부사시사」는 세종 때 인물인 맹사성이 창작한 「강호사시가」를 계승하고 있다고 말할 수 있습니다. 강호가도가 구현되어 있는 이런 시가들은 '강호시가'라고 할 수 있겠는데요, 강호시가는 자연에서 영위하는 삶 속에서 창작된 만큼 거기서 길어 올린 우리말 구사가 풍부하며, 이를 통해 우리말의 표현 경계를 넓히고 있다고 말할 수 있을 것입니다. 이 점에서 강호가도가 우리말의 표현력 향상에 일정하게 기여한 면이 있음을 인정하는 데 인색할 이유는 없지 않나 생각합니다. 그렇기는 하지만 강호시가는 그 생활적 기반에 있어서건 미의식에 있어서건 한계가 있습니다. 전원에서 한적하게 살아가는 사대부의 생활 자체에 제약이 없지 않고, 그 결과 그 생활 감각의 반영이라 할 그 언어 감각도, 비록 그것이 아무리 고상한 것이라 할지라도 제한이 있을 수밖에 없습니다. 정철의 시조나 박인로의 가사는 이런 한계를 탈피하고 있다는 점에서 주목됩니다. 뒤의 강의에서 살피겠지만, 사설시조나 판소리는 중간계급과 서민의 생활 감각을 토대로, 강호가도에 기반한 사대부 시가는 물론이고 정철의 시조나 박인로의 가사와도 다른 새로운 미의식과 언어 의식을 보여 줌으로써 우리말의 표현 경계를 전연 다른 방향으로 확장하고 있죠.

*
*

「사미인곡」과 「속미인곡」에 '아유'하는 심리가 개입되어 있어 진정이 부족하다고 해석한 부분이 인상적입니다. 선생님이 높이 평가한 「관동별곡」에는 백성들에게 선정善政을 베풀고자 하는 의식이 보이는데, 이 역시 타인의 시선을 의식한 가식적인 것이 아닌가 생각되고, 그렇다면 이 작품 역시 진정이 부족한 게 아닌가 합니다.

강의에서 말했듯이 문학에서는 '실감'과 '진정'이 중요합니다. 전후미인곡은 오늘날에도 훌륭한 작품으로 칭송되고 있고 예전에도 굴원이 지은 「이소」離騷의 유의遺意가 있는 작품으로 평가되어 왔습니다. 물론 정철이 속한 당파인 서인 계열의 문인들이 주로 그런 평가를 내렸죠. 그러니 오늘 강의에서 이 작품들을 일종의 '아유 문학'으로 간주한 것은 이례적인 평가라고 할 수 있습니다. 하지만 언어적·표현적 측면에 초점을 맞춰서 본다면 정철은 정말 천재적인 작가라고 할 것입니다. 그런데 수사修辭가 꼭 그 작품의 진정성을 담보해 주는 건 아니니까 진정성은 또 그것대로 찬찬히 들여다볼 필요가 있죠.

「관동별곡」은 정철이 강원도 관찰사로 부임해 강원도를 유람하고 난 뒤 쓴 작품입니다. 그러니까 공직에 있을 때 쓴 거죠. 그러니 작품 속에 백성들에 대한 고려가 없지는 않습니다. 하지만 이는 정철의 직책을 고려할 때 자연스런 것으로 봐야 하지 않을까 합니다. 다시 말해 이를 꼭 가식적인 것이라 하기는 어렵다고 봅니다. 그러므로 이 작품과 두 미인곡은 일단 구별해서 봐야 할 듯합니다.

「관동별곡」은 기본적으로 산수 유람의 흥취를 노래한 작품입니다. '흥취'를 노래하고 있다는 점에서 그 창작 의도가 전후 미인곡과는 완전히 다릅니다. 물론 작자의 존재 위치로 인해 작품 속에 선정

善政과 관련된 언술이 약간 나오기는 합니다만, 이 작품에서 중요한 건 정치나 교화와 관련된 게 아니고 산수 유람의 흥취입니다. 산수를 유람하면서 느낀 작자 내면의 흥취를 노래한 것이라는 점에서 이 작품은 진정성이 있죠. 정철의 말을 빌리면, 자기가 느낀 흥취를 '헌사도 헌사하게' 노래한 거니까요. 그래서 좀 작위적으로 쓴 전후미인곡과는 달리 언어 구사도 더 활기가 있고, 더 묘미가 있고, 더 활달한 면모를 보인 것이 아닌가 합니다.

이처럼 「관동별곡」은 작자가 금강산을 구경하면서 느낀 억제할 수 없는 미적 흥취를 노래한 것이기 때문에 작위적이라기보다는 비작위적인 것에 가깝고, 그래서 실감과 진정이 담보된다고 봐야 하지 않을까 합니다.

** 16세기 후반과 17세기에 정철, 박인로, 윤선도같이 뛰어난 국문시가 작가가 나타난 배경은 무엇일까요? 이들의 성취가 이들의 개인적인 능력, 이들의 천재성 때문인지, 아니면 이들이 살았던 16세기, 17세기의 어떤 배경이 작용하고 있는지, 이 점을 알고 싶습니다.

15세기 중엽에 훈민정음이 창제된 후 한문으로 된 책이 많이 국역國譯되었습니다. 불경만이 아니라 두보의 시 같은 문학서도 번역되었습니다. 이런 국가적 번역 사업은 국문의 발전에 밑거름이 되었다 할 것입니다. 훈민정음 창제 직후 지어진 「용비어천가」나 「월인천강지곡」 같은 노래는 국문시가의 출발이라 할 수 있습니다. 이어서 15세기 후반에는 정극인이 가사 「상춘곡」을 짓기도 했습니다.

15세기 중엽 이래 이루어진 국문시가의 창작은 16세기에 들어와 더욱 활발해져 송순 같은 문인은 가사 「면앙정가」만이 아니라 시조도 20여 수나 지었습니다. 송순은 41세 때인 1533년 담양에 면앙정을 건립했는데 당시 호남의 문인들이 이곳을 거점으로 활동하며 시와 노래를 지어 이른바 '가단'歌壇이 형성되었습니다. 송순, 고경명, 김인후, 임억령, 임제 등이 그 구성원이었죠. 정철은 송순의 문생이었습니다. 그가 25세 때인 1560년 「성산별곡」을 지은 데에는 스승 송순의 영향이 있다 할 것입니다.

이처럼 정철이라는 작가의 국문시가는 송순을 필두로 한 호남가단의 테두리 안에 있습니다. 호남가단 특유의 풍류 의식과 언어적 감수성이 정철에게로 흘러 들어간 것이죠. 고전문학사상 정철이라는 탁월한 작가의 탄생은 이런 맥락 속에서 이해해야 할 것입니다. 즉 특정한 집단 속에서 정철을 조망할 필요가 있죠. 그렇기는 하지만 이 점만 강조되어서는 안 될 줄 압니다. 정철이라는 작가의 빼어난 언어 감각, 국문 운용 능력이 동시에 짚어져야 합니다.

정철은 한시도 잘 지었습니다. 형식과 표기 문자는 다르더라도 문심文心은 같습니다. 그러니 한시를 잘 짓는 사람은 국문시가도 잘 지을 가능성이 높습니다. 시상의 전개, 말을 고르는 법, 정서의 표현 등이 서로 통하기 때문입니다. 그러므로 정철의 한시 창작 경험은 그가 지은 국문시가의 문예성을 높이는 데 도움이 되었을 것입니다.

박인로는 17세기 전반에, 윤선도는 17세기 중·후반에 활동했습니다. 17세기는 16세기보다 국문 글쓰기가 더 활발히 이루어졌습니다. 국문소설의 시대가 17세기에 시작되니까요. 17세기 후반 무렵 홍만종은 시조집 『청구영언』을 엮기까지 했습니다. 중인층 가객 김천택金天澤은 1728년 같은 이름의 시조집을 엮었는데 이 책의 영향을 크게 받은 듯합니다.

이렇게 본다면 박인로와 윤선도는 국문 글쓰기가 한층 활발해진 시대에 창작 활동을 했다고 봐야 할 것입니다. 이들이 보여 준 국문시가의 높은 성취 뒤에는 이런 배경이 자리하고 있습니다. 그렇기는 하지만 이들의 국문 글쓰기는 우리말의 문학적 경계를 좀 더 확장하고 국문의 표현력을 향상시켰다고 여겨집니다. 이는 이들의 개인적 능력으로 돌려야 옳겠죠.

*** 우리나라에서는 신라 말 무렵부터 '시'와 '가'를 분리해 인식하기 시작해 이후 '시'는 한시를 가리키고 '가'는 우리말 노래를 가리키는 쪽으로 인식이 정착됩니다. 조선 시대 사대부들은 한문학을 중시했으므로 한시를 높이고 국문시가는 낮추어 봤을 것 같은데, 정철·박인로·윤선도 같은 문인이 이런 훌륭한 국문시가를 썼다는 게 놀랍습니다. 정철의 시대에 사람들은 '시'와 '가'에 어떤 위상을 부여했으며 어떤 생각을 했는지 궁금합니다.

신라 시대의 지배층 인물들은 향찰로 표기된 향가를 창작하고 향유했습니다. 당시는 향가가 우리말 노래라고 하여 하찮게 보는 관점 같은 것은 존재하지 않았습니다. 신라 말이 되면 한시를 창작하는 사람들이 더 늘어났지만 그럼에도 향가는 이전처럼 존중받았습니다. 그렇지만 이 무렵부터 '시'와 '가'의 분리적 인식은 나타나기 시작한다고 보입니다. 고려 시대에는 신라 시대보다 한문학의 비중이 더 커졌습니다. 이에 따라 '시'와 '가'는 엄격히 분리되고, '시'는 상대적으로 높은 장르로, '가'는 상대적으로 낮은 장르로 간주되는 통념이 자리 잡게 되었습니다. 조선 초인 1446년 훈민정음이 반포된 후에도 '시'와 '가'의 분리적 인식과 '시'를 높은 장르로 '가'를 낮은 장르로 간주하는 통념은 그대로 이어졌습니다. 다만 '가'가 이제 국문으로 표기된다는 점에서 이전과 차이가 생겼습니다.

훈민정음 창제 이후 조선 시대에는 이중 문자 체계가 관철되었습니다. 한자는 진정한 문자로 간주되어 일명 '진서'眞書로 불리고, 한글은 비속한 문자로 간주되어 일명 '언서'諺書로 불렸습니다. '언'諺은 비속하다는 뜻입니다. 언서로 쓰인 글이 곧 '언문'諺文입니다. 이 명칭에서 보듯 조선 시대 내내 국문에는 좀 낮춰 보는 인식이 존재했습니다. 그러니 한문으로 쓰인 '시'는 존중되고 언문으로 쓰인 '가'는 덜 존중될 수밖에 없었습니다. 그래서 문집에 '시'는 수록했지만 '가'는 대개 수록하지 않았습니다. 정철의 문집에도 그의 가사 작품이나 시조 작품은 실려 있지 않습니다. 현재 한국 학계에서는 향가·고려속요·경기체가·시조·가사 같은 우리말 노래를 '고전시가'라고 부르고 있으며, 특히 국문으로 기록된 것은 '국문시가'라고 부르고 있습니다. 여기서 '시가'는 '시'와 '가' 이 둘을 가리키는 말이 아니라 '가', 즉 노래를 가리키는 말입니다.

그렇다면 조선 시대의 문인들이 더러 국문시가를 지은 건 왜일까요? 여기에는 이중 문자 체계와 관련한 당시 문인들의 딜레마가 자리하고 있습니다. 16세기 인물인 이황의 「도산십이곡」陶山十二曲 발문의 다음 말에서 그 점이 확인됩니다: "지금의 시는 옛날의 시와 달라 읊을 수는 있으나 노래를 할 수는 없다. 만일 노래하고자 한다면 반드시 우리말로 엮지 않을 수 없다." 노래는 자국어로만 가능하기 때문에 한시로는 불가능하다는 취지의 말입니다. 이황은 그래서 우리말로 「도산십이곡」이라는 시조를 지었습니다. 노래로 부르기 위해서죠. 만일 한시로 노래 부를 수 있었다면 당시 지배층 인물들은 우리말 노래를 지을 필요성을 느끼지 못했을 것입니다.

그럼 노래는 시와 무슨 차이가 있을까요? 시, 특히 한시는 설사 낭송한다 할지라도 개념적 인식이 핵심이 됩니다. 이와 달리 노래는 단지 개념적 인식만이 아니라 신체, 즉 '몸'이 문제가 됩니다. 즉 노래는 가락이 있기 때문에 그에 몸이 반응합니다. 이 때문에 시를 읊조리며 춤을 추는 사람은 없지만, 노래를 부를 때는 고개를 까딱거리거나 어깨를 움직이거나 손과 발을 놀리기도 합니다. 노래는 리듬이 있기 때문에 몸이 거기에 반응하는 거지요.

노래는 이처럼 머리만이 아니라 몸과 관련을 맺기에 노래를 짓거나 부르는 사람의 내적 요구는 시를 짓거나 읊는 사람의 내적 요구와 좀 차이가 있습니다. 단적으로 말해, 정서적으로나 실존적으로 아주 절박할 때, 혹은 뭔가 맺힌 것을 풀고자 하는 내적 욕구가 강렬할 때, 혹은 흥취나 신명과 같은 고양된 정서를 발산하고 싶을 때는 시보다 노래가 더 어울립니다. 조선 시대의 사대부 문인 중에서 국문시가를 창작한 이들은 모두 한시를 능란하게 짓는 능력을 지녔습니다. 그럼에도 이들이 노래를 지은 것은 다 이유가 있는 거죠. 신흠의 시조 "노래 삼긴 사람 시름도 하도 할샤 / 닐러 다 못 닐러 불러나 푸돗던가 / 진실로 풀릴 것이면 나도 불러 보리라"가 이 점을 잘 말해 줍니다.

조선 시대의 이중 문자 체계에서 국문시가는 외양상 덜 대접받은 듯하지만 그렇다고 보조적·부속적 존재였다고 할 수는 없으며, 그만의 독자적 가치를 지녔다고 할 수 있습니다. 한시를 짓는 데 전혀 어려움이 없는 문인이 왜 한시에 만족하지 않고 노래를 지었을까요? 그건 한시로는 해소될 수 없는 어떤 내적 욕구가 노래로 해소될 수 있기 때문이죠. 한시는 우리말이 아니지만 노래는 우리말이지 않습니까. 즉 노래는 우리가 일상적으로 하는 말에 토대를 두고 있습니다. 그러니 그 흥취나 정감은 한시와는 차원이 다릅니다. 한시로는 그런 흥취를 맛볼 수 없죠. 그래서 이황이나 이이 같은 성리학자도 노래를 지은 겁니다.

***
*** 고려속요에는 님을 그리는 사랑의 노래가 많습니다. 정철의 전후 미인곡은 고려속요의 사랑의 노래들과 연결해서 볼 지점이 있을까요? 아니면 차별적으로 봐야 할까요?

고려속요에는 「가시리」, 「서경별곡」西京別曲, 「동동」動動 등 떠나간 님을 노래한 작품들이 여럿 있습니다. 정철의 전후 미인곡도 멀리 떨어져 있는 님을 노래하고 있습니다. 이 점에서 문학사적으로 본다면 고려속요와 정철의 전후 미인곡은 그 정조가 연결되는 면이 있습니다. 더구나 이들 노래는 여성 화자가 등장한다는 점에서도 통합니다. 하지만 내부로 들어가 보면 이들 간에는 큰 차이가 발견됩니다.

먼저 '진정성'의 문제가 있습니다. 김만중은 「관동별곡」, 「사미인곡」, 「속미인곡」 세 작품 중에서 「속미인곡」이 최고다, 이 작품은 천기天機를 발하고 있다고 했습니다. '천기'는 인간의 진정한 마음, 작위나 가식이나 욕심이 없는 순수한 마음을 이르는 말입니다. 김만중은 서인입니다. 정철과 당파가 같죠. 김만중이 정철의 작품을 이처럼 높이 평가한 데에는 당파도 작용하고 있다고 판단됩니다만, 아무튼 이런 평가에는 동의하기 어렵습니다. 김만중의 말에서 '천기'는 특별한 문예학적 연관을 갖는 개념으로서, 조선 후기에 등장하는

'천기론'天機論이라는 시론詩論의 핵심 개념에 해당합니다. 이에 대해서는 별도의 강의에서 살피기로 하겠습니다. 「속미인곡」이 천기를 발하고 있다는 김만중의 발언은 어찌 보면 자신이 언명한 천기론에 반하는 것입니다. 김만중은 이론적으로는 천기론을 정당하게 펼쳤습니다만, 실제 비평에서는 그것을 제대로 적용하지 못했다고 보입니다. 왜냐하면 「사미인곡」이든 「속미인곡」이든 그 속을 들여다보면 '작위적'인 측면이 있기 때문이죠. 작위적인 것은 절대 천기를 발할 수 없습니다. 이와 달리 「가시리」, 「서경별곡」, 「동동」 등의 노래에는 작위성이 발견되지 않습니다. 이 점에서 천기를 발하고 있는 작품이라 할 만하죠. 물론 서인 쪽에서는 「속미인곡」에 표출된 임금을 위하는 마음이 결코 작위적인 것이 아니며 임금을 진정으로 생각하는 참된 마음에서 우러나온 것이다, 그러니 다른 고려나 궁리 같은 것은 없다라고 생각했을지도 모르죠. 하지만 이런 생각은 좀 편향된 것이 아닐까 합니다.

고려속요 가운데 '충신연주지사'忠臣戀主之詞로 유명한 작품은 「정과정」입니다. 정서는 유배지에서 이 노래를 지어 임금을 그리는 마음을 읊었습니다. 그런데 이 작품은 잘 보면 뒷부분에 임금에 대한 원망이 토로되고 있습니다. 나를 저버린 것은 당신 아닙니까, 나는 아무 잘못이 없습니다, 부디 지금이라도 마음을 돌려 나를 생각하기 바랍니다, 이렇게 노래하고 있죠. 여기에서 작위 없는 작자의 마음이 느껴집니다. 이런 것이 '진정'입니다. 자연스러운 인간의 감정이죠. 그러니 「정과정」에서는 별로 작위적이거나 가식적인 게 느껴지지 않습니다. 「정과정」과 정철의 두 미인곡은 다 같이 충신연주지사로 꼽히곤 하지만 엄연히 차이가 있다 할 것입니다.

고려속요 「가시리」, 「서경별곡」, 「만전춘별사」滿殿春別詞와 같은 노래에 등장하는 여성은 사대부 여성이 아니라 시정市井의 여성으로 보입니다. 그러니 좀 더 진솔하고 자유분방한 목소리를 낼 수 있었습니다. 이와 달리 정철의 두 미인곡에 등장하는 여성은 그 어투나 사고방식으로 볼 때 사대부 여성이라 할 것입니다. 이 여성들은 퍽 단아하고 순종적이며, 님을 높이 받들고 있습니다. 이 여성 표상에는 군주에 대한 정철의 태도가 반영되어 있습니다. 이런 점을 고려해 강의에서 두 미인곡을 '아유 문학'이라고 한 것입니다.

그렇긴 합니다만 오늘 강의에서 주로 살피고자 한 주제는 16~17세기 사대부 국문시가에서 우리말의 표현 경계가 어떻게 확장되고 있는가 하는 점입니다. 정철이 지은 국문시가의 우리말 구사가 굉장히 뛰어나다고만 말하면 정철의 작품이 과대평가될 수도 있을 듯해 조금 단서를 단 셈입니다. 문학에서 언어적 표현의 탁월성과 정신의 높이는 유감스러운 일이지만 꼭 일치하지만은 않습니다. 20세기의 가장 빼어난 언어의 조련사라 할 서정주 시인에게서 그 점이 확인되지 않습니까.

관동별곡關東別曲

(…)

산중山中을 매양 보랴 동해로 가자스라

남여완보藍興緩步하야 산영루山映樓에 올라하니
남여를 타고 천천히

영롱벽계玲瓏碧溪와 수성제조數聲啼鳥는
영롱하게 푸른 시내   서너 소리의 우는 새

　　이별을 원怨하는 듯
　　　원망하는 듯

정기旌旗를 떨치니 오색五色이 넘노는 듯
깃발   오르락내리락 나는 듯

고각鼓角을 섯부니 해운海雲이 다 걷는 듯
북과 나발   섞어 부니   걷히는 듯

명사明沙길 익은 말이 취선醉仙을 비껴 실어
                          취한 신선   비스듬히

바다를 곁에 두고 해당화로 들어가니

백구白鷗야 날지 마라 네 벗인 줄 어찌 아나

금란굴金幱窟 돌아들어 총석정叢石亭 올라하니

백옥루白玉樓 남은 기둥 다만 넷이 서 있고야
옥황상제의 누각

공수工倕의 성녕인가 귀부鬼斧로 다듬었나
옛날의 뛰어난 목수 제작   귀신의 도끼

구태여 육면六面은 무엇을 상象톳던고
                          본떴던고

고성高城을란 저만 두고 삼일포三日浦를 찾아가니
                저기

단서丹書는 완연하되 사선四仙은 어디 갔나
붉은 글씨

예서 사흘 머문 후에 어디 가 또 머물고
                          머물렀나

170

선유담仙遊潭 영랑호永郞湖 거기나 가 있을까

청간정淸澗亭 만경대萬景臺 몇 곳에 앉았던고

이화梨花는 벌써 지고 접동새 슬피 울 제

낙산洛山 동반東畔으로 의상대義湘臺에 올라 앉아
　　　　　동쪽 언덕

일출日出을 보리라 밤중만 일어나니
　　　　　　한밤중에

상운祥雲이 집피는 동 육룡六龍이 버티는 동
상서로운 구름　뭉게뭉게 피어나는　　　　떠받치는

바다를 떠날 제는 만국萬國이 일위더니
　　　　　　　　흔들리더니

천중天中에 치뜨니 호발毫髮을 헤리로다
　　　치솟아 뜨니　가는 터럭　세리로다

아마도 녈구름 근처에 머물세라
　　　지나가는 구름

(…)

— 정철,『송강가사』松江歌辭

해동도가와 새로운 질서의 모색

사상사에서 본 16세기

오늘 강의는 16세기의 사상사를 개괄하는 데서부터 시작합니다.

16세기에는 여러 차례의 사화士禍가 일어났습니다. 그래서 선비들이 사화를 피해 벼슬길을 포기하고 산야山野에서 성리학 연구에 잠심潛心하는 경우가 많았습니다. 대표적인 예로 이황, 서경덕, 조식 같은 분을 들 수 있죠. 그 결과 조선 성리학의 심화, 발전이 이루어졌습니다.

한편 어떤 선비들은 현실에 불만을 품어 도가로 들어가는 길을 택하기도 했습니다. 그리하여 선풍仙風이 대두되었습니다. 노장老莊사상을 도가라고 부르기도 하나 여기서 말하는 도가는 '해동도가'海東道家를 말합니다. 해동도가는 새로운 관점과 문제의식, 새로운 감수성과 상상력을 보여 주고 있어 비단 사상사에서만이 아니라 문학사에서도 주목을 요합니다. 16~17세기 문학사의 주요한 작품과 인물들이 해동도가와 관련을 맺고 있습니다.

해동도가의 도맥道脈이 중국 당나라의 도사인 종리권鍾離權에서 비롯된다고 보는 관점이 존재합니다. 만일 그렇다면 해동도가는 중국 도교의 영향을 받았다고 할 수 있겠죠. 하지만 해동도가의 도맥이 단군으로까지 거슬러 올라간다고 보는 관점도 있습니다. 이 관점에 따르면 해동도가는 중국 도교로부터의 영향이 없는 것은 아니지만 중국 도교와는 구별되는 우리대로의 독자성을 갖는 사상이자 교의敎義라 할 수 있습니다.

해동도가는 수련 도교에 근간을 두고 선술仙術을 추구했습니다. '수련 도교'는 내단內丹 수련을 일삼습니다. 도교에는 내단이 있고 외단外丹이 있는데, '외단'은 약물을 제조해 이를 복용함으로써 신선이 되려고 하는 쪽이고, '내단'은 외단이 약물 중독이라는 치명적 문제가 있음을 인식하고 복식 호흡 등을 통해 신체와 정신을 단련하려는 쪽입니다.

17세기 초의 문헌인 『해동전도록』海東傳道錄에 따르면 조선 시대 해동도가의 원조는 김시습입니다. 김시습은 단군으로부터 유래하는 해동도가의 도맥에서 보면 중흥조中興祖에 해당하는 인물이죠. 그는 내단 수련과 관련한 글을 남기고 있으며, 『금오신화』의 한 편인 「취유부벽정기」에서 단군을 선인仙人으로 언급하고 있습니다.

『해동전도록』에는 김시습이 『천진검법』天眞劍法과 『연마진결』鍊魔眞訣을 홍유손洪裕孫에게 전하고, 『옥함기』玉函記와 『내단요법』內丹要法을 정희량鄭希良에게 전했으며, 『참동계』參同契와 『용호비지』龍虎秘旨를 윤군평尹君平에게 전했다고 되어 있습니다. 한편, 16세기 중엽 윤춘년尹春年이 지은 「매월당선생전」에는, 세상에서는 김시습이 "환술幻術이 많아 맹호猛虎를 부리고, 술을 피로 변화시키며, 기운을 토하여 무지개를 만들고, 오백 나한羅漢을 불러낸다고 하는데, 다 믿을 수 없다"라고 했습니다. 이를 통해 조선 시대 민간에서는 김시습이 도교의 방술에 능한 사람으로 알려져 있었음을 알 수 있습니다.

윤춘년이 밝혔듯 이런 사실들은 다 허황된 말로 여겨집니다. 그리고 『해동전도록』에서 김시습이 누구누구에게 도를 전했다고 한 말도 모두 실제 사실과는 거리가 먼 것으로 보입니다. 김시습은 도교의 방술에 몹시 비판적이었으며, 용호龍虎와 복기服氣 등 내단 수련을 통해 신선이 되려는 노력을 부질없는 일로 봤습니다. 그렇긴 하나 단군을 선인으로 인식하고 있는 데서 알 수 있듯 신선의 존재를 부정하지는 않았습니다. 또한 김시습은 도교가 사회적·정치적으로는 별 효용이 없다고 보면서도 양생에는 도움이 된다고 보아 그 수련법에 관심을 가졌던 것으로 여겨집니다.

그러므로 조선 시대의 도인道人들이 김시습을 해동도가의 원조로 삼고 그로부터 쭉 이어지는 도맥을 상정한 것은 실제 사실이라기보다 '상상된 사실'로 여겨집니다. 최치원을 도맥에 포함시킨 것도 마찬가지일 것입니다. 그런데 여기서 중요한 것은 그것이 사실인가 허구인가가 아니라 당시 민간의 도인들이 이를 진실로 받아들이고 있었다는 점입니다. 해동도가의 담론을 살필 때 이 점에 특히 유의할 필요가 있습니다.

김시습이 홍유손에게 도를 전했다고 했는데요(이게 사실인가 하는 것과는 별도로 홍유손은 실제 김시습을 종유從遊했습니다), 홍유손은 세종 13년(1431)에 태어났으며 중종 24년(1529)에 세상을 하직했습니다. 원래 향리鄕吏 집안 출신인데, 뒤에 향리 신분에서 풀려나 김종직의 문인이 되었으며, 무오사화 때 제주도에 유배되었다가 1506년 중종반정으로 풀려났습니다. 홍유손이 지은 다음 시에서 해동도가적인 의식 세계의 일단을 엿볼 수 있습니다.

단군이 제위帝位에 오른 무진년戊辰年보다 앞서 태어나
기준箕準이 마한馬韓을 이름한 걸 목도했노라.
영랑永郎과 더불어 용궁에서 노닐다가
다시 봄술에 이끌려 인간 세상에 머무노라.
生先檀帝戊辰歲, 眼及箕王號馬韓.
留與永郎遊水府, 又牽春酒滯人間.

홍유손의 문집인 『소총유고』篠叢遺稿에 실려 있는 「금강산에 적
다」(題金剛山)라는 시입니다. 단군과 영랑이 언급되고 있음을 볼 수
있습니다. '영랑'은 신라 때 4선四仙의 한 사람이죠. 작자는 스스로
를 불사不死의 신선으로 여기며, 단군·영랑과 같은 옛날의 선인을
소환하고 있습니다.

조선 시대에 도가는 이단으로 간주되었습니다. 이 때문에 도
가는 그리 주목을 받지 못했습니다. 하지만 16세기 사상사에서 도
가의 사상 공간은 각별한 주목을 요합니다. 도가의 선술仙術을 추
구한 인물들은 성리학자들과 달리 이름이 널리 알려진 사람이 그
리 흔치 않습니다. 성리학이 지배 사상이라면 도가는 '비'非지배 혹
은 '반'反지배 사상이기 때문입니다. 그러므로 성리학이 '양지'陽地
의 사상이라면 도가는 '음지'陰地의 사상이라 할 것입니다. 도가를
추구한 인물들은 주변부에 속하거나 사회적으로 불우하거나 정치
적으로 소외된 이들이 대부분입니다. 그들은 주류 세계의 인물들
과 다른 삶을 보여 주고 있습니다. 그래서 사상사와 문학사를 다른
시각에서 이해하게 해 줍니다.

비교적 이름이 알려진 16세기 도가 계열의 인물로는 북창北窓
정렴鄭磏과 남궁두南宮斗를 꼽을 수 있습니다. 정렴은 연산군 12년

(1506)에 태어나 명종 4년(1549)에 세상을 떴습니다. 정렴의 동생인
정작鄭碏도 선술을 추구했습니다. 정렴은 도가적 수련법의 요체를
적은『용호비결』龍虎秘訣이라는 책을 남겼습니다. 정렴 형제는 유가
에서 출발해 도가로 들어간 경우에 해당합니다.

남궁두는 중종 21년(1526)에 태어나 광해군 연간인 17세기 초
까지 생존한 전라북도 임피 출신의 도인입니다. 그는 1609년 전라
북도 부안에 머물고 있던 허균을 찾아가『황정경』黃庭經 등 도가 경
전의 심오한 뜻을 전수하고, 자신이 왜 도가에 입문하게 됐으며 어
떤 수련의 과정을 거쳤는지를 자세히 이야기해 줍니다. 허균은 자
신이 들은 이야기를 토대로「남궁선생전」南宮先生傳이라는 기이한
소설을 썼습니다. 이 작품에 대해서는 조금 있다 살펴보기로 하겠
습니다.

16, 17세기 도가 사상사에 대한 풍부한 정보를 담고 있는 고
전 문헌으로는 셋을 꼽을 수 있습니다. 하나는『해동전도록』이고,
다른 하나는『청학집』靑鶴集이고, 또 하나는『해동이적』海東異蹟입니
다. 이 책들은 모두 17세기에 성립되었습니다. 그럼 이제부터 이 책
들을 검토함으로써 해동도가로 좀 더 깊이 들어가 보기로 하겠습
니다.

『해동전도록』

『해동전도록』은 광해군 2년(1610) 한무외韓無畏가 쓴 책입니다. '해
동전도록'은 '해동에 전하는 도에 대한 기록'이라는 뜻입니다. 여기
서 말한 '도'는 유교의 도가 아니고 도가의 도입니다. 한무외는 중
종 12년(1517)에 태어나서 광해군 2년(1610)에 세상을 떴습니다. 세

상을 하직한 해에 이 책을 저술했습니다. 책이라고는 하나 팸플릿 분량밖에 되지 않습니다.

한무외는 충청도 청주의 선비입니다. 젊을 적에 협기俠氣 부리기를 좋아했는데, 관기官妓를 독차지하려고 그녀의 기둥서방을 죽인 뒤 보복을 피해 평안도 영변으로 달아났다가 인근 희천熙川의 교생校生으로 있던 곽치허郭致虛를 만나 선도仙道를 전수받습니다. 곽치허는 평안도 사람으로 신분이 미천했는데, 자신의 아내가 중과 사통하는 것을 목격해 그 중에게 죽임을 당할 뻔했으나 기르던 개가 중을 공격해 겨우 살아난 뒤 세상을 벗어나 도를 닦았습니다.

『해동전도록』에는 당나라의 종리권鍾離權이 신라 사람 김가기金可紀, 최승우崔承祐, 자혜慈惠 세 사람에게 도를 전한 것으로 되어 있습니다. 김가기와 최승우는 당나라에 유학 가서 빈공과에 합격한 인물이며, 자혜는 승려 의상義湘을 가리킵니다. 김가기는 신라로 돌아오지 않고 당에 남았는데, 중국 오대五代 남당南唐 사람인 심분沈汾이 지은 『속선전續仙傳』에 그 전기가 실려 있습니다.

최승우와 자혜가 종리권에게 전수받은 도는 이청李淸과 최치원에게 전해졌다고 했습니다. 최치원이 거론되고 있음은 잘 기억해 둘 필요가 있습니다. 이들의 도는 승려 명법明法에게 전수되고, 고려 시대로 와서 권청權淸에게 전수됩니다. 권청은 '권 진인'權眞人으로 불렸는데, 허균의 「남궁선생전」에서 주인공 남궁두의 스승으로 등장하는 인물입니다. 고려 때 사람이 어떻게 16세기 인물인 남궁두의 스승이 될 수 있을까요? 도가에서는 그게 가능합니다. 도가에서는 신선이 되면 불로장생한다고 하니 몇 백 년쯤이야 무슨 문제가 되겠습니까. 권청은 다시 원元나라 사람인 설현偰賢에게 도를 전합니다.

설현은 조선 초 김시습에게 도를 전합니다. 김시습은 다시 홍유손, 정희량鄭希良, 윤군평尹君平, 서경덕徐敬德에게 도를 전한 것으로 돼 있습니다. 서경덕은 성리학자입니다만 해동도가에서는 그를 끌어들이고 있습니다. 이황이나 이이의 성리학에서는 '리'理가 우선적인데, 서경덕의 성리학에서는 '기'氣가 우선적입니다. 이 때문에 서경덕의 학문은 도가와 접점이 있습니다. 도가도 기를 중시하니까요. 서경덕과 관련된 설화 중에 서경덕이 도술을 행했다는 언급이 보이곤 하는 것도 서경덕이 사상적으로 기를 중시한 것과 무관하지 않습니다. 아마 이런 이유로 서경덕이 해동도가의 인물로 포섭된 게 아닌가 합니다.

김시습의 도는 다시 곽치허에게 전해지고, 마지막에 저자인 한무외에게로 전해집니다. 『해동전도록』에서는 해동도가의 도맥을 이렇게 그려 놓고 있습니다. 당시 도가의 인물들 사이에 이런 계보가 전승되고 있었다는 점이 흥미롭습니다.

『청학집』

『청학집』은 평안도 사람 조여적趙汝籍이 17세기 중엽경 저술한 책입니다. '청학'은 도사 위한조魏漢祚의 호입니다. 이 책은 그 명칭이 문집처럼 보입니다만 문집은 아니고, 조여적이 듣거나 본 위한조와 그 제자들의 이야기들을 엮어 놓은 것입니다. 이 이야기들은 인물 설화에 가깝습니다. 그러므로 이 이야기들을 통해 세상을 떠도는 비주류적 인간 유형과 삶을 엿볼 수 있습니다.

조여적은 선조 21년(1588) 과거에 낙방해 고향으로 돌아가는 길에 이사연李思淵이라는 도인을 우연히 만나 그 문하생이 되어 60년간 도를 닦습니다. 도가에 속한 인물들의 행태는 유가와는 사뭇 다릅니다. 우연히 어떤 도인을 만나 은밀히 전해져 내려오는 도를 전수받습니다. 신비주의의 색채가 있죠. 유가의 고명한 학자는 이름이 세상에 널리 알려져 있어 만일 그의 제자가 되고 싶으면 찾아가 인사를 드리고 사제 관계를 맺게 됩니다. 도가는 그렇지 않습니다. 어떤 인물이 도인이고 누가 도가 높은 사람인지 표도 안 나고 알수도 없습니다. 자신을 감추고 사는 사람들이기 때문입니다. 그래서 대개 우연한 계기로 만나 사제 관계를 맺습니다.

이사연은 호가 편운자片雲子 혹은 운학雲鶴이며, 명종 14년(1559)에 강원도 인제에서 태어났습니다. '편운'은 한 조각 구름이라는 뜻이고, '운학'은 구름 위의 학이라는 뜻입니다. 도인에 어울리는 호입니다. 이사연은 16세 때 오대산에서 우연히 일곱 도인을 만나서 지리산 청학동靑鶴洞을 찾아가서 위한조에게 수학합니다. 일곱 도인은 모두 위한조의 문생들입니다. 모두 별호로 불리는데, 호남 사람 금선자金蟬子, 관서 사람 취굴자翠窟子, 여진인女眞人 계엽자桂葉子, 요동인遼東人 아예자鵝蕊子, 중국인 채하자彩霞子·화오자花塢子·벽락자碧落子가 그들입니다. 조선 사람이 둘이고 나머지는 만주, 중국 사람입니다. 이 일곱 사람은 모두 재주가 있지만 때를 만나지 못해 강호에 자취를 감춘 채 천하에 노닐었습니다. 이들은 조선 땅에만 있지 않고 중국과 만주는 물론 일본에까지 드나들었습니다.

위한조는 함경도 갑산甲山 사람입니다. 갑산은 우리나라에서 가장 오지에 속합니다. 그러니 위한조는 벽지 출신의 한미한 인물이라 할 수 있습니다. 위한조는 스승이 둘인데 한 명은 연산군 때의 인물인 백우자百愚子 이혜손李惠孫이고 다른 한 명은 중국인 양운객楊雲客입니다. 이혜손은 한족寒族으로 집이 가난해 농부·장사꾼과 섞여 살았지만 과거의 일과 미래의 일을 모두 안다고 했습니다. 위한조는 어릴 때는 이혜손에게 배웠지만 나이 들어서는 양운객에게 도술을 배워 여러 나라에 노닐다가 만년에 조선으로 돌아와 청학동에 거주했다고 했습니다. 위한조는 이런 말을 했습니다.

우리나라는 귀한 사람을 높이고 천한 사람을 억압하는 풍습이 심하다. 심지어 훌륭한 점을 기리고 표창하는 것도 모두 명문가의 귀족을 대상으로 한다.

반귀족적·반지배적 지향이 느껴지는 말입니다.

『청학집』에서는 해동선파海東仙派의 조종祖宗이 환인진인桓仁眞人으로 되어 있습니다. '환인진인'은 단군 신화에 나오는 환인桓因을 말합니다. 환인진인의 아들이 환웅천왕桓雄天王이고, 환웅천왕의 아들이 단군으로 되어 있습니다. 단군은 즉위한 지 10년에 구이九夷가 모두 높여 천왕天王이 되었으며, 1048년 후에 아사산阿斯山에 들어가 신선이 되었는데, 당시 아홉 대국과 열두 소국이 모두 단씨檀氏였다고 했습니다. 단군의 도는 문박씨文朴氏라는 사람에게 전해집니다. 문박씨는 영랑永郎에게 도를 전하고, 영랑은 신녀神女 보덕寶德에게 도를 전합니다.

한편 선가별파仙家別派가 있는데, 신라 초 표공瓢公의 도가 가락국駕洛國의 참시선인旵始仙人과 신라의 물계자勿稽子에게 전해지고, 물계자의 도가 대세大世와 구칠仇柒을 통해 최치원에게 전해졌다고 했습니다. 『해동전도록』에서는 최승우와 자혜의 도가 최치원에게 전해졌다고 했는데, 여기서는 말이 다릅니다. 중요한 것은 『해동전도록』이든 『청학집』이든 최치원이 해동도가의 주요한 인물로 꼽히고 있다는 사실이죠.

『청학집』에는 소중화 의식이 잔존해 있음에도 불구하고 자주적 역사 인식이 보인다는 점이 주목됩니다. 취굴자의 다음 말에서 그 점이 뚜렷이 확인됩니다.

> 조선 땅은 별도의 구역으로 소중화라고 일컬어지지. 그러므로 중국에 성인聖人이 태어나면 조선에는 또한 진인眞人이 태어나지. 단군은 요堯와 나란하고, 기자는 주周와 나란하고, 삼한은 칠웅七雄과 나란하고, 혁거세는 한고조와 나란하고, 무열왕은 당 태종과 나란하고, 태조 왕건은 송 태조와 나란하고, 우리 태조는 명 태조와 나란하지.

해동의 임금과 중국의 임금이 대등하다는 인식을 보여 줍니다. 도가적인 주체 사관이라 이를 만합니다.

이와 함께 『청학집』에는 여성에 대한 존중이 보입니다. 시에 능한 여성을 거론하거나 사람을 알아보는 안목이 높은 여성을 거론하고 있는 데서 그 점이 확인됩니다. 특히 다음의 서사가 인상적입니다: 중국인 도사 양운객의 문생인 매창梅窓 조현지曹玄志의 처 섭씨葉氏는 안목이 높은 것이 남편과 다름없는데 조선에 와 살면서 농부 나만진羅萬辰의 딸을 며느리로 들여 행계杏溪라는 호를 지어 줍니다. 어느 날 행계의 집에 도둑이 들었습니다. 행계는 남편이 도둑을 잡으려 하자 그를 말리면서 말하길, "이 도둑은 본래 양민인데 기한飢寒에 몰려 그런 거랍니다. 처지가 가련하니 잡지 마세요"라고 합니다. 이 서사에서는 섭씨의 안목과 그 며느리 나씨의 측은지심을 높이 평가하는 시선이 느껴집니다.

이자건李自健이라는 사람의 처 권씨權氏에 대한 서사도 흥미롭습니다. 잠시 인용해 보기로 하겠습니다.

하루는 자건이 손님을 불러 잔치를 했는데 권씨가 창호窓戶로 엿보았다. 손님들이 돌아가자 자건이 안방으로 들어왔다. 권씨가 물었다.

"모인 손님들은 누구신가요?"

자건이 대답했다.

"정인홍鄭仁弘, 이순李純, 유희발柳希發, 한찬남韓纘男, 이위경李偉卿, 허균, 하인준河仁俊, 최응허崔應虛, 윤인尹訒이라오. 유명한 사람들이고 모두 현달한 귀객貴客이지요."

권씨가 말했다.

"제가 보기에는 모두 상서롭지 못한 분들이에요. 첫 번째 사람은 올빼미 눈에 노루 마음을 하고 있고, 두 번째 사람은 겉은 범인데 속은 고양이이고, 세 번째 사람은 쌀겨를 핥아먹는 강아지이고, 네 번째 사람은 잠 많은 여종이고, 다섯 번째 사람은 눈 내린 낭떠러지에서 추위하는 참새이고, 여섯 번째 사람은 말라죽은 나무의 헛된 꽃이고, 일곱 번째 사람은 밤 숲의 도깨비이고, 여덟 번째 사람은 새의 부리를 하고서 쥐처럼 걷는 사람이고, 아홉 번째 사람은 독을 뿜는 기다란 뱀이군요. (…)"

정인홍 등 언급된 사람들은 모두 광해군 때 인목대비仁穆大妃 폐모를 주장한 사람들이죠. 허균과 하인준은 역모 사건으로 능지처참되고 나머지 사람들은 인조반정 때 처형되거나 처벌을 받습니다. 권씨는 지인지감知人之鑑, 즉 사람을 꿰뚫어 보는 능력을 갖고 있어 이들의 정체를 파악해 남편에게 주의를 준 것입니다. 이런 능력을 지닌 권씨는 이인異人이라 할 만합니다. 도력道力을 지닌 권씨는 조선 후기에 성립된 국문소설「박씨부인전」의 주인공 박씨를 떠올리게 합니다.

이처럼『청학집』에는 여성의 능력에 대한 적극적인 긍정이 발견됩니다. 그러므로 해동 선가의 정맥正脈에 보덕이라는 여성이 포함된 것도 심상히 볼 일이 아니라고 여겨집니다.

『청학집』에는 위한조의 문생들만이 아니라 그 밖의 도인들도 많이 언급되어 있습니다. 이들은 호풍환우呼風喚雨나 둔갑 등의 술법을 행하며 다가올 미래를 투시하는 등 초인적인 능력을 갖고 있습니다.

『해동이적』

『해동이적』은 현종 7년(1666) 홍만종이 24세 때 쓴 책입니다. 홍만종은 인조 21년(1643)에 태어나 영조 1년(1725)에 세상을 떴습니다. 홍만종은 젊을 때 몸이 안 좋아서 양생養生의 방도로 도가서道家書를 읽다가 평생 도가 사상에 경도되었습니다. 홍만종은 17세기 후반에서 18세기 초 사이에 활동한 인물이지만『해동이적』에는 16세기에서 17세기 초 사이에 활동한 도인들이 많이 소개되어 있습니다. '해동이적'은 '우리나라의 특이한 사적事跡'이라는 뜻입니다.

홍만종은 한무외나 조여적과 달리 좋은 가문 출신입니다. 인조 5년(1627) 이인거李仁居의 난을 진압한 공으로 1등공신이 된 홍보洪霫의 적장손嫡長孫으로, 부친은 영천 군수를 지낸 홍세주洪世柱

입니다. 홍만종은 33세 때 진사시에 합격해 38세 때 부사정副司正이 되었는데, 이해 허견許堅의 옥사에 연루되어 유배 갔습니다. 허견은 남인의 영수인 영의정 허적許積의 서자인데, 그와 친했다는게 문제가 된 것입니다. 허견의 옥사는 노론이 조작한 사건입니다만 이 옥사로 인해 조정에서 남인은 다 축출되고 서인이 권력을 잡게 되죠. 홍만종은 2년 후에 유배에서 풀려나지만 그 후 벼슬에 나가지 못합니다. 그러니 그는 평생 말단 벼슬을 잠시 했을 뿐 포의로지냈다 하겠습니다. 서인이 노론과 소론으로 갈릴 때 그는 소론 편에 섰습니다.

홍만종은 17세기 전·중기에 활동한 저명한 문인인 정두경鄭斗卿에게 수학했습니다. 정두경은 정렴의 종증손입니다. 『해동이적』의 서문은 정두경이 썼고 발문은 송시열宋時烈이 썼습니다. 『해동이적』은 유교에서 보면 이단의 책이라고 할 수 있는데 그 발문을 엄격한 성리학자인 송시열이 썼다는 건 퍽 이례적인 일입니다. 발문을 쓸 당시 송시열은 예순넷이고 홍만종은 스물여덟이었습니다. 송시열은 홍만종이 정두경의 제자인 데다 당색이 같은 서인인지라서문을 써 준 듯합니다.

『해동이적』에는 우리나라의 선인仙人 38명이 소개되어 있습니다. 제일 처음에 나오는 인물이 단군이고, 마지막에 나오는 인물이곽재우郭再祐입니다. 『해동전도록』, 『청학집』과 달리 『해동이적』은우리나라 선인들의 전기집傳記集에 해당합니다. 우리 문학사 최초의 도가 전기집이죠. 그런데 '전기'傳記라고 하면 논픽션을 생각하게 마련이지만 『해동이적』은 모두 설화로 점철되어 있습니다.

홍만종이 신비하고 비합리적이며 황당무계한 도가류道家流의설화를 '역사화'하고 있음은 주목할 일입니다. 언뜻 고려 시대 이규보가 쓴「동명왕편」의 서문이 떠오르는데요, 유교적 관점에서 본다면 이런 데 관심을 쏟는 것은 이단에 탐닉하는 일로 치부될 수 있습니다. 홍만종은 유교적 관점에서 벗어났기에 이런 책을 쓸 수 있었다고 여겨집니다. 문학사의 긴 흐름에서 본다면 홍만종의『해동이적』은 이규보의「동명왕편」을 계승하고 있다고 할 만합니다. 두 글쓰기 모두 도가적 세계관을 기반으로 삼고 있습니다.

『해동이적』의 서술을 보면 다음과 같습니다: 단군 다음에 혁거세, 동명왕, 사선四仙의 행적이 서술되어 있습니다. '사선'은 영랑을 위시해 술랑述郎, 남랑南郎, 안상安詳 등 네 명의 국선國仙을 말합니다. 이어서 옥보고玉寶高의 행적이 서술됩니다. 옥보고는『청학집』에는 보덕의 분파分派로 서술되어 있는데,『해동이적』에는 보덕이 언급되고 있지 않습니다. 그다음에 대세, 구칠, 김가기, 최치원, 권진인, 김시습, 홍유손, 정희량, 서경덕, 정렴의 행적이 서술되고 있습니다. 이어서『해동전도록』과『청학집』에는 언급되지 않은 전우치田禹治, 남궁두南宮斗, 유형진柳亨進, 장한웅張漢雄, 장생蔣生 등이 서술되어 있습니다. 전우치는 16세기 전기에 활동한 술사術士로 알려져 있습니다. 허균은 남궁두를 주인공으로 한 소설인「남궁선생전」만이 아니라 장한웅과 장생의 전기인「장산인전」張山人傳과「장생전」蔣生傳을 썼습니다. 또 유형진의 사적을 기록한「유형진 유사」柳亨進遺事라는 글도 남겼습니다. 홍만종은 허균의 이 글들을 토대로 남궁두, 유형진, 장한웅, 장생의 행적을 서술했습니다. 이들은 모두 주로 16세기 후반에 활동한 인물들입니다.

『해동이적』은 이처럼『해동전도록』과『청학집』을 아우르는 한편 몇몇 새로운 인물을 추가해 놓고 있습니다.

세 책에 대한 전체적 조망

세 책을 통해 16세기 도가의 인물들은 대체로 지방에 거주한 한미한 집안 출신의 선비가 아니면 하층 신분 출신이었다는 사실을 알 수 있습니다. 지배 질서의 주변부에 속한 인물들이죠. 이들은 대부분 유교와는 판연히 다른 세계관을 소유하고 있었습니다.

이들의 존재 상황을 정리해 보면, 우선 청학 위한조의 스승인 이혜손은 한미한 사족士族으로서 집이 가난해 "혼적농상"混跡農商, 즉 농민이나 상인에 자취를 섞었다라고 했습니다. 이 말을 통해 장사꾼이나 농민과 차이가 없는 삶을 살았음을 알 수 있습니다. 그런가 하면 위한조는 북쪽 변방인 갑산 출신입니다. 갑산은 유배지 가운데 가장 험지로, 한번 들어가면 살아 돌아오기 힘든 곳이었습니다. 위한조의 일곱 문하생들은 "때를 만나지 못해 강호에 자취를 숨겼다"고 했으니, 불우한 존재들임을 알 수 있습니다. 이사연은 강원도 인제 출신으로, 조부가 관직에 있을 때 을사사화를 만나 집안이 영락零落해 지방에 거주하게 됐습니다. 조여적은 평안도 사람으로 과거에 여러 번 낙방한 실의지사失意之士에 해당합니다. 한무외는 충청도 청주의 선비로, 어쩌다 사람을 죽여 세상에 용납되지 못한 존재입니다. 그 스승인 곽치허는 평안도 사람인데 역시 신분이 미천했습니다. 윤군평은 중종 때 인물인데, 군관軍官, 즉 하급 군인이었습니다. 전우치는 개성 출신의 한미한 인물이었습니다. 남궁두는 전라도 임피 사람인데 집안이 요족饒足했다고는 하지만 그 윗대가 벼슬한 집안은 아닙니다.

이처럼 16세기의 도인들은 대개 지체가 한미하며 불우한 인물들이었습니다. 지배 질서로부터 소외된 존재들이죠. 요새 말로 하면 흙수저에 가까운 인물들입니다.

한편 이 세 책을 통해 17세기에 이르러 도맥이 계보화된다는 것을 알 수 있습니다. 물론 이 계보는 꼭 모두가 실제 사실이라고는 여겨지지 않습니다. 이와 같은 계보화에 어떤 사상적 지향과 의미가 내포되어 있는가를 읽어 내는 일이 중요하며, 이것이 과연 사실인가 아닌가를 따지는 것은 별 의미가 없습니다. 이렇게 볼 때 『청학집』과 『해동이적』이 모두 단군을 해동 선가의 시원始原으로 간주하고 있음은 각별한 주목을 요합니다. 주체적 인식을 보여 주고 있다는 점에서 그렇습니다.

북창 정렴 형제의 경우는 유교에 대한 배타적 입장에서 도가로 들어갔다고 말하기 어렵습니다. 왜냐하면 정렴은 주자朱子를 아주 존숭했거든요. 주자를 존숭하면서도 도가 수련을 했습니다. 그러니 그 도가 수련은 사상적 독자성을 뚜렷하게 갖기보다는 다분히 유교의 주변부에 속해 있는 것으로 보입니다. 좋게 말하면 유·도 회통이죠. 곽치허·한무외 일파나 위한조 일파의 경우는 다릅니다. 이들은 유교의 테두리를 벗어나 도가의 자립적 입장을 보여 줍니다.

정렴·한무외·위한조·조여적·남궁두·윤군평·전우치 이런 인물들은 모두 16세기의 인물들이며, 그중 몇몇은 17세기 전·중기까지 생존했습니다. 이를 통해 16세기에 와서 선풍이 현저해졌음을 알 수 있습니다. 15세기엔 꼭 그렇지는 않았습니다. 그래서 16세기는 조선 성리학의 심화기深化期임과 동시에 '이인異人들의 시대'라고 말할 수 있습니다. 도가를 추구한 인물들은 도술도 행하고 신이한 행적을 많이 보였기 때문에 흔히 '이인'으로 간주되었으며, 그들을 주인공으로 한 '이인 설화'가 많이 형성되었습니다.

16세기에 도가를 추구한 이인들이 많이 생겨난 것은 체제 모순의 심화와 밀접한 관련이 있습니다. 성리학 이념을 근간으로 신분적 차등과 사대존화事大尊華라는 틀에 기초한 질서가 공고히 자리 잡으면서 조선 왕조의 국가 체제 내에 한미한 집안 출신의 인물들은 설 땅이 별로 없었습니다. 그들은 사회적·정치적으로 자아를 실현할 방도를 찾기 어려웠습니다. 희망의 부재죠. 그러니 지배 질서를 떠받치는 유교 바깥으로 나가 도가에서 새로운 세상을 꿈꾸고, 새로운 질서를 모색한 것입니다. 이 점과 관련해 이들의 반지배적·반권위적 지향이 주목됩니다. 이런 지향은 대내적으로는 신분적 차별이나 젠더적 차별의 완화 내지 부정으로 이어지고, 대외적으로는 존화주의尊華主義의 거부와 민족 주체성의 강조로 이어집니다.

「최고운전」

지금까지 16세기의 사상사적 맥락 속에서 도가의 존재 방식을 살펴봤습니다. 이제 이를 토대로 「최고운전」崔孤雲傳을 보겠습니다.

해동도가의 도맥에서 최치원은 아주 중요한 위상을 점합니다. 『해동전도록』, 『청학집』, 『해동이적』 이 세 책에 모두 최치원이 거론됩니다. 「최고운전」은 16세기 후반에 한문으로 창작되었습니다. 작자가 누군지 그리고 정확히 언제 창작되었는지는 알 수 없습니다만 1579년 이전에 창작된 것은 분명합니다. 그 근거는 고상안高尙顏(1553~1623)이라는 문인의 『효빈잡기』效嚬雜記에서 찾을 수 있습니다. 고상안은 이 책에서, 기묘년(1579)에 충청도에 갔을 때 보령 현감이 「최고운전」을 자기에게 보여 줬다고 했습니다. 그러니 「최고운전」은 적어도 1579년 이전에 창작된 거라고 봐야겠죠.

이 작품은 최치원의 실화를 토대로 창작된 소설이 아닙니다. 실제 사실과는 거의 관련이 없으며, 대부분 민간 설화, 민간의 상상력에 의거한 허구로 보입니다. 이 작품에서는 다음의 몇 가지 점이 특히 주목됩니다.

첫째, 가부장의 권위를 부정하고 있습니다. 최치원의 아버지는 최치원이 태어나자 그를 집 밖에 내다 버리게 합니다. 자기 부인이 금돼지에게 납치되었다가 우여곡절 끝에 돌아왔기 때문에 금돼지의 자식으로 의심한 겁니다. 그는 나중에 최치원을 집 밖에 내다 버리게 한 것을 후회하고 사람을 보내 최치원을 집으로 데려오려고 하지만 최치원은 거부합니다. 다음이 그 대목입니다.

> 나를 금돼지의 자식이라며 이곳에 버렸으면서 이제 와서 조금도 부끄러워하는 마음 없이 나를 보고 싶어 하신다고? (…) 만일 내가 금돼지의 자식이라면 내 이목구비가 어찌 금돼지의 모습을 하고 있지 않단 말이오? 그런데도 아버지는 처음부터 나를 금돼지의 자식이라며 여기에 버렸으니 이 얼마나 잔인무도한 일이오? 그래 놓고 이제 와서 무슨 면목으로 나더러 부모를 찾아뵈라는 거요? 만일 또다시 나를 보고 싶다고 한다면 나는 바다로 뛰어들고 말 거요.

최치원 아버지의 명령에 따라 최치원을 데리러 온 아전들에게 최치원이 한 말입니다. 여기서 보듯 가부장의 권위가 부정되고 있습니다. 유교 사회의 도덕적 기준에 의하면 아버지가 설사 좀 잘못했다 하더라도 아버지가 잘못을 뉘우치면 아버지에게 돌아가는 것이 자식의 도리인데 그걸 거부하고 있는 거죠.

둘째, 중국의 권위를 부정하고 있습니다. 중국은 부당하게 우리나라를 압박하고 업신여기며 침략하려고 하는 나라로 그려지고 있습니다. 그래서 최치원은 중국에 가서 황제를 욕보이기까지 합니다. 아주 놀랍고 파격적인 서사라고 하지 않을 수 없습니다. 조선시대에 이런 글이 어떻게 쓰일 수 있나 의심이 들 정도입니다.

셋째, 신분제 질서를 부정하고 있습니다. 최치원은 자원해서 신라 나승상羅丞相의 종이 됩니다. 나승상에게는 딸이 하나 있습니다. 최치원은 나승상 딸과의 혼인을 요구해 이를 관철합니다. 나승상은 최치원이 이런 요구를 하자 어찌 종놈과 내 딸을 혼인시킬 수 있느냐며 몹시 화를 냅니다. 나승상의 말을 직접 들어 보기로 합시다.

종놈을 사위로 삼는 법이 어디 있단 말인가. 저놈의 말이 참으로 고약하구나.

천한 종이 고귀한 승상의 딸과 혼인하는 것은 현실에서는 일어날 수 없는 일입니다. 하지만 「최고운전」은 이를 실현시키고 있습니다. 신분적 질서의 전복을 꾀하고 있는 거죠.

넷째, 남자보다 여자를 더 명민하고 지혜로운 존재로 그리고 있습니다. 이는 최치원을 제외하고는 거의 다 그렇습니다. 이를테면 최치원의 부친보다 그 모친이 훨씬 명민하고 지혜로운 인간으로 그려지고 있습니다. 또한 나승상보다 나승상의 처가 훨씬 명민하고 지혜로운 인물로 그려집니다. 나승상의 딸 역시 그러합니다. 아주 명민하고 지혜로운 인물로 그려집니다. 최치원의 부친이나 나승상은 어려운 상황에 처하면 막 눈물을 흘리며 웁니다. 이와 달리 여성들은 우는 법이 없습니다.

　다섯째, 최치원과 자국 임금의 불화를 그리고 있습니다. 권력과의 불화, 권력과의 긴장 관계를 보여 주는 거죠. 최치원은 권력에 순종하지 않으며 권력에 편입되지 못합니다.

　「최고운전」이 보여 주는 가부장적 질서에 대한 부정은 일체의 지배 질서에 대한 부정과 연결됩니다. 즉 대외적으로는 중화주의적 질서에 대한 부정과 연결되며, 대내적으로는 신분제적 질서에 대한 부정이라든가 젠더적 차별에 대한 부정, 권력의 부당한 권위에 대한 부정과 연결되고 있습니다. 이처럼 「최고운전」은 기존의 가부장적 질서, 중국 중심적 질서, 신분제적 질서, 젠더적 질서에 반발하면서 새로운 질서를 모색하고 있습니다.

　기존 질서를 허물고 새로운 질서를 세우고자 하는 「최고운전」의 이런 지향에는 해동도가의 정치적·사상적 입장이 반영되어 있습니다. 즉 지배 체제 바깥에 있던 16세기 도가적 지식인들의 세계관이 반영되어 있습니다. 이들 도가적 지식인들은 유교적 예교禮敎에 의해 구축된 지배 질서와는 다른 질서를 꿈꾸었으며, 이런 '꿈꾸기'는 주로 '설화적' 담론 방식으로 표출되었습니다. 바로 이 점에서 민중적 사고방식이나 감수성과의 친연성을 보여 주죠.

　이 작품의 작자는 해동도가의 사상을 지닌, 주변부 지식인일 것으로 추정됩니다. 이 작품은 대내적으로는 반권력, 반위계적反位階的 지향을 보여 주며, 대외적으로는 존화적尊華的 사대주의에 대한 비판 의식을 담고 있습니다. 이 두 측면은 내적으로 서로 연결되어 있다고 판단됩니다. 지배 권력과 위계적 사고방식이 존화적 사대주의를 떠받치고 있기 때문입니다. 특히 주목되는 것은 민족자존 의식, 민족 주체성의 단초가 이 작품에서 발견된다는 점입니다.

중국의 침략에 대한 반대, 자국 문화와 자국의 지적 수준에 대한 강한 자부심의 피력이 그것입니다. 우리나라는 중국에 못지않다는 정도가 아니라 중국을 능가한다, 그러니 중국이 대국이라고 해서 소국인 우리나라를 업신여기거나 핍박하는 것은 정당하지 않다, 이런 생각이 뚜렷이 표명돼 있습니다.

그런데 「최고운전」에서 일방적 사대주의에 대한 반대가 천명된 데는 혹시 어떤 역사적 배경이 있는 것은 아닐까요? 「최고운전」이 보여 주는 일방적 사대주의에 대한 반대가 해동도가에 내재된 주체적 역사 인식에 근거함은 사실이라 할지라도 그와 동시에 어떤 역사적 배경이 있는 것은 아닐까요? 이런 물음을 한번 제기해 봄 직합니다. 이런 의문과 관련해서 이런 생각을 해 볼 수 있을 듯합니다. 16세기 전반기인 중종 때 와서 명明에 대한 사대가 이전과는 다른 양상을 보입니다. 중종은 연산군을 쫓아내고 등극한 임금입니다. 중종은 반정反正으로 왕위에 올랐기 때문에 왕권의 정통성이 약하다는 한계가 있습니다. 그래서 중국 황제에 더 기댐으로써 이런 약점을 해소하고자 했습니다. 17세기 전반기의 인조도 비슷한 양상을 보입니다. 인조는 광해군이 쫓겨나자 신하들의 추대에 의해서 엉겁결에 임금으로 등극했거든요. 그래서 자신의 집권을 정당화하기 위해 명에 대한 충성을 과대 표출했습니다. 사대의 심화죠.

16세기 전반기의 중종 때 와서 이전보다 명에 대한 사대의 정도가 심화된 것은 사실입니다. 그러니 「최고운전」에 담겨 있는 존화적 사대주의에 대한 비판은 16세기 전기에 대두된 이런 사대주의의 심화에 대한 반발의 의미가 있지 않나 생각해 볼 여지가 있습니다.

그렇기는 하지만 「최고운전」에서는 모화주의慕華主義의 토대
를 이루고 있는 화이론적華夷論的 세계관에 대한 근본적 성찰과 대
안의 모색은 아직 이루어지고 있지 않습니다. 이는 2백 년쯤 뒤인
18세기 후반에 와 홍대용에 의해서 비로소 가능해집니다. 이런 한
계가 있긴 하지만 민중적 서사 방식으로 민족에 대한 자존 의식을
표명함으로써 맹목적 모화주의에 대한 엄중한 비판을 제기하고 있
다는 점에서 「최고운전」은 우리 문학사에서 찬연한 빛을 발하는 작
품이라 하지 않을 수 없습니다.

『전우치전』

『전우치전』의 작자는 미상입니다. 창작 연대도 미상이나 17세기 이
후에 창작된 것은 분명합니다. 허균의 한문소설 「홍길동전」의 영향
을 받은 것으로 보이기 때문입니다. 「홍길동전」은 허균이 지은 우
리나라 최초의 국문소설이라고 말해지고 있습니다만, 국문소설이
아니라 한문소설로 봐야 하지 않을까 합니다. 이 점에 대해서는 나
중에 따로 말하기로 하겠습니다.

전우치는 16세기 중종 때의 실존 인물로서, 당시 윤군평이라
는 인물과 함께 방술方術로 유명했습니다. 「최고운전」과 마찬가지
로 『전우치전』 역시 민간 설화에 의거해 창작되었으며, 해동도가의
세계관과 감수성이 그 바탕에 깔려 있습니다.

『전우치전』에는 약간의 이본異本이 존재하는데, 그중 신문관본
新文館本에서는 전우치가 임금에게 황금 들보를 내놓으라고 해 이
것으로 빈민을 구제하고 있습니다. 또 횡포한 무리를 징벌하고 억
울한 이를 돕고 있습니다. 반권력적, 활빈적活貧的 면모를 보여 주

는 거죠. 『전우치전』이 보여 주는 이런 자국의 지배 권력에 대한 항
거라든가 백성에 대한 옹호는 「최고운전」에는 없던 면모입니다.

그렇기는 하지만 『전우치전』에는 「최고운전」과 달리 중국에
대한 문제의식, 민족에 대한 자존 의식, 젠더적 문제의식 같은 것은
보이지 않습니다.

「남궁선생전」, 「장생전」, 「장산인전」

「남궁선생전」, 「장생전」, 「장산인전」은 모두 허균이 창작한 작품입
니다. 동아시아에는 '신선전'神仙傳 창작의 전통이 있습니다. 허균의
이 작품들은 이런 전통 속에서 창작되었는데, 장르적으로 「남궁선
생전」은 소설이라고 말할 수 있지만, 「장생전」과 「장산인전」은 소설
적 요소가 얼마간 있기는 해도 인물전에 해당한다고 할 것입니다.
허균은 도가에 경도되어 비단 도가서를 읽었을 뿐만 아니라 몸소
도가 수련을 하기도 했습니다. 허균의 이런 사상적 지향에는 16세
기 이래 선풍의 영향이 있다고 보입니다.

「남궁선생전」에 의하면, 남궁두는 전라도 임피의 사족인데 첩
이 자신의 당질堂姪과 사통하는 것을 보고 두 사람을 죽인 후 달아
나 중이 됩니다. 그러다 권 진인을 만나 선술을 배우게 되죠. 권 진
인의 스승은 신라 시대의 승려 의상의 제자인데, 도를 전할 제자를
찾지 못해 죽지 못하고 있던 중 다행히 권 진인을 만나 그에게 도
를 전수한 뒤 세상을 뜹니다. 이를 통해 도가에서는 도를 전할 사람
을 구하지 못하면 죽지도 못한다고 생각했음을 알 수 있습니다. 신
비주의적 사고방식이긴 하나 흥미롭다 하겠습니다.

남궁두는 스승 밑에서 7년간 열심히 선술을 닦아 선도仙道를

거의 이루었는데 마지막 단계에서 어서 이루고자 하는 욕념慾念을 참지 못해 그만 실패하고 맙니다. 욕념을 완전히 끊지 못하면 신선이 못 되거든요. 그래서 남궁두는 최고의 신선인 천선天仙은 못 되고 그 아래 등급의 신선인 지선地仙에 그칩니다. 작품 말미에서 남궁두는 허균에게 이리 말합니다.

> 우리 스승께서 내가 인내심이 있음을 인정하셨건만 (마지막에) 인내하지 못해 천선이 되지 못했으니 '인'忍이라는 한 글자는 선가仙家의 묘결이니 만큼 그대는 삼가 잘 지녀 잃지 말았으면 하오.

이처럼 이 작품은 남달리 참을성이 강했던 남궁두의 연단鍊丹의 실패를 통해 인간이 일체의 욕념을 끊는 것이 얼마나 어려운 일인지를 말하고 있습니다. '욕념을 벗어나지 않고서는 신선이 될 수 없다면 인간이 신선이 된다는 건 얼마나 지난한 일인가', 작품에는 이런 주제 의식이 담겨 있습니다.

인간이 신선이 되고자 하는 것은 장생불사, 즉 죽지 않고 영생을 누리고자 해서입니다. 하지만 남궁두는 만년에 오래 사는 데 대해 깊은 회의를 표명합니다. 그의 말을 들어 보기로 합니다.

> 요즘 산중이 자못 적막한 것이 괴로워 속세로 내려왔지만, 친구 하나 없고 가는 곳마다 젊은 것들이 나의 늙고 추함을 업신여기니 도무지 이 세상에 흥미가 없소. 사람이 세상을 오래 살고자 하는 것은 원래 즐거움을 누리기 위해서인데 나는 이제 쓸쓸하기만 할 뿐 아무런 즐거움이 없으니 오래

살아 무엇 하겠소. 이 때문에 속세의 음식을 금하지 않고 자식 낳아 손자를 어르면서 여생을 보내다가 내 왔던 곳으로 돌아감으로써 천명을 따르고자 하는 것이라오.

지선地仙이라 일컬어진 사람의 말치고는 쓸쓸하기 짝이 없으며, 일말의 비애감을 불러일으킵니다. 오래 살아도 아무 즐거움이 없고 적막하기만 하다는 남궁두의 말은 깊은 여운을 남깁니다. 여기에 신선소설 「남궁선생전」의 빼어난 문제의식이 있는 게 아닐까 합니다. 허균은 도가에 경도되어 신선을 꿈꾸면서도 신선이 되는 것이 과연 어떤 의미가 있는지를 내적으로 성찰하고 있다 할 것입니다.

한편, 허균은 이 작품에서 도가적 상상력을 한껏 발휘해 초월적 신선의 세계를 호한浩瀚하게 묘사해 놓았습니다. 다음은 권 진인이 제신諸神의 알현을 받는 장면입니다.

홀연 대臺 위의 두 그루 회나무에 각각 꽃등불이 걸리더니 이윽고 온 골짜기의 무수한 나무에 모두 꽃등불이 걸려, 불꽃이 공중에 넘쳐 마치 대낮과 같았다. 기괴한 형상의 짐승들이 나타났는데, 곰이나 호랑이, 사자나 코끼리가 있는가 하면, 다리가 둘인 표범, 날개 달린 규룡, 뿔 없는 용도 있었다. 혹은 몸뚱이는 용이면서 머리는 말이고 뿔이 셋 달렸는데 사람처럼 서서 달리는 것도 있었다. 또 사람 얼굴을 하고서 눈이 셋 달린 것도 있었다. 이런 것들이 도합 백이나 되었다. 그리고 또 코끼리·노루·사슴·돼지 모양으로서 황금빛 눈과 백설 같은 이빨, 빨간 털과 서리같이 흰 발굽으로 뛰어오르고 서로 붙잡고 하는 것이 천씩이나 되었다. 이것들이 모두 권 진인을 좌우에 모시고 섰다. 그뿐 아니고 금동金童·옥녀玉女로서 기를 든 자 수백 인과 가지창 들고 의장儀仗을 갖춘 자 천여 인이 대臺 위에 둘러섰는데, 뭇 향기가 자욱하고 패옥 소리가 쟁쟁거렸다. 이어 푸른 저고리에 상아로 만든 홀을 잡고 수창옥(옥玉의 일종)을 차고 고깔을 쓴 자들이 섬돌 아래에서 허리를 굽히며 아뢰기를, "동방의 극호림極豪林·광하廣霞·홍영산紅映山 삼대신三大神이 현신하옵니다"라 하였다. 그들 삼신은 모두 자줏빛 금량관金梁冠을 썼으며 자주색 도포에 옥대를 하고 홀을 단정히 잡고 구름신을 신고 칼과 옥을 찼는데, 흰칠하고 해맑았으며 미목眉目이 빼어났다. 진인이 일어나 읍을 하니, 삼신은 모두 재배하고 물러갔다.

이전의 우리 문학사에 없던 상상력입니다. 그 필치는 아주 기이하고 거리낌이 없습니다.

「장생전」은 거지인 장생의 이야기입니다. 장생은 밀양 좌수座首의 아들인데 팔자가 기구해 호남과 호서를 떠돌다가 서울로 올라와 꼭지딴, 즉 비렁뱅이 두목 노릇을 합니다. 그는 창기娼妓나 여종과 같은 비천한 인간에게 각별한 친화감을 보여 줍니다. 하지만 장생은 단지 거지가 아닙니다. 그는 검선劍仙인데 자신의 진면목을 감추고 있어 사람들이 통 알아보지 못합니다. 당나라의 여동빈呂洞賓이 검선으로 유명했죠. 그는 종리권의 제자로 늘 등에 칼을 메고 다니며 세상의 악을 제거했습니다. 장생에게는 그를 따르는 무리가 있지만 그 행적이 비밀에 부쳐져 있다고 했습니다. 허균은 「호민론」豪民論이라는 글에서 위정자가 정치를 제대로 못 하면 '호민'이 백성들을 규합해 체제에 도전할 수 있음을 경고한 바 있습니다. 장생은 어쩌면 바로 이 호민에 속할는지 모릅니다.

「장산인전」은 장한웅張漢雄이라는 인물의 이야기입니다. 장한웅은 의원醫員 집안 출신인데 마흔 살에 지리산에 들어가 어떤 이인을 만나 연마법煉魔法을 전수받습니다. '연마법'은 귀신을 부리는 방술이죠. 장한웅은 온갖 도술을 부리고, 주문을 외워 악을 퇴치하기도 하는 등 도사로서의 면모를 보여 줍니다. 이 작품은 장산인의 도사적 면모를 보여 주는 일화들을 여럿 제시하고 있습니다.

장생과 장산인은 모두 허균과 동시대인입니다. 이 둘은 모두 임진왜란이 일어난 해 세상을 하직합니다. 흥미로운 점은 둘 다 시해尸解한다는 사실입니다. 신선이 되는 데는 두 가지 방법이 있습니다. 하나는 연단을 해 자신의 신체를 보존한 채 신선이 되는 것이고, 다른 하나는 육신을 버리고 혼백이 빠져나와 신선이 되는 것입니다. 후자를 '시해'라고 하죠. 「장생전」과 「장산인전」은 바로 이 시해법을 보여 주고 있습니다.

우리 문학사에서 거지나 도사 같은 비주류적인 인간이 인물전에 입전立傳된 것은 「장생전」과 「장산인전」이 처음입니다. 이들은 주류적 인간의 삶과는 다른 삶을 보여 주고 있습니다. 이 점에서 허균의 이 도가 인물전들은 인간과 그 삶에 대한 인식의 지평을 확장하고 있다 할 것입니다.

홍만종의 저술과 그 지향

홍만종은 앞서 『해동이적』을 검토할 때 조금 언급되었습니다만 『순오지』등 그의 다른 저술들과 그것들이 보여 주는 사상적 지향에 대해 따로 살필 필요가 있습니다.

홍만종은 31세 때인 1673년(헌종 14)『소화시평』小話詩評이라는 시화집을 썼으며, 49세 때 다시『시평보유』詩評補遺라는 시화집을 썼습니다. 그리고 59세 때 옛 문헌들에 수록된 시화들을 모아『시화총림』詩話叢林이라는 책을 편찬했습니다. 이 책들은 홍만종의 시 비평가로서의 면모를 보여 줌과 동시에 민족문화 유산의 정리에 큰 관심을 가진 고전학자로서의 면모를 보여 줍니다.

홍만종은 36세 때『순오지』를 썼습니다. '순오'旬五에서 '순'은 10을 말하고 '오'는 5를 말합니다. '순오지'는 15일 동안 쓴 글이라는 뜻입니다. 홍만종은 여름에 장맛비가 주룩주룩 내릴 때 어디 나가지도 못하고 집 안에 틀어박혀서 15일 만에 이 책을 썼습니다. 이 책은 다음 네 가지가 주목됩니다. 첫째, 단군을 우리 역사의 출발로 인식하고 있다는 사실입니다. 이 점은 그가 24세 때 쓴『해동이적』에서 이미 나타나고 있습니다. 둘째, 자국 역사와 문화에 대한 적극적 긍정이 보인다는 사실입니다. 셋째, 자국 어문에 대한 애정이 각별하다는 사실입니다. 송순의 「면앙정가」, 정철의 「관동별곡」·「사미인곡」·「속미인곡」, 조위한趙緯韓의 「유민탄」流民歎 등 10여 편의 가사를 소개하고 그 의의를 적극적으로 평가했습니다. 또한 우리말 속담을 소중히 여겨 무려 140여 개를 기록해 놓고 있습니다. 18세기 이후 민간의 속담을 기록한 문헌들이 더러 나타납니다만, 홍만종의 이 작업은 가장 이른 시기의 선구적인 작업으로 평가할 수 있습니다. 넷째, 유교를 절대화하는 관점에서 탈피해 유불도 儒佛道 삼교 회통이 제시되어 있으며 특히 도가 사상이 많이 개진되어 있습니다. 이처럼『순오지』는 비록 보름 만에 쓴 책이지만 그 문학사적·사상사적 의의가 아주 큰 책이라 할 수 있습니다.

한편, 저술 연도가 미상이고 지금 전하지는 않습니다만 홍만종은 『순오지』를 쓰기 전에 『동국악보』東國樂譜라는 책을 엮기도 했습니다. 이 책은 「역대가」歷代歌, 「권선지로가」勸善指路歌, 「만분가」萬憤歌, 「면앙정가」, 「관동별곡」 등 가사 10여 편을 수록하고 그에 대한 비평을 달아 놓은 책으로 추정됩니다. 이 비평은 『순오지』에 그대로 옮겨져 있습니다.

홍만종은 63세 때 우리나라의 역사를 기술한 『동국역대총목』東國歷代總目이라는 책을 편찬했습니다. 여기서도 단군이 우리나라 역사의 시발점으로 되어 있습니다. 홍만종은 20대에 저술한 『해동이적』에서 단군을 해동선파의 시원始原으로 간주한 이래 30대에 저술한 『순오지』와 60대에 저술한 『동국역대총목』에서 공히 단군이 우리나라 역사의 출발이라는 점을 명확히 하고 있습니다.

홍만종은 이외에 민간의 웃기는 이야기에 관심을 가져 소화집인 『명엽지해』蓂葉志諧, 『고금소총』古今笑叢, 『속고금소총』續古今笑叢을 엮었습니다. '명엽지해'는 '책력冊曆에 적은 우스운 이야기'라는 뜻이죠. 옛날에 종이가 귀해 책력 뒤에 글을 적곤 했거든요. 이 책은 마을 노인이 들려준 소화를 적어 놓은 것입니다. 조선 초에 강희맹이 저술한 『촌담해이』와 연결된다 하겠습니다.

이뿐만 아니라 홍만종은 시조 가집歌集인 『청구영언』과 『이원신보』梨園新譜를 엮기도 했습니다. '청구영언'이라는 명칭의 시조 가집은 1728년 가객 김천택金天澤이 엮은 것으로 널리 알려져 있죠. 김천택은 홍만종이 처음 엮은 『청구영언』에 여항 천류賤流의 시조와 사설시조를 보태어 곡조별로 분류하는 증보 작업을 꾀한 것으로 보입니다. 그러므로 우리 문학사에서 시조 가집을 처음 편찬한

공은 홍만종에게 돌려야 마땅하리라 봅니다. 홍만종은 「청구영언
서」靑丘永言序에서 이리 말하고 있습니다.

> 입에서 나온 것이 소리가 되고, 소리를 조절한 것이 말이 되
> 며, 말을 길게 한 것이 노래가 된다. 노래는 가슴속의 답답한
> 것을 쏟아 내어 마음을 형용한 것이다. 무릇 사람은 기쁘거
> 나 화나거나 슬프거나 무료하거나 불평스런 마음을 모두 노
> 래로 푼다. 그러니 사람의 뜻과 기운을 선양할 수 있고 정신
> 을 편안하게 할 수 있다. 그래서 군자는 노래를 취한다.

이 서문을 통해 홍만종이 왜 책 이름을 '청구영언'이라고 했는
지 알 수 있습니다. '청구'는 우리나라를 가리키고, '영언' 즉 '말을
길게 함'은 노래를 의미합니다. 그러므로 '청구영언'은 '우리나라의
노래'라는 뜻이죠.

이 서문은 우리말 노래의 고유한 의의를 이론적으로 해명하고
있어 주목됩니다. 요컨대 자국어 시가에 대한 정당한 의미 부여입
니다.

홍만종은 이처럼 자국어와 자국 문화를 중시해 속담을 채록하
기도 하고 민간 설화를 채집하기도 하고 노래를 수집하기도 했습
니다. 또한 주체적인 시각으로 자국 역사를 서술하기도 하고, 옛 문
헌에 전하는 시화를 대대적으로 모아 편찬하는 작업을 하기도 했
습니다.

홍만종의 이런 작업을 뒷받침하고 있는 것은 해동도가 사상입
니다. 해동도가 사상은 민중과 친화적이며, 자국의 고유문화와 친
화적입니다. 유교적 지식인 중에도 더러 자국의 고유문화에 관심

을 보인 이들이 없지 않습니다만 대개는 중국을 전범으로 삼는 모화적 지향을 보인 경우가 많습니다. 그래서 국어와 국문을 하찮고 비속한 것으로 여기며, 오로지 한자와 한문을 중시하는 태도를 보여 주곤 합니다. 하지만 홍만종은 그렇지 않습니다. 홍만종은 중국 중심적 질서를 맹종하지 않으며, 자기의식을 강하게 드러내면서 새로운 질서를 모색하고 있습니다. 특히 언어, 문자, 문화, 역사에 대한 인식 태도가 주목됩니다.

그렇기는 하지만 홍만종이 모화주의 혹은 중국 중심적 화이론에서 완전히 벗어났는가 하면 그건 아닙니다. 홍만종의 저술 중에 『소화시평』이 있다고 했죠. '소화시평'이라는 책 이름에서 그 점이 단적으로 드러납니다. '소화'小華는 우리나라를 가리키는 말인데, 이 말에는 소중화주의小中華主義의 함의가 내포되어 있습니다. 중국이 중화라고 한다면 우리나라는 소중화다, 중국의 문명을 따라 배운 우리도 중국처럼 문명국이다, 이런 관념이 소중화주의입니다. 그러므로 소중화주의라는 것은 중화주의의 인식 틀을 갖고 있을 때 비로소 성립될 수 있습니다. 중화주의라는 프레임이 견지되지 않는다면 소중화주의라는 인식이나 개념도 가능하지 않다는 말이죠. 이렇게 본다면 홍만종에게서 여러 진보적인 면이 확인됨에도 불구하고 이런 한계 역시 있다는 점 또한 직시할 필요가 있습니다.

그렇기는 하지만 홍만종이 17세기 후반에 해동도가 사상에 힘입어 주체적·민중적 방향으로 나아갔다는 점은 역시 높이 평가해야 마땅할 것입니다. 『순오지』에는 임제가 죽기 직전 자식들에게 한 말이 거론되고 있습니다. 임제의 이 일화를 일소一笑에 부칠 수 없음은 이전 강의(제13강)에서 언급한 바 있는데요, 홍만종은 임제의 이 일화 뒤에 "지금 우리나라가 청나라의 신하 노릇 하는 것을 그만둘 수가 없으니 참 딱한 일이다"라는 말을 덧붙이고 있습니다. 홍만종의 고민을 엿볼 수 있습니다.

마무리

오늘 강의에서는 해동도가 사상과 문학의 관련에 대해 살펴보았습니다. 통일신라 시대와 고려 시대에도 도가에 관심을 가진 작가들은 존재했습니다. 가령 최치원, 이규보, 정지상 같은 작가를 들 수 있습니다. 이들 중 이규보는 이전 강의(제8강)에서 언급했듯 도가 사상에 기대어 「동명왕편」이라는 기념비적인 작품을 창작할 수 있었습니다. 「동명왕편」이 보여 주는 주체적 의식은 오늘 살핀 작가들의 문학 의식과 통하는 점이 있습니다.

그렇긴 하지만 해동도가 사상에 의거해 16, 17세기 문학이 거둔 성취에는 전대의 문학에서는 볼 수 없었던 독특한 점이 있습니다. 소설 장르를 통해 주제를 구현하고 있다는 점, 신선·이인들의 행적을 담은 책이 저술되고 있다는 점, 자국어에 대한 뚜렷한 자의식을 보여 준다는 점 등이 그것입니다.

그럼, 오늘 강의는 여기서 마치겠습니다.

질문과 답변

* 도가는 자국의 역사와 문화에 대한 자존 의식이 강하다고 했습니다. 그렇다면 도가의 이런 면모는 동아시아 도가 전체에 공통적으로 나타나는 것인지요? 아니면 조선의 도가에만 보이는 특징일까요?

중국 도교는 역사적으로 여러 유파가 존재했습니다. 그래서 그 특징을 간단히 요약하기는 어렵습니다만, 몇 가지 주요한 면모를 짚어볼 수는 있습니다. 첫째, 기복적·주술적 면모입니다. 부적이나 부록符籙 같은 것으로 복을 빌거나 병을 고치거나 점을 치는 따위가 그것입니다. 둘째, 의학적 면모입니다. 도교는 장생불사를 위해 몸을 수련하는 데 힘을 쏟은 결과 의학 발전에 큰 기여를 했죠. 셋째, 정치적 저항입니다. 대표적으로 한말漢末의 장각張角은 태평도太平道를 창시해 농민을 규합하고 한漢 왕조의 타도에 나섰습니다. 이른바 황건적黃巾賊의 난이 그것입니다. 넷째, 양생술입니다. 양생술에는 외단外丹과 내단內丹이 있는데, 후대에 와 외단은 폐지되고 내단 일색으로 되었습니다. 내단은, 도인導引이나 복기服氣 등을 통해 심신을 단련해 장생長生을 도모했죠. 중국 도교에는 전진교全眞敎처럼 유불도 삼교三敎의 회통을 중시하는 유파도 존재합니다만, 자국 문화와 역사에 대한 주체적 인식을 보여 준다거나 자국 문화와 역사의 고유성을 부각하는 데 힘을 쏟거나 한 유파는 없는 것으로 보입니다. 그럴 수밖에 없습니다. 전통적으로 중국인은 늘 중국이 세계의 중심이라고 믿었으니까요. 그러므로 전통시대 중국인에게는 스스로를 타자화할 능력이 존재하지 않았습니다. 스스로를 세계의 중심이라고 믿는 존재에게는 주체적 인식이라든가 자신의 고유성에 대한 모색 같은 것이 나타날 수 없죠. 즉 자기의식이 늘 즉자성卽自性에 머물러 있어 대자화對自化로 나아가지 못합니다. 저기는 저런데 우리는 어떤가, 이런 것에 대한 생각이 없다는 말입니다. 그러니 우리처럼 자국의 주체성에 대한 고민과 모색, 이런 게 있을 이유가 없습니다. 이는 비단 도교만이 아니라 전근대 중국의 모든 사상과 학지學知에서 확인되는 현상입니다. 중국이 스스로를 타자화함으로써 그 정체성을 모색하기 시작한 것은 근대에 와서의 일입니다.

일본의 경우 나라奈良 시대와 헤이안平安 시대에 중국에서 도교가 수용되었지만 주로 기복적·주술적 측면이 중시되었습니다. 더구나 일본은 민간 신앙에 기반한 신도神道가 워낙 굳건해 도교가 독자적으로 발전하기 어려웠습니다. 그래서 민간 신앙과 불교에 흡수되어 버려 우리처럼 도가의 계보 같은 것이 존재하지 않습니다. 그러니 일본의 도교에 자국의 역사와 문화에 대한 주체적 모색이 있을 리 만무하죠.

일본에서 자국 문화에 대한 주체적 인식은 '국학'國學에서 뚜렷이 나타납니다. 일본 국학은 17세기 말에 발흥해 18세기 후반 모토오리 노리나가本居宣長에 의해 꽃을 피웁니다. 일본 국학은 사상적으로 신도에 토대를 두고 있으며, 유교와 불교 등 외래적인 것을 배척하고 순수 일본적인 것을 탐구하는 데 관심을 쏟았습니다. 이 점에서 국수주의적 면모를 갖습니다. '국학'이라는 용어는 20세기에 와서 우리나라와 중국에서도 사용했는데 민족주의적 맥락을 갖는 말입니다. 한국 국학은 자국의 문화와 역사에 대한 주체적 인식을 중시하면서도 일본 국학처럼 유교와 불교를 외래적인 것으로 간주해 배척하는 태도를 취하지 않았으며 적극적으로 포용했습니다. 위당爲堂 정인보鄭寅普 같은 국학자에게서 그 점이 잘 확인됩니다. 17세기 후반 홍만종은 한국 국학의 선구자라 할 만합니다. 물론 그 당시에는 국학이나 국학자라는 용어가 사용되지 않았지만 말입니다. 흥미로운 점은 근대의 학자인 정인보가 양명학을 사상적 토대로 국학을 했다면, 홍만종은 해동도가를 토대로 국학을 했다는 사실입니다.

*
*
16세기에 도가에 경도된 사람들은 대체로 한미한 이들이었는데, 17, 18세기의 장유張維·허균·임방任埅·홍대용 같은 인물은 명문가 출신으로 도가를 수용했습니다. 이들의 지향점은 한무외나 위한조와 어떻게 다른지, 혹 정렴과 비슷하게 유교의 주변부에 머물렀는지 궁금합니다.

장유는 특별히 도가에 관심을 가졌다기보다는 임진왜란 이후의 달라진 사상적 지형地形 속에서 양명학에 경도된 인물입니다. 양명학은 주자학과 달리 불교와 도가 등의 이단을 그리 배척하지 않았습니다. 그래서 양명학을 한 사람들 중에는 유불도를 회통하는 이들이 종종 있습니다. 장유 역시 그렇습니다. 장유는 비록 도가에 특별히 관심을 가진 것은 아니지만 유가, 불가, 도가가 두루 연구되는 중국 학술계의 다양성을 언급하면서 오로지 주자학만 존숭하는 조선 학계의 편협성을 비판한 바 있습니다. 홍만종 역시 장유와 비슷하게 유가, 불가, 도가 3교를 모두 긍정했습니다. 다만 장유가 양명학에 근거한 것과 달리 홍만종은 도가에 근거해 3교를 긍정했습니다.

허균은 불교에도 경도되었지만 도가에도 경도되었습니다. 허균은 도가에 경도됨으로써 인간의 타고난 성정을 긍정하는 쪽으로 나아갔습니다. 이 때문에 그는 비난을 받고 곤욕을 치르기도 했지만 그럼에도 그만두지 않았습니다. 언뜻 생각하기에 도가는 욕망의 억제를 가르치는데 허균은 어째서 도가에 의거해 인간의 타고난 성정을 긍정하게 된 걸까요? 도가 내부에는 인간의 자연스런 성정을 긍정하는 계기 또한 없지 않거든요. 중국 남조南朝의 선비들 중에는 노장 사상에 물든 사람이 많았는데, 이들의 특징적 행태 중 하나가 임방任放입니다. '임방'에서 '임'은 물物의 자연自然을 따름을 뜻하고, '방'은 예교 같은 데 구속되지 않고 자신의 마음을 따름을 뜻합니다. 그러니 '임방'은 도덕이나 관습에 구애되지 않고 활달하게 자신의 타고난 성정을 따르는 것을 말합니다. 허균에게서도 이런 면모를 볼 수 있죠.

임방은 공조판서를 지냈고, 송시열의 문인입니다. 비록 송시열의 문인이지만 도가에 관심을 가져 『천예록』天倪錄이라는 야담집野談集을 저술했습니다. 이 책에는 신비한 이야기들이 많이 실려 있습니다. 이처럼 임방의 경우 도가적 관심은 민간의 신이한 이야기에 대한 애호로 연결되고 있습니다. 그래서 야담집을 집필했습니다. 『청학집』이나 『순오지』에도 부분적으로 민간의 이야기에 대한 서사敍事가 보이기는 합니다만 『천예록』처럼 책 전체가 민간 이야기의 서사로 채워져 있지는 않습니다. 임방의 도가적 관심은 서사로 귀결되고 있음이 특이합니다. 임방의 손자가 임매任邁인데 이 인물도 『잡기고담』雜記古談이라는 야담집을 썼습니다. 임매 역시 도가에 경도되었죠. 이처럼 임방의 집안에서는 도가에 대한 경도가 이어졌음이 확인됩니다.

홍대용은 원래 주자학자인데 중국을 다녀온 뒤 새로운 세계관을 모색하는 과정에서 주자학에서 이단으로 배척하는 양명학과 도가를 적극적으로 수용했습니다. 그는 특히 『장자』에서 많은 영감을 얻었습니다. 그리하여 이론적으로 중화주의, 즉 중국 중심주의를 부숴 버리고, 중심과 주변이 없는 존재론적으로 평등한 세계상世界像을 정초定礎했습니다. 이렇게 본다면 홍대용은 세계관적 요구에서 도가에 관심을 가졌다 할 것입니다.

곽치허, 한무외, 위한조는 유가적 지식인으로서 도가에 관심을 가졌던 게 아니라 완전히 도가적 지식인에 해당합니다. 그들은 모두 도사였으니까요. 이와 달리 임방, 허균, 홍대용은 비록 도가를 수용했어도 도사는 아니었으며 기본적으로 유가적 지식인이었습니다. 그들은 단지 자신의 내적·지적 요구 때문에 도가를 수용했을 뿐입니다. 그러니 꼭 정렴처럼 유교의 주변부에 존재한 인물들이라고 말하기는 어렵습니다.

정렴은 좀 특수한 부류에 속합니다. 그는 주자를 존숭했으며 유불도를 두루 긍정했습니다. 정렴의 부친은 명종 때 우의정을 지낸 정순붕鄭順朋인데 을사사화를 일으킨 간흉의 한 사람으로 지목되었습니다. 정렴은 이로 인한 내적 갈등이 많았던 듯합니다. 사마시에 합격해 벼슬하기는 했으나 장악원 주부, 혜민서 교수 등 말단 벼슬을 했을 뿐입니다. 그는 도가에 깊이 들어가 진인眞人이라고 일컬어졌는데, 이는 그 집안 사정과 무관하지 않습니다. 하지만 정렴은 곽치허·한무외·위한조처럼 완전히 세상을 버리고 은거해 도사로서의 삶을 산 것도 아니며, 그렇다고 허균·임방·홍대용처럼 유교적 지식인으로서의 활동을 보여 준 것도 아닙니다. 이런 점을 고려해 그의 도가적 수련이 유교의 주변부에서 이루어졌다고 말한 것입니다.

해동도가의 많은 인물 중에서 하필 최치원을 「최고운전」의 주인
공으로 내세운 이유가 뭔지 궁금합니다.

「최고운전」은 조선의 맹종적 모화주의에 이의를 제기하는 작품입니
다. 이 작품에는 다른 문제의식도 담겨 있지만 이 주제가 너무 강렬
해 전체 서사를 압도하고 있습니다. 하지만 실제의 최치원은 모화주
의에 이의를 제기한 것이 아니라 모화주의에 깊이 경도된 인물이었
습니다. 물론 최치원에게는 자국 문화와 역사에 대한 강한 긍지 역
시 있었습니다만, 그렇다고 해서 그것이 그의 모화주의적 지향에 제
동을 건 것은 아닙니다. 이 점에서 실제의 최치원과 「최고운전」의 최
치원은 전연 다르다고 할 것입니다. 그렇다면 이 작품은 왜 주인공
을 최치원으로 삼은 걸까요? 우선 역사 속의 최치원과 민간 담론, 특
히 도가적 담론 속의 최치원은 그 상像이 달랐다는 사실에 유의할 필
요가 있습니다. 민간 담론이나 도가적 담론에서 최치원은 주체성이
강하며 신선이 된 인물로 관념되었다고 여겨집니다. 「최고운전」의
주인공은 '실제의 최치원'이 아니라 바로 이 '상상된 최치원'이었던
거죠.

　　실제의 최치원과 상상된 최치원은 동일 인물로 보기 어려울 만
큼 다르지만, 흥미롭게도 실제 최치원의 어떤 표상들이 상상된 최치
원 속에 들어와 있음을 볼 수 있습니다. 가령, 최치원이 신라와 당나
라에 걸쳐 있는 인물이라는 점, 신라인이면서도 당나라에서 문명文
名을 떨쳤다는 점, 당나라에서는 물론 자국 신라에서도 정당한 대접
을 못 받은 인물이라는 점 등이 그러합니다.

　　「최고운전」에는 황제의 명령으로 신라를 염탐하러 온 중국 학
사學士 두 사람이 아이인 최치원과 문장 대결을 벌이는 장면이 있습

니다. 중국인과 이런 대결을 벌이는 데 알맞은 인물로 최치원만 한 이가 있겠습니까? 이런 이유에서 최치원이 호출되었다고 여겨집니다. '중국이 우리나라를 소국이라고 자꾸 깔보는데 우리나라가 깔보일 나라가 아니다. 우리나라에는 중국을 능가하는 훌륭한 인물이 있다.' 최치원을 통해 이 점을 입증하고자 한 거죠. 이 때문에 「최고운전」의 작자는 실제 사실을 무시하고 순전한 허구 쪽으로 나아갔습니다. 이를 통해 역사적 사실에 구애받지 않고 아주 자유롭게 말하고자 하는 주제를 구현해 냈습니다. 대담한 발상과 상상력입니다. 이런 대담함은 민중적인 데 원천을 두고 있습니다.

** 기왕의 「최고운전」 연구에서는 설화와의 관련성이 주로 강조되는데, 이 강의에서는 해동도가와의 관련성이 강조되고 있는 듯합니다. 해동도가를 배제하고 설화가 소설화된 작품이다, 이렇게 설명할 수는 없는지요?

그런 설명은 문학 연구라는 분과학문적 관점에서의 접근법입니다. 그런 접근법의 장점도 있죠. 하지만 그런 접근법으로는 문학과 사상의 내적 관련이 포착되기 어렵습니다. 「최고운전」 같은 작품은 사상사의 거시적 맥락 속에서 조망될 때 그 문학사적 의의가 좀 더 분명히 드러납니다.

원래 도가는 민간 설화나 민간적 상상력과 친연성이 있습니다. 「최고운전」에도 민간 설화가 많이 수용되거나 활용되고 있다고 보입니다. 그런 점을 부정할 이유는 없지만 그럼에도 이 작품이 보여주는 여러 가지 권위에 대한 부정은 그냥 민간 설화를 다 주워 담은 결과로만 설명하기는 어렵지 않나 합니다. 민간의 전승을 일정하게 수용하면서도 그것을 작자가 가진 사상적 지향에 따라 재구성하고 재의미화하지 않았나 싶어요. 즉 작자의 도가적 관점, 도가적 세계관의 관여에 대한 적극적 고려가 요청되는 거죠.

게다가 이 작품은 전기소설傳奇小說 문법의 영향도 없지 않아서, 작중에 시가 나오기도 합니다. 최치원은 중국 황제를 만나기 위해 중국으로 가기 전에 아내 나소저와 시를 주고받습니다. 나소저도 시를 한 수 읊고, 최치원도 시를 한 수 읊죠. 이별의 장면을 극화劇化하기 위해서입니다. 이런 건 민간 설화에서는 있기 어렵습니다. 게다가 압운押韻도 정확합니다. 적어도 한시를 지을 줄 아는 사람이 소설을 썼음을 알 수 있죠. 역사적 사실과 통 맞지 않는 이런 황당한 내용을 작품화한 걸로 보아 작자는 주변부에 속한 지식인일 것 같고, 일반 민중과는 존재 여건이 다른 사람이라고 생각됩니다. 한시를 작품 속에 박아 놓고 있거든요.

뿐만 아니라 이 작품의 앞부분에 보이는, 중국 학사와 최치원이 문장 대결을 벌이는 장면도 심상히 보아 넘길 수 없습니다. 중국 학사가 최치원에게 어떤 시구를 하나 제시하면 최치원은 즉각 그 시구에 답합니다. 중국 학사들은 깜짝 놀라며 '일곱 살도 안 된 아이의 재주가 이와 같으니 글을 잘하는 선비 같으면 어떻겠나'라고 생각하며 황망히 중국으로 돌아갑니다. 중국 학사와 최치원이 주고받은 이 시구들은 주변적 지식인인 작자의 교양과 문제의식을 보여 줍니다. 『청학집』에도 곳곳에 시구가 제시되거나 시가 읊조려지는데, 도가적 지식인의 행태로서 주목할 만합니다. 이런 점에 유의한다면 이 작품에 작자의 사상적 지향과 문제의식이 투사되어 있다는 점이 좀 더 적극적으로 인정될 필요가 있겠죠.

최고운전

(…)

황제는 최치원이 낙양에 왔다는 소식을 듣고는 최치원에게 속임수를 쓰려고 첫 번째 문부터 세 번째 문까지 세 개의 문 안에 두세 길 깊이의 구덩이를 파 놓았다. 그러고는 구덩이 속에 악공樂工들을 들여보낸 뒤 이렇게 주의를 주었다.

"최치원이 들어올 즈음 모두 힘을 합해 음악을 연주해서 마음을 혼란스럽게 만들어라!"

그렇게 말한 뒤 구덩이 위에 널빤지를 깔고 다시 그 위에 흙을 덮었다. 또 네 번째 문에는 비단 장막을 쳐 놓고 코끼리를 그 안에 넣어 놓았다. 준비가 끝나자 황제가 최치원을 불렀다. 최치원은 첫 번째 문으로 들어오다가 쓰고 있던 모자가 문 위에 부딪히자 탄식하며 말했다.

"소국에서도 내 모자가 문에 닿은 적이 없건만, 대국의 문에 모자가 닿다니!"

최치원은 그 자리에 선 채 들어오지 않았다. 황제가 이 소식을 듣고 몹시 부끄러워하며 즉시 그 문을 부수고 최치원을 들어오게 하라는 명령을 내렸다. 최치원은 그제야 문 안으로 들어왔다.

이윽고 지하에서 음악 소리가 들려왔다. 최치원이 재빨리 푸른 부적을 던지자 즉시 음악 소리가 그쳤다. 두 번째 문에 이르자 또 음악 소리가 들렸다. 이번에는 붉은 부적을 던지자 소리가 잠잠해졌다. 세 번째 문에 이르렀을 때에도 음악 소리가 들렸다. 이번에는 하얀 부적을 던지자 역시 소리가 잠잠해졌다.

네 번째 문에 이르니 흰 코끼리가 장막 안에 숨어 있는 것이 보였다. 이에 노란 부적을 던지자 부적이 누런빛의 커다란 구렁이로 변해 코끼리의 입을 휘감았다. 코끼리는 감히 입을 열지 못했고, 덕분에 최치원은 안으로 들어올 수 있었다.

황제는 최치원이 네 개의 문을 무사히 통과했다는 보고를 받고는 놀라며 이렇게 말했다.

"하늘이 내린 사람이로구나!"

다섯 번째 문에 이르니 학사들이 좌우로 길게 늘어서서 앞다투어 질문을 던졌다. 최치원은 말로 대답하지 않고 오직 시를 지어 답할 뿐이었는데, 잠깐 사이에 지은 시가 이루 헤아릴 수 없을 정도로 많았다. 이에 학사들은 다시 말을 걸지 못했다.

(…)

— 작자 미상, 국립중앙도서관본

제16강

다른 목소리들 — 여성 작가의 출현

우리 문학사에서 여성 작가의 작품 활동, 특히 시 창작이 두드러지게 눈에 띄기 시작한 것은 16~17세기에 와서의 일입니다. 황진이黃眞伊(16세기 전반), 허난설헌許蘭雪軒(1563~1589), 이옥봉李玉峰(?~1592), 매창梅窓(1573~1610), 설죽雪竹(16세기 말~17세기 중반) 같은 인물을 꼽을 수 있습니다. 이들은 여성의 자의식을 드러내며 남성 작가와는 다른 목소리를 내고 있습니다. 또 그중에는 사적私的 영역에만 머물지 않고 공적公的 영역에 대한 관심을 보임으로써 여성적 자아를 확장하는 인물도 있습니다. 오늘 강의에서는 이런 여성 작가들의 목소리를 주의 깊게 들어 보기로 합니다.

16세기 이전의 상황

하지만 여성의 작품 활동이 16세기에 처음 이루어진 것은 아닙니다. 16세기 이전에도 작품을 남긴 여성들이 존재합니다. 먼저 이에 대해 간단히 살피기로 합니다.

「공무도하가」公無渡河歌는 고조선 시대의 노래인데, 그 작자는 백수광부白首狂夫의 아내라는 설도 있고 곽리자고霍里子高의 아내 여옥麗玉이라는 설도 있습니다. 신라 경덕왕 대의 희명希明은 「도천수관음가」禱千手觀音歌라는 향가를 지었습니다. 「정읍사」井邑詞는, 작자의 이름이 전하지는 않지만 백제 지방의 여성이 지었습니다. 「거사련」居士戀은 고려 시대의 여성이 지은 고려속요이며, 「제위보」濟危寶 역시 그러합니다. 이 작품들 외에도 고려속요의 작자 중에는 여성들이 많으리라 여겨지는데 유감스럽게도 이름이 하나도 전하지 않습니다.

한편, 고려 시대 평안도 팽원彭原의 기생인 동인홍動人紅이 지은 오언절구 1수와 평안도 용성龍城의 기생인 우돌于咄이 지은 칠언절구 1수가 『보한집』補閑集에 실려 전합니다. 조선 초에는 세종 대에 이각李恪의 부인이 「지아비를 변방에 보내며」(送夫出塞)라는 칠언절구를 남겼으며, 성종 대의 인물인 정씨鄭氏가 「두견화를 노래하다」(詠杜鵑花)라는 칠언절구를 남겼습니다.

이런 작품들을 통해 여성의 작품 활동이 상고시대부터 연면히 이어져 왔다는 사실을 알 수 있습니다. 그렇긴 하지만 작자의 이름이 전하지 않거나 겨우 한두 편의 잔편殘編만 전하고 있을 뿐입니다. 이런 점을 고려한다면 엄밀한 의미에서 우리 문학사에 '여성 작가'가 대두한 것은 16세기에 와서라고 해야 할 듯합니다. 오늘 살필 다섯 명의 작가는 황진이를 빼고는 전부 문집을 남겼습니다. 특히 허난설헌과 매창의 문집은 간행되기까지 했습니다. 이전에 볼 수 없던 현상이죠.

황진이

황진이는 생몰년이 미상입니다. 16세기 초에서 중엽까지 살았을 것으로 추정됩니다. 개성 출신으로 알려져 있으며, 당시 재예才藝로 이름을 날린 기생입니다. 임제(1549~1587)는 황진이의 무덤 앞에서 그녀를 애도하며 시조를 지은 바 있습니다.

> 청초青草 우거진 골에 자난다 누웠난다
> 홍안紅顔을 어디 두고 백골만 묻혔나니
> 잔 잡아 권할 이 없으니 그를 설워하노라

임제가 읊은 이 시조를 통해 황진이가 당시 사대부 사회에 얼마나 명성이 높았는지 알 수 있습니다.

황진이의 작품으로는 시조 여섯 수와 한시 몇 수가 전합니다. 시조부터 보겠습니다.

> 동짓달 기나긴 밤을 한 허리를 베어 내여
> 춘풍春風 이불 아래 서리서리 넣었다가
> 어론 님 오신 날 밤이어든 구비구비 펴리라
> 사랑하는 님

이 시조는 밤을 사물화事物化해 감각적으로 표현하고 있습니다. 밤에 대해 '허리'라든가 '칼로 베다'라든가 '이불 속에 넣다'라든가 '펴다'라는 단어를 사용한 것이 놀랍습니다. 밤을 이렇게 이미지화한 시는 동서고금에 달리 잘 있을 것 같지 않습니다. 그 상상력과 감수성에 찬탄하지 않을 수 없습니다. 동짓날은 1년 중 밤이 가장 깁니다. 이 긴 밤의 한 허리를 칼로 베어서 이불 속에 간직해 두었다가 님이 오신 밤 펼쳐 놓겠다는 것입니다. 님과 지내는 밤이 늘 짧게만 느껴져서 이렇게 말했겠죠.

'춘풍 이불'이라는 말도 참 묘합니다. '춘풍 이불' 아래에 '동짓달 기나긴 밤'을 칼로 베어서 넣겠다고 했는데, 감각되는 존재와 감각되지 않는 존재, 자연적인 것과 비자연적인 것 사이의 경계를 허물어 버려 전연 새로운 미감을 창조해 내고 있습니다.

또 이 시조에서는 '서리서리', '구비구비'와 같은 우리말 의태어가 주목됩니다. 이 단어들은 이 작품에 리듬감과 감각적 구체성을 부여하고 있습니다. 황진이의 이 작품으로 인해 이 두 우리말 단어는 더 반짝반짝 빛나고 새로운 생명력을 갖게 된 듯합니다. 황진이의 남다른 언어 감각, 예민한 예술적 감수성이 이런 데서 확인됩니다. 이 시조는 황진이의 천재적 시인으로서의 면모를 아주 잘 보여 주는 작품이 아닌가 합니다. 다음 시조에서도 이 작가의 역량을 엿볼 수 있습니다.

> 어져 내 일이야 그릴 줄을 몰랐더냐
> 아아
> 이시랴 하더면 가랴마는 제 구태여
> 있어라 하면
> 보내고 그리는 정情은 나도 몰라 하노라

이 작품은 미묘한 사랑의 감정을 잘 표현했습니다. 표현 형식에서도 독특한 점이 있는데 중장 끝의 '구태여'라는 단어가 참 희한합니다. 대개 중장의 마지막 말은 '~하니', '~하여', '~할쏘냐', '~하다가'처럼 서술어가 오기 마련인데 여기서는 부사어를 놓아서 의미가 거기서 뚝 끊어지게 만들어 놓았습니다. 의도적으로 중장이 하나의 완결된 의미를 갖지 못하게 한 거죠. 그래서 이 단어 앞에서 사람들은 흠칫합니다. 중장의 미완결된 의미는 종장의 첫 단어 '보내고'에 이르러 완결됩니다. '구태여 보내고', 이렇게 되는 거죠.

이처럼 이 작품은 중장과 종장에서 시조의 기존 작시법作詩法을 대담하게 이탈함으로써 굳이 님을 보낸 뒤에 그리워하는 서정 자아의 미묘한 마음을 언어적·형식적으로 잘 표현했습니다. "보내고"는 의미상 중장의 끝에 와야 하지만 그렇게 하지 않고 종장의 서두에 둠으로써 님을 보내고 그리워하는 복잡한 심리가 더 잘 드러납니다. 이에서 보듯 황진이는 사람의 마음을 표현하는 데, 그리고 언어를 구사하는 데, 아주 출중한 면모를 보여 줍니다.

다른 시조를 하나 더 보기로 하겠습니다.

> 내 언제 무신無信하여 님을 언제 속였관대
> _{신의가 없어}
> 월침삼경月沈三更에 온 뜻이 전혀 없네
> _{달이 진 깊은 밤에}　　　_올
> 추풍에 지는 잎 소리야 낸들 어이하리오

이 시조는 중장과 종장 사이에 일종의 비약이 보입니다. 달이 진 삼경에도 님이 오지 않는 것과 '추풍에 지는 잎 소리', 이 둘 사이에 무슨 상관관계가 있을까요? 이 시조의 묘미는 이 물음과 관련이 있습니다. '추풍에 지는 잎'으로는 대표적으로 오동잎을 떠올릴 수 있을 겁니다. 오동잎은 잎이 워낙 커서 떨어질 때 '툭' 하고 소리가 납니다. 물론 귀가 밝은 사람에게나 들리지, 저처럼 귀가 어두운 사람에게는 잘 들리지 않습니다. 그런데 지금 밤이 깊었건만 기다리는 님은 오지 않습니다. 하지만 서정 자아는 '그래도 혹시나 올지 몰라' 하면서 자지 않고 님을 기다리고 있습니다. 그때 '툭 툭' 잎이 떨어지는 소리가 들립니다. 서정 자아는 '혹시 저 소리가 님의 발자국 소리일까' 하고 귀를 기울입니다. 바로 이런 마음이 종장의 "추풍에 지는 잎 소리야 낸들 어이 하리오"라는 말에 담겨 있습니다. 그러므로 중장 종장 사이에 존재하는 이 느닷없는 비약은 서정 자아의 심리적·내적 상황을 능청스럽다고 할 정도로 기가 막히게 표현하고 있다고 하겠습니다. 정말 놀랍지 않습니까?

이제 황진이의 한시를 보도록 하겠습니다.

옛 절은 대궐 어구御溝 옆에 쓸쓸하고
석양의 높다란 나무는 사람을 시름겹게 하네.
풍경은 쓸쓸해 중(僧)의 꿈에 남았고
세월은 부서진 탑머리에 깊네.
봉황새 가 버리자 참새 떼만 나는데
진달래 핀 곳에 소와 양을 치고 있네.
신령스런 소나무는 성대한 그 당시 기억할 텐데
지금 이 봄이 가을 같을 줄 어이 알았으리.
古寺蕭然傍御溝, 夕陽喬木使人愁.
煙霞冷落殘僧夢, 歲月崢嶸破塔頭.
黃鳳羽歸飛鳥雀, 杜鵑花發牧羊牛.
神松憶得繁華日, 豈意如今春似秋.

'어구'御溝는 대궐로부터 흘러나오는 개천을 뜻합니다. '탑머리'는 탑의 꼭대기를 말합니다.

「송악산 옛 절」(松嶽山古寺) 혹은 「만월대 회고」滿月臺懷古라는 제목의 시입니다. '만월대'는 고려의 궁궐이 있던 터를 말합니다.

작자는 봄날 만월대의 쓸쓸한 풍경을 대하며 그 옛날 성대하던 고려의 궁궐을 회상하고 있습니다. 마지막 구절 "지금 이 봄이 가을 같을 줄 어이 알았으리"가 주목됩니다. 지금 봄이지만 마치 가을 같다고 했습니다. 봄에서 오히려 가을을 느낀다는 말이지요. 회고의 정, 그리고 그로 인한 슬픔의 감정을 함축적으로 잘 표현했습니다.

이 작품을 통해 우리는 이 작가가 역사의식을 갖고 있음을 알 수 있습니다. '역사의식'을 꼭 거창한 것으로 생각할 건 없습니다. 역사에 대한 전망이라든가 역사에 대한 특별한 생각만이 아니라 역사에서 느끼는 인간의 감정 같은 것도 넓은 의미의 역사의식 속에 포함시킬 수 있다면, 개성인開城人으로서 황진이가 고려의 유적에서 느낀 감회와 비애는 일종의 역사의식으로 이해해도 무방하리라 생각합니다. 이처럼 이 시는 역사에 대한 작가의 감회를 드러내고 있다는 점에서 주목됩니다. 역사에 대한 감회를 노래한 남성 작가들의 시는 많지만 여성 작가들의 시는 아주 드뭅니다. 전 시대의 여성 작가 중 그런 시를 쓴 사람은 아무도 없습니다. 그러므로 여성으로서 역사와 마주해 자신의 감정을 노래한 것은 황진이의 이 시가 처음이지 않을까 합니다.

다음은 「박연폭포」朴淵瀑布라는 시입니다.

하늘이 한 물줄기를 뿜어 골짝을 갈아
백 길 용추龍湫의 물소리 우렁차기도 하지.
휘날리는 물보라는 은하수인가 싶고
폭포수 드리운 게 흰 무지개 같네.
어지러운 우박 소리, 치달리는 우렛소리 온 골짝에 가득하고 구슬을 찧듯 옥이 부서지듯 맑은 허공에 사무치네.

나그네여! 여산廬山 폭포가 좋다고 말하지 마오

천마산天磨山의 이 폭포가 해동의 으뜸인 줄 알아야지.

一派長天噴壑礱, 龍湫百仞水淙淙.

飛泉倒瀉疑銀漢, 怒瀑橫垂宛白虹.

雹亂霆馳彌洞府, 珠舂玉碎徹晴空.

遊人莫道廬山勝, 須識天磨冠海東.

　　박연폭포는 개성 북쪽에 있는 명승입니다. 이 시는 높은 기상을 보여 줍니다. 사대부 남성 문인도 이런 웅장하고 호쾌한 시상을 펼쳐 보이는 것은 쉬운 일이 아닙니다. 제1구에서 보듯, 폭포수가 골짝으로 떨어지는 모습을 '하늘이 한 줄기 물을 내뿜는' 것으로 형용하고 있습니다. 기상천외의 상상력이라 하지 않을 수 없습니다.

　　이 시의 마지막 두 구가 특히 주목됩니다. 중국 강서성江西省에 있는 '여산'은 중국인이 옛날부터 절경으로 치던 산인데, 이 산에 폭포가 있습니다. 도연명陶淵明, 이백李白, 소식蘇軾 등이 이 산에 심취한 바 있습니다. 많은 시인들이 이 산을 찾아 시를 읊었고 또 많은 화가들이 이 산을 화폭에 담았습니다. 하지만 시인은 '사람들이여, 여산의 승경勝景을 말하지 말라. 박연폭포가 있는 우리나라의 천마산이 최고다' 이렇게 말하고 있습니다. 시인의 공간 의식을 엿볼 수 있습니다. 자기가 속해 있는 공간에 대한 자긍심이죠. 이 공간 의식에는 조선인으로서의 주체성이 어른거리고 있습니다.

　　기녀 시인들은 물론이고 사대부 집안의 여성 시인들도 대개 자신의 신변사身邊事를 읊조리거나 여성으로서의 정회情懷를 읊조리는 게 일반적이었습니다. 즉, 대개 '안'을 노래하고 있지 '밖'을 노래하지는 못했습니다. 관심이나 눈길이 안을 향할 뿐 혹은 자기 주변을 향할 뿐, 밖을 향하지는 못했던 것입니다. 다른 말로 하면 대개 사적 영역에 잠겨 있고 공적 영역으로 눈길을 돌리지 못한 거죠. 이 점에서 여성 작가들의 한시는 대체로 사적 담론의 세계에 속해 있고 공적 담론이라 할 만한 것을 잘 보여 주지 못합니다. 이것이 남성 사대부 문인의 시와 다른 점입니다. 이는 여성의 사회적 존재 여건에 기인한다 할 것입니다. 여성들이 집 안에 갇혀 사회적 활동이나 정치적 영역에서 배제된 탓입니다.

하지만 놀랍게도 황진이는 사적 담론만이 아니라 공적 담론을 일정하게 보여 주고 있습니다. 그래서 자아가 자신의 내부나 자기 주변에 국한되지 않고 확장되어 있습니다. 역사 속으로, 또 현실 속으로 확장되어 있죠.

또 하나 지적할 점은, 황진이라는 작가가 로컬리티와 관련해 주체성을 보여 준다는 사실입니다. 앞에서 살핀 한시는 모두 공간적으로 송도, 즉 개성과 관련이 있습니다. 황진이는 고려의 수도였던 개성 사람입니다. 황진이가 송도 삼절三絶로 서경덕과 자신과 박연폭포를 꼽았다는 유명한 일화는 송도에 대한 황진이의 각별한 자의식을 보여 줍니다. 황진이의 이런 공간 의식은 고려에 대한 회고의 정과 연결되고 있습니다.

허난설헌

허난설헌은 1563년에 태어나서 1589년 27세에 세상을 하직했습니다. 이름은 초희楚姬이고 '난설헌'은 호인데, 이름보다 호로 더 알려져 있습니다. 부친인 허엽許曄(1517~1580)은 서경덕의 문생입니다.

허엽은 동인東人에 속했으며 동부승지와 삼척 부사를 지냈습니다.

허난설헌에게는 오빠 둘과 동생 하나가 있었는데, 큰오빠는 허성許筬(1548~1612)이고 작은오빠는 허봉許篈(1551~1588)이며 동생은 허균許筠(1569~1618)입니다. 허성과 허봉도 글을 잘했지만, 특히 허균이 문명이 높았습니다. 허균은 허난설헌보다 여섯 살 아래였는데, 둘은 우애가 아주 깊었습니다. 허난설헌은 당시풍唐詩風의 시를 쓴 손곡蓀谷 이달李達(1539~1612)에게서 시를 배워 당시풍의 시를 썼습니다. 허균도 마찬가지로 이달에게 시를 배웠습니다. 이달은 서얼 출신인데, 허균은 이달의 전傳을 쓰기도 했습니다.

허난설헌은 남편 김성립金誠立(1562~1592)과 금슬이 좋지 않았으며 시어머니하고도 사이가 안 좋았습니다. 결혼 생활과 시집살이가 편하지 않았던 거죠. 이런 상황이 허난설헌 시작詩作 행위의 존재론적 기초를 이룬다는 점에 유의할 필요가 있습니다.

허난설헌은 우리말 노래는 짓지 않았고 한시만 창작했습니다. 허균은 누이가 죽은 후 누이의 문집인 『난설헌집』蘭雪軒集을 간행했습니다. 허난설헌의 문집은 중국과 일본에서도 간행된 바 있습니다. 그러므로 허난설헌은 전근대 여성 작가로서는 드물게 동아시아에서 이름을 날린 작가라고 하겠습니다.

다음은 「자식을 잃고」(哭子)라는 시입니다.

> 작년에 사랑하는 딸 잃었고
> 올해에 사랑하는 아들 잃었네.
> 슬프고 슬프도다 광릉廣陵 땅에
> 한 쌍의 무덤이 서로 마주했네.
> 백양나무에 쓸쓸히 바람이 불고

소나무, 가래나무에 도깨비불이 번득이네.

지전紙錢으로 너희들 혼을 부르고

현주玄酒를 너희들 무덤에 따르네.

너희 남매의 혼

밤마다 서로 따라 노닐 테지.

지금 비록 배 속에 아이가 있다 하나

어찌 장성하기를 바라리.

헛되이 「황대사」黃臺詞를 읊조리니

피눈물이 나와 슬픔으로 목이 메네.

去年喪愛女, 今年喪愛子.

哀哀廣陵土, 雙墳相對起.

蕭蕭白楊風, 鬼火明松楸.

紙錢招汝魂, 玄酒奠汝丘.

應知弟兄魂, 夜夜相追遊.

縱有腹中孩, 安可冀長成.

浪吟黃臺詞, 血泣悲吞聲.

'현주'는 제사 때 술 대신에 쓰는 물을 말합니다. 「황대사」는 당나라 측천무후則天武后 때 장회태자章懷太子가 지은 노래로, 형제들이 죽어 가는 아픔을 말했습니다.

허난설헌은 연거푸 어린 아들과 딸을 잃고서 결국 자식 없이 죽었습니다. 이 시는 두 자식을 잃은 어미의 참담한 심경을 노래하고 있습니다. 마지막 구절 "피눈물이 나와 슬픔으로 목이 메네"라는 말이 읽는 이의 마음을 아프게 합니다. 조선 시대에는 자식을 잃은 아버지의 마음을 읊은 한시가 많이 쓰였습니다. 그런데 이 시는 그런 시와는 감성이 다릅니다. 남성의 목소리와 다른 목소리지요. 자식을 잃고 쓴 시라는 점에서는 같다 할지라도 이 시는 다른 목소리를 내고 있습니다. 자기 몸으로 아이를 낳았기에 자식과 더 각별히 연결되어 있어 그렇지 않나 합니다.

다음 시는 「손톱에 봉선화 물을 들이다」(染指鳳仙花歌)입니다.

금분金盆의 붉은 꽃에 저녁 이슬 맺히면
미인의 가늘고 긴 열 손가락에
대절구에 찧어 배추 잎으로 말아
등잔 앞에서 귀걸이 울리며 동여매네.
새벽에 장루粧樓에서 일어나 주렴을 걷고
불꽃이 거울에 비친 것 좋아라 보네.
풀잎을 뜯을 때는 붉은 나비 나는 듯하고
가야금 탈 때는 복사꽃잎이 떨어지는 듯하네.
토닥토닥 분 바르고 쪽 진 머리 다듬으니
상강湘江의 대나무 피눈물 자국인 듯.
때때로 붓을 잡아 초생달 그리노라면
꽃비가 봄산을 지나는가 싶네.
金盆夕露凝紅房, 佳人十指纖纖長.
竹碾搗出捲菘葉, 燈前勤護雙鳴璫.
粧樓曉起簾初捲, 喜看火星抛鏡面.
拾草疑飛紅蛺蝶, 彈箏驚落桃花片.
徐勻粉頰整羅鬢, 湘竹臨江淚血斑.
時把彩毫描却月, 只疑紅雨過春山.

'금분'은 좋은 화분을 말하고, '장루'는 여성이 거주하는 다락집을 말합니다.

여러분은 손톱에 봉선화 물을 들이는 일이 생소할지 모르겠습니만 저는 초등학교 다닐 때 여름에 봉선화를 따다가 손톱에 물을 들이곤 했습니다. 여자 아이들이 많이 했지만 저 같은 남자도 했습니다. 그래서 이 시를 읽으면 어린 시절이 생각납니다.

이 시는 먼저 손톱에 봉선화 물을 들이는 과정을 말하고, 이어서 봉선화 물이 든 손톱을 여러 가지 비유를 동원해 형용하고 있습니다. 봉선화 물을 들이는 것은 우리나라 전래의 풍습인데, 이 시는 이를 소재로 여성적 정조를 아주 잘 드러냈습니다. 남성 작가는 이런 목소리를 내는 것이 불가능합니다. 남성 작가가 쓴 한시 중에는 짐짓 여성이 말하는 것처럼 쓴 것들이 왕왕 있습니다. 여성의 목소리를 빌려서 말한 것이죠. 그런데 그런 시들의 목소리와 여성이 자신의 체험을 바탕으로 쓴 시의 목소리는 뭔가 다릅니다. 실존이 달라서겠죠. 이 시 역시 그러합니다. 이 시는 남성 작가에게서는 기대하기 어려운 목소리, 여성만이 낼 수 있는 목소리를 들려주고 있습니다.

다음은 「견흥」遣興 8수 중 제5수입니다.

근자에 최경창崔慶昌과 백광훈白光勳 무리들
성당盛唐을 본받아 시를 공부해
적막하기 그지없던 맑은 소리가
이들로 인해 다시 울리게 됐네.
낮은 벼슬 살아 불우하였고
변방에서 벼슬살이해 위난危難을 근심했지.

나이와 지위 모두 영락했으니

시가 사람을 곤궁케 한다는 말 비로소 믿겠네.

近者崔白輩, 攻詩軌盛唐.

寥寥大雅音, 得此復鏗鏘.

下僚困光祿, 邊郡愁積薪.

年位共零落, 始信詩窮人.

    당시唐詩는 초당初唐, 성당盛唐, 중당中唐, 만당晚唐 네 시기로 구분됩니다. 당나라 시는 성당 때 가장 융성했으니 이백, 두보, 왕유가 바로 이때 시인입니다. '최경창'(1539~1583)과 '백광훈'(1537~1582)은 허난설헌과 동시대의 남성 시인입니다.

    이 시가 주목되는 이유는, 앞서 보았던 황진이의 시와는 또 다른 견지에서 공적 영역에 대한 관심을 보여 주기 때문입니다. 우선 이 시는 동아시아 시사詩史에 대한 인식을 보여 줍니다. 중국 시는 풍격상 '당시'와 '송시'宋詩 두 유파로 대별됩니다. '당시'는 대체로 운치가 빼어나고 기상이 온후하며 말이 자연스럽고, 송시는 대체로 정교하고 곡절이 많으며 기상이 굳셉니다. 우리나라 시인 중에는 당시를 선호한 사람이 있는가 하면 송시를 선호한 사람도 있습니다. 어느 쪽을 선호하느냐에 따라 시의 미적 풍격이 달라집니다. 조선 전기에는 송시풍이 성행했는데, 16세기 무렵부터 당시풍을 좇는 시인들이 나오기 시작해 16세기 말 17세기 초에는 시대의 풍조를 이루었습니다. 이 시기에 활동한 최경창, 백광훈, 이달 세 사람을 흔히 '삼당시인'三唐詩人이라고 일컫습니다. 당시풍을 추구한 세 시인들이라는 뜻이죠. 허난설헌은 이달에게 시를 배웠습니다. 그러니 허난설헌은 이달에게서 그의 절친한 벗들인 최경창과 백광훈에 대한 이야기를 많이 들었을 것입니다.

이 시는 비단 동아시아 시사에 대한 인식만이 아니라 시에 대한 비평 의식도 보여 줍니다. '비평 의식'이라 함은 성당의 시를 가치적으로 가장 윗자리에 둔 것을 말합니다. 또한 이 시는 문학과 인간의 관계에 대한 성찰을 보여 줍니다. 시작詩作을 하는 사람은 가난할 수밖에 없다는 성찰입니다. 실제로 최경창과 백광훈은 낮은 벼슬밖에 못 해 가난했지요.

이처럼 이 작품은 여성의 한시로서는 대단히 이례적인 면모를 보여 줍니다. 동아시아 시사에 대한 인식과 시에 대한 비평 의식을 보여 주고 있으며, 동시대 특정 남성 시인들의 처지에 대한 연민을 보여 준다는 점에서 그러합니다.

다음은 「갑산甲山으로 귀양 가는 하곡荷谷을 전송하다」(送荷谷讁甲山)라는 시입니다.

> 머나먼 갑산으로 귀양 가는 나그네
> 함경도로 가는 행색 바쁘기도 하네.
> 신하는 가태부賈太傅와 같건만
> 임금이 어찌 초나라 회왕懷王이리.
> 강물은 가을 언덕에 잔잔히 흐르고
> 변방의 구름은 석양에 뉘엿뉘엿하네.
> 서릿바람 불어 기러기 떼 날아가는데
> 중간이 끊어져 항렬을 못 이루네.
> 遠讁甲山客, 咸原行色忙.
> 臣同賈太傅, 主豈楚懷王.
> 河水平秋岸, 關雲欲夕陽.

霜風吹雁去, 中斷不成行.

이 시는 작은오빠 허봉이 갑산으로 이배移配되었을 때 쓴 것입니다. 허봉은 선조 16년(1583) 허난설헌이 스물한 살일 때 동인東人에 가담해서 율곡 이이를 탄핵했습니다. 이 일로 허봉은 함경도 종성鍾城에 유배되었다가, 나중에 갑산으로 이배되었습니다.

제3구의 '가태부'는 한나라 초 문제文帝 때 참소를 받아 초楚 땅의 장사長沙라는 곳으로 유배를 갔던 가의賈誼를 말합니다. 제4구의 초나라 회왕은 전국시대 때 굴원屈原을 내쫓은 임금입니다. 제7구의 '기러기 떼'는 형제를 가리키는 말이고, 제8구의 "중간이 끊어져"라는 말은 형제 중에 하나가 멀리 귀양을 가 없다는 뜻입니다.

이 시에서는 제3, 4구가 주목됩니다. "신하는 가태부와 같건만"이라는 말은 자기 오빠인 허봉이 가의와 같은 충성스러운 신하라는 뜻입니다. "임금이 어찌 초나라 회왕이리"라는 말은, '선조宣祖가 어찌 못난 임금인 초 회왕과 같겠냐'라는 뜻입니다. 하지만 이 구절은 속으로 은근히 선조를 초 회왕에 빗대면서 '이런 충성스런 신하를 몰라보고 유배를 보낸단 말인가'라는 의미를 담고 있습니다. 이 시구에서 확인되듯 이 시는 정치의식을 담고 있습니다. 조선시대 여성이 지은 한시 가운데 정치의식을 담고 있는 작품은 좀처럼 찾기 어렵습니다. 이 점에서 이 작품은 문학사적으로 굉장히 주목을 요하는 작품이죠. 이런 내용을 16세기에 여성 작가가 시로 썼다는 사실이 놀랍습니다.

끝으로, 「규원」閨怨 2수 중 제2수를 살펴보겠습니다. '규원'은 '규방의 원망'이라는 뜻입니다.

봄비는 서쪽 못에 어둑하고
쌀쌀한 추위가 비단 휘장으로 스미네.
시름겨워 작은 병풍에 의지하니
담장에 살구꽃이 지네.
春雨暗西池, 輕寒襲羅幕.
愁倚小屛風, 墻頭杏花落.

이 시는 봄이 가는 상황을 노래하고 있습니다. 예전에 살구꽃은 복사꽃과 함께 봄을 상징하는 대표적인 꽃입니다. 집의 담벼락에는 대개 살구꽃, 복사꽃, 앵두나무 같은 게 심겨져 있었습니다. 살구꽃이 핀 뒤 앵두꽃이 피고 그 뒤에 복사꽃이 핍니다. 살구꽃은 연분홍빛이죠. 이 시는 살구꽃이 잠시 환하게 피었다가 속절없이 지고 있는 광경을 노래하고 있습니다.

허난설헌은 이 시를 통해 규방에서 홀로 지내는 자신의 외로움과 설움을 노래했습니다. 이런 유의 시는 허난설헌의 문집에 아주 많이 보입니다. 허난설헌의 결혼 생활이 반영되어 있는 시라 할 것입니다.

허난설헌의 문집에는 외로움, 설움, 슬픔을 노래한 시들과 함께 천상의 선계仙界를 꿈꾼 시가 많이 보입니다. 신선 세계를 노니는 상상적 심정을 노래한 「유선사」遊仙詞 87수가 대표적입니다. '유선'은 '선계仙界에 노닌다'라는 뜻입니다. 「유선사」는 천상 세계에서 자유롭게 노니는 상상을 노래했습니다만 그 이면에는 억눌린 욕망이 자리하고 있습니다.

그러므로 「규원」이나 「유선사」 같은 시는 절절한 외로움의 시적 승화이자 억눌린 욕망의 예술적 승화라고 할 수 있습니다.

이옥봉

이옥봉이 태어난 해는 정확히 알 수 없는데 16세기 후반에 태어난 것으로 추정되며, 세상을 하직한 것은 1592년 임진왜란 때였습니다. 옥봉은 호이며, 이름은 알 수 없습니다.

옥봉은 선조 때 옥천 군수를 지낸 이봉李逢(1526~?)의 서녀庶女입니다. 아마 어머니가 종이었을 겁니다. 이봉은 양녕대군의 현손인데, 임진왜란 때 의병장으로 큰 활약을 했습니다.

옥봉은 어릴 때 부친에게 글을 배워 시를 잘 지었습니다. 그녀는 조원趙瑗(1544~1595)의 풍모와 문재文才를 흠모한 나머지 부친에게 청하여 그의 소실이 됩니다. 서녀이기 때문에 정실이 못 되고 소실이 된 거죠. 당시는 부모가 배필을 정해 주던 시대인데 스스로 배우자를 선택했다는 점이 특이합니다. 이를 통해 옥봉이 주체성이 강한 여성임을 알 수 있습니다.

조원은 성리학자인 남명 조식의 문생입니다. 선조 5년(1572) 문과에 급제해 이조좌랑, 괴산 군수, 삼척 부사 등을 지냈습니다.

다음은 옥봉의 시 「영월 가는 길에」(寧越道中)입니다.

> 관새關塞(삼척)까지 5일인데 3일째에 영월에 이르니
> 노릉魯陵의 구름에 슬픈 노래 끊어지네.
> 이 몸 또한 왕손의 딸이라
> 이곳의 두견 소리 차마 듣지 못할레라.
> 五日長關三日越, 哀歌唱斷魯陵雲.
> 妾身亦是王孫女, 此地鵑聲不忍聞.

'노릉'은 단종의 무덤을 말합니다. 옥봉은 괴산 군수로 있던 남편이 삼척 부사로 발령이 나자 따라갔는데, 이 시는 길을 떠난 지 3일째 되는 날 영월을 지날 때 쓴 것입니다.

단종은 영월에 유배 가 숙부인 세조에 의해 죽임을 당합니다. 이 시는 영월을 지날 때 과거의 역사를 떠올리며 읊은 것입니다. 옥봉은 이 시에서 자신이 왕족의 후손이라는 자의식을 보여 줍니다. 이 시는 여느 여성 시인의 시처럼 가정사家庭事나 신변사身邊事를 읊은 것이 아니라 자국의 역사와 관련된 일을 읊고 있음이 주목됩니다. 이 점에서 공적 담론에 속하는 시라고 할 수 있습니다.

「병마사에게 주다」(贈兵使)와 「계미년 북쪽 난리」(癸未北亂)는 당대 현실을 읊은 시들입니다.

> 장군의 호령 급하기가 우레와 바람 같아
> 일만 명 적의 목을 베어 거리에 매다니 그 기세 우람하네.
> 북소리 울리는 곳에 쇠피리 소리도 함께 나고
> 달이 창해滄海에 잠길 때 어룡魚龍이 춤을 추네.
> 將軍號令急雷風, 萬馘懸街氣勢雄.
> 鼓角聲邊吹鐵笛, 月涵滄海舞魚龍.
>
> —「병마사에게 주다」

> 전투는 비록 서생의 일과 다르지만
> 나라 근심에 외려 머리가 희어지네.
> 적을 제압해야 할 이때 곽거병霍去病을 생각하고
> 전술을 짜야 할 오늘 장량張良을 생각하노라.
> 경원성慶源城의 혈전血戰에 산과 물이 붉고

아산보阿山堡의 요사한 기운에 일월日月이 누렇네.

서울엔 좋은 소식 항상 못 미쳐

강호의 봄빛 또한 처량하구나.

干戈縱異書生事, 憂國還應鬢髮蒼.

制敵此時思去病, 運籌今日懷張良.

源城戰血山河赤, 阿堡妖氣日月黃.

京洛徽音常不達, 江湖春色亦凄涼.

—「계미년 북쪽 난리」

'곽거병'은 중국 서한西漢 무제武帝 때의 장군이고, '장량'은 한 고조高祖 유방劉邦의 책사입니다. '경원성'은 함경북도 경원에 있던 성이고, '아산보'는 경원 동쪽에 있던 돌로 쌓은 보루堡壘인데, 여진 족의 침입을 막기 위해 설치했습니다.

이 두 시에는 역사적 배경이 있습니다. 선조 16년(1583) 1월에 함경도 경원부의 번호藩胡(두만강 유역에 들어와서 살던 여진족)가 난을 일으켜 성을 함락시킵니다. 이해 6월에 신립申砬(1546~1592) 등의 장수가 여진족을 격파하고, 7월에 그 우두머리를 참살斬殺합니다.「계미년 북쪽 난리」라는 시 제목 중의 '계미년'은 바로 1583년이고, '북쪽 난리'는 이해 여진족이 일으킨 난을 가리킵니다.

「병마사에게 주다」라는 시는 기상이 아주 씩씩해 당대 여성이 지은 시라고 믿기지 않을 정도입니다.「계미년 북쪽 난리」역시 마찬가지입니다. 사대부 남성 문인이라고 해서 다 이처럼 호방한 시를 쓸 수 있는 것은 아닙니다. 하물며 당시 문학 행위에서 배제되어 있던 '여성'이 이런 시를 지었다니 정말 놀라운 일이 아닐 수 없습니다. 허균이 『학산초담』鶴山樵談에서 "옥봉의 시는 맑고 씩씩해 아녀자의 태態가 없다"라고 한 말이 이해가 됩니다.

당대 현실, 당대의 시사時事에 대한 적극적 관심에 있어 옥봉은 허난설헌을 능가합니다. 허난설헌에게도 시사를 읊은 시가 있지만 대개 자기 집안과 관련된 일에 국한되어 있습니다. 그런데 지금 옥봉의 경우 집안일과 무관한 국가의 중대한 일을 시로 읊고 있습니다. 당시 여성이라는 존재는 그 역할이 집안일에 제한되어 있어서 '국가'나 '정치' 같은 데에는 관심을 갖기 어려웠습니다. 그래서 글쓰기에서도 공적인 일에 대한 문제의식은 좀처럼 발견되지 않고, 그 관심이 주로 자기 자신이나 가족과 관련된 일의 범위를 넘지 않았습니다. 하지만 옥봉의 이 시는 그렇지 않습니다. 이 시는 여성 글쓰기의 경계를 훌쩍 뛰어넘고 있어, 하나의 '문학사적 사건'이라고 할 만합니다. 우리 문학사에 길이 기억되어야 할 장면이 아닐 수 없습니다. '이 시기에 처음 고개를 내민 여성 작가의 이러한 문제의식이 후대에 어떻게 이어지는가', 이 물음을 여기서 제기해 두고자 합니다.

다음은 삼척에 있을 때 지은 「가을에 생각하네」(秋思)라는 시입니다.

> 서리 내려 나무들은 진주眞珠가 됐고
> 변경의 성城은 모두 가을 일색이네.
> 마음은 서울에 있건만
> 바닷가 삼척에서 고을살이하네.
> 시절을 슬퍼하는 눈물 막을 길 없고
> 서울을 떠나온 수심도 견디기 어렵네.
> 님과 함께 임금 계신 곳 바라보나니

강산에는 죽서루竹西樓만 높이 솟았네.

霜落眞珠樹, 關城盡一秋.

心情金輦下, 形役海天頭.

不制傷時淚, 難堪去國愁.

同將望北極, 江山有高樓.

남편이 삼척 부사로 있을 때 쓴 시입니다. 이 시에서도 정치의
식이 발견됩니다. "시절을 슬퍼하는 눈물 막을 길 없고"라든가 "님
과 함께 임금 계신 곳 바라보나니" 같은 구절에서 그 점이 확인됩
니다. 앞의 시와 마찬가지로 여성이 쓴 시 같지 않습니다. 기존 여
성 글쓰기의 경계를 뛰어넘었기 때문이죠.

이후 옥봉의 인생과 시 세계를 바꾸어 놓은 사건이 발생합니
다. 남편이 삼척에서 돌아와 서울에서 벼슬할 때 생긴 일이죠. 이
웃에 사는 한 백성이 소도둑으로 오인받아 관아에 잡혀갔습니다.
옥봉은 그 백성의 아내를 위해 진정서를 써 주면서 그 말미에 시를
한 수 부기附記했습니다. 백성의 아내가 관아에 진정서를 내자 관
리는 말미에 적힌 시에 탄복해 백성을 풀어 줬습니다. 옥봉이 쓴 시
는 다음과 같습니다.

세숫대야를 거울로 삼고
물로 기름을 삼아 머리를 빗어도
이 몸이 직녀가 아닌데
낭군이 어찌 견우가 되리.

洗面盆爲鏡, 梳頭水作油,

妾身非織女, 郎豈是牽牛.

'견우'牽牛는 '소를 끌다'라는 뜻입니다. 백성의 남편이 소도둑이라는 오해를 받고 있기에 이런 말을 한 것입니다. 이 시는 '남을 위해 억울함을 하소연하다'(爲人訟冤)라는 제목으로 전해지고 있습니다.

뒤에 관리가 조원에게 찾아와 "그리 시를 잘 짓는지 몰랐다"라면서 칭찬을 했습니다. 조원은 영문을 모르죠. 그래서 관리가 돌아간 뒤 옥봉을 불러서 그 행실을 몹시 꾸짖고 친정으로 쫓아 버립니다. 옥봉은 울면서 잘못했다고 사죄하지만 소용이 없었습니다. 조원은 관아의 사법 판결에 부녀자가 사사로이 영향을 미친 데 분노한 것입니다.

이 일이 계기가 되어 옥봉의 시 세계가 바뀝니다. 앞에서 살펴보았던 씩씩하거나 정치의식이 보이는 시들은 다 소도둑 사건 이전에 지어진 것일 겁니다. 소도둑 사건 이후 옥봉의 시에서는 그런 면모가 사라집니다.

옥봉은 죽을 때까지 다시 남편 집으로 돌아오지 못했습니다. 친정집에서 외롭게 지내다 임진왜란 때 세상을 하직했습니다. 친정집에 있으면서 쓴 시들은 이전 시들과 달리 외로움과 그리움을 노래한 것들이 대부분입니다. 일례로 「스스로 말하다」(自述)라는 시를 보겠습니다.

요즘 어떻게 지내시나요?
저는 창밖에 달 비치면 한恨이 깊어요.
꿈속의 혼이 자취가 있다면
문 앞 돌길이 모래가 되었겠죠.
近來安否問如何, 月到紗窓妾恨多.

若使夢魂行有跡, 門前石路半成沙.

이 시는 남편에 대한 절절한 그리움을 담고 있습니다. 이 시의 제2구에 '한'恨이라는 말이 보이는데, 「규정」閨情이라는 시에서도 이 말이 보입니다.

평생 이별의 한恨, 몸의 병이 되어
술로도 약으로도 못 고칩니다.
이불 속 흘린 눈물, 얼음 아래 물과 같아
밤낮 흐르지만 사람들은 모르죠.
平生離恨成身病, 酒不能療藥不治.
衾裏泣如氷下水, 日夜長流人不知.

'규정'은 '규방의 마음'이라는 뜻인데요, 남편에게 쫓겨나 홀로 지내는 자신의 마음을 읊은 시입니다.

비정한 남편 때문에 이 빼어난 여성 작가의 정치적·사회적 감수성은 더 이상 뻗어 나가지 못하고 고사枯死하고 말았습니다. 옥봉은 자신의 처지에 대한 비탄의 노래를 부르다가 젊은 나이에 세상을 하직했습니다. 비극이라고 할 만합니다.

옥봉의 시는 중국에도 알려져 청나라 주이준朱彝尊이 편찬한 『명시종』明詩綜과 전겸익錢謙益이 편찬한 『열조시집』列朝詩集 등에 수록되어 전합니다.

매창

매창은 1573년에 태어나서 1610년에 세상을 하직했습니다. 성은
이씨고 이름은 향금香今입니다. 태어난 해가 계유년癸酉年이라 '계
생'癸生이나 '계랑'癸娘으로 불렸으며, 한자 표기를 달리해 '계랑'桂娘
으로 불리기도 했습니다. '매창'은 자호로, '매화나무가 보이는 창'
이라는 뜻입니다. 전라북도 부안현의 아전 이탕종李湯從의 딸인데,
어머니가 관비官婢였습니다.

매창이 죽은 지 58년 후인 1668년 10월에 부안의 아전들이 매
창의 시 58수를 수습해 『매창집』梅窓集이라는 문집을 간행합니다.
시골 아전들이 여성의 문집을 간행해 준 것은 대단히 이례적인 일
입니다.

매창이 열아홉 살 때 유희경劉希慶(1545~1636)이 부안에 놀러 왔
습니다. 유희경은 원래 천민 출신인데, 나중에 면천免賤되어 시인
으로 이름을 날린 인물입니다. 매창은 유희경을 만나 그 정인情人
이 됩니다. '정인'은 '정을 준 사람'이라는 뜻인데, 요샛말로 연인에
해당합니다. 유희경은 얼마 후 서울로 돌아갔는데 매창은 이때 다
음과 같은 시조를 지었습니다.

> 이화우梨花雨 흩날릴 제 울며 잡고 이별한 님
> 추풍낙엽에 저도 나를 생각는가
> 천리千里에 외로운 꿈만 오락가락하더라

'이화우'는 흰 배꽃이 바람에 우수수 떨어지는 모습을 비 내리
는 데 비유한 말입니다.

매창은 스물일곱 살 때에는 김제 군수로 온 이귀李貴(1557~1633)
의 정인이 됩니다. 그리고 2년 후 스물아홉 살 때(1601) 허균을 만납
니다. 허균은 당시 전운 판관轉運判官이 되어 조운漕運을 감독하기
위해 전라도에 내려와 부안에 머물렀습니다. 매창을 처음 만났을
때의 인상을 허균은 「조관기행」漕官紀行이라는 글에서 이리 말하고
있습니다.

> 창기 계생桂生은 이옥여李玉汝(옥여는 이귀의 자)의 정인이다.
> 가야금을 뜯으며 시를 읊는데 외모는 빼어나지 않으나 재주
> 와 정감이 있어 함께 이야기할 만하여 종일토록 술을 마시
> 며 시를 읊어 서로 화답하였다. 밤에는 그 조카를 침소에 들
> 였으니 혐의를 피하기 위해서다.

매창은 서른다섯 살 때(1607) 유희경을 다시 만납니다. 유희
경과의 마지막 만남이죠. 그다음 해인 1608년, 허균은 공주 목사
로 있다가 파직된 뒤 부안의 바닷가에 거처를 마련해서 머물고 있
었습니다. 이때 매창과 자주 만나 시를 수창酬唱하고, 함께 불교와
도교를 공부했습니다. 허균과 매창은 지기知己가 된 거죠. 2년 후
(1610) 매창은 서른여덟 살에 세상을 하직합니다. 허균은 그녀가 죽
었다는 소식을 듣고 「계랑의 죽음을 슬퍼하다」(哀桂娘)라는 시를 지
었는데, 이 시의 주註에 이런 말이 보입니다.

> 계생은 부안 기생인데, 시에 능하고 글도 알며 노래와 가야
> 금도 잘했다. 성품이 바르고 곧아 세속을 따르지 않았으며
> 음탕함을 좋아하지 않았다. 나는 그녀의 재주를 사랑하여

교분이 막역하였으며, 비록 담소하며 허물없이 지내도 문란한 데 이르지 않았다. 지금 그 죽음을 전해 듣고 한 차례 눈물을 뿌리고서 율시 두 수를 지어 애도한다.

허균은 매창을 인격적으로 존중한 듯합니다. 매창은 유희경, 이귀, 허균 외에도 권필權韠, 성로成輅, 심광세沈光世, 임서林㥠, 한준겸韓浚謙 같은 문인들과도 시를 주고받았습니다.

다음은 매창의 시 「규방에서의 원망」(閨中怨)입니다.

온갖 꽃 피고 두견새 우는데
뜰에 달빛 가득해 더욱 서럽네.
그리워 꿈에 볼까 해도 잠이 안 와서
일어나 매창에 기대어 새벽닭 소리 듣네.
瓊花梨花杜宇啼, 滿庭蟾影更悽悽.
相思欲夢還無寐, 起倚梅窓聽五鷄.

이 시는 새벽까지 잠들지 못한 채 달빛이 비치는 매창에 기대어 님을 그리는 마음을 읊었습니다. 시 중에 계생의 호인 '매창'이라는 말이 나와 눈길을 끕니다.

다음은 「봄날의 수심」(春愁)이라는 시입니다.

긴 언덕에 봄풀 무성해
옛 님이 오시다 길 안 잃을지.
성대히 님과 즐기던 고향 땅에는
온 산에 달 비치고 두견새 우네.

240

長堤春草色凄凄, 舊客還來思欲迷.

故國繁華同樂處, 滿山明月杜鵑啼.

봄날, 올 리 없는 님을 그리워하면서 옛날 부안에서 님과 보낸 즐거운 시간을 떠올리고 있습니다.

매창은 자신의 일평생을 되돌아보며 「병중에 근심스레 생각하다」(病中愁思)라는 시를 지었습니다.

쓸쓸한 방에서 지내며 병든 이 몸

40년이나 기한飢寒을 견뎠지.

인생이 얼마더뇨

하루도 울지 않은 날이 없네.

空閨養拙病餘身, 長任飢寒四十春.

借問人生能幾許, 胸懷無日不沾巾.

평생 하루도 울지 않은 날이 없다는 말에 가슴이 저밉니다.

매창이 쓴 시의 제목에는 근심 '수'愁 자, 원망할 '원'怨 자, 그리워할 '사'思 자, 서러울 '한'恨 자, 슬퍼할 '상'傷 자가 많이 보입니다. 매창의 내면을 반영한다고 여겨집니다.

설죽

설죽은 생몰 연대가 미상인데요, 16세기 말에 태어나서 17세기 중엽에 세상을 뜬 것으로 생각됩니다. 우리 말 이름은 '어련'인데, '어련하시겠습니까'라는 말의 그 '어련'으로, '별 흠이 없다'라는 뜻입니다. 호가 설죽雪竹이고, 또 다른 호는 취선翠仙입니다. 경북 봉화 닭실에서 여종으로 태어나, 충재冲齋 권벌權橃(1478~1548)의 손자인 석천石泉 권래權來(1562~1617)의 시청비侍廳婢였습니다. 틈틈이 글공부를 해 어릴 때부터 시를 잘 지어, 지금 160여 수의 시가 전합니다.

설죽은 1606년 이래 석전石田 성로成輅(1550~1615)의 정인이었습니다. 당시 설죽은 서호西湖에서 기생 노릇을 했으며, 성로는 양화도楊花渡 부근에 초옥을 지어 은거하고 있었습니다. 1615년 성로가 죽은 뒤에는 호남의 전주에서 관기官妓를 한 듯합니다. 나중에는 한양으로 올라왔으며, 만년에 귀향해 고향에서 세상을 떴습니다.

성로가 죽은 지 1년 뒤 설죽은「서호에서 성석전을 생각하며」(西湖憶成石田)라는 시를 지었습니다.

> 십 년을 한가로이 석전을 짝해 노닐었나니
> 양화강楊花江 가에 취하여 얼마나 머물렀던고.
> 그 사람 떠난 후 오늘 홀로 찾으니
> 옛 모래톱 물가에 흰 마름꽃 향기 가득하네.
> 十年閑伴石田遊, 楊子江頭醉幾留.
> 今日獨尋人去後, 白蘋香滿舊汀洲.

'양화강'은 양화도 부근의 한강을 가리킵니다. 아주 정감 있는 시입니다. 성로가 죽은 뒤 다시 서강西江을 찾아오니 사람은 없고 옛날 노닐던 모래톱에 흰 마름꽃 향기만 가득하다고 했습니다. 마지막 구절이 아주 큰 여운을 남깁니다. 이 시를 보면 설죽이 당시풍의 시를 썼음을 알 수 있습니다. 성로도 당시풍의 시를 썼습니다.

다음은「울적한 마음을 풀다」(遣懷)라는 시입니다.

떠나온 일 생각하니 몹시 한스러워
만 리 밖 고향에 돌아가고픈 마음.
부질없는 이내 신세
평생 서호에 부쳐 살고 있네.

念別千般恨, 懷歸萬里情.
空將此身世, 湖上寄平生.

고향을 떠나온 것을 후회하면서 고향으로 돌아가고 싶은 마음을 읊었습니다. 고향에 어머니와 형제들이 있었거든요.

다음은 「칠송에게 부치다」(寄七松)의 제2수입니다. '칠송'七松은 동생 이름입니다. 이 시 역시 외로운 마음을 노래했습니다.

밤은 깊고 바람 세찬데
창가에 홀로 앉아 강물 소리 듣네.
적적한 초당에 아무도 안 와
일점一點 잔등殘燈이 내 마음 비추네.

淸夜沈沈風正急, 窓間獨坐聽江聲.
草堂寂寂无人到, 一點殘燈照我情.

설죽의 시도 매창의 시와 마찬가지로 수심, 그리움, 외로움, 원망의 정조가 지배적입니다. 다만 매창의 시와 다른 게 있다면 고향에 대한 절절한 그리움이 토로되어 있다는 점입니다. 매창은 고향 부안에서 살다가 죽었지만, 설죽은 고향 봉화를 떠나와 서울과 호남을 전전했기에 이런 차이가 생긴 듯합니다.

마무리

오늘은 여성 작가 다섯 명을 살펴보았습니다.

황진이는 아주 강한 주체성을 보여 줍니다. 사랑 노래만 주목할 게 아닙니다. 황진이의 작품은 역사의식과 자국의 산하山河에 대한 긍지를 보여 주고 있습니다. 이는 공적 영역에 대한 관심으로서 주목을 요합니다.

허난설헌의 시에 대해서는 지금까지 주로 여성 정조를 노래한 것들에 주목해 왔습니다만 그 점만을 주목할 것은 아닙니다. 그녀가 공적 영역에 대한 관심을 보여 주고 있다는 점 역시 주목을 요합니다. 공적 영역을 읊은 이런 시들의 문학사적 의의를 생각해 볼 필요가 있습니다.

옥봉은 정치나 국가의 일에 적극적인 관심을 보였습니다. 허난설헌에게도 이런 면모가 있었지만 그것은 가족인 오빠 허봉의 일에 한정된 것이었죠. 이와 달리 옥봉의 경우 가족과 무관하게 국가의 일에 관심을 쏟았다는 점이 주목됩니다. 공적 영역에 대한 좀 더 진전된 관심의 표명이라고 할 수 있겠죠.

매창과 설죽, 두 기녀 시인은 기생이라는 존재 여건과 관련해 외로움, 슬픔, 그리움의 감정을 주로 노래했습니다. 공적 영역에 대한 관심은 일절 보이지 않습니다.

이번 강의에서 살펴본 다섯 시인은 황진이를 빼고는 모두 외로움, 쓸쓸함, 슬픔의 심회心懷를 짙게 드러내고 있습니다. 이는 그 존재 여건과 관련이 있습니다. 즉, 외로움과 슬픔 때문에 시를 지은 것입니다. 달리 말하자면 다들 벼랑 끝에서, 혹은 삶의 백척간두百尺竿頭에서, 시 짓기를 한 것입니다. 이들은 대체로 생에 안착하지 못하고 심리적으로 배회하는 삶을 살았습니다. 화락하고 안정된 삶이 아니라 외롭고 쓸쓸하고 불안정한 삶을 살았던 거죠. 이는 가부장제의 모순 때문이기도 하고 사회제도의 모순 때문이기도 합니다. 이 시기 여성 문학의 발전이 이러한 조건에서 이루어졌다는 점을 각별히 유의해야 하지 않을까 합니다.

또 하나 주목되는 것은 이 시기의 여성 문학이 사적 영역뿐만 아니라 공적 영역과 관련해서도 새로운 의미 있는 목소리를 내고 있다는 사실입니다. 종전에는 이 점이 별로 주목받지 못한 듯합니다. 하지만 이는 여성적 자아의 전개 과정에서 볼 때 각별한 주목을 요하는 중차대한 문학사적 현상이라고 하지 않을 수 없습니다.

그럼, 이만 오늘 강의를 마칩니다.

질문과 답변

*　　　이전 시기와 달리, 16세기에서 17세기 전반 사이에 여성 작가들의 주체적인 목소리가 두드러지게 나타난 이유는 무엇일까요?

16세기 이전에도 여성들의 문학 행위는 쭉 있어 왔습니다. 다만 문헌에 남아 있는 기록이 적어 그 면모를 자세히 알 수 없을 뿐이죠. 하지만 현재 전하는 작품만 갖고 보더라도 그중에는 여성의 주체적 목소리를 담고 있는 것이 없지 않습니다. 이를테면 고려 시대의 「만전춘별사」 같은 것을 들 수 있습니다. 이 작품은 여성의 욕망을 긍정하면서 남녀의 애정에 대한 적극적인 태도를 개진하고 있습니다. 이처럼 16세기 이전의 작품 중에도 여성의 주체적인 목소리가 간혹 발견되기는 하나 희소하다고 하지 않을 수 없습니다.

16세기 여성의 작품이 여성의 주체적 목소리를 현저하게 들려주는 것은 '여성 작가'의 대두라는 현상과 밀접한 관련이 있습니다. 다시 말해 여성 작가가 출현함으로써 여성의 주체적 목소리가 나오기 시작한 거죠. 여성 작가들은 문필 활동을 통해 여성적 자아의식을 심화하거나 확장해 나갈 수 있었다고 보입니다. 그것은 두 가지 방면에서 주목됩니다. 하나는 자신의 존재 조건에 대한 내적 응시이고, 다른 하나는 바깥 세계, 즉 역사라든가 현실에 대한 응시죠. 당시 여성은, 비록 사대부 집안의 여성이라 할지라도 사회적으로 본다면 '하위 주체'에 속했습니다. 기생은 말할 나위도 없죠. 이 시기 출현한 여성 작가들은 여성이라는 하위 주체의 목소리를 내기 시작했다는 점에서 문학사적으로 주목된다 하겠습니다. 이들 작가로 인해 우리 문학사에 하나의 새로운 층위가 확고하게 자리 잡게 되었으니까요. 이는 일대 문학사적 사건이라고 해야 하지 않을까요?

그렇다면 16세기에 이런 여성 작가들이 출현하게 된 배경은 뭘까요? 두 가지를 지적할 수 있을 듯합니다. 하나는 여성적 자아의 성장입니다. 이 시기에 여성의 자기의식은 좀 더 높아졌다고 여겨집니다. 이는 국문이든 한문이든 여성들이 글을 익힘으로써 가능해졌습니다. 문자는 대자적對自的 인식을 촉발하거든요.

다른 하나는 한문학의 저변 확대입니다. 조선 시대에 들어와 한문학은 시간이 흐를수록 점차 그 저변이 확대되어 갔습니다. 한문학은 사대부 남성의 전유물이었습니다만 역설적이게도 그 발전 과정에 여성으로의 저변 확대가 일부에서 일어난 것이죠. 오늘 살펴본 다섯 작가는 모두 한문 문해력을 갖추었으며, 한시를 짓는 능력을 구비하고 있었습니다. 그래서 한시 수창酬唱을 통해 사대부 문인들과 관계를 맺을 수 있었습니다. 이것은 이들의 작가적 역량을 강화하는 데 기여했을 뿐만 아니라, 이들의 자의식 강화에도 영향을 미쳤으리라 봅니다.

＊
＊　　　후대의 여성 작가의 양상은 어떠한지요?

17세기 후반 이후 여성 작가들이 끊이지 않고 나와 그 수가 적지 않습니다. 비단 한시만이 아니라 산문, 심지어 소설을 쓴 작가도 있습니다. 하지만 여기서 일일이 다 거론하기는 어렵습니다. 오늘 강의는 여성 작가의 한시가 중심이 되었으니 후대의 양상도 역시 한시에 초점을 맞추는 게 좋지 않을까 합니다.

17세기 후반 이후의 여성 시인으로는, 시집을 남긴 사람만 꼽더라도 호연재浩然齋 김씨(1681~1722), 영수합令壽閤 서씨(1753~1823), 영수합 서씨의 딸 유한당幽閒堂 홍씨(1791~?), 삼의당三宜堂 김씨(1769~?), 정일당靜一堂 강씨(1772~1832), 김금원金錦園(1817~?), 박죽서朴竹西(1820~1850 경), 김운초金雲楚 등을 꼽을 수 있습니다. 이 중 호연재 김씨, 영수합 서씨, 유한당 홍씨는 명문가 출신이고, 삼의당 김씨와 정일당 강씨는 한미한 사족 출신입니다. 김금원과 김운초는 기녀이고, 박죽서는 서녀庶女인데, 모두 사대부의 소실이 되었습니다.

이들의 시는 대범하게 보면 모두 여성적 정조를 보여 준다고 할 수 있지만 그 존재 상황에 따라 상당한 차이를 드러냅니다. 영수합은 달성 서씨 서형수徐逈修의 딸로서, 홍인모洪仁謨의 아내이며, 홍석주洪奭周·홍길주洪吉周·홍현주洪顯周의 어머니죠. 홍인모의 아버지는 영의정을 지낸 홍낙성이고, 홍인모의 막내아들 홍현주는 정조의 부마입니다. 이처럼 영수합 서씨의 친가와 시가는 모두 내로라하는 벌열에 속했습니다. 영수합은 금슬이 좋아 남편과 시를 수창하곤 했습니다. 영수합 서씨의 이런 존재 상황으로 인해 그녀의 시에는 규방의 외로움이라든가 이별의 한을 읊은 시는 보이지 않으며, 중국의 시에 차운한 시라든가 자식들에게 준 시가 많습니다. 영수합의 딸인 유한당 홍씨의 시에도 여성의 정체성에 대한 모색 같은 것은 발견되지 않습니다.

삼의당 김씨는 친정과 시집이 모두 어려웠습니다. 이 작가는 여자의 도리를 강조하는 시를 썼으며, 남편이 과거에 급제해 가문을 일으켜 세우기를 바라는 마음을 시로 읊었습니다. 그러므로 삼의당 김씨의 시에서도 여성적 정체성에 대한 모색 같은 것은 별로 발견되지 않습니다. 정일당 강씨도 비슷합니다. 여자에게는 순종의 도가 중요하다고 생각했으며 유교의 도리와 성인의 가르침을 따르겠다는 뜻을 시로 읊었습니다.

　김금원, 박죽서, 김운초는 사대부의 소실이라는 동일한 존재 여건으로 인해 서로 친한 벗이 되어 시사詩社를 결성해 시문을 주고받으며, 서로를 격려하고 위로했습니다. 16세기에는 없었던 새로운 양상으로서 주목됩니다. 이들 간에는 강한 자매애姊妹愛가 존재했다고 보입니다.

　김금원은 원래 관동關東의 동기童妓 금앵錦鶯으로, 14세 때(1830) 남장을 하고 현달한 사대부 연천淵泉 김이양金履陽을 따라 호서湖西와 금강산을 유람했습니다. 당시 김이양은 일흔여섯이었습니다. 김금원은 뒤에 추사秋史 김정희金正喜의 집안사람인 김덕희金德喜의 소실이 되는데, 김덕희의 별장인 마포의 삼호정三湖亭을 거점으로 한 여성 시회를 결성해 이를 주도했습니다. 『호동서락기』湖東西洛記라는 시집도 34세 때(1850) 여기서 탈고했습니다. '호동서락기'에서 '호'는 호서, '동'은 관동, '서'는 관서, '락'은 한양을 말합니다. 김금원은 여자가 깊은 규중에 거처하여 식견을 넓히지 못하고 자취 없이 사라지는 것을 슬퍼해 자신이 노닌 네 곳의 풍광을 시로 읊었는데, 기상이 활달하며 여성적 자의식이 표출되어 있습니다. 김금원은 본인이 자신의 시로 기억되기를 바랐던 듯합니다.

　김운초는 원래 평안도 성천의 기생인데 나중에 김이양의 소실이 되었습니다. 그녀의 시집에는 김이양과 수창한 시들이 많이 실려 있으며, 님을 그리는 마음과 규방의 외로움을 읊은 시들이 여럿 보입니다. 이는 김금원과 박죽서의 시도 마찬가지입니다. 특히 박죽서는 "몸이 새장에 갇혀 자유롭지 않네"(身在樊籠不自由: 「우연히 읊다」偶吟)

라 읊어, 자신이 새장에 갇힌 부자유한 새라는 인식을 보여 줍니다. 자신의 정체성에 대한 고민이 있었던 거죠.

마지막으로, 호연재 김씨는 김상용金尙容의 현손이고 송준길宋浚吉의 현손부입니다. 친정과 시집이 조선 후기의 벌열에 해당하죠. 그러니 앞에서 말한 영수합이나 유한당과 비슷한 시 세계를 보여 주지 않을까 생각하기 쉽습니다만 그렇지 않습니다. 영수합, 유한당과 달리 호연재는 금슬이 별로 좋지 않았습니다. 이 점에서 존재 상황이 달랐다고 할 수 있습니다. 그렇기는 하나 허난설헌과는 다른 시 세계를 보여 주고 있습니다. 인간 기질이 달랐기 때문으로 보입니다. 호연재의 남편 송요화宋堯和(1682~1764)는 밖으로 나돌아, 호연재는 송명흠宋明欽, 송문흠宋文欽 같은 시당질媤堂姪이나 친정인 홍성 오두리의 형제들과 시를 많이 주고받았습니다. 호연재는 호탕한 여중군자女中君子의 마음을 지녀 자신이 규방의 여자 몸임을 슬퍼하기도 했지만 그렇다고 그 정체성에 대한 고민을 심각하게 하지는 않았습니다. 호연재는 시를 줄줄 쉽게 쓰는 능력이 있어 장편 고시古詩를 여럿 남겼는데 가사歌辭를 한시로 쓴 것 같은 느낌이 듭니다.

호연재 김씨는 앞에 거론한 여성 작가들과 달리 공적 영역에 관심을 표한 시를 몇 편 남깁니다. 숙종이 승하했을 때 쓴 애도시라든가 경종이 즉위했다는 소식을 듣고 쓴 시가 그러합니다. 뿐만 아니라 「청룡도」靑龍刀라는 시는, 청룡도로 오랑캐들을 다 죽이고 명나라를 회복하고자 하는 염원을 피력하고 있습니다. 호연재의 친정과 시집은 모두 대명의리론對明義理論을 고수한 집안입니다. 집안 내력으로 인해 호연재도 이런 의식을 강고하게 지니고 있었던 것으로 보입니다. 이런 의식이 옳은가 그른가를 떠나 호연재가 천하사에 관심을 가졌다는 점이 중요합니다. 호연재 외에 이런 면모를 보여 주는 조선 후기의 여성 작가는 아무도 없거든요.

이번 강의에서 공부한 다섯 명의 여성 작가들 중 사적 영역만이 아니라 공적 영역에 대한 시적 관심을 보여 준 인물은 황진이, 허난설헌과 이옥봉입니다. 17세기 후반 이후의 여성 시인들 중 이를 계승한 시인은 호연재 김씨 한 사람입니다. 그러니 16세기의 여성 시인들에 의해 어렵사리 열린 길이 후대에 더 확장되었다고 보기는 어렵습니다. 물론 17세기 후반 이후의 여성 시인들 중에는 여성의 정체성에 대한 고민을 보여 주는 이들이 없지 않지만 그럼에도 불구하고 그 자의식은 대체로 자기 연민의 테두리 안에 머무르며 이를 뚫고 나오지는 못한 듯합니다. 이런 한계는 이 시기 여성 시인들이 공적 영역으로 눈을 돌리지 못한 것과 깊은 관련을 맺고 있지 않나 합니다. 자고로 작가에게 사회적·정치적 의식이 없으면 신음呻吟은 비탄에 머물기 쉽습니다.

그렇다면 16세기의 여성 시인들에 의해 모처럼 소중하게 발현된 역사의식이나 사회적·정치적 의식이 제대로 계승되지 못한 이유는 뭘까요? 17세기 후반 이래 진행된 가부장제의 강화와 관련이 있을 것입니다. 16세기까지만 해도 ─ 그리고 17세기 초까지도 ─ 조상 제사를 아들딸 구분 없이 지냈습니다. 가령 오빠 집에서 한 번 지내면 여동생 집에서도 한 번 지내는 식으로 돌아가면서 지냈죠. 제사는 상속과 연결됩니다. 제사를 다 같이 지냈으므로 상속도 남녀 균분均分이었습니다. 하지만 17세기 후반 이후가 되면 적장자嫡長子의 집에서 제사를 지내는 쪽으로 바뀝니다. 상속도 적장자 상속이 됩니다. 이에 따라 사회적으로 가부장제가 강화됩니다. 가부장제의 강화는 필연적으로 여성의 존재론적 위축을 낳습니다. 젠더적 경계는 강화되며, 여성은 주어진 울타리 안에 있어야 하도록 사회적으로 강요됩니다. 이런 상황에서 여성 시인들은 비록 자기 연민은 깊어질지라도 공적 영역에 대한 관심을 가지기가 쉽지 않습니다.

16세기에는 이번 강의에서 살펴본 여성 작가 외에도 흥미로운 여성 작가가 둘 더 있습니다. 하나는 미암眉巖 유희춘柳希春(1513~1577)의 부인 송덕봉宋德峰(1521~1578)입니다. 유희춘의『미암일기』眉巖日記를 보면 송덕봉과 유희춘은 늘 대화하고 한시를 주고받은 것 같습니다. 송덕봉은 아주 당당하고 호방한 면모를 보여 줍니다. 이역시 16세기의 인간이었기 때문에 가능하지 않았을까 합니다. 제도나 사회적 틀이 인간을 만들어 나가는 거죠. 그러니 인간을 바꾸려고 하면 제도나 사회적 틀을 수정하지 않을 수 없습니다.

또 한 사람은 율곡 이이의 어머니 신사임당申師任堂(1504~1551)입니다. 17세기가 되면 여성은 결혼할 때 남편 집으로 와서 식을 올리고 결혼 후에 남편 집에서 살았습니다. 결혼 후 여성은 대개 혹독한 시집살이를 하게 되죠. 하지만 16세기까지만 해도 혼인 제도가 달라서, 여성은 결혼한 후 친정에서 살았습니다. 신사임당 역시 친정에서 살며 아이를 낳고 길렀습니다. 남편 또한 처가에서 살았고요. 아마 친정에서 20년쯤 있다가 서울의 남편 집으로 왔을 겁니다. 여성이 결혼 후 친정에서 사니 그 삶의 연속성이 확보됩니다. 시어머니에게 구박을 받을 이유도 없습니다. 신사임당은 그래서 젊은 시절 문학과 예술 행위를 할 수 있었던 겁니다. 이런 환경이 아니었더라면 신사임당이 나올 수가 없죠. 이전 강의(제12강)에서 살핀 김종직도 결혼하고 처가에서 살았어요. 그렇지만 17세기 후반 이후 가부장제가 강화되면서 이런 관습이 바뀝니다. 그리하여 여성은 결혼 후 혹독한 시집살이라든가 친정집에 좀처럼 가지 못하는 상황에 맞닥뜨리게 됩니다.

황진이 시조

청산리靑山裏 벽계수碧溪水야 수이 감을 자랑 마라
푸른 산 속   푸른 시냇물아

일도창해一到滄海하면 다시 오기 어려우니
한 번 바다에 이르면

명월明月이 만공산滿空山하니 쉬어 간들 어떠리
빈 산에 가득하니

—김천택, 진본珍本『청구영언』

산은 옛 산이로되 물은 옛 물이 아니로다

주야晝夜에 흐르거든 옛 물이 있을쏘냐

인걸人傑도 물과 같도다 가고 아니 오노매라

—김수장,『해동가요』海東歌謠

제17강

임진왜란과 병자호란을 배경으로 한 소설들

두 번의 큰 전쟁

1592년 4월, 일본은 조선을 침략합니다. 큐슈九州 히젠肥前의 가라 츠唐津에서 출발한 일본군은 부산에 상륙했습니다. 1598년 11월 전쟁이 끝날 때까지 조선은 7년간 전쟁의 와중에 있었습니다. 한 국에서는 이를 '임진왜란'壬辰倭亂이라고 부릅니다. 임진왜란으로 명나라는 국력이 급격히 쇠약해진 반면, 만주의 누르하치努爾哈赤 (1559~1626)는 여진족을 통일해 세력을 확장하고, 급기야 1616년 후 금後金이라는 나라를 세웁니다. 후금은 1627년 조선을 침략하는데, 이를 '정묘호란'丁卯胡亂이라고 부릅니다. 그리고 9년 뒤인 1636년 에 다시 조선을 침략합니다. '병자호란'丙子胡亂이라고 부르는 사건 입니다.

임진왜란을 분기점으로 조선 시대는 전기와 후기로 나뉩니다. 임진왜란과 병자호란 이 두 전쟁은 조선 인민의 삶에 크나큰 고통 을 초래했습니다. 평소 오랑캐라고 깔보던 일본과 여진족이 일으 킨 전쟁인 만큼 민족적 자부심에도 큰 상처를 입었습니다. 백성들은 전쟁 중에 지배층의 무능과 무책임을 목도하며, 이는 민중 의식이 대두하고 성장하는 계기가 됩니다.

조선에서는 16세기 말 이래 임진왜란 혹은 병자호란을 배경으로 한 소설이 여러 편 창작되었습니다. 그중 주목할 작품으로 권필權韠(1569~1612)의 「주생전」周生傳, 성로成輅(1550~1615)의 「위생전」韋生傳과 「운영전」雲英傳, 조위한趙緯韓(1558~1649)의 「최척전」崔陟傳, 권칙權侙(1599~1667)의 「강로전」姜虜傳, 김응원金應元의 「김영철유사」金英哲遺事, 홍세태洪世泰(1653~1725)의 「김영철전」金英哲傳, 작자 미상의 연의소설演義小說 「김영철전」金英哲傳 등이 있습니다. 이 외에 「달천몽유록」達川夢遊錄과 「강도몽유록」江都夢遊錄도 주목할 작품입니다. 지금 말한 이 작품들은 모두 한문소설입니다. 국문소설로는 『임진록』壬辰錄, 『임경업전』林慶業傳, 『박씨전』朴氏傳이 주목됩니다. 하지만 국문소설은 나중에 따로 살필 것이기 때문에 이번 강의에서는 언급하지 않겠습니다.

「주생전」

「주생전」은 거론한 작품들 가운데 가장 먼저인 1593년 5월에 창작되었습니다. 임진왜란이 일어난 지 딱 1년 후입니다. 작자인 권필은 선조 2년(1569)에 태어나 광해군 4년(1612)에 세상을 하직했는데, 호는 석주石洲입니다. 뛰어난 시인으로, 성격이 자유분방해서 벼슬하지 않고 시와 술로 낙을 삼았습니다. 당대 지배층을 비판하거나 풍자하는 시를 즐겨 지었는데, 「충주석」忠州石은 권세가가 거대한 신도비神道碑를 세우는 풍습을 풍자했으며, 「투구행」鬪狗行은 이해관계 때문에 당파 싸움을 벌이는 행태를 비판했습니다. 광해군 초에 유희분柳希奮 등 외척이 권세를 부렸는데 이를 풍자한 「궁류시」宮柳詩를 지은 게 결국 문제가 되어 친국親鞫을 받은 후 유배형에 처해졌습니다. 귀양길에 올라 동대문 밖에서 술을 폭음한 뒤 그 이튿날 죽었습니다. 친국 때의 장독杖毒이 심해서 죽었다는 설도 있고 독살되었을 것이라는 설도 있는데, 확실히는 알 수 없습니다.

권필은 성로, 허균, 조위한과 아주 가깝게 지냈습니다. 이 넷은 모두 방달불기放達不羈한, 즉 자유분방한 유형의 인간들로서 소설을 창작했다는 공통점이 있습니다. 당시 소설은 비정통 문학으로 간주되어 반듯한 문인이라면 쓰지 않았습니다. 이 네 사람은 가까이 지내며 문예 취향이 비슷하다 보니 다들 소설을 창작한 것으로 보입니다. 즉 이들의 소설 창작 행위에는 '인적 관련'이 있다고 여겨집니다. 말하자면 하나의 서클을 형성한 것이죠. 권필이 소설 창작의 첫머리를 열었습니다. 이어서 성로가 「위생전」과 「운영전」을 창작했고 허균이 「남궁선생전」과 「홍길동전」洪吉童傳을 창작했으며 조위한이 「최척전」을 창작했습니다. 「주생전」은 「위생전」과 「최척전」에 영향을 미친 것으로 보입니다. 동일한 모티프가 나타나거든요. 이들이 영향을 주고받으며 소설을 창작했다는 것은 문학사적으로 퍽 흥미로운 현상이라 할 것입니다.

「주생전」의 주인공 주생은 조선 사람이 아니라 중국 절강성浙江省 전당錢塘 사람입니다. 주생은 처음에 기생 배도와 사랑을 나누었는데, 재상집 딸 선화를 알게 되면서 배도를 배신합니다. 배도는 뒤에 이 사실을 알고 몹시 괴로워하다가 숨을 거둡니다. 주생은 배도의 죽음을 슬퍼하며 배도의 소원대로 호숫가 큰길가에 배도를 묻어 주고 제문을 지어 배도의 넋을 위로합니다. 그 후 주생은 우여곡절 끝에 선화와 약혼을 해 혼인날을 잡습니다. 그때 마침 조선에서 전쟁(임진왜란)이 나는 바람에 주생은 유격장군遊擊將軍의 서기 書記로 차출되어 조선에 옵니다.

작중에는 서술자에 해당하는 '나'가 나오는데, 이 서술자는 작자로 볼 수도 있습니다. 서술자는 개성에서 주생을 만나 선화와 관련된 일의 자초지종을 듣습니다. 당시 주생은 선화를 그리워하다 진중陣中에서 병이 든 상태였습니다. '나'는 주생에게 "대장부가 근심할 일은 공명을 이루지 못할까 하는 것뿐이오. 천하에 어찌 미인이 없겠소"라고 말하면서 주생을 위로합니다.

이처럼 「주생전」은 남녀의 삼각관계를 잘 보여 줍니다. 한국 소설에서 남녀의 삼각관계가 본격적으로 문제되는 것은 이 작품이 처음입니다. 한국의 애정 전기소설은 일반적으로 남녀 주인공의 배타적·독점적 사랑을 보여 줍니다. 둘의 사랑은 워낙 강해 둘 사이에 아무도 끼어들 수 없습니다. 「주생전」은 한국 전기소설의 이런 일반적 서사 문법을 깨뜨리고 새로운 창안創案을 이룩했습니다.

전기소설에서는 사랑과 지조志操가 완전한 통일을 보여 줍니다. 사랑 내부에 지조가 자리하고 있고, 지조 내부에 사랑이 깃들어 있죠. 하지만 「주생전」은 전기소설임에도 불구하고 이런 문법을 따르지 않습니다. 주인공 주생은 지조를 버리고 오로지 자신의 욕망, 즉 사랑을 좇고 있으니까요. 이는 인생의 목적, 책임감 등을 잃고 부유浮游하는 인간상을 보여 주는 측면이 있습니다. 즉 한 젊은 지식인의 섬세하지만 나약하고 열정적이지만 무책임한 면모가 표출되어 있다고 여겨집니다. 주생의 이같은 캐릭터에는 작자가 겪은 전쟁의 상흔, 전쟁 중 작자의 심리 상황이 일정하게 반영되어 있지 않나 합니다.

이처럼 이 소설은 새로운 인간 유형을 창조했습니다. 이념이나 관념을 벗어나 현실 세계에 실제 있음 직한 인간을 그려 놓고 있죠. 주생은 선인善人도 아니지만 그렇다고 악인惡人도 아닙니다. 주인공이 선과 악으로 분명히 재단되지 않는다는 점에서 이 작품의 현실성이 돋보이며, 인간에 대한 진전된 인식이 보인다 할 것입니다.

이 작품 말미의, "대장부가 근심할 일은 공명을 이루지 못할까 하는 것뿐이오. 천하에 어찌 미인이 없겠소"라는 서술자의 말을 꼭 작자의 견해로 단정할 이유는 없습니다. 소설에서 서술자와 작자는 꼭 일치하지만은 않으니까요. 권필은 동몽교관과 제술관에 임명되었으나 나가지 않은 데서 알 수 있듯 공명에 큰 관심이 없었습니다. 하지만 서술자의 이 말이 당대 지배층의 통념을 보여 주는 것은 분명합니다. 그렇다고 하더라도 이 말은 주생을 위로하기 위한 상투적인 말로 보입니다. 이 작품의 끝부분은 허무한 분위기가 느껴지는데, 전쟁과의 내적 연관이 있지 않나 합니다.

「위생전」

성로는 명종 5년(1550)에 태어나 광해군 7년(1615)에 세상을 하직했습니다. 창녕昌寧 성씨成氏로 호는 석전石田이며, 성삼문의 9촌 조카입니다. 정철의 문인이었는데, 벼슬을 하려면 할 수도 있었지만 평생 벼슬하지 않고 자유방달하게 살았습니다.

당시의 점잖은 사대부들은 성로를 광객狂客으로 여겼습니다. 술꾼으로 예교禮敎를 따르지 않고 거리낌 없이 살았기 때문에 그리 지목된 것입니다. 세계와 끝내 화합하지 못했으며 당대 지배 현실에 대한 불만이 컸다는 점에서 경계인의 범주에 속하는 인물이라 할 만합니다.

　성로는 일찍 아내를 여의고 혼자 살았습니다. 아들은 없고 딸이 둘 있었는데 양자를 들이지 않았습니다. '딸도 자식인데 양자를 들일 필요가 있나'라고 생각했기 때문이죠. 성로는 신음하지 않고 죽는 게 평생소원이었는데 어느 날 술을 진탕 마시고 잠을 자다가 숨을 거두었습니다. 그 소원대로 된 거죠.

　성로는 서울의 인왕산 아래에 살 때 임진왜란을 만나 어머니를 업고 가족과 함께 강화도로 피신했습니다. 강화도가 불안해지자 배를 빌려 전라도 군산으로 가 거기서 6년을 보냅니다. 1597년 8월에 정유재란이 일어나면서 일본군이 전라도를 침범해 군산이 위험해지자 배를 타고 다시 강화도로 옵니다. 강화도에서 1602년경까지 5년 정도 우거寓居했습니다.

　1602년 겨울에서 1603년 봄 사이, 성로는 당시 서호西湖라고 불리던 양화도楊花渡 부근의 작은 산 밑에 초가를 지어 은거했습니다. 여기서 10여 년을 살다가 1615년 세상을 하직합니다. 성로는 서호에 은거할 때 경상도 봉화가 고향인 여종 출신의 기생 설죽과 시를 주고받으며 깊이 교유했습니다. 당시 설죽은 성로의 정인이었습니다. 성로는 이 무렵 「위생전」(일명 '위경천전')과 「운영전」을 창작했으리라 여겨집니다.

　종전에는 「위생전」을 권필이 썼다고 보기도 했습니다만, 권필이 아니고 그 벗인 성로의 작품으로 추정됩니다. 성로의 문집인 『석전유고』石田遺稿와 「위생전」과 「운영전」, 이 삼자를 대조하고 작품의 미적 지향과 성로의 생에 대한 지향을 맞춰 보면 「위생전」을 성로가 썼음을 알 수 있습니다. 「위생전」은 권필의 「주생전」과는 생에 대한 지향과 가치 태도가 전연 다릅니다.

이 작품의 주인공 위생韋生은 지금의 남경南京인 중국 금릉金陵 사람입니다. 위생은 임진년(1592)에 친구와 악양岳陽에 가서 동정호洞庭湖에 배를 띄우고 놉니다. 밤에 술이 깨어 혼자 배에서 내려 어느 곳으로 갔는데, 그 집은 소상국蘇相國('상국'은 '재상'을 말합니다)의 집이었습니다. 우연히 소상국의 딸 소숙방蘇淑芳을 만나 사랑을 나누며, 우여곡절 끝에 두 사람은 결혼합니다. 그런데 호사다마라고, 이해에 조선에서 임진왜란이 일어나 위생은 서기의 임무를 맡아 장군으로 임명된 부친을 따라 조선으로 떠납니다. 「주생전」의 주생도 전쟁이 일어나 조선으로 갈 때 서기의 임무를 맡았는데, 위생도 마찬가지입니다. 위생은 마침내 병이 들어 군막軍幕에서 숨을 거둡니다. 위생의 시신은 소숙방이 있는 악양으로 운구됩니다. 소숙방은 남편이 죽었다는 소식을 접하자마자 바로 목을 매어 자결합니다.

이처럼 이 작품은 플롯이 비교적 간단합니다. 줄거리에서 드러나듯, 이 작품은 「주생전」과 유사한 데가 많습니다. 「주생전」의 영향을 받아 창작된 작품이기 때문입니다. 성로는 권필과 절친했습니다. 그래서 권필의 소설 창작에 자극을 받아 이 작품을 쓴 것으로 보입니다. 하지만 「위생전」은 생에 대한 전망이나 가치 지향이 「주생전」과 사뭇 다릅니다. 「주생전」과 달리 이 작품의 남녀 주인공은 서로의 사랑을 끝까지 지키며, 서로의 사랑 때문에 죽습니다. 이 점에서 이 작품은 김시습의 소설 「이생규장전」이나 「만복사저포기」와 연결됩니다. 실제로 「위생전」에서 『금오신화』의 영향을 확인할 수 있습니다. 이렇게 본다면 이 작품은 비록 「주생전」의 영향을 받아 지어지긴 했으나 「주생전」이 보여 주는 가치 지향에 동의하지 않고 그와 다른 가치 지향을 펼쳐 보이고 있다고 할 만합니다. 생에 대한 다른 전망을 제시하고 있는 거죠. 요컨대 「주생전」과 달리 이 작품은 인간에게 '지조'가 몹시 중요하다는 것을 말하기 위해 지어졌다고 보입니다.

「운영전」

「운영전」의 작자는 지금까지 밝혀지지 않았습니다. 오래전부터 북한 학계에서는 작중인물인 유영柳泳을 작자로 보고 있지만 특별한 근거가 있는 것은 아닙니다. 최근 허균을 작자로 추정한 논문도 나온 바 있지만, 작품의 필치나 감수성이 허균의 것이라 하기는 어렵습니다. 나는 「운영전」의 작자가 성로라고 보고 있습니다. 물론 「운영전」을 성로가 썼다, 이렇게 말해 놓은 문헌 기록이 있는 것은 아니지만 성로의 문집인 『석전유고』와 「운영전」을 대조하고 작자의 실존과 「운영전」의 미적 지향을 맞춰 보면 그런 추정이 가능합니다. 이 점은 제가 작년(2020년)에 발표한 「〈운영전〉 작자 고증」이라는 논문에서 자세히 말한 바 있으니 그리 미루기로 하고 더 이상 말하지 않겠습니다.

앞서 말했듯 「위생전」에는 권필이 지은 「주생전」의 영향이 발견됩니다만 「운영전」은 그렇지 않습니다. 작자는 「주생전」의 영향에서 벗어나 이제 자기대로의 길을 열어 가고 있습니다. 그리하여 「운영전」은 「주생전」과는 완전히 다른 지향과 감수성을 보여 줍니다. 그렇기는 하지만 두 작품은 삽입 시가 아주 많다는 점이나 남녀의 파란 많은 사랑이 서사되고 있다는 점에서 통하는 바가 있습니다. 적어도 이 점에서 「운영전」에는 「주생전」과의 상호텍스트성이 존재한다고 말할 수 있지 않을까 합니다.

「위생전」과 「운영전」은 완전히 다른 이야기지만 여타의 소설에서는 좀처럼 찾아볼 수 없는, 남녀 주인공이 '쉽게 죽는다'는 공통점을 보여 줍니다. 뿐만 아니라 두 작품 도입부의 소숙방과 운영이 읊은 시에는 다 같이 상사相思의 정이 표출되어 있으며 이를 통해 이후의 서사 전개가 암시되는데, 흥미로운 것은 공통적으로 당나라 시인 송지문宋之問이 지은 「유소사」有所思의 한 구절이 원용되고 있다는 사실입니다. 이는 성로 소설의 라이트모티프Leitmotiv를 이룬다는 점에서 주목을 요합니다. 이 경우 라이트모티프는 작품들에 반복되는 기법을 가리킵니다.

「운영전」에는 특이하게도 남자 주인공인 김진사金進士의 입을 통해 당나라 시인 이백李白을 예찬하는 말이 한참 나오는데, 『석전유고』를 보면 성로는 이백 풍의 낭만적인 시를 즐겨 썼음을 알 수 있습니다. 「위생전」과 「운영전」의 삽입 시들도 거개 이백 풍의 낭만적인 시들입니다.

성로는 「위생전」을 먼저 짓고 그 뒤 「운영전」을 쓴 듯합니다. 「위생전」은 소설로서 좀 허술한 데가 있지만 「운영전」은 그 필치가 아주 빼어나고, 그 주제 의식도 아주 문제적입니다. 특히 여성의 정욕情欲에 대한 적극적인 긍정의 메시지는 이 작품이 창작된 게 17세기 초임을 생각하면 대단히 놀라운 것이라고 할 만하죠. 이런 점에서 「운영전」은 『금오신화』, 『춘향전』과 함께 한국 고전소설의 대표적 명편名篇에 속하며, 최고의 예술적 성취를 보여 주는 작품이라고 평가할 수 있습니다.

이 작품의 여주인공 운영은 남쪽의 미천한 신분 출신입니다. 그리고 남주인공 김진사는 사족 출신 인물입니다. 서로 신분이 다르죠. 두 사람은 깊은 사랑에 빠져 결국 둘 다 스스로 목숨을 끊습니다. 운영은 안평대군安平大君이 총애하는 궁녀였기에, 두 사람의 사랑은 해서도 안 되고 이루어질 수도 없는 대단히 위험한 사랑이었습니다. 이 점에서 이 작품은 사랑을 통해 조선 사회의 경계를 넘고 있다고 볼 수 있습니다. 하지만 그 귀결은 결국 죽음이었습니다. 어떤 출구도 발견할 수 없는 조선 사회의 내부를 잘 보여 주는 귀결이라고 할 만합니다.

이 점과 관련해 작품에 등장하는 안평대군의 궁녀 중 한 사람인 자란紫鸞이 한 다음 말은 의미심장합니다.

> 천지가 하나의 그물 안에 들어 있으니 하늘 위로 오르고 땅속으로 들어가지 않고서야 어디로 달아날 수 있겠니?

김진사와 운영이 사궁私宮(왕자나 공주가 장성한 뒤 나가 사는 저택)에서 도망가겠다고 하자 자란이 한 말입니다. 조선 안에는 어디에도 달아날 곳이 없다는 뜻입니다. 하늘 아래 달아날 곳이 없으니 죽을 수밖에 없죠.

흥미로운 점은 성로가 이런 위험하고 놀라운 사랑의 서사를 할 수 있었던 게 그의 곁에 설죽이라는 남쪽의 미천한 신분 출신의 기녀가 존재했기 때문으로 보인다는 사실입니다. 성로는 서호에 거주할 때인 만년에 설죽과 깊은 사랑을 나누었습니다. 「운영전」의 김진사와 운영처럼 성로와 설죽은 신분이 현격히 달랐습니다. 성로는 설죽과의 사랑을 통해, 미천한 신분의 여성에 대해, 그리고 사랑의 근원적 의미에 대해, 새로운 인식을 할 수 있지 않았나 합니다. 만일 그렇다면 성로는 「운영전」을 창작할 때 설죽에게 큰 빚을 졌다고 할 수 있을 듯합니다. 설죽이 없었다면 「운영전」이 창작되지 않았을 수도 있으니까요.

　이 작품은 임진왜란으로 폐허가 되어 버린 안평대군의 사궁인 수성궁壽成宮에서 유영이라는 서술자가 150여 년 전의 인물인 김진 사와 운영을 만나 이야기를 나누는 데서 시작됩니다. 그런데 작품 이 종료될 즈음, 유영이 김진사와 운영을 만나 그들의 이야기를 들 은 것이 꿈속에서의 일임이 드러납니다. 그래서 이 작품을 다 읽고 나면 '아, 이 작품이 몽유록夢遊錄의 형식을 취하고 있구나' 하는 것 을 알 수 있습니다.

　작품 말미에서 김진사와 운영은 안평대군이 그 형 수양대군에 게 죽임을 당하는 바람에 수성궁의 주인이 없어진 것을 몹시 슬퍼 할 뿐만 아니라, 전쟁으로 수성궁이 그만 잿더미가 된 것을 몹시 가 슴 아파합니다. 또 이 작품에는 사육신의 한 사람인 성삼문이 등장 해 궁녀들의 시를 평가하는 등 상당히 중요한 역할을 하고 있습니 다. 이런 점들을 통해 작가가 안평대군과 성삼문에 대한 역사적 기 억을 소환하고 있음을 알 수 있습니다. 사육신의 복권은 숙종 대에 와서 이루어지니, 성로가 이 작품을 쓸 때에는 아직 사육신의 복권 이 이루어지지 않은 상태였습니다. 따라서 안평대군과 성삼문에 대해 대놓고 말하는 것은 자못 위험한 일이었습니다. 이 때문에 이 작품에서는 안평대군과 성삼문을 아주 은밀한 방식으로 추억하고 있다고 여겨집니다.

　종래에는 대개 이 작품의 자유연애적인 측면에 대해서만 주목 해 왔습니다. 그 점도 물론 중요하지만, 이 작품의 문제의식은 그것 에만 국한되지 않습니다. 유의해야 할 점은 이 작품에 두 개의 문제 의식이 겹쳐 있다는 사실입니다. 또한 주목해야 할 것은 김진사와 운영의 비극이 안평대군과 사육신의 비극으로 들어가는 은밀한 통로가 되고 있다는 점입니다. 이 작품에는 하나의 비극이 아니라 두 개의 비극이 설정되어 있는 셈이죠. 작가는 은밀하게 이 두 개의 비극을 교차해 서술해 놓고 있습니다. 「운영전」의 이러한 중층성重層性 때문에 이 작품의 전모를 제대로 이해하는 것은, 그리고 작가가 발신發信하는 메시지를 정당하게 해독하는 것은, 그리 쉬운 일이 아닙니다.

성삼문과 안평대군을 통해 수양대군의 왕위 찬탈을 은근히 소환하고 있다는 점에서 이 작품은 정신사적으로 김시습의 『금오신화』나 임제의 「원생몽유록」과 연결되어 있다고 할 수 있습니다. 이에서 「위생전」에 왜 인간의 '지조'가 그토록 강조되었는지 이해가 됩니다.

「최척전」

「최척전」은 조위한이라는 문인이 창작했습니다. 조위한은 명종 13년 (1558)에 태어나 인조 27년(1649) 세상을 하직했습니다. 성로보다 여덟 살 아래로, 권필·허균은 물론이고 성로와도 교유가 있었습니다.

조위한은 계축옥사癸丑獄事 때 파직되어 남원에 우거하고 있을 때 최척崔陟을 만나 그의 이야기를 듣고 「최척전」을 창작했습니다. 창작 시기는 1621년 윤2월입니다. 작품 말미에 당시 최척이 작자를 방문해 자신이 겪은 일을 말하고 이 일의 전말을 기록해 인멸되지 않게 해 달라고 부탁해서 대략 그 경개梗槪를 적었음을 밝히고 있습니다.

이 작품은 「주생전」, 「위생전」, 「운영전」과 달리 전쟁이 인간의 운명에 어떤 작용을 하고 어떤 그림자를 드리우는지 시종 탐구하고 있으며 그것을 극복하려는 인간의 노력을 그리고 있습니다.「주생전」,「위생전」,「운영전」에서는 전쟁이 작품의 배경을 이루고 있을 뿐이죠.

최척은 남원 사람인데, 임진왜란 때 서울에서 피난 온 옥영玉英이라는 여인을 사랑하게 됩니다. 우여곡절 끝에 두 사람은 혼인해서, 전쟁 중이지만 화락한 삶을 삽니다. 그러던 중 1597년 8월 정유재란이 일어납니다. 일본군이 호남을 공격해 남원성이 함락되는데 이때 옥영은 돈우頓于라는 일본 병사의 포로가 됩니다. 옥영은 일본 나고야로 끌려가 돈우의 집 하인이 됩니다. 돈우는 원래 장사꾼이라 전쟁이 끝난 후 배로 중국의 복건성福建省, 절강성浙江省 등지로 장사하러 가곤 했는데 옥영은 항해장航海長의 일을 맡아 했습니다. 포로로 잡힐 때 옥영이 남장을 하고 있었기 때문에 일본인 주인은 옥영이 남자인 줄 알았습니다.

최척 일가는 남원성이 함락되기 전 지리산 연곡燕谷으로 피난 갔는데 최척은 이때 가족들과 헤어져 그 행방을 알지 못합니다. 최척이 가족들을 미친 듯이 찾아 헤매는 다음 대목은 전쟁의 참상을 핍진하게 보여 줍니다.

산속으로 들어간 지 며칠이 지나자 양식이 떨어져 굶주리게 되었다. 최척은 젊은 남자 두어 사람과 함께 산을 내려와 식량을 구하는 한편 왜적의 형세를 살폈다. 최척 일행은 구례에 이르렀다가 갑자기 적병을 만났는데 바위 덤불에 몸을 숨겨 위기를 모면할 수 있었다.

이날 왜적이 연곡에 들어와 온 산골짜기를 다니며 남김없이 노략질을 했다. 최척은 앞뒤로 길이 막혀 오도 가도 못하는 상황이었다. 사흘 뒤 왜적이 물러가자 최척은 그제야 연곡에 들어갈 수 있었다. 연곡에 들어서니 시체가 쌓여 길에 널브러져 있고 흐르는 피가 강물을 이루고 있었다. 숲속에서는 들릴락 말락 울부짖는 소리가 아득히 들려왔다. 최척이 가까이 가 보니 온몸에 상처를 입은 노인과 어린애 몇 사람이 있었다. 이들은 최척을 보고 울며 이렇게 말했다.

"사흘 동안 적병이 산에 들어와 재물을 빼앗고 사람들을 베어 죽이고는 젊은이들을 모조리 데리고 갔소. 어제 물러가 섬진강에다 진을 쳤으니 가족을 찾는다면 강가로 가 보시오."

최척은 하늘을 우러러 통곡하고 땅을 치며 피를 토하고는 즉시 섬진강으로 달려갔다. 몇 리쯤 가자 어지러이 쌓인 시체 더미 속에서 끊어졌다 이어졌다 하는 신음 소리가 들려왔다. 살았는지 죽었는지 얼굴이 피범벅이 되어 있어 누군지도 알 수 없었다. 옷차림을 보니 춘생인 듯싶어 큰소리로 불렀다.

"너 춘생이 아니냐?"

춘생이 눈을 부릅뜨며 목구멍 안에서 힘겹게 말소리를 냈다.

"서방님, 서방님! 가족이 모두 적병에게 납치되었어요. 저는 몽석 아기씨를 업고 빨리 달릴 수가 없어 적병의 칼에 맞아 쓰러졌는데, 반나절 만에 겨우 정신이 들었지만 업고 있던 아기씨가 어찌 되었는지 모르겠어요."

말을 마치자 기운이 다해서 숨이 끊어졌다. 최척은 가슴을 치고 발을 구르더니 복받치는 슬픔에 기절하여 쓰러지고 말았다. 잠시 뒤에 정신을 차렸으나 어찌해야 좋을지 알 수 없었다. 몸을 추슬러 섬진강으로 가니 강가에 상처투성이인 노인과 어린애 수십 명이 모여 앉아 울고 있는 모습이 보였다. 최척이 다가가 사정을 묻자 모여 있던 이들 중 누군가가 이렇게 대답했다.

"우리는 산속에 숨어 있다가 이곳으로 끌려왔소. 왜적의 배에 이르니 젊은이들만 배에 태우고 늙은이와 어린애들은 이렇게 칼로 찔러 내팽개쳐 버렸다오."

최척은 몹시 서럽게 울다가 홀로 세상에 살 뜻을 잃고 자결하려 하였다. 그러자 곁에 있던 이들이 최척을 구하여 자살하지 못하게 했다.

최척은 홀로 터벅터벅 강가를 걸었으나 갈 곳이 없었다. 사흘 밤낮을 쉬지 않고 걸어 고향 집에 이르렀다. 담장은 무너져 있었고 깨진 기왓장이 굴러다녔다. 아직도 타다 남은 불이 있었고, 곳곳에 쌓인 시체가 언덕을 이루어 발 디딜 틈조차 없었다.

'춘생'은 여종 이름이고, '몽석'은 아들 이름입니다. 묘사가 아주 자세합니다. 이전의 소설에서는 볼 수 없던 면모죠. 그 핍진함을 볼 때 리얼리즘의 진전을 보여 준다 할 만합니다. 16세기 말 일본의 침략으로 인한 전쟁의 참상을 이보다 리얼하게 그려 놓은 우리 고전소설은 없습니다. 그래서 좀 길게 인용했습니다.

가족을 찾지 못한 최척은 낙담해서 중국인 장교를 따라 중국으로 가며, 중국의 여기저기를 떠돌다가 중국인 벗을 따라 차茶를 매매하러 베트남으로 갑니다. 최척은 베트남에서 일본 배에 타고 있던 처를 우연히 만납니다. 최척 부부는 중국에 살면서 아들 몽선

夢仙을 낳습니다. 1619년 명나라는 후금을 정벌하기 위해 만주로 군대를 보냅니다. 최척은 이때 서기로 차출됩니다. 이 모티프는 권 필의 「주생전」에 처음 나오는데 성로의 「위생전」에서도 발견되죠. 「최척전」의 이 모티프는 「주생전」의 영향을 받은 것으로 보입니다.

명나라 군대는 무순撫順 부근의 사르후라는 곳에서 대패합니다. 명청明淸 교체의 분기점이 되는 전투죠. 이 전투에서 궤멸에 가까운 타격을 입은 명나라는 이후 내리막길을 걷고 청나라는 승승 장구해서 결국 중원을 차지합니다. 당시 조선은 명의 강요로 1만 3천의 원병援兵을 보냈는데, 강홍립姜弘立(1560~1627)이 최고 사령관 이었습니다. 명의 군대가 대패할 때 강홍립은 조선 병사들과 함께 후금의 포로가 됩니다. 최척은 다행히 죽지 않고 포로수용소에 갇 혔는데, 강홍립의 휘하에 있던 몽석 역시 한곳에 갇혀 부자 상봉을 합니다.

최척 부자는 원래 함경도 사람인 포로 감시 책임자의 도움으 로 포로수용소에서 탈출해 조선으로 옵니다. 최척에게는 20년 만 의 귀환입니다. 최척은 고향으로 오던 중 충청도 은진에서 정유재 란 때 원군援軍으로 조선에 왔다가 중국으로 돌아가지 못한 채 조 선 땅을 전전하고 있던 둘째 며느리 홍도紅桃의 부친을 만납니다. 한편, 중국에 있던 옥영은 몇 해가 되어도 전쟁에 나간 남편으로부 터 소식이 없자, 배를 장만해 몽선과 중국인 며느리 홍도와 함께 조 선으로 향합니다. 세 사람은 우여곡절 끝에 고향 남원에 도착하게 되며, 온 가족이 다시 만나 단란하게 살게 됩니다.

조위한은 최척에게 들은 실화에 자신의 상상력을 가미해 이 작품을 창작한 것으로 여겨집니다. 소설의 공간적 배경은 조선·일 본·베트남·명·후금 다섯 나라로, 방대한 스케일을 보여 줍니다.

우리 고전소설사에서 이처럼 광대한 서사 공간을 사실적으로 보여주는 작품은 달리 없습니다. 이는 16세기 말에서 17세기 초 사이의 거듭된 전쟁으로 인해 조선 인민이 겪은 고난의 크기를 반영합니다. 전쟁으로 인해 이 나라 저 나라로 떠돌게 된 조선 인민의 삶을 반영하고 있죠.

이 작품은 당시 거듭된 동아시아의 전란으로 인한 가족 이산離散의 문제를 아주 잘 그리고 있습니다. 지금 한반도는 식민지에서 해방된 지 80년이 다 돼 가지만 여전히 가족 이산의 아픔을 안고 있지 않습니까? 이 작품에서 최척의 가족은 천신만고 끝에 재회하지만, 당대의 실제 현실에서는 가족의 생사 여부조차 알지 못하거나 가족을 평생토록 재회하지 못한 경우가 더 많았으리라 생각됩니다.

「최척전」은 우리 문학사상 '가족의 이산과 재회'라는 주제를 본격적으로 다룬 최초의 소설입니다. 이 작품에서 인상적으로 부각된 '이산-재회' 모티프는 이후 우리 고전소설의 가장 핵심적인 모티프의 하나가 됩니다. 특히 영웅소설과 가문소설에서 이 모티프는 소설 작법상 필수적인 것으로 자리 잡게 됩니다. 영웅소설과 가문소설은 그 장르적 특성상 시공간적 주체성을 전유專有하지 못함으로써 가족의 이산과 재회가 「최척전」처럼 구체성과 현실성을 띠지 못하고 추상화·양식화되고 말지만, 이 모티프의 우리 문학사적 연원이 「최척전」이라는 사실 및 애초 이 모티프에 절절한 사회적·역사적 경험이 반영되어 있다는 사실은 꼭 기억해야 할 것입니다.

한편, 이 작품에서는 여주인공 옥영의 형상화가 대단히 주목됩니다. 옥영은 몹시 적극적이고 주체적인 인물로서, 가족에 대한 사랑으로 현실의 온갖 파란을 헤쳐 나가고 있습니다. 작자는 옥영을 통해 당대 조선 여성의 한 전형을 창조해 놓고 있다고 여겨집니다. 중국인 며느리인 홍도도 옥영처럼 주체성이 강한 인물입니다.

이렇게 본다면 「최척전」은 여성 인물의 캐릭터가 특히 흥미로운 작품이라 할 만합니다. 「호원」, 「최치원」, 「만복사저포기」, 「이생규장전」과 같은 전대의 소설들에서도 여성의 주체적인 면모가 발견됩니다. 이 점에서 「최척전」은 문학사적으로 볼 때 전 시대 전기소설의 전통을 계승하고 있다고 할 만합니다. 그렇기는 하나 옥영이나 홍도는 자신의 운명을 개척해 나가고 있다는 점에서 전대 소설의 어떤 여성과도 다르며 새로운 인물 형상을 보여 준다고 평가할 수 있습니다.

「강로전」

「강로전」은 권칙이 창작했습니다. 권칙은 선조 32년(1599)에 태어나 현종 8년(1667) 세상을 하직했습니다. 그러니 권필, 성로, 조위한 같은 소설가보다 한 세대 아래 인물이라고 하겠습니다. 권칙은 권필의 서질庶姪(서얼 조카)입니다.

권칙은 인조 14년(1636) 이문학관吏文學官의 직임을 띠고 통신사행의 일원으로 일본에 갔다 왔는데, 일본에서 문명文名이 썩 높았습니다. 일본에 가기 전에는 연경燕京에 가는 사신을 수행해 명나라에 다녀온 바 있습니다. 인조 19년(1641) 문과에 급제했으며, 영평 현령을 지냈습니다. 서얼이라서 미관말직을 하다가 벼슬을 그만뒀습니다.

작품 제목의 '강로'姜虜는 '강 오랑캐'라는 뜻으로, 강홍립(1560~1627)을 비난하는 말입니다. 조선은 광해군 10년(1618) 명의 요구에 따라 강홍립을 오도도원수五道都元帥로 삼아 원병 1만 3천 명을 만주에 파병했습니다. 명나라 군대는 조선군과 연합해 후금을 치기로 했지만 후금의 군대에 대패했습니다. 조선군은 1619년 3월 만주 부차富車에서 후금의 군대와 싸워 병력 절반을 잃었습니다. 이에 강홍립은 후금에 투항했습니다. 당시 강홍립은 광해군으로부터 '형세를 봐 향배를 정하라'는 밀지密旨를 받은 터라 이리 결정한 것입니다. 이후 강홍립은 후금에 억류되어 있다가 정묘호란 때 후금군을 따라 조선에 돌아왔으며, 이해 세상을 뜹니다.

「강로전」은 강홍립이 후금을 정벌하기 위해 조선을 출발하는 데서부터 시작해 정묘호란 때 후금군과 함께 조선에 돌아와 죽기까지의 전 과정을 그리고 있습니다. 강홍립이 적에 투항한 것은 본인의 뜻이 아니었으나 이 작품에서는 이런 실제 사실과는 다르게 강홍립이 만고의 역적으로 그려집니다.

이 작품의 창작 시기는 강홍립 사후 3년째 되는 해인 인조 8년(1630)입니다. 이 작품에서는 후금에 투항한 강홍립을 '오랑캐'라고 부르며 극히 부정적으로 인식하는데, 이는 서인西人을 중심으로 한 당시 사대부들의 통념을 보여 줍니다. 즉 1623년 인조반정 이후 화이론적 관점과 숭명배호적崇明排胡的(명나라를 높이고 오랑캐인 후금을 배척함) 의식이 강화된 현실을 반영하고 있습니다.

인조반정이 일어나기 전 광해군은 명나라와 후금 사이에서 외교적 중립을 취하면서 줄타기를 했습니다. 하지만 광해군을 폐위시키고 인조를 새 임금으로 추대한 반정 세력은 반정의 명분으로 '존화양이'尊華攘夷를 내세웠습니다. 화이론적 관점의 강화죠. 그리하여 '광해군은 부모의 나라인 명나라를 배반했다, 새로운 집권 세력인 우리는 그렇지 않다, 우리는 명나라를 받들고 오랑캐를 배척한다'라는 메시지를 대내외에 천명했습니다. 이 작품은 인조반정 이후의 이런 관점을 대변하고 있습니다. 이로 인해 이 작품은 우리 문학사상 부정적인 인물이 주인공으로 설정된 최초의 소설이 될 수 있었습니다.

이 작품은 숭명배호적 문제의식과 함께 문벌세족門閥世族 자제들에게만 유리하게 되어 있는 조선의 인재 등용 제도에 대한 비판, 토붕지세土崩之勢, 즉 흙이 무너질 것과 같은 위태로운 형세에 처한 조선의 현실에 대한 비판도 보여 줍니다. 이러한 비판 의식은 서얼 신분이기에 불우한 삶을 살아야 했던 작자의 존재 여건에 기인한다고 보입니다. 이 작품은 겉으로 표방된 화이론보다는 작품에 내재된 현실 비판 의식에서 작자의 실존적 지점이 더 잘 드러나지 않나 합니다.

17세기 후반 이후에 창작된 국문소설들, 특히 영웅소설이나 가문소설은 죄다 화이론적 관점 위에 구축되어 있습니다. 그리하여 중국은 무조건 선善이고 그 주변 민족인 이적夷狄, 즉 오랑캐는 무조건 악이라는 이분법적 인식을 보여 줍니다. 「강로전」은 조선 후기 국문소설에 내면화되어 있는 이런 화이론적 인식의 선구가 되는 작품이라는 점이 주목됩니다.

「김영철유사」, 「김영철전」

「김영철유사」는 평안도 영유현永柔縣의 사족인 김응원이 김영철의 구술을 토대로 작성한 글입니다. 전부가 사실은 아니고 작자의 상상력을 보탠 부분이 있어 약간의 허구적 요소가 있다고 여겨집니다. 그렇기는 하지만 그 대부분은 김영철이 겪은 실제 사실의 기록으로 보입니다. 창작 시기는 1680년대나 1690년대로 추정됩니다. 「김영철유사」는 현재 전하지 않습니다. 하지만 이를 토대로 한 두 종류의 텍스트가 현재 전하고 있습니다. 하나는 홍세태의 「김영철전」이고, 다른 하나는 작자 미상의 「김영철전」입니다.

홍세태의 「김영철전」은 장르가 전계 소설傳系小說이고, 작자 미상의 「김영철전」은 연의소설演義小說에 해당합니다. '전계 소설'은 전傳, 즉 인물전으로부터 소설화된 작품을 말합니다. 전계 소설은 대개 사실적인 필치를 보여 줍니다. '전'의 장르적 특징을 물려받아서죠. '연의소설'에서 '연의'는 실제의 역사적 사실을 근간으로 삼되 허구를 보태어 서사를 확장하는 동아시아의 전통적 소설 작법입니다. 대표적 사례로 『삼국지연의』三國志演義를 들 수 있습니다. 중국의 연의소설은 모두 장편 백화소설이지만 연의소설을 꼭 규모가 큰 장편 백화소설로만 한정할 필요는 없습니다. 시야를 확대해 동아시아적 차원에서 논할 경우 '작은 규모'의 연의소설도 인정하는 게 좋습니다. 이렇게 인식 틀을 좀 바꾸면 「김영철전」만이 아니라 「강로전」, 『임진록』, 『임경업전』 같은 작품도 연의소설로 볼 수 있습니다. 조선에서 창작된 큰 규모의 연의소설로는 19세기 초에 김소행金紹行이 지은 『삼한습유』三韓拾遺를 꼽을 수 있습니다.

홍세태의 「김영철전」은 1717년경 창작되었습니다. 홍세태는 효종 4년(1653)에 태어나 영조 1년(1725) 세상을 하직했으니, 권칙보다 반세기쯤 후 태어났다 할 수 있습니다. 호는 유하柳下입니다. 원래 노비였는데 속량贖良되어 역관譯官이 되었으며 이런저런 말단벼슬을 했습니다. 이 인물에 대해서는 나중에 중인문학을 공부할 때 자세히 이야기하도록 하겠습니다.

홍세태는 김응원이 쓴 「김영철유사」를 읽고 이를 축약해 전계 소설로 재창작했습니다. 이 작품은 조선 후기에 많이 창작된 전계 소설의 주요한 성과 중 하나라 할 만합니다. 명청 교체기에 평안도 민중인 김영철이 본인의 의지와 관계없이 전란에 휩쓸려 들어가 겪게 된 파란만장한 일을 서술해 놓았습니다. 김영철은 1618년 출정出征해 1619년 3월 만주에서 후금군과 싸우다 포로가 됩니다. 「최척전」의 최척도 이 전투에서 포로가 되었죠. 김영철은 중국인 포로들과 함께 탈출해 산동성 등주登州로 갑니다.

김영철은 만주에 억류되어 있을 때 여진족 여성과 결혼해서 자식을 둘 낳습니다. 탈출해서 중국 등주에 거주할 때는 중국 여성과 다시 결혼해 자식 둘을 둡니다. 하지만 김영철은 고국의 부모를 잊지 못해 조선 사신의 배에 몰래 타 조선으로 귀환해 가족과 재회합니다. 이후 다시 전쟁에 참전하고, 마지막에는 평안도 자모산성慈母山城을 지키면서 여생을 보내다 죽습니다. 김영철은 열아홉 살에 전쟁에 나가 80여 세로 죽을 때까지 한시도 편한 날이 없었습니다.

이 작품에는 두 가지 주제가 구현되어 있습니다. 하나는 '고향으로의 귀환'입니다. 즉 귀소歸巢 의식이 표면상 이 작품의 가장 주요한 주제가 되고 있습니다. 고향에는 부모가 있습니다. 게다가 김영철은 외아들이라 그가 귀환하지 않으면 집안의 대가 끊어지고 맙니다. 그러니 김영철은 만주에서 필사적으로 탈출했으며, 등주에서 안정된 가정을 이루어 행복한 삶을 살았지만 이를 박차고 고향으로의 길을 택한 것입니다.

또 하나의 주제는, 당시 민중이 겪은 '종군從軍의 괴로움과 군역軍役의 가혹함 드러내기'입니다. 두 번째 주제는 작품 후반으로 갈수록 더욱 뚜렷해집니다.

이 작품은 1618년부터 1683년까지의 시기를 다루고 있습니다. 배경이 되는 공간은 조선, 만주, 중국입니다. 이처럼 이 작품은 광활한 공간을 배경으로 17세기 전란이 벌어진 시기에 김영철이라는 한 민중이 역사의 격랑 속에서 어떤 삶을 살았는지를 사실주의적 필치로 그리고 있습니다. 홍세태는 중인층 작가였기에 김영철과 같은 미천한 출신 인물의 삶에 관심을 가져 이 작품을 쓴 것으로 보입니다. 홍세태는 작품 말미의 논평에서, 김영철이 국가를 위해 온몸을 바쳤으면서도 미천한 출신인 탓에 국가로부터 아무런 보상을 받지 못한 데 대해 분노와 연민을 표하고 있습니다. 일종의 동병상련이죠.

연의소설 「김영철전」에는 몇 가지 이본이 존재하는데, 그중 조원경본 「김영철전」이 「김영철유사」에 가장 근접했다고 보입니다. 조원경본 「김영철전」이 필사筆寫된 시기는 1762년 전후이지만 이본本의 모본母本이 성립된 시기는 적어도 1720년대 이전인 듯합니다. 조원경본 「김영철전」은 그 분량이 홍세태가 지은 「김영철전」의 몇 배나 되며, 그 문예적 성취가 훨씬 빼어납니다.

「김영철유사」, 홍세태의 「김영철전」, 조원경본 「김영철전」 이 셋을 함께 묶는 개념으로 '김영철 서사'를 상정할 수 있다면, 김영철 서사는 텍스트에 따라 디테일의 차이가 다소 있기는 해도 다음의 두 가지 문학사적 의의가 인정됩니다.

첫째, 민중적 입장에서 당대 동아시아의 전란과 민중의 삶 사이의 관련을 추적해 보이되, 역사 상층부의 동향까지도 어느 정도 포괄하여 제시하고 있다는 점입니다. 김영철 서사는 역사의 표면에 드러난 문제만이 아니라 그 심층의 잘 드러나지 않은 문제까지 탐색하고 있습니다. 거시사巨視史와 미시사微視史의 결합을 보여 주죠.

둘째, 「최척전」은 앞서 말한 대로 16세기 말에서 17세기 초 사이에 일어난 전란을 배경으로 가족의 이산과 재회를 깊이 있게 탐구하고 있어 17세기 소설사가 리얼리즘의 새로운 진전을 이루는 데 크게 기여했다고 할 만하지만, 그 리얼리즘에는 한계가 있습니다. 사건 전개의 군데군데에 나타나는 '부처의 계시'가 그렇습니다. 이러한 초현실적 요소의 작품 내적 비중은 후대의 영웅소설이나 가문소설에서의 그것과는 퍽 다르지만 그럼에도 작품의 리얼리즘적 서술 원칙을 일정하게 훼손하고 있음은 부인하기 어렵습니다. 하지만 김영철 서사는 「최척전」의 이러한 한계를 넘어서고 있죠. 즉 김영철 서사에서는 어떠한 비현실적 요소도 발견되지 않으며, 시종일관 리얼리즘적 정신으로 주인공과 그 주변 세계의 상호 관계가 탐구되고 있습니다. 이렇게 본다면 김영철 서사는 「최척전」을 이으면서 그 성과를 확충시켰다고 평가할 만합니다. 김영철 서사만큼 17세기 역사의 무게를 민중의 입장에서 감당하고 있는 소설은 달리 없습니다. 전형 창조의 면에서나 서술 원리의 면에서 김영철 서사는 당시까지 우리나라 소설이 이룩한 리얼리즘적 성과 중 최대치에 해당합니다.

김응원의 「김영철유사」는 김영철 서사를 창안한 공이 있고, 홍세태의 「김영철전」은 김영철 서사를 널리 알린 공이 있으며, 조원경본 「김영철전」은 김영철 서사를 문예적으로 완성한 공이 있다 할 것입니다.

「최척전」과 김영철 서사는 가족의 이산과 재회를 다루고 있다는 공통점을 보여 줍니다. 하지만 「최척전」이 해피엔딩으로 종결되는 것과 달리 김영철 서사는 주인공의 귀환으로 문제가 다 해결되지 않습니다. 오히려 새로운 문제가 야기됩니다. 이국에 남겨 둔 처자의 문제가 그것입니다. 김영철은 이 때문에 늙도록 죄책감을 느껴야만 했습니다. 김영철 서사는 현실적으로 해결될 수 없는 이 문제를 억지로 해결하려 들지 않고 그것을 직시하는 태도를 견지합니다.

이뿐만이 아니라 김영철은 귀환한 후 본인의 뜻과 상관없이 다시 전쟁에 동원되었으며, 늙어 죽을 때까지 산성을 지켜야 했습니다. 이 때문에 김영철 서사의 전체적 분위기는 자못 심각하고 어둡습니다.

김영철은 평안도 사람이며, 김응원은 김영철과 같은 고을 사람입니다. 김응원은 「김영철유사」 속에 서북인西北人 차별에 대한 문제의식을 담았습니다. 김응원의 문제의식은 조원경본 「김영철전」에 그대로 수용됩니다. 이처럼 김영철 서사에 제기된 로컬리티 locality로 인해 김영철 서사의 문학사적 문제성은 더욱 증폭됩니다.

두 편의 「달천몽유록」

「달천몽유록」이라는 제목으로 두 편의 작품이 있습니다. 하나는 윤계선尹繼善(1577~1604)의 「달천몽유록」이고 다른 하나는 황중윤(1557~1648)의 「달천몽유록」입니다. '달천'達川은 충주에 있는 강 이름입니다.

임진왜란 때 일본군이 문경새재 쪽으로 올라왔는데, 방어를 책임진 신립申砬(1546~1592) 장군은 일본군을 문경새재에서 막지 않고 충주에서 막기로 결정했습니다. 하지만 이는 실책이었습니다. 조총으로 무장한 일본군은 파죽지세로 밀고 들어왔고, 조선군은 맥도 못 추고 궤멸했습니다. 그때 많은 사람들이 달천강에 빠졌는데, 시체가 떠올라 강이 붉은색으로 물들었다고 합니다. 그래서 작품 제목에 '달천'이라는 명칭이 들어간 거죠.

윤계선은 선조 10년(1577)에 태어나 선조 37년(1604) 스물여덟 살에 세상을 떴습니다. 호는 '파담'坡潭입니다. 선조 30년(1597) 스물한 살에 문과에 급제했으며, 선조 33년 충청도 암행어사에 임명되어 석 달간 충청도 여기저기를 다녔습니다. 돌아와 사헌부 지평으로서 우의정 이헌국李憲國을 심하게 비난한 일로 말미암아 황해도 옹진 현감으로 쫓겨났는데 이때 암행어사 시절의 견문을 토대로 「달천몽유록」을 지었습니다.

이 작품의 몽유자夢遊者는 '파담자'坡潭子로 되어 있습니다. 윤계선의 호가 파담이니 파담자는 윤계선을 가리킵니다. 파담자는 꿈속에서 임진왜란 때 전사한 이순신, 고경명, 최경회, 송상현, 김천일, 조헌, 신립, 영규 등 27명의 인물을 만나 그들의 말을 듣습니다. 그리고 꿈에서 깬 후 장문의 제문을 지어 그들을 애도합니다. 입몽入夢 도입부의 다음 구절에는 충주 전투에서 전사한 장병들의 참혹한 모습이 묘사되어 있습니다.

장정들이 떼를 지어 몰려오며 울부짖는데 그 형체만 간신히 분간할 수 있었다. 머리가 없는 자가 있는가 하면, 오른팔이 잘린 자, 왼팔이 잘린 자, 왼발이 잘린 자, 오른발이 잘린 자도 있고, 허리 위는 남아 있지만 다리가 없는 자, 다리만 남고 허리 위는 없는 자도 있었다. 배가 부풀어 비틀비틀 걷는 자는 강물에 빠져 죽은 자인 듯했다. 풀어 헤친 머리카락으로 얼굴을 온통 가린 채 비린내 나는 피를 뿜어 대며 사지四肢가 참혹하게 망가진 처참한 모습은 차마 볼 수가 없었다.

그들이 하늘을 향해 한번 울부짖고 가슴을 치며 통곡하니
산이 흔들리고 흐르는 강물도 멈춰 서는 듯했다.

주목되는 점은, 신립 이외의 인물들은 모두 우호적으로 서술
되고 있는데 유독 신립만이 부정적으로 서술되고 있다는 사실입니
다. 신립이 문경새재를 지켜야 한다는 부하들의 말을 듣지 않고 고
집을 부려 충주에서 싸운 바람에 패했다고 봐서입니다. 작품 말미
의 파담자의 제문에는 27명 하나하나에 대한 평가가 나오는데, 신
립에 대해서 이렇게 평가합니다.

신공申公의 배수진은 임금의 큰 은혜에 보답하지 못한 계책
이었습니다. 그 자신의 죽음은 당연한 것이었으나 8천 명의
굳센 병사들은 왜 헛되이 죽어야 했습니까?

윤계선의 「달천몽유록」은 꿈을 통해 역사적 사건에 대해 발언
하는, 임제의 「원생몽유록」 이래의 우리나라 몽유록의 전통을 충실
히 계승하고 있습니다.

윤계선이 이 작품을 창작한 지 10여 년 후에 황중윤이 동일한
제목의 작품을 창작합니다. 황중윤은 명종 12년(1557)에 태어나 인
조 26년(1648) 세상을 하직합니다. 호는 동명東溟이며, 한강寒岡 정
구鄭逑(1543~1620)의 문생입니다. 정구가 퇴계의 제자니, 황중윤은
퇴계의 학맥을 잇고 있다고 할 수 있죠. 광해군 4년(1612) 문과에 급
제해서 사간원 정언, 사헌부 지평, 우부승지 등을 지냈습니다. 황중
윤은 「달천몽유록」 외에도 『천군기』天君紀, 「사대기」四代紀, 「옥황기」
玉皇紀 같은 소설을 남겼습니다.

황중윤은 자신의 몽유록에서 윤계선의 「달천몽유록」에 대한 반론을 제기하고 있어 주목됩니다. 윤계선이 아주 준열하게 신립의 전술적 실책을 꾸짖은 반면, 황중윤은 신립을 변호하고 있죠. 즉 '신립에게 패전의 책임을 묻는 것은 부당하다, 당시 조선에는 무비武備가 없었고 병농일치兵農一致의 병제兵制로 인해 정예병을 기를 수 없었던 것이 패전의 원인이다'라고 했습니다. 윤계선이 대체로 통념에 따르고 있다면 황중윤은 패전의 원인을 사회구조적으로 파악하고 있다는 차이를 보여 줍니다.

「강도몽유록」

'강도'江都는 강화도를 말합니다. 이 작품은 병자호란 때 강화도에서 죽은 13명의 사대부 집 여성들이 한데 모여 한마디씩 말하는 형식으로 되어 있습니다. 작자는 미상이며, 몽유자는 청허선사淸虛禪師라는 승려로 설정되어 있습니다. 가상 인물이 아닌가 합니다. 다음 구절은 청허선사가 꿈에서 여성들이 모여 있는 곳으로 다가가는 장면인데 그 정상情狀이 참혹합니다.

> 선사가 더 다가가서 자세히 보니 연약한 머리가 한 길 남짓한 밧줄에 묶이거나 한 자쯤 되는 칼날에 붙어 있는 사람도 있고, 으스러진 뼈에서 피가 흐르는 사람도 있고, 머리가 모두 부서진 사람도 있고, 입과 배에 물을 머금고 있는 사람도 있었다. 그 참혹하고 애처로운 모습을 차마 볼 수 없었고, 이루 다 기록할 수 없었다.

이 작품에서는 여성들이 병자호란 당시 조신朝臣들이 보여 준 무능함과 비겁함, 무책임함과 위선을 아주 신랄하게 비판하고 있음이 주목됩니다. 그렇지만 이 작품은 절의節義와 정절貞節 이데올로기를 고취하고 있기도 합니다. 절의를 지키지 못한 남성만 비판하는 것이 아니라 정절을 지키지 않은 여성 또한 야유합니다. 아홉 번째 부인의 말에서 그 점이 확인됩니다. 이처럼 이 작품은 단순히 병자호란 당시의 위정자를 비판하고만 있는 게 아니라 절의와 정절 이데올로기를 고취하는 데 큰 힘을 쏟고 있습니다.

이 작품에서는 대부분의 지배층 사대부들이 비판받지만 그렇지 않은 인물도 있습니다. 열두 번째 부인(윤선거尹宣擧의 처 이씨)의 시아버지인 윤황尹煌이 그에 해당합니다. 이씨는 충절 높은 시아버지의 감화로 자신이 순절殉節할 수 있었노라고 말합니다.

16세기 말 17세기 초의 전쟁과 소설의 발전

오늘 강의에서는 임진왜란과 병자호란을 배경으로 한 소설들을 살펴보았습니다. 16세기 말에서 17세기 초에 쓰인 소설들이 대부분입니다만, 김영철 서사는 17세기 말에 처음 성립되었으리라 봅니다. 이들 소설에서는 다음의 몇 가지 점이 확인됩니다.

첫째, 16세기 말에서 17세기 초 사이에 전기소설의 '중편화 경향'이 나타난다는 사실입니다. 전기소설은 대개 분량이 짧막한 단편소설인데 이것이 중편화된다는 것은 문학사적으로 주목할 현상입니다. 가령 「주생전」이나 「운영전」은 조선 초기에 창작된 「이생규장전」이나 「만복사저포기」보다 편폭이 훨씬 깁니다. 전기소설의 편폭이 이처럼 길어진 것은 소설적 총체성에 대한 문제의식과 관련이 있습니다. 편면적·단편적으로 생生의 한 과정을 묘출描出하던 전기소설의 일반적 장르 관습을 넘어서서, 비록 아직 생의 총체성까지는 아닐지라도 그에 다가가고자 하는 노력의 결과가 아닌가합니다. 이 총체성의 문제는 장편소설의 성립과도 관련됩니다.

둘째, 환상적 방식의 서사가 지양되고 현실적·사실적 방식으로 서사가 이루어지고 있다는 사실입니다. 「주생전」, 「위생전」, 「운영전」, 「최척전」, 「강로전」에서부터 김영철 서사까지 모두 그렇습니다. 단 「최척전」에서는 주인공이 위기를 겪을 때마다 장육불丈六佛이 꿈에 나타나 도움을 주곤 하는데, 이 부분이 비현실적입니다. 하지만 이 부분 외에는 모두 현실의 인과관계에 따라 서사가 이루어집니다. 「최척전」에서 비현실적인 부분은 단지 요소적으로만 존재할 뿐이며, 「만복사저포기」나 「이생규장전」처럼 구조적인 의미 연관을 갖지는 않습니다.

셋째, 인간에 대한 새로운 관점의 모색이 보인다는 사실입니다. 앞서 언급했다시피 「주생전」에서는 악인도 선인도 아닌 현실적 인간이 제시되고 있습니다. 적어도 이 점에서 후대의 국문소설은 「주생전」에 미치지 못한다고 할 것입니다. 국문소설은 대체로 선악을 분명하게 구분해 놓고 있기 때문입니다. 한편 「운영전」에서는 여성의 정욕과 신분을 넘은 사랑의 가능성에 대한 탐구가 이루어지고 있죠. 그런가 하면 김영철 서사는 로컬리티의 맥락 속에서 인간을 고찰하고 있습니다. 그리하여 차별받는 현실 속에서, 이국에 두고 온 처자 때문에 번민하며 죄의식을 느끼는 인간을 그려 놓고 있습니다.

넷째, 소설 형식의 발전이 확인된다는 사실입니다. 매개적 인물의 확대가 일어나고, 디테일의 측면에서 정황에 대한 자세한 재현이 이루어지고 있습니다. 「주생전」, 「운영전」, 「최척전」 같은 전기소설에서 그 점이 잘 확인됩니다. 전기소설은 아닙니다만 김영철 서사에 대해서도 같은 지적을 할 수 있습니다.

이 시기의 전기소설은 전기소설로서 최고의 발전을 보여 줌과 동시에 그 장르 관습을 혁신하고 있습니다. 전대前代 전기소설의 벽을 허물고 새로운 가능성을 개척하고 있는 거죠. 그래서 전기소설을 이탈하는 조짐이 보이기도 합니다. 종래의 전기소설로는 담을 수 없는 사연들을 전기소설이라는 형식 속에 담고자 한 데서 초래된 내용과 형식 간의 어긋남이 아닌가 합니다. 이는 소설사의 새로운 단계가 시작되고 있음을 고지告知한다 할 만합니다.

다섯째, 역사소설의 대두가 확인된다는 사실입니다. 「강로전」과 「김영철전」은 연의소설의 형식을 취한 역사소설에 해당합니다. 이 두 작품은 동아시아를 무대로 한 역사적 인물의 운명을 그리고 있습니다. 특히 「김영철전」은 공전절후空前絶後의 문제작이라 할 만합니다.

마지막으로, 몽유록 양식의 만개滿開가 확인된다는 사실입니다. 「운영전」도 일명 「수성궁몽유록」壽成宮夢遊錄이라고 불린 데서 알 수 있듯 몽유록과 관련이 있는 작품입니다. 비록 전형적인 몽유록과는 다르지만 몽유록 양식을 원용하고 있죠.

그럼, 여기서 오늘 강의를 마치겠습니다.

질문과 답변

「최척전」에서, 옥영의 주인이었던 일본인 돈우나 조선에서 도망와 후금의 병사가 되어 조선인 포로들을 감시하는 책임자가 된 노인처럼 적군에 속한 인물들이 긍정적으로 묘사되고 있다는 점이 매우 인상적입니다. 「최척전」의 이런 서술은 '적국의 사람들은 모두 나쁘다'라고 적국을 악마화하지 않고 적국에도 좋은 사람이 있다는 메시지를 담고 있는 게 아닌가, 이 점에서 이 메시지는 평화주의라는 관점에서 큰 의미가 있는 게 아닌가 싶습니다. 그렇다면 어떻게 이런 소설이 나올 수 있었을까요? 그리고 이런 소설이 당시의 중국이나 일본에도 있었는지요?

돈우는 늙은 병사로 살생을 하지 않는 불교 신자였습니다. 본래 상인이었는데 항해에 능숙해 고니시 유키나가小西行長에게 선장으로 발탁됐죠. 옥영은 남장을 하고 있었으므로 돈우는 옥영이 여자인 줄 몰랐습니다. 돈우는 명민한 옥영이 마음에 들어 나고야의 자기 집으로 데리고 가 '사우'沙于라는 일본 이름을 지어 주었습니다. 그리고 배를 타고 장사하러 갈 때마다 항해장航海長의 일을 맡겼습니다. 베트남의 항구에서 옥영이 남편 최척과 상봉하자 돈우는 몸값을 받지 않고 옥영을 보내 줍니다. 그리고 은 10냥을 선물로 줍니다. 돈우는 옥영을 4년간 하인으로 데리고 있었거든요.

　이런 점에서 돈우는 선량한 일본인임에 틀림없습니다. 돈우에 대한 서술은 지어낸 말이 아니고 사실로 생각됩니다. 「최척전」은 조위한이 최척에게 직접 들은 이야기를 토대로 쓴 소설이니까요. 그러므로 이 부분은 작자가 특별히 평화주의에 대한 어떤 문제의식이 있어서가 아니라 실제 사실을 충실히 서술한 결과라고 봐야겠죠.

이 세상에는 여러 종류의 인간이 있으니, 인간을 단순하게 이야기할 수 없습니다. 도요토미 히데요시가 전쟁을 일으켜 조선에 엄청난 피해와 고통을 안겨 주었지만, 당시 일본인 중에는 돈우처럼 살생을 꺼리고 인간미와 양식을 지닌 사람이 없지 않았음을 알 수 있습니다. 하지만 그렇다고 해서 당시 대다수 일본인이 모두 돈우와 같았다고 볼 수는 없겠죠. 옥영은 억세게 운이 좋았다고 봐야 하지 않겠습니까.

아무튼 돈우는 좋은 인상의 일본인입니다. 이러한 인물이 서로 많아지면 동아시아가 좀 더 평화로워지겠죠. 이처럼 돈우는 개인의 차원에서 본다면 인정 많고 선량한 인물이라고 할 수 있지만, 사회적·구조적으로 본다면 이야기가 좀 달라질 수 있습니다. 돈우가 옥영을 아무리 잘 보살펴 줬다 해도 둘은 주인과 하인의 관계입니다. 돈우는 조선에서 포로로 잡아 온 사람을 종으로 부린 것입니다. 일종의 외국인 노예죠. 아무리 옥영을 잘 대해 주었다 하더라도 옥영의 사회적 처지가 바뀌지는 않습니다. 그렇다면 옥영과 최척이 극적으로 상봉하는 일이 있기 전까지 왜 돈우는 강제로 포로로 잡혀 온 옥영을 대하면서 '이 사람의 고국에는 가족과 친지들이 있을 텐데 얼마나 그곳으로 돌아가고 싶어 할까?' 하는 생각을 하지 못했을까요? 혹 그런 생각을 했을지도 모르지만 그래도 옥영이 자신에게 이익이 되니까 붙잡아 두고 데리고 다니면서 노동력을 활용한 게 아닐까요? 실제로 정유재란 때 일본군은 노동력을 착취할 수 있는 젊은 조선인 수만 명을 포로로 잡아갔습니다. 그 대다수는 나가사키에서 일본인과 포르투갈 상인들에 의해 노예로 매매되어 가까이는 마카오, 멀리는 인도의 고아Goa까지 팔려 갔습니다. 옥영처럼 일본인의 종이 된 사례는 이수광李睟光이 지은 「조완벽전」趙完璧傳의 주인공 조완벽에게서도 확인됩니다.

최척은 후금의 포로수용소에 갇혀 있다가, 조선에서 도망 와 후금의 병사가 되어 조선인 포로들을 감시하는 책임자가 된 어떤 노인의 도움으로 수용소를 탈출해 조선으로 귀환할 수 있었습니다. 이 인물 역시 일본인 돈우처럼 선량한 '개인'이기는 하지만 돈우와는 다른 각도에서 조명되어야 하지 않을까 합니다.

이 인물은 누르하치에게 신임을 받아서 조선인 포로를 감시하는 일을 맡았습니다. 당시 수용소에는 최척과 큰아들 몽석이 갇혀 있었는데, 그들은 처음에는 서로를 알아보지 못했습니다. 하지만 조선말로 이야기를 나누다가 서로 부자지간임을 알게 됩니다. 수용소 소장은 그들이 이야기하는 내용을 살며시 듣곤 하다가 그들의 처지를 딱하게 여기게 됩니다. 이에 자신이 원래 함경도 출신이라는 것을 밝히고 자기 사연을 이야기합니다. 수용소 소장은 원래 함경도의 병사였는데 학정虐政 때문에 조선에서 더 이상 살 수가 없어서 월경越境해서 만주 땅으로 들어왔다고 했습니다. 그는 만주 사람들은 굉장히 소박하고 단순해서 조선 사람처럼 백성을 학대하지 않아 오히려 이곳이 살기 좋다고 말합니다. 최척 부자는 그제야 수용소 소장이 조선 사람이라는 것을 알게 되는데, 소장은 그들에게 뒷일은 자신이 책임질 테니 도망치라고 합니다. 최척 부자는 운 좋게도 훌륭한 조선인을 만난 것이죠.

그렇지만 조선인이라고 다 이렇지는 않습니다. 후금에 붙은 조선인이 모두 이 늙은 소장 같았겠습니까. 오히려 조선인을 핍박해

공을 세워 더 나은 입지를 얻으려는 사람이 더 많지 않았을까요?

어쨌든 조선인 출신의 늙은 소장은 돈우와는 달리 일말의 동포애로 최척 부자에게 온정을 베풀었습니다. 그러니 이 경우 역시 평화주의로 해석하기에는 무리가 있다고 봅니다.

끝으로, 「최척전」과 같은 소설이 중국이나 일본에 있다는 말은 들어 보지 못했습니다.

**　강의에서 「강도몽유록」이 절의를 고취시키고 있다고 했는데, 제가 이 작품을 읽어 봤을 때에는 절의를 고취시키기도 하지만 이데올로기를 그냥 선전하기만 한다고 보기 어려운 심정적인 차원의 반감이나 의심이 담겨 있는 것 아닌가 하는 의문도 생겼습니다. 가령 여성들이 삶에 대한 미련을 드러내거나, 자신의 남편이 나라의 은혜를 입지 않았기 때문에 굳이 순절할 필요가 없었다고 말하거나, 순절한 것을 자랑스러워하면서도 마지막 장면에서는 통곡을 하는 것으로 결말을 맺는 것이 그렇습니다.

「강도몽유록」에 나오는 부녀들은 모두 전쟁 중에 억울하게 죽은 사람들입니다. 인간은 누구나 살기를 좋아하고 죽기를 싫어합니다. 그러니 전쟁으로 인해 죽은 작품 속 여성들이 삶에 대한 미련을 드러내는 것은 자연스런 일이 아닌가 합니다.

김상용은 강화성이 함락될 때 화약에 불을 질러 자결했습니다. 「강도몽유록」에 등장하는 한 여성의 남편은 포의 신분이었는데 김상용과 함께 강화성으로 피신했다가 이때 사망했습니다. 그래서 높은 관직에 있으면서 부귀를 누린 사람은 나라가 위태로울 때 절의를 지키는 것이 옳지만 자기 남편은 그럴 처지도 아닌데 죽은 것을 원망하는 말을 한 것입니다. 나라의 녹을 먹지 않은 자는 꼭 절의를 지켜 죽을 이유가 없거든요. 그럼에도 이 여성은 적의 칼날이 눈앞에 닥쳤을 때 삶을 버리고 의리를 택한 것을 조금도 후회하지 않습니다.

다들 순절을 후회하지 않으면서도 마지막에 통곡을 하는 것은 역시 억울하게 죽었기 때문이 아니겠습니까. 위정자들의 잘못으로 이런 국난이 닥쳐 명을 보존치 못하고 하루아침에 목숨을 잃었으니 억울하고 애통해서 통곡하는 거죠.

그러니 여성들이 보여 주는 이런 면모에 순절에 대한 회의나 의구심이 내재해 있다고 해석하기는 어렵지 않나 합니다. 그리고 이 작품은 정절 이데올로기를 '선전'하고 있다기보다는 '고취'하고 있다고 해야 하지 않을까 합니다. '선전'이라고 하면 '선전 문학'이 되겠는데 그리 보는 것은 좀 과하다고 여겨집니다.

** 이전 강의(제15강)에서, 「최고운전」에는 존화사대주의尊華事大主義가 비판되고 있다고 했습니다. 오늘 강의에서 배운 「강로전」에는 오히려 존화사대주의가 강조되고 있습니다. 「최고운전」의 문제 제기가 이 시기에 계승되지 않은 이유는 무엇일까요?

「최고운전」을 뒷받침하는 사상은 해동도가입니다. 조선 사회에 저류底流하던 해동도가 사상이 16세기 후반에 소설로 표출된 거죠. 이는 중종반정 이후의 정치적 상황과 일정한 관련이 있어 보입니다. 즉 중종반정 이후 강화된 사대주의에 대한 반발의 의미가 있다고 여겨집니다.

「강로전」이 창작된 역사적 배경은 「최고운전」과는 다릅니다. 「강로전」은 16세기 후반과는 달리 임진왜란 이후 동아시아에 새로운 국제 정세가 조성되면서 여진족이 신흥 강국으로 등장하고 급기야 조선을 침략하는 상황을 배경으로 하고 있습니다. 1623년의 인조반정이 내건 명분의 하나는 '숭명배호'崇明排胡였습니다. 「강로전」은 이런 사회적 분위기 속에서 1630년에 창작되었습니다.

두 작품의 작자가 속한 집단도 다릅니다. 「최고운전」의 작자는 사족이라 하더라도 반지배적 지향이 강한 주변부 하층에 속한 인물이었을 것으로 생각됩니다. 반면 「강로전」을 창작한 권칙은 비록 서얼이긴 하지만 지배층의 사고방식을 대변하는 존재입니다.

이처럼 두 작품은 역사적 배경뿐만 아니라 작가의 성격에도 차이가 있습니다. 이 때문에 「강로전」은 「최고운전」의 문제의식을 계승할 수 없었으며 '숭명배호'를 내세울 수밖에 없었다고 보입니다.

「강로전」 이후에도 「최고운전」의 문제의식을 계승한 소설은 발견되지 않습니다. '존명배청'尊明排淸의 구호가 조선 사회를 지배하는 바람에 중화주의적 세계관 내지 화이론적 세계관의 구속이 너무 컸기 때문으로 보입니다.

＊＊
＊＊   오늘 강의에서 임진왜란과 병자호란을 배경으로 한 여러 중요한 소설들에 대해서 배웠습니다. 전쟁은 인류 사회의 가장 큰 비극이라 할 수 있는데, 아이러니하게도 이런 전쟁을 계기로 명편名篇이라 할 소설들이 창작된 이유는 무엇일까요?

임진왜란, 병자호란은 우리 민족이 겪은 대참사입니다. 그리고 작가들은 전쟁 중에 참혹한 체험을 하기도 하고 예사롭지 않은 사연을 접하기도 합니다. 작가들은 전쟁으로 인한 기이한 사연들을 전후戰後에 접하기도 합니다. 이를 통해 인간과 그 삶에 대하여 이전과는 다른 통찰과 사유를 하고, 이를 글로 남기게 됩니다. 전쟁은 피해야 할 비극이지만 전쟁이라는 극단적인 상황으로 인해 인간의 실존에 대한, 그리고 사회적·정치적 문제에 대한, 심각한 물음이 작가들에게 새로 제기되는 거죠. 그 결과 기존의 틀을 넘어 인간에 대한, 그리고 인간의 삶에 대한, 실험적 모색이 이루어지면서 문학의 형식과 내용에 큰 변화가 생깁니다. 새로운 글쓰기가 이루어지는 거죠. 이 점에서 임진왜란과 병자호란은 우리 문학사의 중요한 전환점이라 할 만합니다.

「주생전」의 경우를 봅시다. 이 작품에서 전쟁은 스토리 전개에서 하나의 모티프가 되고 있을 뿐이지 전체적 서사와 연관을 맺지는 않습니다. 그렇기는 하지만 이 작품에는 이전의 소설에서 발견되지 않는 주인공의 자유분방한 애정 행위가 보입니다. 즉 주생이 벌이는 삼각연애가 그것이죠. 물론 보는 각도에 따라서 주생은 비난받을 수도 있겠지만, 주생에 대한 도덕적 가치 판단을 내리기 전에 이전에 보지 못한 새로운 인간이 작품 속에서 활보하고 있다는 점은 퍽 흥미로운 사실입니다. 이처럼 도덕을 따르기보다는 자신의 욕망이 이끄는 대로 행동하는 낯선 인간이 소설에 등장할 수 있었던 것은 전쟁 때문이 아닌가 생각해 볼 수 있습니다.

강의에서는 이야기하지 않았지만, 저는 전쟁이라는 상황이 권필이라는 작가의 의식이나 기분에 어느 정도 영향을 미쳤다고 봐요. '지금은 전쟁 중이다, 나는 언제 죽을지 모르는 상황이고, 인간의 일은 덧없다', 이런 생각을 충분히 할 수 있는 거죠. 내 삶이 무지막지

한 전쟁의 폭력 앞에서 어찌 굴러갈지 알 수 없습니다. 평상시와 달리 내 삶의 예측 불가능성과 불안정성이 극대화되는 거죠. 이런 상황에서 인간이 붙잡을 수 있는 가장 확실한 것은 '욕망'입니다. 「주생전」을 쓸 때 작가는 이런 기분에 사로잡혀 있었던 건 아닐까요? 그리고 이런 기분이 작가의 의식에 영향을 미쳤던 건 아닐까요? 만일 그렇게 볼 수 있다면 이 작품에서 전쟁은 단지 서사의 한 모티프에 불과하기만 한 것이 아니라 작품 전체의 서사에 그림자를 드리우고 있다고 해야겠지요. 그렇다면 주생이라는 인물의 행위 특성은 전쟁과 관련된 작가의 창작 심리와 결부해 고찰될 필요가 있겠죠.

「운영전」도 마찬가지입니다. 성로가 살던 집은 인왕산 아래에 있었습니다. 임진왜란이 일어나자 성로는 어머니를 업고 이 집을 출발해 강화도로 피난했다가 다시 전라도로 내려갔으며, 정유재란 때 다시 강화도로 피난했습니다. 그리고 강화도에서 어머니가 돌아가셔서 그곳에 어머니를 묻습니다.

성로는 전쟁이 종료된 직후 양화도 부근에 은거했는데 이 무렵 설죽을 만나 인연을 맺습니다. 「운영전」은 설죽과 사랑을 나눌 무렵 쓴 것으로 추정됩니다. 「운영전」은 「주생전」에 비해 전쟁의 참혹함이라든지 전쟁이 할퀴고 간 생채기가 보다 자세히 그려져 있습니다. 작품 서두에서 몽유자夢遊者인 유영은 청파동에서 서울로 들어와 수성궁 근처를 돌아보는데, 그곳은 이미 폐허가 되었습니다. 감회에 젖은 유영은 술을 마시다가 운영과 김진사를 만납니다. 이처럼 「운영전」은 전쟁의 폐허 위에서 이야기가 시작되고 있죠. 그러므로 「운영전」은—「주생전」도 마찬가지고요—전쟁소설이라고 할 수는 없지만, 전쟁을 생각하지 않고서는 제대로 이해할 수 없는 소설이라고 봐요.

성로가 살던 옛 집은 수성궁 근처에 있었습니다. 그런데 전쟁이 끝나고 10여 년 만에 돌아와 보니 집은 폐허가 되었고, 수성궁 역시 흔적을 찾을 수 없을 정도로 쑥대밭이 되어 버렸습니다. 작가는 이런 상황에서 안평대군 시절의 수성궁을 상상하며 그 시공간을 배경으로 하나의 비극적 사랑의 이야기를 엮어 낸 듯합니다. 안평대군 시절은 문인들이 대접을 받던 태평성대였습니다. 그래서 운영과 김 진사의 위험한 사랑은 비극으로 끝났지만 그럼에도 안평대군의 수성궁은 그리움의 대상으로 그려집니다. 그 시공간은 전쟁의 폐허 저 너머에 있기 때문이죠. 게다가 당시는 수양대군의 왕위 찬탈이 있기 전이라 수성궁은 더욱 성대한 곳으로 상념되었을 터입니다. 이렇게 본다면 「운영전」은 '폐허 속에서의 꿈꾸기'라고 할 수 있지 않을까 합니다. 성로는 전쟁의 폐허 속에서 폐허가 되기 이전의 저 먼 시대를 그리워하며 이 소설을 썼을 터입니다.

전쟁은 일어나지 말아야 할 비극입니다. 하지만 전쟁은 사람들의 인식을 흔들어 놓는 작용을 합니다. 작가들은 이 비극적인 극한 상황 속에서 '인간이란 어떤 존재인가?'라는 물음을 던지며 인간에 대한 재성찰을 꾀했습니다. 이런 재성찰이 있었기에 「운영전」이 보여 주는 것과 같은, 체제가 허락하지 않는 사랑을 꿈꾸는 데까지 나아갈 수 있었던 게 아닌가 합니다.

이번 강의에서 언급된 소설 중에는 처음 학계에 소개되거나 그 작자가 처음 밝혀진 작품들도 있습니다. 그중에서도 최근 「운영전」과 「위생전」의 작자가 성로라는 것을 처음 밝혔는데, 어떻게 작자를 찾아낼 수 있었는지 선생님의 문학 연구 방법과 관련하여 질의를 드립니다.

그전에는 학계에서 「위생전」과 「운영전」의 작자를 잘 몰랐습니다. 「위생전」은 작자 미상이라고 보는 연구자도 있었고, 권필의 작품이라고 보는 연구자도 있었습니다. 「운영전」의 경우 작자 미상으로 보는 연구자들이 대부분이지만 몽유자인 유영을 작자로 보는 관점과 허균을 작자로 보는 관점이 제기되어 있었죠. 「위생전」과 「운영전」의 작자가 누구라고 밝혀 놓은 신뢰할 만한 문헌 기록이 있으면 좋겠지만 현재 그런 기록은 없습니다.

　「운영전」은 한국문학사에서 굉장한 문제작이기 때문에 나는 젊을 때부터 '작자가 누구일까?'라는 의문을 품어 왔습니다. 이 작품은 그 필치로 볼 때 아무나 쓸 수 있는 작품이 아니며 당시 서울에 거주한 1급의 문인일 가능성이 높다고 생각했죠. 그래서 당시 살았던 문인들을 대상으로 범위를 좁혀 가면 작자를 찾아낼 수 있지 않을까 하는 생각을 하곤 했습니다. 「운영전」에서 김진사는 안평대군 앞에서 '이백 예찬론'을 폅니다. 이 작품의 작자를 밝히는 데 이 점은 굉장히 중요한 단서가 됩니다. 그래서 이 작품의 작자가 이백의 한시를 몹시 애호해 악부시풍의 낭만적 한시를 즐겨 지었을 것이며 그 인간 됨됨이도 호방하고 자잘한 법도에 얽매이지 않았으리라고 보아 16세기 후반에서 17세기 초 사이의 문인 가운데 누가 그런지 검토할 필요가 있다는 생각을 쭉 해 왔습니다. 또한, 이런 절절한 비극적 사랑 이야기를 쓴 작가는 현달한, 즉 출세해서 형편이 좋은 사람일 수 없으며 대단히 불우하고 소외된 문인일 거라는 생각을 해 왔습니다.

그러다가 최근에 권필이 쓴 「사우록」師友錄을 보다가 이런 생각을 했습니다: 당시 소설은 아무나 쓰지 않았다. 특히 반듯한 인간이라면 쓰지 않았다. 권필, 조위한, 허균은 서로 교유하면서 소설 창작 행위를 같이했다. 이들은 모두 이른바 '방달불기'放達不羈의 인간들이다. 그래서 소설을 쓸 수 있었던 것이다. 「운영전」과 「위생전」도 이런 기질의 사람이 썼을 가능성이 높다. 「운영전」과 「위생전」은 모두 17세기 초엽에 쓰인 것으로 보이는데 그렇다면 이 작품의 작자는 권필, 조위한, 허균과 동시대의 인간에 해당한다. 동시대의 인간이라면 이들과 교류했을 가능성이 높다. 작품으로 판단컨대 그 인간 기질도 권필이나 조위한처럼 방달불기했으리라 보인다. 근데 「위생전」은 누구나 인정하듯 「주생전」의 영향이 짙다. 그렇다면 혹시 「위생전」의 작자는 권필과 교류가 있었던 건 아닐까.

그래서 권필이 남긴 시들, 특히 권필이 벗들과 주고받은 시들을 면밀히 검토해 보았죠. 한 사람 한 사람 확인하면서 '이 사람은 아니다. 이 사람은 생몰 연대가 맞지 않는다. 이 사람도 아니다. 이 사람은 이런 소설을 쓸 깜냥이 아니다' 하는 식으로 제외해 나갔는데, 마지막에 남는 사람이 성로였습니다. 이때부터 성로가 「운영전」의 작자일 가능성이 있다고 생각하기 시작했죠.

이런 생각을 하면서 찾아낸 또 하나의 중요한 단서는 「운영전」의 작자와 「위생전」의 작자가 동일 인물이라는 사실입니다. 두 소설에는 작품 전반부에 상사相思의 정을 읊은 여주인공의 한시가 똑같이 나옵니다. 그런데 두 시에는 똑같이 당나라 시인 송지문이 쓴 「유소사」有所思라는 시의 한 구절이 '원용'되어 있습니다. 두 작품이 단지「유소사」의 한 구절을 원용했다는 점만 같을 뿐이라면 이는 우연의 일치로 볼 수도 있을지 모릅니다. 문제는 두 작품이 동일한 중국인 시의 한 구절을 원용했다는 점에 있어서만 같은 게 아니라는 사실입니다. 두 작품에서 이 시구는 하나의 모티프로서 '작품 구조상' 뒤에 전개되는 남녀 주인공의 결연을 예비하는 중요한 복선이 되고 있습니다. 두 작품은 전연 다른 이야기임에도 불구하고 이 동일한 모티프가 남녀 결연의 내적 필연성을 뒷받침하는 장치로 안배되어 있다는 점에서 일치합니다. 이 일치는 우연의 일치로 보기 어렵습니다. 그렇다면 두 가지 가능성을 생각해 볼 수 있습니다. 하나는 한 작가가 다른 작가의 작품을 본뜬 것이고, 다른 하나는 두 작품이 한 작가의 손에서 나왔을 가능성입니다. 그런데 두 작품을 잘 살펴보면 한 작가가 다른 작가의 작품을 본뜬 것으로 보이지는 않습니다. 만일 본떴다면 필시 이 모티프 말고도 다른 유사한 점들이 더 발견되어야 할 텐데 그렇지는 않거든요. 아마 성로는 권필의「주생전」을 의식해「위생전」을 창작했고, 그 뒤 훨씬 더 원숙한 필치로「운영전」을 창작했는데,「운영전」창작 시「위생전」에서 한번 사용한 이 모티프를 다시 사용한 게 아닌가 합니다. 이 모티프가 은근히 매력적인 데가 있으니까요. 이리 본다면 이 모티프는 성로의 소설을 특징짓는 '라이트모티프'라 말할 수 있을 것입니다.

　권필은 성로가 방외적 기질의 자유분방한 사람이고, 자잘한 예법에 얽매이지 않았다고 했습니다. 이런 기질의 사람이라야「운영전」같은 소설을 쓸 수 있을 것입니다. 그래서 성로의 문집이 있나 찾아보니, 『석전유고』가 남아 있었어요. 성로는 권필이 필화筆禍를 당해 억울하게 죽은 데 상심해 죽기 전에 자신의 글을 다 불태워 버렸다고 하는데, 지금 남아 있는 『석전유고』는 성로가 죽은 뒤 그 사위가 남아 있던 약간의 글들을 수습해 간행한 것입니다.

성로의 문집을 쭉 훑어보니 「운영전」의 지향과 상통하는 시들이 상당수 있었습니다. 게다가 성로는 어떤 시에서 "유령劉伶과 이백이 나의 스승"(劉伶李白是吾師)이라고 했습니다. 이백을 아주 높인 거죠. 실제로 성로는 이백 풍의 염정적艷情的 악부시를 즐겨 쓴 시인임을 확인할 수 있었습니다. 나는 성로의 시들을 여러 번 읽으면서 「운영전」의 표현과 자세히 대조해 봤습니다. 한 작가는 자신의 글쓰기에서 비슷한 말이라든지 비슷한 사고방식이라든지 비슷한 취향을 종종 보여 주거든요. 이런 작업을 통해 「운영전」과 「위생전」의 작자가 성로라는 결론을 최종적으로 내리게 됐죠.

이렇게 본다면 무엇보다도 시를 보는 안목이 작자 고증에 큰 도움이 되었다고 말할 수 있을 듯합니다. 소설 연구를 한다고 해서 오로지 소설만 공부해서는 이런 점을 읽어 내기 어렵습니다. 소설 속에 나오는 시의 필치와 문집에 나오는 시의 필치가 같은 손에서 나온 것인가 아닌가를 감정해 낼 수 있는 눈이 필요한 거죠. 그래서 좁은 전공을 벗어나 널리 공부하는 '통합인문학'을 하지 않으면 안 됩니다. 질문 중에 '문학 연구 방법'이라는 말이 있어 끝에 한마디 보탭니다.

김영철전金英哲傳

(…)

이듬해 신유년(1621)에 누르하치가 요령遼寧의 심양瀋陽을 공격해 함락하고 심양으로 도읍을 옮겼다. 아라나阿羅那는 처자를 데리고 누르하치를 따라갔는데, 영철은 건주建州의 옛 집에 남겨 두어 농사일을 보게 했으며, 때때로 서로 왕래했다. 이해에 영철의 여진족 처가 아들을 낳아 이름을 득북得北(북쪽에서 얻었다는 뜻)이라 지었다. 계해년(1623)에 다시 아들을 낳아 이름을 득건得建(건주에서 얻었다는 뜻)이라 했다. 영철의 처는 늘 영철에게 이리 말했다.

"당신은 조선인이고 나는 여진 여자로, 각기 이국異國에서 태어나 부부가 되어 두 아들을 낳았으니 실로 하늘의 인연이라 할 만합니다. 하지만 들으니 당신은 부모가 계신다니 저를 버리고 고국으로 돌아가고자 하는 마음이 있을 테지요."

영철은 이리 대꾸했다.

"전에 두 번 달아난 건 부모를 보고 싶은 마음 때문만은 아니고, 처를 얻고 싶어서였소. 그런데 이제 주인의 두터운 은혜를 입어 죽음을 면했을 뿐만 아니라 당신을 아내로 맞아 두 아들을 얻었으니 이는 하늘의 뜻이오. 내가 어찌 감히 하늘의 뜻을 어기고 은혜를 배반하겠소."

처가 말했다.

"여진은 고려인을 족제비라고 칭해요. 속임수가 많아서죠. 당신 말을 어찌 믿겠어요?"

이리 말하며 한편으로는 꾸짖고 한편으로는 비웃었다. 영철은 웃기만 할 뿐 대꾸하지 않았다.

(…)

—작자 미상, 조원경본「김영철전」

국문소설 및 장편소설의 형성과 전개

조선 후기 소설을 보는 시각 — 한문소설과 국문소설

우리 문학사에서 국문소설 및 장편소설의 창작은 17세기에 와서 이루어집니다. 주목할 새로운 문학 현상이죠. 17세기 이전에는 국문소설이나 장편소설이 창작된 적이 없습니다. 다만 1511년경 채수蔡壽가 쓴 한문소설 「설공찬전」薛公瓚傳이 동시대에 국문으로 번역되어 경향京鄕에 유포된 적은 있습니다. 그러니 비록 국문소설이 창작된 것은 아니라 할지라도 16세기에 국문으로 번역된 소설은 존재했다고 말할 수 있습니다. 그렇지만 처음부터 국문으로 창작된 소설은 17세기에 와서야 출현합니다. 조선 후기는 소설이 대단히 성행했다는 점에서 가히 '소설의 시대'라고 할 만한데, 국문소설이 소설의 시대를 주도했습니다.

　그렇다고 조선 후기에 한문소설이 더 이상 의미 있는 역할을 못 했다고 말할 수는 없습니다. 국문소설의 등장으로 한문소설은 이전의 독점적 지위를 잃었을 뿐만 아니라 주도권을 국문소설에 넘겨주었지만 그럼에도 불구하고 한문소설은 국문소설이 담지하지 않은 문제의식을 담지함으로써 계속 주요한 역할을 했습니다. 가령 17세기에 창작된 허균의 「남궁선생전」, 성로의 「운영전」, 조위한의 「최척전」, 황중윤의 『천군기』, 박두세의 「요로원야화기」라든가, 18세기에 창작된 「김영철전」, 박지원의 「허생전」, 이옥의 「심생전」沈生傳이라든가, 19세기에 창작된 김소행金紹行(1765~1859)의 『삼한 의열녀전』三韓義烈女傳(일명 '삼한습유'三韓拾遺)이라든가 서유영徐有英(1801~1874)의 『육미당기』六美堂記 같은 작품을 거론할 수 있죠. 또 유득공柳得恭(1748~1807)의 「유우춘전」柳遇春傳, 변종운卞鍾運(1790~1866)의 「각저소년전」角觝少年傳과 같은 전계 소설이라든가 『청구야담』靑邱野談과 같은 야담집에 수록된 야담계野談系 소설도 거론할 수 있습니다. 한문으로 쓴 이런 작품들은 국문소설과는 다른 지향과 문제의식, 혹은 국문소설이 보여 주지 않는 지향과 문제의식을 보여 줍니다.

하지만, 한문소설이 통속적 국문소설과 달리 자국의 역사나 현실에 대한 문제의식을 담지하고 있다고는 해도, 그 표기 문자가 한문이기 때문에 독자층은 주로 한문을 읽을 수 있는 소수의 지배층 남성에 국한되었습니다. 국문소설은 이런 제약을 벗어나 여성과 서민을 그 주된 독자로 삼았습니다. 특히 여성 독자층은 국문소설의 형성과 전개에 막대한 영향을 미쳤습니다.

한문소설과 국문소설은 이처럼 독자층의 차이가 있지만 그럼에도 종종 서로 교섭했습니다. 그리하여 애초 한문으로 쓰인 것이 국문으로 번역되기도 하고, 애초 국문으로 쓰인 것이 나중에 한문으로 번역되기도 했습니다. 말하자면 국문과 한문으로 동시에 유통된 거죠. 대표적인 작품으로 『구운몽』九雲夢과 『창선감의록』彰善感義錄을 들 수 있습니다.

게다가 한문소설 중에는 표기만 한문일 뿐 국문소설과 그 지향이 대동소이한 작품들도 존재합니다. 『옥루몽』玉樓夢이나 『옥수기』玉樹記 같은 작품을 예로 들 수 있죠. 이런 작품들의 경우 표기 문자가 국문인가 한문인가는 부차적인 문제일 수 있습니다.

이처럼 조선 후기에는 한문소설과 국문소설이 서로 교섭하면서 함께 발전했습니다.

『홍길동전』

「홍길동전」은 허균이 창작한 소설입니다. 그 근거는 택당澤堂 이식 李植(1584~1647)의 문집인 『택당집』澤堂集의 잡저雜著 「산록」散錄에 보이는 "허균이 「홍길동전」을 지어서 『수호전』水滸傳에 견주었다"라는 말입니다. 『수호전』은 양산박梁山泊의 도적들이 영웅적인 활약상을 벌이면서 체제에 저항하는 이야기입니다. 이식은 허균과 동시대인으로, 17세기 전반에 한문 4대가의 한 사람으로 꼽혔습니다. 그는 비록 허균에 대해 안 좋은 감정을 갖고 있었지만 그렇다고 허튼 소리나 없는 말을 할 사람은 아닙니다. 그래서 나는 이식의 이 말을 반박할 다른 증거가 없는 한 이식의 이 말을 믿는 것이 옳다고 생각합니다.

하지만 이식은 허균이 「홍길동전」을 지었다고만 했지 국문소설을 지었다는 말을 하지는 않았습니다. 허균이 국문으로 소설을 썼다는 기록은 어디에도 보이지 않습니다. 그런데 현재 전하는 『홍길동전』은 국문소설입니다. 그래서 근대에 국문학 연구가 시작된 이래 허균이 국문소설 『홍길동전』을 지은 것으로 인식되었죠. 하지만 허균이 지은 「홍길동전」은 국문소설이 아니라 한문소설로 여겨집니다. 허균은 「홍길동전」 외에도 「남궁선생전」이라는 한문소설을 지은 바 있죠. 그리고 「장생전」이라는 소설적 요소가 있는 전傳을 짓기도 했습니다. 「장생전」의 말미에는, 장생이 "동해에 있는 한 섬을 찾아간다"고 말하는 장면이 나옵니다. 섬으로 간다는 점에서 홍길동이 율도국으로 간 것과 통하는 데가 있습니다.

『홍길동전』은 흔히 영웅소설로 간주되지만 영웅소설과는 취미나 지향이 다릅니다. 무엇보다도 신분 차별의 문제, 즉 적서嫡庶 차별의 문제를 정면에서 제기하고 있다는 데서 그 점이 확인됩니다. 이런 문제의식은 영웅소설에서는 대단히 낯선 것이죠. 국문소설 『홍길동전』의 이런 범상치 않은 문제의식은 허균이 창작한 「홍길동전」에서 유래한다고 여겨집니다. 허균에게는 적서 차별의 모순에 대한 인식이 있었거든요. 지금 전하는 국문소설 『홍길동전』은 허균의 한문 원작과는 다소 거리가 있지 않나 싶지만 그럼에도 그 주요한 내용이나 지향, 문제의식은 허균의 원작에 의거하고 있다고 여겨집니다. 지금 전하는 『홍길동전』은 빠르면 18세기 무렵, 늦으면 19세기 무렵에 누군가가 허균의 원작을 윤색해 국문소설로 탈바꿈시킨 것으로 여겨집니다. 그렇다고 한다면 지금 전하는 『홍길동전』이 몽땅 허균의 작이라고 말하기는 어렵다 할지라도 그 지적 소유권의 많은 부분이 허균에게 귀속된다는 사실을 인정해야 하지 않을까 합니다. 그와 함께 허균의 「홍길동전」이 우리나라 최초의 국문소설이라는 주장은 거두어들이는 게 옳다고 여겨집니다.

조선 시대에는 유명한 도적이 셋 있었으니 곧 홍길동, 임꺽정, 장길산張吉山입니다. 일제강점기에 홍명희洪命熹(1888~1968)는 『임꺽정』이라는 소설을 창작했습니다. 책으로 치면 10책 정도의 분량이나 되는 아주 방대한 작품입니다. 황석영은 1984년 대하소설 『장길산』을 냈습니다.『임꺽정』과『장길산』은 의적소설義賊小說『홍길동전』의 전통을 잇는 작품이라고 하겠습니다.

『천군기』

『천군기』는 황중윤이 1620년대 후반에서 1630년대 초반 사이에 쓴 한문 장편소설입니다. 황중윤은 인조반정 때 후금과의 화친을 주장한 주화론자主和論者로 몰려 유배 갔다가 10년 후인 1633년 해배되어 고향으로 돌아와 1648년 세상을 하직했습니다. 이 작품은 유배 중에 창작되었습니다.

'천군'天君은 '마음'을 의미하며 '천군기'天君紀는 '천군 이야기'라는 뜻입니다.『천군기』는 마음을 의인화한 알레고리 소설에 해당합니다.

16세기에 조선 성리학은 이론적으로 아주 높은 수준에 도달했습니다. 특히 성리학적 심성론心性論에 대한 심화된 이해가 이루어졌습니다. 이 작품은 16세기 조선 성리학의 이런 높은 성취를 배경으로 성립되었습니다. 성리학적 심성론을 서사화한『천군기』같은 철학소설은 동아시아에서 우리나라에만 있습니다. 이 점에서『천군기』가 이룩한 창안은 비단 우리 문학사만이 아니라 동아시아 문학사, 나아가 세계 문학사에서도 주목되는 일이라 하겠습니다.

『천군기』는 욕망 때문에 잃어버린 본심을 우여곡절 끝에 되찾는다는 이야기입니다. 이 과정에서 '욕망'에 대한 탐구가 진지하게 이루어지죠. 욕망은 대단히 끈질기며 완전히 물리치는 게 불가능합니다. 물리쳤다 싶으면 불현듯 또 찾아오기 때문이죠. 이 작품은 인간 욕망의 이런 면모를 핍진하게 그리고 있습니다. 우리 문학사에서 욕망에 대한 이런 반성적 성찰은 이 작품에서 처음 본격적으로 이루어졌습니다.

욕망은 몸과 불가분의 관련을 맺고 있습니다. 이 점을 드러내기 위해 황중윤은『황정경』黃庭經 등 도교 경전의 상상력을 차용합니다. 즉 성리학적 심성론을 근간으로 하되 몸에 대한 도교의 언술을 일부 끌어들이고 있죠. 이 때문에 이 작품은 성리학적 심성론을 서사화하고 있으면서도 성리학과는 달리 욕망을 단순화하지 않고 실제와 방불하게 그려 낼 수 있었습니다. 이 점, 이 작품의 주목할 성취라고 이를 만합니다.

우리 문학사에는『천군기』이전에도 천군에 대한 서사가 있었습니다. 임제의「수성지」라든가 남명 조식의 제자인 김우옹金宇顒(1540~1603)이 1566년에 쓴「천군전」天君傳이 그러합니다.「수성지」는 소설이라 할 수 있지만「천군전」은 전傳의 형식을 취한 철리산문哲理散文이지 소설은 아닙니다. 이들 작품은『천군기』처럼 욕망에 대한 집요한 탐구를 보여 주지는 않습니다. 그렇기는 하지만 황중윤은 우리 문학사에 존재하는 '천군 서사'의 이런 전통을 계승하는 한편『삼국지연의』와 같은 중국 장편소설의 창작 수법을 원용함으로써 전연 새로운 소설을 만들어 낼 수 있었습니다.

『천군기』는 우리 문학사에 처음으로 장회소설章回小說을 선보였습니다. 장회소설은 여러 개의 장章이나 회回로 구성된 소설을 말합니다.『삼국지연의』나『수호전』이 이런 형식을 취하고 있습니다. 장회소설은 매 장회마다 흥미로운 제목이 붙어 있으며 매 장회의 끝마다 '나머지 이야기는 다음 장회를 보시라'는 취지의 말이 나와 독자의 호기심을 유발합니다.『천군기』는 총 31개의 장회로 구성되어 있습니다.

『천군기』는 우리 문학사에서 최초의 군담軍談 모티프를 보여
주는 소설이라는 점에서도 주목됩니다. 군담 모티프는 이후의 우
리 소설에서 가장 주요한 모티프의 하나로 자리 잡습니다.

황중윤은 젊은 시절 성리학을 공부했습니다. 그가 이 작품을
지은 이유는 마음에 대한 성찰과 함께 치도治道(나라를 다스리는 도리)
에 대한 우의寓意를 담기 위해서였다고 보입니다. 즉 이 작품에는
군주란 모름지기 어떠해야 하는가에 대한 우의가 담겨 있습니다.

황중윤보다 한 세대쯤 뒤의 인물인 정태제鄭泰齊(1612~1669)는
『천군기』를 조금 고쳐『천군연의』天君衍義라고 명명했습니다. 하지
만『천군연의』는『천군기』의 문제의식을 약화시키고 문장 표현을
보수적인 방향으로 고쳐 놓아 원작보다 작품성이 떨어집니다.

『천군기』에 의해 마련된 천군소설의 전통은 19세기 전반 유치
구柳致球의『천군실록』天君實錄이라든가 정기화鄭琦和의『천군본기』
天君本紀 같은 작품으로 계승됩니다. 이처럼 천군소설은 맥이 끊기
지 않고 19세기까지 창작되었지만『천군기』의 성취를 넘어서는 작
품이 나오지는 못했습니다.

『천군기』는 장편소설의 서막을 연 작품입니다.『천군기』가 쓰
인 지 몇 십 년쯤 후에『구운몽』,『창선감의록』과 같은 장편소설이
창작됩니다.

『사씨남정기』,『구운몽』

17세기 후반에 김만중金萬重(1637~1692)은『사씨남정기』謝氏南征記와
『구운몽』九雲夢 두 소설을 창작했습니다. 김만중은 인조 15년(1637)
에 태어나 숙종 18년(1692) 세상을 떴습니다. 이 사람은 이이의 제

자인 김장생金長生의 증손으로, 호가 서포西浦였습니다. 형제로는 형 김만기金萬基(1633~1687)가 있었는데, 숙종의 장인이었습니다. 이처럼 김만중은 벌열 집안 출신으로, 지배층의 중심부에 있던 사람입니다. 당색은 노론이었습니다. 김만중은 지배층 인물이면서도 생각이 고루하지 않아 소설의 가치를 인정하고 국문 문학의 의의를 적극적으로 긍정했습니다.

김만중의 종손인 김춘택金春澤(1670~1717)은 자신의 문집『북헌집』北軒集에 수록된「시문詩文을 논하다」(論詩文)라는 글에서 이렇게 말하고 있습니다.

서포는 자못 대부분 국문으로 소설을 지었다. 그중에 이른바『남정기』라는 것은 범상한 작품들에 견줄 바가 아니다. 그래서 내가 한문으로 번역했다.

이 기록은 김만중이『사씨남정기』를 국문으로 창작했음을 말해 줍니다. 또한 이 기록은 김만중이 대부분 국문으로 소설을 썼음을 확인시켜 준다는 점에서 중요합니다. 조선 시대에 좋은 집안의 이름난 문인이 국문으로 소설을 썼다는 것은 하등 자랑할 일이 못됩니다. 그런데도 김춘택은 할아버지 서포가 '대부분' 국문으로 소설을 썼다고 했습니다. 사실이 그러니 그렇게 말할 수밖에 없었던 거죠.

'사씨남정기'는 '사씨가 남쪽으로 간 이야기'라는 뜻입니다. 『사씨남정기』는 명나라를 배경으로 삼고 있습니다. 조선 후기의 국문소설은 거의 대부분이 중국을 배경으로 삼고 있죠.

이 작품의 주요 인물은 한림학사翰林學士 유연수劉延壽와 그 처사씨謝氏, 그 첩 교씨喬氏, 이렇게 세 사람입니다. 사씨는 아주 정숙하고 훌륭한 아내임에도 불구하고 여러 해 동안 아이를 낳지 못해 남편에게 새 여자를 들이게 합니다. 유연수는 집안을 이을 자식을 보기 위해 교씨를 첩으로 맞아들입니다. 교씨는 간악한 인물로 설정되어 있습니다. 그녀는 급기야 정실正室인 사씨를 쫓아내고 자신이 정실이 되며, 남편을 해코지하기까지 합니다. 우여곡절 끝에 유연수는 집을 떠난 사씨와 다시 만나고, 자신의 잘못을 사과합니다. 그런 후 교씨를 처벌하고 사씨를 다시 정실로 맞아들입니다.

이 작품은 심각한 처첩妻妾 간의 갈등을 보여 줍니다. 처첩 갈등은 이 작품처럼 17세기 후반에 창작된 소설에 처음 나타나는데, 사대부 집안 내부의 가부장제의 모순을 보여 주고 있습니다. 이후 이 모티프는 국문소설, 특히 장편 국문소설의 필수적 모티프로서의 위치를 굳힙니다.

19세기 문인인 이규경李圭景(1788~1863)이 쓴 『오주연문장전산고』五洲衍文長箋散稿의 「소설변증설」小說辨證說이라는 글에 이런 말이 나옵니다.

> 『남정기』는 북헌 김춘택이 지은 것이다. (…) 북헌은 숙종 때 인현왕후仁顯王后가 폐비廢妃되었기에 숙종으로 하여금 그 잘못을 깨닫게 하려고 지었다고 한다.

『사씨남정기』를 김춘택이 지었다고 한 데서 알 수 있듯 이 기록에는 착오가 좀 있습니다. 김춘택이 이 작품을 한문으로 번역한 게 착오를 낳지 않았나 합니다. 그렇기는 하지만 이 기록을 통해 『사씨남정기』의 창작 의도를 알 수 있습니다. 인현왕후를 내쫓고 장희빈을 왕후로 삼은 숙종으로 하여금 자신의 잘못을 깨닫게 하려고 지었다는 것입니다. 즉 인현왕후를 폐위한 일을 풍간諷諫하기 위해 지었다는 거죠.

인현왕후는 숙종 15년(1689)에 폐위되었다가 5년 뒤에 복위復位됩니다. 인현왕후 폐위 사건은 세자 책봉을 둘러싼 서인과 남인의 갈등에서 기인합니다. 그러므로『사씨남정기』의 창작은 숙종 연간의 당쟁과 밀접한 관련이 있다고 할 것입니다. 당쟁이 소설의 내적 형식과 결구結構를 구조화하고 있는 거죠. 이 점에서『사씨남정기』는 흥미롭게도 정치와 소설의 내적 연관을 보여 주는 작품이라 할 것입니다.

『사씨남정기』는 1680년대에 지어지지 않았을까 합니다. 김만중이『구운몽』을 쓴 것도 이 무렵입니다. 김만중은 1692년 세상을 떴습니다. 그러니 두 작품 모두 김만중의 만년에 집필되었다고 말할 수 있겠습니다.『구운몽』은 여러분이 잘 아는 소설일 테지만 그래도 간단하게나마 내용을 개괄해 보기로 하죠.

『구운몽』은 양소유楊少遊와 팔선녀八仙女의 이야기로, 당나라가 배경입니다. 중국을 배경으로 하는 점이『사씨남정기』와 공통적이죠. 선계仙界에 거주하는 승려 성진性眞이 꿈에서 양소유라는 인간으로 환생해 여덟 명의 여인과 차례로 만나 사랑을 나누고 더없는 부귀영화를 누립니다. 양소유는 인생의 마지막에 모든 것이 일장춘몽임을 깨닫습니다. 꿈에서 깨어난 성진은 자신의 잘못을 깨달아 불도에 정진하고, 팔선녀도 머리를 깎고 중이 되어 불법佛法을 닦습니다. 아홉 사람은 마침내 본성을 깨닫고 도를 깨칩니다.

줄거리에서 알 수 있듯 이 작품은 선계仙界에서 현실계現實界로 넘어오고, 현실계에서 다시 선계로 넘어가는 순환 구조를 취하고 있습니다. 이 순환 구조는 꿈의 형식, 즉 환몽幻夢 구조와 결부되어 있습니다. 이전 강의(제5강)에서 공부한 바 있지만 나말여초에 창작된 전기소설 「조신전」調信傳도 환몽 구조를 취하고 있습니다. 이 점에서 『구운몽』은 문학사적으로 「조신전」과 연결되는 작품입니다. 하지만 「조신전」이 그려 놓은 세계가 비참함으로 가득한 민중의 현실이었던 반면, 『구운몽』이 그려 놓은 세계는 휘황함으로 가득한, 부귀영화가 구현되는 귀족의 삶입니다. 두 소설은 남주인공이 꿈에서 깨어 불도에 정진하는 것으로 귀결된다는 점은 같지만, 생에 대한 감각이나 생을 바라보는 시각은 아주 대조적입니다. 「조신전」에서 일장춘몽의 생은 '고해'苦海로 표상되는 데 반해 『구운몽』에서는 일장춘몽의 생이 '낙해'樂海, 즉 쾌락의 세계로 표상됩니다. 이런 점에서 『구운몽』은 귀족적 이상주의를 보여 주는 작품이라고 할 만합니다.

김만중은 장희빈 일가를 비판하다가 숙종 13년(1687) 9월에 유배형을 받아 평안도 선천宣川에서 1년 가까이 유배 생활을 했습니다. 김만중의 후손이 작성한 『서포연보』西浦年譜에는 이런 말이 보입니다.

> 부군府君께서는 또 모친께 책을 지어 보내어 소일거리로 삼게 하셨는데, 그 뜻은 일체의 부귀영화가 모두 꿈속의 환상이라는 것으로, 마음을 달래고 슬픔을 위로하기 위한 것이었다.

이 기록을 통해 유배지 선천에서 김만중이 어머니 윤씨를 위로하기 위해 이 소설을 썼음을 알 수 있습니다. 김만중은 유복자遺

腹子로서 지극한 효자였습니다. 『구운몽』의 서두에는 양소유의 아버지 양처사楊處士가 양소유가 열두 살 때 집을 떠나 봉래산蓬萊山의 선계로 가 다시 돌아오지 않았다는 말이 보이는데, 이는 아버지 없이 자란 김만중의 개인사를 반영하고 있다고 여겨집니다. 김만중이 어머니에 대한 지극한 효심을 갖고 있었음을 고려하면 연보의 말은 사실로 봐야 하지 않을까 합니다. 더구나 김만중은 형 김만기를 1687년 봄에 여의었으며 이해 가을 유배를 왔습니다. 그래서 김만중은 유배 중에 홀로 계신 어머니를 위해 뭐든 해야겠다는 생각을 했을 것으로 보입니다. 그렇기는 하나 『구운몽』은 『서포연보』의 말처럼 단지 어머니를 위로하기 위해서만이 아니라, 자신의 마음을 추스르기 위해 쓰인 측면도 있으리라 여겨집니다. 즉 스스로를 위로하는 문학으로서의 성격도 있지 않은가 합니다.

김만중은 전대의 지배적 소설 양식이었던 전기소설의 성과와 서사 문법을 잘 활용해 이 작품을 창작했습니다. 그래서 문체가 전아하고 격조가 있으며, 그 예술적 성취가 빼어납니다. 『구운몽』은 후대의 국문소설, 특히 귀족적 성향의 가문소설에 큰 영향을 끼쳤습니다. 여성만이 아니라 남성들에게도 많이 읽혔으며, 장편소설의 작자들에게 일종의 교본 비슷한 역할을 했다고 할 정도로 그 영향력이 지대했습니다. 특히 19세기에 남영로南永魯가 지은 『옥루몽』玉樓夢은 '구운몽계 소설'이라고 해도 좋을 정도로 『구운몽』의 영향이 짙습니다.

양소유가 2처妻 6첩妾을 거느린 데서 알 수 있듯 이 작품에서는 일부다처주의一夫多妻主義가 긍정됩니다. 양소유의 여덟 여인은 모두 개성이 다르지만 질투를 일삼거나 갈등을 일으키는 법이 일절 없으며 서로 화락한 관계를 맺고 있는데 이 점이 아주 특별하니다. 이를 통해 이 작품이 당대 상층 사대부 남성의 판타지를 그려 놓았다는 사실을 알 수 있습니다.

『구운몽』은 초기 국문 장편소설로, 소설 양식적으로 하나의 새로운 패러다임을 만들어 냈으며 이후 창작된 국문 장편소설에 중요한 지침을 제공했습니다. 그렇기는 하지만 『구운몽』은 이후의 국문소설이 중화주의와 화이론적 세계관 위에서 굴러가게 만든 큰 책임이 있습니다. 후대의 소설들은 대개 『구운몽』에 제시된 이런 면모를 답습하고 있기 때문입니다.

김만중이 지은 두 소설은 모두 중국을 배경으로 이야기가 전개됩니다. 외국을 배경으로 삼아 외국인을 주인공으로 등장시킴은 작가의 상상력을 펼치기에 유리한 점도 있지만 시공간을 주체적으로 전유專有하지 못하게 한다는 점에서 심각한 문제 또한 없지 않습니다. 중국이든 일본이든 전근대 장편소설은 기본적으로 자국의 인물을 주인공으로 삼아 자국의 시공간 속에서 서사가 전개되는데, 유독 조선만 그렇지 않습니다. 국문소설이 시공간을 주체적으로 전유하지 못함은 결국 '조선적 정취情趣'를 미적美的으로 전유하지 못함을 의미합니다. 그 결과 자국의 역사, 지리, 문화, 습속에 대한 이해가 도모되지 못합니다. 자국의 역사, 지리, 문화, 습속에 대한 이해는 '나'의 정체성에 대한 인식과 결부되기에 중요하죠. 이리 본다면 시공간의 주체적 전유 여부는 결코 작은 문제가 아니라고 할 수 있습니다.

이런 문제의 출발점에 김만중의 소설이 있습니다. 요컨대 김만중은 17세기 후반에 국문소설의 모델을 창안한 큰 공이 있기도 하지만, 시공간의 설정에 있어 안 좋은 선례를 제시함으로써 조선 후기 내내 국문소설이 대체로 그런 틀 속에서 창작되게 한 책임이 있기도 하다고 여겨집니다.

『창선감의록』

이 작품은 소설이 시작되기 전에 서술자의 말이 나오고, 소설이 끝난 후에 다시 서술자의 말이 나옵니다. 액자소설의 형식을 취하고 있다고 볼 수 있죠. 서술자의 말로 보아 이 작품은 한문으로 창작된 것임을 알 수 있습니다. 서술자는 병중에 부녀자들이 낭송하는 국문소설『원감록』怨感錄을 듣고서 이 작품을 썼다고 말하고 있습니다. '원감'은 '원통하여 슬프다'는 뜻도 될 수 있고, '원통함에 대한 하늘의 감응'이라는 뜻도 될 수 있습니다. 여기서는 후자의 뜻으로 쓴 게 아닌가 합니다. 『창선감의록』은 『원감록』의 한역漢譯이 아니라 『원감록』을 원천으로 삼아 재창작된 것으로 여겨집니다. '창선감의록'이라는 제목은 '선을 드러내고, 의義에 감화되는 이야기'라는 뜻인데요, 제목을 통해 도덕적 주제화를 뚜렷이 하는 방향으로 재창작되었음을 알 수 있습니다.

작품 중에 『시경』이나 『예기』 등의 유교 경전이 인용되고 있는 걸로 보아 학식이 높은 사람이 썼으리라 보입니다. 이 작품에는 시가 여러 편 나오며, 편지가 빈번히 제시되고 있습니다. 이는 전기소설에서 유래하는 수법입니다. 이 작품은 중국 명나라 가정제嘉靖帝 시대를 배경으로 삼고 있으며, 당시의 권신權臣인 엄숭嚴嵩 등 실존 인물을 여럿 등장시켜 이야기를 전개하고 있습니다. 실제의 역사적 사실에 기대어 허구적 상상력을 펼치는 이런 수법은 연의소설에서 유래합니다. 요컨대 『창선감의록』은 중국 전기소설과 연의소설을 많이 읽은 문인의 원숙한 필치를 보여 줍니다. 예전에는 이 작품의 작자를 성리학자인 졸수재拙修齋 조성기趙聖期(1638~1689)로 보았습니다만 근래에는 미상으로 보아야 한다는 견해가 힘을 얻고 있습니다. 그 문인적 필치로 볼 때 성리학자가 창작했다고 보기에는 난점이 있기 때문입니다. 이 작품의 작자는 사상적으로 퍽 개방적이어서 유교에만 갇혀 있지 않고 불교와 도가도 받아들이는 입장을 취하고 있습니다.

『창선감의록』은 내용이 좀 복잡한데, 간단히 정리해 보면 이렇습니다: 명나라 병부상서兵部尚書 화욱花郁에게는 큰아들 화춘花瑃과 작은아들 화진花珍이 있습니다. 둘은 배다른 형제인데, 화춘은 용렬하고 화진은 빼어납니다. 소설의 주인공은 화진입니다. 화춘은 본처 임부인林夫人을 못생겼다고 구박하며 요첩妖妾인 조녀趙女를 정실로 삼습니다. 화춘의 어머니 심부인沈夫人은 화진의 두 처 윤부인尹夫人과 남부인南夫人을 학대합니다. 화춘의 정실부인이 된 조녀 역시 화진의 두 처를 해코지합니다. 우여곡절 끝에 간악한 심부인이 회개하고 이산했던 윤부인과 남부인이 다시 집으로 돌아와 일가가 화락한 가운데 부귀를 누리는 것으로 이야기가 종결됩니다.

이 작품은 악역의 인물들이 음모를 꾸며 착한 사람을 해코지하는 장면이 많다 보니 서사가 복잡해졌습니다. 줄거리의 간단한 개괄에서도 확인되듯이 이 작품은 처첩 간의 갈등, 이복형제 간의 갈등을 그리고 있습니다. 이 갈등은 간악한 심부인, 용렬하고 패악한 이복형과 그의 요첩, 이 세 사람으로 인해 야기되었습니다. 가정의 풍파를 그리고 있는 이 작품에서 주인공 화진은 심부인과 이복형의 온갖 해코지에도 불구하고 지극정성으로 심부인을 섬기고 이복형에게도 우애를 다합니다.

이처럼 화진은 도덕군자로서 보통 사람이라면 불가능한 지극한 효孝를 실천하고 있습니다. 화진은 유교적 가치의 최핵심에 해당한다 할 효의 이념적 구현자라 할 만합니다. 또한 화진은 충忠을 다하는 인물로 그려져 있습니다. 그러므로 화진은 '충효'의 아이콘으로 표상되고 있다고 말할 수 있죠. 화진은 남편으로서도 정인군자正人君子의 면모를 보여 줍니다. 이 점에서 자유분방한 면모를 보여 주는 『구운몽』의 양소유와는 큰 차이가 있습니다. 화진만 그런 것이 아니라 그의 두 아내 윤옥화와 남채봉도 도덕적 규범에 충실한 인물들입니다. 특히 남채봉은 성녀聖女처럼 그려져 있습니다.

이 작품은 권선징악을 표방하고 있는데요, 주목할 점은 신분에 따라 권선징악이 다르게 적용된다는 사실입니다. 악인이라 할지라도 상층에 속한 인물은 징벌되지 않으며, 하층에 속한 인물만이 징벌됩니다. 가령 간신 엄숭은 아주 고약한 인물임에도 끝에 가용서되며, 심부인과 화춘도 개과천선하는 것으로 처리되죠. 반면조녀, 범한范漢, 장평張平처럼 지체가 낮은 인물은 엄혹한 징벌을 받습니다. 그러니 이 작품은 차별적 인간관에 기초해 있다고 할 것입니다. 즉 사대부 본위의 신분적 차별주의가 관철되고 있죠.

이처럼 이 작품에는 사대부적 도덕 감정과 사대부적 이상주의가 구현되어 있습니다. 이 작품은 해피엔딩으로 끝납니다만 그렇다고 해서 가부장제의 모순이 해소된 것은 아닙니다.

작자는 '인간의 본성은 궁극적으로 선하다'라는 도덕적 낙관주의에 기초해 이 소설을 썼습니다. 하지만 작자의 이러한 믿음에도 불구하고 이 작품이 보여 주는 것은 도덕적 낙관주의가 의심받을 정도로 현실이 심각한 모순에 처해 있다는 사실입니다.

이 작품은 가문 내부의 다양한 갈등을 통해 서사가 전개되고 있습니다. 처첩 갈등과 이복형제 간의 갈등을 비롯해 부자 갈등, 계모와 전처 소생의 갈등, 부부 갈등, 동서 갈등 등이 그러합니다. 그리고 가문 내부의 갈등과 조정朝庭 내부의 군자/소인 간의 갈등은 서로 얽혀 있습니다. 가문 내부의 다양한 갈등이 서사를 추동하는 것이라든가 가문의 일과 조정의 일이 서로 얽힘은 가문소설의 기본 문법을 이룹니다. 하지만 이 작품은 주인공 1대의 이야기에 해당하며 그 자식이나 손자 대의 이야기가 전개되지는 않는다는 점에서 가문소설이라고 하기는 어렵습니다. 그렇기는 하나 이 작품에 가문소설의 기본 문법이 나타나고 있다는 점에서, 그리고 화부花府·윤부尹府·남부南府·진부陳府 네 가문 간의 얽힘이 서사되고 있다는 점에서, 이 작품은 소설사적으로 볼 때 가문소설과 연접해 있다고 할 것입니다.

이 소설의 뒷부분에서는 영웅소설적인 요소가 발견됩니다. 주인공 화진이 신인神人 곽선공郭仙公을 만나 무술을 습득하고 대원수가 되어 남방을 평정한 다음 크게 무공을 세우고 돌아오는 대목이 그렇습니다. 영웅소설은 18세기에 성립되었다고 여겨지지만,『창선감의록』의 뒷부분에 나타나는 이와 같은 서술을 강화하고 확장함으로써 성립될 수 있었던 게 아닌가 합니다. 영웅소설은 주인공이 이인異人을 만나서 무술과 병법을 습득한 다음, 국가가 위기에 처했을 때 대원수가 되어 출전해서 큰 공을 세우고 돌아와 부귀공명을 누리는 것으로 종결되거든요.『창선감의록』 뒷부분에서 화진이 곽선공을 만나 무술을 습득한 다음 대원수가 되어서 국가의 위기 때 큰 무공을 세우는 것은 영웅소설의 서사 패턴과 일치합니다.

『소현성록』

『소현성록』蘇賢聖錄은 17세기 후반에 국문으로 창작되었으며 작자
는 미상입니다. 『구운몽』, 『창선감의록』, 『소현성록』은 그 창작 시기
의 선후 관계는 알 수 없지만 모두 17세기 후반에 창작되었으며 성
립기의 장편소설이라고 할 수 있습니다. '소현성록'은 '소현성 이
야기'라는 뜻입니다. 국문소설의 제목 중에는 '○○록'이라는 것이
있는가 하면 '○○전'이라는 것이 있습니다. 『소현성록』은 앞의 사
례에 해당하고, 『유충렬전』과 『조웅전』은 뒤의 사례에 해당합니다.
'○○록'이라는 제목이 붙은 국문소설은 대개 사대부적 취향에 부
합하는 작품으로서 가문소설에 많고, '○○전'이라는 제목이 붙은
국문소설은 영웅소설에 많습니다. 영웅소설과 달리 가문소설의 언
어는 대체로 점잖고 품위가 있습니다. 소설 제목에서부터 신분적
연관이 발견된다 하겠습니다.

　　『구운몽』과 마찬가지로 『소현성록』은 주로 상층 사대부 부녀
를 염두에 두고 창작된 소설입니다. 주목되는 점은 『소현성록』이
우리 문학사 최초의 가문소설이라는 사실입니다. 『사씨남정기』,
『구운몽』, 『창선감의록』은 『소현성록』과 통하는 부분이 없지 않습니
다만 그럼에도 가문소설은 아닙니다. '가문소설'은 한 가문의 여러
대에 걸친 파란만장한 이야기나 몇몇 가문이 결혼을 통해 서로 얽
히는 이야기를 근간으로 합니다. 그래서 가문소설의 제목 중에는
'○○삼대록'三代錄이니 '○○양문록'兩門錄이니 하는 것이 종종 있
습니다. '삼대록'은 3대의 이야기라는 뜻이고, '양문록'은 두 가문의
이야기라는 뜻이죠.

　　『소현성록』은 본전本傳과 『소씨삼대록』蘇氏三代錄 둘로 구성되

어 있습니다. 본전은 소현성의 일대기이고, 『소씨삼대록』은 소현성과 그의 자식들과 손자들, 이 3대의 이야기입니다. 본전이 먼저 창작되고, 이어 『소씨삼대록』이 창작된 것으로 보입니다. 둘은 한 사람이 썼을 수도 있고, 두 사람이 썼을 수도 있습니다. 가문소설에는 속편續篇이나 파생작派生作이 많습니다. '속편'은 전작前作에 이어지는 후속 세대의 이야기가 서술된 소설을 말하며, '파생작'은 전작의 주변 인물을 주인공으로 삼은 소설을 말합니다.

『소현성록』 본전은 제1대 주인공인 소현성의 이야기입니다. 소현성은 9대 독자인 데다 유복자인데, 출천지효出天之孝, 즉 지극한 효심을 타고났습니다. 소현성의 어머니 양부인은 소현성과 함께 소씨 집안의 번영을 이루는 데 막중한 역할을 하는 인물로 그려져 있습니다. 소현성에게는 화부인, 석부인, 여부인, 이렇게 세 명의 처가 있습니다. 화부인은 좀 질투심이 있는 여인으로 그려지고, 석부인은 남편에게 순종하는 질투심 없는 여인으로 이상화되었으며, 여부인은 질투심에 불타는 악녀로 그려집니다. 질투심은 일부다처제에서 기인합니다. 여부인은 질투심에 눈이 멀어 화부인과 석부인, 그리고 그 자식들까지 해치려고 합니다. 이에 소현성은 여부인을 친정으로 쫓아 버립니다. '악녀'는 현모양처 이데올로기의 창조물입니다.

본전에서 소현성은 소년 급제하여 젊은 나이에 승상이 되고 많은 자식을 낳아 가문을 번성케 한 군자로 그려집니다.

『소씨삼대록』에는 소현성과 그의 아들들의 이야기가 펼쳐지고 있으며, 말미에 손자들의 이야기가 나옵니다. 소현성에게는 10남 5녀의 자식이 있었습니다. 이 중 장남 소운경, 셋째 아들 소운성, 여덟째 아들 소운명, 넷째 딸 소수빙, 다섯째 딸 소수주, 이 다섯 사람이 제2세대 서사의 주인공으로 등장합니다. 서사 방식은 대체로 한 사람에 대한 서사가 끝나면 이어 다른 사람에 대한 서사가 이루 어지고, 그리고 또 다른 사람에 대한 서사가 다시 시작되고, 이런 식입니다. '나열식 서사'라고 말할 수 있죠. 그러니 긴 소설이지만 독자는 이야기가 흘러가는 대로 따라가며 몰입할 수 있습니다.

『소씨삼대록』의 제2대 주인공 중 핵심 주인공은 소운성입니 다. 소운성도 아버지처럼 소년 급제하여 병부상서를 거쳐 승상의 지위에 오릅니다. 소운성은 아내 형씨부인이 있지만, 황제의 강요 로 명현공주와 마음에도 없는 혼인을 하게 됩니다. 명현공주는 질 투심에 눈이 먼 악녀로 그려져 있습니다. 그녀는 형씨부인을 죽이 려는 음모를 획책하고 남편을 저주하며 시어머니를 능멸하기까지 합니다. 명현공주는 온갖 패악을 부리다 마침내 유폐되어 생을 마 감합니다. 『소씨삼대록』에는 수많은 일화가 나오지만 명현공주에 대한 서사 부분이 가장 파란과 곡절이 많습니다.

『소현성록』에서 소현성의 자식과 손자는 130여 명이나 됩니 다. 아들 열 명은 모두 과거에 급제해 벼슬을 했으며, 장남 소운경 과 셋째 아들 소운성은 승상에까지 올랐습니다. 그리고 다섯째 딸 소수주는 황후가 되었습니다.

『소현성록』의 내용을 대강 들여다보았습니다만, 국문 글쓰기 로 이런 대서사大叙事가 이루어졌다는 사실이 놀랍습니다. 세종대 왕의 훈민정음 창제 이후 여기까지 오는 데 3백여 년이 걸렸습니 다. 새로운 국문 글쓰기의 시대가 열렸다는 사실이 실감이 되고도 남습니다. 『소현성록』은 18세기 이래 성행한 가문소설의 시원이 되 는 작품입니다.

『소현성록』에서 제일의적으로 옹호되는 것은 사대부 가문의 질서와 법도입니다. 그것은 계급적·젠더적 속성을 갖는 가부장제에 의해 유지되고 규율됩니다. 상하의 위계와 남녀 차등은 선험적인 것으로 간주됩니다. 여성은 정숙해야 하고, 질투심을 갖는 것은 죄악이며, 남편에게 순종해야 합니다. 그래서 일부다처제가 정당화됩니다. 가문소설이 내세우는 가문적 번영의 기저에는 이처럼 가부장제와 일부다처제가 자리하고 있습니다.

사대부 가문의 질서와 법도는『소현성록』과 비슷한 시기에 창작된『사씨남정기』,『구운몽』,『창선감의록』에서도 추구되고 있습니다. 다만『소현성록』은 그것을 '가문'이라는 틀 속에서 3대에 걸쳐 보다 집요하게 추구해 보이고 있다는 차이를 보여 줍니다.

『소현성록』은 사대부 가문의 질서와 법도가 갖는 가치를 소씨 가문과 왕실의 대결을 통해 더욱 극명히 드러내고 있습니다. 명현 공주에 대한 서사가 그것입니다.『소현성록』은 이를 통해 사대부적 가치가 인간이 추구해야 할 가장 '본원적'인 것임을 말하고 있습니다. 이로 볼 때 이 작품은 서인계西人系 인물이 창작했을 가능성이 높아 보입니다. 17세기 후반에 벌어진 예송禮訟에서 남인은 왕가王家의 의례가 종법宗法에 우선한다고 본 반면, 서인西人은 종법을 따라야 한다고 봤습니다. 남인은 왕권을 중시하고, 서인은 신권臣權을 중시한 거죠. 18세기에 박지원은 「선비란 무엇인가」(原士)라는 글에서 '임금도 선비다'라면서 선비를 본원적 존재로 간주했는데, 이는 17세기 후반 예송에서 표출된 바 있는 서인의 사대부 본위적 관점을 계승했다고 할 수 있습니다.

『소현성록』은 상층의 '통속적 오락물'로서의 성격을 갖습니다. 『소현성록』과 같은 가문소설의 독자층은 주로 상층 사대부 부녀나 궁중의 여인들이었습니다. 가문소설은 바로 이들의 요구에 따라 성립되고 발전해 간 소설 양식입니다. 이들은 하층 사대부 부녀들과 달리 물질적으로 넉넉했으며 생활이 한가했습니다. 따라서 그들은 소일을 위해 흥미로운 읽을거리를 필요로 했습니다. 이런 필요에 부응해 가문소설이 발생했기에 가문소설은 가급적 길이가 길어야 했습니다. 가문소설의 서사가 선조성線條性이 아주 높고 나열적인 것도 이와 무관하지 않습니다. 선조성이 높고 나열적일수록 작자 측에서는 긴 작품을 쓰기가 쉬우며, 독자 측에서는 오래오래 읽기 쉽거든요. 하지만 바로 이 점 때문에 가문소설은『사씨남정기』,『구운몽』,『창선감의록』과 달리 통속적일 수밖에 없습니다.

가문소설은『사씨남정기』,『구운몽』,『창선감의록』처럼 시공간이 중국으로 설정되어 있습니다. 이 때문에 그 서사는 현실과의 괴리가 아주 심합니다. 이 점이 가문소설의 통속성을 더욱 심화시키고 있습니다. 가문소설은 가정 내에서 발생하리라 가상할 수 있는 온갖 갈등을 과도하게 증폭시켜 보여 주는 경향이 있는데, 이 과도성은 흥미소興味素가 되기도 하지만 동시에 통속성과도 연결됩니다.

『소현성록』의 주인공들은 천상계天上界와의 관련을 보여 주는데, 이후의 가문소설들에서도 종종 이런 면모가 확인됩니다.『구운몽』에서와 마찬가지로 이는 귀족적 이상주의를 드러내는 것이라고 할 수 있습니다.

조선 사대부 사회에서는 17세기 중·후반에 이르러 가부장제가 강화되면서 새로운 종법적宗法的 질서가 정착되었습니다. 가문소설『소현성록』은 이런 사회적·역사적 배경 속에서 성립되었습니다. 그리하여 비록 통속적이기는 하지만 가부장제와 일부다처제에 바탕한 당대 상층 사대부 가문의 모순과 이상을 그려내는 한편, 가문적 결속과 가문의 확대를 통해 부귀를 유지하고자 한 당시 상층 사대부 가문의 의식과 동향을 일정하게 반영하고 있다고 보입니다.

『완월회맹연』

가문소설은 대개 그 분량이 아주 많으며 대부분 국문으로 쓰였습니다. 『소현성록』만 하더라도 서울대도서관 소장본은 26책이나 됩니다. 물론 여기서 말한 책은 옛날 책이니 요새 책을 기준으로 생각해서는 안 되지만요. 『명주보월빙』明珠寶月聘은 100책, 『윤하정삼문취록』尹河鄭三門聚錄은 105책, 『임화정연』林花鄭延은 139책, 『완월회맹연』玩月會盟宴은 180책입니다. 이처럼 가문소설은 책 수가 100단위를 넘어가는 것들이 드물지 않습니다.

가문소설 중 최장편은 『완월회맹연』입니다. 그 분량을 요즘 책으로 환산하면 400페이지쯤 되는 책 열 몇 권이 더 되지 않을까 합니다. 박경리의 『토지』가 전 20권인데 비슷한 분량으로 보면 될 줄 압니다. 엄청나게 방대한 작품이죠.

『완월회맹연』의 작자는 안겸제安兼濟(1724~1791)의 어머니 이씨 부인으로 알려져 있습니다. 놀랍게도 여성이 조선에서 제일 긴 소설을 쓴 거죠. 이는 문학사에 특기될 만한 사실입니다.

이씨 부인은 숙종 20년(1694)에 태어나 영조 19년(1743)에 세상을 하직했습니다. 이 인물의 생몰 연도로 봐서 18세기 전기에 이 작품이 창작되었다는 것을 알 수 있습니다. 이씨 부인의 아버지는 대사간과 충청도 관찰사를 지낸 이언경李彦經(1653~1710)입니다. 이언경은 17세기 후반 소론의 영수였던 남구만南九萬의 문인입니다. 따라서 이 집안은 소론입니다. 이씨 부인의 아들 안겸제도 충청 감사, 전라 감사, 대사헌과 같은 높은 관직을 지냈습니다. 이처럼 이 씨 부인은 아버지와 아들이 모두 고위 관료를 지낸 소론 명문가 여성입니다.

집안이 이렇게 좋으니 물질적으로 여유도 있고 시간도 많았겠죠. 옛날에는 지금과 달리 종이가 아주 귀했습니다. 『완월회맹연』 같이 방대한 소설을 쓰려면 얼마나 많은 종이가 필요하겠습니까. 게다가 가문소설은 영웅소설 등과 달리 대개 아주 고급 종이에 필사를 했습니다. 이 점에서 가문소설의 물질적 기초가 영웅소설과 다르다는 점을 알 수 있습니다.

조재삼趙在三(1808~1866)의 『송남잡지』松南雜識에 이런 기록이 보입니다.

> 『완월회맹연』은 안겸제의 모친이 지은 것인데, 이 작품을 궁 중에 들여보내 자신의 명성을 넓히고자 했다.

이 기록에서 이 작품의 작자가 이씨 부인임이 확인됩니다. 궁 중에 들여보내려 했다는 데서 궁중의 여인들을 독자로 여겼음을 알 수 있습니다. 『완월회맹연』은 우리 문학사에서 확인되는, 여성이 쓴 최초의 소설이라고 할 수 있습니다.

'완월회맹연'은 '완월대玩月臺 연회宴會에서의 굳은 약속'이라는 뜻입니다. 이 연회에서 부모들의 뜻에 따라 다섯 쌍의 어린 자녀들의 정혼定婚이 이루어집니다. 여기서 '정혼'은 당사자들의 의사와는 관계없이 부모들이 자식의 혼인을 서로 약조하는 것을 말합니다. 즉 본인이 아이일 때 부모의 뜻에 따라 혼인 상대가 정해지는 거죠. 이 작품은 이후 이 다섯 쌍의 남녀가 부부로 맺어지는 과정을 자세히 그렸습니다.

『완월회맹연』의 핵심 주제는 크게 보아 셋입니다. 하나는 '지극한 효성'입니다. 계모 소씨의 온갖 악행에도 불구하고 정인성은 자식으로서의 도리를 다해 간악한 계모를 개과천선하게 합니다. 다른 하나는 '형제간의 우애'입니다. 정인성, 정인중, 정인웅은 이복형제 간입니다. 정인성과 정인웅은 우애가 두텁습니다. 그런데 정인중은 질이 아주 나쁜 인간으로 설정되어 있습니다. 악독한 짓을 일삼던 정인중이 정인성과 정인웅의 지극한 형제애에 감동해서 마침내 이전의 잘못을 뉘우치고 훌륭한 인물로 바뀝니다. 이처럼 『완월회맹연』은 형제간의 지극한 우애를 주제로 내세우고 있습니다. 나머지 하나는 '왕실에 대한 충성'입니다. 이 세 주제의 밑바닥에는 '부귀공명의 획득'과 '가문적 성세聲勢의 확대'라는 욕망이 자리하고 있습니다.

이 작품에 나오는 효자 정인성은 『창선감의록』의 주인공 화진을, 계모 소씨는 『창선감의록』의 심부인을, 정인중은 『창선감의록』의 화춘을 떠올리게 합니다. 그런데 『창선감의록』은 한 가문 내부의 이야기인 반면, 『완월회맹연』은 여러 가문의 인물들이 서로 얽히는 이야기입니다. 이씨 부인은 『창선감의록』의 영향을 받아 이 작품을 창작했지만, 『창선감의록』과 달리 여러 가문의 이야기로 서사를 확장해 놓고 있죠. 바로 이 점이 이씨 부인의 창안입니다. 이런 창작 방법은 후대의 가문소설 작자들에게 계승됩니다.

『임진록』, 『임경업전』, 『박씨전』

이제, 좀 다른 소설들에 대해 살펴보겠습니다. 지난 시간(제17강)에 임진왜란과 병자호란을 배경으로 한 한문소설들을 살펴봤는데요, 그때 검토하지 못한 국문소설들을 보기로 하겠습니다. 주목해서 볼 작품은 『임진록』王辰錄, 『임경업전』林慶業傳, 『박씨전』朴氏傳입니다.

『임진록』은 임진왜란을 배경으로 한 꾸며 낸 이야기입니다. 역사적 인물만이 아니라 허구적 인물이 여럿 등장하며, 싸우는 방식도 실제로 무기를 가지고 싸우는 것이 아니라 도술로 싸웁니다. 『임진록』은 민간에 떠돌던 설화를 수습하여 작품을 엮었다고 생각됩니다. 그래서 작품에서 민중의 의식이 확인됩니다. 가령 중국군 사령관 이여송李如松이 우리나라에서 명장名將이 많이 나올 것을 시기해 팔도를 다니며 산천의 혈맥을 끊어 놓는데, 정체불명의 한 노인이 이여송을 혼내 주고는 어서 본국으로 돌아가라고 꾸짖는 대목이 나옵니다. 이 일화에는 조선 인민에게 온갖 패악질을 한 중국 군대에 대한 민중의 비판적 인식이 깃들어 있다고 할 것입니다. 『임진록』이 보여 주는 중국에 대한 이 같은 시선은 비록 그 소설적 지향은 다르지만 16세기 말에 창작된 「최고운전」과 연결되는 면이 없지 않습니다.

『임경업전』은 역사적 인물을 주인공으로 삼지만 서술된 내용은 순전한 허구입니다. 17세기 이래 많은 문인들이 임경업林慶業 (1594~1646)의 전기를 썼습니다. 이는 사실에 입각한 서사였습니다. 국문소설 『임경업전』은 이와는 아무 관계가 없습니다. 꾸며 낸 이야기거든요. 하지만 『임진록』과 달리 『임경업전』에는 도술담이 보이지 않습니다. 국문소설 『임경업전』은 설화화된 '임경업 이야기'를 토대로 창작된 것으로 보입니다.

박지원의 『열하일기』熱河日記 「도강록」渡江錄에는, "또한 우리나라 민간의 점포에서 입으로 『임장군전』林將軍傳을 낭송하는 것과 비슷하다"라는 말이 나옵니다. 『임장군전』은 『임경업전』을 말합니다. 박지원이 열하熱河에 간 것이 1780년이니까 1780년 이전에 『임경업전』이 존재했음을 이 기록을 통해 알 수 있습니다. 한편, 경판본 京板本 『임경업전』 끝에는 충주 달천達川에 서원書院을 세워 임경업을 제사 지내게 했다는 말이 보입니다. 달천에 임경업의 사당인 충렬사忠烈祠가 건립된 것은 영조 2년(1726)입니다. 그러므로 이 작품은 1726년 이후에 성립되었을 것으로 여겨집니다. 그렇다면 이 작품은 1726년에서 1780년 사이에 창작된 것으로 볼 수 있겠죠.

『박씨전』의 주인공은 박씨라는 여성입니다. 박씨는 선인仙人의 면모가 있어 도술을 행하는데, 친정인 금강산에 갈 때도 구름을 타고 갑니다. 박씨의 부친인 박처사도 금강산의 선인입니다. 이 작품이 선가仙家와 관련되어 있다는 것을 알 수 있죠. 박씨는 여종인 계화를 시켜 적장敵將 용울대를 죽이고 그 형 용골대 역시 혼내 줍니다. 이는 청나라에 대한 민간의 시선을 보여 준다고 할 것입니다. 남편은 처음에는 박씨를 냉대하지만 나중에는 박씨의 비범함을 알아 그녀의 말에 따라 행동합니다. 여성 영웅소설에 대해서는 잠시 후 따로 살펴보겠습니다만, 박씨는 여성 영웅소설의 주인공과는 차이가 있습니다. 도술을 행한다는 점에서는 같지만 자기가 직접 나서서 전투를 하거나 적과 싸우지는 않기 때문입니다. 즉, 여성이 아직 밖으로 나오지 않고 있다는 점에서 중요한 차이가 발견됩니다. 여성 영웅소설에서는 여성이 가정 밖으로 나옵니다. 이는 남장 男裝으로 젠더 전환을 했기에 가능했습니다. 여성 영웅소설에서 여주인공은 가정 밖으로 나와 공적 영역에서 활동할 때 반드시 남장을 합니다. 남장이라는 것이 해도 좋고 안 해도 그만인 것이 아니라 젠더 전환을 위해 꼭 필요한 장치라는 걸 알 수 있죠. 『박씨전』에서

는 바로 이 남장 모티프가 없습니다. 그래서 박씨가 밖으로 나오지
못한 것입니다.

　그런데 박씨가 남성 젠더가 아니라 여성 젠더로서 국가의 일
에 참여하고 있다는 사실은 그것대로 주목됩니다. 젠더 전환을 하
지 않아서 밖으로는 나오지 않고 있습니다만 다른 방식으로 공
적 영역에 관여하고 있는 거죠. 이 점은 19세기 김소행金紹行(1765~
1859)이라는 서얼 문인이 창작한『삼한 의열녀전』(일명『삼한습유』三韓
拾遺)의 여주인공 향랑香娘도 마찬가지입니다. 향랑은 집 안에 머물
면서 남편 효렴을 통해 국가사國家事에 관여하고, 이를 통해 신라의
삼한 통일을 가능하게 합니다. 여주인공의 이러한 면모는 그 나름
의 의미도 있지만 여전히 여성은 가정 내의 존재라는 가부장제 사
회의 이분법적 성별 체계를 깨지는 못하고 있다는 한계가 보입니
다. 이런 점을 고려할 때『박씨전』은 18세기 후반경에 성립된 것으
로 추정되는 여성 영웅소설보다 조금 앞서서 지어진 작품이 아닌
가 합니다.

　『박씨전』에는 박씨의 남편 병조판서 이시백李時白이 임경업
과 함께 중국으로 가서 명나라를 도와 오랑캐인 가달可達을 격퇴하
는 장면이 나옵니다. 비슷한 장면이『임경업전』에도 나오기 때문에
이 대목은『임경업전』의 영향이 아닌가 싶습니다. 그렇다고 한다면
『박씨전』은 18세기 전기에서 후기 사이의 어느 시기에 창작되었을
가능성이 높지 않나 합니다.

　서사의 내용이나 여성으로서 자신을 실현하는 방식을 고려한
다면『박씨전』의 박씨는 스스로 전장에 나가 무훈武勳을 세우는 영
웅이라기보다는 이인異人에 가까운 인물입니다.「최고운전」의 주인
공 최치원이나『전우치전』의 주인공 전우치와 기맥이 닿죠. 그러니

『박씨전』은 영웅소설이라기보다는 「최고운전」이나 『전우치전』의
계보를 잇는 '이인소설'異人小說에 해당한다고 봐야 되지 않을까 합
니다.

　『박씨전』은 「최고운전」과 달리 국가라는 주체와 여성이라는
주체, 이 두 주체를 옹호하고 있습니다. 「최고운전」은 여성에 대한
우호적 시선을 보여 주고 있는 것은 분명하지만 그럼에도 여성을
주체로 부각하고 있지는 않습니다. 『박씨전』은 남성이 아닌 여성
이인을 등장시키고 있다는 점에서 시대의 변화를 보여 줍니다. 「최
고운전」에서와 마찬가지로 『박씨전』에도 해동도가의 감수성과 상
상력이 내장되어 있다고 할 것입니다.

남성이 주인공인 영웅소설
─ 『소대성전』, 『유충렬전』, 『조웅전』

영웅소설은 18세기에 새로운 장르의 국문소설로 성립되었다고 여
겨집니다. 영웅소설은 영웅적 인물이 고난 끝에 무훈을 세워 집안
을 다시 일으켜 세우고 부귀공명을 누린다는 서사 구조를 보여 줍
니다.

　영웅소설은 비록 한 인물의 일대기 형식을 취하고 있기는 하
나 가문소설과 달리 단편소설의 양식을 취하고 있습니다. 18세기
후반부터 방각본坊刻本으로 제작되어 장시場市에서 팔렸으며 19세
기에 들어와 더 많은 방각본이 제작되었습니다. 이런 유통의 양상
에서 짐작되듯 영웅소설은 하층의 애호를 받은 것으로 보입니다.
이 점에서 상층에서 읽힌 가문소설과는 대조적이죠.

　영웅소설에는 군담軍談 모티프와 함께 도술 모티프가 나타납

니다. 주인공은 도사나 도승道僧을 만나 도술과 병법을 배워 국가가 위기에 처했을 때 큰 공을 세웁니다. 그 결과 집안의 화란이 해소·극복되고 부귀영화를 누리게 됩니다. 영웅소설은 이처럼 그 서사가 대체로 패턴화되어 있으며, 구조가 비교적 간단합니다.

영웅소설에는 남성이 주인공인 작품이 있는가 하면, 여성이 주인공인 작품도 있습니다. 남성이 주인공인 영웅소설이 먼저 나타나고 그 영향을 받아 여성이 주인공인 영웅소설이 창작된 것으로 보입니다. 여성이 주인공인 영웅소설은 조금 뒤 따로 살피기로 하고, 여기서는 남성이 주인공인 영웅소설을 보기로 하겠습니다. 남성이 주인공인 영웅소설은 여러 편이 창작되었습니다만 특히 인기를 끈 것은 『소대성전』蘇大成傳, 『유충렬전』劉忠烈傳, 『조웅전』趙雄傳입니다.

『소대성전』의 주인공 소대성蘇大成은 일찍 부모를 여읩니다. 그래서 걸식을 하거나 남의 집에서 천한 일을 합니다. 원래부터 비천한 출신은 아닌데 아버지를 잃고 비천하게 된 거죠. 그러다가 한 노승에게서 무술을 배워 중국을 침략한 오랑캐 왕을 물리치는 큰 무훈을 세워서 노왕魯王에 봉해집니다.

소대성은 어려운 처지에 있을 때 자기보다 더 어려운 사람을 돕는 선한 면모를 보여 줍니다. 게다가 아주 빈천한 처지에서 입신해 왕에 봉해집니다. 이런 면모가 특히 하층 독자의 마음을 사로잡지 않았나 합니다. 이 작품은 가장 많이 애독된 영웅소설의 하나인데요, 영웅소설 가운데서도 분량이 비교적 적은 것으로 보아 초기 영웅소설이 아닌가 보고 있습니다.

『유충렬전』의 주인공 유충렬劉忠烈은 그 이름에서부터 국가에 대한 충성이 느껴집니다. 유충렬은 갖은 풍파와 고난을 겪다가 도승에게 갑주甲冑(갑옷)와 보검과 용마龍馬를 얻어서 대사마大司馬 도원수都元帥가 되어 단기필마單騎匹馬로 적군을 격파하고 천자를 구출합니다. 그런 후에 황성皇城으로 돌아와서 대사마 겸 대장군에다 승상이 되어 부귀공명을 누립니다.

『조웅전』은 다른 영웅소설과 달리 결연담結緣譚이 상당히 깁니다. 영웅소설은 대부분 결연담에 크게 힘을 쏟지 않는데 이 작품은 예외적이죠. 전반부가 결연담이고 후반부가 영웅담인데, 결연담 부분에서는 남녀 주인공의 자유연애를 보여 줍니다. '자유연애'라고 하면 전기소설을 떠올리게 되는데요, 전기소설에서 남녀 주인공은 서로 끌려 사랑을 나눕니다. 이 작품의 결연담에서는 전기소설의 영향이 확인됩니다. 하지만 전기소설에서와 달리 조웅趙雄은 처가 두 명입니다.

영웅소설은 화이론적 공간 의식을 보여 줍니다. 중화주의의 인식 틀이 작동하고 있는 거죠. 이는 17세기 후반에 창작된『사씨남정기』, 『구운몽』, 『창선감의록』같은 소설에서 정립된 투식의 영향을 받은 탓도 있지만 중국 연의소설의 영향을 받은 탓도 있다고 여겨집니다. 이 점에서 영웅소설은 비록 그 미적 지향은 다르지만 가문소설과 통하는 데가 있습니다. 시공간이 중국으로 설정되고 화이론적 시각이 내재화되어 있음이 그것입니다. 이로 인해 실제 현실과 괴리된 서사가 펼쳐지면서 통속성을 보일 수밖에 없었습니다.

가문소설의 통속성이 귀족적인 것이라면 영웅소설의 통속성은 서민적 경사를 갖습니다. 영웅소설의 작자는 몰락 양반으로 보기도 하나 18세기에 와서 그 두께가 두꺼워진 중간계급의 인물들일 수도 있습니다. 조선 후기 계급 분화의 과정에서 몰락 양반, 서얼, 중인층, 시정인市井人 등이 여항閭巷 세계에서 중간계급을 형성했으며, 문화와 예술 방면에서 주목할 만한 역할을 했습니다. 이 계급에 속한 인물들은 다소의 역사적 지식과 문학적 소양을 갖추고 있었으며, 상층 양반과 민중 사이에 존재함으로써 한편으로는 상층적 허위의식에 침윤되어 있으면서도 다른 한편으로는 민중적 기분과 감수성에 대한 이해도 갖고 있었습니다. 이 점에서 이 계급은 과도적이죠. 분명한 점은 영웅소설의 작자들이 약간의 역사적 지식과 문학적 소양이 있기는 해도 고급 문인은 아니라는 사실입니다.

여성이 주인공인 영웅소설
─『이대봉전』, 『홍계월전』, 『이학사전』, 『방한림전』

남성 영웅을 주인공으로 한 영웅소설이 유행하고 인기를 끌면서 여성 영웅을 주인공으로 하는 소설이 등장합니다. 여성 독자의 요구에 부응한 거죠. 성립 시기는 대체로 18세기 후반경이 아닐까 여겨집니다.

여성 영웅소설의 초기적 면모를 보여 주는 작품으로 『이대봉전』李大鳳傳을 들 수 있습니다. 여성 영웅소설 내부에도 초기적 면모를 보여 주는 작품이 있는가 하면 후기적 면모를 보여 주는 작품이 있죠.

『이대봉전』의 줄거리는 대체로 이렇습니다: 남주인공 이대봉과 여주인공 장애봉은 태어나자마자 양가의 부모에 의해 정혼한 사이입니다. 그런데 한 간신으로 인해 남녀 주인공은 큰 고초를 겪게 됩니다. 장애봉은 자신에게 닥친 위기에서 벗어나기 위해 남장을 하고 도망갑니다. 그리고 이대봉은 국가에 위기가 발생했을 때 공을 세워 대사마 대장군이 됩니다. 장애봉 역시 공을 세워 대사마

장군 겸 이부상서가 됩니다. 장애봉은 그때까지 남장을 하고 있었는데 장군에 임명되자 여자로서 감당할 수 없는 직분이라고 여겨 스스로 자신이 여자임을 밝히고 임금을 속인 죄를 사죄합니다. 마침내 이대봉과 장애봉은 결혼해 부귀영화를 누리다가 일생을 마칩니다.

여기서 보듯 장애봉은 젠더적 규범에 반발해 남장한 것이 아닙니다. 위기를 피하기 위해서 남장을 했는데 그러다 보니 계속 남장을 하게 된 거죠. 그래서 장애봉은 비록 큰 공을 세우기는 했으나 나중에 스스로 젠더 규범을 받아들여 공직公職을 사양하고 자신의 죄에 대한 용서를 구합니다. 이런 데서 아직 유교적 가부장제에 대한 문제 제기를 통해 성 평등을 사유하는 면모는 보이지 않는다고 말할 수 있습니다.

『홍계월전』洪桂月傳과 『이학사전』李學士傳은 『이대봉전』과 다릅니다. 먼저 『홍계월전』부터 보겠습니다. 주인공 홍계월은 무남독녀입니다. 남장을 한 채 여보국이라는 남자와 곽도사 밑에서 공부를 합니다. 어릴 때부터 남장을 하고 도사 밑에서 남자 동무와 공부를 한다는 거예요. 나중에 과거에 응시해서 홍계월은 장원이 되고 친구인 여보국은 부장원副壯元이 됩니다. 요새로 치면 여자가 수석을 하고 남자는 차석을 한 거죠. 국가의 위기가 닥쳐 계월은 대원수가 되고 보국은 부원수副元帥가 되어 출정합니다. 이처럼 성적成績이나 지위에서 여성이 더 우위에 있습니다. 나중에 홍계월은 여자인 게 탄로 나서 어쩔 수 없이 천자를 속인 죄를 사죄합니다. 천자의 반응이 뜻밖인데요. 괜찮으니 현직에 그대로 있으라고 합니다. '너는 여자인데 감히 나를 속였구나. 벼슬을 그만둬라', 이렇게 말하지 않고 벼슬에 그대로 있게 합니다. 그런데 부원수 직책에 있던 남편은 원

332

수 직책에 있는 아내가 자기에게 명령을 내린다든가 지시하는 데 대해 늘 불만입니다. 그러던 중 다시 국가에 위기가 닥쳐 홍계월이 대원수가 되어 남편을 중군장中軍將으로 삼아 출전합니다. 홍계월은 여러 번 남편을 위기에서 구해 줍니다. 그래서 남편은 자기가 이전에 아내를 박대한 걸 부끄러워합니다. 결국 금슬이 좋아졌다는 것으로 작품이 종결됩니다. 끝에 가서 적당하게 봉합해서 해피엔딩으로 끝나는 거죠.

홍계월은 여자임이 밝혀진 뒤에도 계속 공적 영역에 남습니다. 대개 남장한 여주인공이 여자임이 밝혀지면 공직을 그만두고 가정으로 돌아가는데, 홍계월은 독특하게도 여자임이 밝혀지고 난 뒤에도 계속 공적 영역에서 국가를 위해서 일을 합니다. 그리고 남편보다 지위가 높고 유능해 남편과의 불화가 나타난다는 점이 주목됩니다. 『정수정전』鄭秀貞傳이라는 여성 영웅소설도 비슷한 양상을 보여 줍니다만 이 작품은 따로 자세히 들여다보지는 않겠습니다.

『이학사전』은 『홍계월전』과 사뭇 다릅니다. '이학사'는 여주인공 이현경을 가리킵니다. 이현경은 여중호걸女中豪傑로 태어납니다. 이현경은 어릴 때부터 남복男服을 입는 게 소원이었습니다. 그래서 부모가 그렇게 하게 해 줍니다. 나중에 산중에서 도사에게 수학한 뒤 인근의 귀공자와 교유합니다. 남장을 한 채 사내아이들과 논 것입니다. 이후 과거 시험을 봐서 이현경은 장원을 하고 함께 논 귀공자들 중 한 명인 장연수는 부장원을 합니다. 그래서 같이 한림학사翰林學士가 되어, 이현경은 '이학사'라고 불리게 됩니다. 그러다가 국가에 위기가 발생해 이현경은 대원수가 되고 장연수는 부원수가 되어 출정합니다. 이학사는 큰 공을 세우지만 나중에 여자임이 드러납니다. 그래서 통곡하며 여복女服으로 갈아입고 황제에게 자기가 여자라는 사실을 이실직고합니다. 그리고 이학사는 예전에 친구로 지냈던 장연수와 결혼합니다.

하지만 이학사는 결혼 후에도 남편에게 순종하지 않습니다. 시어머니와 장연수의 애첩 운영은 이학사를 집에서 내쫓으려고 합니다. 이학사는 거기에 반발해 스스로 친정으로 돌아옵니다. 남편이 찾아와 집으로 돌아가자고 백방으로 사정하지만 이학사는 필사적으로 가지 않겠다고 합니다. 심지어는 남편을 꾸짖으면서 '끝내 나를 데려가겠다면 자살하겠다'고 칼을 빼 들기까지 합니다. 동생이 말려서 남편을 내쫓아 보내는 것으로 수습됩니다만 이 부분의 서술은 남편에게 굴종하지 않고 독자적인 인격으로서 독립적인 삶을 살고자 하는 이학사의 면모를 잘 보여 줍니다. 이런 대목은 다른 어떤 소설에서도 보이지 않습니다.

이학사는 그다음 해 봄에 시가로 돌아오지만, 남편과의 동침을 한사코 거부하고 독방에서 지냅니다. 남편인 장연수가 하다하다 안 되어서 아내에게 눈물로 호소하자 그에 감동해서 결혼 7년 만에 처음 합방을 하는 것으로 작품은 종결됩니다. 어떻습니까. 조선 시대에 이런 작품도 있나 싶지 않습니까? 그리고 이런 작품을 쓴 사람은 누구일까 하는 의문이 생기지 않습니까?

이학사는 남장을 하고 공적 영역에 있다가 어쩔 수 없이 다시 여자 옷을 입고 사적 영역에 처하게 됩니다. 당시는 여성이 공적 영역에서 활동하는 것이 불가능했습니다. 그래서 남장을 한 거죠. 그러니 이 남장 모티프는 당시의 사회적 제약과 모순을 드러내는 한편 공적 활동에 대한 여성의 욕구를 표현하고 있다고 말할 수 있습니다. 조선 시대에는 유교적 규범상 여성은 집 안에 있도록 되어 있었습니다. 하지만 이학사는 사적 영역에 있음에도 불구하고 가부장적 젠더 규범을 거부합니다. 이 부분이 놀랍고 주목됩니다. 대개 남장을 벗고 사적 영역으로 돌아오면 좋든 싫든 남편에게 순종하며 다시 젠더 규범을 따르게 되는데, 이학사는 이를 일관되게 거부하고 있습니다. 이처럼 『이학사전』은 주인공이 남자 옷을 벗은 뒤에도 계속 성 평등을 추구한다는 점에서 대단히 문제적이라 할 수 있습니다.

　『방한림전』方翰林傳은 『홍계월전』이나 『이학사전』과는 다른 면모와 문제의식을 보여 줍니다. 주인공 방관주는 무남독녀입니다. 여성 영웅소설에는 무남독녀가 많죠. 방관주는 『이학사전』의 이학사처럼 여걸女傑의 기상을 타고나며 어릴 때부터 여복이 아니라 남복을 입는 게 소원이었습니다. 그래서 부모는 딸의 소원대로 남복을 입혀서 기르며 급기야 친척에게 방관주가 아들이라고 속이기까지 합니다.

　그러다가 부모가 일찍 죽어 방관주 혼자 남습니다. 이제 방관주는 홀로 세상과 마주합니다. 이 세상에 방관주가 여자인 줄 아는 사람은 그 유모밖에 없습니다. 마침내 방관주는 장원급제를 해서 한림학사가 됩니다. 여기까지는 『이학사전』과 똑같은 패턴입니다. 병부상서는 방한림이 똑똑하고 앞길이 유망하니 딸인 영혜빙과 혼인시키려고 합니다. 방관주는 거절했다가는 자신의 정체가 드러날까 봐 어쩔 수 없이 혼인을 합니다. 영혜빙은 직관력이 있는 뛰어난 여자라 방한림이 여자라는 걸 알아차립니다. 그렇지만 영혜빙 역시 평생 남자를 받들며 사는 것을 마뜩하게 여기지 않고 있던 터라 혼인을 받아들입니다. 말하자면 두 사람의 필요에 따라서 일종의 '위장 부부'가 성립된 거죠.

　이때 국가에 위기가 발생합니다. 『홍계월전』이나 『이학사전』

과 똑같은 패턴입니다. 방한림은 대원수가 되어 출정해서 큰 무훈을 세웁니다. 그 후에 이런저런 일화들이 나오고, 마지막에 가서 방한림은 39세를 일기로 생을 하직합니다. 방한림은 죽음에 앞서 황제에게 자기가 원래 여자인데 임금을 속였다면서 사죄하는 상소를 올립니다. 죽을 때 스스로 사죄하기 전까지는 아무도 그가 여자인 줄 알지 못했습니다. 유모는 수시로 '아기씨, 인륜을 버리지 말고 지금이라도 시집을 가세요' 이렇게 말하지만 그때마다 방한림은 '그런 말 하지 마라. 입을 닥치라'고 면박을 줍니다.

방한림이 죽자 영혜빙도 곧 따라 죽습니다. 방한림은 예전에 우연히 양자를 얻어 양육했는데, 이 양자가 잘 자라 출세해서 높은 벼슬을 하고 자식들도 많이 낳아 방씨 가문이 번창해졌다는 것으로 소설은 끝납니다.

방한림은 죽을 때까지 남장을 유지하고 공적 영역에 종사했습니다. 위장 부부지만 가정에서는 끝까지 남편의 역할을 했습니다. 그러니까 방한림은 밖에서도 젠더상 남성으로 행세하고, 집에서도 젠더상 남성의 역할을 한 거죠. 안팎 공히 남성 젠더라고 할 수 있습니다.

『방한림전』의 작자는 여성이 아닌가 합니다. 남성 작가가 독자의 흥미를 끌기 위해 방한림을 끝까지 남성 젠더로 가져갔다고 보기는 어렵습니다. 그건 조선 시대 남성의 상상력을 넘어서는 것으로 보이기 때문입니다. 남성이 작자라면 역시 작품의 뒷부분에서 방한림이 여자임을 드러낸 뒤 사태를 미봉하지 않았을까 합니다. 그리해도 흥미롭지 않은 건 아니니까요. 하지만 이 작품은 그리하지 않고 놀랍게도 시대를 뛰어넘는 래디컬한 방식을 택했습니다. 방한림을 최후까지 공적 영역에 머물게 한 게 그것입니다. 이로써 방한림은 홀로 끝까지 세계와 맞선 게 됩니다. 여기에는 여성의 공적 영역에서의 활동을 희구하는 여성 작가의 열의가 반영되어 있다고 할 것입니다. 즉 작가는 이런 백일몽을 통해 당시의 젠더 체제에 이의를 제기하면서 여성이 깰 수 없는 강고한 벽에 균열을 내려고 했다고 여겨집니다.

『부장양문록』

영웅소설이 아니고 가문소설의 범주에 속하는 작품입니다만 『방한림전』과 엮어서 이야기해야 할 작품으로 『부장양문록』傅張兩門錄이 있습니다. '부장양문록'은 '부씨傅氏와 장씨張氏 두 집안의 이야기'라는 뜻입니다. 제목에서 드러나듯 일종의 가문 서사입니다. 그런데 이 가문 서사에 여성 영웅이 등장합니다.

『부장양문록』에는 장벽계라는 여성 영웅이 등장하는데요, 장벽계도 이학사나 방한림과 마찬가지로 굉장히 주체성이 강한 여성입니다. '죽으면 죽었지 지아비나 받들면서 가정 내에서 여자로 썩지 않겠다'는 강렬한 비원悲願을 가지고 있었습니다. 장벽계는 남장한 자기를 남자인 줄 알고 흠모하는 윤선강에게 자신이 여자임을 밝히고 몰래 형제지의兄弟之誼를 맺습니다. 장벽계는 계속 남자로 행세하다 공주와의 늑혼勒婚(강압에 의한 억지 결혼)을 피하기 위해 윤선강과 혼인했다고 천자에게 고합니다. 사정은 좀 다르지만 장벽계 부부는 위장 부부라는 점에서 방한림 부부와 동일합니다. 장벽계든 방한림이든 남성 젠더를 유지하려다 보니 이런 사태가 초래된 거죠.

방한림 부부든 장벽계 부부든 '동성애적 지향이 나타난다, 당

시는 동성애를 노골적으로 말하지 못하니 이렇게 표현한 것이다'
라고 주장하는 연구자도 있지만, 동의하기 어렵습니다. 작품 내적
연관을 고려하면 이 두 동성 파트너의 결혼은 동성애를 말하고 있
다기보다 여성의 질곡이나 이분법적인 젠더 규범을 돌파하기 위한
특별한 방책이 아닌가, 그 점에서 그것은 일종의 '여성 동맹'에 해
당하는 것이 아닌가 생각됩니다. 위장 결혼을 동성애로 보는 것과
여성 동맹으로 보는 것은 본질적으로 큰 차이가 있습니다. 우선 '동
성애'라고 하면 두 사람 사이의 사랑이 전제되어야 하며 사랑의 감
정과 행위가 나타나야 합니다. 『방한림전』이든 『부장양문록』이든
이런 게 없습니다. 그런데 꼭 동성애가 아니라도 두 여성은 필요에
따라 가족으로 결합할 수 있으며 그 역할을 나눌 수 있습니다.

　다시 장벽계의 이야기로 돌아갑시다. 장벽계라는 여성 영웅
주변에는 부씨 집안 출신인 부계라는 남성이 있습니다. 부계는 죽
자사자 장벽계를 쫓아다니면서 사랑을 구합니다. 문제가 복잡해지
죠. 장벽계는 처음에는 부계를 거부합니다. 그렇지만 우여곡절 끝
에 그와 결혼하게 됩니다. 위장 결혼을 했던 장벽계와 윤선강은 모
두 부계의 아내가 됩니다. 세 사람이 부부가 되는 거지요.

　장벽계는 부계와 결혼한 후에 남복을 벗습니다. 여성 영웅소
설에서는 여성 영웅이 남장을 벗고 나서는 여성의 주체성을 견지
하지 못하고 남편의 제어를 받거나 남편과 갈등을 겪는 상황이 빚
어지는데, 장벽계는 남복을 벗지만 그럼에도 남성적 역할을 유지
하고자 합니다. 그래서 부계와는 남편이라기보다는 지기知己로 교
유합니다. 스스로 그런 자각을 갖고 교유하죠. 그러면 결혼을 한 상
황에서 집안 살림은 누가 할까요? 집안 살림은 윤선강이 도맡아 합
니다. 윤선강이나 『방한림전』의 영혜빙 같은 인물을 통해 우리는

여성 젠더가 당대 사회의 모순을 돌파하는 데서 제기되는 또 다른 모순을 읽어 낼 수 있습니다. 왜냐하면 이런 인물의 희생 덕에 모순을 돌파하는 것이 비로소 가능해지니까요. 나중에 장벽계와 윤선강은 각각 부계의 자식을 출산합니다.

그런데 이 작품에는 굉장히 주목되는 에피소드가 하나 나옵니다. 집안에 어떤 일이 생겨 부계는 화를 내면서 아내 장벽계를 하인들이 거처하던 공간으로 내쫓아 버립니다. 장벽계가 여자로 복귀한 뒤 겪는 일생일대의 수모라고 할 수 있죠. 남장을 하고 있을 때에는 누가 감히 자기한테 이런 수모를 주겠습니까. 남장을 벗고 여자로 돌아온 뒤 남편에게 '당신과 나는 상하관계가 아니라 지기다'라고 선언하고 부부 생활을 했음에도 불구하고 이런 좌절을 겪게 된 거죠.

장벽계는 이 일을 평생 잊지 못합니다. 그리고 그녀는 죽을 때 이렇게 말합니다: "장부의 마음으로 몸이 여자 되니 천만 한恨이 유유悠悠하도다." 마음은 장부인데 몸이 여자라서 한이 많다는 겁니다. '유유하다'는 많다는 뜻입니다. 의미심장한 말인데요.

이렇게 장벽계는 유교적 성별 체계를 넘어서 여성의 평등과 공적 영역에서의 자기실현을 추구했고, 부계와의 결혼 이후에도 가정 내에서 젠더 규범을 깨뜨리고자 했으나 뜻대로 되지 않았고 좌절을 맛봅니다.

그런데 『방한림전』에도 방한림이 죽기 전에 "안석案席에 의지하여 하늘 끝을 바라보고 생각하며 남아男兒가 못 된 것을 슬퍼하였다"라는 서술이 나옵니다. 장백계가 죽을 때 한 말과 서로 통합니다. 방한림은 자신이 여자라는 걸 감추고 남장을 유지함으로써 자기 뜻대로 살았음에도 불구하고 죽기 직전 이런 슬픔을 토로했다고 했습니다. 『방한림전』 말미에 나오는 서술자의 이 말을 통해 자신의 몸을 감추고 자아를 실현하는 것이 얼마나 힘든 일인가를 알 수 있습니다. 서술자의 이 말은 이 작품의 작자가 여성인지 남성인지 밝히는 데 중요한 단서가 된다고 여겨집니다.

여성 영웅소설의 성취

앞서 말했듯 『방한림전』의 방한림과 영혜빙, 『부장양문록』의 장벽계와 윤선강은 일종의 '여성 동맹'을 맺고 있다고 할 만합니다. 부부의 외관을 띠고 있으나 실은 위장 부부인 거죠. 하지만 이 여성 동맹 내부에도 문제가 있습니다. 젠더 규범과 싸우기 위해 동맹이 요청되었지만 젠더 규범이 그 내부로 스며들어 있기 때문입니다. 우리가 어떤 것과 싸우다 보면 은연중 싸우는 대상과 닮게 되거든요. 그래서 자기가 맞서 싸우던 억압을 재생산하는 일이 생깁니다. 참 난처한 일이죠. 물론 이들 작품은 가부장제를 옹호하기 위해 쓰인 것이 아닙니다. 거꾸로 여성의 사회적 실현을 금기시하는 유교적 가부장제 너머를 사유하고 있습니다. 그렇긴 하지만 그 사유는 철저하지 못하며 내적 모순이 존재합니다. 가부장제를 넘어서고자 했지만 가부장제가 스며들어 있는 데서 그 점이 확인됩니다.

그렇지만 여성 동맹에 젠더 규범이 스며들어 있다는 것을 지나치게 강조하면 이 작품들의 본지本旨, 이 작품들의 문제의식을 왜곡할 수 있습니다. 그 한계는 정당하게 인식할 필요가 있지만 그런 한계에도 불구하고 이 작품들의 주선主線이 어디를 향하고 있는지 놓치는 우를 범해서는 안 될 것입니다.

결국 문제는 유교적 규범을 어디까지 받아들이고 어디까지 허물었는가 하는 점입니다. '밖'에서만 싸우는가? 즉, 공적 영역으로 들어가 기존의 젠더 규범을 허물지만, '안'에서는 다시 원래 상태로 복귀하는가? 아니면 '밖'에서와 마찬가지로 '안'에서도 싸우고자 하지만 여의치 못하거나 좌절을 맛보는가? 아니면 '밖'이든 '안'이든 주체성을 견지하면서 끝까지 공적 영역에 참여하는가? 이런 점을 살피는 것이 중요합니다.

거론한 작품들 중 『방한림전』의 여성 주인공만 죽을 때까지 '밖'과 '안'에서 주체성을 견지합니다. 그래서 '안'에서 모순이 노정되기도 합니다. 생각하기에 따라서 그것은 주체성 내부의 모순이기도 합니다. 끝까지 자아를 실현하려다 보니 그리된 거죠. 『이학사전』의 여성 주인공은 어쩔 수 없이 '안'으로 복귀하지만 그럼에도 계속 유교적 규범을 허물고자 합니다. 방한림은 밖에서와 마찬가지로 안에서도 남장을 함으로써 공적 영역에의 참여를 끝까지 담보해 내지만, 이학사는 일단 남장을 포기하고 안으로 들어와 계속 싸우고 있는 거죠. 어느 방식이 더 어려운지 말하기는 어렵습니다. 두 방식 모두 지난한 싸움 같아 보이니까요. 그렇지만 어쨌건 방한림만이 죽을 때까지 사회적 자아를 실현하고 있음은 각별한 주목을 요합니다.

여성 동맹을 잘 들여다보면 내부적 균열이 없지는 않으나 그럼에도 깨질 정도는 아니라고 보입니다. 그리고 깨지지도 않았습니다. 처음에 방한림과 영혜빙은 서로 지기知己로 살아가자고 약조합니다. 그런데 시간이 지나면서 방한림은 자신의 남성 젠더적인 면모를 점점 드러냅니다. 그리하여 방한림은 가부장으로서의 역할을 보이고, 영혜빙은 이를 낯설어합니다.

이처럼 여성 동맹의 내부적 균열이 없지 않다고 하겠지만, 그럼에도 그것이 동맹을 깨뜨릴 정도는 아니라는 점에 주목할 필요가 있습니다. 만일 이 균열을 과장한다면 '방한림은 가부장제에 포획되었다'라고 주장할 수 있을지도 모릅니다. 하지만 이런 주장은 작품의 본지를 왜곡한 것으로 여겨집니다.

『방한림전』은 그 내적 한계에도 불구하고 가장 래디컬한 문제 의식을 보여 줍니다. 작자는 출구가 없는 당대의 젠더 상황에서 이런 방식으로 여성의 가능성을 시현해 보이며 젠더 차별의 인식 틀을 깨뜨리려 했다고 보입니다.

『방한림전』은 19세기 후반경 여성에 의해 창작되었을 것으로 추정됩니다. 『이학사전』이나 『부장양문록』도 그 내용으로 볼 때 19세기경 여성에 의해 창작된 작품이 아닌가 합니다. 이들 작품에는 여성의 자아의식이 좀 더 높아진 근대 여명기 익명의 여성 작가들의 문제의식이 반영되어 있다고 할 것입니다.

그럼, 오늘 강의는 여기서 마치겠습니다.

질문과 답변

* 가문소설이나 영웅소설류의 국문소설은 그 서사적 배경을 중국
으로 삼고 있습니다. 하지만 전기소설은 그 서사적 배경이 대개
자국입니다. 왜 이런 차이가 생겼을까요?

중국의 전기소설은 모두 자국을 배경으로 삼고 있습니다. 한국의 전
기소설은 중국 전기소설의 영향으로 성립되기는 했지만 시공간적
배경 설정에 있어서는 중국 전기소설을 따라 하지 않고 자국을 배
경으로 하고 있습니다. 주체적 방향으로의 서사적 변용이라고 할 수
있습니다. 시공간적 배경이 본국으로 설정됨에 따라 자국의 역사나
풍속, 지리가 작품 안으로 쏟아져 들어오게 되죠. 그 결과 자국 문화
의 정취랄까 자국의 토속이랄까 이런 것이 소설에서 느껴집니다. 인
간의 삶은 '문화적'으로 조성됩니다. 그리고 한 인간의 정체성도 문
화에 의해 결정됩니다. 그래서 자국 문화 속에서 영위되는 자국민의
삶을 그려 놓은 전기소설은 한국 독자에게 좀 더 실감을 줄 수 있습
니다. 이 경우 실감은 정체성과 관련됩니다. 가령 김시습의 「만복사
저포기」 같은 작품은 전라도 남원의 만복사라는 절이 배경인데, 이
절은 정유재란 때 불타 없어져 버렸지만 그전에는 조선 사람이라면
대개 익히 알고 있던 절입니다. 그러므로 작자는 이 땅에서 일어난
일을 이야기한다는 기분으로 글을 쓰고, 독자는 이 땅에서 일어난
일에 대한 이야기를 듣는다는 마음으로 작품을 읽게 됩니다. 「취유
부벽정기」 같은 작품은 평양의 대동강 변에 있는 부벽정을 배경으로

기자조선이 망할 때의 이야기가 펼쳐지는데, 독자들은 서두에 나오는 대동강 주변의 풍경 묘사라든가 기자조선이나 단군에 대한 언급에서 어떤 '연결감'을 느끼게 되리라 봅니다. 자국 산천이고 자국 역사니까요. 그래서 나는 이를 '시공간의 주체적 전유'라고 이름한 것입니다. 시공간의 주체적 전유에서 기인하는 이 연결감에서 미적 실감이 나오고, 미적 실감에서 정체성의 발견이나 확인이 이루어지죠.

그렇다면 전기소설의 작자들은 중국 전기소설의 영향을 받았으면서도 어째서 시공간을 주체적으로 전유할 수 있었을까요? 그건 최치원을 필두로 나말여초 전기소설 작자들이 첫 단추를 잘 꿴 덕이 아닌가 합니다. 최치원은 중화에 대한 경사가 없지 않았지만 그럼에도 다른 한편으로는 자국 문화에 대한 존중과 자부심이 있었습니다. 이는 당대 신라 지배층의 일반적인 분위기였습니다. 최치원이 지은 전기소설 「호원」이 수록된 이야기책 『수이전』의 서사는 모두 자국 습속과 시공간을 배경으로 하고 있죠. 이 시대의 이런 분위기로 성립기의 우리 전기소설은 시공간을 주체적으로 전유할 수 있었다고 보입니다. 조선 초 김시습이 이런 전통을 이어받아 『금오신화』를 씀으로써 자국을 배경으로 삼는 전기소설의 장르 관습은 더욱 확고해질 수 있었습니다.

이와 달리 17세기 후반에 성립된 장편소설은 전기소설과 달리 중국 연의소설의 영향을 많이 받았습니다. 즉 중국 연의소설의 모티프라든가 결구 방식이라든가 서사 수법에서 적지 않은 영감을 받았습니다.

그런데 문제는 성립기 국문소설의 작자들이 중국 연의소설의 시공간 설정 방식을 그대로 가져왔다는 사실입니다. 즉 중국의 시간과 중국의 특정 공간이 작품의 배경으로 설정되고 있죠. 시공간이 이러하니 그 속에 등장하는 주인공도 모두 중국인이 될 수밖에 없습니다. 이렇게 되면 비록 허구라고는 하지만 소설에 그려진 습속은 모두 중국의 습속으로 관념되죠. 다시 말해 중국 역사와 문화 속에 존재하는 중국인의 이야기가 되는 것입니다. 그러니 연결감, 미적 실감, 정체성의 발견 같은 것이 이루어지기 어렵습니다.

아쉽게도 첫 단추를 잘못 꿴 거죠. 왜 이리되었을까요? 당대 지배층 일반의 멘탈리티, 중국 문화에 대한 경사의 정도와 관련이 있다고 봅니다. 당대 지배층은 나말여초나 조선 초기의 지배층과 달리 중국 문화에 대한 경사가 컸다고 여겨집니다. 그러다 보니 우리 소설을 쓴다고 하면서도 중국을 배경 삼아 이야기를 펼쳐 나가는 데 이질감이나 거부감을 느끼지 못한 게 아닌가 해요. 중국은 선망의 대상이니까요. 뿐만 아니라 이는 새롭게 형성된 여성 독자층에게 어필할 수 있었습니다. 이리 본다면 이는 지배층에 속한 남성 문인과 상층 사대부 여성 독자층이 함께 만들어 낸 결과물일 수도 있습니다. 이런 이유로 이 시기 소설 작자들은 나말여초의 문인들과 달리 시공간을 주체적으로 전유할 수 없었던 것으로 보입니다. 주체적 의식의 부족과 문화적 허위의식이 빚어낸 결과가 아닌가 합니다. 이후 이는 하나의 장르 관습이 되어 의식적·무의식적으로 답습되고 재생산됩니다.

17세기 후반의 국문소설은 시공간의 설정만이 아니라 화이론적 시각에 있어서도 중국 연의소설을 답습했습니다. 당시 조선 지배층은 일반적으로 화이론적 인식 틀을 갖고 있었으므로 이는 자연스러운 현상이라 할 것입니다. 이 두 가지 투식은 이후의 소설 작법에 그대로 계승됩니다. 이 투식을 벗어나는 가문소설은 존재하지 않습니다. 영웅소설은 작자층이나 독자층이 가문소설과는 차이가 있지만 그럼에도 이 두 가지 투식을 계승하고 있죠. 17세기 후반 성립기 소설의 영향이 얼마나 큰지 알 수 있습니다.

　물론 국문소설이 모두 다 중국을 시공간적 배경으로 삼고 있는 것은 아닙니다. 『숙영낭자전』, 『윤지경전』, 『홍길동전』, 『전우치전』, 『박씨전』, 『임경업전』, 『남윤전』처럼 자국을 배경으로 삼고 있는 소설도 있습니다. 그렇기는 하지만 가문소설이나 영웅소설의 경우 거의 모두 중국이 배경으로 되어 있습니다. 또한 국문소설이든 한문소설이든 장편소설은 거의 다 중국이 배경입니다. 이 점에서 19세기 초에 김소행이 쓴 장편소설 『삼한 의열녀전』은 주목됩니다. 이 작품은 신라 시대를 배경으로 하며, 국문 장편소설이 일반적으로 보여 주는 통속성과 상투성을 벗어나 있습니다. 국문 장편소설의 틀을 깨고 다른 지향을 보여 주고 있죠. 그러므로 『삼한 의열녀전』은 조선 후기 장편소설 전체를 '지양'하고 있다고 할 만합니다.

*
*　국문 장편소설은 상층 여성을 독자로 하며 상층 여성의 이념적 긴장을 이완시켜 주고 상층의 여성들에게 교양을 제공하는 역할을 했다고 해석하는 견해가 있습니다. 이처럼 국문 장편소설을 일명 '규방소설'閨房小說로 이해하는 관점에 대해 어떻게 생각하시는지요?

국문 장편소설이 규방에 구속된 상층 여성에게 상상의 자유를 맛보게 하고 점잖고 품위 있는 말씨나 고전어古典語를 학습하게 한 면이 없지 않다고 여겨집니다. 그래서 만일 소설의 향유 공간을 중시한다면 '규방소설'이라는 개념을 사용할 수도 있을 것입니다. 하지만 이 개념은 해당 소설의 내적 형식이나 미적 특성을 전연 드러내지 못하기에 장르 명칭으로는 약점이 있습니다.

국문 장편소설을 규방소설로 보는 관점은 국문 장편소설과 상층 여성 독자층의 관련을 드러내는 데는 도움이 되지만 그것을 넘어 국문 장편소설의 이데올로기적 성격이라든가 그 역사적·현실적 관련을 밝히는 데는 그다지 도움이 되지 못하는 게 아닌가 합니다. 이런 점을 고려하면 역시 '가문소설'이라는 개념을 중심에 두는 게 좋다고 여겨집니다.

** 여성 영웅소설이 남성 영웅소설의 틀을 빌려서 젠더 차별과 젠더 평등에 대한 문제 제기를 했는데, 어떤 이유에서 여러 소설 형식 가운데 통속적이고 흥미 위주의 서사가 이루어진 영웅소설을 활용했는지 궁금합니다.

조선 후기에 나온 국문소설 가운데 가장 주목되는 둘은 가문소설과 영웅소설입니다. 강의에서도 말했지만 둘은 퍽 다릅니다. 가문소설은 상층 여성을 독자층으로 삼고 있습니다. 그래서 언어가 비교적 격조가 있고 그려지는 세계도 상층 사대부 가문입니다. 작품에 따라 다양한 갈등이 전개되고 폭력성도 보입니다만, 궁극적으로는 현존하는 질서와 가문의 옹호에 초점이 맞춰져 있습니다. 가령 『소현성록』에 보면 소현성의 어머니 양 대부인은 딸이 유배 가 다른 남자와 사통하자 가문의 성세와 명망을 지키기 위해 딸에게 서슴없이 사약을 내립니다. 이 대목은 가문소설의 진면목을 잘 보여 준다고 할 만합니다.

그러니 가문소설을 통해 성 평등 문제를 제기한다는 것은 연목구어緣木求魚에 가깝습니다. 물론 가문소설 중에도 간혹 에피소드를 통해 젠더 차별에 대한 항의를 표현하고 있는 작품이 없지는 않으며,『부장양문록』처럼 상당히 강하게 성 평등적인 문제의식을 담고 있는 작품도 있긴 합니다만, 이런 예외에도 불구하고 가문소설은 일반적으로 유교적 가부장제를 토대로 가문의 지속과 번창을 그리는 데 주안을 두고 있다고 할 것입니다.

영웅소설은 가문소설과 달리 단편소설이지만 일대기 형식을 취하고 있죠. 그래서 한 인물의 삶을 쭉 따라가며 문제를 부각하거나 제기하기 좋습니다. 더구나 영웅소설에서는 주인공이 무훈을 통해 '인정'을 받는 것이 대단히 중요한데, 여성 영웅소설에서 젠더적 문제 제기나 여성적 주체성의 사회적 실현은 바로 이 인정 모티프를 통해 이루어지고 있음이 주목됩니다. 이런 점에서 보면 여성 영웅의 행위는 일종의 '인정 투쟁'으로서의 의미를 갖는다고 할 만합니다. 여성 영웅소설은 영웅소설 내부에서 배태되었지만 영웅소설의 '갱신'이라 할 수 있지 않을까 합니다. 영웅소설에서는 그다지 진보적 지향이 발견되지 않지만 여성 영웅소설은 진보적 지향을 보여 줍니다. 물론 내부적으로 한계도 있지만 말입니다. 여성 영웅소설도 영웅소설과 마찬가지로 통속적이며 흥미 위주의 서사를 보여 주기는 하지만 그럼에도 그 내부에 젠더적 문제의식이 담겨 있음을 놓쳐서는 안 될 줄 압니다.

영웅소설의 독자는 서민층입니다. 영웅소설에서 국왕이 조롱되거나 주인공이 반항적 면모를 보이기도 하는 것은 독자층과 관련이 있다 할 것입니다. 여성 영웅소설은 기존의 젠더적 질서를 허물면서 여성이 공적 영역에서도 남성에 못지않은 성취를 보일 수 있음을 시현해 보이고 있습니다. 이런 점으로 인해 여성 영웅소설은 비단 서민층 부녀만이 아니라 양반층 부녀도 흥미를 보였을 법합니다.

방한림전方翰林傳

(…)

영소저(영혜빙)는 한림(방한림)의 말소리가 낭랑하나 가늘고 조용하며 나직하므로 속으로 괴이하게 여겨 한번 눈길을 주고 (그가 여자임을) 분명히 깨달아 오랫동안 생각하였다. 일어나 내당內堂에 들어가 조용히 헤아려 보았다.

"예로부터 남자가 참으로 고운 사람도 있다고 하나 여자와는 차이가 많으니 어찌 이런 남자가 있겠는가. 부드럽고 시원스러워서 이슬 맞은 꽃송이 같아 끝없이 무르녹았고, 온갖 태도는 아름답구나. 이는 반드시 어려서 부질없는 남복男服을 하여 부모가 일찍 죽으니 여자의 도리를 권해 가르칠 사람이 없어 끝을 맺기 어려워 이에 이른 것이니 진실로 가소로운 일이구나.

내가 보니 방씨의 얼굴이 시원스럽고 행동거지가 단엄하여 일대의 기남자奇男子다. 이런 영웅 같은 여자를 만나 일생 지기知己가 되어 부부의 의리와 형제의 정을 맺어 한평생을 마치는 것이 나의 소원이다.

내 본디 남자의 사랑하는 아내가 되어 그의 절제節制(통제)를 받으며 눈썹을 그려 아첨하는 것을 괴롭게 여기고 있었다. 금슬우지琴瑟友之(부부간의 금슬이 좋은 것)와 종고지락鍾鼓之樂(부부간에 화락한 것)을 내가 원하지 않더니 우연히 이런 일이 있으니 어찌 우연하다 하리오? 반드시 하늘이 생각해 주신 것이다. 수건과 빗을 맡는(남편을 받드는 것을 이름) 구구한 일보다 이것이 낫지 않으리오."

평생 지녀 온 철옥 같은 마음으로 이와 같이 생각을 정하니 세상일이 뜬구름 같았다. 생각을 단단히 먹으니 기괴한 일이었다. 옛날 도원결의桃園結義와 백아伯牙와 종자기鍾子期의 지음知音이 있었으나 지금에는 이 두 사람뿐이었다.

(…)

— 작자 미상, 나손 김동욱 소장본

17세기 전반의 문제적 문인들
─신흠, 장유, 이수광, 허균

임진왜란을 겪은 뒤 조선의 학술과 사상에 큰 변화가 생깁니다만, 조선은 임진왜란 이전에 이미 사회적·정치적·경제적 모순이 누적되었습니다. 여러 차례의 사화士禍와 동인東人과 서인西人 간의 격렬한 당쟁으로 국력이 소진되었습니다. 지배층 내부의 모순과 갈등으로 국가의 기초 체력이 약화된 거죠. 명종 10년(1555) 남명 조식이 명종에게 올린 상소문의 다음 구절에서 그 점이 확인됩니다.

또 전하의 나랏일이 이미 그릇되었고 나라의 근본이 이미 망했으며 하늘의 뜻은 이미 떠나 버렸고 민심도 이미 이반되었습니다. 비유하자면, 백 년 동안 벌레가 그 속을 갉아먹어 진액이 이미 말라 버린 큰 나무가 있는데, 회오리바람과 사나운 비가 어느 때에 닥쳐올지 전혀 알지 못하는 것과 같으니, 이 지경에 이른 지가 오랩니다. 조정에 있는 사람 가운데 충성된 뜻이 있는 신하와 일찍 일어나 밤늦도록 공부하는 선비가 없지는 않습니다. 하지만 이미 그 형세가 극도에 달하여 지탱할 수 없고 사방을 둘러보아도 손쓸 곳이 없다는 것을 알면서도, 낮은 벼슬아치는 아래에서 히히덕거리면서 주색만을 즐기고, 높은 벼슬아치는 위에서 어름어름하면서 오로지 재물만을 늘리며, 물고기의 배가 썩어 들어가는 것 같은데도 그것을 바로잡으려고 하지 않습니다.

게다가 조정의 신하는 자기편 심기를 용이 못에서 기세를 부리듯 하고 지방관은 백성을 수탈하기를 이리가 들판에서 날뛰듯 해, 가죽이 다하면 털이 붙어 있을 데가 없다는 것을 알지 못합니다.

「을묘사직소」乙卯辭職疏라는 글인데요, 나라의 근본이 이미 망했다는 말을 하고 있습니다. 나무로 치면 진액이 이미 말라 버려 고사枯死 직전이라는 거죠. 임진왜란 이전에 벌써 조선이라는 국가는 내부적으로 이런 지경에 이르렀습니다. 그래서 임진왜란 이후 지배층의 문인이나 지식인 가운데 이 점을 반성하면서 새로운 사상적 모색을 꾀하는 이들이 나타납니다. 오늘 살펴볼 신흠, 장유, 이수광, 허균이 그 대표적 인물입니다.

신흠

신흠申欽은 명종 21년(1566)에 태어나 인조 6년(1628)에 세상을 하직했습니다. 호는 상촌象村이며, 선조 19년(1586)에 문과에 급제했습니다. 당색으로는 서인에 속합니다. 이조판서, 홍문관 대제학을 역임하고 영의정까지 했습니다. 명나라에 두 차례 다녀오기도 했습니다. 광해군 5년(1613)의 계축옥사癸丑獄事 때 방축放逐되어 선산이 있는 김포(지금의 인천시 서구 대곡동)에 은거합니다. 이때 '방축된 늙은 이'라는 뜻의 '방옹'放翁이라는 호를 썼으며 『방옹시여』放翁詩餘라는 30수 연작의 시조집을 지었습니다. 계축옥사는 나중에 다시 말하겠지만 정인홍鄭仁弘(1535~1623)이나 이이첨李爾瞻(1560~1623)과 같은 대북파大北派가 영창대군 및 반대 세력을 제거하기 위해 일으킨 옥사입니다.

신흠은 광해군 8년(1616) 춘천에 유배되어 5년간 유배 생활을 했으며, 1623년 인조반정이 일어나 다시 중용됩니다. 그 아들인 신익전申翊全(1605~1660)은 선조의 부마죠.

신흠은 어려서 고아가 되어 혼자 공부했습니다. 그러니까 특정 학자의 학문적 영향을 받지 않고 독학으로 학문을 이룬 사람입니다. 이른바 자득지학自得之學이죠. 그리고 성리학 관련 책만이 아니라 제자백가도 읽는 등 아주 광범한 독서를 했습니다. 그래서 기존의 주자학적 학통, 주류의 학문을 이탈해서 좀 더 유연하고 자유로운 입장에서 새로운 사상적 모색을 꾀했습니다.

신흠은 이전의 학자 중 특히 화담 서경덕을 높이 평가해, 세상에 드문 호걸이라고 했고, 그 타고난 자질이 상지上智(최고의 지혜로움)에 가까워 초야에서 몸을 일으켜 스스로 학문을 했다고 했습니다. 스승 없이 자득지학을 했다는 점이 본인과 상통하죠. 사실 서경덕의 학문은 비주류의 학문, 비정통의 학문으로 간주되어 퇴계와 율곡 그 어느 문하로부터도 높이 평가받지 못했습니다. 그러므로 신흠이 서경덕을 불세출의 학자로 극찬한 것은 특별한 의미를 가집니다. 신흠의 이런 태도는 비주류의 학문, 비정통의 학문이 지닌 가치와 의의를 재인식하거나 복원함으로써 기존의 학문을 쇄신하고 새로운 학문을 모색하고자 하는 문제의식과 맞닿아 있습니다.

이처럼 신흠의 문제의식은 주류 학문, 정통 학문에 대한 반성과 비판 위에서 출발하고 있습니다. 주류의 학문, 정통의 학문은 곧 주자성리학朱子性理學을 이릅니다. 그렇다면 신흠은 주자성리학에 어떤 문제가 있다고 본 걸까요? 지나친 사변성思辨性, 지리하고 번쇄한 이론, 실천성의 약화, 과도한 자기중심성이 문제라고 보았습니다. 신흠은 조선의 지배적 학문으로 자리를 굳힌 주자학의 이런 병폐를 명확히 깨닫고 있었습니다. 그래서 이런 말을 했습니다.

> 경전의 자구字句나 찾고 뒤적이는 자들은 걸핏하면 성명性命을 말하는데 막상 정사政事를 처리하는 자리에 앉혀 놓으면 멍하니 뭘 해야 할지 모른다.

주자학에서는 하늘이 인간에 '성'性을 '명'命했다, 즉 '성을 부여했다'라고 합니다. 이 경우 '성'은 인간의 선한 본성을 말합니다. 주자학에서는 '성'과 '명'이라는 말을 곧잘 씁니다. 신흠은 또 이런 말도 했습니다.

> 이야기하면 할수록 더욱더 모르게 되고 분석하면 할수록 더욱더 진실되지 않게 된다.

주자학이 그렇다는 말입니다. 신흠은 주자학의 이런 폐단에서 벗어나기 위해 학자는 '구정'求正, 즉 '바름을 찾아야 한다'라고 했습니다. 바름을 찾는 것은 '구심'求心, 즉 '마음을 찾는 것'이라고 했어요. 이처럼 올바른 학문을 새롭게 모색하기 위해서는 마음이 중요하다고 봤죠. 그리하여 학문의 진실성과 실천성을 강조합니다. 주자학은 학문의 진실성과 실천성을 상실하거나 더 이상 담보하지 못한다고 봤습니다.

신흠은 '진지실행'眞知實行이라는 말을 쓰고 있습니다. '진지실행'은 '참된 앎과 실천'이라는 뜻입니다. 진지실행을 강조하는 신흠의 이런 생각은 실심實心과 실천을 강조하는 양명학陽明學과 통합니다. '실심'은 진실한 마음이라는 뜻이죠. 양명학에서는 실심을 대단히 강조합니다. 마음의 진실성이 아주 중요하다, 학문은 마음의 진실성에서부터 시작된다, 이런 생각인데요. 신흠은 지행합일知行合一을 주창한 왕수인王守仁의 양명학이 진정성과 실천성을 상실한 당대의 주자학에 대한 대안이라고 생각했던 것입니다.

그렇긴 하나 신흠이 주자의 학문적 성과를 인정하지 않은 것은 아닙니다. 신흠이 비판한 것은 주자학의 말폐적 면모이거나 주자학에 내재해 있는 어떤 문제점들이었습니다. 그래서 신흠은 주자를 상대화하고 있습니다. 이 경우 '상대화'는 주자가 중국 역대의 훌륭한 학자들 가운데 한 사람이라는 의미와 함께 주자의 학문에도 잘못이 없지 않다는 사실을 인정한다는 의미를 가집니다. 여기서 신흠의 균형 감각이 드러나는데요, 신흠에게 있어 이 균형 감각은 사상에 대해서만이 아니라 정치와 역사는 물론이고 삶 일반에까지 관철되는, 말하자면 세계관적 관련을 갖습니다. 즉, 상촌 세계관의 기저에는 이런 균형 감각이 자리하고 있습니다.

신흠은 학문을 쇄신하고 바꾸지 않으면 국정의 파탄을 바로잡을 수 없다, 나라를 제대로 경영할 수 없다고 봤습니다. 그래서 '천'天이니, '성'性이니 '리'理니 하면서 고답적으로 사변적 논의만 일삼는 학문은 결국 허명虛名을 추구하고 허학虛學으로 귀결되기 마련이며 현실에 아무 도움이 안 된다고 보았습니다. 그래서 신흠은 학문이 이런 공리공담空理空談만 일삼아서는 안 되고 정사政事와 세무

世務(세상일)에 큰 관심을 쏟아야 한다고 봤습니다. 천지의 운세, 국가의 흥망성쇠, 역대의 치란治亂(다스려짐과 어지러움), 인물의 선악, 전곡錢穀(재정 문제)과 갑병甲兵(군사 문제), 당대의 정치 현실 등에 학문이 관여하고 큰 관심을 쏟아야 한다고 본 거죠. 그래서 학문을 바꾸고 쇄신하지 않으면 안 된다고 한 것입니다.

한편 신흠은 주자학의 배타성, 주자학의 자기중심성에서 벗어나야 한다고 생각했습니다. 주자학은 정통과 이단을 엄격하게 구별합니다. 주자학만이 정통이고 다른 학문은 모두 이단으로 배격하고 억압했습니다. 신흠은 이게 옳지 않다고 본 거죠. 그래서 여러 학문을, 여러 사상을 회통해야 한다고 봤습니다. 꼭 어느 하나만을 절대적인 진리라고 간주할 것이 아니라 이런저런 사상들의 좋은 점을 두루 배우고 참조해야 된다고 본 거죠. 그래서 양명학도 포용하고 노장사상老莊思想도 포용하고 공리주의를 중시한 사상가인 관자管子도 포용하고, 불교도 배척하지 않고 포용했습니다.

제자백가 중에서 신흠에게 가장 큰 영향을 미친 것은 노장老莊(노자와 장자)입니다. 신흠은 유가와 노장의 도道는 불교의 선禪과도 통한다고 봤습니다. 신흠에게 있어 도란 유가의 도만이 아니며 노장의 도이기도 하고 불교의 도이기도 했습니다. 그래서 이런 말을 했습니다.

> 유가에서는 '미발지중'未發之中(마음이 발發하기 전에 중中의 상태에 있는 것)이라 하고, 도가에서는 '기지모'氣之母(기의 어머니. 근원적인 기이자 본체에 해당되는 원기元氣)라 하고, 선가禪家에서는 '본래면목'本來面目이라고 하는데, 모두 마음을 말한 것이다.

그러니까 유가든 도가든 불교든 비록 그 사용하는 용어는 다르지만 모두 다 마음을 말하고 있고 마음공부를 강조하고 있다는 점에서는 서로 통한다고 본 거죠.

　　이처럼 신흠은 유불도를 넘나들면서 서로 회통시키고 있습니다. 여기서 포용과 관용의 정신이 나옵니다. 신흠의 이런 면모는 위로는 고려 시대의 이규보, 조선 초기의 김시습과 연결되며, 아래로는 18세기의 사상가 홍대용과 연결됩니다. 이는 '사상의 자유'에 대한 추구라는 견지에서도 조명될 필요가 있지 않나 합니다. 이규보와 김시습의 시대는 아직 특정 사상이 절대화되지는 않았기에 사상의 자유가 크게 문제되지는 않습니다. 하지만 신흠의 시대는 다릅니다. 주자학의 배타적 진리성이 확보된 시기였기 때문입니다. 그러므로 신흠의 지적 작업, 지적 모색에는 사상적 자유의 추구라는 심중한 의미 부여가 가능합니다. 이는 공관병수公觀倂受(공정하게 보며 여러 사상을 두루 받아들임)를 주장하며 묵자墨子까지 포함해 여러 사상의 회통 쪽으로 나아간 18세기의 홍대용도 마찬가지죠. 요컨대 신흠의 학문적·사상적 지향은 '획일적' '일률적' '배타적' '교조적' '묵수적' 등등의 형용어와는 반대되는 것이었다고 할 수 있습니다.

　　합리적이고 비판적인 그의 정신은 역사 인식 태도에서도 드러납니다. 그의 문집인 『상촌집』象村集에는 수록되지 않았지만 그가 쓴 책 중에 『승국유사』勝國遺事라는 것이 있습니다. '승국'勝國은 전 왕조를 뜻하는 말로, 고려를 가리킵니다. 그러니 '승국유사'는 '고려유사'高麗遺事를 의미하며, 일연의 『삼국유사』를 떠올리게 합니다. 이 책은 현재 전하지 않습니다만 그 일부 내용이 이규경의 『오주연문장전산고』 등에 실려 있어서 어떤 내용의 책인지 짐작해 볼 수 있습니다.

이 책에서는 고려 말의 우왕禑王이 공민왕의 아들이 아니라고 한『고려사』의 기술記述을 부정하고 있습니다. 고려 말의 역성혁명 파易姓革命派는 우왕이 공민왕의 아들이 아니라고 주장하면서 우왕을 위왕僞王(거짓 왕)이라고 몰아붙였습니다. 역성혁명의 정당성을 확보하기 위해서였습니다. 이것은 조선 왕조의 개창자開創者들 입장에서는, 설사 그것이 날조라 할지라도, 절대 부정되어서는 안 되는 사실이죠. 우왕이 공민왕의 아들이 아니고 가짜 왕이기 때문에 새로운 왕조를 개창했다, 이것이 조선 개국의 명분이었으니까요. 그래서 조선 초에 편찬된『고려사』를 통해 이 점을 분명히 했죠.

하지만 신흠은『고려사』의 기술을 부정하고 있습니다. '공민왕과 우왕의 부자 관계는 아버지인 공민왕이 제일 잘 알 텐데, 공민왕이 우왕이 자신의 아들이라는 걸 인정했거늘 그걸 아니라고 하는 게 말이 되는가, 그러니『고려사』는 전부 다 믿을 수는 없고 특히 고려 말년의 사적事跡은 더욱 어긋나서 사실을 은폐한 것이 많다'고 했습니다. 그리고 당시의 충성스럽고 어진 사람으로서 무고를 당하고 화를 입은 이들이 이루 다 기록할 수 없을 정도로 많다고 했습니다. 이색, 정몽주, 이숭인 같은 사람을 염두에 두고 한 말일 텐데요.

이를 통해 신흠이 역사 인식에서도 열린 시각, 공정하고 합리적이고 비판적인 시각을 견지했음이 확인됩니다.

앞서 시조집『방옹시여』에 대해 언급한 바 있지만 신흠은 시조 작가로서도 주목됩니다.『방옹시여』에는 님에 대한 그리움을 노래한 작품도 있고, 소인배에 대한 근심을 토로한 작품도 있고, 자연에 대한 친화감을 노래한 작품도 있고, 취흥醉興과 유흥을 노래한 작품도 있습니다. 이를 통해『방옹시여』의 제재가 상당히 다양함을 알 수 있죠. 그렇기는 하지만 이들 작품의 기저에 공통적으로 자리하고 있는 것은 계축옥사로 방축된 신흠 자신의 처지에 대한 실존적 응시와 자기 위로라고 할 것입니다. 다음 작품은 신흠 시조의 출발점을 보여 줍니다.

> 노래 삼긴 사람 시름도 하도할샤
> 생기게 한
> 닐러다 못 닐러 불러나 푸돗던가
> 진실로 풀릴거시면 나도 불러 보리라

신흠 시조가 보여 주는 실존적 응시와 자기 위로에는 도가道家와 상수역학象數易學에의 경도라는 신흠의 사상적 입장이 반영되어 있습니다. 다음 작품이 그 점을 잘 보여 줍니다.

> 꽃 지고 속잎 나니 시절도 변하거다
> 풀 속에 푸른 벌레 나비 되야 나니는다
> 뉘라서 조화造化를 잡아 천변만화千變萬化하는고

주재자主宰者 없이 자생자화自生自化하는, 즉 절로 나고 절로 변화하는 대자연의 이치를 노래하고 있습니다.

신흠의 학문은 최명길崔鳴吉에게 계승되었습니다. 최명길은 병자호란 때 김상헌金尙憲 등의 주전파主戰派와 달리 청나라와의 강화講和를 주장해 어려움에 처한 나라를 구했습니다. 신흠의 양명학은 최명길을 거쳐 주로 소론 집안의 인물들에게로 계승되었습니다.

장유

장유張維는 선조 20년(1587)에 태어나 인조16년(1638)에 세상을 하직했습니다. 신흠보다 스물한 살 아래지만 동시대인에 해당하며 사상적으로 신흠과 통하는 데가 많은 인물입니다. 스스로 신흠을 누구보다 잘 안다고 자부했으며, 신흠 역시 장유를 인정했습니다.

호가 계곡谿谷이며, 이조판서를 지낸 김상용金尙容의 사위이고 율곡 이이에게 수학한 김장생金長生의 문인입니다. 광해군 1년(1609), 문과에 급제해 대사간·대사성·이조판서 등을 지냈으며 1623년 인조반정 때 정사공신靖社功臣 2등에 녹훈錄勳되었습니다. 병자호란 때는 최명길과 더불어 강화를 주장했습니다.

신흠과 마찬가지로 장유도 양명학을 수용했습니다. 이 시기 조선 학인들의 양명학 수용을 임진왜란 때 조선에 파병된 명나라 군대의 영향으로 보는 견해가 있습니다. 당시 조선에 온 명나라 장수들이나 장교 중에는 중국 강남江南의 절강浙江 사람이 많았습니다. 왕양명王陽明이 바로 절강 출신이었습니다. 그래서 이들 장수나 장교 중에는 양명학자나 양명학도가 많았습니다. 이들이 조선 학인들에게 영향을 미쳤다는 거죠. 그런 측면이 없는 것은 아닙니다. 그런데 장유나 최명길은 임진왜란 때 아이였습니다. 임진왜란이 일어난 해에 장유는 다섯 살, 최명길은 일곱 살이었습니다. 이들은 그렇다 치더라도 신흠은 조선에 파병된 명나라 군대의 영향을 받았을 수도 있다고 여겨집니다. 그러나 그렇다고 하더라도 이는 외재적 요인이라고 할 것이며 내재적 요인은 아닙니다. 외재적 요인만으로는 사상 주체, 학문 주체의 내적 요구를 정당하게 밝힐 수 없습니다. 이 때문에 내재적 관점이 요구되는 것입니다.

장유가 양명학에 경도된 것은 종래의 조선 주자학이 드러내고 있던 말폐末弊를 학문적으로 반성하고 그 대안을 모색하고자 해서입니다. 이 점, 신흠과 비슷합니다. 이에서 17세기 전반이 일종의 사상적 숨고르기, 사상적 전환이 기획된 아주 중요한 시기였음을 알 수 있습니다.

장유는 실심實心(진실된 마음)을 중시했으며 이단에 대해 관용적이었습니다. 그리고 신흠과 마찬가지로 허정虛靜(마음을 고요히 해 외물에 구속되지 않는 것)을 중시했습니다. 양명학은 주자학과 달리 '정공부'靜工夫, 즉 고요하게 마음을 닦는 공부를 강조했죠. 그래서 주자학 쪽에서는 양명학이 불교의 선禪에 빠졌다고 비난했습니다. 주자학은 시시콜콜 이론적으로 따지며 이기理氣의 관계를 번잡하게 논했는데, 양명학은 이와 달리 '허정'이라든가 '간이'簡易를 중요시했습니다. '간이'는 '번잡함'과 반대되는 개념이죠. 양명학에서는 진리는 간이함에 있다고 봤습니다. 유교는 도문학道問學(지식을 추구하는 행위)과 존덕성尊德性(마음을 수양하는 행위)을 내세우는데, 주자학은 이 둘 중 '도문학'을 특히 중시한 반면, 양명학은 '존덕성'을 중시했습니다. 양명학은 지식보다는 타고난 마음, 즉 양지良知을 잘 회복해 간직하는 것이 중요하다고 본 거죠. 그래서 신흠과 마찬가지로 장유는 '허정'이라든가 '간이'라든가 '존덕성'을 강조하는 입장이었습니다. 삼교회통三教會通으로 나아갔다는 점에서도 신흠과 닮은꼴입니다.

다음은 『계곡만필』谿谷漫筆에 나오는 장유의 유명한 말로, 주자학의 절대적 진리성을 부정하고 진리의 다양성을 긍정하고 있습니다.

중국에는 학술이 여러 갈래여서 정학正學이 있고 선학禪學이 있고 단학丹學이 있으며, 정자程子와 주자를 공부하는 사람이 있는가 하면 육씨陸氏를 공부하는 사람도 있다. 길은 하나가 아니다. 그렇건만 우리나라에서는 유식한 사람이건 무식한 사람이건 책을 읽는 자들은 모두 정자와 주자만 칭송할 뿐이고 다른 학문이 있다는 말은 듣지 못했다. (…) 다만 정자와 주자의 학문만이 귀중히 여겨진다는 말을 듣고 입으로 외며 떠받들고 있을 따름이다.

'정학'은 유가를 말하고, '선학'은 불가를 말하며, '단학'은 도가를 말합니다. '육씨'는 주희와 동시대인인 육상산陸象山을 가리킵니다. 왕수인의 양명학은 육상산의 학문을 계승했습니다. 그러니 인용문 중 "육씨를 공부하는 사람"은 양명학을 공부하는 사람을 가리킵니다. "길은 하나가 아니다", 이 말이 주목됩니다. 진리는 하나만이 아니라는 거죠. 정주학程朱學 일변도의 조선적 학문 풍토에 대한 신랄한 비판입니다. 신흠과 장유의 문제의식이 근본적으로 동일함을 알 수 있습니다.

장유의 작품 중에 「와명부」蛙鳴賦라는 게 있습니다. '와명'은 개구리 울음소리라는 뜻입니다. 이 글은 묵소자默所子라는 인물이 어떤 객과의 문답을 통해 생태주의적 깨달음에 도달하는 형식을 취하고 있습니다. '묵소'는 장유의 또 다른 호입니다. 그러니 '묵소자'는 작자 자신을 이른다 하겠습니다.

묵소자는 연못의 시끄러운 개구리 울음소리가 괴로워 모두 죽이고 싶은 마음이 됩니다. 그러자 객이 만물은 저마다 하늘로부터 부여받은 본성대로 살아가고 있음을 말합니다. 그는 인간과 개구리를 비교하면서 인간의 삶이 얼마나 자연의 도에서 벗어나 있는지를 지적합니다. 인간은 온갖 거짓과 위선으로 진실을 어지럽히며 모함하거나 참소하는 말로 남을 해코지하면서도 만물의 영장이라고 우쭐대는데, 개구리는 더러운 연못에 살면서도 하늘이 부여한 본성을 충실히 따르면서 동료끼리 다정하게 소리를 주고받으며 사람에게 무엇을 구하는 법도 없고 외물外物을 거스르는 법도 없이 자유롭게 살아가고 있다는 것입니다. 그리하여 객은 자신의 말을 이렇게 마무리합니다.

지금 그대는 자신을 중심에 둠으로써 '나'와 '물'物이 다른 것이라고 보고 있으며, 자신의 감각기관에 구애되어 물을 미워하고 있습니다. 하늘의 도가 만물에 똑같이 부여되어 있으며, 만물이 그 우열의 차이에도 불구하고 그 근원은 같다는 사실을 깨닫지 못하고, 하늘이 낳은 물을 모두 죽여 자기 마음을 즐겁게 하고자 하니, 이는 하늘의 생생지리生生之理를 가리고, 인仁을 해치는 일이 아니겠습니까? 그것은 자신을 조금 즐겁게 하고자 해서 커다란 우환을 남기고, 조그만 걱정거리를 없애고자 하여 큰 해害를 달가워하는 짓이니, 그대는 다만 개구리 우는 소리만 시끄럽다고 여길 뿐 대와大蛙의 커다란 시끄러움이야말로 정말 큰 악이라는 사실은 왜 생각하지 않으시는 겁니까?

'하늘의 생생지리'란 하늘이 끊임없이 만물을 낳는 이치를 말합니다. '대와'는 큰 개구리라는 뜻인데, 인간을 가리킵니다. 자연속의 존재라는 점에서 볼 때 인간과 개구리가 근원적으로 다르지 않다고 봐서 이런 표현을 쓴 것입니다. 이전에 배운 이규보의 '만물 일류'萬物一類를 잇는 사상이 다시 문학사에 모습을 드러냈다고 할 만합니다.

「말 없음」이라는 다음 글도 장유라는 문인의 사상적·정신적 지향을 잘 보여 줍니다. 이 글의 원래 제목은 「묵소명」默所銘입니다. 앞서 말했듯 '묵소'는 장유의 호입니다. 그러니 '묵소명'은 '나의 좌 우명'이라는 뜻이 되겠는데요, 글의 내용을 보면 제목을 '말 없음' 이라고 옮겨도 무방할 듯합니다.

이 글은 이렇게 시작됩니다.

> 영리한 사람이 말할 때 수더분한 사람은 말이 없고, 조급한 사람이 말할 때 차분한 사람은 말이 없네.

그리고 중간에 이런 말이 나옵니다.

> 도道는 말 없음으로 이루어지고 덕德은 말 없음으로 길러지 며, 정신은 말 없음으로 안정되고 기운은 말 없음으로 축적 되며, 언어는 말 없음으로 깊어지고 생각은 말 없음으로 터 득되며, 겉치레는 말 없음으로 줄어들고 내실은 말 없음으 로 늘어나네.

'말 없음'에서 도와 내면의 충실을 읽어 내고 있습니다. 그러니 까 '말 있음'이나 '말 많음'이 아니라 '말 없음'을 도의 근원으로 보고 있으며, 내면의 충실성이 '말 있음'이나 '말 많음'이 아니라 '말 없음' 에서 담보된다는 취지의 말입니다. 장유의 삶의 지향, 문학적 지향,

학문적·사상적 지향을 잘 보여 주는 글이라고 여겨집니다. 주자학과는 사뭇 다른 지향이죠. 주자학은 경전 주석에 힘을 쏟고, 이기理氣와 심성心性에 대한 사변적인 논의가 번다합니다. 그러니 '말 없음'이라 하기 어렵습니다. 그 결과 주자학은 내실이 결여되고 공허해졌습니다. 장유는 주자학의 이런 면모가 도와는 거리가 멀다고 보아 말 없음을 강조한 게 아닐까 합니다.

택당 이식은 장유와 동시대의 문인인데, 장유가 '전주육왕'專主陸王(오로지 양명학을 주장했다는 뜻)한 것과 노자와 장자에 경도된 것을 비판했습니다. 비판의 정당성은 별도로 하고 장유의 진면목을 아주 잘 꿰뚫어 봤다고 하겠습니다.

이수광

이수광李睟光은 명종 18년(1563)에 태어나 인조 6년(1628)에 세상을 떴습니다. 호가 지봉芝峯입니다. 신흠보다 세 살 위로, 어릴 때부터 신흠과 함께 공부했으며 서로 절친했습니다. 선조 17년(1584) 문과에 급제해 성균관 대사성·홍문관 대제학·대사헌 등을 역임했으며, 명나라에 세 번 다녀왔습니다.

명나라에 갔을 때 안남安南(베트남) 사신, 유구琉球(오키나와) 사신, 시암(태국) 사신과 접촉했습니다. 안남 사신과 유구 사신과는 시도 서로 주고받았는데요, 이수광은 귀국 후 그것들을 모아 따로 자그마한 책을 엮기도 했습니다. 이수광의 시는 베트남 사신에 의해 베트남에 전해져 문인들 사이에 회자되었습니다.

이수광은 앞의 두 인물과는 달리 주자학을 존숭했습니다. 그렇지만 주자학의 사변적 면모, 주자학의 이론적 논변에는 관심을 갖지 않았습니다. 다만 주자학의 심성수양론心性修養論, 즉 도덕적 수양론에만 관심을 보였습니다. 이 때문에 주자학을 존중하면서도 주자학의 사변성에 사로잡히지 않고 무실務實(실제에 힘씀)로 나아갈 수 있었습니다. 특히 이수광은『지봉유설』芝峯類說에서 확인되듯 백과전서적인 박학博學을 지향하고 있는데, 이러한 지향은 도학道學과는 성격이 판연히 다릅니다.

이수광은 양명학의 선적禪的 경사를 경계하는 등 이단에 대해 신흠처럼 열린 태도를 보여 주지는 않지만 그럼에도 그 사고방식은 비교적 유연하고 개방적이며 당대 사회의 현실 문제에 대해서도 관심을 쏟았습니다.

이수광은『지봉유설』「제국부」諸國部의 '외국' 조條에서 안남, 유구, 참파— 당시 지금의 남부 베트남에 '참파'라는 불교 왕국이 있었습니다. 훗날 북쪽의 안남이 참파를 합병해 오늘날의 베트남이 됐습니다—, 시암, 크메르(캄보디아), 자바, 말라카 등의 동남아시아 국가들과 불랑기佛浪機(프랑스), 영결리永結利(영국) 등의 구라파(유럽) 국가도 소개하고 있습니다. 이것은 우리 문학사에서 처음 보는 광경입니다. 15세기의 저술인 신숙주의『해동제국기』에서 아시아와 동남아시아 일부 국가들이 언급되고 있습니다만— 하지만 주로 일본에 대한 소개가 대부분이죠— 구라파에 대한 언급은 신숙주의『해동제국기』에는 보이지 않습니다. 구라파 국가가 소개된 것은『지봉유설』이 처음입니다.

그리고 구라파의 이마두利瑪竇(마테오 리치)를 소개하면서 그가 저술한『천주실의』天主實義 두 권의 내용도 언급하고 있습니다. 거기에는, '천주가 천지를 창조했다, 인간의 영혼은 불멸이며 이 점이 금수와는 다르다, 불교의 윤회설은 잘못이고 인간은 천당·지옥과

선악의 응보를 받게 되어 있다, 인간은 천주를 받들어 모셔야 한다'
는 등등의 내용이 보입니다. 이것으로 보아 이수광이 『천주실의』
두 권을 다 읽었음을 알 수 있습니다. 현재 확인되는 바로는 『천주
실의』를 이렇게 다 읽은 사람은 조선에서 이수광이 처음입니다.

한편, 구라파에서는 임금을 교황敎皇이라고 부르는데 결혼을
안 하기에 세습이 없고 어진 이를 가려 세운다고 했습니다. 그리고
그 풍속이 벗을 중히 여기고 첩을 들이지 않는다고 했습니다. 마테
오 리치에게는 『중우론』重友論(벗이 중요함을 논함)이라는 저술이 있다
고 언급되어 있는데, 이 책은 근래에 '우정론'이라는 제목으로 번역
된 바 있습니다. 이수광은 명말明末 양명학 계열의 유명한 학자인
초횡焦竑의 말을 인용해 놓고 있습니다.

초횡이 말하였다. "서역西域의 마테오 리치는 '벗이 제2의
나'라고 했는데 이 말이 몹시 기이하다."

『중우론』은 18세기의 박지원도 읽었습니다. 박지원의 「회성원
집 발문」(繪聲園集跋)이라는 글에 벗을 '제2의 나'라고 한 말이 보이
는데 이는 『중우론』에 나오는 마테오 리치의 말이죠.

또한 주목되는 것은 세계지도를 소개하고 있다는 사실입니다.
우리나라 저술에서 세계지도는 『지봉유설』에서 처음 소개되었습니
다. 이수광은 1603년 부제학으로 있을 때 조선 사신이 북경에서
구해 온 〈구라파국여지도〉歐羅巴國輿地圖 여섯 폭을 홍문관으로 보
내와 자기가 그것을 봤다고 하면서 그 지도의 특징을 소개해 놓고
있는데, 지도가 아주 자세하다고 했습니다.

『지봉유설』은 구라파에 대한 관심의 일환으로 영국의 선박에

대해 상당히 자세하게 기술해 놓고 있습니다. 영국 선박이 아주 크고 높으며 배의 안팎을 쇠로 다 둘렀는데, 싸울 때 대포로 겁박하므로 도저히 상대할 수가 없다고 했습니다. 배에다가 대포를 싣고 다니면서 동남아시아의 여러 나라를 위협하는데 도저히 이겨 낼 수가 없다는 것입니다. 비록 간단하긴 하나 서양 제국주의에 대한 최초의 기술이라는 점이 주목됩니다. 『지봉유설』은 이처럼 세계에 대한 새로운 인식과 관찰을 보여 준다는 점이 주목됩니다.

『지봉유설』은 광해군 6년(1614)에 편찬되었습니다. 17세기 초입니다. 이수광이 세 차례 중국 방문을 통해 얻은 지식과 견문이 이 책에 고스란히 반영되어 있습니다. 『지봉유설』은 이수광이 죽은 뒤인 인조 12년(1634)에 간행됩니다. 이런 종류의 책은 전통적으로 '유서'類書라고 불렸습니다. 일종의 백과사전에 해당하죠.

『지봉유설』은 후대에 성호星湖 이익李瀷(1681~1763)의 『성호사설』星湖僿說이라든가 이규경의 『오주연문장전산고』와 같은 책으로 계승됩니다. 『성호사설』은 18세기에 만들어진 책이고, 『오주연문장전산고』는 19세기에 만들어진 책이죠.

이수광은 17세기 초에 세계 인식의 확대를 보여 준다는 점이 주목됩니다. 특히 조선 학계에 처음으로 서양을 소개한 공이 있습니다. 조선 후기의 서양에 대한 학지學知는 이수광으로부터 비롯된다고 말할 수 있습니다.

허균

허균許筠은 선조 2년(1569)에 태어나 광해군 10년(1618)에 세상을 떴습니다. 신흠보다 세 살 아래였습니다. 호가 교산蛟山이며 성소惺所

라는 호도 썼습니다. 열두 살 때 아버지를 여의었는데, 이 사실은 허균의 자유분방한 기질을 이해하는 데 중요한 단서가 됩니다. 문장은 남인에 속하는 유성룡柳成龍에게 배웠고, 시는 서얼인 손곡 이달에게 배웠습니다. 이전 강의(제16강)에서 허균의 누나인 허난설헌도 이달에게 시를 배웠다고 했죠. 이달은 원래 허균의 작은형인 허성의 벗입니다.

허균은 선조 27년(1594) 26세 때 문과에 급제해 형조참의, 좌참찬 등을 지냈습니다. 원래는 남인이었지만 1613년 계축옥사 때 신변의 안전을 도모하기 위해서 권세가인 대북大北의 이이첨에게 붙었습니다. 이이첨은 당시 대북의 우두머리였습니다.

계축옥사는 칠서지옥七庶之獄이라고도 하는데, '칠서지옥'은 일곱 서얼의 옥사라는 뜻이죠. 이에 대해 조금 설명을 하는 게 좋겠습니다. 이 일곱 서얼은 모두 명문가 자제들입니다. 그런데 이들이 문경새재에서 상인을 죽이고 은을 강탈한 사건이 발생합니다. 이 사건으로 이들은 체포됩니다. 이 사건은 원래 자신들의 사회적 처지에 불만을 품은 서얼들의 일탈 행동에 불과했는데, 대북파의 이이첨이 음모를 꾸며 일곱 서얼 중의 한 사람인 박응서朴應犀를 사주해, 광해군을 폐하고 그 이복동생인 영창대군을 왕으로 옹립하기 위한 거사 자금을 마련하려고 강도짓을 했다고 거짓말을 하게 합니다. 박응서는 영의정을 지낸 박순朴淳의 아들인데 죽음을 모면하기 위해 그리한 거죠. 이로써 서얼들의 불만에 기인한 단순 강도 사건이 정치적 역모 사건으로 둔갑합니다.

계축옥사로 인목대비의 아버지 김제남金悌男은 사사賜死됩니다. 영창대군은 서인庶人으로 폐해져 강화도에 유배되었다가 이듬해 죽임을 당합니다. 영창대군의 어머니 인목대비는 폐위되어 서

궁에 유폐됩니다. 이제 대북파가 완전히 권력을 장악합니다.

그런데 문제는 허균이 이전부터 이들 서얼들과 친교가 있었다는 사실입니다. 이 때문에 허균의 신변이 위험해졌습니다. 그래서 허균은 안전을 도모하기 위해 대북파의 우두머리인 이이첨에게 붙었습니다. 계축옥사로 인해 서인과 남인의 많은 고관들이 억울하게 구금되거나 유배되거나 쫓겨납니다. 신흠이 이때 쫓겨나 몇 년 뒤에 유배되었다는 사실은 앞서 언급했습니다. 계축옥사는 이처럼 17세기 초반의 굉장히 중요한 정치적 사건이라고 할 수 있습니다.

계축옥사가 일어난 지 4년 후인 광해군 9년(1617) 허균은 폐모론을 주장합니다. 인목대비를 폐위해야 한다는 주장이죠. 대북파가 폐모론을 제기했으므로 그에 동조한 것으로 보입니다. 하지만 허균은 이듬해인 광해군 10년(1618) 역모를 꾀했다는 죄명으로 능지처참됩니다. 이상한 것은 심문 과정과 결안結案(사형 확정 절차)을 제대로 거치지 않고 서둘러 형을 집행했다는 사실입니다. 광해군이 그렇게 하면 안 된다고 했지만 광해군의 뜻과 달리 이이첨 무리는 서둘러 허균을 죽여 버립니다. 이로 볼 때 이이첨 무리의 음모에 희생된 게 아닌가 합니다. 허균은 이이첨이 자신을 감옥에서 꺼내 주리라 믿었는데 마침내 형장刑場으로 끌려 나가는 신세가 되자 그때서야 사태를 깨닫고 큰 소리로 "할 말이 있소! 할 말이 있소"라고 외쳤지만 아무 소용이 없었습니다.

허균은 명문가 집안 출신이지만 예법에 구속되지 않고 아주 자유분방했습니다. 일찍 부친을 여의어 어릴 때부터 별 구속 없이 자란 것과 무관하지 않다고 여겨집니다. 게다가 부친 허엽은 서경덕의 문하생이었습니다. 서경덕은 기철학자氣哲學者로서, 이이나 이황과 달리 이단에 관대했습니다. 허균이 불교나 도가에 심취하거나 경도된 데에 서경덕 학풍의 영향이 전혀 없다고는 할 수 없을 듯합니다.

허균은 선조 40년(1607) 삼척 부사로 있을 때 불교를 숭상한다는 이유로 사헌부의 탄핵을 받아 파직됩니다. 서른아홉 살 때죠. 이때 쓴 시가 「파직당했다는 소식을 듣고 짓다」(聞罷官作)입니다. 여기에 이런 말이 보입니다.

> 밤에 불경 읽어
> 집착하는 마음이 없네.
> 夕讀修多敎, 因無所住心.

원문의 '수다'修多는 산스크리트어 수트라sūtra의 음역인 수다라修多羅의 준말로, 대승大乘의 여러 경전을 말합니다. 이 시에는 이런 말도 보입니다.

> 예교禮敎로 어찌 자유를 구속하리
> 행동을 오직 정情에 맡길 뿐.
> 그대들은 그대들의 법을 따르라
> 나는 스스로 내 삶을 살아갈 테니.
> 禮敎寧拘放, 浮沈只任情.
> 君須用君法, 吾自達吾生.

대담하고 놀라운 진술입니다. '유교의 예법으로 나의 자유를 구속하지 않겠다, 나는 내 마음의 욕구에 따라 내가 하고 싶은 대로 할 뿐이다, 나를 비난하는 그대들은 그대들의 법을 따르라, 나는 나대로의 삶을 살아가겠다', 이런 내용입니다. 정말 대단한 '자아 선언'이라고 하지 않을 수 없습니다. 유교적 도그마에 속박되지 않고 내 마음의 요구에 따라 나의 자아를 실현하겠다는 말이니까요.

허균은 또 이런 말도 했습니다.

> 남녀의 정욕은 하늘이 준 것이요, 윤리 도덕은 성인의 가르침이다. 하늘이 성인보다 높으니 나는 하늘을 따를 것이며 성인을 따르지 않겠다.

도덕적 권위보다 인간 본연의 욕망이 소중하다는 생각을 분명하게 밝히고 있습니다. 허균이 살던 시대는 도학, 즉 주자성리학이 지배적 교의敎義였습니다. 도학은 욕망을 억누르고 예교, 즉 윤리 규범에 따라야 한다고 강조해 왔습니다. 도덕적 권위로 인간의 자연스런 감정을 억압하려 했던 것입니다. 허균이 거부한 것은 이와 같은 성리학적 권위였습니다. 성인의 가르침에 따라 살지 않고 자신의 감정과 본성에 따라 살겠다고 선언한 것이죠. 우리 문학사에서 처음 나타나는 부르짖음입니다. 이는 대담하고 혁신적일 뿐 아니라 당시의 현실에 결코 용납될 수 없는 극히 '위험한' 생각이었습니다. 그러니 허균이 당대에 "천지간의 일 괴물" — 이 말은 『광해군일기』光海君日記에 보입니다 — 로 지목된 것은 하등 놀라운 일이 아닙니다. 허균은 정말 조선의 이단아라 할 만합니다.

말하자면 허균은 자신의 선배들이 16세기에 확립한 도학과는 다른 사상을 17세기 초두에 모색해 갔다고 할 수 있죠. 그것은 인간의 개성을 긍정하고, 감정을 해방하며, 도덕의 굴레로부터 인간 본성을 회복하는 데 초점이 맞춰져 있었습니다. 이러한 사상은 너무도 선구적이어서 그는 당시는 물론이고 후대에도 내내 이단으로 비난받았습니다.

허균은 삼척 부사에서 파직된 뒤 최천건崔天健이라는 벗에게 편지를 보냈는데 여기에 이런 말이 보입니다.

저는 차츰 노자와 장자 무리를 추종하며 이에 의탁해 세상으로부터 달아났는데, 세월이 오래 흐르다 보니 저도 모르게 깊이 젖어들었소. 특히 불경을 좋아했는데 (…) 만일 불경을 읽지 않았다면 일생을 헛되이 살 뻔했다고 늘 생각했소.

비난받고 공격받으면서도 자신의 사상 행위에 아무 거리낌이 없으며, 당당한 자세를 보여 줍니다.

허균은 1607년 삼척 부사에서 파직된 후 같은 해 공주 목사에 제수됩니다. 이때 그는 서얼인 처외숙 심우영沈友英을 통해 서얼들과 교제했습니다. 호걸풍의 인물인 서양갑徐羊甲과도 이때 사귀었습니다. 심우영, 서양갑 등은 몇 년 뒤 칠서七庶의 난 때 죽임을 당합니다. 허균은 이듬해인 1608년 또 파직을 당하며, 부안으로 내려와 우거寓居하죠. 이때 부안 기생인 매창과 교류했다는 사실은 이전 강의(제16강)에서 언급한 바 있습니다. 「남궁선생전」을 지은 것도 바로 이때입니다.

허균은 광해군 7년(1615) 47세 때 두 번째로 명나라에 갑니다. 이해 11월 북경 통주通州에서 「이씨의 『분서』焚書를 읽고」(讀李氏焚書)라는 시를 씁니다. '이씨'는 이탁오(1527~1602)를 말합니다. 이탁오는 양명학 좌파에 속하며, 명말明末의 대표적인 반항적 사상가이자 비평가입니다. 『분서』는 그의 저서입니다. 이탁오는 유교의 예교에 강력히 반대했고, 인간의 정욕을 적극적으로 긍정했습니다. 그러니 당연히 유불도를 회통했습니다. 급기야 그는 성인인 공자를 음해하고 도에 대한 반역을 일삼는 자로 지목되어 북경의 감옥에 투옥되었습니다. 투옥된 뒤 그는 옥중에서 머리 깎는 칼로 스스로 목숨을 끊었습니다. 사상의 압제에 끝내 굴복하지 않은 거죠. 그는 죽음으로 자신의 사상을 끝까지 지켜 낸 전근대 동아시아의 가장 기백 있는 지식인의 한 사람입니다. 정말 동아시아의 이단아라 할 만하죠. 조선 시대에 이런 불온한 사상가 이탁오를 적극 긍정한 삐딱한 문인이 둘 있는데, 한 사람은 허균이고 또 한 사람은 나중에 공부할 18세기 중엽의 이언진(1740~1766)입니다.

허균은 예전부터 이탁오가 선禪에 심취한 인물임을 알고 매료되었던 듯합니다. 하지만 아직 『분서』를 접하지는 못하고 있다가 1615년의 사행使行 때 처음 이 책을 읽은 것 같습니다. 그러니 허균이 이탁오의 사상을 온전히 알게 된 것은 이때 와서라고 보아야 할 듯합니다.

「이씨의 『분서』를 읽고」는 총 3수인데 그 제1수와 제3수를 보면 다음과 같습니다.

> 맑은 조정에서 독옹禿翁의 책 불태웠지만
> 그 도는 다 태우지 못해 아직 남아 있네.
> 불교든 유교든 깨달음은 같거늘
> 세상에선 이 말 저 말 분분키도 하군.
>
> 淸朝焚却禿翁文, 其道猶存不盡焚.
> 彼釋此儒同一悟, 世間橫義自紛紛.
>
> ─제1수

나는 지난날 이탁오 이름 알아서

참선으로 평생을 마치고자 했네.

책이 이뤄졌으나 아직 분서焚書 안 당했으니

세 번의 탄핵쯤이야 유쾌한 일이지.

老子先知卓老名, 欲將禪悅了平生.

書成縱未遭秦火, 三得臺抨亦快情.

─제3수

제1수의 '독옹'禿翁은 이탁오를 말합니다. '독옹'은 머리카락이 없는 노인이라는 뜻인데요, 이탁오가 중처럼 머리를 깎고 지냈기에 이리 말했습니다. 제3수의 제3구에 나오는 '책'은 허균이 광해군 3년(1611)에 엮은 자신의 문집 『성소부부고』惺所覆瓿藁를 말합니다. 『성소부부고』를 『분서』와 결부시켜 말하고 있음이 흥미롭습니다.

앞에서 말했듯 허균은 유교에 갇히지 않고 불교와 도가에 경도되었습니다. 이 때문에 탄핵을 받는 등 정치적 억압을 받았습니다. 이 시를 통해 허균은 이때 이탁오의 『분서』를 읽고서 사상의 자유를 추구해 온 자신이 잘못된 것이 아니라 정당했다는 근거를 발견한 것으로 보입니다. 제3수에서 그 점이 확인되죠. 내가 잘못한 게 아니네, 『분서』를 읽어 보니 이 사람 나하고 비슷하네, 이리 생각하고 있음을 알 수 있습니다.

허균은 이해 11월 북경에서 이 시 외에도 양명학 관련 책을 읽고 그 소회를 읊은 시를 두 편 더 남겼습니다. 이 시들과 앞에 언급한 「이씨의 『분서』를 읽고」는 모두 허균이 저술한 『을병조천록』乙丙朝天錄이라는 책에 실려 있습니다. 이 시들을 통해 허균이 이 무렵 본격적으로 양명학을 접하고 그에 공감했음을 알 수 있습니다. 죽기 3년 전이죠. 하지만 이것을, 이때 와서 허균이 불교와 도가에의 경도라든가 유불도 삼교의 회통과 같은 기존에 자신이 추구해 왔던 사상 행위를 버리고 양명학으로 사상적 전회轉回를 했다고 해석하는 것은 좀 과도하지 않나 합니다. 왜냐하면 양명학은 기본적으로 삼교회통적인 성향이 강하고 이탁오의 좌파 양명학은 더욱 그러하기 때문입니다. 허균의 종래의 사상적 지향은 양명학과 대단히 친화적인 것이었다고 보아야 할 것입니다. 허균이 꼭 양명학을 받아들여서가 아니라 불교와 도가의 수용을 통해 스스로 그런 방향으로 나아갔던 거죠. 그런데 이때 양명학 책들을 좀 읽어 보니 너무 공감되는 거예요. 그럴 수밖에요. 지금까지 스스로 그런 쪽으로 달려왔으니까요. 이렇게 본다면 허균은 이때 와서 자기 사유 속에 양명학까지 집어넣은 셈이고, 이를 통해 기존의 자신의 사상적 지향을 보다 정당화할 수 있었다고 할 것입니다. 보기에 따라서는 사상의 확장 과정이라고도 할 수 있을 듯합니다.

허균의 산문 중에는 「호민론」豪民論과 「유재론」遺才論이 특히 주목됩니다. 「호민론」은 죽기 8년 전인 1610년에 쓴 작품입니다. 이 글은 "천하에 두려워할 만한 존재는 오직 백성뿐이다"라는 말로 시작됩니다. 이 작품은 종종 오해되듯, 혁명을 주장한 것도 아니고, 지배 체제 유지를 위해 백성에 대한 감시와 경계를 늦추지 말아야 한다는 주장을 한 것도 아닙니다. 이 글은 '호민'豪民을 키워드로 내세워서 임금은 백성을 잘살게 해 줘야지 그렇지 않으면 임금이 무도한 자로 간주되어 죽임을 당할 수도 있음을 은근히 경고하고 있습니다. 이 글의 핵심은 바로 이 메시지에 있습니다.

허균은 지금 백성의 시름과 원망이 말세인 고려 말기보다도 더 심하다고 보고 있습니다. 심중한 현실 인식입니다. 「호민론」에는 이런 말이 보입니다.

> 위에 있는 사람은 편안해 두려워할 줄을 모른다. (…) 하늘
> 이 임금을 세운 것은 백성을 잘살게 하기 위해서지 한 사람
> 으로 하여금 윗자리에서 오만방자한 눈으로 끝도 없는 욕심
> 을 채우게 하려는 것이 아니다.

'위에 있는 사람'이나 '한 사람'은 임금을 가리킵니다. 이전 강
의(제13강)에서 언급했습니다만 우리는 김시습이 한 말을 기억할
필요가 있습니다. 김시습은 '백성이 나라의 근본이다. 임금이 백성
을 잘살게 해 주지 못하면 임금을 바꾸어도 좋다'라는 취지의 말을
한 바 있습니다. 허균의 이 글은 김시습의 사유와 연결됩니다. 주목
할 점은 허균의 민에 대한 인식이 김시습에 비해 좀 더 구체적이라
는 사실입니다. 허균은 민에 세 종류가 있다고 보고 있습니다. 항민
恒民, 원민怨民, 호민豪民이 그것입니다. '항민'은 지배에 순순히 복종
하는 백성이고, '원민'은 원망하면서도 지배에 복종하는 백성이고,
호민은 형세를 엿봐 지배에 항거해 체제를 전복하려는 백성입니
다. 호민이 팔을 휘두르며 외치면 원민과 항민도 가세하게 된다고
봤습니다. 허균은 호민이 왕조를 전복하는 것을 옹호하지는 않지
만 이런 일이 생기지 않도록 임금은 백성을 학대하지 말고 잘 다스
려야 한다고 말하고 있습니다. 이에서 보듯 허균은 민의 주체성과
정치적 역량을 아주 예리하게 분석해 내고 있습니다. 민에 대한 허
균의 사회학적 분석은 타의 추종을 불허합니다. 전근대 지식인 가
운데 민의 성격과 정치 행위를 이 정도로 이론화한 사람은 허균 외
에는 없습니다.

'유재론'은 '버려진 인재에 대해 논함'이라는 뜻인데, 서얼을 옹호한 글로 널리 알려져 있습니다. 물론 이 글은 서얼 옹호에 주안을 두고 있지만 그렇다고 꼭 서얼만 옹호하는 것은 아닙니다. 서얼 옹호에서 출발해 그것을 넘어서는 사유, 이를테면 개가改嫁한 여성의 자식들에 대한 옹호라든가 신분적으로 미천하되 재능이 있는 자들(꼭 서얼은 아니더라도)에 대한 옹호가 동시에 확인된다는 사실에 각별히 주목할 필요가 있습니다.

개가한 여성의 자식에 대한 옹호는 특히 눈길을 끕니다. 여성의 개가 문제가 사유 속에 들어와 있기 때문이죠. 조선 시대에는 여성, 특히 양반 여성이 개가하면 자식들의 앞길이 막힙니다. 더 이상 과거 시험도 볼 수 없고 벼슬을 할 수도 없습니다. 그러니까 개가를 하고 싶어도 할 수가 없습니다. 집안이 결딴나기 때문입니다. 그러니 홀로 된 여성은 개가하지 못하고 평생 독수공방하면서 한을 품은 채 생을 마감하게 됩니다. 허균은 여성 개가에 대한 자신의 생각을 본격적으로 개진하고 있지는 않지만, '개가한 여성의 자식들을 사회적으로 봉쇄하는 것은 잘못된 것이다'라고 인식하고 있습니다. 이러한 인식에서 반 발짝만 더 나아가면 '여성은 자신의 의사에 따라 개가할 수 있다'라는 인식에 이르게 될 텐데요. 그래서 여성의 개가 문제가 허균의 사유 속에 들어와 있다고 말한 겁니다. 흥미롭지 않습니까.

「유재론」은 꼭 신분제 자체를 부정하는 데까지 나아가지는 못했다 할지라도 신분제의 벽을 일부 허물고자 하는 사유의 단초를 보여 주고 있다고 평가할 수 있지 않을까 합니다. 「유재론」에는 이런 말이 보입니다.

하늘이 귀한 신분이라고 해서 큰 재주를 내리는 것도 아니고, 천한 신분이라고 해서 얕은 재주를 내리는 것도 아니다. (…) 옛 현인들은 이러한 사실을 잘 알고 있었다. 그래서 인재를 초야에서 구하기도 하고 병졸들 사이에서 선발하기도 하고 도적을 등용하거나 창고를 관리하던 사람을 발탁하기도 했다.

신분을 '귀한 신분'과 '천한 신분' 둘로 나누고 있습니다. '천한 신분'에는 물론 서얼도 포함되겠습니다만 꼭 서얼만이 아니라 하층의 미천한 인물도 포함된다고 봐야겠죠. 조선의 신분제와 인재 등용 문제는 곧 등장하는 실학자들에 의해 좀 더 현실적인 검토가 이루어집니다. 이렇게 본다면 비록 한계는 있지만 허균의 사유는 후대의 실학과 연결되는 지점이 있습니다.

주자학을 넘어 — 17세기 전반의 사상적 분투

이번 강의에서 거론한 네 인물 중 신흠과 장유는 주자학으로는 더 이상 안 된다고 판단했던 것 같습니다. 그래서 양명학을 수용하는 입장에서 새로운 사회에 대한 학문적·지적 전망을 모색했습니다. 이수광은 이와 달리 사상적으로 그렇게 과감하지는 못했고 주자학의 틀을 따르기는 했으나 주자학의 공리공담적 면모에는 관심을 갖지 않고 '실'實에 힘썼습니다. 그 결과 세계 인식의 확대를 보여줄 수 있었습니다.

허균은 이 세 사람과는 달리 굉장히 자유분방하고, 그래서 예교를 부정하고 자신의 본성을 따르며 주자학을 넘어서려는 시도를 했습니다. 그래서 평생 좌충우돌하며 풍파를 많이 일으켰고 상처를 많이 받았습니다. 이 때문에 허균은 당대 지배층 인물들로부터 '아주 경박한 인간이다', '품행이 안 좋은 인간이다', '글은 잘하고 책은 많이 읽었지만 인간은 부박浮薄하고 취할 게 없다', 이런 부정적인 평가를 받았습니다. 그러나 허균이 왜 그런 평가를 받았는지 직시할 필요가 있습니다. 허균은 오늘날 세간에서는 '혁명적 사상가'로 보기도 하는데요, 저는 꼭 그렇게까지는 보지 않습니다. 그렇지만 허균이 일부의 평가처럼 꼭 혁명적 사상가는 아닐지라도 대단히 용기 있고 주체성이 있는 사상적 모색을 평생에 걸쳐서 해 나간 인물인 것만은 분명합니다.

택당 이식은 오늘 살핀 네 인물과 동시대인입니다만 네 인물과 달리 아주 보수적인 방향에서 사상 행위를 한 문인입니다. 시대적 가치가 다해 가고 있는 주자학을 끝까지 견지하면서 주자학에 입각해서 사회적 질서와 국가적 질서를 유지하려고 한 보수주의자였죠. 이식은 허균이 '이단 사설異端邪說의 극치'라고 보았습니다. 보수주의자의 눈에는 당연히 그렇게 보였겠죠.

주목해야 할 점은 허균의 사유가 그냥 양명학을 받아들여서 이룩된 것이 아니고, 자기대로 불교와 도가 사상을 공부하면서 스스로 깨달아 얻은 것이라는 점입니다. 신흠이나 장유의 사상적 모색은 양명학의 수용 위에서 이루어진 건데, 허균은 죽기 2~3년 전에야 양명학을 자기 사유 속에 포섭합니다. 그전에는 불교와 도가를 토대로 자기대로의 사상적 모색을 해 나간 거죠.

우리는 이 대목에서 고려 시대 이규보를 다시 떠올리게 됩니다. 이미 언급했지만 이규보는 고려 말의 신흥사대부들처럼 중국의 성리학을 받아들여 사유를 모색해 나간 게 아닙니다. 뭔가 이미 만들어진 것을 학습해서 사유를 모색하는 것은 그리 어려운 일이 아닙니다. 오늘날도 마찬가지죠. 없는 사유를 스스로의 시행착오와 고뇌와 분투를 통해서 새로 만들어 내는 게 어렵습니다. 이규보가 그랬죠. 이규보는 새로운 존재론을 자득적自得的으로 모색했습니다.

16세기 말 17세기 초의 중국에 이탁오라는 이단아가 있다면 조선에는 이 시기에 허균이라는 이단아가 있다고 말할 수 있지 않을까요. 이단아는 이단아를 알아보는 법입니다. 허균은 죽기 3년 전 중국 북경에 가서 중국의 이단아를 제대로 알아본 거죠. 당시 이탁오는 이미 죽었습니다만, 조선의 이단아와 중국의 이단아가 생사를 넘어 해후한 것입니다.

그럼, 이것으로 오늘 강의를 마칩니다.

질문과 답변

* 신흠, 장유, 이식, 그리고 월사月沙 이정귀李廷龜 이 네 사람을 문학
사에서 '한문 사대가'漢文四大家라고 일컫습니다. '한문 사대가'의
프레임으로 신흠과 장유를 이해하는 것에 대해 어떻게 생각하시
는지요?

선조 대의 문장가로 '월상계택'月象谿澤을 꼽습니다. '월'은 월사 이정
귀를 말하고, '상'은 상촌 신흠을, '계'는 계곡 장유를, '택'은 택당 이
식을 말합니다. 네 사람은 모두 집안도 좋고 고위 관료를 지냈다는
공통점이 있습니다. 전통적으로 이 네 사람을 조선 중기의 4대가로
꼽은 것은 이들의 관각 문인적館閣文人的 글쓰기를 높이 평가한 때문
이 아닌가 합니다. 이런 관점에는 이들의 글이 보여 주는 개성이라
든가 사상적 지향 같은 것은 도외시되고 있다고 여겨집니다. 그러므
로 전통적 관점에서 빠져나올 필요가 있죠.

 사실 이 네 사람의 문제의식이나 사상적 지향을 고려하면 네 사
람을 한데 묶기는 어렵습니다. 신흠과 장유는 이단으로 간주된 양명
학을 했고 이정귀와 이식은 주자학을 했으니까요. 이식은 특히 병
자호란 이후 이단 비판에 앞장서면서 적극적으로 주자학을 옹호했
습니다. 병자호란 이후 지배층 내부에는 체제에 대한 위기의식이 고
조되었죠. 그래서 이념적으로 명분과 질서를 강조하게 됩니다. 이런
분위기 속에서 주자학에 대한 전투적 옹호가 나옵니다. '전투적 옹
호'란 다른 사상을 이단으로 몰아붙이면서 억압적인 입장을 드러냄

을 말합니다. 이식이 이런 이데올로그의 역할을 떠맡았습니다. 그러므로 이식은 한 세대 뒤의 인물인 송시열과 사상적으로 연결됩니다. 하지만 송시열은 도학자·산림학자山林學者이지만, 이식은 도학자나 산림학자는 아니며 기본적으로 문학가입니다.

이정귀는 전형적인 관각 문인館閣文人입니다. 관각 문인이란 홍문관이나 예문관 같은 데 근무하면서 조정에서 필요로 하는 글이나 중국에 보내는 외교 문서 작성을 관장하는 문인을 말합니다. 이정귀는 이런 글을 잘 썼고 사상적으로 온건했습니다. 즉 주자학의 테두리 속에 있던 문인으로서, 이 시기에 요청된 새로운 사상적 모색을 일삼지는 않았습니다.

그래서 저는 '월상계택'이라든가 '한문 사대가' 같은 식의 프레임은 일부러 취하지 않았습니다. 그 대신 신흠과 장유에 초점을 맞춰 이들이 시대적 요청에 부응해 어떤 모색을 했는가를 보고자 했습니다.

오늘날, 장유가 삼교회통을 주장한 데 주목하고, 또 장유가 양명학을 했다는 점은 다 인정하고 있습니다만, 신흠에 대한 주목은 여전히 부족하지 않은가 해요. 저는 어떤 면에서는 장유보다도 신흠이 더 문제적이라고 봐요. 신흠의 사상에는 비록 아직 실학적 면모가 구체적 양상으로 뚜렷이 나타나지는 않습니다만 사상의 기본 지향에 있어서는 실학사상實學思想과 친연성이 있으며 실학사상과 맞닿아 있다고 생각됩니다. 이를 잘 읽어 낼 필요가 있다고 봐요.

실학은 사상적 포용성이라든지 개방성 위에서 성립됩니다. 즉 실학에는 절대적 진리를 회의하고 새로운 진리를 열린 자세로 모색해 나가면서 다양성을 존중하고자 하는 태도가 그 바탕에 깔려 있는데, 바로 이런 태도가 신흠 사상의 기저를 이루고 있죠. 그래서 신흠이 주자성리학을 그토록 비난하고 문제 삼은 겁니다. 주자성리학은 타자에, 그리고 다른 사유에 닫혀 있고 억압적이라는 거죠. 그리해서는 세상에도 국가에도 도움이 안 된다는 겁니다. 이런 사고방식은 실학사상의 가장 근저에 있는 사고방식과 통한다 할 것입니다.

물론 신흠의 사상 속에는 토지제도를 어떻게 개혁해야 된다든지, 신분제도를 어떻게 개혁해야 된다든지, 상공업을 어떻게 진흥시켜야 된다든지, 국가 제도를 어떻게 개혁해야 된다든지 하는 담론은 아직 보이지 않습니다만, 그런 담론 형성의 사상적 전제가 된다고 할 사고방식의 중대한 전환이 확인된다는 점에서 실학사상과의 연관을 짚어 낼 수 있다는 거죠.

장유는 양명학으로 들어간 게 분명합니다만, 종전에 신흠은 양명학에 비록 동조적이지만 양명학을 한 것은 아니라고 보는 게 일반적이었던 것 같은데, 최근에 나온 자료들을 보면 신흠 역시 양명학을 한 게 분명합니다. 다만 자신의 그런 사상 행위가 문제가 될 수 있으므로 좀 완곡한 어조로 말하거나 숨기고자 했을 뿐입니다. 그러니 사상적 입장이 장유와 기본적으로 같다고 말할 수 있습니다. 신흠에게서 이미 그런 단초가 발견되지만 후대의 양명학자들 중에도 실학적 사유를 보여 주는 인물들이 적지 않습니다. 하곡霞谷 정제두鄭齊斗(1649~1736)를 비롯한 강화학파江華學派의 인물들에서 그 점이 확인되죠. 이리 본다면 신흠은 19세기 말까지 쭉 이어지는 양명학자 계열이 보여 주는 실학적 지향의 출발점을 이루는 학인이 아닌가 합니다.

후대의 실학사상이 이번 강의에서 거론된 네 인물의 어떤 점을 포섭하고, 혹은 어떤 점을 포섭하지 못했을까요?

'포섭'이라고 하면 의식적·자각적 태도가 전제되는 듯한데, 후대의 실학자들이 의식적·자각적으로 오늘 거론한 신흠, 장유, 이수광, 허균의 사상을 수용했다고 보기는 어려우므로 시각을 좀 바꿔 이들 4인과 후대의 실학사상 간에 어떤 연계점이 발견되는가를 이야기해 보기로 하겠습니다.

신흠, 장유, 허균이 보여 주는 사상적 개방성은 홍대용의 사상 행위에서 인식론적·존재론적 기초가 되는 '공관병수'公觀倂受와 연결된다고 보입니다. '공관병수'는 주자학만이 아니라 양명학, 불교, 서학, 노장사상, 묵자墨子, 양자楊子에도 진리가 있으므로 이들 사상을 '공정하게 보아 그 장점을 두루 받아들인다'는 테제입니다. 홍대용은 이 테제에 바탕해 『의산문답』을 저술했죠. 홍대용의 공관병수론은 신흠, 장유, 허균의 사상적 지향과 연결되며, 그것을 한층 더 높은 차원으로 끌어올려 이론화한 것이라고 말할 수 있습니다. 달리 생각하면 신흠, 장유, 허균이 보여 준 사상의 자유에 대한 모색과 분투는 홍대용에 와서 최고의 지적 높이에 도달하지 않나 여겨집니다.

한편 19세기 사상가 최한기崔漢綺가 보여 주는 주자학 비판이라든가 이단에 대한 관용적 태도 역시 신흠이나 장유의 사상과 연결되는 지점이 보입니다.

이수광이 보여 준 중국 바깥의 세계에 대한 인문지리학적인 관심은 실학자들에게서 종종 발견되는 세계 인식의 확대라든가 서학에 대한 관심과 연결된다고 보입니다.

허균에게서 확인되는 개아個我에 대한 긍정이라든가 기본적 욕망에 대한 긍정, 그리고 신분제라든가 소수자라든가 민에 대한 문제의식 역시 후대의 실학자나 실학적 문인들에게서 중요한 의제가 되고 있다고 여겨집니다. 가령 개아에 대한 긍정은 박지원이라든가 혜환惠寰 이용휴李用休 같은 문인에게서 그 접점이 발견되며, 기본적 욕망의 긍정은 복리사상福利思想을 제창한 심대윤沈大允으로 이어지고 있다고 보입니다. 신분제라든가 소수자라든가 민에 대한 문제의식은 성호 이익이라든가 정약용과 일정하게 연결된다고 보입니다.

** 신흠과 허균은 일정 부분 서경덕의 영향을 받기도 했고, 또 어린 시절 아버지를 여의었다는 점도 같습니다. 그런 이유에서인지 두 사람은 사상적 자유를 중시했으며, 주자학이 가지는 자기중심성, 배타성을 넘어서려는 노력을 공통적으로 한 것으로 보입니다. 그런데 이번 강의에서 확인되듯 두 사람은 사상적으로 매우 큰 차이를 보입니다. 이런 차이가 생기게 된 원인이 무엇인지, 또 허균이 어떤 계기로 이런 사고를 하게 되었는지 궁금합니다.

신흠과 허균은 일찍 아버지를 여의었다는 점이라든지 스스로 모색하고 고투하며 사유를 만들어 나갔다는 점에서 비슷한 면모를 보여 줍니다. 그리고 두 사람 모두 굉장한 독서가였습니다. 신흠도 어릴 때부터 제자백가서를 두루 다 읽었다고 했습니다. 허균 역시 당대에 손꼽히는 독서가였습니다. 1602년 허균이 서른네 살 때 명나라 사신을 맞이하기 위해 접빈사接賓使인 이정귀의 종사관從事官이 된 적이 있는데 이정귀는 허균의 학식에 깜짝 놀랐다고 합니다. 허균은 말년에 중국에 사신 갔을 때도 책을 잔뜩 사 왔습니다. 명말에 나온 최신 서적을 조선에서 가장 많이 가지고 있었고 가장 많이 본 인물이 허균입니다. 허균은 제자백가에서부터 소설책·잡기류에 이르기까지 안 본 책이 없을 정도로 광박한 독서를 했죠.

이처럼 신흠과 허균의 사상 형성의 배경에는 광박한 독서 행위가 있습니다. 하지만 신흠과 허균은 힘을 쏟은 독서의 대상이 좀 달랐다고 보입니다. 신흠은 『주역』에 대한 관심이 커 북송의 철학자인 소강절邵康節의 『황극경세서』皇極經世書와 같은 상수학象數學 관련 책을 탐독한 반면, 허균은 불경과 도가서道家書, 소설책과 잡기류雜記類를 애호했습니다. 이런 독서 행위의 차이는 두 사람의 사상의 차이와 무관하지 않습니다. 그 결과 신흠은 좀 더 학자적 자세로 사상 행위를 한 것으로 보이는 데 반해, 허균은 좀 더 비평가적 자세로 사상 행위를 한 것으로 보입니다. 신흠의 글쓰기가 온건한 자세를 취하고 있음에 반해, 허균의 글쓰기가 자유분방한 면모를 보이고 있음은 이와 무관하지 않죠.

게다가 신흠은 어릴 적부터 병약하여 행실을 삼가는 편이었음에 반해, 허균은 어릴 적부터 방종하고 제멋대로였습니다. 이런 차이 역시 사상의 차이를 낳은 한 요인이 되고 있다고 판단됩니다.

신흠은 허균과 달리 인간으로서 온건하고 반듯했습니다. 신흠의 사상에는 새로운 문제의식과 심중한 사유가 굉장히 많이 내포되어 있지만 그럼에도 그의 성격과 글쓰기는 퍽 온건해 허균처럼 풍파를 일으키거나 남의 지탄을 받지 않았습니다.

이번 강의를 들으면서 내내 오늘날 우리 사회의 여러 문제들을 생각지 않을 수 없었습니다. 선생님은 오늘 강의에서 거론된 네 사람의 사상적 면모 중 어떤 게 특히 더 의미가 있다고 생각하시는지요?

저는 일찍부터 신흠과 장유의 사상에 내재된 생태주의적 면모에 큰 관심을 가져 왔습니다. 이 두 사람의 사상을 생태주의적 견지에서 해석한 연구자는 아마 제가 처음이 아닐까 해요. 지금 지구의 생태계는 기후 위기로 인해 절체절명의 상황에 처해 있습니다. 생각과 삶의 방식에 있어 대전환이 없다면 인류의 생존이 얼마나 지속될지, 인류와 지구상의 뭇 생명이 얼마나 큰 고통을 겪게 될지 알 수 없습니다. 신흠은 인간 본연의 마음을 되찾는 것이 대단히 중요하다고 했으며, 장유는 다른 생물과의 공존을 강조했습니다. 이 두 사람의 이런 메시지는 생태주의적 맥락에서 지금의 우리에게 큰 울림을 줍니다.

한국 사회에는 의외로 사회적 금기나 도덕적 위선이나 지적 허위 같은 것이 많지 않은가 합니다. 그래서 허균 같은 이단아가 나오기 어려운 사회가 아닌가 싶어요. 하지만 그럴수록 사회적 금기나 도덕적 위선이나 지적 허위를 깨뜨리는 허균 같은 이단아의 출현이 필요하지 않을까요.

허균은 당시 경박하고 방종한 인간으로 비난받았습니다. 허균에게 설사 그런 면모가 일정 부분 있었다 할지라도 당대의 지배층이 그랬듯 허균을 그렇게만 재단해 버리면 정말 의미 있는 허균의 사상적 면모는 사상捨象되고 맙니다. 그래서야 되겠습니까.

이 강의에서 거론한 네 사람 중 오늘날의 문인에 가장 가까운 사람은 허균입니다. 허균은 학자적 글쓰기가 아니라 문인적 글쓰기를 통해 발랄하게 사상 모색 행위를 해 나간 인물입니다. 온몸으로 당대의 이데올로기, 당대의 사회적 금기나 위선과 싸우면서 갈 데까지 간 인물이 바로 허균이죠. 김수영 시인이 온몸으로 시를 쓴 것을 떠올리게도 하는데요, 이 점에서 우리는 허균의 이단아로서의 기백과 담대함에 경의를 표해야 하지 않을까 합니다. 21세기 한국 사회에 이런 이단아의 출현을 기대하면서요.

우리 고전문학사에는 이단아라고 할 만한 인물이 그리 많지 않습니다. 허균 이후로는 18세기 중반에 활동한 송목관松穆館 이언진李彦瑱이 이단아에 속합니다. 김시습은 아주 특별한 인물입니다만 그렇다고 해서 이단아라고는 할 수 없죠. 김시습은 '경계인'이라고 해야 딱 맞다고 여겨집니다. 하지만 허균은 경계인이라는 개념에는 맞지 않고 이단아라고 해야 딱 맞다 싶어요. 18세기 후반의 박지원도 세상과 싸우면서 새로운 글쓰기를 시도하고 새로운 사상을 모색했습니다만, 그렇다고 해서 박지원을 이단아라고 말하기는 어렵습니다.

이리 본다면 네 사람 중 허균이 가장 가기 어려운 길을 간 게 아닌가 해요. 허균은 조선이라는 닫힌 사회에서 사상의 자유를 온몸으로 추구했다고 여겨집니다. 다른 사람들은 좀 온건하게 갔는데 허균은 대단히 전투적인 태도를 취한 거지요. 만일 우리가 조선 시대에 있었던 사상의 자유에 대한 모색을 논한다고 한다면 허균만큼 중요한 인물도 잘 없지 않나 싶어요.

유재론遺才論

(…)

우리나라는 땅이 좁아 인재人才가 드문 것이 예로부터 걱정거리였는데, 본조本朝에 들어와서는 인재 등용의 길이 더욱 좁아졌다. 대대로 높은 벼슬을 해 온 명문가 출신이 아니면 높은 벼슬을 얻을 수 없으니, 강호에 묻힌 선비는 아무리 기이한 재주가 있다 한들 억울하게도 등용되지 못한다. 과거에 합격하지 못하면 높은 지위에 오를 수 없으니 덕업德業이 아무리 뛰어나도 끝내 재상의 지위에 오를 수 없다. 하늘은 누구에게나 고르게 재주를 내렸건만 가문과 과거로 제한을 두니 항상 인재가 부족한 것을 병으로 여기는 것도 당연하다.

예로부터 지금까지 그 오랜 시간 이 넓디넓은 천하에서 서얼 출신이라는 이유로 현명한 인재를 버리고 어머니가 개가했다는 이유로 인재를 등용하지 않았다는 말은 들어 보지 못했다. 하지만 우리나라는 그렇지 않다. 어머니가 신분이 천하거나 개가했을 경우 그 자손은 모두 벼슬길에 나설 수 없다. 양쪽의 오랑캐(일본과 후금) 사이에 끼인 작은 나라에서 인재가 우리를 위해 다 쓰이지 못할까 염려해도 일이 잘 이루어질지 장담할 수 없는 형편이건만 우리나라는 도리어 인재 등용의 길을 막고서 "인재가 없다, 인재가 없어!"라고 한탄하니, 남쪽의 월나라로 가고자 하면서 수레를 북쪽으로 몰고 가는 격이 아닌가. 이웃 나라에 이런 사정을 알게 해서는 안 될 일이다.

한 사람의 여자가 원한을 품어도 하늘이 슬퍼하는 법이거늘, 하물며 원한을 품은 사내와 홀어미가 나라의 절반을 차지하니 나라의 기운을 조화롭게 하기는 어렵다.

　　(…)

　─허균,『성소부부고』

중인이란

조선 후기에 와서 문학 담당층이 서얼, 중인 서리층中人胥吏層, 여성, 평민, 천민으로 확대됩니다. 이들 문학 담당층의 등장과 활동으로 조선 후기 문학은 조선 전기 문학과 전연 다른 양상을 보여 줍니다. 이들 문학 담당층의 등장은 조선 후기의 사회 변화에 따른 것입니다. 그러므로 이들 문학 담당층은 새로운 '하위 주체'들이라고 할 것입니다. 물론 이들 간에도, 그리고 이들 내부에도 차이가 있다는 사실에 유의할 필요가 있습니다. 오늘은 이 중 중인 서리층의 문학을 살피기로 하겠습니다.

'중인'中人은 조선 시대의 지배층인 양반과 피지배층인 평민 사이에 존재한 신분입니다. 구체적으로는 잡과雜科 시험에 합격해서 기술관技術官이 된 화원畵員, 역관譯官, 의관醫官 등을 이릅니다. 이들은 신분과 직업이 세습되었습니다. 비록 전문 지식과 기술을 갖고 있었지만 양반 사대부층에 예속되어 있었으며, 사회적 차별을 받았습니다. 그래서 관직에 제한이 있어 정치에는 참여할 수 없었습니다.

지금 말한 것은 좁은 의미의 중인이고, 이들과 달리 '서리'胥吏라는 것이 있었습니다. 서리는 '아전'衙前이나 '이서'吏胥로 불리기도 했는데, 중앙과 지방의 관아에 근무하면서 행정 실무를 담당한 하급 관리를 이릅니다. 크게 '경아전'京衙前과 '외아전'外衙前으로 구분되는데요, '경아전'은 서울의 관아에 근무하는 아전이고, '외아전'은 지방 관아에 근무하는 향리鄕吏를 이릅니다. 경아전과 외아전은 어느 정도의 한문 지식을 습득하고 있었지만 양반으로부터 심한 차별을 받았습니다.

'중인층'은 좁은 의미의 중인만을 가리키기도 하지만 방금 말한 서리를 포함해 이르기도 합니다. 중인층은 '위항인'委巷人 혹은 '여항인'閭巷人으로 불리기도 했습니다. '위항'委巷이나 '여항'閭巷은 '구불구불한 골목'이라는 뜻인데, 미천한 중인층의 주거 공간을 이르는 말입니다. 이번 강의에서 '중인층'이라든가 '중인문학'이라고 할 때의 '중인'은 서리와 좁은 의미의 중인을 합해 이르는 말입니다.

홍세태

—— 생애

중인층 작가로서 문학사에 처음으로 뚜렷한 광휘光輝를 발發한 인물은 홍세태洪世泰(1653~1725)입니다. 호는 유하柳下입니다. 이전 강의(제17강)에서 전계 소설 「김영철전」의 작자로 언급된 적이 있죠.

성대중成大中이 쓴 『청성잡기』靑城雜記에 보면 김석주金錫冑와 이항李杭이 홍세태의 재주를 사랑해 은 100냥씩을 내어서 속량贖良해 주었다는 말이 보입니다. '속량'은 노비의 몸값을 치러 양인良人

이 되게 하는 것을 말합니다. 이처럼 홍세태는 원래 노비였습니다. 중인층 내부에도 세습 중인으로서 명가名家 출신이 있는가 하면 그렇지 못한 인물도 있습니다. 홍세태는 중인층 중에서도 아주 미천한 출신의 인물이라 할 것입니다. 김석주와 이항은 모두 문벌이 좋은 상층 사대부들인데 홍세태의 문학적 재능을 아껴 속량시켜 준 것입니다. 홍세태는 속량된 후, 17세기 말에서 18세기 초까지 노론 문단을 이끈 김창협金昌協·김창흡金昌翕 형제에게 인정을 받아서 이들을 좇아 노닙니다.

홍세태는 숙종 1년(1675) 23세 때 역과譯科에 응시해서 한학관漢學官으로 뽑힙니다. 그리고 29세 때(1682) 제술관製述官의 직임을 띠고 통신사를 따라 일본에 갔는데, 일본에서 문명文名이 높았으며 일본인들의 존경을 받았습니다. '제술관'은 일본인을 상대로 시를 지어 응대하는 일을 맡은 직책이죠. 46세 때인 1698년 이문학관吏文學官이 됩니다. '이문학관'은 서얼이나 중인이 맡아 하던 벼슬입니다. 만년인 62세 때 송라도 찰방松羅道察訪을, 67세 때 울산 감목관蔚山監牧官을 지냈습니다. '감목관'은 지방의 목장牧場에 관한 일을 관장하던 관직입니다.

홍세태는 시를 짓는 재주가 아주 뛰어났으나 평생 가난했습니다. 그래서 자신의 신분적 처지로 인해 타고난 능력을 발휘하지 못하는 데에 따른 비애와 불평을 토로한 시들이 많습니다.

── 『해동유주』와 중인층 시선집

홍세태는 숙종 38년(1712) 60세 때 여항인들의 시를 모아 『해동유주』海東遺珠라는 책을 편찬합니다. '해동'海東은 우리나라를 가리킵니다. '유주'遺珠는 버려진 구슬이라는 뜻인데, 재능이 있음에도 그 뜻을 펴지 못한 중인층의 시를 이릅니다. 이 책은 문학사상 최초의 중인층 시선집詩選集입니다. 이 책 이전에 나온 중인층 시집으로 『육가잡영』六家雜詠이 있습니다. 『육가잡영』은 현종 9년(1668) 정남수鄭柟壽, 최기남崔奇男, 남응침南應琛, 정예남鄭禮男, 김효일金孝一, 최대립崔大立, 여섯 중인의 시집입니다. 그렇지만 『육가잡영』은 공동시집이지 시선집은 아닙니다. 『해동유주』는 홍세태의 시대까지 약 2백 년간의 이름난 여항 시인의 시를 망라하고 있습니다. 즉 16세기 중엽의 박계강朴繼姜 이하 총 48인의 시 230수를 수록했습니다. 이 책의 편찬으로 여항문학이 우리 문학사에 그 자태를 본격적으로 드러내게 됩니다.

『해동유주』를 본받아 영조 13년(1737)에 『소대풍요』昭代風謠라는 책이 편찬됩니다. '소대'는 태평한 시대라는 뜻입니다. '풍요'는 백성의 노래라는 뜻인데, 여항인의 시를 이릅니다. 『소대풍요』가 편찬된 지 60년 뒤인 정조 21년(1797)에는 『풍요속선』風謠續選이 편찬됩니다. 천수경千壽慶을 비롯한 송석원시사松石園詩社의 동인同人들이 중심이 되어 『소대풍요』 이후의 여항시인 333명의 시 723수를 수록해 놓은 책이죠. 이 책에는 '천수경 편編, 장혼張混 교校'라고 적혀 있습니다. 천수경이 편집하고 장혼이 교정을 했다는 뜻입니다. 그리고 『풍요속선』이 편찬된 지 60년 뒤인 철종 8년(1857), 직하시사稷下詩社의 동인인 유재건劉在建, 최경흠崔景欽 등이 『풍요삼선』風謠三選을 편찬합니다. 이 책에는 『풍요속선』 이후의 여항시인 305명의 시 886수가 수록되어 있습니다.

방금 말한 '송석원시사'의 '송석원'은 인왕산 아래 옥류동玉流洞에 있던 천수경의 집 동산 이름입니다. 여기서 중인층의 시사詩社가 결성되었기에 송석원시사라고 하는데, 혹 '옥계시사'玉溪詩社라고도 합니다. 그 맹주는 천수경이며, 장혼, 김낙서金洛瑞, 조수삼趙秀三, 차좌일車佐一, 박윤묵朴允默 등이 그 동인입니다. 숙종 때인 17세기 후반에 등장한 여항문학은 송석원시사가 활동하던 18세기 말에서 19세기 초에 전성기를 맞습니다. 중인층 화가인 이인문李寅文과 김홍도金弘道가 송석원의 시회詩會 장면을 그린 그림이 현재 전하고 있어 당시의 성대한 모습을 엿볼 수 있습니다.

한편 '직하시사'는 철종 4년(1853) 최경흠과 유재건이 중심이 되어 결성한 시사로 조희룡趙熙龍, 이경민李慶民 등이 동인이었습니다.

── 천기론

홍세태는 『해동유주』에 서문을 붙였는데, 다음에서 보듯 시론詩論인 '천기론'天機論이 개진되어 있어 주목됩니다.

> 대개 고관高官과 사대부들이 한번 위에서 노래하니 초야草野의 미천한 선비들도 아래에서 고무되어 시를 지어 스스로를 드러냈다. 비록 그 학문이 넓지 못하고 소재가 고원高遠하지 못하지만 진실된 마음으로부터 얻은 것이기에 저절로 뛰어나며 맑고 깨끗해 그 정취가 당시唐詩에 가깝다. 경치를 묘사한 것이 깨끗하고 원숙함은 봄날의 새와 같고, 정을 펼쳐낸 것이 애절함은 가을벌레와 같다. 오직 마음에 느낀 것을 표현한 것이어서 천기天機 중에 자연스럽게 흘러나오지 않은 것이 없으니, 이것이 이른바 '진시'眞詩이다.

여항인이 지은 시는 천기가 유로流露되어 있어 '진시', 즉 진정한 시라고 할 수 있다고 했습니다. '천기'란 가식이나 수식이 없는 참된 마음의 상태를 이르는 말입니다. 천기는 작위作爲나 인위人爲와 반대되므로 '자연' 혹은 천진天眞이라고 말할 수 있습니다. 여기서 '자연'은 '절로 그러함'이라는 뜻이니, 수식修飾의 배제를 의미합니다.

'미천한 여항인들은 상층의 사대부들처럼 학식이 많지는 못하다, 하지만 오히려 그 때문에 상층의 사대부와 달리 천기가 담긴 시, 즉 참된 시를 지을 수 있다'는 게 홍세태의 주장입니다.

인용문 중 여항인들의 시는 정을 펼친 것이 애절해 가을벌레 울음소리 같다고 했는데, 이는 여항인들이 사회적 차별로 인해 슬프거나 불평스런 마음을 읊은 시를 많이 썼음을 말한 거죠.

홍세태는 중인층 시인인 최승태崔承太(?~1684)의 시집『설초시집』雪蕉詩集에 붙인 서문에서는 이리 말하고 있습니다.

> 시는 하나의 작은 기예이다. 그러나 명예와 이익을 벗어나 마음에 매인 바가 없는 자가 아니면 잘할 수 없다. 장자莊子가 말하였다. "기욕嗜欲이 깊은 자는 천기가 얕다." 쭉 살펴보면 예로부터 시를 잘하는 선비는 대개 산림과 초야에서 나왔으며 부귀하고 권세와 재산을 많이 가진 사람들이 꼭 잘한 것은 아니다. 이로 보건대 시는 진실로 작은 기예라고 할 수 없으며, 또한 시를 통해 그가 어떤 사람인지를 알 수 있다.

부귀하고 권력을 가진 사람들은 욕심이 많아 천기가 얕으므로 시를 잘 쓸 수 없고, 자기들처럼 초야의 미천한 사람들이 훌륭한 시를 쓸 수 있다는 취지의 말입니다. 홍세태는 서리 출신인 임준원林俊元(?~1697)이 맹주盟主였던 낙사洛社라는 시사의 동인이었는데, 최승태 역시 그 동인이었습니다.

　이들 자료에서 보듯 천기론은 중인층의 시를 적극적으로 긍정하며 그 가치를 높이 평가하는 이론적 근거가 되고 있습니다. 그런데 천기론은 원래 17세기 초 장유에게서 비롯됩니다. 장유가 양명학에 경도된 문제적 문인임은 지난 강의(제19강)에서 공부한 바 있는데요, 그는 권필의 시집에 붙인 서문에서 "시는 천기다"라고 선언했습니다. 그리고 '천기'는 기교나 수식과 같은 '작위'가 아니고 '자연'自然(억지로 하고자 하지 않았는데 저절로 그렇게 되는 것)인바, '진'眞(참됨)이 바로 천기라고 했습니다. 장유는 매너리즘에 빠진 사대부의 한시를 쇄신해야 한다는 생각에서 이런 시론을 펼쳤습니다.

　그런데 장유가 개진한 초기 천기론의 근저에는 '진성측달'眞誠惻怛을 중시하는 양명학적 사고가 자리하고 있습니다. '진'眞은 참됨, '성'誠은 성실함, '측달'惻怛은 타자에 대한 연민, 즉 타자에 대한 공감 능력을 말합니다. 천기론의 논리 전개에서는 '진성측달' 중에서도 특히 앞의 두 글자인 '진성'이 강조되고 있습니다. 참된 마음, 거짓 없는 마음, 꾸밈없는 마음, 자연스러운 마음, 이것이 시학의 본원이고, 가장 중요한 근저라고 선언한 겁니다. 이렇게 본다면 천기론은 애초 사상적으로 양명학을 배경으로 성립된 시론이라고 할 것입니다.

　하지만 천기론은 시대가 흐르면서 꼭 양명학만이 아니라 주자학과도 사상적으로 연결됩니다. 가령 17세기 후반에서 18세기 전반에 활동한 농암 김창협은 『농암잡지』農巖雜識에서 "시는 성정性情이 발發한 것이며 천기가 작동한 것이다"(詩者, 性情之發而天機之動也)라고 했습니다. '성정'이라는 말과 '천기'라는 말이 같이 구사되고 있죠. 주자학적 성정론과의 연관 속에서 천기가 이해되고 있음을 볼 수 있습니다. 김창협이, 천기가 깊은 자만이 진시眞詩를 쓸 수 있다는 취지의 말을 한 것도 이런 사상적 맥락을 벗어나지 않습니다. 홍세태는 당시 김창협의 성원을 받았습니다. 그러므로 홍세태의 천기론은 적어도 사상적으로는 김창협의 천기론과 본질상 차이가 없다 할 것입니다.

그런데 천기론은 나중에 살펴보겠지만 사설시조를 긍정하는 논리가 되기도 합니다. 이 경우 천기론은 차원이 달라집니다. 사실 '천기'라는 말은 조선 후기에만 문제가 되는 것이 아니라 동아시아에서 오래전부터 시와 예술을 논할 때 사용해 온 말입니다. 그렇기는 하나 조선 후기에 이 말이 기존의 시학을 반성하고 새로운 시론을 모색하는 맥락에서 주로 사용되어 왔으므로, 이런 시공간적 맥락과 문제의식을 중시하여 천기론을 조선 후기의 고유한 담론으로 간주해도 좋지 않나 합니다.

—— 시 세계

이제 홍세태의 시 세계를 조금 보기로 하겠습니다. 다음은 「염곡칠가」鹽谷七歌 중 제1수입니다.

> 객客이여 객이여, 그대의 자字는 도장道長
> 스스로 평생토록 강개한 뜻 지녔다 말하네.
> 책을 만 권 읽었지만 무슨 소용 있나
> 늙어 가니 웅장한 포부 풀 더미에 스러졌네.
> 그 누가 천리마를 소금 수레 끌게 했나
> 태항산太行山 높아서 올라갈 수 없네.
> 오호라 첫째 노래여, 노래 부르려 하니

구름에 가려 해가 문득 어둑해지네.

有客有客字道長, 自謂平生志慨忱.

讀書萬卷何所用, 遲暮雄圖落草莽.

誰敎騏驥伏鹽車, 太行山高不可上.

嗚呼一歌兮歌欲發, 白日浮雲忽陰結.

　　이 시는 홍세태가 67세 되던 해 울산 감목관으로 가 있을 때
자신의 삶을 돌아보며 읊은 작품입니다. 총 7수 연작인데, 제1수에
서는 자신의 신세를 소금 끄는 천리마에 비기고 있습니다. 천리마
는 자기 능력을 제대로 발휘하는 상황에 있으면 하루에 천 리를 달
리지만, 자기 능력을 발휘하지 못하는 상황에 처하면 소금 수레도
잘 끌지 못해 채찍질을 받고 능욕을 당하죠. 홍세태는 자신이 소금
수레 끄는 천리마와 같은 존재임을 슬퍼하고 있습니다.
　　다음 시는 벽에 걸린 칼을 보며 읊은 「추운 밤 잠은 오지 않고
외로운 등불만 반짝이는데, 벽에 걸린 칼이 눈에 들어와 가져다 살
펴보고는 느낌이 있어 탄식하며 시를 짓다」(寒夜無眠, 孤燈耿耿, 見壁上
掛劍, 取視之, 感歎爲詩)라는 작품입니다.

　　외로운 밤 등불 앞의 칼

　　만져 보며 한 곡의 노래 부르네.

　　절세의 보배인 줄 누가 알겠나

　　천하에 얼마 되지 않는.

　　獨夜燈前劍, 摩挲一放歌.

　　誰知絕世寶, 天下不曾多.

이 시에서 읊은 '쓰이지 않고 있는 칼'은 시인 자신을 상징합니다. 불평한 심사를 읊은 시죠.

김경천

홍세태와 동시대의 지방 아전 출신으로 김경천金敬天(1675~1765)이라는 문인이 있습니다. 호는 손와巽窩입니다. 경북 의성군의 아전집안 출신으로, 의성에서 향리를 지내다 현감의 지우知遇를 입어 20세 전후에 아전 일을 그만두고 고을 원의 책실冊室 일을 하면서 학문을 하고 후학을 양성했습니다. 그러다가 52세 때인 1726년 진사시에 합격합니다. 그리고 85세 때인 영조 35년(1759)에 『손와만록』巽窩漫錄이라는 책을 저술합니다.

김경천은 42세 때인 1716년 여름, 평소 교분이 있던 장례원 서리掌隷院胥吏 염신검廉愼儉의 집에 들렀다가 우연히 당시 79세였던 그의 부친 염시탁廉時度을 만나 그의 행적을 듣고 이를 소재로 소설을 지었습니다. 「염승전」廉丞傳이라는 소설인데요, '승'丞은 서리를 이르는 말입니다. 홍세태의 「김영철전」은 1717년경 창작되었습니다. 「염승전」은 1716년경 창작되었으니 1년쯤 시차가 있습니다. 비슷한 시기에 창작된 점이 흥미롭습니다. 염시탁은 당색이 남인인 영의정 허적許積의 겸인傔人이었습니다. '겸인'은 대갓집의 청지기로 노비가 아니라 평민이었는데, 여러 가지 허드렛일도 하고 주인에게 필요한 일을 맡아서 처리하는 일종의 집사였습니다. 대갓집의 겸인을 하면 대개 뒤에 경아전으로 진출하죠. 그러니 겸인 출신인 염시탁은 중인이라고 할 수 있습니다.

이 소설은 주인공 염시탁의 청렴함과 의리를 부각시키고 있습니다. 염시탁은 이런 덕성을 지녀 큰 고난에도 불구하고 천우신조로 행복한 삶을 살게 되는 것으로 이야기가 종결됩니다. 18세기 초에 중인층 작가가 자기 계층의 인물을 주인공으로 한 소설을 창작했다는 점이 주목됩니다. 우리 문학사에서 처음 나타나는 현상입니다.

장혼

장혼張混(1759~1828)은 호가 이이엄而已广인데, 자족自足한다는 뜻이 담겨 있습니다. 그 부친은 가객으로 유명한 장우벽張友璧(1735~1809)입니다. 앞에서 말했듯 장혼은 정조 10년(1786) 천수경 등과 중인층 시사인 송석원시사를 결성했습니다. 정조 14년 교서관校書館이라는 관청의 사준司準으로 임명되어 서적 편찬에 종사했는데, 주로 교정과 교열을 담당했습니다. 교서관은 서적을 인쇄하고 반포하는 일을 맡은 관청이죠. 장혼은 여기서 1816년까지 근무하며 26년간 교정과 교열, 서적 간행의 일을 맡아봤습니다. 이덕무가 편찬한 『규장전운』奎章全韻이라든가 정조의 문집인 『홍재전서』弘齋全書 같은 책이 모두 장혼의 교정을 거쳐 간행되었습니다.

　장혼의 집은 인왕산 옥류동에 있었습니다. 이 집에 붙인 이름이 '이이엄'입니다. 집 이름을 호로 삼은 거죠. 장혼은 출판 관련 일에 오랫동안 종사했는데, 나중에는 스스로 목활자木活字를 만들기까지 했습니다. 장혼의 호를 따 이 목활자를 '이이엄자'而已广字라고 부르는데요, 그는 이 목활자로 자신이 편찬한 수많은 책을 간행했습니다. 장혼은 책을 많이 편찬한 것으로 유명하죠. 여항시인들의 시문집이 이 목활자로 여럿 간행됩니다.

장혼이 편찬한 책들 중에는 아동용 서적이 많습니다. 이 점이 좀 특별합니다. 가령 『아희원람』兒戱原覽, 『몽유편』蒙喩篇, 『근취편』近取篇 같은 것을 예로 들 수 있습니다. 『아희원람』은 순조 3년(1803) 방각본으로 처음 간행되었습니다. 이 책은 아동들을 위한 일종의 편람便覽, 즉 핸드북에 해당합니다. 우리나라 역사와 지리·풍속에 대한 지식이 풍부하게 담겨 있는데, 10개의 주제 아래 530여 개의 항목으로 구성되어 있습니다. 단군이 중국의 요임금과 같은 때에 백성을 다스렸다고 하는 기록이 보이는가 하면, 단군 이래의 건국 시조와 그 도읍지, '안국방'安國坊과 같이 서울 한성부漢城府 관내管內 각 방坊의 명칭이라든가 팔도의 고을 명칭 등이 기록되어 있습니다. 부록으로는 문묘文廟에 배향된 인물과 우리나라 여러 성씨의 목록이 제시되어 있습니다. 아동을 위한 실용적 지식을 갖추어 놓고 있는 편람이라고 할 수 있죠.

『몽유편』은 아동들이 알아야 할 한자 단어를 주제별로 분류해서 제시한 책입니다. 특이하게도 어려운 한자에는 우리말로 풀이를 달아 놓았습니다. 가령 '은해'銀海라는 한자어 아래에는 한글로 '눈'이라는 풀이를 달아 놓았고, '안정'眼睛이라는 한자어 밑에는 '눈 망울'이라는 풀이를 달아 놓았습니다. 이 책은 1810년 이이엄자로 찍은 최초의 책으로 추정됩니다. 목활자 이이엄자는 장혼이 죽은 뒤에 중인층 무인武人에 속하는 최성환崔瑆煥이 인수했습니다. 이 인물에 대해서는 나중에 따로 살피기로 하겠습니다만, 최성환은 이 활자를 인수해서 도교 서적이나 여항인의 문집, 의서醫書 등 민간 서적의 인출印出에 사용했습니다. 최성환도 장혼과 마찬가지로 출판에 아주 관심이 많아 19세기에 출판과 관련해서 중요한 일들을 많이 했습니다.

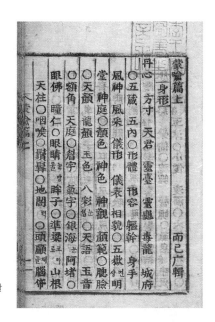

『몽유편』 장혼 찬撰, 24.8×16cm, 목활
자본, 한국학중앙연구원 장서각 소장

　『근취편』은 '근취'近取('가까운 데서 취한다'는 뜻)라는 제목이 시사
하듯 요원遙遠한 것, 고원高遠한 것에 대해서 공부할 것이 아니라 일
상생활 속의 자기 주변에 가까이 있는 것에 대해 공부해야 한다는
생각에서 펴낸 책으로 보입니다. 이 책은 아동들이 속담과 고사, 숙
어를 학습하는 데 요긴한 책입니다.

　한편 장혼은 사설 서당을 운영해서 중인층 이하의 자제들을
교육하기도 했습니다. 송석원시사의 동인인 천수경도 서당을 운영
했습니다. 19세기 후반에 나온 『희조일사』熙朝軼事의 '천수경' 항목
에는, 천수경이 학생에게 한 달에 60전을 내게 했는데 배우는 이가
많게는 3백 명이나 됐다는 기록이 보입니다. 월사금月謝金이 60전
이고, 배우는 중인층 이하 하층 자제들이 많게는 3백 명이나 되었
다고 하니까 19세기 초에 와 교육이 중인층 이하 하층으로 확대되

고 있는 양상을 확인할 수 있습니다.

이처럼 장혼은 출판과 아동 교육에서 새로운 지평을 연 인물입니다.

조수삼

조수삼趙秀三(1762~1849)은 장혼보다 세 살 아래로, 호는 추재秋齋이며, 승문원 서리 출신입니다. 청나라에 가는 사신의 수행원으로 여섯 차례나 연경을 다녀왔습니다. 헌종 10년(1844) 83세 때 진사시에 합격했는데, 역대 최고령 진사시 합격자입니다. 송석원시사의 동인으로 장혼과 교유했으며, 한 세대 밑의 인물인 조희룡과도 교유했습니다.

조수삼의 대표작은 『추재기이』秋齋紀異입니다. 이 작품은 18세기 말에서 19세기 초 서울에 거주한 각양각색의 흥미로운 서민의 모습을 산문으로 적은 뒤 칠언절구로 읊는 형식을 취하고 있습니다. 책에는 거지, 기생, 장사꾼, 의적, 이야기꾼 등 70명이나 되는 다양한 인물이 등장합니다.

이 중 「거울을 가는 다리 저는 이」(磨鏡躄者)라는 작품을 보기로 합니다.

다리 저는 이는 집이 동대문 밖에 있었다. 매일 동대문 안으로 들어가서 거울 가는 일에 종사했다. 내가 7, 8세 때 그를 보았는데 예순쯤 되어 보였다. 이웃의 일흔 여든 되시는 노인이 말하기를 아이 때 이미 그를 보았노라고 했다. 그는 날이 저물어 취하여 집으로 돌아가다가 달이 떠오르는 것을 보면 멈칫 서서 바라보며 후 하고 숨을 내쉬었는데, 자리를 떠나지 않고 이리 말했다.

"저 달을 보면 거울 가는 법을 깨닫게 돼!"

이 말은 몹시 운치가 있다.

> 거울 가는 노인 느릿느릿 집에 돌아가다
> 동대문에 뜬 둥근 달 취하여 바라보네.
> 하늘을 바라보며 숨 내쉬면 흰 무지개 생기는데
> 구름 사이로 밝은 달이 나오네.
> 磨鏡歸時緩脚行, 醉看圓月上東城.
> 仰天噓氣長虹白, 放出雲間潋灔明.

이처럼 먼저 산문으로 어떤 인물에 대해서 간단히 서술한 다음 칠언절구의 시로 마무리를 합니다. 조선 시대에는 '마경장'磨鏡匠이라고 하는, 거울 가는 일을 업으로 삼는 장인이 있었죠. '거울을 간다'고 하니 의아할지 모르겠는데, 조선 시대에는 유리 거울이 아니라 청동이나 백동으로 만든 거울을 사용했습니다. 청동이나 백동 거울은 녹이 잘 슬어 자주 갈고 닦아야 했습니다. 그래서 마경장이라는 장인이 존재하게 됐죠.

주목되는 점은, 이 글이 거울을 가는 자신의 업에 긍지와 보람을 느끼는 한 늙은 장애인 장인을 그려 놓았다는 사실입니다. 이 늙은 장인은 자신의 숙련된 노동에 대한 긍정을 표하고 있습니다. 이에는 도시 상공인에 대한 작자의 긍정의 눈길이 느껴집니다.

이상적

이상적李尙迪(1804~1865)은 호가 우선藕船입니다. 한어漢語 역관 집안 출신으로, 순조 25년(1825) 문과에 급제했습니다. 헌종 11년(1845) 외교의 공로를 인정받아 전답과 노비를 하사받고, 높은 품계인 지중추부사知中樞府事에까지 오릅니다. 철종 13년(1862)에는 온양 군수에 제수됩니다. 중인층에 속한 인물이 이 시기에 와서는 문과에도 급제하고 군수에도 제수되는 변화된 시대상을 보여 주는데요. 하지만 그렇다고 해서 중인층의 신분적 제약이 철폐된 것은 아닙니다. 큰 업적을 이룬 인물들에 한해 예외적으로 이런 은전恩典이 베풀어졌습니다.

이상적은 역관으로 열두 차례나 중국에 다녀왔습니다. 그리하여 오숭량吳嵩梁, 옹방강翁方綱, 유희해劉喜海와 같은 저명한 중국 문인들과 교유해 명성을 얻었습니다. 급기야 헌종 13년(1847)에는 중국에서 자신의 문집을 간행하기까지 합니다. 『은송당집』恩誦堂集이라는 문집이죠. '은송'恩誦은 임금이 자신의 시를 외는 은혜를 베풀었다는 뜻입니다. 헌종이 그의 시를 읊은 적이 있기에 이런 말을 썼습니다. 한편 자신과 교유한 중국 문인들 61명에게서 받은 편지 285통을 모아 『해린척소』海隣尺素라는 책을 엮기도 했습니다. '해린척소'는 '바다 이웃의 편지'라는 뜻입니다. 이상적은 골동품이라든가 서화라든가 금석문金石文에도 조예가 깊었어요. 중국인 고증학자 유희해가 조선의 금석문을 수집해 편찬한 『해동금석원』海東金石苑이라는 책이 있는데, 이상적은 이 책에 제사題辭를 쓰기도 했습니다.

중인층은 조선에서는 신분 제약으로 인해 정당한 인정을 받기 어려웠습니다. 하지만 중국에 가면 그런 차별이 없었습니다. 이상적이 중국 문인들과 적극적으로 교유한 것이라든가 자신의 문집을 굳이 중국에서 간행한 것은 중인층이 벌인 '인정투쟁'의 일환으로 볼 수 있지 않을까 합니다.

이상적은 널리 알려져 있다시피 추사秋史 김정희金正喜(1786~1856)의 문도입니다. 1844년 중국을 다녀와 제주도에 유배 중이던 김정희에게 『황청경세문편』皇淸經世文編 120권을 보내 줍니다. 그 무렵 출간된 중국의 최신 서적인데, 조선에서는 구하기 어려운 책이었습니다. 이것을 즉각 구해 와서 김정희에게 보내 준 거죠. 김정희는 여기에 감격해서 〈세한도〉歲寒圖를 이상적에게 그려 줬습니다. 이상적은 이 그림을 곧바로 북경에 가지고 가서 청나라 문인 16명의 제사題辭를 받아 와 간직합니다.

중인의 자아가 19세기에 들어와 굉장히 확장되고 있다는 걸 이상적을 통해 알 수 있습니다. 양반 사대부를 능가하는 국제적 인맥과 국제적 감각, 문예적 능력과 다방면의 학지學知가 확인됩니다.

조희룡

조희룡趙熙龍(1789~1866)은 호가 우봉又峰 혹은 호산壺山이며, 오위장五衛將을 지냈습니다. 중인층 시사인 벽오사碧梧社의 중심인물입니다. 58세 때 헌종의 명으로 금강산 그림을 그리기도 했습니다. 추사의 문객으로 난초와 매화 그림을 많이 그렸습니다.

조희룡은 그림으로 널리 알려진 인물이지만 문학에서도 중요한 업적을 남겼습니다. 대표 저작으로는 『호산외사』壺山外史를 꼽을 수 있습니다. 『호산외사』는 '호산외기'壺山外記로도 불립니다. 조희룡은 이 책을 헌종 10년(1844)에 탈고했으며, 탈고 후 보완 작업을 했습니다. 전부 39항목 42인의 전기傳記가 실려 있죠.

이 책은 문학사상 최초의 중인층 전기집傳記集입니다. 흥미로운 점은 입전된 인물들이 대부분 작자와 친교가 있는 동시대인들이라는 사실입니다. 대개 18세기 후반에서 19세기 전반을 전후한 시기에 활동했던 중인층 문인 예술가들이죠. 이처럼 이 책은 '18, 19세기 중인사中人史'로서의 면모를 보여 줍니다. 작자는 이를 통해 중인의 덕성과 재능을 부각시키려 했습니다. 이에서 알 수 있듯 이 책은 양반 사대부와 구별되는 중인의 자의식을 강하게 표출하고 있다는 특징을 보여 줍니다.

중인 전기집인『호산외사』는『이향견문록』里鄕見聞錄,『희조일사』熙朝軼事 같은 책으로 계승됩니다.『이향견문록』은 유재건劉在建이 편찬한 책입니다. 유재건은 정조 17년(1793)에 태어나 고종 17년(1880)에 세상을 하직했습니다. 호가 겸산兼山이고, 규장각 서리였습니다. 앞에서 말했듯 유재건은 철종 4년(1853) 최경흠과 함께 직하시사를 결성했으며, 철종 8년(1857)『풍요삼선』의 편찬을 주도했습니다.『이향견문록』을 편찬한 건 5년 뒤인 철종 13년(1862)입니다. 총 284항에 308명의 전기가 수록되어 있는데, 조선 초기 이래의 하층 출신 인물들이 망라되어 있습니다.『호산외사』와 달리 주제적 분류 방식을 취하고 있죠. 예컨대 '학행'學行이라는 주제 아래 인물들이 쭉 소개된 다음 '충효'忠孝, '열녀'烈女, '문학'文學으로 이어지는 식입니다.『이향견문록』에는『호산외사』도 수용되어 있습니다. 조희룡은 이 책에 서문을 써 주었습니다.

『희조일사』는 고종 3년(1866) 이경민李慶民(1814~1883)이 편찬했습니다. '희조'熙朝는 '태평성대'라는 뜻이고, '일사'軼事는 '유사'遺

事, 즉, '역사에서 빠진 일들'이라는 뜻입니다. '태평성대의 공식 역사에서 빠진 일들을 기록한 책'이라는 뜻이 되겠는데요, 『이향견문록』과 마찬가지로 주제별 분류 방식을 취하고 있습니다. 이처럼 『이향견문록』과 『희조일사』에 와서 수록 인물이 크게 확대되었습니다. 그렇긴 하나 『호산외사』처럼 작자의 파토스나 신분 차별에 대한 비판 의식이 강렬하지는 않습니다.

최성환

최성환崔瑆煥(1813~1891)은 흥미롭게도 중인 실학자의 면모를 보여줍니다. 26세 때 무과에 급제해서 하급 무직을 전전하다가 42세 때인 철종 5년(1854) 벼슬을 그만둡니다.

최성환은 관직에 있을 때부터 많은 책을 간행했습니다. 관직을 그만둔 뒤에는 서적 출판 일만이 아니라 서적 편찬에도 큰 힘을 쏟았습니다. 중인층 시인인 정수동鄭壽銅(1808~1858)의 『하원시초』夏園詩鈔를 출판하기도 하고, 중국의 역대 한시를 뽑아서 엮은 시선집인 『성령집』性靈集을 출판하기도 했습니다. 1880년에는 『태상감응편 도설』太上感應篇圖說이라는 도교 서적을 간행하기도 했는데, 이 책 외에도 여러 종류의 도교 서적을 간행한 바 있습니다.

『성령집』은 1858년에 장혼의 이이엄자로 간행되었습니다. 39권 20책이나 되는 방대한 책이죠. 중국의 역대 시를 시대별·형식별로 분류해 편집했는데, 선발 기준은 '성령'性靈입니다. 전통적으로 조선 사대부들은 한시에서 '온유돈후'溫柔敦厚라든가 격조格調를 중시했는데, 이런 걸 기준으로 삼지 않고 '성령'을 기준으로 삼은 점이 특이합니다. 최성환은 『성령집』에 붙인 자신의 서문에서 '나의 마음', 즉 문학 주체의 마음을 몹시 강조했습니다. 그의 말을 직접 들어 보기로 합니다.

> 나의 마음에 맞는 것은 실로 나의 말이요, 나의 마음에 맞지
> 않는 것은 나의 말이 아니다.

나의 마음에 맞는 것은 비록 남의 시라 할지라도 바로 나의 말이라고 했습니다. 그래서 최성환은 『성령집』이 자신의 문집이라고 말하고 있습니다. "나의 마음에 맞는 시들을 뽑아 나의 말로 삼았" 기 때문이라는 거죠. 여기서 '나의 마음'은 곧 성령을 뜻한다고 할 것입니다. '성령'은 일반적으로 규범과 법도가 아니라 자유로운 개성, 영묘靈妙한 마음, 창의적인 상상력, 발랄한 감수성과 관련됩니다. 그래서 성령을 강조하는 시론인 '성령론'은 사상적으로 양명학과 연결됩니다. 성령론은 중국 시론의 하나인데, 『성령집』은 바로 이 성령론에 의거한 시선집이라고 할 것입니다.

중국의 성령론은 명말의 원굉도袁宏道에게서 성립되어 청대의 원매袁枚로 이어집니다. 조선의 경우 19세기에 최성환, 정수동, 조희룡 등 중인층 시인에게 수용되었습니다. 앞에서 말한 천기론이 중인층 문인의 신분적 미천함과 학식의 부족이라는 콤플렉스를 넘어서게 해 주는 시론이었다면, 성령론은 중인층 문인의 자아 해방과 개성 긍정을 이끄는 시론이었다고 할 것입니다.

오경석

오경석吳慶錫(1831~1879)을 끝으로 중인 작가에 대한 검토를 마치기

로 하겠습니다. 오경석은 호가 역매亦梅이며, 천죽재天竹齋라는 호
를 쓰기도 했습니다. 이상적의 문생입니다.

　오경석의 부친 오응현吳膺賢은 조선 시대의 학자 중 초정楚亭
박제가朴齊家의 학문을 대단히 높이 평가해서 자손들에게 박제가
의 저술을 읽으라고 했습니다. 오경석 역시 국내 학자 가운데 박제
가를 가장 존경했다고 합니다. 박지원이 아니라 박제가를 학문적
으로 중시한 점이 특이합니다. 왜 박지원이 아니고 '박제가'인지를
설명하려면 아주 긴 이야기가 필요합니다. 두 사람 학문의 차이와
사회정치적 전망의 차이를 자세히 따져야 하니까요. 그러니 이 점
은 뒤에 박제가를 논할 때(제25강) 말하기로 하겠습니다.

　오경석은 잘 알려져 있다시피 개화사상의 비조鼻祖입니다. 그
는 1853년에서 1859년 사이에 개화사상을 갖게 된 것으로 알려져
있습니다. 흔히 박지원이 주창한 이용후생利用厚生의 실학이 그 손
자인 박규수朴珪壽에게로 이어져서 실학사상이 개화사상으로 전환
된다는 도식이 주장되고 있습니다만, 개화사상의 형성에서 박규수
의 역할은 과장된 것이고 실제로는 오경석·유대치劉大致(1831~?)와
같은 중인 역관 라인에서 개화사상이 형성되었으며 이것이 김옥균
金玉均에 영향을 미친 것이라는 연구도 최근 나와 있습니다. 이 관
점에 따르면 박지원의 실학사상에서 개화사상이 나온다는 주장은
실제와는 거리가 있으며, 중국을 여러 번 드나들면서 천하 정세와
서양 열국의 힘을 일찍부터 파악한 역관 오경석에 의해서 개화사
상이 발아하고, 이것이 유대치를 매개해 김옥균을 비롯한 북촌의
양반 자제들에게 영향을 미침으로써 급기야 갑신정변甲申政變이 일
어난 게 됩니다.

　오경석의 아들은 오세창吳世昌입니다. 오세창은 고종 원년

(1864)에 태어나 1953년 한국전쟁 중에 대구에서 숨을 거뒀습니다. 호는 위창葦滄입니다.

오세창은 『근역서휘』槿域書彙, 『근역화휘』槿域畫彙, 『근역인수』槿域印藪와 같은 한국 예술사 연구에서 굉장히 중요한 책들을 펴냈습니다. 『근역서휘』는 우리나라의 서예 작품들을 모아서 편찬한 책이고, 『근역화휘』는 우리나라의 그림들을 모아서 편찬한 책이며, 『근역인수』는 우리나라 인장印章들의 인문印文을 모아서 편찬한 책입니다. 모두 한국 예술사 연구의 초석이 되는 책들이죠. 오세창은 또한 『근역서화징』槿域書畫徵이라는, 삼국시대부터 조선 시대 말까지 서화가들의 사적事跡을 각종 문헌에서 발췌해 놓은 책을 편찬했습니다. 조선 시대의 양반 사대부 가운데 이런 작업을 한 사람은 아무도 없습니다. 오세창의 이 저작들은 비록 근대 초입에 이루어진 것이기는 하지만 중인 학문의 기념비적인 성과로 평가할 만합니다.

사설시조와 중인층 가객

사설시조의 장르에 대해서는 두 가지 견해가 제기되어 있습니다. 하나는 평시조가 변형된 것이라는 설입니다. 즉, 시조의 변종이라는 거죠. 또 하나는 평시조와 달리 원래부터 하층민의 가요에서 나온 것이라는 설입니다. 즉 조선 중기 이전부터 존재해 온 민간의 가요에서 사설시조가 나왔다는 겁니다.

사설시조는 양반이 지은 것도 있지만 중인층이 지은 것이 대부분입니다. 그런데 양반이 지은 것이든 중인층이 지은 것이든 거의 모두가 평시조와는 다른 언어 의식, 다른 미의식을 보여 줍니다. 이 점에서 사설시조는 평시조와는 다른 장르로 봐야 하지 않을까 합니다.

정철의 「장진주사」將進酒辭가 문학사에서 확인되는 최초의 사설시조 작품입니다. "한 잔 먹세그려 또 한 잔 먹세그려" 이렇게 시작되는 노래죠. 사설시조는 대체로 17세기 후반 이후에 성행했습니다. 현재 사설시조의 작자로 알려져 있는 사람은 40명쯤 되는데, 중인층과 사대부층이 섞여 있습니다. 작품 수로는 중인층의 작품이 훨씬 많습니다. 사대부 작자의 경우 두세 편을 지은 경우가 대부분인데, 이정보李鼎輔(1693~1766)만 예외적으로 20수가량을 창작했습니다. 이정보는 사대부 가운데 사설시조 작품을 제일 많이 지은 작가라 할 수 있죠.

사설시조 작자는 대다수가 중인층이며, 경아전에 속하는 가객이 많습니다. 김천택은 유명한 가객이지만 사설시조를 한 편도 남기지 않았습니다. 하지만 그가 편찬한 『청구영언』에는 사설시조가 116수나 실려 있습니다. 이전 강의(제15강)에서 홍만종이 『청구영언』이라는 책을 엮었다고 했는데, 김천택은 홍만종의 책에 사설시조를 추가해 놓았습니다.

조선 후기에는 이름난 가객이 많습니다만, 특히 유명한 인물로는 김수장金壽長(1690~?)과 안민영安玟英(1816~?)을 꼽을 수 있습니다. 김수장은 18세기에 활동한 가객으로, 대표적인 사설시조 작가죠. 그는 『해동가요』海東歌謠라는 책을 편찬했으며, 사설시조를 무려 39수나 남겼습니다. 안민영은 고종 때의 서얼 가객으로, 김수장과 함께 사설시조의 대표적인 작가라고 할 수 있습니다. 고종 13년(1876) 스승인 박효관朴孝寬과 함께 『가곡원류』歌曲源流라는 책을 편찬했으며, 또 자신의 가집歌集으로 『금옥총부』金玉叢部를 남겼습니다. 이 밖에도 중인층 가객으로 이정신李廷藎, 박문욱朴文郁 같은 인물이 주목됩니다.

여기서 잠시 김천택의 시조집 『청구영언』에서 확인되는 천기론에 대해 조금 언급하겠습니다. 마악노초磨嶽老樵라는 호를 사용한 이정섭李廷燮(1688~1744)이라는 양반 사대부가 김천택의 『청구영언』에 발문跋文을 붙였습니다. 발문 중에 이런 말이 나옵니다.

여항의 노랫소리는 비록 곡조가 우아하고 순정하지는 못하지만, 그 유쾌하거나 원망하고 탄식하거나 미친 듯 자유분방하거나 호방하고 솔직한 정태情態는 모두 자연의 진기眞機에서 나온 것이다.

여기서 말한 '자연의 진기'는 곧 '천기'를 가리킵니다. 그러므로 이정섭은 천기론에 의거해 사설시조를 긍정하고 있다고 할 것입니다. 사설시조의 내용과 음조는 세련되지 못하며 미쳐 날뛰는 것 같고 거칠기 짝이 없지만 다 천기에서 나온 것이기 때문에 작위가 없고 진실되다는 취지의 말입니다. 장유는 경직된 사대부 지배층의 한시를 쇄신하기 위해 천기론을 제기했는데, 이것이 굴러와 지금 사설시조를 옹호하는 시학적詩學的 근거가 되고 있다는 점이 흥미롭습니다.

사설시조의 세계

이제 사설시조의 세계를 조금 들여다보겠습니다. 먼저 이정보의 작품을 보겠습니다.

간밤에 자고 간 그놈 아마도 못 잊어라

와야瓦冶놈의 아들인지 진흙에 뽐내듯이 사공놈의 정령精靈

인지 사엇대로 찌르듯이 두더지 영식伶息인지 곳곳이 뒤

지듯이 평생에 처음이오 흉중에도 야릇해라

전후에 나도 무던히 겪었으되 참 맹세하지 간밤 그놈은 차

마 못 잊어하노라

'와야'는 기와를 만드는 장인을 말합니다. '사엇대'는 삿대를 말
합니다. '영식'은 남의 아들을 가리키는 말입니다. 기녀로 보이는
이 작품의 화자는 간밤의 일을 못 잊겠다고 노래하고 있습니다. 고
려속요 중에도 남녀의 성행위를 노래한 것이 없지 않지만 이 작품
처럼 노골적이지는 않습니다. 그러니 이전의 문학사에서는 발견되
지 않는 노래라 하겠습니다.

다음은 김천택이 편찬한 『청구영언』에 실린 작품입니다.

이르랴 보자 이르랴 보자 내 아니 이르랴 네 남진더러

남편

거짓 것으로 물 긷는 체하고 통일랑 내려서 우물전에 놓고

또아리 벗어 통조지에 걸고 건넛집 작은 김서방을 눈개

야 불러내어 두 손목 마주 덥석 쥐고 수군수군 말하다가

삼밭으로 들어가서 무슨 일 하는지 잔 삼은 쓰러지고 굵

은 삼대 끝만 남아 우줄우줄하더라 하고 내 아니 이르랴

네 남진더러

저 아이 입이 보드라와 거짓말 말아스라 우리는 마을 지서미

지어미

라 실삼 조금 캐더니라

'통조지'는 통의 손잡이를 이르는 말입니다. '눈개야'는 '눈짓하여'라는 뜻입니다. 이 작품은 어떤 여성이 다른 여성의 불륜 행위를 폭로하는 내용인데, 두 여성이 말을 주고받는 형식을 취하고 있습니다.

다음의 사설시조 역시 김천택이 편찬한 『청구영언』에 실려 있는 작품입니다.

> 각씨네 옥 같은 가슴을 어이구러 대어볼꼬
> 물면주綿紬 자지紫芝 작저고리 속에 깁적삼 안섶이 되어 존
>   득존득 대히고지고
> 이따금 땀 나 붙을 제 떠힐 뉘를 모르리라

중장의 '물면주 자지'는 명주 자줏빛을, '작저고리'는 회장저고리를 말합니다. '대히고지고'는 '닿았으면'이라는 말입니다. 종장의 '떠힐 뉘'는 '떨어질 때'라는 뜻입니다. 떨어질 때를 모르겠다는 말이죠. 이 작품의 화자는 남성으로, 여성의 특정 신체 부위에 대한 욕망을 노래하고 있습니다.

다음 역시 김천택의 『청구영언』에 실려 있는 작품입니다.

> 님이 오마 하거늘 저녁밥을 일찍 지어 먹고
> 중문 나서 대문 나가 지방 위에 치달아 앉아 이수以手로 가
>   문지방
>   액加額하고 오는가 가는가 건넌산 바라보니 거머횟들 서
>   있거늘 저야 님이로다 버선 벗어 품에 품고 신 벗어 손에
>   쥐고 곰븨님븨 님븨곰븨 천방지방 지방천방 진 데 마른

데 가리지 말고 워렁충창 건너가서 정情엣말 하려 하고

곁눈을 흘깃 보니 상년上年 칠월 열사흗날 갉아 벗긴 주
　　　　　　　　　지난해
추리 삼대 살뜰이도 날 속였다
　　삼대 줄기
모처라 밤일세망정 행여 낮이런들 남 웃길 뻔하괘라
아서라　　밤이기 망정이지

'이수로 가액하고'는 '이마에 손을 얹고'라는 말입니다. '거머흿
들'은 검은빛과 흰빛이 섞여 있는 모양을 이르는 말입니다. 이 작품
의 화자는 여성인데, 님에 대한 간절한 그리움을 아주 해학적으로
노래했습니다.

사설시조의 특징과 한계

사설시조에는 남녀 간의 애정을 노래한 것이 많습니다. 도덕이나
윤리를 걷어 낸, 성性에 대한 인간의 원초적 욕구를 잘 보여 줍니
다. 거칠고 비속하며 직설적인 언어를 사용하여 과장되고 해학적
인 어조로 노래하는 것이 특징입니다. 이처럼 사설시조의 언어와
미의식은 기존 사대부 문학의 언어와 미의식과는 전혀 다릅니다.
사대부 문학의 언어와 미의식은 대체로 중국적 교양을 기반으로
삼는 데 반해 사설시조의 언어와 미의식은 중국적 교양과 그다지
관계가 없으며 민간의 토착적인 것이라고 할 수 있습니다. 이 점에
서 토풍土風에 속한다고 할 것입니다. 이전 강의(제6강)에서 우리는
고려 시대 문학을 '토풍'과 '화풍'이라는 시좌視座로 들여다본 바 있
습니다. 이 '토풍'이 다시 조선 후기에 와서 사설시조에서 소환되고
있다고 볼 수 있지 않을까요.

여기서 말한 '민간의 토착적인 것'이란 서울 시정 세계의 언어와 미의식을 말합니다. 이는 일반 인민의 것과 연결되어 있기도 하지만 향촌 농민의 것과 꼭 동일하다고 보기는 어렵습니다. 사설시조의 감수성이나 은유는 아주 독특한데요, 그것은 민요와는 퍽 다른 것으로 여겨집니다. 농촌 문화가 아니라 서울 시정 문화의 소산이기 때문이겠죠. 그러므로 사설시조는 시정 문화에 유의하지 않고서는 제대로 이해하기 어렵습니다. 특히 욕망과 성애性愛를 표현하는 사설시조들은 상공업의 발전을 경험한 조선 후기 도시민의 감수성과 감각을 반영하고 있다고 보입니다. 사설시조가 세계의 물질성 그리고 인간의 육체성에 집중적 관심을 보이는 것도 이 때문일 것입니다. 그리하여 사설시조에는 윤리적·도덕적 판단이나 가치 판단이 배제되어 있으며, 있는 그대로의 삶의 역동성이 분출하고 있습니다. 작위나 분식粉飾이 없는 삶의 원초적인 모습이죠.

그러므로 사설시조에서 주체는 본질적으로 '욕망하는 주체'입니다. 사유하는 주체, 고뇌하거나 망설이는 주체, 슬픈 주체, 내면적 주체와는 거리가 멀죠. 바로 이 점이 사설시조가 문학사에 만들어 낸 새로운 풍경입니다.

하지만 이러한 사설시조의 특장特長은 동시에 그 한계이기도 합니다. 인간과 세계에 대한 세태적世態的·자연주의적 이해를 결코 넘지 못했다는 것이 한계의 핵심입니다. '세태적', '자연주의적'이라는 형용어는 '의식을 반성하는 의식'의 결여 혹은 부재를 의미합니다. 이 점에서 사설시조가 담지하고 있는 의식은 즉물적卽物的이거나 즉자적卽自的인 것에 가깝다고 여겨집니다. 즉, 대자적對自的 의식은 거의 발견되지 않죠.

사설시조의 상상력은 엉뚱함과 기발함을 보여 줍니다. 양반 사대부의 상상력에서는 찾아볼 수 없던 것입니다. 시적 상관물이 사대부 서정시의 체계나 관습과 완전히 다릅니다. 이를 통해 시정 문화가 17세기 후반 이래로 스스로 그 공간과 자의식을 확장했음을 알 수 있습니다. 대단히 주목해야 할 새로운 문학사적 현상이 아닐 수 없습니다.

사설시조의 주요한 특징 중의 하나는 서사적 지향입니다. 이 때문에 노래의 내용과 서술자, 혹은 화자話者 간에는 일종의 서사적 거리가 존재합니다. 하지만 서술자나 화자가 가치 판단을 하거나 의미 부여를 하거나 하는 일은 거의 없습니다. 인간의 욕망을 그냥 제시하고 있을 뿐이죠. 그럼에도 불구하고 서술자는 기본적으로 서사된 욕망의 주체와 동일한 지평 속에 있다고 여겨집니다. 사설시조에는 복수의 인물들 간의 대화가 빈번히 보이는데요. 앞서 보았던 이정신의 「이르랴 보자~」에서도 두 여성 간의 대화가 보이지 않습니까? 이 역시 그 서사적 지향과 관련이 있다 할 것입니다.

한편 사설시조에는 여성 화자가 많이 보입니다. 이는 꼭 여성이 작자이기 때문은 아닙니다. 대부분의 경우 남성에 의해 전유된 여성 화자로 여겨집니다. 그래서 두 가지 점을 짚을 필요가 있습니다. 하나는 이 여성 화자를 통해서 남성에 의해 '왜곡된' 여성의 성의식性意識이 표현되고 있다는 점이고, 다른 하나는 비록 한계가 있기는 하지만 남성에 의해 '매개된' 여성의 성 의식을 보여 준다는 점입니다. 아무튼 여성의 성적 욕망을 긍정한다는 점은 의미가 있다고 생각합니다. 남성에 의해서 전유되었다고 하더라도 전적으로 부정적으로만 해석할 건 아니고, 한편으로 왜곡된 측면도 읽어 낼 수 있지만 다른 한편으로는 긍정적 의의도 읽어 낼 수 있지 않나 해요.

요컨대, 사설시조는 새로운 세계 구성을 보여 준다고 할 것입니다. 이전과는 다르게 세계를 구성하고 있는 거죠. 그 세계는 이전에도 존재해 왔지만, 17세기 후반 이전에는 '의미화'되어 현전現前된 적이 없는 세계입니다. 17세기 후반 이후에 사설시조가 문학사에 등장함으로써 비로소 이런 세계가 우리 눈앞에 구성되어 제시된 것이죠.

그렇다면 사설시조에 그려진 인간의 욕망이나 남녀의 사랑이 당대의 체제 혹은 당대에 설정된 경계를 넘어서는 것인가? 이런 질문을 한번 해 볼 수 있을 듯합니다. 사설시조가, 일상의 삶에서 실제로 행해지고 있으면서도 문학 작품에서는 억압되어 말해지지 않은 것을 솔직하게 까발리고 있다는 점에서 해방의 측면, 즉 욕망을 억압하는 지배층의 유교 문화를 벗어나는 측면이 있음은 분명합니다. 그럼에도 불구하고 그것이 보여 주는 욕망이나 사랑이 경계를 넘어서거나 체제를 벗어나는 것이라고 보기는 어렵지 않은가 해요. 어디까지나 체제 내부의 것으로 판단되기 때문입니다. 심지어 사설시조에서 노래하는 불륜의 사랑조차도 체제를 벗어나는 지향을 갖기보다는 체제 내부의 불륜이라고 봐야 하지 않을까 합니다. 이 점에서 사설시조는 풍속적·세태적 범주를 벗어나지 못했다고 하겠는데요. 비유컨대 사상범이나 반체제범이라기보다는 풍속사범에 가깝죠.

여기서 우리는 이전에 공부한 「운영전」이라든가 다음 시간에 공부할 「춘향전」, 그리고 이번 학기 강의가 끝날 즈음 배우게 될 「포의교집」布衣交集 같은 작품에 그려진 사랑의 지향과 서로 비교해 보는 것이 도움이 되지 않을까 생각합니다. 이런 작품들이 보여 주는 남녀의 사랑은 단순히 풍속 내부의 일탈이 아니며, 그 시대에 그

어진 경계나 그 시대의 체제 바깥을 사유하고 있다는 특징이 있습니다. 이 점과 관련해 하나만 더 지적한다면, 사설시조의, 사랑의 감정이라든가 기다림의 감정에 대한 묘사는 '구체적 절박성'이라는 점에 있어 진전을 보여 주는 것은 사실이지만, 그렇다고 해서 사랑에 대한 의미 있는 인식의 심화를 보여 주는가 하면 꼭 그렇지는 못하다는 사실입니다. 대체로 세속적 혹은 통속적 수준을 넘지는 못하고 있죠. 바로 여기서도 사설시조의 '의식의 즉자성'이 확인된다고 할 것입니다.

사설시조와 도시 시정인의 생활 세계

사설시조 중에는 비록 그 양은 많지 않지만 도시 시정인의 생활 세계를 보여 주는 작품들이 있어 별도의 주목을 요합니다. 다음은 육당본六堂本 『청구영언』에 실려 있는 작품입니다.

> 각도各道 각선各船이 다 나올 제 상고商賈 사공沙工이 다 올라
> 장사
> 왔네
> 조강祖江 석골 막창幕娼들이 배마다 찾을 제 새내 놈의 먼정
> 이와 용산 삼포 당도리며 평안도 독대선獨大船에 강진康
> 津 해남海南 죽선竹船들과 영산靈山 삼가三嘉 지토선地土船
> 과 미역 실은 제주 배와 소금 실은 옹진瓮津 배들이 스르
> 르 올라들 갈 제
> 어디서 각진各津 놈의 나룻배야 쬐여나 볼 줄 있으랴

'막창'은 주막의 창녀를 이르는 말입니다. '먼정이', '당도리', '독

대선', '죽선'은 모두 배의 종류입니다. '지토선'은 지방민이 소유한 배를 말합니다. 마지막 행에 나오는 '각진'은 여러 작은 나루를 말합니다. "쬐여나 볼 줄 있으랴"는 끼일 수도 없다는 말입니다.

이 작품에는 평안도, 전라도, 경상도, 제주도, 황해도 등 조선 각지의 이런저런 배들이 그 지방 물산物産을 싣고 한강으로 올라오는 광경이 그려져 있습니다. 제주에서 온 배에는 미역이 실려 있고, 옹진에서 온 배에는 소금이 실려 있다고 했습니다. 당시 한양의 마포 일대는 각종 운송선으로 붐볐으며, 객줏집이 번창했습니다. 한양의 거주민들은 이 물품들 덕에 생활할 수 있었죠.

김천택이 편찬한 『청구영언』에 실려 있는 '댁들에'로 시작하는 다음 두 작품도 흥미롭습니다.

> 댁들에 나무들 사오 저 장사야 네 나무 값이 얼마라 웨는다
> 댁들아
>   사자
> 싸리나무는 한 말 치고 검부나무는 닷 되를 쳐서 합하여 헤
>   면 마 닷 되 받습네 사 때어 보소 잘 붙습나니
> 한 적곳 사 때어 보면 매양 사 때자 하리라
>   한 번

'검부나무'는 마른 풀이나 낙엽 따위의 땔나무를 이르는 말입니다. '마 닷 되'는 한 말 닷 되를 말합니다. 이 작품은 땔나무 장수와 땔나무 구매자 간의 대화 형식으로 되어 있습니다. 조선 시대 서울에는 땔나무 장수가 많았습니다. 겨울에 다들 나무로 군불을 때면서 지냈기 때문에, 산에서 나무를 해 와서 나무를 파는 사람이 아주 많았습니다.

댁들에 동난지이 사오 저 장사야 네 황화 그 무엇이라 웨는

게젓   잡화

　　다 사자

외골내육外骨內肉 양목兩目이 상천上天 전행前行 후행後行 소

小아리 팔족八足 대大아리 이족二足 청장靑醬 아스슥하는

동난지이 사오

장사야 하 거북이 웨지 말고 게젓이라 하렴은

거북하게

　　'외골내육'은 겉이 딱딱하고 속에 살이 있다는 뜻이고, '양목이 상천'은 두 눈이 위에 있다는 뜻입니다. '아리'는 '다리'를 말하고, '청장'은 진하지 않은 간장을 말합니다. 조선 후기 서울의 이 골목 저 골목을 다니며 게젓을 팔던 행상을 소재로 삼고 있음이 흥미롭습니다. 사설시조가 시정인의 생활공간에 밀착되어 있음을 잘 보여 주는 작품이라 하겠습니다. 땔나무 장수나 게젓 장수 같은 미천한 상민常民이 노래의 소재가 되고 있는 데서 문학사의 커다란 변화가 감지됩니다.

　　이처럼 '사설시조'라고 하면 흔히 인간의 욕망을 노래한 작품들, 특히 성애性愛를 노래한 작품들을 먼저 떠올리는데, 그런 작품들이 많고 그런 작품들에도 주목할 만한 점이 있습니다만 이처럼 도시에 거주하는 시정인의 생활 세계를 실감나게 그리고 있는 작품들도 주목됩니다. 아직 근대는 아니지만, 근대를 향해 나아가는 새로운 호흡, 새로운 기맥을 느끼게 하는 작품들입니다.

　　그럼, 이것으로 오늘 강의를 마칩니다.

질문과 답변

*　　사설시조의 상상력은 양반 사대부의 상상력과 다르다고 여겨지는데, 이정보 같은 상층 사대부가 사설시조를 다수 창작한 이유가 무엇일까요?

이정보는 영조 때 이조판서와 대제학 등 여러 높은 관직을 역임한 벌열층 문신입니다. 이정보가 지은 사설시조는 김수장의 『해동가요』에 18수가 전합니다. 이런 지체 높은 인물이 비속어로 시정의 풍속을 노래한 사설시조를 여럿 지었으니 좀 의아하게 생각될지도 모르겠습니다.

이정보는 사설시조를 지은 최초의 사대부 작가로 알려져 있습니다. 이정보는 이전부터 여항에서 창작되어 온 사설시조에 흥미를 느껴 스스로 사설시조를 창작하기까지 한 것으로 보입니다. 여항의 노래에 관심을 가진 사대부 문인으로는 이정보 이전에 홍만종이 있으며, 이정보 이후로는 홍대용과 이한진李漢鎭이 있습니다. 홍만종은 『청구영언』을 편찬했고, 홍대용은 『대동풍요』大東風謠를 편찬했으며, 이한진은 홍만종의 책 이름과 똑같은 『청구영언』을 편찬했습니다. 홍만종, 홍대용, 이한진은 모두 음률에 밝았습니다. 그래서 여항의 노래에 관심과 친화감을 가졌던 것입니다. 이정보 역시 음악에 조예가 깊었습니다. 그는 벼슬에서 물러난 후 남녀 가객들을 지도할 정도로 음악에 정통했습니다. 그가 사설시조를 지은 데는 이런 배경이 자리하고 있습니다.

『대동풍요』에 사설시조가 포함되어 있었는지는 확인되지 않지만, 홍만종과 이한진이 각각 편찬한 『청구영언』에는 사설시조가 들어 있지 않습니다. 홍만종과 이한진은 사설시조가 비속하다고 보아 자신이 편찬한 책에 싣지 않은 것으로 여겨집니다. 하지만 이정보는 스스로 사설시조를 지었습니다. 이정보는 홍만종, 이한진과 달리 여항의 사설시조에 거부감을 느끼지 않고 심취했던 거죠. 이정보의 다음 사설시조는 그의 생활 취향을 잘 보여 줍니다.

대장부 공성신퇴功成身退하여 임천林泉에 집을 짓고 만
　　　　　공을 이루고 물러남
권서萬卷書 쌓아 두고

종 시켜 밭 갈리고 보라매 길들이고 천금준마千金駿馬 앞

에 매고 금잔에 술을 담고 절대가인絶對佳人 곁에 두고

벽오동 거문고에 남풍시南風詩 노래하며 태평연월太平
　　　　　　　　　　　　순임금이 지은 시
烟月에 취하여 누었으니

아마도 평생 하올 일은 이뿐인가 하노라

대단히 세속적이고 향락적임을 알 수 있습니다. 이런 생활 취향을 지녔으니 사설시조를 애호할 수 있었던 것입니다. 흥미로운 것은 홍대용과 이한진처럼 처사로서의 삶을 지향한 인물은 풍류를 즐기되 사대부로서의 고상함을 지켰던 데 반해, 현달한 귀족인 이정보는 이를 탈피해 사대부의 관점에서 볼 때 방탕에 가까운 풍류를 즐겼다는 사실입니다.

이정보는 뛰어난 사대부 출신 사설시조 작가이긴 합니다만 그렇다고 해서 그가 사설시조의 새로운 경지를 열거나 사설시조를 더

높은 방향으로 발전시키는 데 기여했다고는 보이지 않습니다. 그의 작품 역시 중인층 작가의 사설시조와 대동소이하게 세태적·자연주의적 미학을 보여 주는 데 그치지 않았나 생각합니다.

＊　　중인층 문인이나 지식인은 신분적 차별에 대해 불만을 가졌고 이 때문에 19세기 후반에 개국開國이나 개화開化에도 적극적이었던 것 같은데, 이들이 자신보다 낮은 신분의 사람들, 즉 평민이나 천민에 대해 어떤 태도를 취했는지 궁금합니다.

중인층 문인이나 지식인은 조선 사회에서 자기가 타자他者로 존재함에 대해 불만과 불평을 품고 있었습니다. 그래서 이들은 민간의 빈천한 존재들에 눈길을 주기도 하고 연민을 느끼기도 했습니다. 가령 홍세태는 「김영철전」에서 평안도의 한미한 민중 출신인 김영철의 고단한 삶에 커다란 연민을 표하고 있습니다. 그런가 하면 조수삼은 『추재기이』에서 시정의 가난한 사람들이나 거지에게 따뜻한 눈길을 주고 있죠. 이런 사례들이 없는 것은 아니지만 그럼에도 중인 계급 일반이 하층 계급에 연대를 표하거나, 하층 계급과 힘을 합해 상층의 양반 사대부에 도전하려고 하지는 않았습니다. 특히 조선 민중의 대다수를 점하는 농민층과의 유대감이 없었던 게 큰 문제입니다. 요컨대 중인 계급에 갇혀 있었다고 해야겠죠. 다만 예외적으로 18세기 중반의 이언진만큼은 시작詩作 행위를 통한 사유 속에서이긴 하지만 중인을 중인에 자폐自閉시키지 않고 일반 민중 속에 위치 지음으로써 양반 사대부와의 대치선對峙線을 분명히 했습니다. 하지만 이런 기도企圖가 후대의 중인층 문인이나 지식인에게 적극적으로 계승된 것 같지는 않습니다. 이 때문에 중인층 문인이나 지식인은, 비록 그 나름의 사회적·문화적 기여가 없었던 것은 아니지만, 전근대 시기에 사회 변혁을 '주도'하는 혁명적 세력이 될 수 없었으며, 지배층에 불만을 품었으면서도 결국 그에 부용附庸하는 존재가 될 수밖에 없지 않았나 합니다.

**　중인층은 19세기에 들어와 대단히 성장한 것 같은데, 20세기에 들어와서의 행방이 어떠한지 궁금합니다.

근대 초기에 중인 출신의 인물들은 문인·지식인으로서 큰 역할을 했습니다. 가령 최남선崔南善은 역관 집안 출신이고, 채만식蔡萬植은 전라도 임피의 아전 집안 출신이며, 현진건玄鎭健은 일본어 역관 집안 출신입니다. 「빼앗긴 들에도 봄은 오는가」라는 시를 쓴 이상화李相和는 대구 이방吏房 집안 출신입니다. 신석정辛夕汀은 부안의 아전 집안 출신이고, 시조 시인이자 학자인 가람 이병기李秉岐도 아전 집안 출신입니다. 비평가인 최원식 교수가 이런 데 정통한데, 그분께 들은 말입니다.

　이처럼 일제강점기의 근대 문인들 중에는 중인 출신이 많습니다. 20세기 전반의 한국 문학에서 중인 출신은 지대한 역할을 했다고 봐야 하지 않을까 합니다. 근대 초기 문인이나 지식인의 대부분은 중인 출신 집안이라고 말할 수 있을 듯합니다. 그 점을 상징적으로 보여 주는 것이 3·1운동 당시 33인의 민족 대표입니다. 33인의 민족 대표 중 번듯한 양반 출신은 없으며 대부분 중인층 이하 출신입니다. 이 중에는 앞서 말한 오경석의 아들 오세창도 포함되어 있습니다.

중인층은 양반과 달리 고루한 명분이나 관념에 사로잡히지 않았습니다. 그래서 새로운 지식과 문물을 적극적으로 받아들여 근대 초입의 한국 문단을 주도할 수 있지 않았나 합니다.

＊＊
＊＊ 이번 강의에서는 중인층 문학의 의의를 주로 다루었는데, 그렇다면 중인층 문학의 한계는 무엇일까요?

중인층은 양반과 서민의 중간에 낀 신분입니다. 이들은 문학 행위에서 양반 사대부를 흉내 내려고 했습니다. 문학을 통해 상층 지배층인 사대부와 비슷해지려고 한 거죠. 그러다 보니 중인문학에는 양반 문학의 아류적인 면모가 강합니다. 중인 출신 문인은 특히 한문학漢文學, 즉 한문으로 쓴 시나 산문에서 사대부 문학과 완전히 구별되는 독자성을 만들어 내지 못했습니다. 물론 신분에 대한 불만이나 신분적 자의식이 토로되고 있다는 점에서 사대부 문학과 다른 점이 없는 것은 아니지만 그럼에도 불구하고 사대부 문학을 넘어서는 자기류의 문학과 미학을 건설했다고 보기는 어렵습니다. 단 예외는 있죠. 이 강의에서는 언급하지 않았지만 18세기 중반의 이언진 같은 문인은 사대부 문학과는 다른 새로운 문학을 창조하는 방향으로 나아갔습니다. 이 점은 아주 중요한 문제이기에 이어지는 강의에서 별도로 살피려고 합니다.

중인층은 대체로 한문학에서는 사대부 문학의 아류적 면모를 탈피하지 못했지만 사설시조 같은 국문 문학에서는 사대부 문학과는 판연히 다른 세계를 열어 보였습니다.

중인층은 양반층과 달리 실무에 능하고, 실무적 지식을 지녔기에 현실 변화에 적응하는 것이 빠르고 현실에 기민하게 대처하는 능력을 갖추고 있었습니다. 그래서 오경석 같은 인물은 중국에 드나들며 국제 정세에 대한 안목을 길러 개화사상의 형성에 기여할 수 있었죠. 그렇기는 하지만 — 혹은 그렇기 때문에 — 중인층에게는 '근원적인 것'에 대한 사유는 좀 부족하지 않았나 합니다. 새로운 지식을 습득하며 지식을 확장해 나가는 능력은 있었지만 그럼에도 지식이나 학문을 통해 근원적인 것에 대한 사유를 해 나가지는 못했으며, 대개 실무적이고 실용적인 선에서 그친 것으로 보입니다. 그래서 중인층 문인이나 지식인 중에는 스케일이 큰 근원적 사유를 전개한 인물을 찾기 어렵습니다.

근대의 최남선 같은 인물을 보면, 새로운 학지學知를 받아들이는 속도가 빠르고 굉장히 박학했지만 그럼에도 어떤 근원적인 것에 대한 통찰과 사유라든가 '가치'에 대한 지성적 성찰 같은 것은 부족해 보입니다. 최남선이 '친일'을 하게 된 것은 이런 면모와 무관하지 않다고 여겨집니다. 물론 양반 출신 중에도 '친일'을 한 사람이 많습니다만, 중인층의 경우 시세 변화에 재빨리 적응하는 능력이 장점이 되기도 하지만 단점이 되기도 하지 않았나 합니다.

최북전崔北傳

최북은 자字가 칠칠七七이니, 자 또한 기이하다. 산수, 가옥, 나무를 잘 그렸는데, 필의筆意가 웅혼하였다. 대치大癡(중국 원나라의 화가 황공망黃公望)를 사숙私淑했는데, 마침내 자신의 화풍으로 일가를 이루었다. 호생관毫生館(붓으로 먹고산다는 뜻)이라 자호했는데, 사람됨이 강개慷慨하고 오만하여 작은 예법으로 자신을 구속하지 않았다. 언젠가 어떤 사람의 집에서 현달한 벼슬아치를 만났는데, 그는 최북을 손으로 가리키며 주인에게 물었다.

"저기 앉아 있는 자는 성씨가 어찌 되는가?"

최북은 고개를 치들어 그 벼슬아치를 향해 말했다.

"먼저 묻노니 그대는 성씨가 어찌 되오?"

그 오만함이 이와 같았다.

금강산을 유람하던 중 구룡연九龍淵에 이르자 홀연 큰 소리로 외치며 말했다.

"천하의 명사名士가 천하의 명산에 죽는 걸로 족하다!"

그러고는 못에 뛰어내렸는데, 하마터면 구조되지 못해 죽을 뻔했다.

한 귀인貴人이 최북에게 그림을 요구하다가 뜻을 이루지 못하자 위협을 가했다. 최북이 분노하며 말했다.

"남이 나를 저버리는 게 아니라 내 눈이 나를 저버린다."

그러고는 한쪽 눈을 칼로 찔러 애꾸가 되었다. 늘그막에 한쪽 눈에만 안경을 썼다. 마흔아홉에 죽으니 사람들이 칠칠이라는 자대로 되었다고 했다.

　　호산거사壺山居士(조희룡을 말함)가 말한다. "최북의 풍모가 매섭구나. 궁궐의 광대(도화서 화원을 말함)가 되지 않은 걸로 족하거늘, 어찌 스스로 사서 고생하기를 이처럼 했는지."

　　―조희룡, 『호산외기』

판소리와 판소리계 소설들

판소리는 언제, 왜 발생했나

판소리는 한 명의 창자唱者(소리꾼)가 한 명의 고수鼓手(북치는 사람)의 북장단에 맞추어 이야기를 창과 아니리로 엮어 연극적으로 공연하는 구전 서사시에 해당합니다. 문학, 음악, 연극 이 세 가지가 결합된 종합 예술의 성격을 갖습니다. 구전 서사시는 세계적으로 널리 분포되어 있지만 한국의 판소리는 구전 서사시 중에서도 음악과 연극이 결부되어 있다는 점에서 아주 독특한 면모를 가집니다.

그렇다면 판소리는 언제 성립된 것일까요? 빠르면 17세기 후반, 늦어도 18세기 초에는 성립되었을 것으로 보고 있습니다. 물론 문헌적 근거는 없습니다만, 이런 추정을 가능하게 하는 자료로 영조 30년(1754) 유진한柳振漢(1711~1791)이라는 문인이 전라도에 가서 「춘향가」를 듣고 그것을 한시로 기록해 놓은 것이 있습니다. 이것이 현재 판소리에 대해 확인되는 최초의 기록입니다. 이 기록을 통해 판소리의 성립 시기를 17세기 후반에서 18세기 초 사이로 추정할 수 있습니다.

그런데 17세기 후반 이래 조선에서는 상품화폐 경제가 발달하기 시작하면서 사회적으로 활기가 생기는 한편 모순이 증대했습니다. 상층의 지배층 내부에서도 계층 분화가 일어났지만, 하층의 피지배층 내부에서도 신분적 동요가 일어났습니다. 상품화폐 경제의 진전은 민民의 현실 인식의 확대를 낳고 자아에 대한 의식을 높이는 작용을 했습니다. 어느 시대 어느 사회에서나 화폐경제 또는 상품경제가 발달하면 그것이 문화라든가 인간 의식에 큰 영향을 끼치게 되거든요. 상품화폐 경제의 진전은 새로운 서사에 대한 욕구의 기반이 되었다고 생각합니다.

민담이나 전설과 같은 기존의 구전설화라든가 국문소설과 같은 장르로는 이 욕구가 충족되기 어려웠습니다. 우선 기존의 구전설화 장르는 대체로 이전부터 전래된 내용에 의거하고 있어 17세기 후반 이래의 달라진 사회적·역사적 혹은 문화적 상황을 반영하지 못하기에 민의 인식 욕구를 충족시켜 주는 데 한계가 있었습니다. 민의 이러한 인식 욕구를 '인식적 요구'라고 부르기로 합니다.

그렇다면 이 시기에 새로 성립된 국문소설은 어떨까요? 국문소설은 아직 향촌의 일반 민에게까지 가 닿지 않았을 뿐 아니라 그 내용이 일반 민의 호흡이나 체질과 거리가 있어 그 인식적 요구를 충족시키는 데는 역시 한계가 있지 않았을까 합니다. 물론 오락적 요구는 충족시켜 줄 수 있었을 테지만 말입니다.

한편 이 시기에 야담野談이 성행하기 시작했는데, 17세기 후반에 와서 야담은 기존 설화 장르와는 달리 변화된 현실에 대한 새로운 인식을 담았습니다. 하지만 야담은 주로 도시의 시정 공간에서 향유되던 이야기가 한문으로 기록된 것이어서 일반 민이 향유할 수 없었습니다. 그뿐만 아니라 야담은 비교적 짧은 단형短形 서사

에 해당하므로 현실의 총체성總體性(Totalität)에 대한 인식적 요구를
충족시켜 주기 어려웠습니다.

이렇게 본다면 이 시기 민중에게는 17세기 후반 이래 조성된
새로운 현실을 인식하는 데 도움이 되고 또 자기 인식에도 도움이
되면서 오락적 요소도 갖춘 새로운 서사물이 요청되고 있었다고
할 만합니다. 적어도 민에 초점을 맞추어서 보면 17세기 후반 이래
민의 인식적 요구에 부응하는 새로운 서사문학이 절실하게 필요해
졌다고 볼 수 있는 거죠. 그래서 이러한 요구에 부응해 판소리가 성
립되었다고 생각합니다. 이처럼 초창기의 판소리는 민의 인식적
요구 및 그와 결부된 오락적 요구에 따라 성립되었기에 민중적 지
향이 강할 수밖에 없었습니다.

판소리 열두 마당과 여섯 마당

판소리는 흔히 열두 마당을 꼽는데요, '열두 바탕'이라는 말도 씁니
다. 순조 때의 문인인 송만재宋晚載(1788~1851)가 쓴 「관우희」觀優戲라
는 한시가 있는데, 50수의 연작시죠. '관우희'는 '광대의 놀이를 보
다'라는 뜻입니다. 이 연작시에는 「춘향가」, 「심청가」, 「흥부가」(일
명 박타령), 「토별가」(일명 수궁가), 「적벽가」, 「가루지기타령」(일명
변강쇠가), 「배비장타령」, 「장끼타령」, 「옹고집타령」, 「강릉매화타
령」, 「왈짜타령」(일명 무숙이타령), 「가짜신선타령」 등 열두 작품이
언급되어 있습니다.

한편 정노식鄭魯湜(1891~1965)의 『조선창극사』朝鮮唱劇史는 판소
리 연구에서 아주 중요한 문헌인데, 이 책에서는 「관우희」와 달리
'왈짜타령'을 '무숙이타령'이라고 했고, 「가짜신선타령」 대신 「숙영

낭자전」淑英娘子傳을 꼽고 있습니다. 그러니까 송만재가 꼽은 열두 마당에는 「가짜신선타령」이 포함되어 있는데, 정노식의 책에는 그 것이 빠지고 「숙영낭자전」이 들어가 있다는 말입니다. 이외에는 똑 같습니다. 이렇게 본다면 현재 확인되는 판소리 레퍼토리는 「숙영 낭자전」과 「가짜신선타령」을 포함해 전부 13개라고 할 것입니다.

송만재의 기록에 의하면 당시 이미 '열두 마당'이라는 개념이 성립되어 있었던 것을 알 수 있습니다. 송만재의 기록은 19세기 초 에 이루어졌으므로 '판소리 열두 마당'이라는 관념은 아마 19세기 초 무렵 형성되지 않았나 합니다. 모든 판소리가 동시적으로 성립 되었을 리는 없고 17세기 후반부터 19세기 초 사이에 하나하나 성 립되었으리라고 여겨지는데, 어느 작품이 정확히 어느 때 성립되 었는지는 현재 알 수 없습니다. 문헌이 남아 있지 않으니까요. 그 렇긴 하지만 '대체로 이 작품은 18세기쯤에 형성되었겠다', '이 작 품은 좀 후대에 형성되었겠다', 그런 짐작은 할 수 있죠. 가령 열두 마당 중 「왈짜타령」은 그 내용 중에 19세기 초에 활동한 광대의 이 름이 언급되어 있습니다. 이런 점으로 보아 이 작품은 19세기 초에 성립되지 않았을까 추정해 볼 수 있습니다. 이처럼 판소리 레퍼토 리는 아주 긴 기간에 걸쳐 형성되어 온 것으로 보입니다. 열세 작품 중 현재까지 판소리로 불리고 있는 것은 「춘향가」, 「심청가」, 「흥부 가」, 「토별가」, 「적벽가」 이렇게 다섯입니다.

전라도 고창에서 이방吏房과 호장戶長을 지낸 동리桐里 신재효 申在孝(1812~1884)는 19세기 후반에 판소리 여섯 마당을 정리하는 작 업을 했습니다. 판소리사에서 최초의 정리 작업이죠. 이전에는 이 런 작업이 없었습니다. 그 여섯 마당은 「춘향가」, 「심청가」, 「박타 령」, 「토별가」, 「적벽가」, 「변강쇠가」입니다. 이로 보아 19세기 후반에 이르러 판소리 열셋 중 일곱은 더 이상 불리지 않거나 별로 불리지 않았고, 이 여섯 작품이 주로 불렸던 사정을 알 수 있습니다. 신재효가 지은 「오섬가」烏蟾歌라는 단가短歌 — '단가'는 판소리를 부르기 전에 목을 풀기 위해 부르는 짧은 노래를 말합니다 — 가 있는데, 이 중에 「강릉매화타령」의 줄거리가 언급되고 있습니다. 이를 통해 「강릉매화타령」은 여섯 마당에 포함되지 않았지만 당시 불리고 있었음을 알 수 있습니다. 아마 이 작품은 이때 와서는 별로 인기가 없었던 게 아닌가 합니다. 신재효는 이런 작품은 배제하고 그 당시 가장 인기가 있고 많이 불리던 작품을 대상으로 정리 작업을 한 것으로 보입니다. 하지만 신재효가 정리한 여섯 작품 중 「변강쇠가」는 그 후에 별로 불리지 않아 탈락되고 나머지 다섯 작품이 지금까지 판소리로 불리고 있습니다.

신재효

아전들은 판소리 광대의 패트론patron이었습니다. 이들은 상층 양반의 연회에 광대를 불러오는 일은 물론 광대를 지원하는 일을 했습니다. 고창의 서리였던 신재효는 그뿐만이 아니라 광대를 교육하는 일까지 했습니다. 그는 스스로 판소리의 향유자였을 뿐 아니라 판소리 광대의 유력한 후원자였습니다. 신재효는 다음 몇 가지 점에서 판소리사에서 중요한 역할을 했습니다.

첫째, 최초로 판소리 이론을 수립했습니다. 신재효가 지은 단가인 「광대가」廣大歌에 보면 광대가 갖추어야 할 네 가지 요건으로, 첫째, 인물치레, 둘째, 사설치레, 셋째, 득음得音, 넷째, 너름새를 꼽고 있습니다. 이를 흔히 '사대법례'四大法例라고 합니다. '인물치레'

는 말 그대로 광대의 인물 됨됨이를 말합니다. '사설치레'는 문학적 표현 능력을 말하고, '득음'은 음악적 표현 능력을 말하며, '너름새'는 연극적 표현 능력을 말합니다. 판소리 창을 할 때 몸짓 손짓을 하면서 혹은 표정을 지으면서 어떤 감정을 표현하는 것을 총칭해서 '너름새'라고 하죠. 신재효는 판소리 광대가 갖춰야 할 네 가지 자질을 아주 정확히 지적하고 있습니다.

둘째, 앞서 말했듯 판소리 여섯 마당의 사설을 다듬고 고쳤습니다. 광대들이 부르는 여섯 마당을 자신의 관점으로 수정한 거죠. 어떤 방향으로 고쳤는가 하면, 전반적으로 양반층 취향에 맞게 고쳤습니다. 서민의 취향이 아니라 상층인 양반층의 취향에 맞게 고쳤죠. 그래서 판소리 사설이 조금 더 전아한 쪽으로 바뀌었습니다. 수사학적으로 그런 변화가 나타났을 뿐 아니라 내용적으로도 판소리가 원래 갖고 있던 민중적 감각과 미의식이 손상되었습니다. 그러니 신재효가 19세기 후반에 판소리 사설을 정리하고 손 댄 것을 무조건 긍정적으로만 볼 것은 아닙니다. 하지만 그렇다고 부정적으로만 볼 일도 아닙니다. 장단점을 잘 읽어 내는 것이 중요하지 않은가 해요.

판소리는 원래 민중 예술로 출발했기 때문에 그 사설에 부정확한 발음이 많습니다. 특히 한자어의 경우 와전된 것이 많은데, 신재효는 이런 것들을 바로잡았습니다. 이런 작업은 의의가 없지 않죠. 하지만 표현과 내용에 수정을 가해 판소리 특유의 발랄한 현실 인식과 민중 의식에 손상을 가한 것은 역시 문제라고 할 것입니다. 판소리 본래의 민중적 지향을 약화시키는 결과를 초래했으니까요. 그런데 신재효가 수행한 판소리 사설 개작은 민중 예술로 출발한 판소리가 시간이 흐르면서 점차 사회적으로 상승하여 19세기 초 이래 양반 향유층의 요구와 취향에 부응해 간 것과 무관하지 않습니다. 신재효의 작업은 이러한 예술사적 흐름의 연장선상에서 나타난 현상으로 이해해야 하리라 봅니다.

셋째, 신재효는 「춘향가」를 남창男唱, 여창女唱, 동창童唱으로 분화시켰습니다. 요새도 아동이 판소리를 하는 경우가 있지 않습니까? 이런 것을 가능하게 한 사람이 바로 신재효입니다. 신재효는 다른 판소리 작품은 그렇게 하지 않았는데 유독 「춘향가」만 그렇게 했습니다. 이를 보면 「춘향가」가 신재효 당시에도 가장 인기가 있지 않았나 합니다. 신재효가 한 이 작업은 판소리를 다양화한 것으로 평가할 만합니다.

넷째, 여성 명창을 키웠습니다. 그전까지는 판소리 명창은 모두 남자였습니다. 전기前期 팔명창八名唱이 있고 후기 팔명창이 있으며, 고종 이래로는 흔히 오명창五名唱을 꼽습니다만, 전기 팔명창, 후기 팔명창 이름에는 여성 명창이 보이지 않습니다. 그런데 신재효는 진채선陳彩仙(1842~?)이라는 여성 명창을 길렀습니다. 그래서 진채선 이후로 여성 명창들이 나옵니다. 중요한 변화죠. 젠더적 관점에서 본다면 신재효가 참 중요한 일을 했다고 평가할 수 있습니다.

판소리 사설의 특징

판소리 사설의 특징으로는 네 가지를 지적할 수 있습니다. 첫째, 언어적 특징입니다. 판소리 사설의 언어는 민중의 언어에 기반하고 있습니다. 그래서 익살스러운 말이라든가 상스러운 말이라든가 욕설 같은 것이 아무렇지도 않게 구사됩니다. 국문소설은 그렇지 않죠. 가령 17세기 후반에 성립된『구운몽』이라든지『사씨남정기』같은 소설은 그 언어가 아주 전아하고 반듯합니다. 상스러운 말이나 욕설은 찾아볼 수 없습니다. 그 문체도 구어체가 아니라 문어체입니다. 이에 반해 판소리 사설은 문어체가 아니라 구어체라서 아주 생동하고 발랄한 기운이 느껴집니다. 민중의 입말이 구사되고 있죠. '입말'은 격식화된 문장에서 쓰는 언어가 아니라 일상생활에서 사용하는 일상 언어를 말합니다. 19세기에 와서 양반 향유층으로 인해 판소리의 원래 성격에 다소 변화가 야기되고, 그래서 한문 문구가 좀 더 판소리 사설에 많이 들어오게 되었습니다만, 그럼에도 불구하고 판소리 원래의 언어 의식이 사라지지는 않았습니다.

둘째, 어조의 측면에서 판소리 사설은 풍자적이라는 특징을 보입니다. 전체적으로 풍자적인 어조가 지배하고 있죠. 판소리의 풍자에서는 아직 정제整齊는 덜 되었지만 주체하지 못하는 어떤 힘, 정념情念, 비판 의식 같은 것이 느껴집니다. 하지만 판소리의 풍자는 많은 경우 모질거나 격렬하지 않습니다. 일말의 너그러움, 부드러움 같은 것이 곁들여져 있죠. 예컨대,「옹고집타령」은 다른 판소리 작품에 비해 풍자의 강도가 더 센 편입니다. 옹고집이 패륜적이고 반인륜적이고 반사회적인, 아주 부정적인 인물이기 때문입니다. 그래서 옹고집이라는 인물에 대한 풍자가 요즘 말로 하면 아주 '빡세게' 이루어지고 있습니다. 하지만 작품 끝에 가면 화합으로 귀결됩니다. 질이 안 좋고 부정적인 인물인 옹고집조차도 끝에 가면 회개를 거친 후 다시 받아들여집니다. 화합으로 귀결되는 거죠. 이런 데서 판소리는 풍자의 정신이 작품을 지배하고 있음에도 불구하고 풍자가 모질지는 않다는 사실을 알 수 있습니다. 이는 조선 민중의 멘탈리티를 반영한다고 봐야겠죠.

이는 더 나아가 판소리에 담지된 '인간학'과 관련되지 않나 합니다. 우리는 전기소설을 공부할 때는 전기소설의 인간학이 무엇인지를 생각해 보고자 했고 사설시조를 공부할 때는 사설시조의 인간학이 무엇인지를 생각해 보고자 했는데, 판소리 특유의 인간학이 무엇인지 역시 생각해 볼 필요가 있을 듯합니다. 판소리는 국문소설처럼 선한 인간을 지지하고 악한 인간을 징계하는 특징을 보입니다. 권선징악이죠. 그렇기는 하나 국문소설처럼 선인과 악인이 천편일률적으로 유형화되어 있지는 않습니다. 판소리에는 절대적으로 선하지도 않고 절대적으로 악하지도 않은 인물들이 종종 보입니다. 실제로 범인凡人들은 절대적으로 선하지도 않고 그렇다고 해서 절대적으로 악하지도 않습니다. 대체로 선과 악 사이에서 부유浮游하며 둘을 넘나들면서 살아가죠. 판소리에서는 이런 실재하는 인간에 가까운 인물들이 많이 등장합니다. 이 점에서 판소리의 인간학은 퍽 현실주의적이라고 할 만합니다.

판소리의 풍자적 어조는 판소리 화자話者의 시선과도 관계가 있습니다. 판소리에 담지된 시선은 저 높은 데서 내려다보는 시선도 아니고, 낮은 데서 올려다보는 시선도 아닙니다. 판소리 사설은 대체로 화자가 수평적으로 등장인물들을 바라보면서 발화發話하고 있다는 느낌을 강하게 줍니다. 다시 말해 '수평적 시선'이 특징적이라고 할 수 있을 듯합니다. 이런 시선에 힘입어 등장인물의 말과 행위가 장면 재현적으로 아주 친근하게 묘사됩니다.

셋째, 미의식의 측면에서 판소리 사설에서는 우아하거나 전아한 미의식이 발견되지 않습니다. 비장한 미의식은 일부 작품에 보입니다. 이를테면 「적벽가」 같은 작품은 전쟁과 관련해서 비장한 미의식이 표출되어 있기도 합니다. 그런 예외가 있기도 합니다만 대체로 판소리에서 지배적으로 나타나는 미의식은 골계미滑稽美입니다. 「적벽가」조차도 비장미가 일부 있기는 해도 판소리 특유의 골계미가 관철되고 있죠. 그래서 골계미가 판소리의 지배적인 미의식이라고 할 수 있습니다.

이러한 미의식은 역시 세속적 현실주의에서 유래한다고 할 것입니다. 지난 시간(제20강)에 살펴본 서울의 시정 공간에서 향유되고 가창된 사설시조에도 이런 미의식이 있지 않았습니까? 판소리든 사설시조든 모두 세속적 현실주의와 관련을 맺고 있다고 여겨집니다. 다만 사설시조는 도시 서울의 시정 공간이라는 특수성이 작용하고 있는 데 반해 판소리는 좀 더 공간이 열려 있다는 차이가 있죠.

판소리는 초창기에 전라도·충청도의 향촌 장터같이 민중이 생활하는 공간에서 공연되기 시작했다고 보입니다. 시간이 점점 흐르면서 인기를 끌게 되자 상승을 겪게 되고, 나중에는 서울에서도 공연이 이루어집니다. 급기야 19세기 초 무렵 성립된 「왈짜타령」 같은 작품은 그 존재 공간이 사설시조와 별반 다르지 않습니다. 판소리의 후대적 변모 양상을 보여 주는 현상입니다. 이런 점은 있지만 그럼에도 판소리와 사설시조는 그 존재 공간의 성격에 상당한 차이가 있다고 할 것입니다. 「춘향가」, 「흥부가」, 「심청가」, 「변강쇠가」 같은 작품의 내용을 생각하면 그 점을 잘 알 수 있죠.

다시 미의식의 문제로 돌아가, 사설시조에서는 세계와 인간이 숭고하거나 근엄하게 인식되지 않고 해학적이고 풍자적으로 인식되고 있습니다. 골계미는 이런 인식 태도에서 나오죠. 판소리의 해학적이고 풍자적인 어조 역시 그 미의식과 깊은 내적 관련을 맺고 있습니다.

판소리 사설의 네 번째 특징은 그 의식의 지향 내지 세계관에서 발견됩니다.

판소리에는 우선 지배 권력에 저항하거나 반발하는 의식이 담겨 있습니다. 가령 「춘향가」라든가 「수궁가」 같은 작품을 예로 들 수 있습니다. 그런가 하면 약자에 대한 동정과 옹호가 보입니다. 「적벽가」, 「춘향가」, 「수궁가」, 「흥부가」 같은 작품을 예로 들 수 있습니다. 이와 함께 어리석음, 인색함, 과도한 욕망 —— 이를테면 여색에 대한 과도한 집착 같은 것 —— 에 대한 비판 의식이 보입니다. 「가짜신선타령」, 「옹고집타령」, 「왈짜타령」, 「강릉매화타령」 같은 작품을 예로 들 수 있죠. 또한 경직성, 고집불통 등 삶의 균형 감각 내지 유연성을 잃은 태도에 대한 조롱이 보입니다. 생生의 균형 감각을 중시하는 거죠. 「배비장타령」, 「장끼타령」 같은 작품을 예로 들 수 있습니다. 이에 더해 가부장제적 권위에 대한 회의가 보입니다. 「장끼타령」이라든지 「변강쇠가」를 예로 들 수 있습니다. 세계의 험고險固함과 적대성에 대한 인식도 보입니다. 「장끼타령」과 「변강쇠가」를 예로 들 수 있죠. 끝으로 인간의 선의善意에 대한 믿음이 보입니다. 「심청가」라든가 「흥부가」가 대표적입니다. 판소리에 담겨 있는 선을 향한 의지는 칸트가 말한 '선 의지'善意志(guter Wille)를 떠올리게 합니다.

이상 말한 것처럼 반권력反權力, 생의 균형 감각, 선을 향한 의지 등을 포함한 의식의 지향이 판소리 사설에 담겨 있고, 이런 것들이 판소리의 세계관을 구성하고 있습니다. 이는 조선 후기 민중의 의식과 세계관을 반영하고 있다 할 것입니다. 그러므로 판소리 사설은 민중 의식, 민중적 세계관을 담지하고 있다고 말할 수 있죠.

열두 마당에 대한 일별

판소리 열두 마당의 내용에 대해 잠시 일별해 보기로 하겠습니다.

「흥부가」는 형 놀부와 아우 흥부의 성격과 삶을 대비적으로 그리고 있습니다. 흥부는 몰락 양반을 반영하고 있고 놀부는 서민 부자를 반영하고 있다는 설도 있습니다만, 이 작품의 주지主旨는 부유하면서 악덕을 소유한 놀부 같은 인간이 아니라 가난하되 선한 마음을 지닌 흥부 같은 인간에 대한 긍정에 있다 할 것입니다.

「심청가」에는 장애를 지닌 무능한 아버지에 대한 딸의 지극한 효심이 그려져 있습니다. '희생'은 대개 약자의 몫입니다. 우리는 일찍이 최치원이 쓴 「호원」에서 그 점을 목도한 바 있습니다. 하지만 그렇다고 해서 모든 희생이 꼭 가치가 없는 것은 아닙니다. 「심청전」은 딸의 희생 행위에 큰 의미와 가치를 부여하고 있습니다. 심청의 행위는 숭고한 인간성의 발현으로 해석될 수 있다는 점에서 판소리의 또 다른 경지를 보여 준다고 할 것입니다.

「적벽가」는 중국 소설 『삼국지연의』의 적벽대전赤壁大戰을 배경으로 삼고 있지만 실제 내용은 『삼국지연의』와 별 관련이 없으며 순전한 창작입니다. 이 작품은 전쟁에 끌려 나온 군사들의 하소연과 그 참혹한 종말을 그리고 있는데, 『삼국지연의』와 달리 반전反戰 의식을 담고 있어 주목됩니다.

「장끼타령」과 「수궁가」 두 작품은 의인화된 존재가 등장한다는 점에서 특이합니다. 「장끼타령」의 주인공 장끼에는 유랑하는 빈민의 모습이, 「수궁가」의 토끼에는 피지배층 인민의 모습이 투사되어 있습니다.

「왈짜타령」은 중인층에 속한 인물이 주인공으로 등장하고 있음이 주목됩니다. 왈짜 패거리는 대개 중인 부류가 중심입니다. 왈짜는 18세기에 이미 문학적으로든 사회적으로든 문제가 됩니다. 박지원의 「광문자전」廣文者傳에도 표철주表鐵柱라는 왈짜가 등장하죠. 「왈짜타령」은 주인공의 이름이 '무숙'이기에 「무숙이타령」이라고도 합니다. 그 줄거리는 다음과 같습니다: 한양의 왈짜인 김무숙이 방탕한 생활로 원래 많았던 재산을 다 날리고 비참해집니다. 무숙이는 애초 평양 기생 의양을 첩으로 삼았습니다. 의양은 무숙이의 본처와 계략을 짜서 무숙이를 개과천선하게 만듭니다. 줄거리에서 드러나듯 이 작품에는 서울 시정의 세태가 짙게 반영되어 있습니다.

「강릉매화타령」은 강릉 사또의 책방冊房이 되어서 강릉으로 내려간 골생원이라는 인물이 주인공입니다. 그래서 '골생원가'라고도 합니다. 골생원은 이름이 '불견'이고 성이 '골'骨씨입니다. 주인공의 성씨를 하필 희귀한 성씨인 골씨로 한 이유가 뭘까요? '골'을 조금 세게 발음하면 '꼴'인데 그렇게 되면 주인공 이름이 '꼴불견'이 됩니다. 대단한 언어유희죠. 이 작품은 꼴불견이 강릉에 가서 그곳의 기생 매화에게 혹해서 망신을 당한다는 이야기입니다. 얼마나 기생에게 혹했던지 나중에는 옷을 홀딱 벗고서 개망신을 당합니다. 「왈짜타령」과 마찬가지로 이 작품도 웃기고 재미는 있습니다만 큰 내용은 없습니다. 이처럼 얼핏 보면 웃기고 재미있지만 별 내용이 없는 작품들은 나중에 대개 전승에서 탈락됩니다.

「강릉매화타령」은 그 내용이 한문소설 「오유란전」烏有蘭傳이나 「종옥전」鍾玉傳과 유사합니다. 「강릉매화타령」이 한문소설로 재창작된 게 아닌가 합니다. 이 작품은 기생에 혹하는 모티프가 있다는 점에서 「배비장타령」과도 통하는 데가 있습니다. 하지만 「강릉매

446

화타령」은 「배비장타령」보다 풍자의 정도가 더 심합니다. 「만화본晚華本 춘향가」는 앞서 말한 유진한이 썼다는 한시로 된 「춘향가」를 말합니다. 유진한의 호가 '만화'晚華라서 이렇게 부르죠. 그런데 이 「만화본 춘향가」에 배비장에 대한 언급이 보입니다. 이로 보아 「배비장타령」은 영조 30년(1754) 이전에 성립되었다고 보입니다. 「만화본 춘향가」가 지어진 게 영조 30년이니까요.

「가짜신선타령」의 줄거리는 다음과 같습니다: 한 어리석은 사람이 신선이 되려고 금강산에 갑니다. 금강산에 들어가서 늙은 선사禪師를 만났는데, 그 선사는 신선이 되게 해 준다며 술과 복숭아를 먹게 합니다. 그 사람은 선사에게 속아 신선이 되기는커녕 망신만 실컷 당하고 맙니다. 이 작품은 「왈짜타령」이나 「강릉매화타령」과 스토리는 다르지만 속이고 속는 것이 주가 되고 있다는 점에서 서로 통하는 점이 있습니다. 「가짜신선타령」은 안서우安瑞羽(1664~1735)가 1687년에 창작한 한문소설 「금강탄유록」金剛誕游錄과 내용이 흡사합니다. 안서우는 전승하는 이야기를 소설화했는데, 전승되던 이런 이야기가 판소리로 정착된 게 아닌가 합니다.

「옹고집타령」은 그 주인공이 옹생원입니다. 한 이본에 의하면 이 작품의 서두는 이렇습니다.

옹달 우물과 옹 연못이 있는 옹진골 옹당촌에 한 사람이 살았으니 성은 옹가요, 이름은 고집이다.

우물 이름, 연못 이름, 고을 이름, 촌 이름에 다 '옹'이 나오고, 사람 성도 '옹'입니다. 이처럼 서두에서부터 언어유희로 시작됩니다. 이에서 보듯 판소리 광대들의 언어유희 능력은 상상을 초월합니다. 문학사상 언어의 신기원을 이룩했다고 할 만합니다. 앞서 '꼴불견'이라고 이름 짓는 것 보지 않았습니까? 「옹고집타령」의 주인공 옹생원은 「흥부가」의 놀부와 통하는 인물입니다. 아주 반사회적이고 반인륜적인 인물입니다. 하지만 놀부와 마찬가지로 옹고집도 징치懲治는 되지만 내쳐지지 않고 포용됩니다. 이를 통해 앞에서도 말했지만 판소리의 인간학이 관용적이고 넉넉하다는 사실을 알 수 있습니다.

「변강쇠가」는 판소리 가운데 사설이 가장 음란하고 비속합니다. 그 내용도 다른 판소리와는 다르게 아주 그로테스크합니다. 그렇기는 하지만 이 작품은 공동체 바깥에 존재하는 유랑민의 비극적 운명을 그리고 있다는 점에서 아주 문제적입니다.

실전 판소리

「장끼타령」,「왈짜타령」,「강릉매화타령」,「배비장타령」,「가짜신선타령」,「옹고집타령」,「변강쇠가」 등 일곱 마당은 현재까지 전승되지 못하고 실전失傳되었습니다. 실전의 이유는 우선 판소리 유파流派와의 관련을 생각해 볼 수 있습니다. 판소리 유파는 동편제東便制, 서편제西便制, 중고제中高制, 호걸제豪傑制 이렇게 네 가지를 꼽는데, 호걸제는 떼 버리고 대표 유파로 대개 동편, 서편, 중고제를 꼽습니다. 동편제는 전라도 섬진강 동쪽 운봉이나 구례, 순창 등지를 기반으로 해서 성립된 유파입니다. 서편제는 섬진강 서쪽 광주, 나주, 보성 등지를 기반으로 해서 성립된 유파이지요. 중고제는 특이하게 전라도를 벗어나서 경기 남부와 충청도 일대를 근거지로 해서 성립된 유파입니다. 그런데 중고제에 속한 명창인 염계달廉季

達이라는 인물이 「장끼타령」 창법의 표준을 마련했습니다. 그래서 '염계달' 하면 '장끼타령'입니다. 「장끼타령」은 염계달 이후 중고제에 속한 명창들에 의해 주로 불렸습니다. 그런데 중고제는 세력이 약했습니다. 지금 중고제는 맥이 거의 끊겼습니다. 19세기 어느 시기에 전승의 맥이 끊어지지 않았나 보기도 합니다. 이처럼 「장끼타령」을 통해 판소리 유파의 성쇠盛衰가 특정 판소리 작품의 전승/실전과 관련이 있음을 알 수 있습니다.

그렇긴 하지만 보다 중요한 실전의 이유는 판소리 텍스트 자체에 있다고 보입니다. 판소리의 각 레퍼토리 그 자체에 전승과 실전의 이유가 내재되어 있다는 말입니다. 그래서 좀 기벽奇僻하거나 그로테스크하거나, 흥미롭기는 하지만 지나치게 세태적이거나 풍속적인 텍스트는 결국 탈락한 게 아닌가, 이런 종류의 텍스트는 한때 인기를 끌지만 결국에는 경쟁에서 살아남지 못한 게 아닌가, 요컨대 어떤 보편성을 갖고 있지 못한 텍스트는 종내 탈락된 게 아닌가 합니다.

전승 오가傳承五歌(지금까지 전승되고 있는 다섯 노래)는 단순히 풍속 혹은 세태의 문제에 긴박緊縛되지 않고, 이념이나 가치나 윤리의 문제가 연관되어 있습니다. 이를테면 「흥부가」는 형제 사이의 우애 문제, 「심청가」는 효의 문제가 걸려 있죠. 이와 달리 실전 칠가失傳七歌 — 「숙영낭자전」까지 포함하면 팔가八歌가 되겠죠 — 는 대체로 풍속 혹은 세태의 차원에 머물러 있습니다. 텍스트의 성격 자체가 보편성의 높이를 획득하지 못하고 있는 거죠. 이는 조선 후기의 사설시조가 세태와 풍속의 묘사와 풍자에는 뛰어났지만 그것을 넘어서서 새로운 윤리나 이념이나 가치를 모색하는 데는 실패했던 것에 견줄 만합니다. 그러므로 「왈짜타령」, 「배비장타령」 등 칠가가

전승되지 못한 이유를 19세기 양반 좌상객座上客의 취향 때문으로
만 설명해서는 안 될 것입니다. 19세기에 양반 향유층이 증대했기
에 그들의 취향에 맞지 않는 작품들은 탈락되었다는 식으로만 설
명하는 것으로는 충분하지 않다는 말입니다. 양반 향유자가 어떤
작품을 선호하고 주로 수용했는가도 고려될 필요가 있지만, 그보
다 더 근본적 이유는 판소리 텍스트 자체에서 찾아야 한다는 거죠.
판소리 텍스트 자체의 성격을 잘 들여다봐야 한다는 말입니다.

그렇다고 한다면 판소리의 전승과 실전 문제에는 단지 양반
만이 아니라 평민층에 대한 고려도 요청된다고 할 것입니다. 양반
층이 그들의 이념으로 인해 전승 오가가 갖고 있던 충忠·열烈·효孝
같은 외피外皮에 견인되었다면, 평민층은 그들대로의 현실 인식과
오락적 욕구로 인해 윤리적 지향을 구비하고 있는 작품들에서 보
다 큰 감동과 흥미를 느꼈을 수 있기 때문입니다. 보편적 메시지는
빈약하면서 오락적 흥미만 풍부한 작품은 오래 지속되기 어렵습니
다. 이렇게 본다면 판소리 열두 마당 중 가치 의식과 오락적 흥미,
이념과 풍속, 윤리와 세태의 결합에 있어 일정 수준에 도달한 것들
만 경쟁에서 끝까지 살아남을 수 있지 않았나 하는 점이 주요하게
고려되어야 할 것입니다.

판소리계 소설

『춘향전』, 『흥부전』처럼 판소리 사설의 영향을 받아 이루어진 소설
을 '판소리계 소설'이라고 부릅니다. 판소리계 소설은 판소리 사설
이 소설로 정착된 것이기 때문에 판소리 사설의 언어적·미적·세
계관적 특징이 그대로 이월移越되어 있습니다. 판소리 사설의 언어

적·미적·세계관적 특징에 대해서는 조금 전 언급한 바 있습니다. 판소리가 보고 듣는 예술이라고 한다면 판소리계 소설은 읽는 것이 주가 되는 독서물에 해당되기 때문에 원래의 판소리 사설에 부연이 더해지기도 하고 또 독서물의 성격에 부합되게 사설의 조정이 이루어지기도 합니다. 즉 사설의 일부가 삭제되기도 하고 축소되기도 하고 확장되기도 하는 등 조정이 일어나는 거죠.

예컨대 판소리 사설 중 광대의 육성은 다 제거됩니다. '광대의 육성'이란 광대가 사설 속에 갑자기 나타나 사설에 대한 논평을 하는 따위를 이릅니다. 이런 말들은 독서물로서의 소설에서는 불필요하거든요.

또 가령 「장끼전」의 말미에는 까투리가 개가改嫁하는 장면이 있습니다. 그런데 원래 판소리 사설에는 이 부분이 없고 장끼가 죽는 데서 종결되지 않았나 합니다. 「장끼타령」이 「장끼전」이라는 소설로 되면서 흥미를 위해 개가 부분을 첨가한 게 아닌가 싶어요.

「배비장타령」도 마찬가진데요. 「배비장타령」은 배비장이 속임을 당했다는 것이 밝혀지고 배비장이 망신을 당하는 데서 끝나는 반면, 지금 소설로 전하는 작품에는 이 뒤에도 계속 이야기가 이어져서 배비장이 다시 애랑을 만나 육지로 나가서 현감을 하며 잘살았다는 후일담이 첨부되어 있습니다. 이건 좀 부자연스럽습니다. 아마 소설로 바뀌면서 흥미를 더하기 위해 억지로 부연한 게 아닌가 합니다.

뿐만 아니라 「춘향가」가 소설로 전환된 것 중에 『남원고사』南原古詞라는 작품이 있습니다. 19세기에 와서 성립된 『남원고사』는 원래의 판소리 사설에 없는 내용이 대폭 추가되고, 원래 있던 내용도 더 확장되고 있습니다. 그래서 전체적으로 분량이 크게 늘어났습니다. 독서물로서의 발전이라고 봐야겠죠. 이런 것이 판소리 사설과 판소리계 소설의 차이라고 할 것입니다. 판소리계 소설은 판소리 사설에 기반하고 있음에도 불구하고 이런 차이가 확인됩니다.

심지어 「춘향가」의 경우에는 한글이 아니라 한문으로 재창작된 작품들도 있습니다. 가령 『광한루기』廣寒樓記나 『춘향신설』春香新說이나 『익부전』益夫傳을 예로 들 수 있습니다. 한문으로 재창작되면서 내용도 좀 더 양반 상층의 구미와 기호에 맞게 바뀌었습니다.

이렇게 본다면 판소리계 소설은 협의狹義의 판소리계 소설과 광의廣義의 판소리계 소설로 재정의될 수도 있습니다. 협의의 판소리계 소설은 판소리 사설의 영향을 받아 정착된 국문소설에 한정됩니다. 광의의 판소리계 소설은 협의의 판소리계 소설만이 아니라, 특정한 판소리 사설의 영향을 받은 것은 아니지만 판소리계 소설의 영향을 받아 그 지향과 미의식를 따르고 있는 국문소설이라든가 특정한 판소리 작품을 바탕으로 한문으로 재창작된 작품들을 두루 포괄합니다. 지금까지는 '판소리계 소설'이라고 하면 대개 협의로만 사용되어 왔지만 범위를 더 넓혀서 광의로도 사용할 수 있지 않을까 합니다. 광의의 판소리계 소설로는 「이춘풍전」 같은 국문소설을 예로 들 수 있습니다. 「이춘풍전」은 특정한 판소리가 소설로 정착된 것은 아니지만 판소리계 소설의 지향과 면모를 보여주지요. 그런가 하면 「종옥전」, 「오유란전」, 『익부전』 같은 한문소설도 광의의 판소리계 소설에 포함됩니다. 앞으로 자료를 더 찾아내고 연구를 더 하면 광의의 판소리계 소설에 해당하는 작품들이 더 늘어날지 모릅니다.

판소리계 소설의 의의

판소리계 소설은 기존의 국문소설과 달리 구어체 소설이고 대개 조선을 배경으로 삼고 있습니다. 기존의 국문소설은 대부분 중국의 시공간을 배경으로 한 문어체로 된 소설입니다. 그러나 판소리계 소설은 이와 달리 대다수가 조선의 특정 시공간을 배경으로 삼고 있으며 구어체 소설입니다.

판소리계 소설은 특히 민중의 입말과 생활어를 구사함으로써 우리말의 창조적 역량을 획기적으로 끌어올렸습니다. 판소리계 소설이 보여 주는 재기 발랄한 언어 감각은 문학사에서 처음 보는 풍경이며, 대단히 이채롭습니다. 또한 그 의식 지향과 세계관도 양반적인 것이 아니라 서민적인 것이라는 점에서 기존의 소설과 본질적으로 다릅니다. 이 점에서 소설사에서 혁신을 이룩했다고 평가할 수 있습니다.

그렇지만 판소리계 소설은 한계도 있습니다. 판소리계 소설은 해학과 풍자를 통해 기존 질서를 회의하거나 비판, 야유하고 있습니다. 이 점은 큰 의의가 있습니다. 그렇기는 하나 대체로 새로운 이념과 윤리 의식을 제시하는 데까지는 이르지 못했습니다. 물론 『춘향전』처럼 새로운 신분 질서, 새로운 세계에 대한 꿈꾸기를 시도한 작품도 없지는 않지만 대부분은 그렇지 못합니다.

『춘향전』

『춘향전』은 판소리계 소설 중 최고의 문예적 성취를 보여 주는 작품입니다. 인기가 많았던 만큼 이본도 많습니다만, 그 문제적인 부분을 좀 들여다보기로 하겠습니다.

『춘향전』은 잘 아시다시피 춘향과 이몽룡이라는 두 청춘 남녀의 사랑 이야기입니다. 그러나『춘향전』은 연애담이면서도 한갓 연애담에 그치지 않는 심각한 주제 의식을 지니고 있습니다. 즉,『춘향전』은 연애담 속에 당대 사회의 주요한 모순과 사회적·역사적 동향을 반영하고 있습니다.『춘향전』이 연애소설이면서 동시에 사회소설로서의 면모를 갖는 것은 이 때문입니다. 신분제 사회인 조선왕조에서 천민인 기생과 양반 사대부 자제는 정식 부부로 결합될 수 없었습니다. 춘향은 관아에 소속된 관기官妓였습니다. 지방 관아에는 보통 수십 명의 관기가 있었으며 그들은 관의 명부에 등재되어 있었습니다. 이들의 실제적 임무는 지방 수령을 위안하거나 지방에 온 양반 사대부들을 접대하는 일이었습니다. 비록 법으로는 동침이 금지되어 있었지만 실제로는 꼭 법대로 되지 않았습니다.

춘향은 관기였으면서도 스스로 관기이기를 거부하고 자기 마음에 드는 한 남성을 택해 결혼하고자 하는 생각을 가진 여성입니다. 이런 생각을 몸소 실천했기에 춘향의 삶은 고난일 수밖에 없었습니다. 이몽룡에 대한 춘향의 사랑은 춘향이 평소 지녔던 신분 해방의 욕구 및 자신의 인간적 감정을 충실히 좇은 결과로 이해됩니다. 그러므로 춘향의 사랑에는 이미 그 사랑 자체에 현실 부정의 계기가 자리하고 있다고 해야겠죠. 춘향의 사랑이 순수하면 할수록, 그리하여 그녀가 자신의 인간적 감정과 욕구에 충실하면 할수록 그것이 갖는 사회적 의미는 한층 더 기존 질서에 대한 부정, 현존現存의 사회관계에 대한 도전이 될 수밖에 없습니다. 왜냐하면 춘향의 사랑은 자기 신분을 부정하는 것에 의해서만, 다시 말해 현실의 신분 관계를 주어진 대로 인정하지 않는 것에 의해서만 비로소 성립될 수 있기 때문입니다. 따라서 기생 신분이면서도 기생이기를 단호히 거부한 춘향의 행위는 가히 인간 해방의 의미를 내포하고 있다고 볼 수 있습니다.

『춘향전』이 단순한 사랑의 이야기일 수 없다는 사실은 변학도의 등장에서도 확인되는데요, 이 인물은 조선 후기 탐관오리의 전형에 해당합니다. 변학도의 등장으로 『춘향전』은 바야흐로 춘향, 이몽룡, 변학도의 삼각관계를 형성합니다. 이몽룡에 대한 춘향의 사랑이 내포하는 저항적 계기는 변학도라는 탐관오리와의 충돌을 통해 마침내 현실화됩니다. 따라서 이 부분에 이르러 『춘향전』의 의미는 한층 명료해집니다. 기생이기를 거부하고 한 남성과의 사랑을 통해 단란한 가정을 꾸려 인간다운 삶을 이룩하기를 희구하던 춘향에게 변학도의 수청 강요는 자신의 인간적 요구를 짓밟는 것에 다름 아니었습니다. 그러기에 춘향이 변학도에게 필사적으로 저항한 것은 당연한 일이라 하겠습니다.

그런데 주목할 것은 춘향의 수청 거부가 필연적으로 변학도의 민중 수탈에 대한 비판 및 봉건주의에 대한 반대로 발전된다는 사실입니다. 바로 이 점에 『춘향전』이 당대 민중에게 사랑받은 이유가 있으며, 또 『춘향전』이 숱한 통속적 염정소설艷情小說과는 달리 조선 후기 민중의 정치적 입장을 반영하면서 당대 민중의 세계관의 정점에 도달할 수 있었던 비밀이 있다고 하겠습니다. 춘향의 이몽룡에 대한 사랑과 변학도에 대한 항거는 봉건적 신분 질서, 봉건적 현실의 부정이라는 점에서 일관된 의미를 갖습니다. 또한 춘향의 사랑과 항거는 상호규정적相互規定的입니다. 이몽룡에 대한 춘향의 사랑이 있음으로 해서 변학도에 대한 항거가 야기될 수 있었고,

또 변학도에 대한 항거가 있음으로 해서 춘향의 사랑은 그 현실적 의미를 명확히 할 수 있었습니다. 이렇게 본다면 『춘향전』은 작품 전체를 통해서 봉건적 신분 관계에 대한 반대, 인간 평등의 요구를 줄기차게 제기하고 있다고 할 수 있습니다.

또한 흥미로운 것은 춘향의 사랑이 애초 내포하고 있던 저항의 계기가 뚜렷하게 현실화되는 곳인 변학도에 대한 항거 대목에 이르러 당대 민중이 자신의 모습과 목소리를 작품 속에 드러낸다는 사실입니다. 예컨대 춘향이 매질을 당하는 것을 지켜보고선 남원의 부민府民들이 모두 울먹였다든가, 농민들이 변학도를 지독한 민중 수탈자로 비판하면서 춘향의 주장이 전적으로 옳다고 지지해 준다든가, 또 주막집 영감이라든가 초동樵童이나 농부들이 지배층에 대한 백성의 적대감을 노골적으로 표현하고 있다든가 하는 것이 그러합니다. 『춘향전』을 단순한 통속적 연애담과 구별 짓는 계기 역시 바로 이 춘향의 변학도에 대한 항거 대목에서 마련되는데요, 『춘향전』의 출발과 종결은 바로 이 부분에 의해 매개되면서 통일적인 하나의 미적 체계를 형성하게 됩니다. 『춘향전』이 단순한 풍속담에 머물지 않고 그 앞과 뒤가 일관성 있게 연결되어 하나의 이념적 체계를 이루면서 당대 민중의 세계관이라고 할 만한 것을 표현하는 데까지 나아갈 수 있었던 것도 바로 이 대목이 존재함으로써 가능했습니다. 앞서, 실전된 판소리들의 경우 풍속이라든가 세태의 차원에 머물러 있었으며 이념적·가치적 문제의식을 결여하고 있었던 점이 그 주요한 흠결이었음을 말한 바 있습니다. 이러한 이유로 인해 이 작품들은 한때는 흥미로움 때문에 인기를 끌었지만 결국에는 장구히 살아남지 못하고 도태되고 만 게 아닌가 합니다. 『춘향전』은 그 점에서 좋은 대조가 됩니다. 단순히 풍속이나 세태를 흥미롭게 제시하는 데 머물지 않고 있다는 거죠.

이처럼『춘향전』에는 봉건주의에 반대하면서 인간 평등과 인간 해방을 요구한, 18세기를 전후한 조선 후기 민중의 세계관과 정치적 입장이 반영되어 있다고 보입니다. 주목되는 점은『춘향전』이 단순히 민중의 세계관을 생경하게 직접 노출시키는 방식이 아니라 어디까지나 '미적 특수성'의 매개 위에서 그것을 표현하고 있다는 사실입니다. 그러므로 겉으로 볼 때『춘향전』은 연애담이라는 형태의 미적 구성을 이룩하고 있을 뿐 당대 민중의 세계관적 표현을 잘 드러내지 않고 있는데, 바로 이 점에 사회소설이나 정치소설과 구별되는『춘향전』의 예술적 탁월함이 있다고 하겠습니다. 즉,『춘향전』은 전환기 민중의 세계관을 기계적으로 혹은 도식적으로 표현한 게 아니라 미학적으로 승화시켜 표현하고 있는 것입니다. 다시 말해『춘향전』은 춘향, 이몽룡, 변학도 세 인물의 관계에 조응시켜, 결연, 이별과 항거, 재회라는 미적 체계를 구성하고, 이 미적 체계에다 다시 민중의 정치적 이상을 담아 놓고 있는 거죠. 뿐만 아니라 풍자나 비속함 등 작품 전체에 두드러진 미적 태도나 미의식도 조선 후기 민중의 세계관과 잘 어울린다고 할 만합니다. 요컨대『춘향전』은 그 미적 체계나 미적 태도가 당대 민중의 세계관 및 정치적 이상과 서로 잘 어우러져 있다고 할 수 있습니다.『춘향전』은 이처럼 '미학'과 '정치학'이 적절히 조화되고 결합됨으로써 조선 후기 민중의 문예적 성취 가운데 최고의 높이를 획득했다고 보입니다.

『춘향전』은 20세기에 들어와서도 연극, 영화, 소설 등 다양한 장르에서 재창작되었습니다.『춘향전』이 보여 주는 계급을 초월한 두 남녀의 진실한 사랑은 비단 18, 19세기의 독자에게만이 아니라 오늘날 시민사회의 독자에게도 충분히 감동적입니다. 이 점에서 세태소설과 차별되죠.

『춘향전』이 주는 문학적 흥미의 원천은 또한 춘향의 형상에서도 찾을 수 있습니다. 『춘향전』이 창조해 놓고 있는 춘향의 모습은 대단히 다면적입니다. 그래서 젠더적 관점에서도 주목됩니다. 그녀는 정절을 강조하는 도덕적 여인인가 하면, 대담한 성애性愛를 보여 주는 데서 드러나듯 자신의 욕망에 따라 움직이는 여인이기도 하며, 다소곳하고 연약한 여인인가 하면, 사회적 모순에 항거하는 아주 당차고 강한 여성이기도 합니다. 춘향은 이 중 어느 하나이지만 않고 그 모두입니다. 바로 이 점에서 독자들은 춘향을 살아 있는 인간으로 느끼면서 더욱 친근감을 갖게 되는 게 아닌가 합니다. 춘향이라는 인물의 이런 캐릭터 때문에 작가에 따라 시대에 따라 다른 해석이 가능하고, 그래서 『춘향전』이 끊임없이 다양한 장르로 재창조될 수 있는 게 아닌가 합니다.

그럼, 여기서 오늘 강의를 마치겠습니다.

질문과 답변

*　　　18, 19세기에 판소리라는 새로운 서사가 출현해 발전하게 된 인
식적 요구를 좀 더 구체적으로 설명해 주십시오.

판소리의 성립 배경으로는 민중 의식의 각성이나 상업의 발달이 지
적되곤 하죠. 그리고 판소리의 기원으로는 설화 기원설, 서사무가
기원설, 광대 소리 기원설, 중국 강창문학講唱文學 기원설 등이 제기
되어 있습니다.

　　17세기 후반 판소리의 발생에 민중 의식의 각성이라든가 상업
의 발달이 관여하고 있다는 데에는 이론異論의 여지가 없지 않나 합
니다. 한편 판소리 기원설은 어느 학설이든 나름대로 경청할 만한
점이 있지만, 그럼에도 판소리가 왜 발생할 수밖에 없었는지에 대한
답은 하고 있지 않습니다. 이는 판소리의 발생 배경으로 민중의 각
성이나 상업의 발달을 지적할 때도 또한 마찬가지입니다. 민중의 각
성이나 상업의 발달이 대체 어떻게 판소리를 발생시켰는지에 대한
해명은 찾아볼 수 없거든요.

　　판소리는 종합 연희 예술로서의 면모를 갖지만 그 언어 예술적
측면에 초점을 맞춰 본다면 서사(narrative)에 속한다고 말할 수 있습
니다. 구연口演에 기반을 둔 아주 새롭고 독특한 서사죠. 그래서 판
소리가 왜 발생하게 됐는가 하는 물음은 본질상 판소리 발생 당시
조선의 서사문학적 상황 및 당시 판소리 향유층이 서사문학에 대해
가졌던 '기대 지평'에 대한 물음으로 연결될 수밖에 없습니다. 그것

은 곧 당시 향유층이 서사문학에 어떤 '인식적 요구'를 갖고 있었는 가라는 문제로 압축됩니다. 이 점을 해명하지 않고서는 판소리가 왜 발생했는지에 대한 물음에 답했다고 하기 어렵습니다.

이 때문에 17세기에서 18세기로 넘어가는 시기의 서사문학사의 지형 및 이 지형 속에서의 민중층의 서사적 요구에 대해서 좀 더 깊은 사유가 필요하게 되죠. 그리고 이와 관련해 이 시기 상품화폐 경제에 대한 깊은 고려가 이루어질 필요가 있습니다. 조선에서는 17세기 후반경 상품화폐 경제가 전국적 규모로 확대되기 시작합니다. 상품화폐 경제는 급기야 민중층의 삶과 정신에도 영향을 미치게 됩니다. 이 점에서 17세기 후반은 큰 변화의 시기였다고 말할 수 있습니다.

상품화폐 경제는 세계를 바꾸고 인간의 의식을 변화시킵니다. 즉 상품화폐 경제의 진전과 확산은 소박한 세계를 복잡한 세계로 변화시키고, 단순한 인간 의식을 더 이상 단순하지 않게 만듭니다. 가령 중국 명말明末 소주蘇州와 항주杭州를 중심으로 한 강남 지방은 상품화폐 경제가 대단히 발전했는데, 당시 그곳의 문인인 김성탄金聖嘆은 이전 문인들과는 다른 양상의 자의식을 보여 줍니다.

그리하여 상품화폐 경제는 문학의 양상을 바꾸어 놓을 뿐만 아니라, 사람들로 하여금 문학에 새로운 것을 요구하게 만듭니다. 17세기 후반의 민중층은 이런 달라진 사회적·역사적 조건에서 한편으로는 의연히 재래의 설화에서 감흥과 재미를 느끼면서도 변화된 세계에 어울리는 새로운 서사물이 필요했으리라 여겨집니다. 판소리는 이런 서사적 요구에 부응해 발생한 것입니다.

그런데 서민층의 이 서사적 요구에는 인식적 요구가 내재되어 있습니다. '인식적 요구'란 새로워진 세계, 변화된 현실을 인식하고

자 하는 욕구를 뜻합니다. 거기에는 반성적 음미가 개입되게 마련입니다. 판소리에 해학과 풍자가 풍부한 것은 이와 관련이 있습니다. 요컨대 판소리는 서민층의 이런 인식적 요구에 부응하는 장르로서 출현한 것입니다.

이처럼 서사문학에 대한 민중층의 새로운 인식적 요구가 근원적으로 판소리의 발생을 추동推動했다고 여겨지지만 그렇다고 해서 판소리에 순전히 인식소認識素만 존재한다고 생각한다면 그것은 큰 오해일 것입니다. 무릇 모든 서사문학이 그렇지만 판소리에도 인식소와 흥미소興味素, 이 둘이 함께 존재합니다. 인식소가 삶과 세계에 대한 인식과 관련된다면, 흥미소는 재미나 오락과 관련됩니다. 판소리에서는 인식소가 흥미소의 일탈을 적절히 견제하고 흥미소가 인식소의 경직 가능성을 막아 주는 역할을 하면서 서로 잘 결합되어 있다고 여겨집니다. 이 점에서 흥미소가 현저히 우세한 통속적 국문 소설과 다릅니다.

**　『춘향전』은 춘향이 기생으로 설정된 본本과 기생이 아닌 것처럼 설정된 본이 있어 『춘향전』의 계통을 기생계妓生系와 비기생계非妓生系로 나누어 온 것으로 알고 있는데, 일설에는 춘향은 기생이며 기생이지 않은 본은 없다는 견해도 있는 것으로 알고 있습니다. 이 점에 대해 어떻게 생각하시는지요?

『춘향전』의 이본을 기생계와 비기생계로 나눈 것은 1960년대 이래 학계의 통설입니다. 현존하는 『춘향전』의 이본 중 가장 오래된 「만화본 춘향가」에서 춘향은 명백히 기생으로 설정되어 있습니다. 「만화본 춘향가」는 1753년 공연 상황의 기록화죠. 19세기로 오면서『춘향전』의 이러저런 이본들에서 춘향 신분의 '탈기생화'脫妓生化가 진행됩니다. 그래서 춘향을 기생 신분에서 빼내어 기생이 아닌 존재로만들려는 문학적 장치들이 등장합니다. 하지만 애초『춘향전』에서 춘향은 기생이었기 때문에 기생 춘향의 면모를 죄다 지울 수는 없었습니다. 그래서 기생 춘향과 비기생으로 분식粉飾된 춘향 사이에 모순이 야기될 수밖에 없었습니다. 이런 모순은 그 자체로서 흥미로운 연구 대상이라 할 것입니다.

후대의『춘향전』에 비기생계 이본들이 생겨난 것은 조선 후기의 사회적 신분 변화와 관련된 측면도 있고 19세기 판소리 양반 좌상객의 취향이 반영된 측면도 있지 않은가 합니다. 기생계 이본들과 달리 비기생계 이본들에서 춘향의 면모는 보다 다소곳해지고 정숙한 태도를 보여 주는 쪽으로 바뀝니다. 주체적이고 당찬 여성이 아니라 어머니인 월매의 말에 잘 따르기도 하고 좀 더 부덕이 있기도한 여성으로 그려지곤 하죠. 이 점만 보면『춘향전』의 보수화라 할만합니다.

『춘향전』의 19세기 이본들에서 왜 이런 보수화된 면모가 나타나는지, 그리고 이런 텍스트들이 보여 주는 의미 지향은 어떻게 해석되어야 하는지는 그 자체로서 중요한 논의 대상입니다. 19세기의『춘향전』에는 기생계와 비기생계가 공존했습니다. 그러므로 기생계와 비기생계로 나누어『춘향전』을 연구하는 종래의 시좌는 여전히 유효하고 타당하다고 여겨집니다.

그렇다면 일각에서는 왜 비기생계의 존재를 부정하는 걸까요? 앞서 말한 것처럼 비기생계『춘향전』은 텍스트 내부에 기생으로서의 춘향과 비기생으로서의 춘향이 모순적으로 공존하고 있습니다.

그럴 수밖에 없죠. 애초 춘향은 기생이었으니 '대비정속代婢定屬(기생이 자기 대신에 다른 사람을 사 넣고 자신은 자유롭게 되는 일)했다'고 하거나 '양반의 서녀庶女다'라고 분식하더라도 원래 춘향의 면모를 다 지울 수는 없기 때문입니다. 그래서 일부 연구자들은 '84장본『열녀춘향수절가』를 포함해『춘향전』의 모든 텍스트에서 춘향은 기생이다'라는 주장을 펼치게 된 게 아닌가 합니다. 하지만 이런 주장은 좀 단순한 사고의 소치로 보이며, 문학이 상상계에 속하기에 법과 제도나 디테일로부터 자유로울 수 있으며, 역사나 소여所與로서의 현실과는 차원이 다르다는 사실을 간과하고 있지 않나 합니다.『춘향전』을 정당하게 이해하기 위해서는 리얼리즘의 관점이 필요하다는 건 췌언이 필요 없지만 '소박한 반영론'은 극히 경계하지 않으면 안 된다고 봐요. 소여로서의 현실과 미적 체계로서의 작품을 제대로 구분하지 못하고 혼동하거든요. 이 때문에 사실에 대한 실증이 작품에 대한 정당한 이해로 연결되기보다는 작품을 왜곡하거나 이상한 해석을 낳게 되는 거죠. 사실에 긴박緊縛된 나머지 작품이 말하고자 하는 대의大意를 놓쳐 버린 까닭입니다. 우리는 여기서 역사 기록과는 다른 예술 작품의 존재 방식에 대해 생각하게 됩니다. 그리고 객관의 일방통행이 아니라 객관과 주관을 아우르며 그 종합을 지향하는 해석 지평에 대해 생각하게 됩니다.

조선 시대의 실정법상 '대비정속'하더라도 기녀의 신분을 탈피할 수 없다는 지적이 있습니다. 하지만 중요한 것은 객관적으로 법과 제도가 어떠했는가가 아니고 텍스트 내에서 춘향의 신분을 상승시키기 위해 어떤 노력을 기울이고 있으며 그리하여 춘향이 어떤 신분으로 표상되고 있는가 하는 점입니다. 우리는 바로 이 점, 즉 작품의 '주관'에 주목해야 합니다. 문학 작품은 실증주의를 넘어서거든요. 설사 실정법상 대비정속에 의해 기생을 벗어날 수 없다 할지라도 작품에서 '대비정속해 기생이 아니다'라고 한다면 기생이 아닌 것으로 간주되어야 마땅합니다. '작품'이기 때문입니다. 설사 텍스트에 모순이 있다 하더라도 이 지점에서부터 텍스트에 대한 해석이 이루어져야 하는 거죠. 이게 문학 연구의 본령입니다.

**　　이 강의에서 『춘향전』은 연애담이기도 하고 사회소설이기도 하다고 하셨습니다. 그런 점에서 『춘향전』은 간혹 중국 희곡 『서상기』西廂記와 비견이 되기도 합니다. 이와 관련해 동아시아 문학사에서 『춘향전』은 어떤 위상을 갖는지요?

『서상기』는 원나라 문인인 왕실보王實甫가 당나라 전기소설인 「앵앵전」鶯鶯傳을 토대로 만든 희곡입니다. 「앵앵전」은 원래 비극으로 끝납니다. 남자가 배신을 하죠. 『서상기』에서는 이를 해피엔딩으로 바꿔 놨습니다.

　『서상기』는 장생이라는 서생과 앵앵이라는 재상 집 딸의 사랑 이야기죠. 장생은 보구사普救寺라는 절에서 우연히 앵앵을 만나 첫눈에 사랑에 빠집니다. 하지만 앵앵의 어머니는 딸이 장생과 혼인하는 것을 반대합니다. 앵앵의 어머니는 봉건적 예교禮教에 충실한 속물에 가까운 인간이죠. 앵앵은 어머니의 반대에도 불구하고 장생을 계속 사랑하며 혼인을 하기 전에 관계를 맺습니다. 예교를 따르지 않고 자유연애를 한 거죠. 앵앵에게는 정혼定婚한 남자가 있는데, 이 남자 역시 앵앵의 어머니와 마찬가지로 장생과 앵앵의 결합을 방해합니다. 하지만 장생은 장원급제하고 두 사람은 부부가 됩니다.

이처럼 『서상기』는 진정한 사랑을 찾아가는 두 청춘 남녀의 연애담이라는 점에서, 그리고 두 남녀가 이런저런 어려움에도 불구하고 끝내 사랑을 성취하는 이야기라는 점에서 서로 통하는 점이 없지 않습니다. 『춘향전』이 한국인의 오랜 사랑을 받아 왔듯 『서상기』도 중국인의 오랜 사랑을 받아 왔는데 이 점 역시 비슷합니다.

그렇긴 합니다만 『서상기』에는 계급에 대한 문제 제기는 없습니다. 『서상기』의 두 남녀 주인공은 모두 상층의 인물입니다. 『서상기』에서 갈등은 계급 문제가 아니라 봉건적 예교 때문에 발생합니다. 이와 달리 『춘향전』은 계급 모순으로 인해 갈등이 야기됩니다. 이 때문에, 두 작품의 여성 주인공이 모두 주체성을 보여 줌에도 불구하고 그 주체성의 사회적 맥락이나 계급적 맥락은 동일하지 않습니다. 앵앵의 주체성이 봉건적 예교를 탈피해 진정한 사랑을 획득함을 지향한다면, 춘향의 주체성은 계급적 차별로부터 해방되어 진정한 사랑을 획득함을 지향하죠. 이 때문에 『서상기』와 달리 『춘향전』에서는 계급 차별에 대한 항거와 사랑이 서로 분리되지 않습니다. 계급 차별에 대한 항거로부터 사랑이 비롯되고 완성되며, 사랑으로부터 계급 차별에 대한 항거가 빛을 발하며 정당화되거든요. 저항과 사랑의 변증법이죠. 『춘향전』의 사랑 이야기에는 이처럼 '인간 해방'의 면모가 담겨 있다는 점이 특별합니다. 이는 세계 문학사에서, 그리고 동아시아 문학사에서 대단히 주목되고 의미 있는 성취라고 봐야겠죠.

동아시아는 물론이고 서구에도 『춘향전』처럼 사회의 밑바닥에 위치한 비천한 여성이 '나도 인간이다', '나도 주체적으로 사랑을 할 권리가 있다'는 자각을 온몸으로 관철해 나가는 이야기는 달리 찾아보기 어렵지 않은가 해요. 이런 점에서 『춘향전』은 한국에서만 의미 있는 고전이 아니라, 동아시아는 물론 다른 문화권에서도 공유할 만한 가치가 있는 인류의 자산이 아닌가 합니다.

『서상기』가 남녀의 참된 사랑의 소중함, 그리고 현실적 장애를 딛고서 끝내 사랑을 성취하는 남녀의 아름다움을 감동적으로 보여 준다면, 『춘향전』은 비단 그런 점만이 아니라 차별과 억압을 낳는 지배 체제에 항거하고, 폭력적 권력에 맞서 인간다움을 찾아 나가며 주체적으로 자신의 삶을 열어 가는 천민 여성의 행로를 감동적으로 보여 줍니다. 이 점에서 『춘향전』에는 『서상기』에 비해 훨씬 높은 사회정치적 의식이 담지되어 있지 않나 합니다.

열녀춘향수절가

"(…) 사정이 그렇기로 네 말을 사또께는 못 여쭈고 대부인전大夫人前 _{어머니 앞에}에

여쭈오니 꾸중이 대단하시며 양반의 자식이 부형父兄 따라 하향遐鄕 _{먼 시골}

에 왔다가 화방작첩花房作妾_{기생방에서 첩을 만듦}하여 데려간단 말이 전정前程_{앞길}에도 괴

이하고 조정에 들어 벼슬도 못 한다더구나. 불가불 이별이 될 밖에

없다."

춘향이 이 말을 듣더니 고닥기 발연변색勃然變色_{왈칵 성을 내어 얼굴빛이 달라짐}이 되며 요두전 _{금방}

목搖頭轉目_{고 눈을 돌림}에 붉으락푸르락 눈을 간잔조롬하게 뜨고 눈썹이 꼿꼿하 _{눈이 감길 듯이 가늘게} _{머리를 흔들}

여지면서 코가 발심발심하며 이를 뽀도독 갈며 온몸을 쑤신 입 틀 _{빌름빌름하며}

듯하며 매 꿩 차는 듯하고 앉더니,

"허허 이게 웬 말이오?"

왈칵 뛰어 달려들며 치맛자락도 와드득 좌르륵 찢어 버리며 머

리도 와드득 쥐어뜯어 싹싹 비벼 도련님 앞에다 던지면서,

"무엇이 어쩌고 어째요? 이것도 쓸데없다."

면경面鏡, 체경體鏡, 산호죽절珊瑚竹節을 두루쳐 방문 밖에 탕탕 _{얼굴 보는 거울 몸을 보는 거울 산호로 만든 비녀}

부딪치며 발도 동동 굴러 손뼉 치고 돌아앉아 자탄가自嘆歌로 우는 _{탄식해 부르는 노래}

말이,

"서방 없는 춘향이가 세간살이 무엇 하며 단장하여 뉘 눈에 괴

일꼬? 몹쓸년의 팔자로다. 이팔청춘 젊은 것이 이별 될 줄 어찌 알 _{사랑을 받을꼬}

랴. 부질없는 이내 몸을 허망하신 말씀으로 진정 신세 버렸구나. 애고 애고 내 신세야."

천연히 돌아앉아,

"여보 도련님, 인자 막 하신 말씀 참말이요 농말이요? 우리 둘이 처음 만나 백년언약 맺을 적에 대부인 사또께서 시키시던 일이오니까? (…)"

—작자 미상, 완판完板 84장본

'사라진' 도와 단호그룹

단호그룹이란

'단호그룹'은 이윤영李胤永(1714~1759)과 이인상李麟祥(1710~1760)을 중심으로 한 문인 지식인 집단을 말합니다. 이윤영의 호가 '단릉'丹陵이고, 이인상의 호가 '능호관'凌壺觀인데, 이 두 사람의 호에서 '단'자와 '호' 자를 취해서 '단호丹壺그룹'이라고 합니다. 단호그룹은 18, 19세기 조선의 문학사, 사상사, 예술사를 통합적으로 이해하는 데 아주 긴요합니다.

단호그룹은 처사적處士的 삶을 그 본원으로 삼으면서 문예 활동을 한 청류淸流 집단에 해당합니다. '청류'라는 말은 영조조英祖朝 때 조성된 탕평蕩平 정국에서 탕평에 반대한 노론계 사인士人들을 일컫는 말입니다. 그들은 탕평을 긍정한 조정의 고관들이 임금의 분부만 따르고 아첨만 하고 있을 뿐 직언하지 못하고 있으므로 신하의 본분을 저버리고 권세와 이익만 추구하고 있다고 봤습니다. 청류 집단에서는 특히 영조가 신임옥사辛壬獄事의 시시비비를 가리지 못하게 해 이른바 '신임의리'辛壬義理가 드러나지 못한 데 대해 큰 불만을 품었습니다.

'신임옥사'는 경종 즉위 1년 후인 1721년부터 다음 해 1722년까지 소론이 노론을 공격해서 일어난 옥사입니다. 1721년은 신축년辛丑年이고 1722년은 임인년壬寅年이라서, '신' 자와 '임' 자를 취해서 '신임'옥사라고 합니다. 당시 노론 4대신老論四大臣의 주장으로 경종의 동생인 연잉군(뒤의 영조)을 세제世弟로 책봉했습니다. '노론 4대신'은 김창집金昌集(1648~1722), 이이명李頤命(1658~1722), 이건명李健命(1663~1722), 조태채趙泰采(1660~1722)를 가리킵니다. 노론 4대신은 연잉군을 세제로 책봉한 뒤 대리청정代理聽政하게 하려고 했습니다. 당시 경종이 병약했거든요. 하지만 소론은 이에 반대하는 상소를 올리고 노론의 4대신이 역모를 꾀한다고 무고했습니다. 이에 노론 4대신은 극형에 처해집니다. 소론이 일으킨 이 옥사로 노론은 막대한 피해를 입습니다.

그 후 1724년 경종이 죽고 영조가 즉위하는데, 영조 즉위 후에도 이 문제를 둘러싸고 노론과 소론 간의 갈등이 계속됩니다. 노론 쪽에서는 신임옥사의 시비를 명명백백히 가려서 충역忠逆, 즉 충성과 반역을 분명히 해야 한다는 입장을 취했습니다. 이것을 '신임의리'라고 합니다. 노론 강경파가 '신임의리'를 중시했습니다. 노론에도 강경파가 있고 온건파가 있는데, 온건파는 영조의 탕평 정국에 참여했습니다.

다시 단호그룹으로 돌아가겠습니다. 이 그룹의 멤버로는 이윤영, 이인상 외에 오찬吳瓚(1717~1751), 송문흠宋文欽(1710~1752), 윤면동尹冕東(1720~1790), 김무택金茂澤(1715~1778), 김상숙金相肅(1717~1792) 등을 들 수 있습니다. 이 그룹은 영조 14년(1738)경 성립되어 차츰 그 외연을 확대해 나가는데, 구성원들 대부분이 신임옥사 피해자 집안의 자제들입니다. 이들은 국내적으로는 탕평책에 비타협적인 반대의 자세를 견지했고, 대외적으로는 청에 대한 복수심과 적개심에서 북벌론北伐論을 긍정했습니다. 즉, 신임의리와 대명의리對明義理에 철저했습니다. '대명의리'란 명나라가 비록 망했지만 명나라에 대한 의리를 지키는 것을 이릅니다. 이 점에서 단호그룹은 18세기 전반에 가장 보수적 이념을 지녔던 집단이라고 이를 만합니다. 뿐만 아니라 이 집단은 청나라가 들어선 지 백 년이 더 지났는데도 공허하게 북벌론을 긍정했다는 점에서 돈키호테적 사고를 지녔다고도 할 수 있고 아나크로니스트anarchronist라고도 할 수 있을 듯합니다.

그런데 문제는 이들을 정신 나간 아나크로니스트라고 치부하고 무시해 버리면 좋을 것 같은데, 그 내면과 실상을 자세히 들여다보면 그리 간단하지 않다는 사실입니다. 북벌의 사고 속에 조선적인 자기의식이라 할 만한 주체적 사고가 내재해 있기도 하고, 실학의 단초가 발견되기도 합니다. 이들은 당대의 동아시아를 도道가 사라진 캄캄한 밤으로 간주했습니다. 세계 상황을 이렇게 인식했기 때문에 비관적 정조를 가질 수밖에 없었죠. 하지만 이들은 회의주의에 빠지지도 않고 현실과 타협하지도 않았으며, 평생 지조를 지키며 올곧은 자세로 세계와 맞서다 사라져 갔습니다. 그래서 이들 간에는 아주 독특하고 견고한 유대감이 존재했습니다. 이 유대감 속에 문학사적으로 특이한 우정의 세계가 펼쳐졌으며, 이 과정에서 단호그룹 특유의 문학 세계와 예술 세계가 창조되었습니다.

이처럼 이들의 문학, 예술, 사상은 이 집단이 공유한 비관적 세계관과 시대착오적 세계 인식에서 비롯됩니다. 이 그룹을 대표하는 작가는 이인상입니다. 이인상은 시문을 통해 어두운 밤을 살아가는 인간의 내면을 매우 진실하게 표현했을 뿐만 아니라, 격조 높은 문인화를 통해 자신과 자신이 속한 이 그룹의 세계관을 구현해 냈습니다. 또한 이인상 특유의 전서篆書와 예서隷書로 자신의 세계 감정을 표현했습니다.

단호그룹의 우정론, 지사적志士的 태도, 주체적 지향은 한 세대 뒤의 노론계 인물인 홍대용과 박지원으로 계승되며, 이인상이 서화를 통해 구현한 높은 정신세계는 19세기에 김정희에 의해 긍정됩니다. 이렇게 본다면 단호그룹의 존재 방식에 대한 이해는 18, 19세기 문학사와 사상사와 예술사를 총체적으로 조감하는 데 아주 큰 도움이 된다 할 것입니다.

도가 사라진 세계

앞서 말했듯 단호그룹의 인물들은 자기 시대를 도가 사라진 시대로 인식했습니다. 이인상과 이윤영의 시에서는 당대의 동아시아가 하루로 치면 '어두운 밤', 계절로 치면 '엄혹한 겨울'로 비유됩니다. 이들의 삶에서 이 심상心象은 아주 의미심장합니다. 그들은 왜 이렇게 인식했을까요? 이는 17세기 중반의 명청明淸 교체와 관련이 있습니다. 오랑캐인 여진족이 중국을 점거함으로써 동아시아에서 문명이 사라져 버렸다고 본 겁니다. 일종의 문명론적 관점이라고 할 수 있겠는데요, 이 문명론적 관점은 크게 보아 중화주의에서 유래하는 것입니다. 또한 화이론적華夷論的 세계관, 즉 중화中華와 오랑캐를 엄격하게 구별하는 세계관이라고 하겠습니다.

하지만 이들만이 아니라 당시 조선의 사대부는 거의 모두 이런 세계관을 갖고 있었습니다. 그런데 단호그룹 인물들의 경우는

수석도 이인상 화畵, 종이에 먹, 109.1×55.4cm, 국립중앙박물관 소장

좀 더 철저하고 비타협적이었다는 것이 문제적이었습니다. 이런 세계관으로 무장했기에, 단호그룹 인물들의 현실 인식과 세계 감정은 대단히 비장하거나 비관적인 색채를 띠었습니다. 그리하여 그들은 독특한 자아관, 자아의식을 보여 줍니다. 도가 사라진 엄혹한 세계 속에서 끝까지 자기를 지키면서, 다시 말해 선비로서의 도리를 지키면서 버텨 내는 안쓰럽고 비장한 모습과 지향이 바로 그 자아의 본질을 이루고 있습니다. 이런 자아상自我像을 회화적으로 잘 구현해 내고 있는 것이 이인상의 〈수석도〉樹石圖와 〈설송도〉雪松圖입니다.

〈수석도〉의 중앙에 있는 나무는 소나무입니다. 옆에 있는 것은 바위고요. 〈설송도〉는 눈을 맞고 서 있는 두 그루 소나무를 그렸습니다. 이 그림에 대해서는 뒤에 다시 이야기하도록 하겠습니다. 이런 자아의 면모는 시대와 문제의식을 넘어 오늘날의 우리에게도 흥미로우며, 또한 이월적移越的 가치가 있다고 생각됩니다. 다시 말해 단호그룹이 가졌던 문제의식과 오늘날 우리가 가지고 있는 문제의식이 다름에도 불구하고 이 그림들은 우리에게 어떤 감동을 불러일으킵니다. 그림에 표현된 삶에 대한 자세, 삶에 대한 태도가 시대를 뛰어넘는 가치를 지니고 있기 때문이 아닐까요?

단호그룹의 우정론

이윤영은 이인상보다 네 살 아래입니다. 이윤영은 한산韓山 이씨 벌열閥閱 집안의 양반이었으나 스스로 결단하여 평생 벼슬을 하지 않았습니다. 자신의 세계관에 철저했던 거죠. 이인상은 전주 이씨 밀성군파密城君派의 후손이지만 신분이 서얼이었습니다. 단호그룹

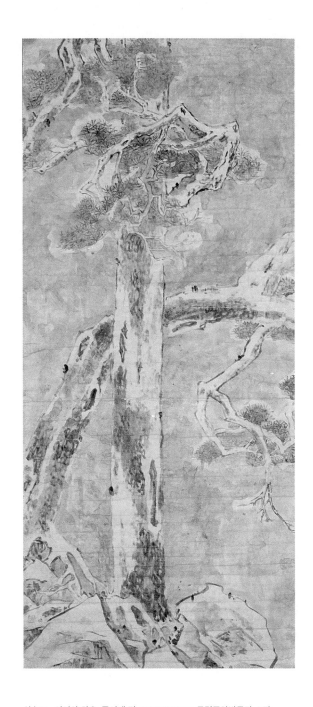

설송도 이인상 화畵, 종이에 먹, 117.3×52.6cm, 국립중앙박물관 소장

에 속한 인물 중 서얼은 이인상밖에 없습니다. 이인상은 이런 신분적 처지로 인해 단호그룹 내에서 가장 문제적 인물이 됩니다. 당시 서얼은 하시下視되었으며 푸대접을 받았습니다. 그래서 평생 모멸감을 품고 살아야 했습니다. 하지만 이윤영은 이인상이 서얼임에도 불구하고 죽을 때까지 그에 대한 존경심을 간직했습니다. 이윤영뿐만 아니라 단호그룹의 인물들은 누구도 이인상을 서얼로 대하지 않고 평등한 벗으로 대했습니다.

이는 박지원이 그 추종자인 이덕무, 박제가, 유득공 등을 명목상 벗이라고 하면서도 실제로는 서얼로 대한 것과는 차이가 있습니다. 여기서 '실제로는 서얼로 대했다'는 말은 서얼이라는 것을 완전히 잊어버리고 자기 자신과 동등한 신분, 동등한 인격체로 꼭 대한 건 아니라는 뜻입니다. 상대가 서얼이라는 의식을 가지고서 대했다는 말이죠. 이와 달리 단호그룹의 인물들이 이인상을 보는 눈, 이인상과 관계하는 태도는 그렇지 않았습니다. 서얼임을 의식하지 않고, 그것을 잊어버리고 자기 자신들과 똑같은 존재, 똑같은 인격을 가진 인간으로 대했습니다. 흥미롭고 주목할 점입니다. 그래서 단호그룹의 우정론은 문학사에서 각별합니다.

일찍이 허균도 자기 주변의 서얼들을 차별하지 않고 격의 없이 대했으며 벗으로 사귀었습니다. 이 점에서 단호그룹의 인물들과 통하는 점이 있습니다. 하지만 허균과 서얼들의 사귐은 비록 격의 없는 것이긴 해도 '인격적 사귐'은 아니었습니다. 허균의 기질대로 스스럼없고 자유분방한 사귐이기는 했겠지요. 이와 달리 단호그룹의 우도友道는 인격적 사귐으로서 단아하고 격조가 있었습니다. 옛날에는 이런 사귐을 '도의道義의 사귐'이라고 불렀는데, 그냥 친하다고 막 스스럼없이 지내는 것이 아니라 도덕적 기초 위에서 단아하게 깊이 사귀는 것을 말합니다. 도의의 사귐에서는 벗을 진정으로 아끼고 사랑하기 때문에 서로의 잘못에 대해서 늘 충고하고 지적을 해 줍니다. 그러면 상대는 그것을 고깝게 생각하거나 유감으로 여기지 않고 허심탄회하게 받아들입니다. 이런 사귐은 사실 아주 어렵습니다.

단호그룹의 일원인 임경주任敬周(1718~1745)는 유명한 기철학자氣哲學者인 임성주任聖周(1711~1788)의 동생이며 여성 학자인 임윤지당任允摯堂(1721~1793)의 오빠입니다. 임윤지당에 대해서는 다른 강의에서 살필 예정입니다. 임경주는 이인상과의 교유 경험을 토대로 벗 사귐의 도리를 이론적으로 테제화했습니다. 그는 「벗이란 무엇인가」(釋友)라는 글에서 벗 사귐은 신분의 귀천이나 빈부와는 무관하며, 오직 상대의 덕德을 취하는 것이라고 했습니다. 그러니까 벗 사귐에서 상대의 신분은 하등 중요하지 않고 오로지 상대가 덕이 있는 인간인가가 중요하다는 거죠. 신분을 초월한 인간 대 인간의 인격적인 만남을 우도友道의 본질로 규정한 것입니다. 조선 후기에 제출된 우정론 가운데 그 이론적 수준에서, 그리고 그 이론적 철저성에서, 임경주의 이 테제를 능가하는 글은 달리 찾기 어렵습니다. 임경주의 이 우정론은 만일 이인상이라는 인물이 없었다면, 그리고 이인상과 그 벗들 간의 깊은 존재관련이 없었다면 정초定礎되지 못했을 것입니다.

반청과 조선적 자기의식

단호그룹에서 주목할 부분은 그들의 반청적反淸的 입장으로부터 조선적 주체성의 모색이 이루어지고 있다는 사실입니다. '조선적 주체성'이란 조선의 시공간에 대한 주체성, 조선 문화에 대한 주체성을 이릅니다. 단호그룹이 중화주의와 화이론적 세계관을 벗어나지 못했음에도 불구하고 그 의식의 내부에서 이런 주체적인 면모가 확인되는 것은 대단히 흥미롭고 주목할 일입니다. 청淸이라는 적대화된 타자 덕분에 중화주의적 세계관 내부의 틈새에서 주체성의 계기가 자라나기 시작한 것입니다. 대단히 의미 있는 단초라 생각됩니다. 나중에 공부하겠지만 이런 단초가 몇 굽이를 넘어 지양止揚됨으로써 홍대용이 『의산문답』醫山問答에서 설파한 '화이균'華夷均(중화와 오랑캐는 평등하다)의 세계관이 도출될 수 있었습니다. 이번 강의에서 공부하는 단호그룹은 그 자체로도 흥미롭지만 그 내부에서 양성된 의식과 지향이 홍대용에게 가 닿아서 마침내 그것이 '다시 지양'됨으로써 새로운 도道에 해당하는 '화이균'의 세계관이 만들어질 수 있었다는 점에서 주목됩니다. '사라진 도'로부터 '새로운 도'가 창조된 거죠. 그러므로 단호그룹의 대청 인식은 보수적이고 시대에 뒤떨어진 것이라고 해야겠지만 그럼에도 여기에서 의미 있는 주체성의 계기가 빚어져 나온 것은 그것대로 정당한 평가가 필요하다 할 것입니다.

조선적 주체성의 구체적인 면모를 조금 살펴보면, 첫째, 이인상의 본국산수화本國山水畫가 있습니다. 이인상은 우리나라 최고의 문인화가로 꼽히는데요, 그가 그린 그림들 가운데 많은 것이 우리나라의 산수를 그린 것입니다. 여기서 '본국산수'라는 것은 자국의 산수를 그린 그림을 말합니다. 본국산수는 실경산수實景山水 개념과 달리 실경 재현의 핍진성 여부를 크게 문제 삼지 않습니다. 그보다는 화가의 창조적 주관성을 더 중시합니다. 그래서 실제 산수의 모습과는 다른, 주관 속에서 변형된 사의적寫意的 산수화라 할지라도 본국의 공간을 그린 것이라면 본국산수화로 적극적으로 포섭됩니다. 또한 실경을 직접 보고 그린 그림은 아니더라도 자국의 산수를 그린 것은 본국산수화에 포함됩니다. 가령 백두산을 상상으로 그린 이인상의 〈장백산도〉長白山圖라든가, 금강산 구룡연과 도봉산의 소광정이라는 정자를 사의적寫意的으로 그린 〈구룡연도〉九龍淵圖나 〈소광정도〉昭曠亭圖 같은 그림은 모두 본국산수화에 해당합니다.

겸재謙齋 정선鄭敾(1676~1759)은 이른바 진경산수화眞景山水畵로 널리 알려져 있습니다만 이인상은 정선과 달리 문인화, 즉 사의화寫意畵를 그렸습니다. 정선이 그린 그림은 문인화로 간주되지 않습니다. 주목해야 할 점은 이인상의 본국산수화가 공간에 대한 주체적 인식의 산물이라는 사실입니다. 왜 이인상이 본국산수화를 그렸을까요? 그것은 단호그룹의 세계관과 관련이 있습니다. 청나라의 중국 점거로 천하에서 도가 사라져 버렸는데 그나마 도가 남아 있는 곳이 조선이라고 봤기에 조선의 산수에 주목하게 된 것입니다. 주체성의 발현입니다. 정선의 진경산수화도 하나의 본국산수화라고 할 수 있지만, 정선의 그림에는 이인상의 그림에서 확인되는 자각적인 문제의식이 존재하지 않습니다. 대체로 산수 유람의 흥취를 화폭에 담았을 뿐입니다. 하지만 이인상의 그림은 그렇게 간단하지 않습니다. 그림의 기저에 단호그룹의 세계관이 자리하고 있기 때문이죠.

두 번째로는 이인상과 송문흠의 서예를 들 수 있습니다. 이인상과 송문흠은 중국 후한後漢 때 비석인 하승비夏承碑의 예서체를 본뜬 예서를 썼습니다. 하지만 하승비를 그대로 본뜬 것은 아닙니다. 이인상의 예서는 하승비와 비교가 안 될 정도로 전서의 필의筆意가 짙습니다. 전서는 예서에 앞서 성립된 서체죠.

왼쪽   **산정일장(부분)** 이인상 예서, 종이, 43.2×28cm, 개인 소장
오른쪽 **재유(부분)** 이인상 전서, 종이, 제1면 30×22.5cm, 버클리대학교 아사미문고 소장

이인상은 전서를 잘 쓴 것으로 당대에 이름이 높았습니다. 전
서에도 진秦나라의 전서와 진나라 이전의 전서가 있는데, 이인상은
진나라 이전 상고시대의 전서를 배우고자 했습니다. 그래서 아주
예스럽고 개성이 강한 전서를 썼습니다. 이는 단호그룹의 상고주
의적尚古主義的 이념이 낳은 미적 창안이라 할 만합니다. 단호그룹
은 춘추대의春秋大義를 중시했는데 그러다 보니 자연히 중국 상고
시대의 문명에 대한 존숭이 싹텄고 여기에서 이런 서예가 나오게
된 거죠. 이처럼 이인상의 예서와 전서는 고古에 대한 열렬한 애호
의 결과입니다. 그의 예서와 전서는 중국 서예가의 글씨와 구별되
는 자기만의 세계를 보여 줍니다. 주체적이라는 말이지요.

이인상의 본국산수화와 서예는 반청 의식과 결부된 중화주의
적 세계관에서 비롯됩니다. 즉, 중화주의에 연유하는 춘추대의의

480

감정에서 주체성이 강한 본국산수화와 서예가 창조된 것입니다.

중화주의적 세계관에서 주체적 예술 세계가 창조됨은 흥미로운 현상이라 할 만합니다. 타자성他者性 내부에서 주체성이 싹트고, 모순 내부에서 창조가 일어나고 있기 때문입니다. 단호그룹을 통해 우리는 모순 — 여기서 모순은 '능산적'能産的입니다 — 속에서 조선적 자기의식이 성장하고 있음을 알 수 있습니다. 그러므로 이 시기에 형성된 조선중화주의는 무조건 긍정할 일도 아니지만 무조건 부정할 일도 아니라고 생각합니다. 그 내부에 모순적으로 주체성의 단초, 주체성의 계기가 일정하게 자리하고 있기 때문입니다.

단호그룹의 서예 이론가 김상숙은 『문방한기』文房閒記에서 우리나라 서예가 한석봉韓石峯(1543~1605)이 "이전 사람의 진부함을 답습하지 않고 스스로 일가를 이루었으며" 명나라 서예 대가로 꼽히는 "동기창董其昌이나 문징명文徵明의 쇠약한 필법을 배우지 않았다"라고 하면서 "우리나라의 필법은 한석봉을 으뜸으로 삼아야 한다"라고 했습니다. 중국 명나라의 대가에 해당하는 동기창이나 문징명의 글씨라든가 명나라 이전의 중국 글씨를 높이면서 이를 전범으로 삼은 조선의 서예가들은 한석봉을 아주 얕잡아 봤습니다. 중국 대가의 법도를 재현하지 않고 자기대로의 글씨를 쓴 걸 못마땅하게 여긴 거죠. 그런데 김상숙은 오히려 그 점을 높이 평가합니다. 여기서 김상숙의 주체적 의식을 볼 수 있습니다. 동기창이나 문징명은 중국이나 조선에서 서예의 대가로 꼽히던 인물입니다. 19세기에 김정희는 이들의 글씨를 높이 평가했습니다. 단호그룹의 평가와는 다르죠. 이 점에 대해서는 뒤에 다시 이야기하겠습니다.

이인상 역시 동기창이나 문징명의 글씨는 예쁘장하기만 할 뿐 기력氣力이 없다며 비판적으로 봤습니다. '기력'이라는 것은 '기절'

氣節과 관계됩니다. 그러니까 이인상은 이들의 글씨에 사대부로서 갖춰야 할 기개와 절개 같은 것이 부족하다고 생각한 거죠. 심지어 이인상은 종요鍾繇와 왕희지王羲之의 글씨조차도 비판적으로 봅니다. 종요는 왕희지와 병칭되는 중국 서예사의 비조鼻祖급 인물인데, 이런 인물의 글씨까지도 비판적으로 보고 있습니다. 이를 통해 조선 서예가로서 이인상의 주체적 안목과 의식을 엿볼 수 있습니다.

이처럼 반청 의식에서 중국 문화, 중국 예술을 읽는 새로운 눈이 생겨 나오고, 이로부터 새로운 사유와 의식이 형성되면서 주체적인 예술의 틈새가 열리고 있음을 확인할 수 있습니다. 이전에는 잘 볼 수 없던 광경입니다.

'고'와 '신'의 변증법 — 학고창신

단호그룹은 '학고창신'學古創新(고古를 배워서 신新을 창조한다)이라는 예술 창작 방법을 주창했음이 주목됩니다. 가령 이윤영은 「원령元靈이 한비漢碑를 임모臨摹한 글씨 끝에 적다」(題元靈漢碑摹後)라는 글을 남겼는데, '원령'은 이인상의 자字이고, '한비'는 후한後漢 시기의 비석을 말하며, '임모'는 글씨를 본떠 쓴 것을 말합니다. 이 글에서 이윤영은 이인상이 고古를 본받되 모방하지 않았으며, 그 자신의 글씨를 썼음에도 법도에서 벗어나지 않았다고 했습니다. 반면 보통사람들은 "남의 글씨를 구구하게 본떠서, 비슷하면 할수록 그 참을 잃는다"라고 했습니다. 한 세대 뒤의 인물인 박지원의 '법고창신론'法古創新論(고古를 본받아 신新을 창조한다)을 연상시키는 말입니다.

한편 송문흠은 벗인 김상무金相戊(1708~1786)에게 보낸 편지에서 '학고'學古와 '습고'襲古를 구별하고 있습니다. '학고'는 고를 배운다는 말이고, '습고'는 고를 답습한다는 말입니다. 송문흠은 '학고'와 '습고'를 구별하면서 '학고'는 단순한 모방이 아니라 그 속에 창신의 과정이 내포되어 있다고 봤습니다. 그래서 "고인의 법도를 취할지라도 내 마음에서 변화를 이룬 뒤에야 잘 배웠다고 이를 것이다"라고 했습니다. '내 마음에서의 변화'란 곧 '창신'입니다. 송문흠의 이런 생각 역시 박지원의 법고창신론과 통한다고 하겠습니다.

이윤영, 송문흠만이 아니라 김상숙 역시 고인의 필획을 본뜨는 것은 해서는 안 될 일이고, 창작 주체의 마음을 중시해야 한다는 입장을 표명했습니다. 제자인 황운조黃運祚(1730~1800)에게 보낸 편지에 나오는 말이죠. 이인상의 그림 그리기와 글씨 쓰기는 바로 이런 '학고창신'의 창작 방법에 따라 이루어진 것이라 할 것입니다.

대명의리론과 실학적 사고

이인상은 비록 자구字句의 천착만 일삼아 진실성을 잃은 당대 주자학의 행태에 비판적이었지만 아직 실학적 사고로까지 나아가지는 못했습니다. 하지만 이인상, 송문흠과 절친했던 신소申韶(1715~1755)에게서 실학적 관심이 확인된다는 사실은 주목을 요합니다. 신소는 벌열 집안 출신으로서 대명의리론을 철저히 견지했습니다. 이인상이 워낙 집이 가난해 서울의 여기저기를 서른 군데나 전전하며 세 들어 사는 것을 딱하게 여겨 돈 30냥을 내어 송문흠과 힘을 합해 남산 높은 곳에 초가집을 마련해 준 사람이 바로 이 신소입니다. 그리고 이인상 주변의 인물 중 대명의리론에 있어 가장 강경한 입장을 견지한 인물이 바로 신소입니다. 제일 강경파였지요. 이인상과 송문흠은 생계를 위해 어쩔 수 없어 말단 벼슬이라도 했지만 신소는 끝까지 벼슬하지 않고 재야인사로 지냈습니다. 당시 벼슬 임명장에는 청나라 연호가 적혔는데, 이런 청나라 연호가 적힌 벼슬 임명장을 받을 수 없다는 것이 이유였습니다.

신소는 병고에 시달리면서도 학문에 힘썼습니다. 관방關防(국경 방어), 성지城池(성城 쌓기), 전곡錢穀(국가 재정), 병농兵農(군사 제도) 등에 대한 경세지학經世之學에 늘 마음을 뒀습니다. 이 사실은 임성주가 쓴 신소의 묘지명에 보이는데요, '관방'이라든가 '성지'라든가 '전곡'이라든가 '병농' 등은 실학자들의 관심사입니다. 조선 후기의 실학자들은 주로 이런 문제에 관심을 쏟았습니다. 신소가 주자학자였음에도 이런 경세지학에 관심을 쏟았다는 점이 흥미롭습니다. 주자학과 실학이 꼭 대립적인 것은 아니라는 사실이 여기서도 확인됩니다. 이 점은 신소에 앞서 반계磻溪 유형원柳馨遠(1622~1673)에게서도 확인되는데요, 주목해야 할 점은 신소의 경우 대명의리론으로부터 실학적 관심이 싹텄다는 사실입니다. 북벌北伐, 즉 청에 복수하기 위해서는 부국강병하지 않으면 안 된다고 본 때문일 것입니다. 이런 요청에서 실학적 관심과 공부가 나오게 된 거죠.

그런데 흥미로운 점은 다음 세대의 인물인 실학자 홍대용이 신소의 큰아들 신광온申光蘊(1735~1785)과 사돈 간이라는 사실입니다. 또한 홍대용은 신소의 작은아들 신광직申光直(1738~1794)과 아주 친했습니다. 박지원 역시 신소의 두 아들과 친교가 있었습니다. 이처럼 인맥상 신소의 집안이 홍대용과 연결된다는 사실은 주목을 요합니다.

이인상의 애민 의식

단호그룹이 재야의 노론 청류 집단으로서 국내 정치, 특히 탕평책에 비판적 입장을 취했다는 사실은 앞에서 말한 바 있습니다. 이인상의 경우 이런 비판적 입장은 민民에 대한 관심, 민의 현실에 대한 인식의 제고提高로 연결되고 있습니다. 이인상은 28세인 1737년(영조 13) 9월에 금강산 유람을 갔습니다. 유람 가는 도중에 「회양淮陽의 잣나무 숲」(淮陽栢林)이라는 시를 지었는데, 이 시에 이런 구절이 보입니다.

> 슬퍼하네 이 고을 백성이
> 잣 껍질을 까 관아에 바치는 것을.
> 백 길의 사다리를 타고 오르다
> 이따금 불구가 되기도 하네.
> 愍此州之民, 剝實輸官庭.
> 緶梯跨百仞, 有時殘其形.

높은 데 있는 잣을 따러 사다리 타고 올라가다가 떨어져서 불구가 되기도 한다는 말입니다. 공물貢物 때문에 겪는 백성의 질고疾苦에 마음 아파하고 있음을 알 수 있습니다.

다음은 당시 지은 시인 「신읍新邑 촌 노인에 대해 기록하다」(記新邑村叟)의 전문입니다.

> 괴상한 꼬락서니 산협山峽 노인네
> 남루한 옷에 손자 손잡고 가네.

늙도록 목피木皮로 엮은 굴피집에 살며
물려받은 거라곤 한 뙈기 귀리밭.
가을 풀 사이에서 매사냥하고
떡갈나무 숲에서 호랑이 잡네.
몸으로 먹고사니 내세울 것 없건만
인사하는 그 풍모 오연傲然하기만.
峽翁形貌怪, 衣短弱孫牽.
終老木皮室, 傳家鬼麥田.
呼鷹秋草白, 射虎槲林玄.
勞力亦無譽, 拜人氣傲然.

　이 시는 산촌에 사는 무지렁이 백성을 읊었습니다. 그런데 이
시를 가만히 살펴보면 그 시선이 아주 따뜻할 뿐만 아니라 백성을
주체적인 존재로 바라보고 있음이 주목됩니다. 무지렁이 백성이지
만 그 인사하는 풍모는 오연하다, 즉 남에게 굽신거리지 않고 태연
하다고 노래하고 있으니까요.
　그리고 17년 후인 45세 때 이인상은 설악산 유람을 가는데, 도
중에 지은 시 가운데 「거니촌 노인」(車泥村叟)이라는 작품이 있습니
다. 이 작품도 잠깐 보겠습니다.

　　산골 노인 얼굴은 짐승 같지만
　　문 두드리니 웃으며 맞이해 주네.
　　더께 낀 토방土房 깨끗이 쓸고
　　작은 도끼로 관솔을 쪼개네.
　　조밥은 뜨끈뜨끈

나물국은 향기가 도네.

즐겁게 한방에서 침식을 하고

드러누워 곡연曲淵 가는 길 물어보누나.

山叟面如獸, 欵門便笑迎.

凝塵掃土室, 細斧劈松明.

沙熱黃粱飯, 鹽芬紫荄羹.

欣然同寢食, 臥問曲淵程.

　　거니촌 노인과 이인상은 신분이 다릅니다. 노인은 상민常民이
고 이인상은 서얼이라고는 하지만 그래도 양반 사대부 세계에 속
한 인간입니다. 하지만 노인을 바라보는 시선은 젊을 때 쓴「신읍
촌 노인에 대해 기록하다」와 마찬가지로 따뜻합니다. 뿐만 아니라
백성을 하나의 주체로 보고 있는 눈길이 느껴집니다.

　　이인상은 32세 때인 1741년 봄에 친구인 김무택과 함께 지금
의 용산구 후암동에 있던 남단南壇이라는 곳에서 노닌 적이 있습니
다. '남단'은 가물 때 기우제를 지내던 곳이죠. 그때 지은「이튿날 김
자金子(김무택)와 함께 남단에서 노닐 때의 일을 적다」(翌日偕金子游南
壇紀事)라는 시에서 이렇게 읊었습니다.

　　들에는 주린 아낙이 많아

　　해 뜨면 나물을 뜯네.

　　슬퍼라 부곽전負郭田의

　　태반이 부호에게 돌아갔으니.

　　野中多餓婦, 日出挑荼梗.

　　傷此負郭田, 太半歸豪倖.

'부곽전'은 도성 성곽 주변의 논밭을 말합니다. 부곽전의 태반을 부호들이 차지해 백성들이 피폐한 삶을 살고 있는 데 대해 연민을 토로하며 비판합니다. 여기서 '부호'는 권세가를 말합니다.

한편 39세 때인 1748년 12월에 지은 시 「통도사通度寺를 출발하며」(發通度)에서는 일본으로 가는 통신사 일행이 지나가는 곳 주변의 영남 백성들에게 큰 피해를 끼치고 있음을 비판하고 있습니다.

오찬의 죽음과 이윤영의 영조 비판

단호그룹의 멤버들은 대개 처사적인 삶을 지향했으며 벼슬을 하더라도 말단 벼슬을 하는 데 그쳤습니다. 하지만 예외적으로 오찬(1717~1751)은 단호그룹의 핵심 인물이면서도 영조 27년(1751) 문과에 장원급제해 그해 5월 사간원 정언에 제수되었습니다. 오찬은 정언에 제수되자마자 상소를 올려 신임의리를 강조하며 소론에 대한 처벌을 엄격히 해야 한다고 주장하면서 소론 인사인 고 영의정 이광좌李光佐와 고 좌의정 조태억趙泰億의 관작을 추탈할 것을 청했습니다. 분노한 영조는 오찬을 함경도 삼수三水로 유배 보냈습니다. '삼수'는 한번 가면 못 돌아온다는 험지 삼수갑산에 해당합니다. 오찬은 이해 11월 서른다섯 살 젊은 나이로 유배지에서 숨을 거둡니다. 영조는 분노를 잘 참지 못하는 성격이었으며 탕평에 반대하는 신하들은 가차 없이 유배를 보냈습니다. 오찬도 예외가 아니었습니다.

오찬은 이인상, 이윤영과 아주 가까이 지냈습니다. 오찬이 죽자 단호그룹은 쇠락기로 접어듭니다. 오찬의 죽음은 이인상의 삶에 큰 그늘을 드리웠습니다. 이인상은 오찬의 죽음을 애도해 8편의 연작 매화시를 지었는데, 이에 대해서는 뒤에서 살피기로 하겠습니다.

이윤영은 오찬이 죽은 지 한 달 뒤에 쓴 「초혼사」招魂辭에서 이리 말하고 있습니다.

> 물은 멎지 않으면 사물을 비추지 못하고
> 울화가 있으면 정신이 혼미해지네.
> 충성스러운 말을 살피지 못하는 건
> 천심天心이 깨닫지 못해서라네.
> 水不止而不鑑, 火鬱則昏兮.
> 忠言莫察兮, 天心不悟.

'천심'은 임금의 마음입니다. 영조가 울화가 있어 정신이 혼미하다고 비판하고 있습니다. 아주 위험한 발언입니다. 이런 비판이 되돌아와서인지 이윤영의 외아들 이희천李羲天(1738~1771)이, 이윤영이 「초혼사」에서 영조를 비판한 지 꼭 20년 후인 영조 47년(1771) 5월에 금서禁書인 『명기집략』明紀輯略을 소지하고 있다는 죄명으로 영조의 분노를 사서 효수梟首됩니다. 『명기집략』에는 이성계李成桂를 고려 말의 권신權臣인 이인임李仁任의 아들이라고 하거나 인조가 광해군을 불에 태워 죽였다고 하는 등의 왜곡된 내용이 있었습니다. 그래서 영조는 왕실의 정통성과 관련된 일이기 때문에 사대부에게 이 책의 소지를 금했습니다. 그렇기는 하지만 이 책의 소지를 이유로 명문가 자제를 효수까지 한 것은 이해하기 힘든 일입니다.

박지원은 이희천과 아주 절친한 사이였습니다. 당시 이희천은 서른네 살, 박지원은 서른다섯 살이었습니다. 이 일로 박지원은 이루 말할 수 없는 충격을 받았습니다. 이후 사람들도 안 만나고 세수도 안 하고 집에 틀어박혀 남의 경조사에도 일절 안 가는 그런 생활을 한동안 했습니다. 얼마나 큰 충격을 받았는지 알 수 있죠.

이희천은 단호그룹에 속한 인물은 아니지만 이윤영의 자제라는 점에서 단호그룹과 연관이 있습니다. 그러므로 오찬과 이희천의 죽음은 처사적 삶을 지향하며 권력에 저항했던 단호그룹의 비극적 운명을 보여 주는 것으로 해석될 수 있지 않을까 합니다.

서얼 문인 이인상이 간 길

이인상은 단호그룹의 다른 인물들과 달리 신분이 서얼이었기에 백성의 고통을 보다 예민하게 받아들이고 백성의 처지에 공감하는 시를 남길 수 있지 않았나 합니다. 그래서 이인상은 차별이라든가 고통에 대해 좀 더 예민한 감수성을 지닐 수 있었던 것으로 보입니다.

서얼은 양반 사대부 사이에서 비천한 존재로 여겨지고 멸시를 당했습니다. 이인상 다음 세대의 서얼 문인 이덕무는 어떤 편지에서 '우리 같은 서얼은 평민들조차 업신여기니 조심하지 않으면 안 된다'고 했습니다. 서얼은 벼슬도 제한되어 기껏 말단 벼슬이 허용될 뿐이었으며 고위직에 오를 수 없었습니다. 그리고 문과 급제도 어려웠습니다. 가끔 문과 급제자가 나오기도 했지만 가뭄에 콩 나듯 했습니다. 가령 신유한申維翰은 숙종 39년(1713) 문과에 급제했으며, 18세기 후반에 활동한 성대중成大中은 영조 32년(1756) 문과에 급제했습니다. 문과에 급제해도 별 신통한 일이 없어서 말단 벼슬을 할 뿐이고, 올라갈 수 있는 직급이 딱 정해져 있었습니다. 그러므로 서얼에게는 내적 고통이 많았습니다. 조선 시대의 소수자에 해당한다 하겠습니다.

17세기 초 허균의 시대에 있었던 '칠서지옥'에 대해 이전 강의
(제19강)에서 말하지 않았습니까? 명문가 집안의 일곱 서얼이 현실
에 불만을 품고 경기도 여주의 강변을 근거지 삼아 나무꾼이나 소
금 장수 행세를 하며 전국을 누비고 화적火賊질을 하던 중에 문경
새재에서 상인을 죽이고 은을 약탈했습니다. 은도 적은 양이 아니
고 몇 천 냥이나 되는 아주 많은 양이었습니다. 요새 같으면 수십억
을 강탈한 거죠. 이게 문제가 안 될 수 있겠습니까. 이 일로 일망타
진되죠. 그래서 고문을 받았는데 일곱 명의 서얼 중 당시 권력자인
이이첨에게 협조한 박응서만 살아남고 다 처형됩니다. 박응서도
살아남았다가 인조반정이 일어나던 해에 인조반정 주체 세력에 의
해 죽임을 당합니다. 이들은 이 일이 있기 5년 전에 서얼 금고禁錮
(서얼의 벼슬 진출을 제한하는 것)의 폐지를 호소하는 상소를 올린 적이
있는데, 이 상소가 받아들여지지 않았습니다. 그래서 막다른 골목
앞에 있다고 느껴 어긋난 길을 가게 된 겁니다. 이런 세상에서 차라
리 도적이 되는 게 낫다고 생각한 거죠. 『수호전』에 나오는 양산박
의 도적들과 비슷한 심정이라고 할까요. 이 점에서 이들의 행위는
체제 저항의 의미가 있습니다.

이러한 신분적 불만으로 인해 서얼 문인의 시에는 신음과 불평
의 소리가 많습니다. 18세기 전반 이인상 시대 서얼 문인의 특징적
시체詩體를 '초림체'椒林體라고 했습니다. '초'椒는 '산초'山椒를 뜻합
니다. 산초의 열매는 씹으면 혀가 갑자기 얼얼해지는데 '얼얼'이 '서
얼'을 연상시킨다고 해서 서얼을 암유暗喩하는 말로 사용한 것입니
다. 그러므로 '초림체'는 '서얼의 시체'라는 뜻입니다. 이 시체는 이
봉환李鳳煥이라는 서얼 문인이 창안했습니다. 이봉환은 숙종 36년

(1710)에 태어나 영조 47년(1771)에 세상을 하직했는데, 자연사한 것이 아니라 정치적으로 어떤 사건에 연루되어 죽임을 당했습니다. 이봉환의 시적 정조는 첨예하고 촉급한 것이 특징입니다. 느긋하고 여유롭고 부드럽고 온건한 것과 반대되는 시적 정조죠. 한마디로 시가 아주 쪼뼛쪼뼛합니다. 서얼의 불평과 불만을 토로한 탓입니다. 18세기 후반에 활동한 문인인 이규상은 『병세재언록』幷世才彦錄에서 초림체를 "서얼들의 억울한 기운이 그 괴이한 빛을 솟구치게 한 것"으로 설명했습니다.

　　이봉환은 이인상과 나이가 같고 동서 간이었습니다. 그래서 친교가 있었습니다. 이인상의 초년 시에는 더러 서얼로서의 비애가 표출된 것이 보입니다. 하지만 단호그룹이 형성된 후에 창작된 시들, 즉, 29세 이후의 시들에서는 이런 경향이 일소됩니다. 이인상의 시는 어둡지만 맑고 진실하며, 번드르르하지 않고 침중沈重(침울하고 무거움)합니다. 이인상은 시를 쓸 때 말을 예쁘게 꾸미거나 태態를 부리지 않았습니다. 김종수金鍾秀는 『『능호집』 발문』(凌壺集跋)에서 이인상 시문詩文의 격조가 고결하다고 했습니다. 그리고 오희상吳熙常은 이인상의 행장行狀에서 이인상의 "시가 기이하고 의미심장하며 진구기塵垢氣(세속의 더러운 기운)가 없다"고 했습니다. '진구기가 없다'는 말은 고결하다는 뜻입니다. 이런 평가들을 참조하면 이인상의 시가 의미가 깊고 고결하고 진실하다는 것을 알 수 있습니다. 「남간에서 윤자목과 만나다」(南澗會尹子穆)라는 다음 시에서 이인상 시의 그런 면모가 잘 드러납니다.

　　　저물녘 퇴락한 지당池塘 걷노라니까
　　　먼 산의 검푸른 빛 분명도 하이.

늙은 나무는 미풍을 머금고 있고

높쌘구름에는 가을빛 담박하여라.

고요히 사는 벗이 어쩌다 찾아와

맑은 물소리 함께 듣네.

지금껏 졸박한 도道 함께했거늘

야인野人 속에서 무리 지어 살았으면 하네.

晚步頹塘上, 遙山翠黛分.

微風含老樹, 秋色澹高雲.

靜友偶相過, 淸泉與共聞.

從來同拙道, 願入野人群.

　　이인상이 서얼 신분이니까 그의 시 역시 당시 서얼 문인들이
구사했던 시체인 초림체일 것이라고 지레 판단해서 이인상이 이
봉환처럼 초림체 시를 썼다고 말하는 사람들이 가끔 있는데, 잘못
된 주장입니다. 이인상의 시는 초림체에 속하지 않습니다. 이인상
은 시 창작에서 친구인 이봉환이 갔던 길과는 다른 길을 갔습니다.
문학 노선이 다르다는 말입니다. 이봉환이 서얼의 기분과 감정, 그
존재 여건을 투사한 시를 썼다면, 이인상은 서얼임에도 서얼로서
의 신음이나 애상감哀傷感, 불평을 시에 투사하는 데 힘을 쏟지 않
고, 단호그룹 일반의 문제의식과 세계 감정을 시에 담는 데 주력했
습니다. 이봉환이 갔던 길이 틀렸다는 게 아닙니다. 비록 사대부들
은 그런 시적 경향을 높게 평가하지 않았지만 서얼들의 존재 여건
에서 불가피하게 사대부들과는 다른 시적 특징이 나타난 것이기
때문에 문학사에서는 그 나름대로 평가하고 의미를 부여하는 것이
필요합니다. 여기서는 다만 이인상이 그런 길을 가지는 않았음을

지적했을 뿐입니다.

　이인상은 왜 그런 길을 가지 않았을까요? 이인상대로의 고민과 생각이 있었을 테죠. 꼭 어느 길이 옳다고 말할 수는 없습니다. 다만 왜 이런 길을 가지 않고 저런 길을 갔는지, 그것이 어떤 의미가 있는지는 물을 필요가 있지 않을까요? 서얼 문인들이 선택할 수 있는 길은 제한되어 있습니다. 칠서七庶처럼 체제 바깥으로 나가 버리는 극단적인 길이 있는가 하면, 이봉환처럼 불평의 시에 존재론적 비애를 가탁하는 길도 있을 수 있습니다. 이인상은 전연 다른 길을 갔으며, 다른 길을 보여 줬습니다. 그래서 흥미롭습니다.

　이인상은, 서얼이라는 존재 여건 속에 있으면서도 그 여건을 넘어서서 당대의 큰 의제議題들에 대해 자기 나름대로 고민하며 그와 씨름했다 할 것입니다. 모든 존재는 존재 구속성을 갖게 마련이지만 존재 구속을 넘어 사유할 수 있다면 대단히 다행한 일이라 할 것입니다. 그런 의미 부여를 이인상이 간 길에 할 수 있지 않을까 합니다. 이 점에서 이인상은 서얼로서의 한계를 넘어 더 넓은 지평 속에서 문학과 예술 행위를 했다고 평가할 수 있을 듯합니다. 서얼이라는 존재 여건에 갇혀서 그 속에서만 문학과 예술을 했다고 하면 우리가 오늘날 볼 수 있는 이인상의 세계는 없다고 해야겠죠. 당대에, 그리고 후대에 이인상이 고사高士로 존경받은 이유가 여기에 있을 것입니다. 조선 시대 지식인들은 아무한테나 '고사'라는 칭호를 부여하지 않았습니다. 허균, 박지원 같은 인물은 비록 뛰어난 문인이기는 하지만 고사라고는 하지 않습니다. 이인상에게는 당대의 인물들 그리고 후대의 인물들이 '고사'라는 명칭을 부여했습니다. 박지원의 손자인 환재瓛齋 박규수朴珪壽도 이인상에 대해서 고사라는 말을 아끼지 않았습니다.

단호그룹과 담연그룹

'담연湛燕그룹'은 담헌湛軒 홍대용과 연암燕巖 박지원 일파를 가리킵니다. 홍대용의 호 '담헌'에서 '담' 자를 취하고 박지원의 호 '연암'에서 '연' 자를 취해 '담연'이라고 이름한 것입니다. 이 그룹에는 서얼 출신인 이덕무, 박제가, 유득공 등이 포함됩니다. 종래에는 이들을 지칭할 때 '연암그룹'이라는 명칭을 사용해 왔습니다. 하지만 연암 박지원은 문학적으로는 이덕무·박제가 등을 이끄는 위치에 있었지만, 학문적·사상적으로는 지도적 위치에 있지 않았습니다. 그는 학자라기보다는 문인이었습니다. 문인으로서 사상을 펼쳐 보이기도 했지만 본원적으로는 문인이었습니다. 학문과 사상에 있어서는 홍대용이 이 그룹의 리더였다고 해야 옳을 것입니다. 그러니 '연암그룹'이라 하지 말고 '담연그룹' 혹은 '담연일파'라고 부르는 게 적실합니다.

단호그룹과 담연그룹은 우선 인맥상 밀접한 관계가 있습니다. 앞에서 말한 대로 단호그룹의 이인상·송문흠과 절친이었던 신소의 집안과 홍대용의 집안이 혼맥婚脈으로 연결되어 있습니다. 홍대용도 신소처럼 젊을 적에 병법兵法에 큰 관심을 쏟았습니다. 이는 홍대용 역시 젊은 시절 북벌론에 경도되어 있었고 대명의리론을 견지했기 때문입니다.

한편 이인상의 절친 홍자洪梓는 홍대용의 종숙이었습니다. 이인상은 스물여섯 살 때(영조 11년, 1735) 홍대용의 부친 홍력洪櫟과 대보름날 함께 달을 감상하며 시를 지은 적이 있습니다. 홍력은 홍자의 사촌 동생입니다.

박지원의 처숙인 이양천李亮天은 이인상·이윤영과 교류가 있었습니다. 이양천은 단호그룹의 핵심 인물은 아니지만 그 일원이었습니다. 박지원은 10대 후반에 이양천에게 『사기』史記를 배우는 등 지도를 받았습니다. 그러니까 젊은 시절의 박지원에게 큰 영향을 미친 인물이라고 할 수 있습니다. 이양천을 통해 단호그룹이 지닌 노론 청류 의식이 젊은 시절의 박지원에게로 흘러 들어갔다고 여겨집니다.

이양천은 문과에 급제해 영조 28년(1752) 10월 홍문관 교리에 제수되었습니다. 단호그룹의 인물들은 거의 대부분 처사의 삶을 살았지만 오찬과 이양천을 비롯한 몇 명이 문과에 급제한 바 있습니다. 이양천은 홍문관 교리에 제수되자 상소를 올려 임금의 덕에 대해 간했다가 영조의 분노를 사서 그해 11월에 흑산도에 위리안치圍籬安置되고 이듬해 6월 유배에서 풀려나는데, 2년 후 유배지에서 얻은 병으로 그만 세상을 하직합니다. 이인상은 이양천이 죽자 그를 위해 애사哀辭를 지었습니다. 박지원은 「불이당기」不移堂記라는 글에서 이양천이 흑산도에 유배 갔을 때의 일을 언급하며 이인상과 이양천의 우정을 그리고 있습니다. 박지원은 이양천을 통해 단호그룹의 동향과 문예 활동을 접했던 것입니다. 박지원은 이양천이 죽은 후 그의 문집을 엮기도 했습니다.

한편 박지원은 스물두 살 무렵 당시 서대문 근처에 있던 이윤영의 집에 출입하며 이윤영에게 『주역』을 배웠습니다. 이때 이윤영은 아들 이희천에게 박지원과 사귀게 했습니다. 이희천은 앞서 말했듯 『명기집략』이라는 금서를 소지하고 있다가 목숨을 잃은 인물이죠. 박지원은 이 무렵 이윤영과 이인상을 좇아 노닐며 그림을 배웠습니다. 박종채朴宗采의 『과정록』過庭錄은 그의 아버지인 박지원의 언행에 대해 기록해 놓은 책인데, 〈군선도〉群仙圖(뭇 신선을 그린 그림)라든가 〈구룡연도〉九龍淵圖(금강산의 구룡연을 그린 그림) 등 아버지가 그린 여러 작은 그림이 집에 간직되어 있다고 했습니다. 이인상 역시 〈구룡연도〉를 그린 바 있습니다. 그러니 이인상의 그림에 영향을 받아 그린 게 아닌가 싶습니다. 신선 그림을 그린 것도 이윤영이나 이인상의 영향이라고 생각됩니다. 이인상이나 이윤영은 도가道家에 대한 관심이 컸거든요.

이어서 이 두 그룹이 의식이라든가 정치적 입장에서 어떻게 연결되는가를 보기로 하겠습니다.

홍대용과 박지원은 초년에 노론 청류 의식이 강했습니다. 그래서 처사로서의 삶을 지향했습니다. 박지원은 초년에 사인암舍人巖에 은거하려는 뜻을 품기까지 했습니다. 사인암은 충청도 단양에 있는 강가의 높다란 바위인데요, 이윤영이 5년간 머물렀던 곳으로 단호그룹에게는 상징성을 갖는 공간입니다. 박지원은 단호그룹을 흠모한 나머지 자기도 사인암에 은거해서 일생을 마치고 싶다는 뜻을 피력한 것입니다.

한편 홍대용과 박지원은 낙론계洛論系 선비들이었습니다. 당시 노론은 낙론洛論과 호론湖論으로 나뉘어 학문적 논쟁을 벌이고 있었습니다. 낙론은 인간과 물物(비인간非人間)의 본성이 같다는 '인물성동론'人物性同論을 주장한 반면, 호론은 둘의 본성이 다르다는 '인물성이론'人物性異論을 주장했죠. 이윤영과 이인상을 비롯한 단호그룹의 인물들은 거의 모두가 낙론계 선비들이었습니다. 이처럼 두 그룹은 철학적·학문적 입장에서 서로 연결됩니다.

뿐만 아니라 박지원이 초년에 전개한 우정론은 단호그룹의 우도友道로부터 영향을 받은 것으로 보입니다. 문예론과 관련해서도 박지원이 제기한 법고창신론은 단호그룹의 학고창신론과 연결됩니다. 다만 박지원은 단호그룹과 달리 '예술'이 아니라 '문학'의 창작 방법으로서 법고창신론을 제기했으며, 논리의 심화를 꾀했다는 차이가 있습니다.

홍대용과 박지원은 대청對淸 인식에 있어서도 초년에는 단호그룹과 입장이 같았으리라 여겨집니다. 즉 반청적이었으며 대명의리론을 견지했을 것으로 추정됩니다. 그런데 홍대용의 청나라에 대한 인식은 1766년 연행燕行에서 돌아온 후부터 바뀌기 시작합니다. 청나라와 조선의 현실을 있는 그대로 직시하게 되죠. 담연그룹은 1760년대 후반에 형성되기 시작해 1770년대에 활발한 동인同人 활동을 보여 줍니다. 이 그룹은 비단 새로운 문예적 모색만이 아니라 새로운 지적·사상적 모색을 꾀했습니다.

단호그룹은 북벌론이라는 담론을 끝까지 붙들고 있었는데, 새로 형성된 담연그룹 내부에서는 북학론北學論이 제기됩니다. 박지원이 홍대용에게 써 준 『『회우록』서』會友錄序에서 그 점이 확인됩니다. 홍대용은 중국에 갔다 와서 중국 항주의 선비들과 필담筆談을 주고받은 자료를 엮어서 『간정동회우록』乾淨衕會友錄이라는 책을 엮었는데, 『『회우록』서』는 바로 이 책에 써 준 서문입니다. '간정동'은 북경 유리창琉璃廠의 동네 이름이죠.

박지원이 『『회우록』서』를 쓴 것은 1766년 아니면 1767년으로 여겨집니다. 이 시기 이후 박지원은 북학적 사고를 발전시켜 갔다고 할 것입니다. 박제가도 『간정동회우록』을 읽고 북학에 경도되었습니다. 서상수徐常修에게 보낸 편지에서 그 점이 확인되죠. 그런데 홍대용 스스로는 '북학'北學이라는 말을 쓰지 않았어요. 하지만 홍대용은 실질적으로 북학적 사고의 원형이라고 할 만한 논리 구조를 이들에게 제시했다고 할 수 있습니다. 홍대용의 영향을 받아 박지원과 박제가는 북학론을 구체화해 나갔던 겁니다. 홍대용은 비록 북학적 사고의 논리 구조를 처음 제시하긴 했지만 이에 머물지 않고 나중에 북학론과 조선중화주의 양자를 '동시 지양'함으로써 '인물균'人物均의 세계관을 수립했습니다. '인물균'은 곧 '화이균'華夷均입니다. 중화와 오랑캐, 주체와 타자는 근본적으로 평등하다는 주장이죠.

담연그룹의 북학론은 외견상 단호그룹이 견지한 북벌론의 지양 같지만 조금 다른 각도에서 보면 단호그룹이 견지한 북벌론 내부에서 북학론이 싹터 나온 것이라고 할 수도 있습니다. 가령 이인상은 1758년 홍대용의 스승인 김원행金元行에게 준 시 「낭주琅州 객사客舍에서 미호渼湖 김 공을 만나 회포를 풀다」(琅州客舍遇渼湖金公敍懷)라는 시에서 "중화와 도적 한가지로 내치지 말아야지"(漢賊不幷驅)라고 했습니다. 청나라를 배척한다고 해서 중화 문명까지 배격하는 우愚를 범해서는 안 된다는 말입니다. 『회우록』서」에 나타난 홍대용의 기본 관점과 동일합니다. 이렇게 볼 경우 북학론은 북벌론의 전면 부정이 아니라 북벌론의 전략적 수정일 수 있습니다. 더구나 박지원과 박제가는 '북벌을 위해서는 부국강병이 필요하고 그러기 위해서는 북학을 해야 한다'는 생각을 피력하기도 했는데 이를 통해 북벌론과 북학론이 대립항이 아님을 알 수 있습니다.

홍대용과 박지원의 중년 이후의 이런 사상적 전환에도 불구하고 그들이 단호그룹으로부터 물려받은 처사적 비판 의식은 의연히 견지되고 있다고 보입니다. 또한 홍대용의 인물균 사상이든 박지원의 북학론이든 그 내부에는 조선의 주체성에 대한 고민이 담겨 있습니다. 물론 그 정도는 같지 않지만 말입니다. 주체성에 대한 이런 문제의식으로 인해 이들의 사상에는 '내적 긴장감' 같은 것이 존재합니다. 이 점 역시 단호그룹으로부터 물려받은 것이라고 해야 겠죠.

단호그룹과 김정희

다음으로 단호그룹과 추사 김정희의 관계에 대해서 조금 살펴보겠습니다. 이인상은 김명주金命柱와 교류가 있었습니다. 김명주는 김정희의 조부인 김이주金頤柱와 삼종간입니다. 김이주는 영조의 외손이었으며, 단호그룹의 일원인 윤면동의 종매부입니다. 윤면동은 이인상과 만년까지 교유한 아주 절친한 벗으로, 이인상 사후에 그의 문집을 간행하는 일을 맡아 했습니다. 그리고 죽을 때에 임해 '자신이 평생에 사귄 친구로 이인상이 있는데 훌륭했다'는 취지의 시를 남깁니다.

윤면동은 이인상 사후에 김이주와 자주 만나 시를 수창했으며, 김이주의 아들인 김노영金魯永, 김노경金魯敬 등과도 자주 만나 시를 수창했습니다. 그런데 김노영은 김정희의 양부이고 김노경은 그 생부입니다. 그러므로 김정희는 부친과 할아버지를 통해 단호그룹의 핵심 인물 가운데 마지막 생존자였던 윤면동이 가지고 있던 이인상에 대한 기억과 평가를 접했을 것입니다. 김정희가 이인상의 그림과 글씨를 대단히 높이 평가한 것은 이 점과 무관하지 않을 것입니다. 한편 김노영의 처는 이인상과 교분이 깊었던 홍자의 아들 홍대현洪大顯의 딸이고, 김정희의 처는 이윤영의 숙부인 이태중李台重의 손자 이희민李羲民의 딸이었습니다. 이처럼 집안이 서로 얽혀 있습니다.

김정희는 이인상의 예서와 문인화를 굉장히 높이 평가했습니다. 그럼에도 불구하고 김정희가 견지한 예술론의 사상적 기반이나 사상적 지향은 이인상과 완전히 달랐습니다. 이인상은 비록 사상적으로 도가에 경사되기도 했으나 주자학 속에 있었던 사람인데, 김정희는 청조淸朝 고증학考證學으로 들어간 사람이었어요. 김정희는 명목상으로는 이른바 '한송절충론'漢宋折衷論을 주장했죠. 여기서 '한송'은 한학漢學과 송학宋學을 말합니다. '한학'은 한대漢代의 유학을 뜻하고, '송학'은 송대宋代의 유학을 뜻합니다. 한대 유학은 의리義理보다는 훈고訓詁나 주석을 중시했지만, 송대 유학은 훈고나 주석보다는 의리를 중시했습니다. 주자학을 보면 잘 알 수 있죠. 그런데 청조 고증학에서는 송학을 배척했을 뿐만 아니라 경멸하기까지 했으며, 한학을 존숭했습니다. 그래서 청나라 학인들에게서 '한학'은 고증학과 동일한 의미가 됩니다. 김정희는 명목상으로는 한송절충론을 주장했지만 실제로는 주자학에 거리를 두고 청조 고증학에 탐닉했던 인물입니다. 고증학은 의리나 명분을 중시하지 않으며 오로지 텍스트의 고증에 매달립니다. 이 때문에 고증학에서는 인간의 주체성에 대한 고민이라든가 사회적 비판 의식 같은 것은 좀처럼 찾아보기 어렵습니다.

김정희는 젊을 때부터 청조의 학술과 문예에 경도되었습니다. 여기에는 청나라에 드나들며 중국 인사들과 교유했던 박제가의 영향이 없지 않았습니다. 그래서 흔히 김정희를 박제가의 제자라고 말하지만 꼭 제자는 아닙니다. 당시 벌열가의 양반 자제가 서얼 문사文士에게 수학하는 경우는 다반사였는데, 이때 자신을 가르친 서얼 선생을 '숙사'塾師라고 불렀습니다. '숙사'는 글방의 스승이라는 뜻으로, 오늘날의 가정교사와 비슷한 의미이고 학문적 스승을 뜻하지는 않습니다.

다시 본론으로 돌아가면, 김정희는 고증학을 학문적·사상적 기반으로 삼았기에 단호그룹의 인물들처럼 청에 대한 적대심이 없었습니다. 단호그룹의 인물들은 기본적으로 주자학에 근거하고 있었습니다.

김정희에 이르면 이제 대명의리론은 소거消去되고 청의 학술과 문예에 대한 적극적 추수追隨가 나타납니다. 문제는 이로 인해 청에 대한 지적 긴장감이 사라져 버렸다는 점입니다. 좀 재미있게 표현하면 '무장해제'되어 버린 거죠. 단호그룹에게 청은 적대적 타자였으며, 담연그룹에게 청은 단호그룹만큼은 아니었다 할지라도 그럼에도 여전히 그 타자성이 긴장된 의식 속에서 자각되거나 인식되었습니다. 그런데 김정희에 와서 이 타자성이 소거되어 버린 겁니다. 주목해야 할 점은 이 타자성의 소거와 함께 그동안 어렵사리 확보했던 주체성의 틈새, 주체성의 공간이 소거되어 버렸다는 사실입니다. 그래서 김정희의 의식 내부에서는 조선 학인學人으로서의 내적 긴장감, 조선 지식인으로서의 주체적 의식 같은 것은 별로 발견되지 않습니다. 김정희의 글씨든 난초 그림이든 도락적道樂的 추구의 결과 '학예일치'學藝一致의 높은 경지가 확인됩니다. 여기서 '학'學은 주로 고증학과 관련됩니다. 그렇지만 김정희의 글씨나 그림에서는 이인상의 글씨나 본국산수화에 담지되어 있는, 자기 정체성에 대한 고민이나 물음 같은 것은 감지되지 않습니다. 이는 청학淸學(청나라 학문)에 '투항한' 그의 학문적·사상적 행로와 무관하지 않습니다. '투항'이라고 하면 좀 반발하거나 거북해하는 이들이 있을지 모르니 이 말보다 '열광'이라는 말을 쓰는 게 나을지 모르겠습니다.

이인상의 〈설송도〉·〈수석도〉와 김정희의 〈세한도〉를 비교해 보면 이 점이 아주 잘 드러납니다. 이인상의 〈설송도〉나 〈수석도〉는 '세한도'歲寒圖라는 이름만 붙이지 않았을 따름이지 실상 세한도에 해당합니다. 이인상의 세한도에서는 타자와 세계에 대한 자각, 그리고 죽을힘을 다해서 버텨 내는 주체의 자세와 면모가 투사돼 있습니다. 그래서 대단히 비장하죠. 하지만 김정희의 〈세한도〉에는 이러한 동아시아적 문제의식은 존재하지 않으며, '세한'歲寒이라는 세계 상황과 소나무는 극히 개인적인 맥락 속에 자리하고 있을 뿐입니다.

〈수석도〉에는 "나무는 추우나 빼어나고, 돌은 문채가 있으나 추하다"(樹寒而秀, 石文而醜)라는 관지款識가 보입니다. "나무는 추우나 빼어나다"라는 표현을 주목할 필요가 있습니다. 이는 "나무는 세한에 빼어나다"라는 의미로 해석할 수 있습니다. 타자와 주체의 관계, 타자를 대하는 주체의 자세가 이 말에 투사되어 있다고 볼 수 있죠.

〈설송도〉는 이인상 자신의 초상이기도 하고 단호그룹의 초상이기도 합니다. 엄혹한 세계 속에서 끝까지 버텨 내고 있는 '나'를 그린 거죠. 세한도는 중국에도 많습니다만 이런 세한도는 중국에는 없습니다. 그럴 수밖에요. 이인상이나 단호그룹은 중국에는 없으니까요.

김정희의 〈세한도〉에는 김정희의 개인적 상황이 미적으로 잘 표백表白되어 있습니다. 그런 점에서는 문인화로서 훌륭하다고 평가할 수 있을 것입니다. 문제는 사상적 맥락에서 이 그림을 읽을 때 발생합니다. 이 그림이 표현하고 있는 세한의 상황은 개인적 맥락 속에 있을 뿐이며, 단호그룹이 가졌던 것과 같은 동아시아 세계 전체에 대한 문제의식이 매개되어 있지는 않습니다. 이 문제의식이 옳은가 그른가는 차치하고 말입니다.

그럼, 이만 오늘 강의를 마치겠습니다.

질문과 답변

* 단호그룹의 세계관은 시대착오적임에도 이런 집단에 의해 창조된 문학과 예술이 오늘날의 사람들에게 감동을 줄 수 있다는 게 놀랍습니다. 문학과 예술의 특수성 때문이 아닌가 싶기도 한데요, 단호그룹의 문학과 예술이 과연 어떤 현재적 의의가 있는지요?

오늘날 인문학을 하는 것도 좀 시대착오적인 게 아닌가 싶군요. 요새 다들 돈을 좇는데 인문학은 돈이 되는 것도 아니니, 실용과 현실을 강조하는 사람들 입장에서 본다면 그야말로 아무 소용없는 짓을 하는 것으로 보일 수 있죠. 하지만 어디 그렇나요? 인문학의 본령인 인간다운 삶에 대한 물음이나 인간적 가치들에 대한 물음은 돈과 관계없이 의미가 있고 중요합니다. 돈으로 환산할 수 있거나 돈 버는 데 도움이 되는 것만이 의미 있다는 생각은 아주 잘못된 것이죠. 그런 사고방식은 우리의 삶과 이 세계를 황폐하고 위험하게 만듭니다.

왜 이런 말을 하는가 하면, '시대착오적'이라는 말을 너무 부정적으로 보거나 악마화할 필요는 없지 않나 하는 점을 환기하고 싶어서입니다. 설사 시대착오적인 것이 문제가 있다 하더라도 그 속에는 또 다른 '진정성'이 자리할 수 있습니다. 소설가 이병주가 『관부연락선』에서 설파했듯 인간의 집념, 인간의 위대함, 인간의 특질은 아나크로니즘anachronism을 통해서 더욱 명료하고 더욱 빛나게 나타나는 법이거든요. 특히 문학 연구자나 예술 연구자는 이 점을 놓쳐서는 안 될 듯합니다.

보기에 따라서는 이인상이나 이윤영 같은 문인은 너무 이념에 사로잡혀 생을 허비한 게 아닌가 생각할 수도 있겠지요. 하지만 이들의 삶의 자세가 너무나 진지하고 진실해서 그렇게만 재단하기에는 마음이 불편하고 미안하죠. 그래서 그들의 생의 태도와 자세를 있는 그대로 음미할 필요가 있다고 봅니다.

이들은 어쨌든 스스로의 결단 때문에 야기된 어려움 속에서도 인간으로서의 길과 가치를 잃지 않으려고 끝까지 버텨 내고 고투했습니다. 이인상의 독특한 문학 세계와 예술 세계는 이 과정에서 창조되었습니다. 이런 문학적·예술적 성취는 지금의 우리들에게 어떤 메시지나 위로를 건네는 걸까요?

이인상이 구현해 낸 문학 세계나 예술 세계는 대단히 문제적입니다. 이인상의 시문, 그림, 글씨에는 모두 일관되게 자신의(그리고 단호그룹의) 이념과 삶이 투사되어 있습니다. 가령 〈설송도〉를 예로 들어 봅시다. 이 그림에는 엄혹한 현실을 감내하며 삶을 버텨 내는 존재의 태도와 자세가 높은 정신적 경지에서 표현되어 있습니다. 우리는 이 그림을 보면서 나의 삶을, 그리고 인간의 실존을 생각하게 됩니다. 우리는 살아가면서 늘 어려움을 겪으며 생을 영위합니다. 작은 어려움도 있지만 감내하기 힘든 큰 어려움도 있습니다. 생은 이 속에서 지속됩니다. 그러므로 이인상의 이 그림은 이념과 세계관을 넘어 우리에게 영감과 공감을 주는 게 아닌가 합니다.

단호그룹의 문학과 예술, 특히 이인상의 문학과 예술은 '고결성'이 아주 높습니다. 시든 그림이든 글씨든 맑고 깨끗하며 진실됩니다. 이런 미적 가치는 마치 밤하늘의 별처럼 오늘날 우리의 정신을 정화해 주는 효과가 있지 않나 합니다.

단호그룹의 경우 반청 의식이 압도적이었지만 그로부터 모순적으로 주체성이 싹터 나오게 된다는 점을 주목해야 하며, 이인상의 본국산수화와 서예에서 특히 그렇다고 했습니다. 단호그룹의 다른 한 축인 이윤영에 대해서도 같은 평가를 할 수 있을지, 아니면 두 사람이 도달한 지점의 차이가 있는지 궁금합니다.

추사 김정희는 중국의 서예를 열심히 배워 결국 개성이 뚜렷한 자신의 서체를 만들어 냈습니다. 이 서체는 중국에는 없는 것입니다. 중국을 배워 중국을 넘어선 거죠. 그렇기는 하지만 추사가 늘 주장한 것은 중국을 배워야 한다는 것이었습니다. 언제나 중국이 예술의 기준이었습니다. 추사는 결과적으로는 동아시아에서 새로운 독보적인 서체를 만들어 냈지만 그럼에도 과거에 조선에서 이루어진 성취는 대개 무시했습니다. 예외적으로 이인상의 글씨나 그림은 인정했지만 그 외에는 거의 다 무시했죠. 자국 전통을 무시한 것입니다. 중국에 지나치게 경도된 탓입니다.

하지만 단호그룹은 달랐습니다. 이인상은 중국을 배우고자 하면서도 중국에 비판적이었습니다. 추사와는 달리 동기창, 문징명의 어떤 면을 비판하면서 그런 점은 배우고자 하지 않았습니다. 주체적인 태도죠. 김상숙도 마찬가지입니다. 그는 조선의 서예가 한석봉을 높이 평가했습니다. 자국의 전통을 긍정하고 무조건 중국을 높이지는 않은 것입니다. 이 점에서 추사의 중화주의와 단호그룹의 중화주의는 꼭 같지만은 않습니다. 단호그룹의 중화주의에는 비판적·주체적 계기가 내포되어 있습니다. 여기에서 조선적 자기의식, 주체적인 미적 지향이 발로發露되는 거죠. 추사의 중화주의에는 이런 모순이 내재해 있지 않습니다. 그래서 내적 긴장감이 없다고 한 것입니다.

이 점에서, 비록 추사가 이인상을 칭찬하긴 했으나 자신에게는 없는 이인상의 예술적 특질을 읽어 냈을지는 의문입니다.

18세기에 단호그룹의 예술가들이 확보한 이 주체적 지향과 사유는 19세기에 제대로 계승되지 못했습니다. 이른바 '완당 바람' 때문이죠. 추사의 청나라에 대한 경도, 추사의 중국에 대한 경도가 19세기 예원藝苑에 너무 큰 영향을 미쳐 전 시대 조선의 주체적인 예술적 성취는 별로 힘을 발휘하지 못했습니다.

강의에서는 주로 이인상을 예로 들어 말했습니다만 이윤영도 본국산수화를 그렸으며 그림에서 주체적 지향이 발견됩니다. 물론 이윤영이 그린 그림의 경지는 이인상만큼 높지는 않지만 그럼에도 그림에 문기文氣가 있고 개성이 있습니다. 가령 백마강에 있던 고란사를 그린 〈고란사도〉皐蘭寺圖 같은 그림에는 자국 공간에 대한 긍정이 보입니다. 이윤영은 사인암에 있을 때 영춘, 단양, 청풍, 제천, 영월 등의 산수를 유람하고 『오군산수기』五郡山水紀라는 책을 쓴 바 있습니다. 이 책은 현재 전하지 않지만 이인상이 쓴 서문을 통해 책의 성격을 대강 짐작할 수 있습니다. 이윤영은 중국이 오랑캐에게 점거된 걸 슬퍼해 조선의 산수에 애착을 가지게 되어 이 책을 쓰게 되었습니다. 중화주의적·화이론적 세계관을 지녔지만 그로부터 자국 공간에 대한 주체적 인식이 열리고 있음을 볼 수 있습니다.

18세기에는 문인들의 산수 유람이 성행했고 그 결과 산수에 노닌 일을 기록한 '산수유기'山水遊記가 많이 쓰였습니다. 이윤영의 『오군산수기』도 이런 문화 속에서 창작될 수 있었죠. 하지만 당시 중화주의나 화이론의 시각을 토대로 창작된 산수유기는 좀처럼 찾아보기 어렵습니다. 이 점에서 이윤영의 『오군산수기』는 독특하다고 말할 수 있습니다.

사소한 질문이지만, '연암그룹'이라는 명칭을 '담연그룹'으로 바꿀 때 '담'과 '연'의 순서에 의미를 둔 듯한데, 혹시 '단호그룹'이라는 명명을 할 때에도 '단'과 '호'의 순서에 의미를 두었는지 궁금합니다.

'담연그룹'이라는 명명은 제가 한 것입니다. 홍대용은 조선 후기 지성사나 사상사에서 대단히 중요한 대가급 인물인데, '연암그룹'이라는 말에서는 그런 담헌의 비중이 잘 드러나지 않아 문제라고 오래전부터 생각해 왔어요. 그래서 연암만이 아니라 담헌을 명칭에서 같이 내세우는 게 좋겠다고 여겨 이렇게 새로 이름을 붙였어요. '담'을 먼저 내세운 것은 담헌이 연암보다 나이도 여섯 살 많은 데다 학문이나 사상 방면에서는 담헌이 리더였고 연암은 담헌의 말을 경청하는 입장이었다는 점을 고려한 거죠. 물론 문학 방면에서는 연암이 이 그룹을 대표하지만, 이 그룹은 단지 문학에 국한되지 않고 사상·학문 방면에서 놀라운 성과를 보여 줬다는 점을 중시할 필요가 있지 않나 해요. 만일 연암이 살아 있다면 껄껄 웃으며 '연암그룹'이라는 말은 멋쩍고 가당찮은 말이니 '담연그룹'이라고 하는 게 좋겠다고 하지 않을까 싶은데요.

근년에 《단호첩》丹壺帖이라는 서화첩이 세상에 나왔는데요, 지금 계명대학교 도서관에 소장되어 있죠. 이 서화첩의 이름 '단호'는 '단릉'과 '능호관'에서 각각 한 자씩을 취한 겁니다. 단호그룹의 중심 인물은 이윤영과 이인상이지만, 이 그룹을 대표하는 문인·예술가는 이인상이라고 말할 수 있어요. 문예적 성취에 있어서 이윤영은 이인상보다 급이 낮습니다. 그리고 이윤영보다 이인상이 나이도 많아요. 이런 점을 고려하면 '호단그룹'이라고 명명해야 옳을지 모르겠지만 이미 옛 자료에 이 두 사람을 '단호'라고 부른 사례도 있고 해서 이를 존중해 '단호그룹'으로 정했죠.

**   선생님은 이인상 연구를 통해 문학사, 예술사, 사상사를 하나로 묶어 연구하는 '통합인문학'의 실례를 보여 주셨습니다. 그렇다면 이들 영역을 가로지르는 이인상을 특징짓는 핵심적 심상心象이 무엇이라고 생각하는지요?

셋으로 한정하면 '검劒·송松·매梅'이고, 넷으로 한정하면 '검劒·송松·매梅·석石'이라고 생각해요. '검'은 칼, '송'은 소나무, '매'는 매화, '석'은 돌입니다.

　　이 셋 혹은 네 심상은 이인상의 시문과 예술과 사상을 관통하고 있죠. 우선 '검'을 보면, 이인상의 시에는 검이 언급된 게 상당수 있어요. 이인상은 젊을 때부터 검을 좋아했죠. 이는 그의 북벌 의식과 관련이 있습니다. 검이 있어야 북벌을 하니까요. 게다가 이인상은 아주 강개하고 올곧은 기질의 인간이었습니다. 이 점과 관련해 '검'은 그에게 파사현정破邪顯正, 즉 사악한 것을 깨뜨리고 바른 것을 드러낸다는 의미 지향도 있지 않나 합니다. '사악한 것'은 꼭 세계만이 아니라 자기 내면의 어떤 것을 가리킬 수도 있죠. 이 경우 검은 자신을 더 나은 도덕적 인간으로 향상시키는 힘의 표상이거나, 자신이 붙들고 있는 가치, 자신이 지키고자 하는 지조를 견지하게 하는 의지의 표상일 수 있습니다. 뿐만 아니라 검은, 세계와 불화不和하는 자아의 표상일 수도 있습니다. 이인상의 그림 중에는 〈검선도〉劒仙圖에 검이 그려져 있습니다. 이 검은 선인仙人의 검이죠. 여동빈呂洞賓

처럼 검을 소지한 선인을 '검선'劒仙이라고 하는데, 이 그림의 선인은 검선이라고 봐야겠죠. 검선은 검으로 파사현정을 합니다. 아무튼 이인상에게 검의 심상은 그의 곧고 강직한 의지와 지향을 표상합니다. 이인상의 세계관, 삶의 태도 및 자세와 관련이 있죠.

소나무 역시 이인상의 시와 그림에 자주 등장합니다. 이인상에게 소나무는 고결하고, 기개와 기상이 있으며, 스스로를 지키는 존재로서의 표상에 해당합니다. 즉 혼탁한 세상에 동화되지 않고 외롭지만 의연히 자기 길을 가는 존재죠. 그래서 이인상은 종종 자신을, 그리고 단호그룹에 속한 자신의 벗들을, 소나무에 가탁했습니다. 그리하여 〈수석도〉나 〈설송도〉 같은 감동적인 작품을 창조해 냈습니다. 이 작품들에서 소나무는 추위와 풍상을 묵묵히 견뎌 내는 '나'를 표현하고 있죠.

매화 역시 이인상의 주요한 심상 중 하나입니다. 이인상은 매화를 혹애해 매화시를 많이 지었으며 매화 그림도 남겼습니다. 이인상만이 아니라 이윤영, 오찬, 송문흠, 윤면동 등 단호그룹의 인물들 모두가 매화에 탐닉했죠. 이들은 1747년부터는 북촌北村에 있던 오찬의 집 산천재山天齋에 모여 며칠씩 매화음梅花飮을 갖기도 했습니다. '매화음'이란 겨울에 핀 화분의 매화를 감상하며 술을 마시고 시를 짓는 모임을 말합니다. 1751년 오찬이 유배 가서 죽음으로써 이 모임은 더 이상 지속되지 못했습니다. 이인상이 1747년의 매화음 때 그린 매화 그림이 현재 전하고 있습니다. 〈산천재야매도〉山天齋夜梅圖라는 그림인데, 술에 취하여 늙은 매화를 그윽히 바라보는 이인상의 눈길이 느껴지는 작품이죠.

오찬이 죽은 뒤 이인상은 매화시 8편을 지어 그의 죽음을 애도했습니다. 이 연작시에서는 오찬이 매화와 동일시되고 있습니다. 이

산천재야매도 이인상 畵畵, 1748, 종이에 먹, 30.2×21.8cm, 국립중앙박물관 소장

인상은 이 시 제3수에서 "하늘은 이 꽃 성대하게 길러 내건만/세상은 맑은 선비 하나를 용납하지 못하네"(天心養得玆花大, 海內難容一士淸)라고 읊어 영조의 협량狹量을 은근히 비판하고 있죠. 뿐만 아니라 이인상은 죽기 3년 전인 1757년 12월에 「관매기」觀梅記라는 글을 지어 자신이 평생 동안 본 분매盆梅들에 대하여 자세한 기록을 남깁니다. 이 특이한 글은 이인상이 22세 때인 1731년부터 시작해 27년간 누구의 집에서 누구와 함께 어떤 매화를 보았는지를 상세히 기록해 놓았습니다. 이를 통해 매화가 단호그룹의 정신적 상징물이었음을 알 수 있습니다. 이인상은 이 글에서 매화에 대한 추억과 벗들에 대한 추억을 통해 자신의 생을 정리하고 있습니다. 이 글에는 이인상 평생의 기쁨과 슬픔, 벗들의 죽음과 아내의 죽음이 망라되어 있죠.

이인상과 단호그룹이 매화를 그렇게도 혹애한 것은 추운 겨울에 꽃을 피우는 매화에서 고결함과 지조를 발견했기 때문이죠. 이들은 매화에 자신을 투사했으며, 그리하여 매화로부터 위안을 받았던 것입니다.

돌 역시 이인상에게 주요한 심상의 하나죠. 이인상의 시와 그림에서 돌은 자아를 표현하는 중요한 매개물입니다. 돌은 못생겼지만 단단하고 예리하며, 깨끗하고 변함이 없습니다. 돌의 이러한 표상은 이인상의 삶의 지향, 가치 의식, 예술적 이상을 말해 줍니다. 가령 〈수석도〉에서 돌은 소나무와 함께 이인상의 내면적 가치를 표백하고 있죠.

검·송·매·석은 이인상의 내면과 가치 의식, 삶의 태도와 지향을 말해 주는 핵심어라고 할 수 있습니다. 이인상이라는 인간의 특질을 규정하는 이 심상들은 그의 문학·사상·예술과 깊은 관련을 맺고 있으며, 그것들을 이해하는 데 지도리가 된다고 말할 수 있을 듯합니다. 저는 통합인문학 연구를 통해 이런 결론에 도달할 수 있었습니다.

경심정기磬心亭記

(…)

나와 나의 벗인 오경보吳敬父(오찬)와 이윤지李胤之(이윤영)는 경쇠 치기를 좋아하였다. 나는 일찍이 경보의 작은 누각에 걸 편액으로 '옥경'玉磬이라는 두 글자를 써 준 적이 있는데, 한가한 날이면 서로 경쇠를 치며 그 소리를 듣는 것으로 즐거움을 삼았다. (…)

내가 일찍이 운담雲潭(구담)에 정자를 지었는데 경보가 와서 보고는 중정고中正皐(운담의 언덕 이름) 앞에 살고자 했으니, 나의 정자와 가깝기 때문이었다. 그런데 얼마 되지 않아 경보가 언사言事로 인해 북으로 귀양 가 삼강三江(삼수)에서 운명했다. 나는 차마 옥경루玉磬樓를 다시 찾을 수 없어 마침내 중정고 앞에 작은 정자를 세워 경보의 뜻을 이루어 주고 '경심'磬心(경쇠를 치는 마음)이라는 편액을 걸었다. 정자 가운데는 오래된 경쇠를 달아 매양 산과 강이 고요하고 계절이 바뀌어 슬프기도 하고 기쁘기도 할 때면 윤지와 함께 경쇠를 쳐 소리를 내어 무심한 마음으로 들음으로써 스스로 정情을 잊었다. 내가 이미 경보에 대해서도 차마 슬퍼하지 않거늘 하물며 천하의 일에 대해 생각하겠는가. 내가 치는 경쇠 소리를 듣고 내 마음을 아는 자, 다시 누가 있겠는가.

— 이인상, 『능호집』